国学经典
名句珍藏

中国小说名句解析

天人／主编

内蒙古出版集团
内蒙古人民出版社

图书在版编目(CIP)数据

中国小说名句解析 / 天人主编.-呼和浩特:内蒙古人民出版社,2016.5

(国学经典名句珍藏)

ISBN 978-7-204-14036-7

Ⅰ.①中… Ⅱ.①天… Ⅲ.①古典小说—名句—鉴赏—中国—明清时代 Ⅳ.①I207.41

中国版本图书馆 CIP 数据核字(2016)第 116163 号

中国小说名句解析

主　　编	天　人
责任编辑	马燕茹
责任校对	李向东
责任监印	王丽燕
封面设计	宋双成
出版发行	内蒙古人民出版社
地　　址	呼和浩特市新城区中山东路 8 号波士名人国际 B 座 5 楼
网　　址	http://www.nmgrmcbs.com
印　　刷	内蒙古地矿印刷厂
开　　本	680mm×960mm　1/16
印　　张	23
字　　数	425 千
版　　次	2016 年 7 月第 1 版
印　　次	2016 年 7 月第 1 次印刷
印　　数	1-3000 册
书　　号	ISBN 978-7-204-14036-7/I·2707
定　　价	42.00 元

如发现印装质量问题,请与我社联系。联系电话:(0471)3946120　3946169

前言

在中国文学史上，素有唐诗、宋词、元曲之美称，到了明清两代，我国的文学则又以小说为主要体裁。

其实小说并非在明清时代才出现，而是到明清时代更加完善，并走向成熟的。较之诗词，小说的容量更大，更能够细腻地表达丰富多彩的现实生活。它的艺术手法也更加多样化，其篇章结构也更加宏大。说得直接一些就是，无论在思想内容上，还是在艺术表现上，它都比前几代的文学形式更富于表现力。所以明清小说在艺术上取得了相当高的成就，当时涌现出一大批优秀的文学作品，如罗贯中的《三国演义》、吴承恩的《西游记》、施耐庵的《水浒传》等长篇小说，还有《聊斋志异》、"三言二拍"等短篇小说，这些作品至今都堪称是世界一流的文学名著。特别是产生于清代的长篇巨制《红楼梦》，更是不朽的艺术杰作，直到今天，我国的长篇小说创作虽可谓汗牛充栋，但仍没有一部能超过《红楼梦》！或许可以这么讲，就小说这种文学形式而言，《红楼梦》已经达到了它的巅峰。

我国明清时代的小说就像一个万花筒，详尽地刻画了当时人们的心态，也记录了当时社会方方面面的生活内容。其中有许多精彩的对人生与社会的认识与概括，我们选取其中的名言妙语，并对这些名言妙语加以注释和解析，帮助读者阅读理解,使读者能够很轻松地欣赏这些名句精华。

本书所选每一名句都分原句、注释和解析三个部分。注释的最前边指出该名句之出处,然后是难字注解以及原句释义。对简单易懂的句子只指明出处,不作注解和释义;解析是编撰者个人对原句的理解,仅供读者阅读时参考。

为方便读者检索,我们在书后附了条目拼音检索。读者可按名句的首字拼音进行检索,十分便利。

由于水平有限,编写中难免存在不足与疏漏之处,恳请方家不吝赐教。

编　者

目录

《三国演义》名句

得何足喜，

失何足忧。

——《三国演义》第十四回

人情势利古犹今，谁识英雄是白身？

【注释】《三国演义》第一回。白身：指没有官职或功名的人。

【鉴赏】董卓剿杀黄巾军大帅张角，不想反被张角追杀，穷途末路之际，被刘备、关羽、张飞救得。当董卓得知他们三人都是无官之身时，不仅不表示感谢，反而表示出轻蔑。这使张飞顿时怒从心头起："我等亲赴血战，救了这厮，他却如此无理！若不杀之，难消我气！"遂要杀董卓，以解心头之恨。这正如小说里写的："人情势利古犹今，谁识英雄是白身？安得快人如翼德，尽诛世上负心人！"

这句话的意思是说：以人情的深浅和地位势力的大小来揣度、对待人，看来从古代到今天都是一样的。如今有谁能慧眼识英雄？而英雄未必是有官职或功名的人。哪里再去找张飞这样性格爽快的人，把世上那些忘恩负义之人全部杀光呢！

在社会上不论人的能力和贡献，而以其地位和名望来谈论英雄，忘记他人对自己的恩德，只以利益、地位和名望人情关系来看人待人，这是一种十分愚昧落后的观念，也是腐朽的社会制度的人事关系的表现。对这种做法，作者表现出极大的鄙视与厌恶。作者认为这种事，在古代也如今天同样会发生。作者在此是讥讽了当时社会的歪风邪气。从中我们可以看到，作者是借古讽今以抨击社会时弊。与此同时，作者也幻想，如果能有像张飞这样刚正不阿的人再次出现，并杀掉如今社会上像董卓这样的忘恩负义之人，那将是何等的大快人心。在此，我们可看出作者对势利小人及时弊憎恶至极的人生态度。像董卓这种人，他的势利、忘恩负义的做人品行，不仅会助长邪恶，而且会给社会造成极大的危害，但是他最终阻挡不了正义的胜利。

依草结营，当用火攻之。

【注释】《三国演义》第一回。

【鉴赏】就在围剿黄巾军之战中，张角的弟弟张梁、张宝在颖川与皇甫嵩、朱儁对垒，战斗未能胜利，于是撤退至长社，在草滩上安营扎寨。皇甫嵩与朱儁定了一条妙计："贼依草结营，当用火攻之。"于是让军士们每人拿草一把，埋伏在暗处。当夜风大起时，皇甫嵩、朱儁让军士们一齐烧火攻击黄巾军寨，从而大获全胜。

战争中军队是不可随意安营扎寨的，而要视具体情况而摆布。黄巾军不仅把军营扎在有草的地方，而且还把军营连扎在一起。这就为对方的火攻军营埋下了致命的隐患。这种情况下只要把军营周围的草点着，大火就会蔓延连成一片；营寨之间来不及互相救助，这样自然会失败。在古代战争中以火攻取胜的例子很多。

天下大势，分久必合，合久必分。

【注释】《三国演义》第一回。

【鉴赏】在小说的开头作者就说："话说天下大势，分久必合，合久必分：周末七国纷争，并入于秦；及秦灭之后，楚、汉纷争，又并入于汉；汉朝自高祖斩白蛇而起义，一统天下，后来光武中兴，传至献帝，遂分为三国。"此段的意思是说：天下大势总的趋势是，分裂长久了就要走向统一，统一久了自然就要分裂。

作者用这段话拓展出《三国演义》这部长篇历史巨著。这部历史演义小说，详细地描写了东汉末年和魏、蜀、吴三国及其最终统归于晋的近一个世纪的历史故事。作者没有孤立地描写这段历史，而是用极富哲理的"天下大势，分久必合，合久必分"的语言，简明扼要地将这段历史，放在周末七国纷争以来的历史过程之中，将断代史作为全史的一部分进行叙述和描写，这就为这部巨著的故事展开了一个广阔的历史场景。

这段话是作者对古代中国历史总的发展的一种归纳性的概括，同时也反映了他的历史观。罗贯中认为天下的事物包括国家在内都会由分裂走向统一，然后再由统一走向分裂。他的这种历史观点，使他认识到历史是在运动的形态之中，可是他只将历史的发展看作是一个国家或区域的分合及政权的更替，这似乎有些不合乎历史发展规律，同时也说明他没有发现并揭示出历史发展的自然规律，而只是以历史的循环论来看待历史的发展进程。但是他的这种局限，毫不影响他在人们心中的思想光芒。

机事不密，反为所害。

【注释】《三国演义》第一回。

【鉴赏】作者在本回中有这样一段叙述："及桓帝崩，灵帝即位，大将军窦武、太傅陈蕃，共相辅佐；时有宦官曹节等弄权，窦武、陈蕃谋诛之，机事不密，反为所害，中涓自此愈横。"中涓：即宦官。

这段话的意思是说，进行重大的政治变革活动，要特别保守机密，如果不慎失密，不仅达不到目的，反而会祸及自己。窦、陈就是因失密反遭杀身之祸。作者对这一血的教训，报以深深的同情，但由于此种不慎行为不仅害了自己，反而使后来的宦官们更加猖獗起来。

两耳垂肩，双手过膝，目能自顾其耳。

【注释】《三国演义》第一回。

【鉴赏】汉代末年朝政日益走向崩溃，百姓怨声载道，反抗者此起彼伏。当时最著名的是张角、张宝、张梁三兄弟揭竿而起。朝廷为了对付张家三兄弟，四处张榜招募兵马。对此事,小说这样写道:“榜文行到涿县,引出涿县一个英雄。那人不甚好读书;性宽和,寡言语,喜怒不形于色;素有大志,专好结交天下豪杰;生得身长七尺五寸,两耳垂肩,双手过膝,目能自顾其耳,面如冠玉,唇若涂脂;中山靖王刘胜之后,汉景帝阁下玄孙:姓刘,名备,字玄德。”于是,幽州太守刘焉就招到了一个有着这等特殊相貌的英雄好汉。

汉代的尺码一尺约等于今天的七八寸,可见刘备只是一般的身材,但其体态相貌大大的与众不同。小说描写的刘备大有夸张的色彩。在古代,人们认为这是一种帝王之相,所以作者如此描写,暗示了刘备将来一定会做帝王,同时也表现出作者对刘备这一人物形象的喜爱。

身长八尺,豹头环眼,燕颔虎须,声若巨雷,势如奔马。

【注释】《三国演义》第一回。

【鉴赏】这是刘备眼里张飞形象的描写。在涿州,刘备见到幽州太守刘焉招兵买马的榜文后,慨然长叹。忽然,“一人厉声道:‘大丈夫不与国家出力,何故长叹?’玄德回视其人:身长八尺,豹头环眼,燕颔虎须,声若巨雷,势如奔马”。

作者描写张飞的体态容貌是通过刘备的眼睛和感觉来表现的。正是,刘备未见其人,先闻其声。从这一描写中可知张飞生得强悍粗犷。在张飞具体形象的描写上,作者用几种动物来比喻张飞的性格形象,主要目的是为突出他的英勇无敌。作者的这种形象描写,给读者留下了一个强悍、矫健的英雄形象。

身长九尺,髯长二尺;面如重枣,唇若涂脂;丹凤眼,卧蚕眉:相貌堂堂,威风凛凛。

【注释】《三国演义》第一回。

【鉴赏】话说刘备正看招募义兵榜文时逢遇张飞,二人谈话间互觉相见恨晚,于是便到店中喝酒。俩人边谈边喝,正是“酒逢知己千杯少”。谈话间,见一大汉进店,坐下便唤酒保。小说这样写道:“玄德看其人:身长九尺,髯长二尺;面如重枣,唇若涂脂;丹凤眼,卧蚕眉:相貌堂堂,威风凛凛。”

这是刘备看到的关羽的形象。比起刘备和张飞,关羽可谓是气度如山了。而给人印象最深的是关羽那二尺长且浓密的胡须了。所以人们称他为“美髯公”。在小说里,这位“美髯公”一出现,作者就把他的特殊美告之以读者,来表现人物的个性与形象。以至于后来曹操还专门为他制造了一个护髯的皂纱锦囊。所谓的面如重枣,就是说他的脸色紫红。古人认为,红色代表赤诚。作者以紫红色描写关羽脸色,也是喻指他的刚正不阿。对于“唇若涂脂,丹凤眼,卧蚕眉”的描写,作者的意图是塑造一个完美的人物形象。而这一形象的成功塑造，形成了一种恒久不衰的人格魅力。从此，关羽成为一种威严忠诚的象征。在民间，人们塑造关帝神像，就是依据这一人物形象来制作的。

不求同年同月同日生，只愿同年同月同日死。

【注释】《三国演义》第一回。

【鉴赏】桃园结义刘、关、张三人盟誓："念刘备、关羽、张飞，虽然异姓，既结为兄弟，则同心协力，救困扶危；上报国家，下安黎庶；不求同年同月同日生，只愿同年同月同日死。皇天后土，实鉴此心。背义忘恩，天人共戮！"

这两句话的意思是，三兄弟虽不能同时出生，但可以为了共同的追求至死不渝。这说明他们侠肝义胆，生死与共的赤诚之心。同时这种盟誓也成为他们的做事原则。然而这种狭义行为却给自己的国家造成了惨重的损失。关羽死后，刘备在他称帝的第二日便降诏书："朕自桃园与关、张结义，誓同生死。不幸二弟云长，被东吴孙权所害；若不报仇，是负盟也。朕欲起倾城之兵，翦伐东吴，生擒逆贼，以雪此恨！"见这种情景，赵云向刘备说明舍魏伐吴的错误，并告诉他："汉贼之仇，公也；兄弟之仇，私也。愿以天下为重。"刘备却说："朕不为弟报仇，虽有万里江山，何足为贵?"对赵云的劝谏毫不理会。诸葛亮又上表，陈述这种行为的危害性，可刘备仍不听，遂率军七十五万讨伐东吴为关羽报仇。

张飞得知关羽的死讯后则说："昔日我三人桃园结义，誓同生死；今不幸二兄半途而逝，吾安得独享富贵耶！吾当面见天子，愿为前部先锋，挂孝伐吴，生擒逆贼，祭告二兄，以践前盟！"张飞还怒不可遏地将这种情绪移至于部将范疆、张达二人，不料反被范、张所害。

刘备得知此讯后，哪里还能听得进将相的劝阻，遂率军沿水陆直捣吴国。结果惨遭失败，他自己也因两败俱伤郁闷病死。除此外，他还背弃了联吴抗曹的军事计划。刘、关、张三兄弟确实至死没有违背桃园盟誓，但给蜀国带来了巨大的损失。这种侠肝义胆，忠贞意气虽值得敬佩，但站在维护国家利益上来说却显得轻重不分，同时也反映出他们的思想局限。这也是造成他们悲剧的一个主要原因。

苍天已死，黄天当立；岁在甲子，天下大吉。

【注释】《三国演义》第一回。苍天：指东汉政权。黄天：即黄巾军领袖张角所要建立的政权。甲子岁：指汉灵帝中平元年（公元184年）。

【鉴赏】张角创立太平道，与其弟张宝、张梁在民间秘密布道而聚众数十万，并将道徒整编为三十六方（部），还分别设置了将军，待时起义。他们以"苍天已死，黄天当立；岁在甲子，天下大吉"作起义口号。黄巾军的这一口号，直指东汉朝政。同时表明了起义的目的，定妥了起义时间，并描绘了胜利后太平盛世的情景。这对当时挣扎在水深火热中的人民来讲，恰如久旱逢甘露，百姓们纷纷响应，积极投入黄巾军。而小说里对这句话却报以敌对态度。这也难怪作者，因为他是站在统治阶级立场上来写作的。

朝廷正人皆去，祸在目前矣。

【注释】《三国演义》第二回。正人：即指正直为公的人。

【鉴赏】一天，灵帝正与“十常侍”在后花园宴饮，只见朝中大夫刘陶径直走到灵帝面前跪下便哭。灵帝忙问其原因，刘陶说：天下危在旦夕，“其祸皆由十常侍卖官害民，欺君罔上。朝廷正人皆去，祸在目前矣！”十常侍：指当时朋比为奸耍弄权术的十个宦官：即张让、赵忠、封胥、段圭、曹节、侯览、蹇硕、程旷、夏恽、郭胜。灵帝在位时十分宠幸这十位宦官，并封以要职，给予重权。从而导致宦官作乱朝政。

这位谏议大夫冒死在“十常侍”面前向灵帝陈述国家所处的危险境况，并向灵帝示以警告，真可谓大义凛然。在汉朝，灵帝重用宦官，听信“十常侍”的谗言，排斥、陷害正直忠诚的官员。如蔡邕进谏，被罢官；张钧推举贤人，被逐出宫门；朝中许多有功之臣也被逐个免去职务，诸如此类还有很多。这样，朝中赤胆忠心，忠贞为国的人士都被一一除掉，只剩这些宦官把持大权，如此一来，国家就会面临灾祸。刘陶这一席话是为灵帝和国家着想的，灵帝本应觉悟。可昏庸的灵帝，哪里听得进如此逆耳忠言，反在“十常侍”的煽动怂恿下将刘陶推出斩首。临处前，刘陶大呼：“臣死不惜！可怜汉室天下，四百余年，到此一旦休矣！”见国家忠良被害，不忍袖手旁观的司徒陈耽以头撞阶保下刘陶，不想刘、陈二人均被投入监狱。

刘陶的话终于应验了。统治阶级与百姓之间的矛盾愈来愈尖锐，统治阶级内部的矛盾也日趋激化。“十常侍”更是有恃无恐地干预朝政，架空皇帝，清除贤能，从而搅乱了封建王朝的统治秩序。由于朝廷失去了正人，国家呈现出一派混乱景象，各地军阀势力蠢蠢欲动，并纷纷争霸势力范围，最终导致国家的分裂与灭亡。

枳棘丛中，非栖鸾凤之所。

【注释】《三国演义》第二回。枳棘：即两种有刺的灌木，古人视其为恶木，并以此来比喻坏人或恶劣的环境。鸾凤：即两种吉祥的鸟，在此比喻正直高尚的人。栖：即停留、居住之意。

【鉴赏】在刘备任安喜县县尉时，巡行各县考察政绩的督邮来到县里百般侮辱刘备，这使张飞怒打督邮，柳条打折数十根，被刘备制止住。关公见此情景说：“兄长建许多大功，仅得县尉，今反被督邮侮辱。吾思枳棘丛中，非栖鸾凤之所;不如杀督邮,弃官归乡,别图远大之计。”刘备见关公说得有理,于是三人便去代州投奔刘恢。

关公这句话的意思是说,这样险恶复杂的环境,并不是我们这些正直高尚的人所能待的地方。同时也表达了关羽对恶势力的憎恨和对英雄无用武之地的感慨以及欲另有所图的远大志向。

彼一时,此一时也。

【注释】《三国演义》第二回。

【鉴赏】朝廷派朱儁在宛城攻打黄巾军残部,韩忠被困于城内,不久粮草全断。韩便派人出城讲投降官军之事,朱儁不答应,这时刘备对他说:“过去高祖所以能得天下,都是因为能招降纳顺;你为什么要拒绝韩忠呢?”朱儁说:“彼一时,此一时也。”朱儁认为那个时代天下大乱,民无定主,所以高祖招降赏附,以吸引更多的人来;而如今天下一统,只有黄巾造反,若允许他们投降,就无人劝人行善了。在他看来,如果让敌人得势的话,他们就会肆无忌惮、横行霸道,失利时就投降,这无疑等于助长敌人的志气,这不是好的办法啊。

这句话的大意是,时势不同,做事的标准也不应一样。这是符合事物发展规律的。人们应以发展的眼光来对待处理不断变化的事情,不能把过去的事物与今天的情况相对比。然而,对于时事的认识和具体的看问题的标准,却因人而异。所以对这句话的理解也要灵活。

倒持干戈,授人以柄。

【注释】《三国演义》第二回。干戈:指武器。

【鉴赏】这句话的意思是:把兵器的柄交给别人。就是说把权力轻易地交给别人,自己反被别人所害。本是屠户出身的何进毒死董后后,听了袁绍的意见,决定召集各方英雄带兵进京,杀尽宦官。见此情景,主簿陈琳说:“今将军仗皇威,掌兵要,龙骧虎步,高下在心:若欲诛宦官,如鼓洪炉燎毛发耳。但当速发雷霆,行权立断,则天人顺之。却反外檄大臣,临范京阙,英雄聚会,各怀一心:所谓倒持干戈,授人以柄,功必不成,反生乱矣。”对此何进却不屑一顾地笑着说:“此懦夫之见也!”

新朝刚立新君,朝廷尚缺凝聚力,许多地方军阀势力又起,正寻找机会、借口企图篡夺权力。正当此时,若何进将外地大臣招入京都,正好遂了他们入京的心愿,同时也会给朝廷招致无穷后患,而对何进来说也等于引狼入室。陈琳用“倒持干戈,授人以柄”的道理作了形象的比喻,为何进指出决策的错误。何进非但不听,而且密差人星夜赶往各地招人进京,结果给了董卓专权以可乘之机。

良禽择木而栖，贤臣择主而事。

【注释】《三国演义》第三回。

【鉴赏】当李肃知悉董卓想得到吕布的意图之后，就找到吕布，劝他为董卓做事。李肃还说："'良禽择木而栖，贤臣择主而事。'见机不早，悔之晚矣。"这句话的意思是说：好的鸟儿会选择适合自己生存的地方落脚，有才干的人会选择明智的上司去做事。

这句话颇有哲理。自古以来，有多少能人贤士，总期望自己能为国家和社会有所作为。但岂不知个人的才能只有在适当的条件下才能够发挥出来，如果上司是个昏庸之人，你的才能不但得不到发挥，反而还会被消磨至尽。因此，寻找一个识人，辨才，并给你充分发挥自己才干的环境条件的上司，是十分重要的。但这句话在小说里被李肃说出，却完全变了样，因为吕布和董卓都不是"贤人"和"明主"。若是站在小说的角度，这句话确实起到了说服的作用，后来，吕布果然投奔了董卓。

见机不早，悔之晚矣。

【注释】《三国演义》第三回。

【鉴赏】董卓十分欣赏吕布的勇气和军事才能，所以很想招他为自己做事。于是李肃找到吕布说："'良禽择木而栖，贤臣择主而事。'见机不早，悔之晚矣。"这句话是告诉吕布：如果好的机会来了，就要抓住机遇提早行动，否则，后悔就无用了。

由于李肃抓住了人想往好的方向发展的心理特点，用这句极富哲理的话来说服吕布，果然吕布被说服了。此句的妙处，在于揭示了事物发展变化的趋势和动向，并提示有种契机可以使你大有作为的道理。也就是说，机不可失，时不再来。

扬汤止沸，不如去薪。

【注释】《三国演义》第三回。

【鉴赏】何进发诏招各地的朝廷要官携兵回京以铲除宦官朋党。董卓获悉后特别高兴，他想自己朝思暮想的机会终于来了，可他作贼心虚又怕回京后被人说闲，为了达到两全其美的目的，他事先上表："窃闻天下所以乱逆不止者，皆由黄门常侍张让等侮慢天常之故。臣闻扬汤止沸，不如去薪；溃痈虽痛，胜于养毒。臣敢鸣钟鼓入洛阳，请除让等。社稷幸甚，天下幸甚！"董卓之意实是瞒天过海。

这句话是说，要让水不再继续沸腾，采取把开水从锅里舀起来再扬下去的办法,还不如彻底抽去锅底下燃烧的柴火更奏效。也就是说,遇事不要解决表面的问题,而要从根本上去解决。董卓的这句表语实为深刻,且感人至深,似表达了他真为社稷着想的意思。从此可看出董卓是个诡计多端的阴谋家。但这句话在实际中确实是有道理的,它强调了治表不如治本的问题。

溃痈虽痛,胜于养毒。

【注释】《三国演义》第三回。

【鉴赏】董卓收到何进招外面重臣进京尽诛宦党诏书后,可谓喜从天降,但他又顾虑他人,于是他要了一个计谋,采取上表的方式来赢得众人的信任。他在表是这样说的:“窃闻天下所以乱逆不止者,皆由黄门常侍张让等侮慢天常之故。臣闻扬汤止沸,不如去薪;溃痈虽痛,胜于养毒。臣敢鸣钟鼓入洛阳,请除让等。社稷幸甚! 天下幸甚!”他的这句话,对于不明真相的人来说,可谓起到了稳定人心的作用。

所谓“溃痈虽痛,胜于养毒”是说:痈疮弄破虽会疼痛,但总比保留着毒液要好。实际上,董卓举兵进京是为夺取政权。为了掩人耳目,他采取了上表的方式,并以关心国家大事为由,来达到自己夺权的目的。这句话虽出自阴谋家董卓之口,但不无道理,即发现病毒要及时根除,发现问题就要从根本上来解决,否则会遗患无穷。

几番不听忠臣谏,难免宫中受剑锋。

【注释】《三国演义》第三回。

【鉴赏】何进欲诛宦党之计暴露,被宦官张让等伏兵砍死。作者引用“汉室倾危天数终,无谋何进作三公。几番不听忠臣谏,难免宫中受剑锋。”的诗句来比喻何进的无才无能所带来的祸患。

在与宦官十常侍的斗争中,何进始终表现得少谋无能。如曹操、陈琳等人多次劝告他不可调要官回京,以免暴露机密,反遭杀身之祸,可他执拗不听,最后果真泄密。陈琳、袁绍、曹操见情况不妙,就告诉何进不要轻易进宫,可何进仍不听劝阻,终被张让等杀害。由于何进的智乏谋寡,加之主观臆断,导致了他最终的失败。这句话是对何进失败教训的一个最好的总结。

顺我者生,逆我者死。

【注释】《三国演义》第三回。

【鉴赏】董卓专权后,想废掉刘辩,立刘协为帝,荆州刺史丁原在朝臣面前大呼不可,董卓怒不可遏地说:“顺我者生,逆我者死”,欲拔剑杀死丁原,正此时,被李儒止住。董卓这句话的意思是说:听从我的人,就能活下来;与我作对的人，就休想活命。从这句话就可看出董卓不仅是一个地地道道的阴谋家，而且还是一个专制的独裁者。

名正言顺，大事可图。

【注释】《三国演义》第三回。

【鉴赏】董卓奉诏正想带兵进京，他的女婿、谋士李儒却对他说："今虽奉诏，中间多有暗昧。何不差人上表，名正言顺，大事可图。"董卓觉得有理，于是上表。

董卓见何进密诏叫他回京，可谓喜从天降，事从人愿，但他还是怕众臣有疑，于是亲自上表，说明这次进京是为讨伐宦党，这样不正是名正言顺从中可以篡权吗！但寡谋的何进哪里能觉察出这一点，终致董卓阴谋得逞。李儒这句话是说：做大事以前，不仅要严守秘密，更主要的是要为自己的行动寻找一种有利的说法，这样才有助于大事的成功。

天下事在我。

【注释】《三国演义》第三回。

【鉴赏】董卓专权后想废掉刘辩而立刘协为新语，对此，众臣均敢怒而不敢言，只有中军校尉袁绍敢站出来说："今上即位未几，并无失德；汝欲废嫡立庶，非反而何？"董卓见有如此胆大之人，于是大怒道："天下事在我！我今为之，谁敢不从！汝视我之剑利否？"

古代，皇帝的地位至高无上，但在汉末年间，董卓专权、架空皇帝，群臣就更不在他眼里。国家大事都是他一人定夺。这句话正表现出他专权后的狂妄和自大。

擢用名流，以收人望。

【注释】《三国演义》第四回。擢：即提拔之意。

【鉴赏】这句话的意思是：选用提拔社会上有名的人士为统治集团做事，这样不仅可以笼络人心，而且还可以聚英雄为己所用。董卓阴谋得逞后，挟天子以令天下。为进一步扩展自己的势力，董卓采纳了李儒的"擢用名流，以收人望"的意见。李儒给他推荐了蔡邕，董卓遂命李儒招蔡邕回来，不料蔡邕拒招。

作为统治阶级，需要有一批社会名流来参与掌管国家大事，这样不仅能稳定政权，更有助于国家的发展；而且这些人知名度高，为人有信誉，处事正派，令人放心。可李儒是站在一个阴谋家的位置上来"擢用名流"，可见，李儒是换取人心而达到个人目的。对于他这种不怀好意的拉拢，"名流"们自然不会俯首听命。

好谋无断，不足为虑。

【注释】《三国演义》第四回。

【鉴赏】汉昭宁元年，董卓当权，召集大臣提出想废刘辩而改立刘协为帝。对此专权惟有袁绍敢站出来说话。袁绍见朝政如此情景，一气之下弃官离去。董卓问周毖、伍琼："袁绍此去若何？"伍琼答曰："袁绍好谋无断，不足为虑；诚不若加之一郡守，以收民心。"董卓觉得有道理，于是封袁绍当了一名渤海太守，并派人前往告知。

这句话的意思是说：对善于用计谋但缺乏果断的人，是不用担心的。作为一个掌管国家大事的权臣来说，不仅要善于计谋，而且还要果断行事；优柔寡断，谋而不决，就会失去良机，无法成就大业。

宁叫我负天下人，休叫天下人负我。

【注释】《三国演义》第四回。

【鉴赏】董卓废辩立协，杀死刘辩与何太后后，更是独揽大权，掳掠杀戮，无恶不作。群臣见董卓欺天废主皆敢怒而不敢言。一日，王允借过生日，宴请一班旧臣共商诛杀董卓之事。曹操欣然愿往。不料，刺杀未成，出逃经过中牟县时，被县令陈宫抓住。当陈得知曹操是为国锄奸时，更是深为敬佩，于是也弃官与曹操共同出逃。当经成皋之地，遇曹父的结义兄弟吕伯奢。吕杀猪倒酒准备款待曹操，曹操反疑心吕伯奢要暗杀他，于是将吕及其家人全部杀死。陈宫惊问为何杀人，曹操却说："宁叫我负天下人，休叫天下人负我。"

这句话表现了曹操极端自私的一面。他已知自己错杀了吕家人，但又怕外出买酒的吕伯奢知道后报官，于是又将他也杀死。由此可见，曹操是个心狠手辣之人。他的这句话，表现了他多疑、虚伪和残酷的性格。

有功必赏，有罪必罚。

【注释】《三国演义》第五回。

【鉴赏】曹操不忍董卓恣意专权，于是发矫诏布告天下共同讨伐董卓，各地诸侯立即响应，并结成联盟。曹操推举袁绍为盟主。在首次开会时，袁绍说："绍虽不才，既承公等推为盟主。有功必赏，有罪必罚……"

无论任何组织，不仅要建立赏罚制度，而且还要赏罚分明，这样才会激发成员们的热情和干劲。而这句话就是组织的基本制度。袁绍一上任就向大家宣布了这个制度，可见他是知道这一制度的重要性的。

得功者赏,何计贵贱乎?

【注释】《三国演义》第五回。

【鉴赏】为除掉奸贼董卓,关羽首先杀掉了董卓的将领华雄。张飞又提出趁机攻进敌营活擒董卓。这时,南阳太守袁术听了张飞的话后大为不悦并怒喝道:“俺大臣尚自谦让,量一县令手下小卒,安敢在此耀武扬威,都与赶出帐去!”曹操反对袁术的看法,他说:“得功者赏,何计贵贱乎?”古代社会,人们常因地位和出身的高低而分为贵贱。袁术是见刘备、关羽、张飞出身低下才这样说的。刘备只做过安喜县的县尉,在袁术看来实在是太卑微了,关羽和张飞又是刘备下面的小卒,就更不在他眼里了。

初建联盟,袁绍曾宣布:“得功者赏。有罪者必罚。”但在等级制度的封建社会,刑不上大夫,赏不给贱民的思想,从建立制度的那天起,就一直阻挠着功罪赏罚制度的推行。而曹操提出“得功者赏,何计贵贱乎?”的主张,在当时可谓是一种进步的思想。他认为,赏罚不应以身份来决定,而应当以功过来判定。在曹操看来,惟有不计高低贵贱,赏罚分明,才能鼓舞将士之心,共图大业。在此可看出曹操也有睿智的一面。

天下动之至易,安之至难。

【注释】《三国演义》第六回。

【鉴赏】各路诸侯联合讨伐董卓。在虎牢关前,董卓的干将吕布被刘、关、张打败,其军心涣散,士气大丧。董卓无奈之下,采纳了李儒的意见,决定由洛阳迁往长安。杨彪对这件事不同意,他说:“关中残破零落。今无故捐宗庙,弃皇陵,恐百姓惊动。天下动之至易,安之至难。望丞相鉴察。”

杨彪所说的“动”是动乱的意思,“安”是指安定之意。他所说的意思是,使国家动乱起来是很容易的事,若想使国家能够安定却是很难的。杨彪的话可谓说得十分有理。最高决策者的行动,会影响国家的前途和命运。换句话说,也就是破坏安定的秩序容易,而建立稳定的秩序十分艰难。杨彪不同意迁都的原因是:长安古老破败难以整治,若想建一个新的国都会得不偿失;其次是皇帝弃宗庙、皇陵离去,表明了朝廷的不稳定,这必会惊动百姓。百姓不安,天下就会大乱,到时想收拾就来不及了。

这本是杨彪从大局着眼说的,可奸诈自私的董卓只信“气数”,全然不听群臣的劝谏,并把谏言的杨彪、黄琬、司徒荀爽罢为庶民。将尚书周毖、校尉伍琼斩首。接着,派人滥杀无辜,掠夺金银财宝,驱赶百万洛阳之民前往长安。临行前火烧宗庙、宫廷,挖掘官民坟冢,闹得民不聊生,鸡犬不宁。半路又死者无数。最后招致动乱升级。

以一小恨而起重兵，非所宜也。

【注释】《三国演义》第七回。

【鉴赏】孙坚因偶然机会得到传国玉玺，便以为能登上君王的宝座，遂私自藏起来，并毁掉盟约独自回到江东。袁绍给荆州刺使刘表去信，让他截住孙坚夺回玉玺。孙坚失败，死里逃生，从此便和刘表结怨。袁绍也与刘表结下仇恨，并写信给孙坚，约定共同讨伐刘表。孙坚也正想报此仇恨，决定发兵讨伐。孙坚的弟弟孙静见兄长因一小私怨要发重兵攻打觉得不合适，就劝说孙坚："今董卓专权，天子懦弱，海内大乱，各霸一方；江东方稍宁，以一小恨而发重兵，非所宜也。愿兄详之。"孙静这句话的意思是说，因为一个小小的怨恨而动用庞大的军队，这是不合适的。

作为统帅的孙坚，不应当因私人小怨而不为全局着想。由此看出，孙坚不具备一个政治家、军事家的头脑。最后，他不仅使江东势力大大受损，而且还因此丢了性命。

招贤纳士，屈己待人。

【注释】《三国演义》第八回。

【鉴赏】孙策将父亲孙坚埋葬后，"丧事已毕，引军居江都，招贤纳士，屈己待人，四方豪杰，渐渐投之。"这句话是说：放下架子礼貌待人，吸引、招来德才兼备的人士。

在政治斗争中，一个组织或领导能否有凝聚力和向心力这是最重要的。在扩充自己的实力，不断发展事业的同时，还要把那些德才兼备的人召集到集团里来，并充分地发挥他们的才干。在选用人才的问题上，实际上也是双方面的问题，即你在选别人的时候，别人同样也在选择你。古人所说的"贤者择主而事"就是说的这个问题。所以说礼贤下士，这样就会有更多的人才来到你的身边，并会为你努力地做事。

三战虎牢徒费力，凯歌却奏凤仪亭。

【注释】《三国演义》第九回。

【鉴赏】在铲除掉董卓的斗争中，王允巧设了"连环计"，把自己府中的美女貂婵许给吕布，后又将她送给董卓。董卓、吕布这对义父子为争夺貂婵引生嫉恨，且矛盾越来越大。李儒见此情景，就劝董卓不要为美人所迷惑，要顾全大局，并让董卓将貂婵送给吕布。董卓哪里能接受此话，遂变脸道："汝之妻肯与吕布否？貂婵之事，再勿多言；言则必斩！"李儒出来后仰天长叹道："吾等皆死于妇人之手矣！"在此有诗曰："司徒妙算托红裙，不用干戈不用兵。三战虎牢徒费力，凯歌却奏凤仪亭。"

这首诗的意思是:王允巧设连环计,不用刀枪不用兵,他把除掉董卓的重任委托给女子貂蝉。为打败董卓,刘备、关羽、张飞曾在虎牢关打败吕布,但这没有从根本上解决问题,真正打败董卓的是一位女子,是她在董卓后花园的凤仪亭下奏响了胜利的凯歌。这首诗不仅赞颂了王允“美人计”的高明,而且也颂扬了貂蝉对敌斗争的智勇和无私的牺牲精神。同时也尖刻地嘲笑了董、吕胸无大略的蠢拙。

临难苟免,吾不为也。

【注释】《三国演义》第九回。

【鉴赏】王允用“美人计”杀死董卓后,其余党李傕、郭汜、张济、樊稠等欲报仇雪恨。他们采取一面引诱吕布,一面攻击其后,另两路直接进攻长安的战略战术,在其他余党李蒙、王方的内应下攻进城门。吕布被突袭且阻挡不住,领着数百兵士冲向城门外,急呼王允:“事急矣! 请司徒上马,同出关去,别图良策。”王允却死不逃跑,遂说:“国家若得平安,这是我之所愿,若国家不安,我则奉身以死;临难苟免,吾不为也! 为我谢关东诸公,努力以国家为念!”王允实现了自己的诺言,最后被李傕、郭汜所杀。

王允在铲除奸贼董卓的斗争中,虽受尽屈辱,但最终以高超的妙计完成了任务。但有一点不足的是,他在策略上没有从根本上消除隐患,从而导致董卓余党进行反扑。当王允面临生命危险的时候,他表现出宁死不屈的精神,至死还记挂着国家的前途命运,并勉励关东诸公要为国家着想。其精神实为可歌可泣。在小说里,作者将王允树之为大智大勇之人,并赞颂了他的为国牺牲精神。

小时聪明,大时未必聪明。

【注释】《三国演义》第十一回。

【鉴赏】曹操准备征讨徐州陶谦,糜竺给陶谦献计,请北海孔融发兵前来救援。至此,作者回过头来给读者介绍孔融。说孔融自幼聪慧过人,当年他十岁时去拜见河南尹李膺,把门人不让他进去,他说:“我家与李家世代交好”,于是守门人将他放了进去。李膺见到他很是奇怪地问:“你的祖先与我的祖先有什么关系?”孔融答曰:“很早以前孔子曾问礼于老子,这样说来我和你还不是累世通家之好么?”李膺向友人陈炜夸赞说:“孔融真是个‘奇童’!”陈炜不同意李膺的看法,他说:“小时聪明,大时未必聪明。”孔融听了立即说:“照您的话来看,您小时候一定是个聪明的孩子。”他的意思是说,你现在长大了,可是说话显得不聪明。陈炜听了笑着说:“这个孩子长成之后,必定是当代的栋梁啊!”

陈炜说的话是有道理的。他认为一个人小时候聪明,长大了未必就聪明。其道理在于人的聪明与否除先天因素外,后天因素也是至关重要的。一个人的天赋很好，但在成长中没有受到良好的教育，并缺乏一种进取的精神，就是天赋再好也不会成为一个有智慧之人。

深根固本以治天下。

【注释】《三国演义》第十二回。

【鉴赏】陶谦的属下张铠杀死了曹操的父亲，曹操为报此仇，想讨伐陶谦夺取徐州。可陶谦临死前，将徐州转让给刘备了，但曹操仍要继续攻打徐州。荀彧劝曹操说："昔高祖保关中，光武据河内，皆深根固本以治天下，进足以胜敌，退足以坚守，故虽有困，终济大业。明公本首事兖州，……弃兖州而取徐州，是弃大而就小，去本而求末，以安而易危也。愿熟思之。"曹操听罢觉得有理，于是采纳了他的意见。

荀彧是一位极有谋略的大臣，他的这句话，是建议曹操要把兖州作为根据地，并进一步发展壮大自己的势力，再逐步消灭敌人，占领城池。也就是说，在持久的敌我斗争中，若只想夺取地盘，这样就是得到了，还会丢弃；若自己的力量不够，还可能把自己的地盘也会丢掉，从而导致自己没了根据地。荀彧的这一思想是针对基业初创时而说的。他强调的是，有了稳固的根据地，才有可能夺取天下。

强固不足恃。

【注释】《三国演义》第十三回。

【鉴赏】这句话的意思是说，仰仗自己的强大恣意行事是不行的。太尉杨彪给献帝出了一个反间计，于是大司马李傕与大将军郭汜反目成仇。两人为争得主动权各自采取了行动，李傕抢走了献帝，郭汜扣押了公卿。献帝无奈只好让皇甫郦去为两人说合。皇甫郦去说服李傕，李傕认为自己力量强大，不仅不答应和解，还发誓一定要消灭郭汜。于是皇甫郦说："昔有穷后羿，恃其擅射，不思患难，以至灭亡；近董太师之强，君所目见也，吕布受恩而反图之，斯须之间，头悬国门：则强固不足恃矣。"

小说中的皇甫郦是一位"能言善辩"者，他和李傕又是同乡，所以他劝李言语婉转，但又一语中的。本身强大是获胜的一个重要原因，但强大并不一定完全能够取胜，还有其他重要因素，就是你所进行的斗争是否是正义的，有没有其他外部因素的影响和策略上的适当与否。强大只是相对而言，岂不知，强中自有强中手。李傕认为自己很强大，其实，在当时的各种力量中，他的实力并不是最强的。皇甫郦的这句具有远见卓识的话没有引起李傕的觉醒，最后终于导致他军心涣散，内部矛盾重重。至此，他才明白自己的力量不是很强大的，并与郭汜彻底讲和。

得何足喜,失何足忧。

【注释】《三国演义》第十四回。

【鉴赏】这是刘备在失去徐州时所说的一句话。这句话的意思是说,想得到的东西等得到时,有什么值得喜悦的;如果失掉它,又有什么可值得忧伤的?这里指的是徐州。刘备虽素有大志,但没有自己的根据地,在陶谦三让徐州时,刘备虽然很想得到它,但由于一些原因,他报推托态度。最后在糜竺及徐州百姓的恳求之下,他当了徐州牧,不料,他是中了曹操的"驱虎吞狼"之计,遂失去徐州。就在众人大惊失色之时,刘备却说:"得何足喜,失何足忧!"

实际上,刘备怎么不为得失徐州而喜忧呢!可他为什么又要这样来表现呢?首先是因为他的性格内向,喜忧不易表现出来;其次是由于自己的身份不同,遇大事不能乱了方寸,应稳定人心;再次是这话也有对那些因失徐州而惊慌失措的人的批评,同时对自己也是一种安慰。刘备的这种不为一时的得失、胜败而喜忧的气度,表现了他的胸怀和志向。

举杯畅饮情何放,拔剑捐生悔已迟。

【注释】《三国演义》第十四回。

【鉴赏】曹操以荀彧的"驱虎吞狼"之计,让刘备攻打袁术。刘备出战前,把徐州交给张飞管理,并嘱咐他千万不要喝醉酒,更不要殴打士兵,为了妥贴起见,还请陈元龙在他出去这段时间来帮助张飞管理军中事务,并监督他少喝酒,不要贻误大事。不料,刘备离开徐州后,张飞恶习难改,自己不仅喝得酩酊大醉,还让众官一起喝。曹豹拒绝与他喝酒,他就下令鞭打,曹豹因此就怀恨在心,于是连夜派人投书给他的女婿吕布,让吕布趁张飞酒醉时攻打徐州。就这样里应外合吕布攻入徐州城内。这时刘备家眷仍在府中,张飞急差人救出城外。关羽一见到他便数落一顿,张飞听了无颜面对二兄长,便拔剑想自杀。正是:"举杯畅饮情何放,拔剑捐生悔已迟!"

张飞粗暴,且好饮酒,更是时常鞭打部下。刘备知其恶习所以嘱咐了又嘱咐,可他陋习难改。也就是说,做事只为一时痛快,不为纪律所约束,是不能担负重任的,如若造成祸患,就是后悔也来不及了。

无谋之辈,见利必喜。

【注释】《三国演义》第十四回。

【鉴赏】张绣想出兵攻打许都,目的在于抢夺献帝。曹操也正想发兵讨伐,却又害怕吕布趁机来攻打许都,于是讨计于荀彧。荀彧说:"吕布无谋之辈,见利必喜;明公可遣使往许都,加官赐赏,令与玄德解和。布喜,则不思远图矣。"

曹操听了他的意见,果然稳住了吕布。

在小说里有许多人多次称吕布为“无谋之辈”,这都是根据吕布的秉性而说的。这里的意思是指他不图谋天下霸业,却只图眼前的小利益。吕布是属于那种勇之有余而谋略不足的人,也就是说他只能作一个将才,而不能作帅才,他的这一致命弱点早被他的对手所认识。吕布的最终失败也是由于他的短见而造成的。

屈身守分,以待天时。

【注释】《三国演义》第十五回。

【鉴赏】原本是刘备驻徐州,吕布在小沛,因俩人中了荀彧的“驱虎吞狼”之计,这使得刘备丢了徐州去了小沛,吕布得了徐州。这个局面被曹操认可,可在暗地里曹操对刘备说:“吾令汝屯兵小沛,是‘掘坑待虎’之计也。公但与陈圭父子商议,勿致有失。某当为公外援。”其实,曹操早已派陈圭、陈登父子在吕布身边为内应,正给吕布这只“虎”挖下陷阱,只等时机成熟,置吕布于死地。

这一计谋,曹操在很久以前就与陈登定好,只是在后面才得以实现。吕布终于被生擒,吊死于百门楼下。一位骁勇善战的“虎”最终亡命于老谋深算的曹操手中。

方今正用英雄之时,不可杀一人而失天下之心。

【注释】《三国演义》第十六回。

【鉴赏】刘备被吕布逼得别无去处,只好到曹操处暂避,曹操以上宾之礼对待他。荀彧见此情景就劝曹操,为免除后患,一定要及早杀掉刘备。在这个问题上,郭嘉却有不同的看法,他认为:“夫除一人之患,以阻四海之望:安危之机,不可不察。”程昱又劝曹操杀之,曹操却说:“方今正用英雄之时,不可杀一人而失天下之心——此郭奉孝与吾有同见也。”于是,不仅举荐刘备做豫州牧,而且送给他兵三千、粮万斛,去攻打吕布。

曹操本是胸怀大志之人,他素来就有称霸天下之心,所以他招贤纳士,集结人才,并逐步壮大自己的实力,这就是他说“方今正用英雄之时,不可杀一人而失天下之心”的本意。但有一点是曹操没料到的,其实刘备也早有称霸天下之心了。曹操在与刘备青梅煮酒论英雄时,就谈过天下惟刘备与他自己可称得上是英雄,从此可以看出,曹操对刘备的为人和志向是比较清楚的。但是为了招引更多的仁人志士来到自己的身边,他不想由于杀掉刘备而失去天下的人心。

曹操是一位多才多艺和极有主见的人,在他看来,刘备虽具有一统天下的可能,但目前还没有与自己争霸的力量,而自己当前需要的是对付自己主要的敌人,因此先不管刘备之事。由此可见,曹操是一个具有远见卓识的政治家和思想家。在如何对待刘备的问题上,他是经过一番深思熟虑的。

除一人之患,以阻四海之望:安危之机,不可不察。

【注释】《三国演义》第十六回。

【鉴赏】刘备被吕布夺取徐州后,去往小沛,却又遭吕布攻打,无奈只得去往许都,投奔了曹操,想借兵攻打吕布。刘备到曹操处后,曹操款待刘备为上宾。这时,荀彧对曹操说:“刘备,英雄也。今不早图,后必为患。”郭嘉却劝曹操:“主公兴义兵,为百姓除暴,惟仗信义以招俊杰,犹惧其不来也;今玄德素有英雄之名,以困穷而来投,若杀之,是害贤也。天下智谋之士,闻而自疑,将裹足不前,主公谁与定天下乎?夫除一人之患,以阻四海之望:安危之机,不可不察。”曹操觉言之有理,遂于次日上表推荐刘备当了豫州牧。

在各种实力不断滋长,各路诸侯欲争雄称霸的势态下,有思想的政治家们都竭尽全能网罗人才,以扩大自己的力量;而仁人志士们也在选择明主,这样不仅能充分发挥自己的才能,而且也能为天下人做一些事情。在汉末,许多有识之士在择主的时候,最关心的是这人是否讲信义,是否真的礼贤下士,是否言行一致。看来,郭嘉的“除一人之患,以阻四海之望”是正确的。曹操同意他的意见也是基于这一点。其实曹操很明白,刘备也是英雄之人,但从目前来讲,他还没有与自己抗衡的能力,如杀了他反会给自己带来不利的影响,所以他没有听荀彧的话。

吾自制法,吾自犯之,何以服众?

【注释】《三国演义》第十七回。

【鉴赏】建安三年四月,曹操正发兵南阳。在路上,见麦子已熟,就命士兵遍告沿途百姓及各地官吏:“吾奉天子明诏,出兵讨逆,为民除害。方今麦熟之时,不得已而起兵,大小将校,凡过麦田,但有践踏者,并皆斩首。军法甚严,尔民勿得惊疑。”百姓听后无不欢迎称道。人们走路谁也不敢踏进麦田。一次曹操骑马而行,马忽然被飞来的鸠鸟惊吓而窜进麦田里,并踏坏了一大片麦田。曹操立即叫行军主簿,拟定自己践麦之罪。主簿说:“丞相岂可议罪?”曹操说:“吾自制法,吾自犯之,何以服众?”他见主簿不愿给他定罪,便拔出所佩之剑想自杀,手下急忙将他拦住。最后曹操以割掉自己的头发来代砍头之罪。

曹操不愧为一位真正的政治家和军事家。他认为法律不仅是为下级制定的,制定法律者更是应带头守法。如制定法律者自己犯法却不加以追究的话,那么,制法者同他制定的法律将一同失去尊严和威力。这样就会导致纪律涣散、人心不服,有法不依的恶劣现象出现,这样的军队还能谈得上打胜仗?在封建社会法不治尊的制度下,曹操能够如此以身说法,实为难能可贵。

统领多军，不以军令，何能服人？

【注释】《三国演义》第十九回。

【鉴赏】吕布、袁术两家原本有婚约，吕布却因事态变化而私自毁约。吕布被曹操、刘备逼到下邳，穷途末路，只好派郝萌等人写信求助于袁术。袁术提出，吕布必须先把女儿送来，才可发援兵。郝萌回报吕布，在路上却被张飞抓送到曹操手里。曹操审清实情后，立即杀了郝萌，并传于各寨不要走漏风声，否则以军法处治。张飞不高兴地说："捉了一员贼将，操不见有甚褒赏，却反来唬吓，何也？"刘备解释说："非也。曹操统领多军，不以军令，何能服人？弟勿犯之。"张飞这才不吱声了。

作为军队的统帅，要能够顺利实施作战计划，就必须使全军听从指挥，为了达到这一目的，就要以军纪军法来约束将士。无论上下、有功无功、功大功小均应遵守。如果立过功就可不在法纪的约束之下，法纪就会失去其公平性，并会直接影响其严肃性，没有了严肃性，更何谈有法必依。由此可见，曹操与刘备在法纪问题上的看法是一致的，也是合乎法制要求的。

军以将为主，将衰则军无战心。

【注释】《三国演义》第十九回。

【鉴赏】曹操夺了徐州以后，吕布只好退到下邳，这时曹操又转攻下邳，这使吕布连连失败。吕布只好守而不战，其谋士陈宫暂时也拿不出什么好主意来。此时，曹操率军虽经两个月攻战却仍未能拿下下邳。曹操因对袁绍、刘表、张绣有忧虑，于是，决定放弃下邳回守许都。荀攸劝解曹操说："不可。吕布屡败，锐气已坠，军以将为主，将衰则军无战心。彼陈宫虽有谋而迟。今布之气未复，宫之谋未定，作速攻之，布可擒也。"他与郭嘉同时提出决沂、泗两河之水来淹下邳的主张。曹操采纳了他们的意见，最后终于将吕布困于城中而擒住。

荀攸分析了吕布平时恃勇自傲的个性，做事只喜胜。又加他连败数仗，且守地损失多半，过去的威风屡遭挫伤，军心大丧。所以荀攸认为："军以将为主，将衰则军无战心"是十分有道理的。古代战争的胜负将帅起着决定性的作用。一方面，他的军事指挥才能直接影响战争的胜败；另一方面，他的言行举动会对部下产生极大的影响。在军事上，自古就有"士气可鼓不可懈"之说，如果将领自己先已失去了必胜的信心，那么全军的士气就会愈加低落，其战斗力则会自减大半。荀攸正是看到了吕布的这一短处，所以提出穷追不舍，直至死地这一主张，最后果真将吕布一举歼灭。

缚虎不得不急。

【注释】《三国演义》第十九回。

【鉴赏】曹操水淹下邳后，吕布手下宋宪、魏续趁吕布熟睡，将他用绳子紧紧捆住。等曹操、刘备进城，便将吕布提来。吕布高大的身材，被绳子紧捆，他大声说道："缚太急，乞缓之。"就是说捆的太紧了，请放松点。曹操却戏谑地答道："缚虎不得不急。"

在各路诸侯争权夺势的斗争中，曹操曾多次利用过吕布，还封他为多个军事要职，他内心却害怕吕布几分。他视吕布是一只猛虎，所以屡设数计想置吕布于死地。在吕布危及曹操的时候，曹操便毫不留情地将其捉住。当吕布败在他的手下，求乞对他宽松些时，曹操一句"缚虎不得不急"，表现出了他的无情与果断。同时也体现了一个政治家、军事家的风度。

贪生怕死之徒，不足以论大事！

【注释】《三国演义》第二十回。

【鉴赏】在许田狩猎时，献帝见曹操霸道的样子，心里十分不高兴，回宫后将密诏交董承让他组织力量讨伐曹操。董承与王子服、种辑、吴硕立联手结盟欲攻打曹操，正在此时，西凉太守马腾来探。马腾质问董承："许田射猎之事，吾尚气满胸膛；公乃国之至威，犹自殢于酒色，而不思讨贼，安得为皇家救难扶定之人乎？"董承恐其中有假，便佯装惊曰："曹丞相乃国之大臣，朝廷所依赖，公何出此言？"马腾大怒曰："汝尚以曹贼为好人耶？"董承说："耳目甚近，请公低声。"马腾道："贪生怕死之徒，不足以论大事！"董承知马腾忠义，便把皇帝下密诏之事告诉了他。

这句话的本质意义是说，要想做大事，就要有献身精神。贪生怕死的人不仅干不了大事，而且还会因珍惜自己的生命而坏了大事。所以说，与贪生怕死的人是不能共同图谋大事的。

虚名无实，非英雄也。

【注释】《三国演义》第二十一回。

【鉴赏】打败吕布后，曹操把刘备拖在许都，其目的在于控制他，从而迅速积聚力量。这时深藏城府的刘备也在暗中使计对付曹操。一天，曹操宴请刘备，二人煮酒论英雄。曹操问谁是当今英雄，刘备假意答道："有一人名称八俊，威震九州——刘景升可为英雄！"曹操不同意说："刘表虚名无实，非英雄也。"

这句话的意思是说，一个人是不是英雄，不能光看他的外表，只听他的名声，更重要的是看他的志向和能力，看他的名声是否与实际相符。刘表是汉室宗亲，他与其他七个有名的人士为友，人称“江夏八俊”；另外还有蒯良、蒯越、蔡瑁等协助，名气谓之不小，可他实际上是个没什么能力的人，哪里谈得上是个英雄。

一日纵敌，万世之患。

【注释】《三国演义》第二十一回。

【鉴赏】就在曹操、刘备煮酒论英雄的次日，曹操又宴请刘备。喝酒间，忽有人来报袁绍已击败公孙瓒。刘备听罢，要求率军前往徐州截挡袁术。曹操没来得及细想就让刘备统军五万人马前往拦截。郭嘉知道这一消息后对曹操说：“丞相纵不杀备，亦不当使之去。古人云：‘一日纵敌，万世之患。’望丞相察之。”曹操觉言之有理，遂派许褚领兵追赶刘备。

曹操将刘备控在许都，其意在于控制刘备势力的发展。而刘备早已明察秋毫，也将计就计，待机离开许都。这次见机会已到，他请求带兵去徐州，实则是为逃逸。郭嘉的“一日纵敌，万世之患”，提醒了曹操。曹操虽早知刘备有称霸天下之心，所以一直未放他，可这次疏忽竟造成“放虎归山”，给曹操的统一大业带来了不必要的麻烦，也是曹操的终生憾事。

有文事者，必须以武略济之。

【注释】《三国演义》第二十二回。

【鉴赏】曹操将刘备控在许都以防后患，而刘备以截杀袁术为名，终得以脱身。他恐曹操前来追杀，就求援于袁绍。袁绍决定帮助刘备，并愿共同讨伐曹操。为使讨曹战斗更顺应民心，袁绍让书记陈琳草拟檄文，历数曹操罪名。曹操见后，不觉大惊，随之又说：“有文事者，必须以武略济之。陈琳文事虽佳，其如袁绍略之不足何！”

无论是政治或是军事集团，要想夺取胜利，必须兼有文事、武略；仅有文事却无武略配合，是不能使事业取得成功的。深知袁绍性格的曹操，知其势力虽强大，可他是一个“色厉胆薄、好谋无断、干大事而惜身、见小利而忘命”的人，不足以成大事。所谓“有文事者，必须以武略济之”的意思是，在战争中，惟有文武配合，才能达到协助战斗获胜的目的。今袁绍虽有陈琳的战斗檄文，在军事才干上却逊色于曹操。从曹操的这句话中可以看出，他对陈琳的才气给予了肯定，但对袁绍的无能倍感叹息；在此也表现出了曹操畏惧檄文，并为之震惊的一个心理过程。但曹操毕竟是一个集文韬武略于一身的政治家、军事家和思想家，他深知文武相济才能成就大业的道理。

有小过失，勿记于心。

【注释】《三国演义》第二十三回。

【鉴赏】曹操派使者刘晔去襄城招安张绣，张绣也有此意，有一点使他担心的是曹操与自己有过仇恨而恐其报复。谋士贾诩说，曹操素有大志，定会放弃私怨而明德于四海。刘晔听罢也说：“丞相若记旧怨，安肯使某来结好将军乎？”张绣听了觉得此话有理，于是决心降曹。当他去许都拜见曹操时，曹操显得格外热情，扶起张绣，拉着他的手说：“有小过失，勿记于心。”并封他为将军。

张绣与曹操的前仇是这样的：张绣是董卓同党张济的侄子，张济死后，他与刘表联盟屯兵宛城，发兵夺驾。曹操出兵十五万，讨伐张绣，迫使他全军投降。后又有曹操与张绣的婶子邹氏通奸，张绣知此事后怒骂曹操：“曹贼辱我太甚！”遂用计把曹操的爱将典韦、长子曹昂杀死，就连曹操也差点丢了性命。以后张绣就投奔了刘表。后来，曹操又发兵讨伐张绣，两军格斗，各有胜负。这就是那段前仇。在这种情况下，曹操不记前嫌，仍接纳张绣，其目的在于集中精力讨伐袁绍和刘备，并把杀子之仇说成“小过失”，还让张绣“勿记于心”。由此可见，曹操不愧为一位伟大的思想家和战略家。

见善若惊，嫉恶若仇。

【注释】《三国演义》第二十三回。

【鉴赏】这句话是孔融推荐祢衡去说服刘表时说的话，意思是说，见到善举就感到意外惊喜，碰到坏人坏事就要像对待仇敌一样。曹操招降张绣之后，又准备派一位人去招降刘表。荀攸推荐孔融担当此任，孔融却认为祢衡的才智比自己更加高明，于是上表，极力推荐他。孔融的这句话，是指疾恶扬善，是非、爱憎分明的人。在此，孔融褒扬了祢衡的正直品格。

鸷鸟累百，不如一鹗。

【注释】《三国演义》第二十三回。

【鉴赏】这句话的意思是说，即使有上百只鹰、隼之类的鸟，也不如有一只鱼鹰。这是形容人才难得。曹操招安张绣以后，又准备派一位名士去劝降刘表。荀攸推荐了孔融，而孔融认为祢衡的才智更超于自己，于是极力推荐祢衡，并说：“鸷鸟累百，不如一鹗；使衡立朝，必有可观。”这是在夸奖祢衡的超人之才。

以久持之，待其有隙而后可动也。

【注释】《三国演义》第二十五回。

【鉴赏】曹操打败刘备后，刘备只好投往袁绍。袁绍见春天来临，觉得是攻打许都的时候了。田丰谏曰:“前操攻徐州,许都空虚,不及时进兵;今徐州已破,曹兵方锐,未可轻敌。不如以久持之,待其有隙而后可动也。”事情是这样的:曹操攻打徐州,刘备无力抵抗,于是就派孙乾求救于袁绍。当时田丰曾建议袁绍趁许都人少及早发兵,而袁绍因儿子生病不出兵,田丰气得以杖击地感叹说:“以婴儿生病而坐失良机,大事去矣!”由于刘备势单,结果失去了徐州等地,而现在曹操气势正大,再破曹操就十分困难了。

田丰说得很对,曹操重兵进攻徐州时,袁绍本应抓住机会与刘备一起防御曹操,让刘备牵住曹操,他乘虚进攻许都,那么就很可能取胜。可当徐州丢失,曹操势力就大了,并回到许都,有了喘息之机,袁绍再反手来进攻许都,可以说大势已去,而这时,他应该固守,不应出兵,等待机会,重新发兵,可他不听田丰的话,反而认为一切都是因田丰坏了事,想杀了田丰。后来在刘备的极力劝阻下,才没杀田丰,把他投入大狱。后来,袁绍与曹操对抗,结果屡屡失败。

梦寐之事,不可凭信。

【注释】《三国演义》第二十五回。

【鉴赏】曹操打败刘备,获得小沛、徐州后,派张辽说服关羽投降,关羽却以“只降汉帝,不降曹操”和奉养刘备的二位嫂夫人为由,屈身于曹营。一天,二夫人哭泣,关羽跪于门外,问二位嫂嫂为什么哭泣。甘夫人说自己梦见刘备身被埋在土坑之内,醒来和糜夫人一说,推想刘备已死,故而哭泣。关羽听后说:“梦寐之事,不可凭信。此是嫂嫂想念之故,请勿忧愁。”

在古代,人们对梦的认识有所不同。有的认为梦中的事情,是暗示已经发生了的事情;有人认为,梦是预示即将发生的事情。也有人认为梦是:日有所思,夜有所梦。关羽正是持后一种态度的。作为古人,能如此对待梦寐之事可谓少有。直到如今,人们对梦仍在进行科学研究,其观点也各有不同,但大部分人认为,梦是与人们平时的所思所想有关,或是人脑的一种潜意识活动。

彼军无粮,利在急战;我军有粮,宜且缓守。

【注释】《三国演义》第三十回。

【鉴赏】孙策死了,曹操封孙权为将军,兼作会稽太守,并作为讨伐袁绍的外应力量。“官渡之战”是袁绍一手挑起的。袁绍引兵到阳武,沮授劝他:“我军虽众,而勇猛不及彼军;彼军虽精,而粮草不如我军。彼军无粮,利在急战;我军有粮,宜且缓守。若能旷以日月,则彼军不战自败矣。”袁绍不仅不听,还将沮授禁闭起来。

沮授对敌情的判断是十分正确的。他知己知彼,分析敌我情况,提出“缓兵之计”,以逸待劳,正是克其敌之短,扬我兵之长,是取胜的上策。当时的情景正是袁绍兵多而不精；曹操兵寡而精良。然而，袁绍的优势是粮多，曹操的劣势是粮少。他只要采取缓兵之计，长时间拖住敌军，敌军出现粮荒，到那时就是不战也会掉头撤军的。然而袁绍缺少谋略，又刚愎自用，不听劝阻，恃仗兵多，以为一定能取胜，凭着一时冲动，发起强攻。他的强攻，可以说正中曹操的下怀。曹操就盼与袁绍的战斗速战速决。由于袁绍策略上的失误，加之他指挥上的错误，对敌情判断不准，结果屡屡失败，导致七十余万人马几乎全军覆没。自此袁绍一蹶不振，等他幡然省悟，为时已晚。

行军以粮食为重，不可不用心提防。

【注释】《三国演义》第三十回。

【鉴赏】在官渡之战中，曹操遣徐晃半道截拦袁绍的运输粮食队伍，并把它们全部烧光。针对这种情况，袁绍手下的谋士审配纳谏："行军以粮食为重，不可不用心提防。乌巢乃屯粮之处，必得重兵守之。"于是袁绍派大将军淳于琼、部领督将眭元进、韩莒子、吕威璜、赵睿等，带二万人马守乌巢粮草。

曹操在官渡之战历经二个多月的战斗后，已是有点支持不住。他只有七万人，对方袁绍的七十万人马，加之长途作战，粮草困缺，军力已是疲惫。相反，袁绍的军队，地处河北富饶之地，军多粮广，凭这一点就足可拖垮曹操。两方谋士纷纷出主意。粮食对这次战争起着十分重要的作用，可以说是决定这次战争胜负的根本。曹操决定阻断袁绍的运输粮食道路，截击袁绍的运粮队，烧毁袁绍的屯粮处。袁绍也是竭尽全力，要保住粮草。但袁绍是一个刚愎自用之徒，他不听谋士劝阻，结果粮草运送队伍被截堵，粮食被烧毁，粮草空虚，军心大慌，曹操乘虚而入，最终官渡之战以袁绍失败而告终。

以孤军抗大敌，而不求急胜之方，此取死之道也。

【注释】《三国演义》第三十回。

【鉴赏】在官渡战役中，袁绍怀疑许攸是曹操的密探，曾将许攸赶出大庭。许攸一气之下投奔了曹操，曹操十分爱惜许攸这个人才，对许攸大为赏识。曹操问许攸怎么可以攻破袁绍，许攸说："明公以孤军抗大敌，而不求急胜之方，此取死之道也。攸有一策，不过三日，使袁绍百万之众，不战自破。"他献计烧毁袁绍的屯粮之地。曹操听从此计，烧毁袁绍乌巢屯粮之地，结果打败袁绍。乌巢被烧，对袁绍确实是一个致命的打击。正是曹操烧毁了袁绍的乌巢粮草之地，才一举打破了两个月以来的被动局面，转败为胜了。曹、袁对峙，袁绍兵屯百万，曹操兵马虽精，人不过七万，敌我悬殊太大。加之袁绍粮草丰厚，军心稳定，而曹操的粮食则消耗殆尽。在这种情况下，曹操是经不住拖延的。许攸的意思是说，仅求"急胜之方"是不可取的。而这正是曹操当时采取的战术，并且没一点效果。可以说,此时曹操正是束手无策的时候。在这个时候,许攸给他出了这个计谋:“取死之道”。正是这个“取死之道”,使曹操转败为胜,扭转了局面。许攸的分析是符合当时敌我双方的军事实情的,可以说是这个被袁绍“赶”出来的许攸给曹操立了一大功。

势弱只因多算胜,兵强却为寡谋亡。

【注释】《三国演义》第三十回。

【鉴赏】这是《三国演义》叙述官渡之战后的总结性的话。在曹、袁两军对峙中,一方“势弱”,一方“兵强”,显然兵强占有优势,“势弱”占劣势。可是,自古以来,决定战争胜负的根本并不是兵力的多寡。军事谋略在战争中起着很重要的因素。缺少谋略,一意孤行,即使“兵强”,也会转强为弱;相反,远谋深算,能够充分把握机会,分化瓦解对方,也可以变“势弱”为“兵强”,最终战胜敌人。

在曹、袁的对垒中,特别是在官渡战役中,就是鲜明一例。袁绍兵多粮广,在敌我力量上完全可以说是占有优势。可他缺少谋略,刚愎自用,不听劝谏,结果屡遭挫败。直到最后,乌巢粮草被烧,落到不可收拾的地步。而曹操自己善谋不说,又十分注重听取别人的意见,兼听并蓄,不断瓦解袁绍的兵力,扩大战果,最后以少胜多,以寡敌众,以弱克强,取得官渡之战的决定性胜利。“势弱只因多算胜,兵强却为寡谋亡”一句,是作者对曹操与袁绍官渡之战做的一个总结,虽然短短一语,但揭示了一种军事思想。

胜负兵家之常,何可自隳其志。

【注释】《三国演义》第三十一回。

【鉴赏】刘备脱身于袁绍后,便与关、张二兄弟相聚。又在汝南得刘辟、龚都数万余人,力量有了进一步的加强,于是,趁着曹操征战河北的期间,进攻许昌。曹操听说后,遂留下曹洪屯兵河上,自己率领大军去往汝南迎战刘备。刘备先胜曹操,不料后来又遭惨败,数万人马只剩不足千人。刘备逃到双江,在无地自容的情况下,劝众将士不要因他耽误了前程而去另投明主。关羽对他说:“兄言差矣。昔日高祖与项羽争天下,数败于羽;后九里山一战成功,而开四百年基业。胜负兵家之常,何可自隳其志。”

刘备一直心怀大志,可进入仕途,一直不得其志。他先后寄身在吕布、曹操、袁绍处,此时又大败在曹操手下而身陷困境,他一时寻找不到转变局势的办法,因而流露出悲观低落情绪。关羽一番话讲得十分有道理。他明白在敌我作战中,可能取胜也可能失败。一时受挫,并不等于彻底的失败。他也清楚打败仗并不可怕,关键是不能因之而丧失创立大业的志气。如果由于暂时的失败而失去了信心,那么就会导致希望破灭。他讲的话简单明了,句句在理,对稳定军心、鼓舞士气起了重要的作用。再则,刘备劝大家另投明主,也不是真正的丧失志气。他这么说,只是出于对众将士前途的考虑。其实是一种谦辞。他若真是一个懦弱悲观的人,也就不会与曹操等展开这场殊死的战争了。他这么说,还另有一番意思,就是试探大家的态度。当时确实是情况危急。若有人说散伙,可能是另一番情景,闹不好会涣散军心。关羽与刘备是生死至交,他为人又性格耿直,不绕弯,不迂回,直截了当,既对刘备提出批评,又对前途充满信心,从而起到了稳定将士军心的作用,这正是刘备所期待的。

成败有时,不可丧志。

【注释】《三国演义》第三十一回。

【鉴赏】刘备摆脱袁绍后来到汝南,在没有多少准备的情况下去攻打曹操,结果被曹操杀得数十万军仅存不足千人,一时被逼得走投无路。在逃亡双江时他说:"今日身无立锥,诚恐有误诸君。君等何不弃备而投明主,以取功名乎?"关羽反对刘备的说法,认为胜负乃兵家之常,不能因此丧失志气。孙乾又进一步说:"成败有时,不可丧志。"遂向刘备出了个投奔荆州刘表处的主意。

胜败乃兵家常事。一时的胜败,很难说明全局的成败。也就说此一时彼一时。在这种情况下,有没有坚定的信心是十分关键的。一个具有远见的政治家,往往在困难中能看到常人看不到的希望。孙乾的这番话,对鼓舞将士军心起了十分重要的作用。

栋梁皆折断,焉不丧家邦。

【注释】《三国演义》第三十一回。

【鉴赏】此系作者罗贯中引用后人之语。原诗是:"昨朝沮授军中失,今日田丰狱内亡。河北栋梁皆折断,本初焉不丧家邦!"沮授、田丰均是袁绍的谋士。

这是作者对袁绍失败的一个总结。在历次战斗中,袁绍不听众将士之言,刚愎自用,一意孤行。如曹操进攻徐州,刘备向袁绍求救。田丰认为,现在曹操正在进攻刘备,无暇顾及许昌,许昌空虚,重兵攻打曹操空虚之处,曹必会无法顾及前后,许昌可取。不料袁绍却因小儿子正在生病不愿出兵。眼看时机即丧,谋士田丰气得把拐杖一下扔在地上,跌足长叹。

刘备失败后,曹操迅速赶回许昌,把守许昌,这时袁绍儿子病好,他决定大兵进攻曹操。此刻田丰劝阻袁绍:前不久曹操进攻徐州时,许昌空虚,那时不及时进攻,现在徐州已破,曹操士气正高昂,是绝不可轻举妄动的。田丰劝他等待时机,不要轻易发兵。袁绍这时头脑发热,根本不听劝阻,反而认为田丰处处干涉他的计划,拉出去要斩了田丰,幸亏在此避难的刘备极力相劝,田丰才幸免一死,不过还是将他下了大狱。

在第二十六回袁绍派大将颜良作先锋,沮授认为颜良虽勇敢,但性情狭隘,不可单独任命。袁绍还是一意孤行,结果颜良死在正在曹营的关羽刀下。这时,沮授又对袁绍说,杀颜良的,必是关羽,示意袁绍杀掉刘备。袁绍则听信刘备的话,反过来怪罪沮授。袁绍又派文丑出兵黄河追杀曹操,沮授认为不可,应当留屯延津;若轻举妄动,大兵渡河,必众将士皆不能返。袁绍听后十分恼火。指责沮授说:“迟缓军心,迁延日月,有妨大事。”结果文丑又死于关羽刀下。而刘备乘机与关羽、张飞相会,在汝南招兵买马,重新集结力量。

袁绍又一次发兵往官渡破曹,田丰在狱中上书袁绍,要他一定要“静守以待天时”,不可妄举大兵。袁绍听不进田丰的话,一怒之下要杀田丰,因众人相劝,田丰又幸免一死。军队至阳武,沮授劝袁绍说:敌军无粮,愿速战速决,而我军粮广,应该坚守。等过段时间,曹军断粮,我军必然会取胜。袁绍不仅不听,反而把他禁闭起来。许昌空虚,曹操军队已差不多没有了粮食,这时许攸提出攻打许昌,袁绍又是不听,气得许攸投奔了曹操,并向曹操献了火烧乌巢的计策,从而打垮了袁绍。当曹军偷袭袁绍的屯粮之地乌巢时,沮授在被拘禁中求见袁绍,劝他派重兵把守乌巢。袁绍在酒醉中大骂沮授是“妄言惑众”。结果乌巢丢失,后袁军屡遭失败。这样,袁绍几乎失去了所有的栋梁之才。曾经最富实力的袁绍军队,从此一蹶不振,而这位刚愎自用的草头王,也终于含恨而死。袁绍不听谋士劝阻,一意孤行,到头来落得个全军覆灭。

勿问真与诈也,只论其势可耳。

【注释】《三国演义》第三十二回。

【鉴赏】袁绍归西,袁尚、袁谭二兄弟自相残杀,以争其位。袁谭势弱,被袁尚追到平原,他听取郭图的建议,借助曹操的力量战胜了袁尚,又决定去投降曹操,于是便派平原令辛毗带着书信前往曹营。这时,曹操正准备攻打荆州,见到辛毗,便问他袁谭来降是真降还是假降。辛毗回答说:“明公勿问真与诈也,只论其势可耳。”他接着给曹操分析了一下局势,认为袁氏兄弟必败,曹操如果能先接纳袁谭,对形势是很有利的。曹操一心并吞天下,听了辛毗这番话,大喜曰:“恨与辛佐治(辛毗的字)相见之晚也!”

辛毗不愧为“能言之士”,本来曹操是想从他那儿打听袁谭真假投降之事的,这对辛毗来说是很不好回答的。因为袁谭是出于无奈才投降的,他的目的是想先借曹操的手打败袁尚,再拒绝曹操。对这一难题,辛毗却机敏地绕开了话题,并从大的方面进行了充分的分析,从而使曹操听信了他的话。从“勿问真与诈也,只论其势可耳”这句话来讲是不无理由的。创建大业,要着重从大形势上来考虑。有来降者,弄清真假是必要的,但最主要的是看受降对整个大局是否有利，若无利，即使是真的投降也没有必要接受；若是有利，就是假降也可接纳。等以后有机会再作处理。后来曹操放弃攻打刘表，反去帮助袁谭攻打袁尚，这可谓是高人之举。曹操在对两袁的斗争中，先是识破了袁谭的假降，并将其杀掉，后来又打败了袁尚，占领了河北，为统一大业作好了准备。

乘其不备，卒然击之，必可破也。

【注释】《三国演义》第三十三回。

【鉴赏】曹操分三路兵马攻打幽州，袁尚、袁熙二兄弟抵挡不过，带兵直奔辽西投乌桓去了。接着幽州、并州也被曹操获得。曹操遂提出西击乌桓的主张，曹洪等人却认为袁尚二兄弟兵败将亡，势穷力尽，已远投沙漠地区，如果发兵西去，刘备、刘表就会趁机攻入许都，到时再救应就来不及了，因此请求班师回许都。这时郭嘉说："诸公所言错矣。主公虽威震天下，沙漠之人恃其边远，必不设备；乘其无备，卒然击之，必可破也。"在郭嘉看来，过去袁绍与乌桓关系很近，现在袁尚和袁熙还在，不可不除。至于刘表，他既不会重用刘备，刘备也不会轻易依附于刘表，因此荆州是不足虑的。曹操听取了郭嘉的意见，趁敌人毫无准备之机，一举歼灭了袁尚和袁熙。

郭嘉的这句话是说，在对敌斗争中，对自己来讲决不能打无准备之仗，但在自己已有充分准备，对方毫无准备的情况下，进行突然袭击，就会取得胜利。

敌兵不整，便可击之。

【注释】《三国演义》第三十三回。

【鉴赏】袁尚、袁熙兄弟失败后逃往辽西，曹操又发兵进攻。在白狼山下，曹军正遇袁氏兄弟与辽西首领蹋顿会合，并随有数万骑兵。张辽急忙报告曹操。于是曹操登高而望，见蹋顿军队队形杂乱，便对张辽说："敌兵不整，便可击之。"遂将指挥用的战旗授予张辽。张辽带兵下山，快速进攻，蹋顿兵顷刻之间乱了方寸，张辽将蹋顿斩于马下，众皆投降。袁氏二兄弟只好带兵投辽东而去。

所谓的敌兵不整，就是说敌方根本没有防备，更没有进入作战状态，趁此机会进行突然袭击，必然会胜利。

事定之后，乃计曲直，不亦善乎？

【注释】《三国演义》第三十三回。

【鉴赏】这句话的意思是说：等到事情平定之后，再来计较是非问题，不是更好吗？袁绍死后，三儿子袁尚接领了冀州牧，长子袁谭不服，因此兄弟二人相互残杀。曹操利用了他们兄弟间的矛盾，使得袁尚去投奔袁熙，而袁谭假降曹操被识破后只好求助于刘表。刘表不想答应袁谭的请求，便以促成和解为名，分别给袁氏兄弟送去一封书信。其中给袁尚的信中说："'青州'天性峭急，迷于曲直。君当先除曹操，以卒先公之恨。事定之后，乃计曲直，不亦善乎？若迷而不返，则是韩卢、东郭自困于前，而遗田父之获也。"

刘表的信看上去表达的是一种"善意"，可仔细看，是不偏不倚，各打五十大板。刘表当时的情景也不允许他再做出其他答复。这句话里引用的一则寓言大意是：一条叫韩卢的最好的猎狗，追赶一只叫郭逡的跑得极快的兔，它们绕山三圈，翻山五次，都精疲力尽而死，却被过路的农夫发现，不费一点力气，就把狗兔拣去。刘表以这则寓言警示袁氏兄弟，不要再执迷不悟进行内斗，若仍迷而不返，就会像兔狗一样被曹操利用，然后两败俱伤。因此他建议袁氏兄弟团结起来打败曹操之后再论短长。尽管刘表写信有他的意图，可他讲的话还是不无道理的。

以恩遇之，虽有异心，亦可变也。

【注释】《三国演义》第三十四回。

【鉴赏】在官渡之战中，火烧乌巢，袁绍军队大败，再加之奸佞之臣进谗言，将领张颌、高览被逼弃袁绍而投奔曹操。对这两个人的投诚，曹操手下一些人颇有怀疑。对此，曹操说出这番话："吾以恩遇之，虽有异心，亦可变也。"于是，开门迎接他们，随即封二人为将。

曹操所说，正是表现了一个严肃的用人原则问题，即"用人不疑，疑人不用"。在他看来，人都是可以转变的，只要以诚相待，人的"心"是可以被感化的。在这一点上，可以看出他是极具辩证思想的。这种用人思想，即使在今天，仍有实际意义。

机会岂有尽乎？若能应之于后，未足为恨也。

【注释】《三国演义》第三十四回。

【鉴赏】袁绍死后，袁氏兄弟内讧，曹操乘机追杀袁熙、袁尚于辽东，当时都城许昌空虚。刘备看到有机可乘苦于没有力量，于是去荆州劝刘表乘机攻打都城许昌，可刘表不听，丧失了机会。后来，刘表见曹操从辽东返回有吞并荆州之意。一次刘表后悔地对刘备说起此事："昔日悔不听贤弟之言，失此好机会。"刘备说："今天下分裂，干戈日起，机会岂有尽乎？若能应之于后，未足为恨也。"

常言道机不可失，时不再来，强调干什么事情都要抓住机会，利用时机，才能取胜。刘备强调的"机会岂有尽乎？"是讲了另一个道理：机会永远会有，只是给有准备的人。后面一句话，大意与"亡羊补牢，未为晚矣"相同。失去一次机会可惜，但不要只是惋惜失去的机会，应该看到，还有新的机会，我们应该抓住新的机会。对一个指挥家来说，失去以前的机会应成为一个教训，不应该成为包袱，应及时把握以后可能出现的机会，只有这样才可补救以前的损失。

大厦将崩兮，一木难扶。

【注释】《三国演义》第三十五回。

【鉴赏】有一天，刘备送刘琦出城，在回城时，迎面遇一人，头戴葛巾，身穿长袍，唱着歌从前面走来。只见他一边走一边唱着："天地反覆兮，火欲殂；大厦将崩兮，一木难扶。山谷有贤兮，欲投明主；明主求贤兮，却不知吾。"

此歌是徐庶故意唱给刘备听的。"火欲殂"的"殂"字是死的意思。在这里"火欲殂"与"大厦将崩"是同义词。"火"是古代五行金木水火土的一种。殂指五行生克之理，即古代以五行生克来推理朝代的兴衰。古时有汉朝是火德之说，"火欲殂"，即汉朝即将要灭亡。"大厦将崩"的"大厦"即也是指即将灭亡的汉朝。"一木"在这里是指刘备。全句的意思是汉朝即将灭亡，靠你刘备一个人是难撑天下的。徐庶这句话虽说得直截了当些，但确实说得有道理。当时，刘备也确实是此种状况，欲独木撑天下而又力不从心。刘备一心想挽救失去的刘家王朝，但要想建立如此大的功业，单靠他一个人是不行的，必须得依靠众位将领及仁人志士，即招天下能人，依靠众人的力量。

刘备自从桃园三结义以来，就立志要建国兴邦，下济黎民，经过千辛万苦虽创立了基业，但与自己的理想相差还是很远。可以说，在战乱中焦头烂额的刘备，此时正因为人单力薄苦恼着。他试图广求贤士，但收效甚微。而徐庶之所以这么唱，也是因为从朋友那里了解到刘备的处境，是有备而来，特意唱这么一首歌给他听的。其中"大厦将崩兮，独木难扶"，恰中刘备的痛处。而徐庶之所以能引起刘备的注意，也正是因此。因为二人的想法一致，即"英雄所见略同"，从那以后，徐庶成了刘备的心腹。

胜负乃军家之常。

【注释】《三国演义》第三十六回。

【鉴赏】曹操派曹仁等进攻新野，刘备刚得徐庶，在徐庶的策划下取得了些战绩，接着又破了曹仁的"八门金锁阵"，并连连夺城。当曹仁惨遭失败，班师回朝向曹操禀告败绩，负荆请罪时，曹操却心平气和地说："胜负乃军家之常。但不知谁为刘备画策？"

战争的胜败是由许多因素造成的。作为一个将领，不能因一次失败就灰心丧气，也不能因为一次失利就责怪下属，曹操在这里讲的，是从一个统帅的角度谈自己的看法。他不仅没有责怪下属，反而鼓励他们不要气馁，应再接再厉，取得下次战斗的胜利。当他了解到刘备取胜是因为谋臣里多了一个叫徐庶的人，他采纳呈昱的意见，将徐庶骗到曹营，致使刘备一时缺少出谋划策的人，作战暂时失利。

生得其名，死得其所。

【注释】《三国演义》第三十七回。

【鉴赏】此为作者引用的后人之语。徐庶本来是一直辅佐刘备的。因为与曹操交战中，曹操得知刘备得胜，是因为军营中出现了徐庶，于是就使计谋，把徐庶骗到曹营。曹操使用呈昱的计谋，先将徐庶母亲骗到曹营。徐母到了曹营，曹操令其给在刘备处的徐庶写信，遭到徐母拒绝，并破口大骂曹操为汉贼。曹操计不得施，便仿其母笔迹伪造一封家书发给时在刘备麾下的徐庶，要他火速到达。

徐庶接到信以后，为尽孝道，急急忙忙就往许昌赶。他来了却不知信是伪造的。徐母以为儿子是听到她在曹操手中为救她来的，当时十分失望。她之所以在曹操的淫威下不屈不挠，表现出大义凛然，就是因为她有气节。没想到儿子为区区小家而舍"国"而来。所以她一见儿子不分青红皂白，开口大骂徐庶。当儿子讲清他被骗的情景，她仍不能原谅。她虽为一个女人，想的更多的却是已建立的基业。她知徐庶一走，刘备所面临的情况。她骂儿子是"弃明投暗，自取恶名，真愚夫也！"所以在她痛骂儿子之后，她自缢而死。作者在这里对徐母的节道是十分夸赞的。在《徐母赞》里说："贤哉徐母，流芳千古：守节无愧，于家有补；教子有方，处身自苦；气若丘山，义出肺腑；赞美'豫州'，毁触魏武；不畏鼎镬，不惧刀斧；惟恐后嗣，玷辱先祖。伏剑同流，断机堪伍；生得其名，死得其所；先回哉徐母，流芳千古！"

"生得其名，死得其所"，是说活着的时候，得到了该得到的美名，死也有价值。就是说徐母在活着的时候生活虽然艰苦，但她教子有方，爱憎分明，以天下为重，她的气节，广为天下人传诵。作者以拥刘贬曹的思想，高度评价了徐母的行为。

荣者自安安，辱者定碌碌。

【注释】《三国演义》第三十七回。

【鉴赏】这是刘备与其二兄弟关羽、张飞一同去求见诸葛亮在路上听到路人唱的一首歌。他们一行三人去见诸葛亮，沿途农夫都唱这首歌。歌曰："苍天如圆盖，陆地似棋局；世人黑白分，往来争荣辱：荣者自安安，辱者定碌碌。——南阳有隐居，高眠卧不足！"刘备问此歌是谁之作，答是诸葛孔明。

在大智若愚的诸葛亮看来，世界就像是一盘棋子似的，世人就像在黑白两方进行对弈一样，只不过是以荣辱为胜负。有了荣耀的胜利者必定自感安然；为人所羞辱的失败者必定显得平庸无能。这首歌表面像自己无意国家之事，安于超然隐居，其实曲折地表达了他对时世的关怀与关注。

淡泊以明志，宁静而致远。

【注释】《三国演义》第三十七回。

【鉴赏】诸葛亮一直居住在卧龙冈。这是诸葛亮居住草堂的门口对联。刘备初到草堂，首先见到的是这副对联。诸葛亮在他的《戒子书》中也有类似两句话："非淡泊无以明志，非宁静无以致远。"他讲的淡泊，是一种恬静寡欲、非世俗化的境界；他讲的清静，也是一种远离世俗名利的处世方式。全句大意是：以恬静寡欲不追逐名利表明自己的志向，清净无为表达自己的理想。秦汉年间，由于世道浊乱，许多哲人学士远离尘世，过这种隐居生活，以示对时世的鄙弃。

对诸葛亮来说，他并不是一个甘心过隐居生活的人。这一点从他后来出山介入刘备与孙权、曹操的斗争可以表明。之所以傲世，是因为他待时而出？他是一个十分自恃才高的人，他的过人聪明却不被世人所知。在出山前，他一直以管仲、乐毅自居。但诸葛亮在出山后，可以看出并不是一个贪图名利的人。他为刘备统一天下大业作出积极贡献，但不追求地位，只是"鞠躬尽瘁，死而后已"。如刘备死之前对他说："若嗣子(刘禅)可辅，则辅之；如其不才，君可自为成都之主。"这话是不是刘备试探诸葛亮的内心意图不得而知，但诸葛亮听后，汗流遍体，手足无措，泣拜于地说："臣安敢不竭股肱之力，尽忠贞之节，继之以死乎！"言讫，叩头流血。从他的一生看，他的志向就是选择明主以辅佐，因此，我们从这句话可以看出，他的"淡泊以明志，宁静而致远"的含义是十分深远的。

北让曹操占天时，南让孙权占地利，将军可占人和。

【注释】《三国演义》第三十八回。

【鉴赏】诸葛亮被刘备三顾茅庐请出来后，刘备就与诸葛亮在隆中大谈天下之事。诸葛亮虽身在深山，可时刻关注着天下的时局。可以说他对当今天下之事十分明了。他在充分分析了天下政治军事各方面的形势以后，向刘备讲了这番话："将军欲成霸业，北让曹操占天时，南让孙权占地利，将军可占人和。"为刘备创立基业指出了一个明确的方向。刘备自从桃园三结义起事以来，虽转战南北，近三十年周旋在各种势力之中，但志向未圆，一直处于弱势。如何变被动为主动，掌握局势命运？可以说刘备心中并没有成熟的想法。是诸葛亮第一次提出三国鼎立的理论，使他茅塞顿开。刘备当时听了诸葛亮的分析，如迷雾被拨而见青天。后来,也正是按诸葛亮的分析刘备才“找着自己的位置”。

当时,曹操挟持天子以令诸侯,各种势力混战争霸,曹操巧妙地利用汉王朝的腐败、军阀混战的有利时机,迅速发展壮大自己的势力,不断消灭北方诸侯,拥有军马百万,形成北方一个很强大的军事势力。诸葛亮避其力量,提出不与之争锋;江东的孙权,已经三代,地处险要,国富民强,又势力强大,也不可与之相争。刘备除了先得荆州而后据益州、占有自己的地盘外,还必须发挥自己的优势“人和”。所谓“人和”,诸葛亮讲得十分明确,即首先是要体恤民心、民情;其次是要利用他的帝室出身以信义取信于天下,总揽英雄,吸引人才。再是要与西南少数民族通好。只有这样,他才能与另两个强大的势力并存,形成三国鼎立。

促成三国鼎立是诸葛亮全盘计划的第一步。接着他向刘备提出第二步计划,即联吴而抗曹,最后统一全国。从当时的局势看,诸葛亮的分析是符合客观形势的。只是后来刘备、关羽破坏了诸葛亮的这一计划,没有按联结东吴的方针自始至终走下去,最终失去了统一的可能。但刘备能够建立蜀国,应该说完全是凭了诸葛亮的决策。

日月逾迈,人生几何,宜自远图。

【注释】《三国演义》第三十八回。

【鉴赏】建安十三年的春天,孙权准备攻打黄祖,这时吕蒙求见,他向孙权报说黄祖的部下甘宁要来投降,并介绍了甘宁其人。甘宁是抢劫江湖的一位游侠,后来投奔刘表,看到刘表成不了大气,就来投奔东吴,可被黄祖留在夏口。建安八年冬,东吴击败黄祖时,孙权将领凌操径直杀入夏口,被甘宁一箭射死。但黄祖总认为甘宁过去是一个抢劫江湖的游侠而一直不重用他,甘宁因此耿耿于怀。黄祖的都督苏飞见甘宁不得重用,就劝他说:“日月逾迈,人生几何,宜自远图。”意思是说,人生苦短,这里不适合你发展,自己应该从长打算,建功立业,不要虚度年华。

在时间的长河里,人生确实是短暂的。因此,要做一番事业,应该珍惜时间,抓住机遇,不要坐失良机。这句话是告诫人们在人生的道路上应该时时感到一种紧迫感。

彼各有事,岂可相强。

【注释】《三国演义》第三十八回。

【鉴赏】刘备、关羽、张飞第三次入山拜访诸葛亮时,离草屋半里时就下马步行,正好遇上诸葛亮的弟弟诸葛均。刘备赶忙施礼,问道:“令兄在庄否?”诸葛均回答:“昨暮方归。将军今日可与相见。”说完便扬长而去。张飞见此情景不高兴地说："此人无礼！便引我等到庄也不妨，何故竟自去了？"刘备说："彼各有事，岂可相强。"刘备的意思是，各人有各人的事，何必硬让别人帮我们做事呢！

刘备可谓是个明智之人。从他的这句话可以看到他的为人原则。他认为，人们在交往中要互相理解，互相宽容。不能光考虑自己，并强求他人为自己做事。

欺敌者必败。

【注释】《三国演义》第三十九回。

【鉴赏】诸葛亮刚开始在新野辅佐刘备，曹操就派夏侯惇、李典、于禁等将领发兵十万攻打新野。诸葛亮埋伏五路兵马，并命令赵云只能输不能赢。夏侯惇与赵云交战数回合，赵云装败而走；刘备接战，几个回合也退后而走。夏侯惇见他们双双败走更是穷追不舍。只顾催军赶杀。李典赶到窄狭处，两边都是芦苇，便对于禁说："欺敌者必败。南道路狭，山川相通，树木丛杂，倘彼用火攻，奈何？"等于禁、李典再提醒夏侯惇时，为时已晚，结果遭火烧，大败而归。

在战斗中，常有乘胜追击之说，可李典又说"欺敌者必败"，这是为什么呢？李典的理由是，指挥作战应保持清醒的头脑，特别是在"初胜"时，更容易产生骄傲思想。如果硬要乘胜追击，就会助长这种思想的蔓延，从而使头脑缺少冷静，这样就会导致判断失误，弄不清敌人的真实情况，弄不好反会中计。韩浩觉不妥，所以提醒夏侯惇，恐怕对方有诈。可是夏侯惇却认为："敌军如此，虽十面埋伏，吾何惧哉！"追到博望坡的时候，刘备又一次佯装失败，不出韩浩所料，夏侯惇穷追不放，并笑着对韩浩说："此即埋伏之兵也！吾今晚不到新野，誓不罢兵。"果然，他中了敌人的"诱敌"之计。

举大事者必以人为本。

【注释】《三国演义》第四十一回。

【鉴赏】建安十三年的秋天，曹操率五十万大军进攻新野，刘备抵不过，就从新野、樊城撤退到襄阳。当时刘琮已投降曹操，刘备只好去往江陵。在撤离期间，新野和樊城、襄阳的百姓共十余万人，都要跟着刘备一起走，每天只能走十余里。可这时曹操的军队已经占领了樊城，正欲渡江追赶刘备。这时刘备的众将劝刘备放弃百姓，加速撤退。刘备却说："举大事者必以人为本。今人归我，奈何弃之？"坚持继续保护着百姓一起撤退。

在东汉末年，各路军阀都持一种英雄创造历史的观点，忽视了民众的力量，因而对广大民众漠然置之，更谈不上保护他们了。刘备对这一问题却持不同看法，他认为，人才是创建大事业的根基，正是有了这种"以人为本"的思想，他才冒死保护百姓，才采纳并推行了诸葛亮制定的“占人和”的政策，以至赢得了百姓的拥戴，从而不断地扩大了自己的实力，最终使自己成为一方霸主。

织席贩屦，又何足为辱乎？

【注释】《三国演义》第四十三回。

【鉴赏】在“舌战群儒”的时候，谋士陆绩挖苦地说：曹操虽挟天子以令诸侯，可他还是相国之后；刘备虽自称是中山靖王之后，却毫无凭据，我看他只是个织席贩鞋的罢了，怎能够和曹操相对抗呢？对陆绩的发问，诸葛亮给予了有力的反击，他以事实证明刘备就是皇族，接着反问他：“织席贩屦，又何足为辱乎？”

在古代的上流社会中，对于出身人们看得十分重要。出身可以说基本决定了人的地位，而且还影响着一个人的可信赖程度以及其号召力。诸葛亮自然是清楚这一点的，他不能不说说自己的看法。他以为出身穷苦不是耻辱。他举了当年的汉高祖刘邦只不过是出身一个小小的亭长，但最终得到了天下。既然如此，做过小贩的刘备就不能成大事吗？由于诸葛亮说得有理有据，使得陆绩再无言以对。

理宜先公后私；公事未毕，不敢及私。

【注释】《三国演义》第四十三回。

【鉴赏】刘备刚刚到夏口，孙权就派鲁肃前来探听虚实。当他知道刘备从诸葛亮之意，主张孙刘联合对付曹操时，便与诸葛亮一起来江东说服孙权。当时，诸葛亮的兄长诸葛瑾正在江东辅佐孙权，可谓各侍其主。诸葛亮知道当时江东的谋士大都主张联合曹操，所以诸葛亮在去说服孙权的时候先在众谋士中进行了一场舌战，即论述了降曹的利弊。他知道，要想说服孙权，首先必须说服众谋士。他在说服了众谋士后，才在鲁肃和黄盖的带领下去求见了孙权。刚刚到了中门，迎面遇上其兄。诸葛瑾说：“贤弟既来江东，为什么不来见我？”诸葛亮回答说：“弟既事刘豫州，理宜先公后私；公事未毕，不敢及私，望兄见谅。”

诸葛亮被刘备三顾茅庐请下山后，便一心为刘备的事业忘我地操劳。他与哥哥分别多年，俩人各侍其主，难得一见。这次有机会来到东吴，兄弟二人相见叙说一番自是常理，诸葛瑾对弟弟似有埋怨也是正常的。诸葛瑾毕竟是个明智之人，他知道弟弟一心为公，于是就谅解了他。

诸葛亮自从辅佐刘备后就一心投身于蜀国的事业，并做到了“鞠躬尽瘁，死而后已”。此外，诸葛亮来到东吴后未见哥哥也是有原因的。若他哥哥倾向于降曹，兄弟之间争吵起来就会不太好了；如果诸葛瑾愿意联合拒曹，就会在舌战群儒之时，可能会被那些文人误解为不分公私。诸葛亮曾说：“先公后私；公事未毕，不敢及私”，其实这句话是暗示了他特意避讳亲人的用意。

众人之意，各自为己，不可听也。

【注释】《三国演义》第四十三回。

【鉴赏】曹操想逼迫孙权一同攻打刘备，于是向东吴发出檄文。东吴谋士张昭及众谋士都建议孙权投靠曹。鲁肃暗中对孙权说：“……众人之意，各自为己，不可听也。将军宜早定大计。”

在复杂的集团斗争中，鲁肃积极主张联合刘备共同抗曹，所以他告诉孙权要早早拿定主意，并提醒他不能轻易相信有关投降的议论。为进一步证明这一道理是正确的，他从孙权的利益方面作了仔细的论证。他认为：众人皆可降曹操，唯将军你不可降曹操。众臣降曹，还可作州郡的官，而你要降曹，最多能封个侯，却再也不能南面称雄了。从这儿可以看出，其他人的意见，都是为自己着想的，所以是不能听信的，主意还得自己定。鲁肃的话对孙权起了很大的作用，从而使孙权打定了联刘抗曹的主意。作为统帅的孙权本应听取多数人的意见，可是在涉及到多数人利益的情况下，就应对具体人的想法做具体的研究，以辨明其正误。

若不待气脉和缓，便报以猛药厚味，欲求安保，诚为难矣。

【注释】《三国演义》第四十三回。

【鉴赏】诸葛亮、鲁肃被邀请到东吴，去说服孙权联曹一事。可是东吴张昭等众谋士均想降曹，所以在说服孙权之前，诸葛亮须先驳倒众谋士才行。在这场古今闻名的舌战中，张昭提出：刘备未得你前，还能纵横寰宇，占领城池；如今得到了你反倒不如过去，那你还有什么脸面自比管仲、乐毅呢？诸葛亮听后，不觉失笑说：这就如同人得了重病，应该先让他饮些糜粥，和药而服下，等到他的腑脏调和了，身体逐渐好起来，再用肉食补、以猛药治，这样病根才能全部去掉，病者才能痊愈。“若不待气脉和缓，便投以猛药厚味，欲求安保，诚为难矣。”

这一番话是诸葛亮比喻刘备当前的实际状况的。在诸葛亮看来，刘备在汝南失败后，便投身于刘表，且人少粮无，正像人染了重病一样，应逐渐地进行调养，才能复原。现在正是处于休养生息的阶段，自是不能定夺的时候，更何况在这种情况下还赢了两场胜仗。根据当前的状况，很难打赢胜仗，也是情理之中的事情。为了进一步说明这一道理，诸葛亮又举例子说，高祖数次败给项羽，而垓下一战胜利便挽回了局面。诸葛亮以医病的道理来阐述创大业是需要有一个不断发展壮大的过程。诸葛亮的话言浅而意深，具有强大的说服力，至此，张昭便没什么话可说了。

寻章摘句，世之腐儒也，何能兴邦立事?

【注释】《三国演义》第四十三回。

【鉴赏】在舌战中，江东的严畯认为诸葛亮所说的都是诡辩之词，他说："且请问孔明：治何经典?"诸葛亮答道："寻章摘句，世之腐儒也，何能兴邦立事?"驳得严畯无话可说。

过去，有的封建文人认为自己读了几本圣贤之书就大有学问，不管干什么总要引经据典，理论上常讲得一套一套的，遇到实际问题却根本无法解决。所以，人们总把这些没有真实本领，却好炫耀的文人称为腐儒。建邦立业本身是个十分复杂的事情，只从书本中寻找兴邦立国的方法，那自然是行不通的。创大业最主要的是要"创"，根本没有便宜的答案。建邦立业需要的是真才实学和非凡的创造力。那些"寻章摘句"之说，哪里能够解决这些重大的问题呢?

诸葛亮在同严畯辩论时还举例说，商代的伊尹、周代的姜子牙、汉代的张良、陈平、邓禹等这些政治家，都对建设国家做出了巨大的贡献，而且他们都有非凡的建邦兴业的能力，可是没有谁能知道他们曾引什么"经"据什么"典"。诸葛亮辩驳自如有力，斡旋嘲讽犀利，他反问道："岂亦效书生，区区于笔砚之间，数黑论黄，舞文弄墨而已乎?"他说的"书生"是指严畯等人。在这里，诸葛亮嘲笑了那些只会纸上谈兵，而毫无实际本领的谋士和文人。

儒有君子小人之别。

【注释】《三国演义》第四十三回。

【鉴赏】在"舌战群儒"中诸葛亮不断驳斥了张昭等人对联吴的看法，最后程德枢对诸葛亮说：看来你好说大话，未必真有实学，恐怕正为儒者所笑话呢!诸葛亮答："儒有君子小人之别。君子之儒，忠君爱国，守正恶邪，务使泽及当时，名留后世。——若夫小人之儒，惟务雕虫，专攻翰黑；青春作赋，皓首穷经；笔下虽有千言，胸中实无一策。"程德枢无言以答。

同诸葛亮辩论的，都是东吴的文职要员，他们自以为很有学问，满腹经纶，并以"儒者"自居，还嘲笑诸葛亮。而诸葛亮力挫群儒。他把儒者分为两类：一类为君子，一类为小人。他又将君子与小人之儒从品德和才学上进行了分析比较，在争辩中嘲讽东吴这帮谋士降曹论的愚蠢与错误。

盖国家大计，社稷安危，是有主谋。

【注释】《三国演义》第四十三回。

【鉴赏】刘备失败后刚从新野到夏口，孙权就派谋士鲁肃前来探听消息。因诸葛亮和鲁肃都主张联盟抗曹，为说服孙权，鲁肃请诸葛亮到东吴一行，但东吴张昭等谋士都惧怕曹操的实力而主张降曹，因此在劝说孙权之前，诸葛亮必须先驳倒降曹论，于是就开始了一场舌战。张昭首先提出问题，他问诸葛亮：你常常自比管仲和乐毅，可是刘备得到你之后，反倒被曹操打得落花流水，望风而逃，丢新野、奔樊城、败当阳、走夏口。当初管仲和乐毅也像你这样无能吗？诸葛亮答道："鹏飞万里，其志岂群鸟能识哉？"接着他打了个比方说，刘备自汝南战败后寄身于刘表处，兵少将寡，元气大伤，如同得了重病一样。这要慢慢地理顺气脉，然后再行大补，再服猛药，这样才能使身体健壮起来；他还举例说，楚汉相争时，刘邦多次败给项羽，后来刘邦靠韩信的良策，垓下一战便扭转了局势，从而获取天下。他严肃地说："盖国家大计，社稷安危，是有主谋。非比夸辩之徒，虚誉欺人：坐议玄谈，无人可及；临机应变，百无一能。诚为天下笑耳！"

诸葛亮对张昭的难题，没有作被动的回答。他认为："张昭乃孙权手下第一谋士，若不先难倒他，如何说得孙权？"正因为如此，他在辩论中带有驳斥。他所说的"盖国家大计，社稷安危，是有主谋"，这里的主谋是指主见与谋略。诸葛亮的这番话既暗示他辅佐刘备事业早已是胸中有数，同时也讽刺了作为孙权谋士的张昭原来只会夸夸其谈，兵临城下时却是拱手投降的懦夫。面对诸葛亮有理有据的辩驳，张昭无言以答。

王法无亲，诸君各守乃职。

【注释】《三国演义》第四十四回。

【鉴赏】经过诸葛亮"舌战群儒"后，孙权决定与刘备联合抗曹，于是命周瑜为大都督。周瑜上任后，开会下令道："王法无亲，诸君各守乃职。方今曹操弄权，甚于董卓……吾今奉命讨之，诸君幸皆努力向前。"

古代封建社会称国法为王法。而这种王法对民众也是不公平的，即王法是针对老百姓制定的，所谓"法不加于尊"、"刑不上大夫"。他们认为刑法是管理老百姓的，士大夫是不受管制和约束的，国家就是他们的，他们就是国家的主人。周瑜所说"王法无亲"，即是反对执法有亲疏之分，主张执法要公正无私。他作为全军的统帅，要求依法治军，并宣称自己将公正执法，严肃治军，尤其要求高级将领，要恪守其责，忠于职守，否则以军法论处。由此可看出周瑜是一个具有军事指挥才能的人。

事须三思，免致后悔。

【注释】《三国演义》第四十四回。

【鉴赏】诸葛亮在与刘备定下联合东吴抗拒曹操的大略之后，就只身去东吴说服孙权。诸葛亮去后，孙权一时犹豫不决，单等周瑜回柴桑郡共商大事。周瑜当天晚上回来，主张联合抗曹的鲁肃马上领诸葛亮去见周瑜。周瑜本来早就想抗拒曹操，可诸葛亮来后，他故意强调投降曹操的道理。诸葛亮早知周瑜之心思，见周瑜这么说，便也说你们既然准备投降曹操，我也没法阻拦，也不打算阻拦。投降曹操确实有好处。这样“可以保妻子，可以全富贵”。至于孙权不必交纳领土与大印，也不必亲自渡江过去与曹操说和称臣，只把乔玄的两个女儿——大乔和小乔用扁舟送到曹营就可以了，因为曹操欲夺东吴就是为得到这两个美丽的女人。周瑜听罢大怒。他告诉诸葛亮，大乔是孙策的妻子，小乔是他的妻子，“我与老贼势不两立”。诸葛亮仍用激将法说：“事须三思，免致后悔。”

这句话原是诸葛亮激周瑜抗曹的决心，后来人们用以劝人决定行事之前要将可能性和后果反复作周密的思考，免得草率行事造成不良后果而追悔莫及。诸葛亮是一个聪明过人的人。他到东吴从舌战群儒到与周瑜谈话，自始至终讲究讲话的艺术性。对主降派，他进行针锋相对的批驳；对倾向反曹的人，则采取欲擒故纵的激将法。为了坚定周瑜抗曹的决心，他先说降曹有“可以保妻子”的好处，可是又提出以二乔换取东吴利益的办法。其实交出二乔还谈得上什么“保妻子”呢？当看到周瑜的火气被激起，他故意说了这么一句：“事须三思，免致后悔”。表面上对周瑜是劝，实际上是激。

贼未破，先杀贤士，是自去其助也。

【注释】《三国演义》第四十四回。

【鉴赏】这是诸葛亮去劝孙权连蜀抗曹时鲁肃说的一句话。诸葛亮在与周瑜一起商量如何对付曹操时，诸葛亮说，你主孙权现在联合我们破曹的决心都未定，暂时是没法谈什么破曹的。他说，君只有去向孙权分析一下曹操的实力，让他下定决心，然后才可成全大事。周瑜听了，不怎么相信诸葛亮的话。他去见孙权，果然见孙权担心曹操兵多，寡不敌众，没有信心。周瑜劝说孙权下了一致抗拒曹操的决心，同时对诸葛亮产生了疑心：此人竟早料定孙权缺乏抗拒曹操的决心，其计谋高于自己，于是觉得是东吴将来之患，不如及早杀掉他。周瑜这么想，就急急到鲁肃处，向鲁肃提出自己的想法。鲁肃听了，摇了摇头说：“不可。今曹贼未破，先杀贤士，是自去其助也。”于是二人商量，请其谋士诸葛瑾劝诸葛亮辅佐东吴。

在联手抗曹的问题上鲁肃是始终主张孙权、刘备联合一起抗拒曹操的。他认为诸葛亮是当今之世的贤士。在他看来，曹操未破，就先杀害有能力的人，是十分不吉利的。这样，等于损害自己帮助敌人。从这一点看，在大谋大略上，周瑜不如鲁肃。鲁肃想的是整体局势，并非一箭之仇，一己之恨。与鲁肃的目光远大相比，周瑜就显得心胸狭窄。他提出杀诸葛亮其实在策略上就犯了一个错误。在鲁肃的劝告下，周瑜才收敛了杀心，从而使周瑜与诸葛亮共同策划了那场闻名天下的赤壁之战。

兄所言者，情也；弟所守者，义也。

【注释】《三国演义》第四十四回。

【鉴赏】这是诸葛亮的哥哥诸葛瑾劝诸葛亮弃刘降孙时讲的一句话。鲁肃极力主张与刘备一起抗拒曹操，并认为诸葛亮是旷世之才。可周瑜看到诸葛亮的能力远远高于自己，遂起谋杀之意。鲁肃顾全大局，坚决反对杀害诸葛亮。他向周瑜提出，请其兄诸葛瑾劝说诸葛亮来东吴谋事。诸葛瑾依照鲁肃之意，于是来劝弟弟诸葛亮为东吴效力。他以古时伯夷、叔齐虽死在首阳山也不愿分开作为例子，劝说诸葛亮来东吴与他一起共事辅助孙权。诸葛亮说："兄所言者，情也；弟所守者，义也。"并且说，兄弟同为汉人，刘备乃汉室的后代，若二人共辅助刘备，既不愧为汉臣，又使骨肉得以团圆，这才是情义两全之事。诸葛瑾最终没有说服诸葛亮。

周瑜、鲁肃与诸葛瑾都以情打动诸葛亮，诸葛亮却以义说服他们。他所说的并非不讲"情"，而强调的是比情还更重要的东西即"义"。当情与义发生冲突时，他强调义在前而情在后。即他讲的"公事未毕，不敢及私"。

同心，则功可成；如各相谋害，大事休矣。

【注释】《三国演义》第四十五回。

【鉴赏】诸葛亮到了江南之后，经过说服百官以及周瑜，最后说服孙权一起抵抗曹操，便进行联手抗拒曹操。但周瑜一直认为诸葛亮高于自己，将来成为东吴之患，不灭杀害诸葛亮之心。一日，他把断曹操粮草的任务交给诸葛亮，让他星夜赶到江夏、夏口，并叫关羽、张飞、赵云等一起去聚铁山截粮。在这么短的时间里完成这么艰巨的任务是根本不可能的。诸葛亮明知是周瑜在用计，便用激将法使周瑜改变主意。他在知道周瑜打算让自己去担任断粮任务时，诸葛亮对鲁肃说："目今用人之际，只愿吴侯与刘使君同心，则功可成；如各相谋害，大事休矣。"他让鲁肃转告周瑜不要断粮，否则必被曹操所擒。他建议以水战打败曹操。

在三国鼎立中，当时曹操的力量是十分强大的，刘备与孙权联合起来都不及曹操。诸葛亮提出，要想保全自己、壮大自己的力量，必须避其锐气，用巧战。当时刘吴联合对他们来说是共同的生命线。诸葛亮进一步说，大敌当前，只有协同一致，团结起来，才能取胜。对于周瑜的有损联盟的作法，他是十分不满的，但他为共同的利益，只好用自己的智慧一次次躲过其陷害，同时一再通过鲁肃告诫周瑜不要做这种损己利敌之事。不仅如此，在周瑜加害于己的情况下，他仍关心着周瑜。这不仅表现了他的宽大胸怀，而且也表明，他处处以大局为重，为获得联盟的成功，宁愿忍辱负重而机智行事。

为将而不通天文，不识地利，不知奇门，不晓阴阳，不看阵图，不明兵势，是庸才也。

【注释】《三国演义》第四十六回。

【鉴赏】这是诸葛亮草船借箭时说给鲁肃的一段话。在联合破曹中，周瑜处处想谋害诸葛亮。一日，进攻曹操，正需要箭支，周瑜为了谋害诸葛亮，便提出让诸葛亮十日之内运来十万支箭。这本是给诸葛亮出的难题，以便用军令加害于他。没想诸葛亮不但没拒绝，反而自报三日之内交令，并立下军令状。当时在座的人都感到惊恐。因为三日之内完成十万支箭正常情况下是根本不可能的。可是上懂天文，下懂地理的诸葛亮早已胸有成竹。他认为作战不仅要有强大的军事实力，而且还要充分利用天时地利。通天文地理，明阵势兵图的他，在第三天的时候，借大雾作了一场亘古传奇的“草船借箭”。鲁肃当时惊奇得简直不敢相信：“真神人也！何以知今日如此大雾？”于是诸葛亮就说：“为将而不通天文，不识地利，不知奇门，不晓阴阳，不看阵图，不明兵势，是庸才也。亮于三日前已算定今日有大雾，因此敢任三日有限。”这里所说的“奇门”、“阴阳”等是指五行、八卦等关联天象与地域，便可预测军事行动吉凶成败，以采取扬长避短的措施。

其实诸葛亮所说的这些也就是类似于当今的天气预报。诸葛亮的话中，不免有些神秘色彩，但他指出一个军事家，应该通晓天文地利，能看阵图明兵势，应有预测与预见，这是十分正确的。战争的成败，除敌我双方的兵力等主观条件外，客观因素也起着十分重要的作用。如天气、所占地理位置等，正因此，指挥如果不懂天文地利，就很难取得胜利。尤其在古代，作战在某种程度，战争不是兵对兵的拼搏，更是将对将的较量，可以说更主要的是斗智。对于作战，他有着十分明智的见解。这次草船借箭，可以说是与他通天文地利有着直接的关系。

大丈夫处世，不能立功建业，不几与草木同腐乎！

【注释】《三国演义》第四十七回。

【鉴赏】这是有名的“苦肉计”中的一段话。孙权的老将黄盖与周瑜共施苦肉计，搞假投降以欺骗曹操。计策已定，可苦于没有向曹操密献假投降书的人。黄盖请阚泽作献假降书的人。阚泽欣然应诺，黄盖十分高兴。阚泽说：“大丈夫处世，不能建功立业，不几与草木同腐乎！公既捐躯报国，泽又何惜微生！”这句话的意思是说，大丈夫在世，如果不能建功立业，不就如同没有思想的草木一样没有意义腐烂掉了吗？您既然能以身报国，我又怎么能吝啬自己微小的生命呢？

阚泽的话体现了一个普通人试图有所作为，精忠报国，敢于牺牲自己的大无畏精神。当然,他身上明显有着忠君报国的思想,这是不足为怪的。

山不厌高,水不厌深。

【注释】《三国演义》第四十八回。

【鉴赏】赤壁之战前夕,曹操的战船列于长江西北,虎视江东。月夜,曹操在一只大船上横槊唱道:

对酒当歌,人生几何,
譬如朝露,去日苦多。
慨当以慷,忧思难忘;
何以解忧,惟有杜康。
青青子衿,悠悠我心;
但为君故,沉吟至今。
呦呦鹿鸣,食野之苹;
我有嘉宾,鼓瑟吹笙。
皎皎如月,何时可辍?
忧从中来,不可断绝!
越陌度阡,枉用相存,
契阔谈宴,心念旧恩。
月明星稀,乌鹊南飞;
绕树三匝,无枝可依。
山不厌高,水不厌深;
周公吐哺,天下归心。

曹操不但是一位政治家、军事家,而且是一位诗人。他的诗,在两汉时享有十分高的地位。他与其子曹植、曹丕被文学史上称为"三曹",与其他诗人形成"建安风骨"。在曹操的这首《短歌行》中,反映出战乱的现实中统一天下的艰辛与困难,同时表达了曹操求贤若渴的思想。当时曹操已是五十四岁的人了,加之常年的征战,他不免感到人生过得非常快,极想求得人才,以早日实现统一天下的愿望。他说的"子衿"、"君"、"乌鹊"等,均指代或比喻具有才能和美德的贤士,而"悠心"、"沉吟"等是说自己求贤若渴的心情。"山不厌高,水不厌深"二句,则更表达了他招贤纳士的迫切心情和宽广的胸怀。因为小说的作者抱着明显的褒刘贬曹的态度,所以他对曹操的求贤做了主观上的歪曲,每当写到曹操求贤的时候,就有他明里求贤,暗里妒贤、害贤的情节。在这里,写了他酒醉中刺死有功之士刘馥的一段故事。但曹操的求贤思想以及在此诗中表达的广揽天下贤士的胸怀是十分明显和有目共睹的。

万事俱备，只欠东风。

【注释】《三国演义》第四十九回。

【鉴赏】曹操列船长江，准备攻打孙权。周瑜决定用火攻打曹操。为使攻火计划得以成功，黄盖施苦肉计、阚泽去曹营送假降书、庞统又向曹操献连环计，一切都已做好准备，惟有实施火攻的计划了。一日周瑜隔江观望，忽见狂风大作。他猛想起一事，大叫一声，便口吐鲜血，心腹绞痛，竟卧病不起。诸葛亮知道后去看望，并说能治好此病。于是在周瑜的手上开了一个"处方"："欲破曹公，宜用火攻；万事俱备，只欠东风。"

原来是曹操占据大江西北，孙权在大江东南，当时正值隆冬，尽刮西北风，而火攻需要东南风，这是百日难得的，周瑜因此而病。他看到诸葛亮的几个字后笑了，忙问有什么办法？诸葛亮说自己能呼风唤雨，可借得三日东南风。周瑜听之大喜，立即从床上起来。果然，诸葛亮在十一月二十日甲子吉晨设坛台借来东南风，在周瑜的指挥下，火烧曹操的连环战船，曹操的八十万大军几乎全军覆没。诸葛亮曾说："为将而不通天文，不识地利，不知奇门，不晓阴阳，不看阵图，不明兵势，是庸才也。"诸葛亮本是懂天文地利的，《三国演义》将他的"祭奠风向"写成天人感应发巫术，这是对诸葛亮的神话。"万事俱备，只欠东风"，已作为成语在民间广为流传，比喻已做好各方面的准备，只缺少最后一个重要条件了。

岂可为我一人，而废国家大事乎？

【注释】《三国演义》第五十一回。

【鉴赏】孙权、刘备联合后，取得赤壁之战大胜。周瑜却担心刘备夺取南郡，便和鲁肃到油江，和刘备立了个君子协定：即南郡先由周瑜攻取，如攻取不下，再由刘备攻取。周瑜与刘备立下这个君子协定之后，就带兵进攻南郡，没想到却中了曹操的计谋，身中毒箭。周瑜被救出以后，曹操连续数日派人前来骂阵。周瑜不知详情，便问呈普为什么不汇报。呈普说，中毒之伤就怕生气，所以不敢告诉。周瑜从床上愤怒地跳起来说："大丈夫既食君禄，当死于战场，以马革裹尸还，幸也！岂可为我一人，而废国家大事乎？"说完就披甲上马带兵出去迎战。

作为一位军事统帅，周瑜可谓是大义凛然，他认为国家的事业高于一切。呈普未告诉他消息，主要是为都督的健康着想，不想被周瑜痛斥一顿。周瑜在自己受伤卧床之际置自己的生死于度外，一心为东吴事业着想，直到生命的最后一刻。这种忘我为公的精神实在难能可贵。

大丈夫生于乱世，当带三尺剑立不世之功；今所志未遂，奈何死乎！

【注释】《三国演义》第五十三回。

【鉴赏】赤壁之战胜利以后，孙权转攻合肥。曹军将领张辽找孙权搦战，孙权应战大败。于是，太使慈与部下戈定商量了一个主意，戈定趁乱混入曹军中，与张辽手下人一起趁黑刺杀张辽，成功后举火为暗号，再由太使慈攻入合肥城中。张辽是个有心之人，平时警惕性很高，他抓到戈定后并杀掉，遂将计就计，骗太使慈入城。太使慈见火起以为内变成功，便杀进城中，结果却中了数箭。被陆逊等人救回后，不久便死。死前他遗憾地叫着说："大丈夫生于乱世，当带三尺剑立不世之功；今所志未遂，奈何死乎！"其意是说，作为一个男子汉生在动荡的年代，应拿起武器建功立业；如今志愿还未实现，为何就这样死了呢！

太使慈追随孙权，一心想为统一天下做出自己的贡献，然而壮志未酬，人先丧命。他是多么不甘心啊！他这样说是因为没有实现理想而悔恨。他的这种抱憾表现了一位英雄的悲愤，读来令人倍感沉重。

为将之道：勿以胜为喜，勿以败为忧。

【注释】《三国演义》第五十三回。

【鉴赏】赤壁之战以后，孙权出军屡屡不利。他在攻打合肥时，竟是几次攻打不下。这时曹军大将张辽又是连下战书，要求出战。孙权在愤怒中出马迎战，结果又是大败，并折了大将宋谦。太使慈部下的戈定，一日混进合肥和张辽手下的养马官后槽商议，准备举火为号，刺杀张辽。此时张辽得胜回营，三军三呼万岁。他犒劳军队将士后，下令不许解甲睡觉。当时许多将士不解，得胜返回，为什么还这么谨慎？人们问："今日全胜，吴兵远遁，将军何不卸甲安息？"张辽答："非也。为将之道：勿以胜为喜，勿以败为忧。倘吴兵度我无备，乘虚攻击，何以应之？今夜防备，当比每夜更加谨慎。"正是由于张辽的警惕，使得戈定等的阴谋没有实现。

张辽的这句话，"勿以胜为喜，勿以败为忧"是有道理的。无论在战争中还是在日常生活中，我们都不能因一时的胜利或失败而昏了头脑或丧失了志气。尤其在战争中，胜败乃兵家之常，作为一名将领，不能因为打了胜仗就得意忘形，打了败仗就失去了自信。胜负在一定条件、一定时间是能互相转换的，不是一成不变的。作为一名成熟的将领，应该时刻把握时机、把握自己，使自己永远立于不败之地，胜不骄，败不馁，这样才可称得上是一名优秀的军事将领。

迟则误事。

【注释】《三国演义》第五十五回。

【鉴赏】孙刘联姻后，孙权和周瑜施行计策骗刘备到东吴，扣作人质，以换取刘备的荆州城。可是在神机妙算的诸葛亮面前，这一计谋很快就被识破，结果使孙刘联盟反倒成功。一计不成，另施一计。周瑜又用美人计来打动刘备。刘备果然被美色所迷，不想回荆州。诸葛亮见刘备被声色所羁，遂施妙计，让赵云去找刘备，说荆州将被曹操所占，让他速速回归。刘备因为被女色所迷，仍迟疑不去，说此事必须与夫人商量再作决定。赵云说："若和夫人商议，必不肯教主公回。不如休说，今晚便好起程——迟则误事。"

人常说，机不可失，时不再来，讲的就是这个道理。办任何事情，都有个时间问题。尤其军国大事，更是不得迟缓，时间一经错过，往往会全盘皆误。刘备在东吴，滞留美色，本是自作他人人质，赵云对此非常着急，因而才对刘备说出这番话。

不得慕虚名而处实祸也。

【注释】《三国演义》第五十六回。

【鉴赏】这是曹操在一次庆功大会上所发的感慨。建安十五年春季，曹操为庆贺铜雀台建成，大会文武，命文武官员比箭赋诗。先命武官比箭，众武官大显身手，均命中目标，曹操大喜，遂赠锦袍予以奖励。接着又命文官写诗以记一时盛事。王郎、钟繇、王粲、陈琳一班文官，诗中多有称颂曹操功德巍巍，应当做皇帝的内容，曹操看了笑着说：我本来是想在天下太平时出来做官，可想不到朝廷任我作了典军校尉，从此我改变了原来的想法，想为国家讨贼立功，图个死后能在墓碑上写道"汉故征西将军曹侯之墓"。现在我已成为宰相，人臣之贵已到顶点，哪还有什么更大的欲望呢？如果国家没有我的话，会不知有几个称帝、几个称王呢。有些人见我权力大，就怀疑我有其他企图，这就想错了。如叫我放弃兵权，回到武平侯的封国，实在是不可行的事。"诚恐一解兵权，为人所害；孤败则国家倾危；是以不得慕虚名而处实祸也。"他的这番话是说，我决不会放弃兵权，离开宰相职位而去图一个侯爵的虚名，不然就会有人出来称王称帝，招来真正的大祸。

曹操这样说，实际上是说不图皇帝这个位子，话说得巧妙而有分寸。本来文官们诗文中说的是让他称帝，而他假装没看懂，只当是让他当侯爵。这样说是让人们知道，他从没想到当皇帝。这番话表明曹操是个具有讲话艺术才能的人。同时也看出他的政治头脑是十分清醒的。因为在当时，他若称帝，在众诸侯中就等于引火烧身。所以他宁愿挟持天子以令诸侯，也不称帝，这是他的聪明之处。曹操正是以这样的手段统一了天下，直到在条件成熟时才使曹丕称帝。

劳师远征，转运万里，欲收全功，虽吴起不能定其规，孙武不能善其后也。

【注释】《三国演义》第五十七回。

【鉴赏】周瑜通知刘备说：东吴打算攻打西川，然后用西川换取刘备的荆州。他让刘备准备好钱粮，在他攻打下西川后，路经荆州时去取。这是周瑜的一计。他名为取西川，而实是想借刘备出来慰劳吴军，乘机杀了刘备夺取荆州。可诸葛亮早识破周瑜的计策。当周瑜到达荆州时，诸葛亮早派赵云把守。周瑜待要撤回，没想诸葛亮派了关羽、张飞、黄忠、魏延等四路人马一齐杀来。周瑜没想到借故取荆州，反倒遭人暗算，大叫一声，箭伤复发，跌于马下。周瑜一气之下，发誓定取西川。行军到巴丘，来人报告上游水已被刘封、关平所截，周瑜更是怒不可遏。这时，他接到诸葛亮的一封信，即上面的一段话。

这段话的大意是说：你让部队辛劳地远途行军，而想获得战争的全胜，即使是军事家吴起、孙武也是不敢想的、做不到的。周瑜是在算计好后准备骗取刘备的荆州的。他只知其一，没算计其二。结果被老谋深算的诸葛亮利用，在谋算别人中被别人谋算。最后，他恼羞成怒。而这时诸葛亮并不放弃，进一步激怒周瑜，给他写了此信。经诸葛亮这么一说，他明白根本不能去西川，但又骑虎难下，十分气愤，在给孙权写下遗书后便一命呜呼了。诸葛亮说，长途跋涉，以疲惫之军攻打以逸待劳的守军，这是十分愚蠢的，是古代军事家都忌讳的。诸葛亮遍读兵书，精通战事，所以他是深知此道的。

不必拘执，随机应变。

【注释】《三国演义》第五十七回。

【鉴赏】诸葛亮事刘备，庞统事孙权。诸葛亮、庞统一直有“伏龙”“雏凤”之称。诸葛亮在刘备处备受重用，庞统却一直得不到重用。周瑜死后，鲁肃再次向孙权推荐庞统。一日，孙权召见庞统。孙权见庞统浓眉掀眼，黑面短须，形象古怪，心中不喜，于是问：“公平生所学，以何为主？”庞统答：“不必拘执，随机应变。”孙权说：“公之所学，比公瑾如何？”庞统笑说：“某之所学，与公瑾大不相同。”因孙权最喜欢周瑜，见庞统轻藐他，心中很是不悦，遂婉转地回绝了庞统。

庞统所说“不必拘执，随机应变”，是说做事不必拘于常理，而应随着事物的变化而采取相应的措施。庞统的知识可以说上通天文，下通地理，博古通今，正因为什么都通，所以能“随机应变”。这句话告诉我们，学习要博学多闻，只有这样，才能随机应变。

既生瑜，何生亮。

【注释】《三国演义》第五十七回。

【鉴赏】这是诸葛亮在“三气”周瑜后，周瑜发出的感叹。诸葛亮发起连吴抗曹，并获得成功。在与周瑜的多次周旋、较量中，周瑜越来越感到，诸葛亮聪明过人，自己远远不是他的对手，将来必定是东吴的后患，所以多次谋划要害诸葛亮,但均被诸葛亮识破。诸葛亮设坛祭风后,周瑜派人追杀诸葛亮。而诸葛亮设计脱身。赤壁之战后,周瑜想夺取南郡,不料被曹军射伤,而南郡反被诸葛亮"坐收渔利",这就是所说的"一气"周瑜。往后,周瑜又设美人计骗刘备到江东作人质而换取荆州,没想被诸葛亮将计就计,使得东吴"赔了夫人又折兵",周瑜因此箭伤复发,这就是"二气"周瑜。之后周瑜又以攻打西川为名,实际是想取得荆州,该计又被诸葛亮识破,周瑜箭伤再次复发,这是"三气"周瑜。经过此"三气",周瑜病危,于是仰天长叹:"既生瑜,何生亮!"连叫数声而亡。

周瑜本是十分聪明的,但他的个性是自傲。赤壁之战,非周瑜不能成功。可山之外有青山,周瑜聪明,比周瑜更聪明的还有诸葛亮。自负的周瑜发现了这一点。在这个时候,周瑜采取的办法是除掉诸葛亮。所以,他与诸葛亮展开明暗争斗,时时刻刻想谋害掉诸葛亮。可计高一筹的诸葛亮,在周瑜次次设计中,总能识破他的阴谋,使周瑜陷于失败。就这样,周瑜也认为他一定能够征服汉军。因为东吴的实力远非汉军所比。可在实际交战中,周瑜还是次次失败。他带着百万大军,屡屡遭到汉军的打击,羞愧气恼的周瑜,最终被活活气死。他发出无可奈何的感叹:"既生瑜,何生亮!"

周瑜处处与诸葛亮作对,诚然有鲁肃讲的"量小"。但有另一个问题是周瑜对东吴忠心耿耿,他一心想为东吴效力,实现统一大业,所以他不惜一切力量要消灭诸葛亮。他之所以这么热衷于除掉诸葛亮,就是他一直认为诸葛亮是东吴的大患。可在实际斗争中,他绝难战胜诸葛亮,事实说明他确实不是诸葛亮的对手。正像他在给孙权的信中所说:"愚志未展,微躯已殒,遗恨何极!""既生瑜,何生亮",表现了他未除诸葛亮的不尽憾事。

兵之变化,固非一道也。

【注释】《三国演义》第五十九回。

【鉴赏】曹操在同马超、韩遂的交战中发现马超勇多智寡,便采用了多种战略战术,终于取得了胜利。他使用离间计将韩遂与马超离间成功后,给韩遂封了西凉侯。这就为灭马超扫清了障碍。曹操的手下问他,当时马超严守潼关时,为什么不乘虚攻打河东而将兵力集中在潼关呢?曹操说,这是为了调虎离山,以偷渡河西;再领兵北渡,专门让对方知道吾军势单力薄,以骄傲其军心,使其不备;再用反间计,使马超、韩遂失和,从而一攻即破。他说:"兵之变化,固非一道也。"

这句话的意思是说,军事战术可以多有变化,不是只有一种办法的。在曹操的戎马生涯中,也曾打过一些败仗,正如古人云:胜败乃兵家常事。但他终不愧为一位伟大的军事家,他深谙战争的复杂性,尽可能把握战争的规律,以己之长,攻敌之短,采用敌人意想不到的战略战术,夺取战斗的胜利。在同马超的斗争中，就是采取了这种办法获得成功的。

天下高见，多有相合。

【注释】《三国演义》第五十九回。

【鉴赏】马腾和曹操门下侍郎黄奎合谋想杀曹操，不料黄奎泄密。于是曹操将计就计，杀了马腾。马腾的儿子马超为给父报仇，与西凉太守韩遂联合攻打曹操，并连续获胜。曹操又设计渡河西，使马超、韩遂前后受敌，无奈只好割地请和以缓兵再战。马、韩的求和书到达曹营后，曹操问贾诩怎么办，贾诩说："兵不厌诈，可伪许之；然后用反间计，令韩、马相疑，则一鼓可破也。"曹操搓着手掌高兴地说："天下高见，多有相和。文和之谋，正吾心中之事也。"曹操所说的高见，是指高明的见解。这句话本身带有敬意，可见曹操说的这句话含有自高自傲的意思。在实际生活当中，人们对事物的认识，总有两种结果：一种是正确的，一种是错误的，正确的也就是"高见"。这种高见反映在对事物认识、判断的深刻与准确上，即能否透过现象看本质。在认识问题上，不同的人有不同的看法，或是由于看问题的角度不同而产生不同的结果，或会导致一样的认识。从这儿可以看出，曹操的这句话可谓是近于真理了。古人也有"英雄所见略同"之说。

事当决而不决者，愚人也。

【注释】《三国演义》第六十回。

【鉴赏】在隆中时诸葛亮就对刘备说过形成三足鼎立的情势，那就是先取荆襄，再拓展到西川。可是这两地是同宗的领地，所以刘备怕遭世人指骂。刘备想方设法，荆州总算从东吴那里"借"来，但到了取西川之时，他又主意不定。这时在西川的法正等人主动为内应，并力劝他趁刘璋要求援助之机早早下手，可刘备仍说："尚容商议。"庞统见事情如此，便对刘备说："事当决而不决者，愚人也。主公高明，何多疑耶！"

庞统这句话说得直接爽快，他对刘备的优柔寡断进行了毫不掩饰的批评。在决断问题上，刘备与曹操正好相反，曹操是果断行事，从不放过任何有利时机。小说说，曹操"占天时"不仅是老天给了他时机，而且他也能够充分利用并掌握时机。而刘备虽欲望也大，可他瞻前顾后，顾虑尤多，又"讲人和"过分，且"占天时"不够，从而常常失去机会。正是基于这一点，庞统才这样说他。

离乱之时，用兵争强，固非一道；若拘执常理，寸步不可行矣，宜从权变。

【注释】《三国演义》第六十回。

【鉴赏】庞统建议刘备，趁刘璋向汉军求援的机会，攻打西川。刘备原本就有得到西川的想法,但考虑到刘璋和他是同宗,因而担心夺取西川会“失信义于天下”。庞统见刘备如此瞻前顾后,就说:“主公之言,虽合天理,奈离乱之际,用兵争强,固非一道;若拘执常理,寸步不可行矣,宜从权变……”

此处所说的“常理”是指正常情况下的道理,也就是刘备讲的“信义”。庞统所说“权变”的意思是机动灵活性。这句话是说刘备,你说的话是合乎常理的,可是现在是处于非常时期,使用战争手段获取胜利,本不是只有一条道路或一种方法的。如果在这种情况下,仍然墨守成规,就会寸步难行,为了达到目的,应该采取机动灵活的方式才是。

曹操在击败马超后总结出了一条经验:“兵之变化,固非一道也。”这句话同庞统的意思基本是一致的。不同的是曹操主张的是战术要有灵活性,庞统是从战略上强调的。对比之下,在灵活性上曹操胜于刘备。当然,刘备有他自己的长处,如他考虑问题细致周到,但遇事优柔寡断,所以有时失去有利时机。庞统的这席话正是说在非常时期,要采取相应的手段来夺取胜利。

马逢伯乐而嘶,人遇知己而死。

【注释】《三国演义》第六十回。

【鉴赏】在张鲁想攻打西川的时候,别驾张松劝刘璋,派法正带求援信去见刘备。其实在这之前,刘备已和张松私自定下取西川的主意,并以法正作为取西川的内应。就在刘备招待法正的宴席上,他低声对法正说:“久仰孝直英明,张别驾多谈盛德。今获所教,甚慰平生。”法正十分感激地谢道:“蜀中小吏,何足道哉,盖闻马逢伯乐而嘶,人遇知己而死。张别驾昔日之言,将军复有意乎?”

相传春秋时期,有相马者伯乐,能识得天下最好的良马。法正这句话的意思是说,天下的良马经常因没人识别而遭到同一般马一样的对待,以致不能驰骋千里,当它遇见伯乐的时候,就高兴地嘶鸣起来。他的这句话暗喻自己遇上了贤主。所谓的“人遇知己而死”,则是表达了法正对刘备的仰慕和向往之意,并得到赏识,甘愿为其奉献一切的心情。

大丈夫处事,当努力建功立业,著鞭在先。

【注释】《三国演义》第六十回。

【鉴赏】汉宁太守张鲁正想攻打西川。刘璋急忙派张松求救于曹操,不想曹操却藐视西川,慢待了张松。张松无奈去往荆州,竟受到了刘备的热烈欢迎。张松临走时建议刘备要尽快夺取西川。但刘备有一个顾虑,他想自己与刘璋同宗,若攻打西川,怕是要遭天下人唾骂。张松劝他说:“大丈夫处世,当努力建功立业,著鞭在先。今若不取,为他人所取,悔之晚矣。”张松的意思是告诉刘备,作为一个顶天立地的男子汉,既来到这个世上,就应胸有大志,建功立业,并要抢先去做,而且应快马加鞭。目前北有张鲁准备进攻西川,中原的曹操也威胁西川。如果你不马上攻取,等西川落到别人手里,后悔就来不及了。

刘备哪里是不想建功立业之人,只是他担心的事情太多。他最担心的是,攻取西川会让天下人视他为不仁不义之人,并因此而失去天下人心,所以内心矛盾重重。张松的这番话倒是对他有所提醒,从字面上看,张松认为刘备是一个英雄,而且能创建不朽的功勋,在此他只是提示他要"先"取,否则"悔"之晚矣,张松的话确实提醒了刘备。

良药苦口利于病,忠言逆耳利于行。

【注释】《三国演义》第六十回。

【鉴赏】刘璋听信了张别驾的劝告,请刘备入驻西川来抗拒张鲁的进攻。当刘璋知道刘备已出发的消息时,就准备亲到涪城迎接。黄权、李恢见此情景就劝刘璋不要前去迎刘备,以免被害,刘璋不信。这时,从事王累也写了书面谏章,他说:"窃闻'良药苦口利于病,忠言逆耳利于行'。昔楚怀王不听屈原之言,会盟于武关,为秦所困。今主公轻离大郡,欲迎刘备于涪城,恐有去路而无回路矣。"

王累苦口婆心,是警示劝谏刘璋的,其意在于引导刘璋要慎重考虑。

鹪鹩尚存一枝,狡兔犹藏三窟,何况人乎?

【注释】《三国演义》第六十回。鹪鹩:俗称"巧妇鸟",是一种善造精巧的巢的小鸟。

【鉴赏】刘备这句话的意思是说,连鹪鹩都有一个安逸的小巢,连狡猾的兔子都有三个窝穴,人何况不想得到一个好的地方呢?为了避免张鲁对西川的威胁,刘璋采纳了张别驾的意见,派法正到荆州,请刘备进入西川帮助抗敌。张松曾建议刘备夺西川,现在法正见到刘备后便问:"张别驾昔日之言,将军复有意乎?"刘备回答说:"备一身寄客,未尝不伤感而叹息。尝思鹪鹩尚存一枝,狡兔犹藏三窟,何况人乎?蜀中丰余之地,非不欲取;奈刘季玉系备同宗,不忍相图。"

一直以来,刘备胸怀大志,欲一统天下,可是始终没有一块属于自己的领地,当时他所在的荆州也是从东吴那里"借"来的。刘备说的这番话,十分生动形象地表述了自己希望得到西川的急切心情。刘备在这句话中,用兽、禽来打比方,指喻自己当前所处的困境。同时也告诉了张松他有心取西川,只是考虑取下后,遭天下人唾骂才犹豫不定。

青山不老，绿水长存。

【注释】《三国演义》第六十回。

【鉴赏】张鲁准备攻打西川，张松奉命求救于曹操，遭曹操轻视后转去荆州找刘备。他早就听说知刘备是个仁人志士，这次又亲眼见刘备宽仁爱士，于是心生让刘备夺取西川之意，遂将西川的地图交给刘备，并让刘备迅速攻打西川，里边由他及其朋友作为内应。刘备见此情景万分感激，拱手谢曰："青山不老，绿水长存。他日事成，必当厚报。"

刘备所说的"青山不老，绿水长存"的意思是说，这种以诚相待的友情，就像自然界的绿水青山一样恒久长存。

吉凶相救，患难相扶。

【注释】《三国演义》第六十回。

【鉴赏】张鲁想攻打西川，张松向曹操求援不成，又到荆州求救于刘备，并和刘备私下定妥了攻打西川的计划。张松回去后，劝刘璋迎刘备以便共同抵抗张鲁的进攻。刘璋对刘备毫无防备，他认为是自己的宗亲，就采纳了张松的意见，并派法正给刘备送上一份求救的书信。信中刘璋说："璋闻'吉凶相救，患难相扶'，朋友尚然，况宗族乎？……专人谨奉尺书，上乞钧听。倘念同宗之情，全手足之义，即日兴师剿灭狂寇，永为唇齿，自有重酬。"

这句话的意思是说，朋友之间如有一方遇上困难，另一方就会伸手相救。刘璋在信中所讲此言是用来表示宗族之情至高无上。从这句话可以看出刘璋对刘备是何等的信赖。

兵有利钝，战无不胜。

【注释】《三国演义》第六十一回。利钝：利即锋利，在此指攻；钝，即不锋利，在此指防守。

【鉴赏】孙权准备迁都建业。为了防范曹军的袭击，吕蒙提出在濡须水口筑坝的建议。可是各位将领均不同意，他们认为东吴擅长水战，将士上岸可进攻，抬脚可上船，没必要进行地面防务。吕蒙却不同意这种看法，他说："兵有利钝，战无不胜。"其意是说，军队不仅能够进攻，而且还要有防守措施，这样才能自如应战。

从防守的角度出发，吕蒙提出修建工事，本是无可非议的事情。在纷繁复杂的斗争中，作为一个军事指挥集团，只考虑进攻是不行的，还须有防守的措施。人家擅长水战，你总不能把政治中心设在水面上。而且你擅水战，他擅陆战，别人抢了你的地盘，你上船躲起来，也不是持久之计。惟有能攻、能守，才能战无不胜。

两虎相斗，必有一伤。

【注释】《三国演义》第六十二回。

【鉴赏】刘备在夺西川时，黄忠奉命去攻打雒城。在出发之际，魏延说：老将军年事已高，已经没法夺取营寨，和刘备说还是改派我去。黄忠说：你说我老，可敢和我一比高低？魏延趁自己年轻气盛，今日就在主公面前比试，赢者便去夺寨。说着二人便要较量。刘备出来急忙阻止说："不可！吾今提兵取川，全仗汝二人之力。今两虎相斗，必有一伤。须误了我的大事。吾与你二人劝解，休得争论。"

刘备说的"两虎相斗，必有一伤"，是在肯定了二人均为强将的前提下，进一步制止他们的争斗，他的举动体现了对将领的关爱与无谓折将的担忧。黄忠与魏延作为将领，因为好强争功而不顾大局进行比斗是可以的，但作为一军的元帅刘备却不能允许他们这么做。他必须得考虑全局。他是站在全局利益上权衡问题的，制止他们二人争斗的。这句话告诉我们，干什么事情都要团结一致，不要进行无谓的内斗与内耗，那样就会使亲者仇敌者快。

壮士临阵，不死带伤，理者自然也。

【注释】《三国演义》第六十二回。

【鉴赏】这是诸葛亮寄信来告诫刘备在近日攻打雒城会有将帅死亡的可能时刘备的将帅庞统说的一句话。刘备与庞统计划进攻雒城，准备两军夹攻：一路从山南小路进发，攻打西门；一路从山北大路前进，攻打东门。因为攻打西门道路难行，任务较重，庞统主动提出他带领一路人马进攻西门，而将易行之路让给刘备。正在这时，诸葛亮从荆州发来一封信，说经过算太乙数，近日若取雒城，将帅凶多吉少。刘备担心此事发生在庞统身上，就说他夜里作的梦不好，劝庞统从大路攻打东门，他自己带另一路进攻西门。庞统听罢就说："壮士临阵，不死带伤，理之自然也。何故以梦寐之事疑心乎？"

过去荆轲在刺杀秦王时出发前也曾说过类似的话："风萧萧兮易水寒，壮士一去兮不复还。"这表现了荆轲刺杀秦王的决心。庞统的这句话与荆轲的临行之歌有共同之处。从这句话可以看出庞统的生死观，他不仅表现了一种忘我无私的英雄气概，而且把将士的出征生死看作是一种常事，没什么不应该的。它同时也说明作为一个将领带兵打仗不能瞻前顾后，而应冲锋在前，不怕牺牲，只有这样，才能取胜。

大丈夫既领重任，除死方休！

【注释】《三国演义》第六十三回。

【鉴赏】在进攻雒城的战斗中，庞统战死后，汉军全面溃败。刘备请诸葛亮亲来涪关，定夺夺取西川之事。诸葛亮临走之前，把荆州托付于关羽，并叮嘱他："这干系都在将军身上。"关羽说："大丈夫既领重任，除死方休！"

从刘备创业直至如今，关羽一直忠心无二地追随左右并努力不懈。现在诸葛亮又将守护荆州的重任交给他，他自是慨然接受。荆州对于刘备举足轻重，关羽自是心知肚明，所以他决心誓死护卫。从关羽的这句话，可以看出这位仁人志士的英雄气概。对这次守城的任务，他视为生命一样重要。但诸葛亮听到关羽说到"死"字，便心生不悦。他想，关羽虽有坚定不移的信心守护荆州城池，但他缺乏灵活性。对于"借"来的荆州，东吴一直就想要回去。这次他让关羽把守荆州，并无让他以死相换之意。作为无不晓通的诸葛亮便觉有些不妙。一时他想收回命令。于是，他以试探性的口气问关羽："倘曹操、孙权齐起兵来，如之奈何？"关羽答道："分兵拒之。"诸葛亮说："若如此，荆州危矣。吾有八个字，将军牢记，可保守荆州。"这八个字便是"北拒曹操，东和孙权"。果然如诸葛亮担心的一样，关羽未听诸葛亮的话，自己与荆州共亡。通过这件事，说明作为一名军事统帅仅有英勇是不够的，还须有斗争策略才能取得胜利。

但有断头将军，无降将军！

【注释】《三国演义》第六十三回。

【鉴赏】张飞攻入巴郡，擒得巴郡将领严颜。刀斧手把严颜推到大厅上，张飞怒目而斥："大将到此，何为不降，而敢拒敌？"严颜毫无惧色，斩钉截铁反叱道："汝等无义，侵我州郡！但有断头将军，无降将军！"张怒命推出斩首。严颜面不改色，骂声不断。这反倒使张飞反怒为喜，亲自上前为他松绑，并夸赞他是豪杰英雄。

本小说对懦弱之人最为歧视，对投降却不当耻事，因为在作者看来无论在哪一方，只要能建立功勋，都是无所谓的。而严颜不同于他人，他在即将被砍头之时，仍视死如归，面无惧色，但对张飞的松绑，以及对他的英雄气概的赞叹和认肯，他还是投降了。从此可以看出，严颜只是一个缺乏意志的勇士而已。再就是《三国演义》本身就有亲刘倾向，因而投降刘备不为过错。另外，小说还宣扬"义"的思想，认为严颜是在张飞的"恩义"感召之下投降的，所以严颜的投降是正常之举。当然这是作者的一种认识了。

心疑则致梦，何凶之有？

【注释】《三国演义》第六十三回。

【鉴赏】为了迅速夺取西川，庞统决定带兵从小路进攻雒城。刘备却不同意，他说："军帅不可，吾夜梦一神人，手执铁棒击吾右臂，觉来犹自臂痛。此行莫非不佳。”刘备认为诸葛亮和庞统是自己的左右臂膀，因而他认为棒击右臂是暗示庞统可能要受到侵害。庞统说，为什么要因做梦的小事，而起疑心呢？“心疑则梦至，何凶之有？统肝脑涂地，方称本心”。由此看出庞统是一个不讲迷信的人。在他看来，刘备是因为担心他的安危，才至于作了这个梦。小说塑造的刘备本是个仁义之人，加之小说又有宣扬天人感应意思，所以刘备做梦是预感和暗示庞统将会出事。庞统的这句话听来似乎有些执拗，但反映了他忘我无私的英雄气概，听来令人备觉感动。

若以妇人之仁，临事不决，恐此土难以长久。

【注释】《三国演义》第六十五回。

【鉴赏】刘备率军行至蜀郡城下，刘璋只好开门投降。诸葛亮请刘备将刘璋送回荆州。刘备犹豫不定。诸葛亮说：“刘璋失基业者，皆因太弱耳。主公若以妇人之仁，临事不决，恐此土难以长久。”刘备听了觉得有理，于是将刘璋送往荆州。

在古代，人们认为妇女心地善良，生性懦弱，因而把男人心软，遇事缺乏果断视为“妇人之仁”。当然这是那个时代的局限。小说中刘备是一个瞻前顾后，优柔寡断之人，这也是他的一个致命弱点。作为一个领袖人物，不仅能够挥师攻战，定邦安国，而且还要果断先行，不然就会失去机会，一事无成，甚至还会将已取得的江山丢掉。面对当时事态的发展以及刘备的个性，诸葛亮说了这席话，这是提醒刘备在关键时刻要果断决策，以免贻误大事。

日中则昃，月满则亏。

【注释】《三国演义》第六十五回。昃：即太阳偏西之意。

【鉴赏】李恢去说服马超投降刘备，马超反过来威胁李恢。李恢以自然界的日月打了个比方，他说：“吾闻……‘日中则昃，月满则亏’：此天下之常理也。”他讲述马超虽盛极一时，但现在已危机四起，正由极盛走向衰亡。所谓的“日中则昃，月满则亏”是说，当太阳升到正中间时，就开始偏西；月亮到了最圆时，就开始缺损。李恢是借用这句古语来喻指物极必反。

李恢以这句话来婉转地形容马超的情势不利，并劝他寻找新的出路——归降刘备。李恢的这句话，生动而形象地说明了自然界与人间事物的相像之处，因而具有很强的影响力和说服力。果然马超听从了李恢的劝告归降了刘备。

威之以法，法行则知恩；限之以爵，爵加则知荣。

【注释】《三国演义》第六十五回。

【鉴赏】刘备进驻益州之后，诸葛亮制法很严。在这件事上，蜀郡太守法正有些看法,他说,过去汉高祖刘邦攻下秦朝国都咸阳后,仅定了三条法律,即“杀人者死,伤人及盗抵罪”,还将秦时苛法统统予以废除,致使黎民皆感其德。所以,他建议诸葛亮宽刑省法,以慰民望。诸葛亮解释说:“吾今威之以法,法行则知恩;限之以爵,爵加则知荣。恩荣并济,上下有节。为治之道,于斯著矣。”诸葛亮上边的话是说:我现在树立法律的威严,法律一旦推行,下面的人便有恩知恩了;与此同时再从严掌握官爵的迁升,一旦给人加官晋爵,人们就会感到荣耀,他们才能懂得尊重和服从中央。

诸葛亮在认真总结古今治国的经验后加以制法。在他看来,秦制法暴虐,民怨沸腾,为了赢得民心,汉高祖不得不宽刑省法。如今与过去已大不相同,刘璋无能,政权没有威信,法律也无威严。这种局面的根源就是上面对下属官位过于看重和爱护,以至下面的官员一升迁就变得无理和残酷,因而,朝廷一不施恩惠,下面的官员就开始怠慢。为了改变这种局面,管理好蜀地,惟一的办法就是威之以法,限之以爵。

诸葛亮的治国思想,集中表现在以法治国上,他认为,只有依法治国,才能达到治理蜀地的目的。诸葛亮的这一举措为建立蜀国奠定了坚实的基础。

用武则先威,用文则先德;威德相济,而后王业成。

【注释】《三国演义》第六十六回。

【鉴赏】在没有充分准备的情况下曹操想攻打东吴,参军傅干上书劝阻。他说:“用武则先威,用文则先德;威德相济,而后王业成。”傅干的意思是告诫曹操:使用武力要具有威慑力,若要文治就要施以恩德;武威与文德相辅,统霸天下的事业才能成功。

要想夺取天下,就得使天下的人服从你;而天下人的服从是来自于武力的征服,再是因得到恩惠而顺从。因而,对统治者来讲,文武相济,才是夺取天下的最好办法。傅干阐述的思想,当然是站在统治者的立场上说的。他的所言具有一种辩证的思想,对曹操起到了积极的影响。

兵若远行疲困,可防劫寨。

【注释】《三国演义》第六十七回。

【鉴赏】曹操准备攻占汉中,派夏侯渊、张郃为先锋。夏、张到阳平关后,见张鲁的军队有所准备,于是就在离关十五里外扎营歇息。当夜,忽然后寨起火。原来是张鲁的部将来劫曹营。曹兵守不住,大败而退。曹操怒责夏侯渊、张郃说:“汝二人行军多年,岂不知‘兵若远行疲困,可防劫寨’?如何不作准备?”并欲斩二人以严明军法,经众官劝阻才将二人免于军法处置。

在战争中,军队长途跋涉,必然人困马乏,适当休整自是必要;但是轻敌思想一刻也不能放松，反而更应严加防范，否则就会被敌人趁虚而入。

智者贵于乘时，时不可失也。

【注释】《三国演义》第六十七回。

【鉴赏】张鲁投降曹操以后，遂得汉中。司马懿建议曹操说："刘备以诈力取刘璋，蜀人尚未归心。今主公已得汉中，益州震动。可速进兵攻之，势必瓦解。智者贵于乘时，时不可失也。"在此，司马懿特别指出，有智慧的人是善于把握时机的，好的时机是不能失去的。

这项建议是司马懿参政不久后给曹操提出的。因为当时西蜀还在他人手中，民心又不稳定，可以趁机夺取。此时的曹操却另有打算。他想，军队经过长途跋涉和激烈的战斗，应进行休息。再说，他对夺取西蜀也没有充分的把握，因而也就失去了这次有利的时机。

家鸡野鹄，尚自知时，何况为人在世乎？

【注释】《三国演义》第六十九回。

【鉴赏】曹操小看左慈，左慈不悦，就以幻术惊吓使曹操生病，服药毫不见效。曹操请许芝算卦。许芝却推荐管辂，说他是神算，并向曹操介绍了管辂的一些有趣的事情。他说管辂从小就喜欢仰视星辰，夜不肯寐。父母阻止他，他回答说："家鸡野鹄，尚自知时，何况为人在世乎？"这句话的意思是说，家鸡能知天明报晓，天鹅懂得秋去春来，这些禽类都晓得天文，况且人活在世上呢？管辂的话说明了他是一个智慧之人，同时也表现了他酷爱天文的性格。

自古骄兵多致败，从来轻敌少成功。

【注释】《三国演义》第六十九回。

【鉴赏】把守汉中的曹洪亲自领兵拒敌，蜀将吴兰想后撤，任夔却认为敌兵刚到，须先挫其锐气，于是迎战曹洪，结果被斩于马下。吴兰回见马超，马超埋怨他："汝不得吾令，何故轻敌致败？"其实并非是吴兰轻敌，而是任夔轻敌。于是马超紧守隘口，不和曹军交战。曹洪见马超数日不出战，准备退兵。张颌问他为何不乘胜追击，曹洪说：恐马超另有谋策，所以不敢轻进。张颌大笑，主动请战进攻巴西。曹洪劝他：巴西守将张飞，非比等闲，不可轻敌。张颌说："人皆怕张飞，吾视之如小儿耳，此去必擒之！"并立下文状，上马出兵。罗贯中在这回最后写道："自古骄兵多致败，从来轻敌少成功。"这不仅是对任夔轻敌致败而死的一个总结，也是对张颌过于自信、轻敌终致败在张飞手上的伏笔。

这里说的骄兵必败，是指缺乏"知己知彼"的军事常识。骄兵常常过高地估计自己的力量，过低地估计敌人的势力。这实质上是判断上的错误，更是一种麻痹思想，势必引起心理准备不足，降低了应变能力和防范能力，因而会导致失败。

三军易得，一将难求。

【注释】《三国演义》第七十回。

【鉴赏】在攻打巴西的战斗中，张颌因轻敌而中张飞之计大败，而且还丢掉了瓦口关，只好带着数十名随从返回汉中见曹洪。曹洪大怒，令手下将张颌推出斩首。这时，郭淮功劝谏说：“‘三军易得，一将难求’。张颌虽然有罪，乃魏王所深爱者也，不可便诛。可再与五千兵径取葭萌关，牵动其各处之兵，汉中自安也。如不成功，二罪俱罚。”曹洪觉得有理，采纳了他的意见。

郭淮功所说的三军，是指众多的兵士。郭淮功的意思是说：得到一个将军是很难的，得到众多的兵士却是容易的事，所以不可随意杀掉一个将军。郭淮功这样提醒曹洪，其意在于告诉他，不能以部下的偶然失败来进行轻易的处决，应给他一个立功赎罪的机会。

不入虎穴，焉得虎子？

【注释】《三国演义》第七十回。

【鉴赏】老将黄忠以“宝刀不老”的精神打败张颌之后，又施骄兵之计赢了夏侯渊及韩浩。黄忠还想追击，刘封阻止说：“军士力困，可以暂歇。”黄忠道：“不入虎穴，焉得虎子？”于是拍马上阵。

这句话的意思是说，不入虎洞，怎能捉到虎崽。也比喻不担风险，就不可能获得好的成果。由这句话可以看出，黄忠为了取得胜利，冒死英勇杀敌的大无畏精神。

凡为将者，当以刚柔相济，不可徒恃其勇。

【注释】《三国演义》第七十一回。

【鉴赏】蜀、魏在汉中交战，魏兵失败，连丢数关。曹操亲自出战，到了南郑，命令定军山守将夏侯渊出战。刘晔说：“渊性太刚恐中奸计。”于是曹操给夏侯渊写了一封信，信中有这样一段话：“凡为将者，当以刚柔相济，不可徒恃其勇。若但任勇，则是一夫之敌耳。吾今屯大军于南郑，欲观卿之‘妙才’，勿辱二字可也。”曹操这番话的意思是：大凡作为将军的人，应当刚柔相补，不能只凭勇气做事。如果只有勇气，那么一个勇夫就可以打败，而不属于将才了。我现在南郑驻扎着大军，想看看你的绝妙的才干，不可辱没了这两个字啊！

针对夏侯渊的性格，曹操作了上面的嘱咐，也是对部将提出的要求。在战斗中，将领不但要亲自带兵打仗，而且还要指挥军队作战，所以单凭勇敢是不能胜任的，还应有智谋，即“刚柔相济”才可。在此，“刚”表示勇；“柔”表示智。所以，作为将领关键在于他的心智，其次才是他的勇敢。

在古代战争中，谋略是相当重要的战略战术，所以曹操称谋略为“妙才”。曹操率军去往南郑的路上，经过蔡邕庄，从蔡琰那里得知蔡邕曾在一少女曹娥的墓碑上题写“黄绢幼妇，外孙齑臼”八个字隐语，其中“幼妇”被解为“少女”二字，组合起来为“妙”字。曹操对蔡邕的题字很是惊讶，并且印象极深，所以他在给夏侯渊的信中使用了“妙才”两字。

居家为父子，受事为君臣，法不徇情，尔宜深戒。

【注释】《三国演义》第七十二回。

【鉴赏】建安二十三年，曹操让二儿子曹彰率兵五万去讨伐代郡叛军。临行时他对儿子说：“‘居家为父子，受事为君臣’，法不徇情，尔宜深戒。”曹操的意思是告诫儿子：皇帝和皇子之间在家是父子、在朝为君臣，今日你接受了我的命令，就不能以父子而论了；法律是无情面可讲的，你必须要多加自诫啊！

在多年的军事生涯中，曹操历来重视法律军威。他说的“法不徇情”，表现了公正的进步思想。但从这番话中也流露出他对儿子的关心和爱护，也表达了他对儿子严要求以承父业的深切愿望。

虽能用兵，疑则多败。

【注释】《三国演义》第七十二回。

【鉴赏】为保汉中，曹操亲自率兵攻打蜀军。不料曹操自从到南郑后，先失定军山，再丢汉水，紧接着连南郑也被蜀军夺走。曹操的连续失利，使刘备也觉惊异，于是刘备问诸葛亮：“曹操此来，何败之速也？”诸葛亮说：“操平生为人多疑，虽能用兵，疑则多败。吾以疑兵胜之。”

在用兵上，曹操算得上是个谋略高手。但他有一个弱点，那就是疑心太重，甚至常无事生非，如把简单的问题复杂化，造成判断错误。诸葛亮就是利用他的这个弱点，采用了疑兵之计，使曹操疑心而不能决断，最终造成诸多失败。

勇将不怯死以苟免，壮士不毁节而求生。

【注释】《三国演义》第七十四回。

【鉴赏】关羽攻打樊城，曹操派大将于禁前往支援。于禁想选一将作前锋，庞德自愿报名，但领军将校董衡不同意，他对曹操说：庞德原是刘备五虎上将之一的马超手下的副将，不得已才降魏的；他的亲兄庞柔又在西川做官，因此让他作先锋恐不合适。为弄清真假，曹操对他进行了考察，最后才让他作了先锋。临行前，庞德做了一口棺材，以示不虚此行，发誓要与关羽决一死战。在战斗中，关羽放开襄江水，淹了曹操七军，于禁投降。董衡、董超见情势危急，劝庞德也投降。庞德大怒，杀了董衡、董超，然后对身边的成何等人说："吾闻'勇将不怯死以苟免，壮士不毁节而求生'。今日乃我死日也。汝可努力死战。"结果成何战死，其他人均投降，惟庞德一人全力拼杀，最后被关羽擒住，但宁死不屈。

庞德的这两句豪言壮语，说明了他的品德和性格。在从前，曾有人怀疑过他立场不坚定，可在实际斗争中，他表现得英勇无畏，大义凛然。就在大将于禁已经投降，部下也劝他投降的时候，他坚定不移，决不投降，保持了自己的高尚气节。由此看出作者对这一人物的偏爱。

吾视死如归，有何惧哉？

【注释】《三国演义》第七十五回。

【鉴赏】关羽右臂被曹兵用毒箭射伤，毒已入骨。名医华佗听说后急忙赶到，看了伤势后，对关羽说："某自有治法。——但恐君侯惧耳。"关羽听罢笑着说："吾视死如归，有何惧哉？"于是让华佗给他治疗。

原来华佗准备立起一根柱子，上面钉上大环，将关羽右臂用绳子绑在环上，再蒙住他的头；做手术时切开皮肉直到骨头，再刮去骨头上的箭毒，敷上药，然后将刀口缝好。当关羽听了华佗的治疗方法后便笑着说了这句话。于是，在整个手术过程中，关羽饮酒下棋，谈笑自若，毫无痛楚表情。手术之后华佗不无感慨地说："某为医一生，未尝见此。君侯真天神也！"从此，关公刮骨疗毒的故事，被后人传为佳话。

关公果然是条好汉。在治疗这个问题上，他认为自己连死都不怕，还有什么可怕的呢？从这次刮骨疗毒中可以看出关羽非凡的坚韧性格以及他的英雄气度。

玉可碎而不可改其白，竹可焚而不可毁其节：身虽殒，名可垂于竹帛也。

【注释】《三国演义》第七十六回。

【鉴赏】关羽中计大意失荆州，曹操趁机向他发兵出战。在魏、吴的两面夹击下，关羽败走麦城。在处境十分危险的时候，孙权派诸葛瑾前来说服他投降。关羽听罢严肃地说："吾乃解良一武夫，蒙吾主以手足相待，安肯背义投敌国乎？城若破，有死而已。玉可碎而不可改其白，竹可焚而不可毁其节：身虽殒，名可垂于竹帛也。汝勿多言，速请出城，吾欲与孙权决一死战！"关羽最终被东吴所擒并被杀害。

关羽所说的这番话，表现了他威武不屈的高尚品格以及誓不降敌的决心。但是他的死是不应该的，这也是由于他的性格所造成的。他没有听诸葛亮的"北拒曹操，东和孙权"的策略。从而给魏、吴的联盟造就了机会。如果当时他下决心并用一些灵活的办法，是有可能联孙拒曹的。可是由于关羽性格拘谨，未能断明势态，所以失去了一次有利于自己的机会。他的牺牲及荆州的失守给刘备造成了沉重的打击。

功首罪魁非两人，遗臭流芳本一身。

【注释】《三国演义》第七十八回。

【鉴赏】这两句是罗贯中引用“后人”（邺中歌）中的句子。建安二十五年正月，六十六岁的曹操病死。罗贯中在描写曹操之死的情节后，写了一篇“后人（邺中歌）”，对曹操的功过是非进行了总结概括，即：“功首罪魁非两人，遗臭流芳本一身”。这两句也是后人（邺中歌）的中心。可以说，这两句诗对曹操功过作出了公正的评价。

从《三国演义》中，可以看出作者带有明显的尊刘贬曹的意向，并以自己的道德历史观点塑造小说中的各个人物，所以对曹操的描写始终带有贬义。但作者在（邺中歌）中对曹操的一生给予了较为公正的评价。认为曹操是个复杂的、具有双重性格的人物。他属于“功首”、“罪魁”在一身。

东汉末年，各路军阀竞相争霸，天下大乱。当时曹操以其雄心壮志和卓越的军事才干，一一击败董卓、袁绍等军阀，对统一天下作出了巨大的贡献。同时，他还以其出色的诗歌创作，开创了建安文学的新纪元。这些不可磨灭的功绩，使他能够流芳百世。

从另一个角度看，曹操“宁教我负天下人，休教天下人负我”以及“顺我者昌，逆我者亡”的处世方法，导致他乱杀无辜，给人民造成了很大的痛苦。他为人豪放坦荡，却又多疑奸诈；他善于权谋却又宽宏大度。这种复杂的性格在他发展事业的过程中表现得尤为明显。由于他的多疑狡诈而酿成的恶果，使得名誉扫地。但是无论怎么说，曹操在历史上所做出的贡献是不可磨灭的。正如作者在小说开头说的那样“治世之能臣，乱世之奸雄”，曹操是一个典型的具有两面性格的特殊人物。

书生轻议冢中人，冢中笑尔书生气！

【注释】《三国演义》第七十八回。

【鉴赏】罗贯中在借引（邺中歌）中对曹操进行了评价，其中后四句是这样说的：“古人作事无巨细，寂寞豪华皆有意；书生轻议冢中人，冢中笑尔书生气！”

曹操在历史上的贡献是突出的，这也是人所共知的。但他也做了不少坏事，屠杀了众多无辜。可以说他一半是天使，一半是魔鬼。在作者看来，如果读书人轻率地对古人作出评价，那么古人就会笑话你太书生气了。在世上，人的行为会受到环境的影响，同时又受个人主观意识的控制，所以有的事通过努力就可以获得成功，有的虽然努力了却不能达到预期的目的。更有意思的是，个人主观上不想做的事情，在某种特定的情况和环境下却发生了。无论当初的本意怎样，结果却是大大的不同。正因为如此，人们在评论一件事或是一个人时需要从多方面去考虑，以求做到较为公正的评价。

本是同根生，相煎何太急！

【注释】《三国演义》第七十九回。

【鉴赏】建安二十五年，曹操病死，曹丕继嗣位为魏王。在由谁来继位的问题上，曹操生前就十分矛盾。曹操长子曹昂早亡，还有四个儿子为卞氏所生：长子曹丕，次子曹彰，三子曹植，四子曹熊。四子中曹操偏爱的是曹植，曹操原本想立他为王世子，可后来他认为曹植生活放纵，为人不踏实，就打消了这个念头。在这个问题上，曹操吸取了袁绍、刘表因未传位给长子而引起兄弟争权的教训，所以决定立曹丕为王世子，并在临死前传位给他。曹丕登基后，见曹植才智过己，便有意陷害他。一次，他派人将曹植从临淄擒到邺郡，命其行七步而成诗，后又让他“应声而作诗”，如若作不出，则从重治罪。曹植不假思索，随即口占一首：“煮豆燃豆萁，豆在釜中泣。本是同根生，相煎何太急！”曹丕听后，泪从眼出。但他仍以“国法不可废”为由贬曹植为安乡侯。

曹植的这首诗，使他免于更大的灾难。这首诗的意思是，用燃烧的豆萁来煮豆子，豆子在锅中哭泣。你我本来是同一条根上生长的，为什么要这么无情地煎煮我！这首诗以生动形象的比喻来形容曹丕对自己无端的迫害，表达了曹植内心的愤懑不平，同时也反映了统治阶级内部争权夺利的激烈性和残酷性。

兵法之妙，贵在使人不测，岂可泄露于人？

【注释】《三国演义》第八十五回。

【鉴赏】刘备病死，刘禅继位，这时魏国调大军攻打西川：曹真发兵十万直取阳平关，孟达起兵十万犯汉中，孙权出兵十万取峡口进川，蛮王孟获起兵十万犯益州，番王轲比能起兵十万犯西平关。刘禅听罢大惊失色，忙招见丞相入朝议事。诸葛亮托病未去。次日，刘禅又派人去丞相府，诸葛亮仍然托病不见。第三日，更多的官员要见诸葛亮，诸葛亮还是不出来。第四日刘禅亲自到相府，却见诸葛亮在池边观鱼。刘禅马上就问：“五路大兵进犯我境，形势十万火急，您为何却在观鱼？”诸葛亮笑着回答说：“五路兵中已有四路被我退掉；只有孙权一路虽然未退，但我也已经有了退兵之策，陛下何必忧虑呢？”刘禅听了又惊又喜，忙问诸葛亮是怎样退的兵。诸葛亮回答说：“我们的大臣都不知兵法之妙，机谋贵在使人不测，难道可以泄露给人吗？”诸葛亮接着把他退兵的方略告诉后主,并再次说实施这些计谋最要紧的就是要秘密进行。刘禅听了之后佩服地说:“听了丞相之言,我如梦初醒,再没有什么可担心的了!”

诸葛亮的意思是说,要实施自己的军事计划,就丝毫不能泄露己方的秘密,对敌人自不必说,即使是自己一方的或与之有关的人,在未实施计划之前仍要严加保密。只有在高度保密的情况下,对敌采取出奇制胜的行动,才能夺取胜利。

言过其实,不可大用。

【注释】《三国演义》第八十五回。

【鉴赏】刘备死前和诸葛亮讨论了一个问题,他说:“丞相观马谡之才如何?”诸葛亮回答说:“此人亦当世之英才也。”刘备说:“不然,朕观此人,言过其实,不可大用。丞相宜深察之。”

刘备这句话的意思是,马谡说得头头是道,可做起事来就不行了,这种人是不能委以重任的。刘备和诸葛亮谈到了一个识人用人的问题。看一个人如何,主要是视其真实能力,而不能听他说得如何。马谡虽然熟读兵法,可他不能理论联系实际,只能纸上谈兵。

在作战中,他也提过一些好的意见,也被诸葛亮所采用,可在重要的街亭战役中,却不能学以致用,结果惨遭大败,这不仅给蜀国造成了巨大的损失,也使自己因违反军令而被处死刑。诸葛亮这次用马谡的失误,是因为未听刘备的意见,误当他是“当世之英才”,并委以重任,从而导致街亭之战的失利。由此看来,能够真正识人用人,是一件很难的事情。

惟贤惟德,可以服人。

【注释】《三国演义》第八十五回。

【鉴赏】刘备在临终前给刘禅的遗诏中说:“惟贤惟德,可以服人;卿父德薄,不足效也”。他的意思是说,只有多行善、多施恩德于人,才可以使人宾服;你的父亲给人施的恩德不多,不足以作你的榜样。

从小说中可以看出,刘备一生积德行善,从而形成“人和”之治。就是在他临终前仍不忘将这一道理讲给自己的儿子。由此可见刘备一生为人的风范。

胜负在将,不在兵之多寡。

【注释】《三国演义》第八十五回。

【鉴赏】曹丕继位后,不听贾诩、刘晔的谏阻,一意孤行想去攻打东吴,于是命曹仁去夺东吴重镇濡须。驻守濡须的督军是年仅二十七岁的朱桓。原来朱桓已把大部分人马调到羡溪去了,城内只留五千骑兵驻守,不料曹仁率兵五万直奔濡须而来，这使大军惊慌失措。见此情景，朱桓却镇定地说："胜负在将，不在兵之多寡。"朱桓在敌军兵力多于自己兵力数十倍的情况下，还认为胜负不在兵多少而在于将。这一方面是为了安抚将士，另一方面也是相信自己的力量。在他看来，自己的指挥能力是胜于敌方的；从兵力上看，曹军虽众有五万，却是远途而来的乏困之兵。自己虽只有五千兵马，却是占领了有利地势的本地兵，作战时可进退自如，以主制客。这是己方获胜的保证。果然朱桓出奇兵，并从濡须、羡溪双方夹击，使得曹军大败。因而朱桓所说的话是不无道理的。

作为将，直接参战自不必说，更主要的是要用智慧来领导战争，从这个角度讲，战争的胜负主要是取决于"将"的。朱桓所说的"兵之多寡"，并不是说兵不起作用，而是说在什么情况下的兵。在当时的情况下，朱桓把敌我双方的兵分为"客兵"和"主兵"。客兵长途跋涉必人困马乏，主兵则熟悉地理形势，而且精力充沛，这样客兵虽是众多，却是被动而战，主兵虽少却是主动应战。朱桓正是把握了这一军事法则而胜券在握的。

用兵之道：攻心为上，攻城为下；心战为上，兵战为下。

【注释】《三国演义》第八十七回。

【鉴赏】诸葛亮出师平定南方各部落。在深入西南地区的途中，马谡奉命给部队送来酒帛。诸葛亮向马谡说起征南之战该怎么打的问题。马谡说："南蛮恃其地远山险，不服久矣；虽今日破之，明日复叛。丞相大军到彼，必然平服；但班师之日，必用北伐曹丕；蛮兵若知内虚，其反必速。夫用兵之道：'攻心为上，攻城为下；心战为上，兵战为下。'愿丞相但服其心足矣。"诸葛亮听了马谡的这番话后觉与自己想到了一块儿，于是，任他为参军。这是马谡第一次发表军事见解。

马谡以攻心战术来征服西南各部落的意见是正确的。因为当时蜀吴联盟，致使魏国不能出兵，可对西南少数民族部落的侵扰，蜀国又不能熟视无睹。为此，只有从根本上解决这方面的问题，使自己与其能够和好共处，这样才能集中精力对付主要敌人魏国。在隆中时，诸葛亮就对刘备说到"占人和"的问题，其中就谈到了必须要与西南少数民族和睦相处的事情。如今马谡提出"服其心"的意见，正是符合当前的实际需要。虽然刘备在临终前对他说过马谡"言过其实，不可大用"。但经过这次考察，他觉得马谡毕竟熟读兵书，况且其想法与自己如出一辙，他高兴地对马谡说："足知吾肺腑"，从此马谡被重视和任用。

大丈夫得死于疆场者，幸也，吾何恨焉？

【注释】《三国演义》第九十一回。

【鉴赏】诸葛亮用马谡之计让司马懿被贬，继而再起兵伐魏。大部分将领均被诸葛亮所用，唯赵云未被起用，他不服气地说：我虽年迈，但不服老，何故不用我呢？诸葛亮这样解释道：马超病故，已使我折去一臂；将军年事已高，如果稍有闪失，一方面损害您的一世英名，二来也会削减蜀中锐气。赵云高声叫道：“吾自随先帝以来，临阵不退，遇敌则先。大丈夫得死于疆场者，幸也，吾何恨焉？愿为前部先锋！”赵云这句话是说，作为一个男子汉能够在战场上战死，那是值得庆幸的事。既然如此，我还有什么遗憾的呢？

从青年时期开始，赵云便出生入死，驰骋疆场，使敌人望而生畏。直至如今，虽年迈，但人老志不老，赵云的这番话可谓感天动地，壮心不已。诸葛亮深受感动，遂任其为作战先锋。在伐魏的战斗中，赵云威武不减当年，他力斩五将，为蜀国立下不朽的功勋。

凡为将者，智过于人，则能制人。

【注释】《三国演义》第九十四回。

【鉴赏】诸葛亮率军攻打魏国，魏帝曹睿先派夏侯楙木为大都督出战，不想大败而归；接着又派曹真前去。曹真又败，他向朝廷请求援兵。曹睿惊问众臣退兵之策。华歆认为只有曹睿御驾亲征，方可退兵。太傅钟繇却说：“凡为将者，智过于人，则能制人。”其意就是说，当将领的人惟有心智超过对手，才能打退敌人。钟繇认为，曹真虽用兵已久，但在智慧上不如诸葛亮，因而建议复用诸葛亮害怕的人，即司马懿来指挥魏军，定能退掉蜀兵。

其实，诸葛亮在伐魏之事上，最担心的就是与司马懿交手，因而他先使用计谋让曹睿将司马懿贬回家乡，遂进行大举进攻。这次钟繇提出复用司马懿本是一个高明之举。战争中，在双方兵力相近的情况下，胜负便是将领指挥能力的问题了。战争本是一个智勇和力量的较量。特别是在古代战争中，不仅要靠将士的拼杀，更要靠统帅们的智慧来赢得战斗的胜利。

诸人有远虑于国者，但勤攻吾之阙，责吾之短，则事可定，贼可灭，功可翘足而待矣。

【注释】《三国演义》第九十六回。阙：即指缺点、过错。

【鉴赏】诸葛亮伐魏失利，撤回汉中，上表刘禅，请求贬职三等。刘禅批准了他的请求，派侍中费祎到汉中传达诏书。费祎在“安慰”诸葛亮后问道：“丞相现统雄师数十万，可再伐魏乎？”诸葛亮在分析了这次失败的原因后感慨地说：“自今以后，诸人有远虑于国者，但勤攻吾之阙，责吾之短，则事可定，贼可灭，功可翘足以待矣。”这句话的意思是说，从今以后，各位中如果有经常考虑国家利益的人，就要时常批评我的错误和缺点，那么战事就可以平定，敌人就可以消灭，胜利就会指日可待了。

就在费祎给诸葛亮传达完诏书后，他担心诸葛亮会因降职感到愧疚，因而在谈话中尽可能谈到诸葛亮的功绩。如战事开始，连夺四县之事。诸葛亮听后却说："得而复失，与不得同"；当谈到收俘姜维时，诸葛亮又说"亮得一姜维，于魏何损？"对于费祎的夸赞，他认为于事无利，因而借此告诫人们，为了国家着想，就要对自己的缺点、错误给予批评指正。由此可见，诸葛亮不愧为是一位具有远见卓识的政治家和军事家。

得而复失，与不得同。

【注释】《三国演义》第九十六回。

【鉴赏】在伐魏之战中，诸葛亮先后得天水、安定、南安等四城池，后因马谡失街亭，使得蜀军退到汉中。诸葛亮上表刘禅，请求贬降三等以作自罚。刘禅起初不同意，但经侍中费祎的谏奏最后答应了诸葛亮的请求。刘禅派费祎到汉中宣诏。宣诏后，费祎怕诸葛亮因降级而感到羞愧，于是便着意夸奖他说："蜀中之民，知丞相初拔四县，深以为喜。"诸葛亮听后十分不悦地说："是何言也！得而复失，与不得同。公以此贺我，实足使我赧耳。"

诸葛亮本是个明智之人，四县虽得，却又复失，这和没得一样，怎能算是功劳？所以费祎的话对诸葛亮来讲是毫无用处的，这反而给诸葛亮带来了更大的精神压力。

鞠躬尽瘁，死而后已。

【注释】《三国演义》第九十七回。

【鉴赏】蜀建兴五年三月，诸葛亮出师伐魏，起初连连告捷，到了第二年因马谡失街亭又撤回汉中，进行休养生息。就在这年，诸葛亮再上《出师表》，请求讨魏。表中仔细分析了目前形势及出师伐魏的重要意义，在最后他写道："臣鞠躬尽瘁，死而后已；至于成败利钝，非臣之明所能逆睹也。"诸葛亮表中这句话的意思是：我不辞劳苦，竭尽全力地奉献自己的一切，一直到死为止；至于是否成功或顺不顺利，这不是我所能预料的。

自从诸葛亮辅佐刘备直至最后，他一直是为统一天下大业"鞠躬尽瘁，死而后已"。从小说中可以了解到，诸葛亮一生忘我努力，他不仅是天之骄子，更是智慧的化身，以至到现在人们仍然在咏诵这句传世佳话。

兵者，诡道也：事未发切宜秘之。

【注释】《三国演义》第九十九回。

【鉴赏】诸葛亮在第二次出师伐魏时，因病回成都治疗，蜀魏战争也暂停。第二年秋天，魏都督曹真请求伐蜀。曹睿问刘晔能否，刘晔回答说"可行"。就在他出宫回家的路上，众大臣问他是否有兴兵伐蜀之事，他却答“无此事也”。杨暨听到后进宫奏曰：“昨闻刘晔劝陛下伐蜀；今日与众臣议，又言不可伐：是欺陛下也。”曹睿遂召见刘晔问道：“卿劝朕伐蜀，今又言不可，何也？”等杨暨走了之后刘晔才说：“臣昨日劝陛下伐蜀，乃国之大事，岂可妄泄于人？夫兵者，诡道也：事未发切宜秘之。”曹睿大悟，说：“卿言是也。”

刘晔这句话的意思是，军事讲究的是诡密之术，事情还未做之前，务必要保守秘密。采取军事行动是需要迷惑对方的方法，就是人们常说的“兵不厌诈”，这样才能出奇制胜。如果自己的行动，事先被敌人知道，那就会使敌人不仅做好了准备，而且还会将计就计置你于死地。刘晔的做法是正确的。他明白伐蜀之事不能让不该知道的人知道。

养军千日，用在一时。

【注释】《三国演义》第一百回。

【鉴赏】魏太和四年秋，曹睿派曹真、司马懿率军四十万攻打汉中，不料走到陈仓，逢一个月的大雨，不仅无法前进，而且生活也非常困难。无奈曹睿只好下诏调曹真、司马懿还朝。为了防止蜀军追赶，司马懿埋伏下两支军队断后，大军缓慢退却。走了十天之后，先埋伏下的将士都撤回来了，并说根本没有蜀兵。对诸葛亮是否会出兵的问题，曹真与司马懿的看法也不同，于是两人打赌，分兵两路屯于祁山东西两侧的箕谷口、斜谷口以观后果。扎营已罢，司马懿换衣装，掺进众军之内，遍观各营。走到某营，听见有一偏将大发怨言：“大雨淋了许多时，不肯回去；今又在这里屯住，强要赌赛，却不苦了官军！”司马懿回来后，痛斥那位偏将，他说：“朝廷养军千日，用在一时。汝安敢出怨言，以慢军心。”喝令武士将那偏将推出斩了。

其实，诸葛亮也正如司马懿所料的那样，正准备等魏兵退去后再在箕谷口、斜谷口出兵直取祁山。司马懿借打赌为名想阻止曹真停止后撤，以便二人各守一口，防止诸葛亮攻打祁山。那位偏将哪里知道他的用意，他在司马懿正设法稳定军心的时候扰乱军心，被司马懿斩首。司马懿认为，养兵的目的就是为了用兵，怎能遇到困难就想退却呢？那养兵还有什么用呢？当时魏军是长途跋涉而来，途中又遭雨淋一月，早已是人困马乏之军。而蜀军却是休息了一月，只是坐等反击。按实力来讲，两军若交锋，魏军自是占劣势。最后，魏军果然未能敌过蜀军，使诸葛亮直捣祁山。由此看来，司马懿的用兵之术是没错的，但他忽视了一点，那就是部队未能得到休整，从而导致了魏军的失利。

用兵命将，以信为本；既有令在先，岂可失信？

【注释】《三国演义》第一百一回。

【鉴赏】为保存部队的实力,诸葛亮决定把部队分为两部分出兵祁山,每部分为十万,一部分在前线,一部分在后方,三个月轮换一次。就在换班的时候,司马懿兵到。这时长史杨仪建议,先把已接到撤回之令的将士留下来继续应战。诸葛亮却说:"吾用兵命将,以信为本;既有令在先,岂可失信?"在他看来,该撤的兵,已做好后撤的准备,即使这里有困难,也不能留下他们。

在战场上,一个军事指挥官是不能出尔反尔的。指挥官要求将士听从命令,自己却随意毁令,会使部下无所适从,以致心存疑怨,这样指挥官就难以树立威信。诸葛亮如此体恤部下,使该撤的将士深为感动,于是他们主动要求留下继续参战,这反而为前线增加了更大的实力。从此可以看出,信誉是为人、处事的根本所在。

悠悠苍天,曷此其极!

【注释】《三国演义》第一百一回。

【鉴赏】诸葛亮不愧是位智慧之人,当他知道自己将不久于人世之后,仍然带病让左右推着他坐车遍视各营。他觉得秋风瑟瑟彻骨生寒,于是长叹曰:"再不能临阵讨贼矣!悠悠苍天,曷此其极!"面对无限亘古的苍天,他倍觉生命的短暂,同时为事业未竟身先去深感遗憾。他叹息很久后回帐,于是病情愈重,他对身边的杨仪作了一番嘱咐,给刘禅写下了遗表,当夜便与世长辞了。

从卧龙冈下山以来,诸葛亮在辅佐刘备父子统一天下的几十年中,一直奉行自己的诺言:"鞠躬尽瘁,死而后已"。可谓为创建蜀国大业贡献了自己的毕生精力。诸葛亮身为军事统帅,他在每次重大战役之中都亲赴战场;作为蜀国丞相,平日他亲理诸事,可谓废寝忘食。就在他生病后,仍念念不忘讨敌之事,并为自己不能完成大业深怀遗憾。诸葛亮一生忧国忧民,为统一天下奋斗了终生。他的智慧以及无私的精神感动了一代又一代的人。

为治有体,上下不可相侵。

【注释】《三国演义》第一百三回。

【鉴赏】司马懿在渭北盘据不出,为了激他出战,诸葛亮拿了一块妇女用的头巾和衣服,放进一大盒中,并写了一封信,派人送到魏营,来羞辱司马懿如妇女一样胆小。司马懿见了这些物品虽心中愤怒,但表面上没说什么,而且还故意探听诸葛亮的身体情况,然后对使者说:"孔明饮食很少而事务繁杂,能活得长久吗?"使者回来后将此话告诉了诸葛亮。诸葛亮叹说:"彼深知我也!"主簿杨颙劝他说:"某见丞相常自校簿书,窃以为不必。夫为治有体,上下不可相侵。"他又举例说,这如同治家道理一样,主人有主人的事,奴婢有奴婢的事,如果主人把奴婢的事也包下来,就会心困神人,终无一成。处理国家大事也一样,有的人需“坐而论道”；有的人则需“作而行之”。而后杨颙又恳切地说：“今丞相亲理细事，汗流终日，岂不劳乎？——司马懿之言，真至言也。”诸葛亮听后流着泪说：“这些我不是不知道，只是怕别人不像我一样尽心啊！”

杨颙这句话的意思是说，工作是有分工的。上下级的工作是不能互为代替的，更不能大包大揽。杨颙是站在一名下级官员对上级领导的关心与爱戴的角度来说这番话的。

清心寡欲，约己爱民。

【注释】《三国演义》第一百四回。

【鉴赏】诸葛亮自从卧龙冈下山后一直忠心耿耿地辅佐刘备父子，为统一天下可谓是鞠躬尽瘁，死而后已。就在临终前，他还手书遗表委托杨仪转交给后主刘禅。他在表中表达了自己大业未竟的遗恨，同时还劝谏刘禅要“清心寡欲，约己爱民”。

诸葛亮这句话的意思是告诫后主刘禅，思想要纯洁端正，不要过于贪求；要约己爱民。在诸葛亮的一生中，他一直忧国忧民，体恤百姓疾苦。多少年来，他经常告诫人们不要失去民心。他十分清楚民心的稳定与否直接关系着国家政权的稳定与否。刘禅的能力与为人不及其父。他根本做不到“清心寡欲”，更谈不上爱护黎民百姓。就在诸葛亮率军征战时，他却在蜀都不理朝政，听信谗言，过着舒适的生活。他根本没有把诸葛亮的话放在心上。直到他身在曹都时，仍迷恋奢侈糜烂的生活，并毫无廉耻地说自己“乐不思蜀”。诸葛亮正是觉察到刘禅的无能才这样说的。果然刘禅是个扶不起的天子，他辜负了诸葛亮的一片苦心。

提拔幽隐，以进贤良；屏斥奸邪，以厚风俗。

【注释】《三国演义》第一百四回。幽隐：高明的隐士。贤良：有德有才的人士。奸邪：心术不正的人。

【鉴赏】诸葛亮辅佐刘备父子统一天下，可谓奋斗了终生。就在临终前他还写遗表致刘禅，表达他未能尽忠大业的遗恨，同时他还劝谏后主刘禅要“提拔幽隐，以进贤良；屏斥奸邪，以厚风俗”，诸葛亮的这句话是告诫刘禅：若要统一天下，富国强民，就必须选拔和重用德才兼备的人。与此同时，还要排除那些心术不正的人，纠正统治集团内的不良习气，以净化天下的风气。

诸葛亮认为，要想治理好一个国家，就必须选用那些德才兼备的人来管理国家。与此同时，他也感到不正之风会给国家带来很大的危害。就像都尉苟安，因运粮误了期限，受到处罚后便去投降了魏国。后来他重新混入成都并散布谣言，说诸葛亮想夺取帝位，宦官们便向后主刘禅告诸葛亮的状，后主将诸葛亮从前线调回，从而耽误了战机。又如都护李严，因自己备粮不济，却中伤诸葛亮，这都给国家造成了危害。从这些事上，诸葛亮看到了“屏斥奸邪”的重要性。针对这些情况，诸葛亮向后主谏言，可见他对蜀国大业的一片赤诚之心。

不度万民之力，以从耳目之欲，未有不亡者也。

【注释】《三国演义》第一百五回。

【鉴赏】魏青龙三年，魏主曹睿不思安邦定国却在许昌大兴土木，建筑宫殿，接着又在洛阳建造殿、阁、楼、池，其工程无比宏大，为此选天下能工巧匠数十万人，不分昼夜建造；接着又用一万多人到长安拆运古董和金银器皿等，在建筑过程中，因铜柱倒塌，压死一千余人；又命人将铜柱打碎运抵洛阳，铸成两个铜人陈列于司马门外，又铸一龙一凤，立于殿前。另外还在上林苑中遍种奇花异木、豢养怪兽珍禽。他的举动劳民伤财，使得百姓怨声沸腾。对这些事，少傅杨阜上表劝谏说：“夫不度万民之力，以从耳目之欲，未有不亡者也。”杨阜劝谏的意思是说，君主不考虑百姓的死活，而一味地满足自己的享乐欲，这样没有不亡国的。

杨阜列举历史上的例子：尧、舜、禹、汤、文、武等人均不建造华丽的宫殿，不耗费百姓财力，使万民安居乐业；而桀、纣、楚、灵、秦始皇等人都大造宫殿，结果不是丧失江山，就是身受其祸。杨阜是告诫曹睿不要忘了前车之鉴。他劝君主要以民为本，民安则邦固，否则国家就会灭亡。

善《易》者，不言《易》也。

【注释】《三国演义》第一百六回。

【鉴赏】曹睿死后，八岁的曹芳即位，何晏被封为尚书。何晏听闻管辂懂得数术，于是就请他来讨论《周易》。当时在座的还有尚书邓飏，他问管辂：您擅长《周易》，但从您的话中却听不到《周易》中的词句，这是为什么呢？管辂回答：“夫善《易》者，不言《易》也。”其意思是说，真正懂《周易》的人，是不说《周易》中的话的。

对何晏提出的问题，管辂谈了自己的认识。管辂认为，掌握《周易》的知识，并不能看他学会几句《周易》的词语，而是要看他是否掌握其中原理。在生活中也是如此，如果一个人只能说出书本中的某些词语，却不能将其运用到实际当中，那么他的这些表面知识，都是毫无用处的；而有的人不用书中的词语却能将其原理运用到实际当中，这才是真正地掌握了书中的知识。

仁者不以盛衰改节，义者不以存亡易心。

【注释】《三国演义》第一百七回。

【鉴赏】曹睿死后,司马懿与曹爽扶持年幼的曹芳继位。曹爽因嫉恨司马懿的才智,启奏魏主升司马懿为太傅,而实质上是想削司马懿的兵权为自己独揽。司马懿不愧为大智之人,他趁曹爽随曹芳围猎之机,反将曹爽的兵权夺了,并将他兄弟三人皆斩于市。曹爽的从弟媳夏侯令女,守寡多年,又无子嗣,她父亲曾让她改嫁,她割掉了耳朵誓死不嫁。曹爽被杀后,父亲又要她改嫁,她又将鼻子打折坚决不嫁。家里人对她说:人活在世上,就如同轻尘落在小草之上,何必这样苦自己;况且你的丈夫家又被司马氏杀尽,你又打算为谁守寡呢?夏侯令女哭着说:"吾闻'仁者不以盛衰改节,义者不以存亡易心'。曹氏盛时,尚欲保终;况今灭亡,何忍弃之?——此禽兽之行,吾岂为乎!"

夏侯令女说的这番话其意是说,我听说过这样的话,仁义的人不因夫家的兴衰而改变节操,有德的人不因夫家的存亡而变心;曹氏家境兴旺时,我还打算独守终身,况且他家已不存在,我又怎能忍心不为他们守节呢?站在女子为丈夫守节这个角度看,似乎不算什么,但若站在不以盛衰、存亡而改节、变心这一角度来讲,却是气节可赞。

人生在世,得死于战场者,幸耳!

【注释】《三国演义》第一百十二回。

【鉴赏】为了让东吴相信魏国是真心与之联手讨伐司马昭,魏国的镇东大将军诸葛诞把自己的儿子诸葛靓送往东吴作为人质,请求联盟讨伐司马昭。东吴辅政的孙琳见是这样就答应了诸葛诞的请求,于是发兵七万,前去讨伐。司马昭听说后遂起兵二十六万直奔淮南而来。诸葛诞初战失败,退回寿春,闭门坚守。东吴将军于诠准备协助诸葛诞守城。等于诠进城后,东吴守将死的死,降的降,以致寿春被魏兵攻破,诸葛诞战死。这时魏国正先锋王基率兵杀到西门,正遇吴将于诠,大喝道:"何不早降!"于诠大怒道:我是接受命令而出来为人解难的,如今未能救难,若再投降他人,这是不符合道义的!说到这里,他把头盔往地上一扔,大叫道:"人生在世,得死于战场者,幸耳!"便挥刀与王基死战,终因势单力薄,被敌军所杀。

于诠的这番话可谓大义凛然。他做到了尽忠职守。在面对死亡的关键时刻,他仍坚持到最后一刻,表现出一位将领的英雄气概。

古之用兵者,全国为上。戮其元恶而已。

【注释】《三国演义》第一百十二回。古之用兵者:即孙子。全国为上:见《孙子·谋攻篇》。元恶:指罪魁祸首。

【鉴赏】司马昭专权后,魏国将领诸葛诞向吴国求援,欲共同伐之。司马昭听到消息后,率兵二十六万速奔淮南。不料,诸葛诞失败并被围困在寿春城中,吴兵进城救应。由于守将曾宣降魏献出了北门,魏兵入城,斩杀诸葛诞及其部下数百人,而吴兵大半请求降魏。魏国散骑长史裴秀劝司马昭说:“吴兵老小,尽在东南江淮之地,今若留之,久必为变;不如坑之。”“坑”是指对投降之兵挖坑埋掉。这时黄门侍郎钟会表示反对,他说:“不然。古之用兵者,全国为上,戮其元恶而已。若尽坑之,是不仁也。不如放归江南,以显中国之宽大。”司马昭同意钟会的看法,他称赞说:“此妙论也!”于是将吴兵全部放归吴国。

钟会这句话的意思是说,古代用兵的人,把完整地夺取敌国当做最大的胜利,尽可能少杀人,只杀那些罪魁祸首就行了。以往,人们在战争中以消灭对方兵力的多少来衡量战果的大小,也有人以敌人的溃败作为是否胜利的标准。在此钟会提出了不同于往常的“全国为上”的见解。此话虽引自孙子的文章,但被钟会用得恰到好处。正是由于这一高见,使正当处于与决战前夕及争霸天下的关键时刻的魏军,以夺取整个天下为首要问题。从这件事上看出,钟会远比裴秀具有远见卓识。当时司马昭正对一统天下之事胸无章程,听了钟会的这番话后,如茅塞顿开,他极为高兴地说:“此妙论也!”

多慢则生乱,思善则生治,理之常也。

【注释】《三国演义》第一百十二回。

【鉴赏】蜀汉延熙二十年,姜维得知司马昭率兵二十六万,前往淮南讨伐诸葛诞去了,他认为攻魏时机已到,于是表奏后主刘禅,愿兴兵伐魏。中散大夫谯周知道后,作了一篇《仇国论》寄给姜维,开头是这样说的:“或问:古往能以弱胜强者,其术如何?曰:处大国无患者,恒多慢;处小国有忧者,恒思善。多慢则生乱,思善则生治,理之常也。”此语之意是,有人问:古时候能够以弱胜强的人,他们的办法是什么?回答说:处在大国而无忧患的人,大多慢待人民;处在小国而有忧患的人,常常思考如何善待人民。如果总是对待人民不好,国家就会出现动乱;多爱护人民,国家就会得到治理,这是常理啊!

对于想治理好国家的人来说,谯周的话是很有意义的。不断的战争给人民带来了无限的灾难和痛苦。如军队兵士要从百姓中补充,战争的费用得从民间获取,还有战争造成的直接损失更无法估量。因此,作为英明的决策者,是不能不考虑这些事情的。而当时的蜀国又是一个弱国,当务之急是发展经济,稳定民心。只有国泰民安,才能与敌抗争,否则难以制胜。可是姜维上任后,数次攻打魏军,资财消耗严重,长期下去,国家必会生乱。

人谁不死?正恐不得死所耳!

【注释】《三国演义》第一百十四回。

【鉴赏】魏甘露五年四月,司马昭专权想废掉魏主曹髦,曹髦拔剑带殿中数百人和司马昭拼命，司马昭派中护军贾充传令杀死了曹髦。尚书王经痛骂贾充是弑君的逆贼，贾充大怒，把王经捆起来，报告了司马昭。司马昭却差人将王经全家捕入狱中。王经正在厅下，忽见母亲被捆绑而来，不禁磕头大哭说："不孝子累及慈母矣！"王母却大笑说："人谁不死？正恐不得死所耳！以此弃命，何恨之有！"次日，含笑受刑。

在王母看来，自己的儿子为维护君主和国家而牺牲，这是无尚的光荣，更是死得其所。作者描写的王母这一人物形象，宣扬了一种正义、无畏的精神。

养兵日久，不战则懒，懒则致病。

【注释】《三国演义》第一百十五回。

【鉴赏】魏甘露五年四月，司马昭杀死魏主曹髦，六月立曹璜为帝，改年号为元景元元年。就在这年，姜维以问司马昭弑君之罪为名，攻打魏国，得胜。蜀汉景耀五年，姜维重整旗鼓，又上表奏后主刘禅，表中说："臣累出战，虽未成大功，已挫动魏人心胆，养兵日久，不战则懒，懒则致病。况今军思效死，将思用命。臣如不胜，当受死罪。"后主批准了他的请战要求。

姜维认为，军队长期养着，会懈怠懒散，这样说是有道理的。可姜维这样说的目的是为伐魏。其实蜀兵一直未停止过战斗。如司马懿谋杀曹爽后，蜀兵伐魏；东吴诸葛恪求助，蜀兵又伐魏；司马师病死，其弟司马昭继兄掌大权，蜀又兴师伐魏；魏将诸葛诞造反，蜀趁机伐魏；司马昭弑曹髦，蜀再发兵。在诸葛亮死后，姜维前后八次出兵伐魏。由此可见，蜀军并非养兵不用，更无懈怠之说。可以说蜀国已无力支撑连年的战事了。站在姜维的角度讲，他如此频繁地发动战争，也实属无奈。因为始终是敌强我弱，若不征战，国家就会灭亡，为此姜维才被迫进行了数次征伐。

兵不在多，在能设奇用智耳。

【注释】《三国演义》第一百十六回。

【鉴赏】绍汉元年自称为燕王的辽东公孙渊发兵十五万直捣中原。曹睿得悉大惊，于是向司马懿问计。司马懿说用四万人马足可破贼。曹睿认为兵少路远，恐难以收复。司马懿说："兵不在多，在能设奇用智耳。臣托陛下洪福，必擒公孙渊以献陛下。"

在战争中，士兵的勇气和兵力的多寡是十分重要的，但统帅指挥能力的强弱，更是战争胜负的主要因素。自古以来，就有许多兵力虽少，但靠统帅的足智多谋赢得战斗胜利的例子。因此，单靠兵力的众多并不一定就能够打胜仗；反而,有精兵强将,再加有统帅的智慧,是可以取胜的。司马懿说这句话,其实他早已是心里有数了。所以他决定出师四万去抵御十五万敌军。结果,他终于以少取胜。

不可拘常以失事机。

【注释】《三国演义》第一百十八回。

【鉴赏】魏国邓艾与镇西的钟会奉命各督人马共同伐蜀。邓艾悄悄的,走无人之地,先后夺得江油、涪城、绵竹,直至兵临成都,迫使蜀后主刘禅投降。一切安排好后,邓艾写信给晋公司马昭,提出厚待刘禅而立即逼降东吴的办法。司马昭见信,怀疑邓艾有独断专行之心,于是一面大表其功,一面写信告诉他应该随时奏报,奉命行事。邓艾再次给司马昭写信,信中说:我奉命西征,现在刘禅已经投降,我应当根据势态的发展去办事;如果等待朝廷的命令,由于路途的遥远不便,会耽误时间。根据《春秋》大义,大夫出征,如遇安社稷、利国家之事,可以自己随机处理。接着他写道:“今吴未宾,势与蜀连,不可拘常以失事机。兵法:进不求名,退不避罪。艾虽无古人之节,终不自嫌以损于国也。先此申状,见可施行。”邓艾的意思是,现在吴国未被征服,它还会对西蜀产生影响,因此我们不能拘泥于常规而失去做事的机会;兵法说:前进不求名利,后退不怕承担罪责。我虽然没有古人的气节,但不会因自己担心别人怀疑而有损于国家。先写信申明,现在我就按我的意图办事了。

邓艾说的这番话是不错的。他认为在战争中,凡是对国家有利的事情就应该去做,不该受常规的约束,反之就会贻误大好时机,甚至还会造成不良的恶果。在小说中可以看出邓艾有急切建功之心。他自己是想报效国家,但司马昭认为他这样做是漏出了谋反的马脚。不料,他反被对手钟会与敌方姜维所利用,招致杀身之祸,最后落得个“功成身被害”的结果。

此间乐,不思蜀也。

【注释】《三国演义》第一百十九回。

【鉴赏】魏将邓艾兵临城下,蜀主刘禅被迫投降。邓艾被司马昭谋杀后,刘禅被迁送到魏都洛阳,司马昭还封他为安乐公,遂赐给他诸多财物和婢女。一天,刘禅亲自到司马昭府上拜谢,于是司马昭设宴款待了他。席间安排了魏国乐舞表演,随降的蜀官都悲伤不已,惟独刘禅面带喜色。司马昭又让蜀国人来表演蜀乐,蜀官无一不落泪,刘禅却喜笑颜开。司马昭见此情景,就故意问他:“颇思蜀否?”刘禅答道:“此间乐,不思蜀也。”

刘禅身为蜀国君主，投降魏国之后，又当司马昭为其设宴表演魏国和蜀国乐曲时，他竟毫无廉耻之意地面带喜色，全不知这是对他亡国的羞辱。当司马昭试探地问他是否很想蜀国时，他却不知羞耻地说“乐不思蜀”。他的行为连司马昭都感叹道：人之无情，竟到如此程度；即使现在有诸葛亮辅佐他，蜀国仍会灭亡，何况现在是姜维呢？对此情景，作者作诗叹曰：“追欢作乐笑颜开，不念危亡半点哀。快乐异乡忘故国，方知后主是庸才。”可以说刘禅不仅是蜀国的败类，更是蜀国的耻辱。“乐不思蜀”被后人传为成语，用来讥讽那些忘本的人。

拜官公朝，谢恩私门，臣所不取也。

【注释】《三国演义》第一百二十回。

【鉴赏】羊祜用计谋使吴主孙休罢掉了陆抗的兵权后，就建议司马炎抓紧时机出兵讨吴，可是司马炎听了别人的话，当时未采纳他的意见。后来羊祜辞官回乡，在羊祜走之前，司马炎问他安邦之策，他说：现在吴主孙皓失德，正是不战而克的机会；如果孙皓不幸而死，另换贤君，那么吴国就不是你所能得到的了。司马炎听后大悟，就请他提兵伐吴，但他以年老多病辞官而归。不久，羊祜病危，司马炎亲自到他家看望，并问谁能继承他的事业，羊祜悄悄地推荐了杜预。对这件事，司马炎不解地说：推荐有德有才的人，本来是做好事嘛，你为什么推荐了别人却怕让人知道呢？羊祜回答说：“拜官公朝，谢恩私门，臣所不取也。”在此，羊祜讲了这样一个道理，在朝廷作官本是公事，别人知道是我推荐的，人家可能到自己门上来谢恩，这是我不愿做的事。

羊祜的高尚，就在于他为别人做了好事却怕人知道。而常人的想法是做了好事生怕别人不知道。他认为，在朝为官，就应为国家着想，不能因为你是为公就该得到私利。由此可以看到羊祜的高尚品德。

功业必因人而成。

【注释】《三国演义》第一百二十回。

【鉴赏】蜀灭后不久，司马昭也病死，其长子司马炎继承了王位，随之逼迫曹奂让位。吴景帝孙休害怕晋国伐吴，忧愁病死。随之孙皓即位，命镇东将军陆抗进攻襄阳。而司马炎则派都督羊祜镇守襄阳。羊祜深知陆抗智谋多，准备等东吴发生内乱时再攻打，所以尽可能与陆抗和好相处。以后孙皓果真以陆抗通敌为由罢掉他的兵权。羊祜见时机成熟，就上表给司马炎，请求伐吴，表的开头是这样说的：“夫期运虽天所授，而功业必因人而成。”其意是说，时运虽是天赐的,成功却是在人。

过去人们认为机遇与运气都不是人为的,是老天赐予的,即人们所说的“天时”。羊祜却认为,有了时机还要看人能不能抓住它。成功与否,关键在人。这句话实际上是强调人的主观能动性的。诸葛亮在“隆中对”中就说过:“曹操势不及袁绍,而竟能克袁者,非为天时,抑亦人谋也。”羊祜的话与诸葛亮的话有共同的地方,即强调人要掌握机遇的重要性。

《水浒传》名句

赤日炎炎似火烧，

野田禾稻半枯焦。

农夫心里如汤煮，

公子王孙把扇摇。

——《水浒传》第十六回

上合天心，下合地理，中合人和。

【注释】《水浒传》引首。合：符合。

【鉴赏】此句是施耐庵在《水浒传》引首部分赞颂宋太祖开国之功的一句话。句中体现出我国古代传统哲学中“天人合一”的思想。天、地、人乃宇宙间的“三才”，三者只有彼此契合、相互协调，才能达到完美的至高境界。宋太祖建立了北宋，结束了五代十国混乱的局面，上顺天理，下合民意，反映在哲学思想中便是上合天心，下合地理，中合人和。文中以此作为国家大治的标志，施耐庵以一种传统圜道观的思想看待国家的一治一乱，看待封建王朝的更替。唐五代之乱，被宋太祖及其他几位前代皇帝以大治所代替，并被冠以天地人“三才”的意志。否极泰来，物极必反的封建圜道观思想，注定宋朝会由大治走向大乱。此句之妙，一方面赞颂赵匡胤的仁德美政，另一方面又为下文天下大乱，英雄出世埋下了伏笔，这句话放在引首有着多重含义，可见作者匠心独运之处。一语而多义，成为封建文人作品中经常出现的写作方法。

远观磨断乱云痕，近看平吞明月魄。

【注释】《水浒传》第一回。

【鉴赏】此句出自《水浒传》第一回，洪太尉奉旨上龙虎山宣请张天师祈禳瘟疫。文中有一段赞文，描写出龙虎山之奇险、陡峭，这二句便引自其中。

此两句似乎像电影中的远镜头、近镜头一样，从远、近两个不同角度，为我们展现出一幅气势磅礴、奇峰怪石、云蒸霞蔚的壮丽画面。作者巧妙运用“磨”、“吞”二字，使诗中意境毕见。前一句远观，用“磨”这一拟人化的词语，不仅写出山峰之高峻，而且也写出了山峰在云的运动下，若隐若现的雄伟姿态。后一句为近观，以一“吞”字，写出山的高大，月傍山腰，当然会有一部分月光被遮住，“吞”字的运用，使山如人一样有了灵性，张天师的隐居之处更给此山增添了无尽的生机，以至于出现“平吞明月魄”这么大的口气，对于读者来说也不足为奇了。作者在此二句中活用两个动词，使自然之物有了灵动的色彩，从而不仅写出了山势之高峻，另外又给龙虎山蒙上了一层神秘的色彩，在这种情境下，洪太尉那种心惊胆战，失魂落魄心理状态的产生也是很自然的了。

奇花绽锦绣铺林，嫩柳舞金丝拂地。

【注释】《水浒传》第一回。

【鉴赏】此句出自于洪太尉奉皇命前往龙虎山宣请张天师祈禳瘟疫的路上，一首赞颂大好春光的骈文中。整个句子可以大致译为：鲜艳绽放的花朵像锦绣一样铺满了整个树林，嫩绿的柳枝在微风吹拂下轻轻地舞动着纤细动人的腰肢。这两句词藻华美，极尽骈文之色，选取春天中代表性景物——春花与绿柳,采取动静结合的方式,给人们一种欢快明朗的感觉。“一切景语皆情语”,用景物可以更好地衬托出当时洪太尉受宠若惊的心情。洪信身为太尉,又是钦差大臣,在仕途上,无疑是春风得意。在这种情况下,上山去请一位道士平息灾疫,事后的他必定更会成为皇上的大功臣,作者以景衬情,写出了洪太尉得意洋洋,目空一切的心理,同时,又与京城内民不聊生的惨景形成鲜明的对照,而肩负使命的洪太尉有如此好的心情去欣赏春景,不难看出,这是作者对洪太尉这样的得志小人的一个辛辣的讽刺。

一风撼折千竿竹,十万军中半夜雷。

【注释】《水浒传》第一回。

【鉴赏】洪太尉误开伏魔殿地穴,放走妖魔,穴内发出乱刺刺一声响亮,其中有一段骈文形容其声,此两句便引自其中。声音无形,仅靠听觉才可感知,若仅用“响”、“亮”之词未免单调。古代文人充分运用比喻手法,充分发挥想象作用,写出了不少描写声音的佳句,如李贺的“女娲炼石补天处,石破天惊逗秋雨”,白居易的“间关莺语花底滑,冰泉冷涩弦凝绝”等句运用比喻,把声音描写成具体可感的事物。这二句,充分发挥人们的想象,通过比喻,写出了人人体验到并且易于想象的声音,从而比较夸张地写出了那振聋发聩的声音。文中这两句对仗工整严密,比喻恰当得体,实乃不可多得的佳句。另外这发自所谓妖穴的声音,不正象征着一百单八名水浒英雄向黑暗社会发出的强烈呐喊吗?句中之意,话外之音读者不难体会。

史进轻舒猿臂,款扭狼腰,只一挟,把陈达轻轻摘离了嵌花鞍,款款揪住了线搭膊,丢在马前受降。

【注释】《水浒传》第二回。款款:轻快地。

【鉴赏】此句是写少华山头领陈达率领人马攻打史家庄,被史进生擒于马下的场面。这一段场面描写,作者主要是为了表现史进武功高强,神力无比的特征,选取了与陈达交战这一典型环境,运用场面描写,侧面描写,动作描写等方式,将史进武艺高强的特点表现出来。值得注意的是作者用词简练,动词选用非常生动形象,如“舒”、“扭”、“挟”、“摘”、“揪”、“丢”这一系列连贯性动词,用传神的笔法,将史进动作的稳健自如,表情的从容不迫展现了出来,可谓:只言片语,展尽英雄本色。施耐庵通过简单几笔便将这巨大的场面描写得淋漓尽致,显示出作者在遣词造句上的深厚功力,不禁让人拍案叫好!

那后生就空地当中,把一条棒儿使得风车儿似转。

【注释】《水浒传》第二回。

【鉴赏】王进逃难在史太公庄上暂住几日，一日见史进在院中舞棒，王进指出其棒术中的不足，史进不服，定要与王进较量，此句写比试前，史进在院中舞棒亮相之形。作者故意以一种局外人的眼光写史进舞棒亮相之术。棒虽使得如风车儿转似的，却给人一种华而不实的感觉，史进虽“经了七八个有名的师父”，但只学了些花拳绣腿似的功夫，写出了史进棒法中的不足，把年轻气盛，争强好胜的史进写得真实具体。这样的武功当然不会赢，只是给人一种外在漂亮的感觉，然而武功靠实力取胜，并不只是好看，这样的架势，失败必然是注定的，张扬声势，气势汹汹只能使自己输得更加狼狈，施耐庵此处采取虚实结合的手法，虚写史进棒术，以此衬托并实写王进棒术之高妙，以静制动，为下文史进大败，王进取胜做了一个好的铺垫，作者只此一笔，读者便胜败自知，足见其笔力之深厚。

在此虽好，只是不了。

【注释】《水浒传》第二回。

【鉴赏】王进在史太公庄上住了半年，一日自思：“在此虽好，只是不了”。遂向史太公告辞，投奔延安府老种经略相公。此句若从表面上理解，只是写王进虽然感激史氏父子对他的一片深情厚意，但毕竟不是久留之地。况且从深层次上讲，王进原本是东京八十万禁军教头，在他身上同林冲一样存在着建功立业，封妻荫子的最高理想，他不愿意在这样的小地方“虚度”光阴，只好寻一个怕高俅追捕的借口，投奔延安府相公处，去追寻他的好了事业。王进虽不是梁山好汉，但他的思想具有一定的典型性，代表了当时一些下层封建士人所共有的思想特征。所谓“好”就是满足眼前利益的物质享受，“了”就是死后精神不朽与流芳百世。这两种思想的最佳结合点便是既好且了，也就是身前富贵，身后留名。梁山中许多好汉，他们最初不肯上山落草，因为他们想追求建功立业，封妻荫子的好结局，上梁山虽好，只是不了。然而他们最后虽被逼上梁山，但他们内心中这种既好且了的思想仍很严重，梁山最后的招安，也是这种好了思想的反映。事实上招安之后众好汉或战死沙场，或含冤而死，或削官为民，或隐迹山林，不是有好无了，就是有了无好，那种最佳结局——既好且了，只不过是南柯一梦罢了。作者在此处以王进的口吻点出好了的思想，既是为以后水浒英雄的结局做一个暗示，也是作者封建传统思想的一种折射。

萤火之光，照人不亮。

【注释】《水浒传》第二回。

【鉴赏】高俅在柳世权的推荐下去投奔药商董将士。董将士碍于情面暂且收留下高俅，几日之后，总觉高俅乃无赖之徒，收留他对自己不利，便找借口将其转荐给小苏学士处，此两句便是一种比喻式的借口。萤火虫的光微弱，只可照顾好自己，又怎么能照亮人呢？此中借萤火虫之光，董将士将自己不便明言的话委婉地告诉高俅，自己地位不高，势力不大，如萤火虫之光，怎能比得上日月之光普照人间万物。表面上是自谦之语，实乃一种推托之词，然而其中也揭示出一些处世之道：在封建社会中，要想出人头地，必须要有靠山，靠山越大，地位越高，就可以不断地飞黄腾达。这句话以比喻的手法揭示出封建社会的不平等现象，反映出北宋后期结党私营，混乱朝纲的社会现实。

惺惺惜惺惺，好汉识好汉。

【注释】《水浒传》第二回。惺惺：聪明的人。惜：怜惜。识：赏识。

【鉴赏】少华山陈达被史进抓住之后，杨春和朱武定计以软言并且负荆请罪博得史进的信任，不仅放了陈达，而且还与这三位好汉交上朋友。书中评价史进对这两位负荆请罪的英雄时用了这两句话。梁山兄弟看重的是义气，朱武、杨春为义气去解救陈达，史进更是视义气为珍宝，是义气使他们相识相聚，不打不相识，几乎成了梁山众英雄相识的典型途径。作者用此对偶之句将众好汉之间那种普遍的豪侠义气写了出来，俗话说："人以类聚，物以群分"，梁山英雄身上的共同任侠之气使他们彼此怜惜，走得更近，形成了亲如兄弟的大家庭。从众好汉身上体现出的义气是梁山坚不可摧的精神长城。

日远日疏，日亲日近。

【注释】《水浒传》第二回。

【鉴赏】此句录自高俅被小苏学士推荐给王都尉府中，与王都尉府中上下相处若一家人一样，书中用此两句诗赞叹这种人际关系。这种人际关系反映出同类性格人之间具有共存性。摩尔根在《古代社会》一书中曾分析指出：血亲民族成员具有"相互支援，保卫和代偿损害的义务"。封建制中国虽然经过历代的演变，但这种既来自个体本性又来自人类远祖的血缘关系尤为根深蒂固。它意味着面对困难，挑战，人的深层心理积淀即植根于原始集体无意识的人性内容会被唤起，这种民族血亲义务心理，不仅在血缘关系中产生，也能使双主获得一种视对方如手足，形如一体的情感体验。高俅与王都尉他们在心理上的距离随着时间推移越来越近，这也是一种集体无意识的体现，同时也从侧面反映出高俅善于察颜观色，伺机讨主子欢心，折射出他那种谄媚的丑恶本质，与王都尉日近日亲也反映出他们具有共同兴趣爱好，原本的风流人物原来尽是些泼皮破落的流氓，从而让读者知晓封建统治阶级内部上下彼此狼狈为奸，沆瀣一气，批判的矛头直指统治阶级内部。作者将普遍的人性心理放入到腐朽的上层社会，使这种共同的人性心理具有了深刻的社会现实意义，讽刺性大大地加强了。

不怕官,只怕管。

【注释】《水浒传》第二回。

【鉴赏】王进进太尉府谢罪,认得是高俅,这个被他父亲一棒打翻,三四个月将息不起的太尉竟是自己的顶头上司,不禁心中感叹,用这两句俗语 ,将心中的无奈表达了出来。不怕官,只怕管,也就是不怕你的官衔大,只怕是你的顶头上司。官大虽让人敬畏,可与你没有功利性冲突,而你的上司不论大小对你都有生杀予夺的大权,这种传统的官本位思想,这种与你有直接联系的上级官吏,成为下级心中的阴影,一着不慎,上级便会使你战战兢兢,朝夕恐惧。作者此处用这句俗语,写出了高俅仗势欺人的丑恶本质,王进虽然怕他的上司高俅,高俅却不惧他的上司皇帝,因为他可以巧言令色,可以蒙蔽皇帝,作者此处一方面写出了得志小人的丑恶嘴脸,另一方面也曲折地抨击了当朝昏庸的天子重用高俅这帮奸臣,对人民进行疯狂的迫害,讽刺性极大地增强,对北宋中后期混乱的官场进行了无情的鞭挞。

长别人志气,灭自己威风。

【注释】《水浒传》第二回。

【鉴赏】杨春和朱武在与陈达商议攻打华阴县时,大加赞扬史家村史进武艺高强,力气过人,使陈达听后大为不满,发了一顿牢骚,此两句便引自其中。作者用传统的激将法言辞,一方面刻画出陈达性格火爆,争强好胜之心,通过语言描写将陈达耿直鲁莽的性格显露得淋漓尽致,另一方面也通过侧面描写,通过朱武、杨春之口,大加赞扬了史进的武艺,使读者更加明了史进之威猛。“长别人志气,灭自己威风”这句话有意无意地引发出许多深层次的意思,在战场上正话反说,反话正谈会起到许多意想不到的效果,人不可失去自信,但亦不可盲目狂妄,正确地审己度人,知己知彼,才是百战不殆的成功基础。适当地引用古语、俗语,并结合文章的具体语境,使古语具有了深层次的含义如宋代黄庭坚等江西诗派诗人主张的脱胎换骨法一样,会使文章妙趣横生,意味隽永悠长。

眉头一纵,计上心来。

【注释】《水浒传》第二回。纵:现常作“皱”。

【鉴赏】史进庄客王四奉命向少华山众头领献礼并修书约中秋之夜来庄上赏月饮酒。王四被众头领款待,酒醉后返回史家村,路上风吹酒力发作倒在路旁睡着了。猎户李吉盗去头领回书与银两,王四醒后无奈想出一计,此句正是写出王四百般苦思后终于有了办法的高兴情景。此句在我国古典小说中常用,多形容一下子想出办法后的喜悦心情。王四冥思苦想之计,虽可使自己摆脱史进的暂时斥责,可毕竟是小聪明,害人又害己,一方面让史进和众头领陷入了中秋节被华阴县官兵围捕的境地,另一方面也给自己带来了杀身之祸。作者巧妙安排王四定计这一情节,使后来史进大闹史家村和众头领与官兵厮杀显得顺理成章,体现出史进重义轻利的高尚品质,虽然此后史进并没有落草为寇,但在内心中他与众好汉的心更近了,为以后走上造反上梁山埋下了伏笔。正如施耐庵在文中所说:"也是天罡星合当聚会,自然生出机会来。"王四的计策,使得这情节曲折的英雄故事显得更加惊心动魄,悬念叠生。作者巧妙构思,用此计做全回高潮出现的导火线,可以使读者全面了解主角史进的英雄之举以及他与众头领深厚的情谊,便进一步为以后情节的发展做了一个耐人寻味的引子。

闻名不如见面,见面胜似闻名。

【注释】《水浒传》第三回。

【鉴赏】此语录自史进大闹史家村后,离开了少华山众头领,投奔延安府王进处。路经渭州遇上鲁达,在茶馆里鲁达闻知这人便是史进时说的一番话。这句话采用顶真、回环的修辞手法,意思是听到名声,不如直接见面,也常表示仰慕。水浒中一百单八将的故事在江湖上广为流传,英雄之间在名声上早已相识,只不过多是未曾谋面。若此句为一般人所言,只是一种见面时的客套话而已。对于梁山众好汉大有相见恨晚之情,怎能虚情矫饰。此句也反映出梁山英雄好汉互相敬仰之情,正可谓"四海之内,皆兄弟也",毕竟闻名只是耳闻,见面方才为目睹,耳闻目睹使众英雄们火热的心贴得更近。史进在鲁达眼中,鲁达在史进心里都是顶天立地的英雄,惺惺惜惺惺,好汉识好汉,鲁达与史进之间彼此钦佩之情,被文中此句概括得准确得体。

酒能成事,酒能败事。

【注释】《水浒传》第四回。

【鉴赏】此句意思是喝酒多了会惹是生非,这句话从修辞角度看,关键在后一句,以前一句为衬托,体现后一句"酒能败事"之意为句之根本。此句出自鲁智深吃酒初次醉闹五台山之后,文中作者加入的一段评价饮酒的议论:但凡饮酒,不可尽欢,常言"酒能成事,酒能败事"。便是胆小的吃了,也胡乱做了大胆,何况性高的人?梁山英雄多与酒结下了不解之缘,他们当中的许多英雄壮举都是在酒后所为,如此回的鲁智深大闹五台山,武松醉打蒋门神,宋江浔阳楼题反诗。酒是一种媒介,它会使人心中积聚的心理能量在短时间爆发,使人做出许多清醒状态下不会做出的事情,酒虽曰能成事,能败事,在梁山英雄这里,酒却是他们英雄事迹的助力剂,生死之交一碗酒,酒后方显英雄色。如果酒在平庸人成为他们排遣苦闷,惹是生非的败事媒介,那么对于水浒英雄,酒后的种种英雄壮举，却是他们真实自我的体现，他们不会败事，只能是凭借酒力，去干一番惊天动地的大事。如果说《金瓶梅》将酒看成是使人乱了性情，不能自持，不知廉耻的杯中物，那么在《水浒传》中酒则成为英雄们真实个性显露，侠义风度的动力源泉之一。可见在这里作者故意采用曲笔的手法，虚写酒后鲁达不合情理之举，实乃赞美鲁达这种不为外物约束、大胆率直的英雄个性。作者用此两句话达到言简寓意深的艺术效果。

抡起禅杖，着地卷将来。

【注释】《水浒传》第五回。

【鉴赏】此句出自鲁智深在桃花山痛打周通，周通逃回桃花山，大头领李忠遂率大队人马前来报仇，鲁智深抡起禅杖，前来应战时的场景。施耐庵描写人物动作时，极会运用动词，此句用了两个词“抡”、“卷”，就将鲁智深所向无敌、力大无比的神威传神地写了出来。鲁智深“抡起禅杖”，找一个合适的动词“卷”来搭配，一方面写出了一种迅猛向前的运动威势，另一方面将鲁智深勇猛的力量与速度刻画了出来。“着地卷将来”写出鲁智深手挥禅杖时那种排山倒海的气势，给人以无穷的震撼力量，在这里禅杖即人，人即禅杖，二者融为一体，禅杖借人而奋威，人借禅杖而传神。这里可以看出施耐庵在修辞炼句上的功力之高，更加显示出鲁智深在武艺上的精湛，实乃让人耳目一新。

男大须婚，女大必嫁。

【注释】《水浒传》第五回。

【鉴赏】鲁智深夜宿桃花村，桃花村刘太公夜招女婿，面有难色，鲁达不解，遂说道：“‘男大须婚，女大必嫁’。这是人伦大事，五常之礼，何故烦恼？”谈到婚姻问题，男婚女嫁本是人之常礼。清代翟灏《通俗编》卷四引《五灯会元》：“杨次公杰，判有男不婚，有女不嫁之谒曰：‘男大须婚，女大须嫁，讨甚闲工夫，更说无生活’。”冯梦龙的《古今小说·闻云菴阮三偿冤债》：“常言道：‘男大须婚，女大须嫁；不婚不嫁，弄出丑吒’”虽说这是人之常情，可两厢得情愿。刘太公女儿被强人周通看上，强行与其女成婚，刘太公碍于周通的武力逼迫只好答应，脸上因此不悦。鲁智深听后自然心中大怒，于是出现了定巧计夜扮新娘痛打周通，周通领李忠前来报仇，鲁智深大闹桃花村。关于男女婚姻问题，水浒英雄一向明白事理，只可两厢情愿，不可自作多情，强抢民女。李逵在谣传宋江强抢民女做妾后，十分气愤，要找宋江算账。李逵敬重宋江，但如果宋江有一点不合礼法之处，李逵也会疾恶如仇的。这件事虽以李逵冤枉宋江，甘愿受罚为终，但从一个侧面反映出梁山英雄在上山聚义后纪律严明，在婚姻上尤为突出。从这里我们可以看出梁山英雄不同于一般强盗，上山后的英雄不同于上山前的打家劫舍的草寇流氓。

壁间大字，村中学究醉时题；架上蓑衣，野外渔郎乘兴当。

【注释】《水浒传》第六回。当(dàng)：抵挡。

【鉴赏】这对仗工整的两句出自于《水浒传》第六回，鲁智深与史进火烧瓦罐寺后，来到镇上的小酒店喝酒，文中的一段骈文，对小酒店做了一番描绘，这两句便出自于其中，此两句简洁明了，对仗工稳，将村边小店的淳朴之风刻画了出来，给人带来一股浓郁的乡土气息，给匆匆行路的鲁智深和史进以清新旷达的感觉。全文语言朴实，却言简而情浓，颇显作者笔力之深厚。明清小说家多在文中杂入大量诗文以显示其才华，后人对此举颇有微辞。我们如果从诗文所表达的思想，取得的艺术效果来看，这样的诗文如果放在合适的位置，会使文章生色不少。诗中通过写“壁间大字”和“架上蓑衣”眼前实在之物，引发人们可以联想到村中学究和野外渔郎在此饮酒嬉闹的热烈场景，更写出了乡村小店给人以独特的身心感受，折射出乡村淳朴生活的美好。单纯就诗论诗，此诗中之境界可与陶渊明田园诗的平淡自然相媲美。

自古白云无去住，几多变化任纵横。

【注释】《水浒传》第六回。

【鉴赏】此两句是第六回回前诗的最后一联。我国古代诗人多以云这种漂泊不定的意象来比喻在外漂泊的游子。如“西北有浮云，亭亭如车盖”等。文中这一联诗形象地概括了鲁智深浪迹江湖，萍踪不定的生活经历和四海为家的人生态度。鲁智深初为提辖官，为救金氏父女，打死镇关西，避难到五台山做了和尚，后来又大闹五台山，大闹桃花村，每到一处行侠仗义，抱打不平。在东京大相国寺管菜园子，因救林冲，得罪了高太尉，遂上桃花山，后又到二龙山落草，最后坚定地加入了梁山起义军，走上了造反除恶的不归路。鲁智深人生道路坎坷、艰险，但他并不在意，这种行侠仗义的耿直性格使他疾恶如仇，救民于水火之中，尽管遭遇不幸，可他并无半点怨言，他没有半点勉强，走上梁山。鲁智深如白云般漂泊无定的一生，他都用自己满腔热情实现着他纵横四海的英雄之志。比起那些“逼”上梁山的英雄们，鲁智深的信念坚定许多，他对官府有着清醒的认识，而对自己以一种四海为家，无可无不可作为其一生的生活信念。如上引诗中所说“几多变化任纵横”，“任纵横”正体现了他的这种人生态度。鲁智深对自己的境遇虽无可无不可，但行事极有原则。他一生以行侠仗义，扶危救困为己任，为非作歹、损害百姓利益之事从不做，也不容得别人做，所以虽然他的一生如白云一样行踪去住无定，但在任侠纵横中也如云般洁白无瑕。

梁园虽好，不是久恋之家。

【注释】《水浒传》第六回。梁园：汉时梁孝王刘武所建，故址在今河南开封市东南，为宴赏延宾之所，司马相如、枚乘等都曾居于园中，因而有名。

【鉴赏】鲁智深与史进火烧瓦罐寺后，二人道："梁园虽好，不是久恋之家，俺二人只好撒开。"这句话的意思是虽然眼前环境好，但决不可长期在此。瓦罐寺虽说可以躲避一时灾祸，可毕竟这里不太稳定，况且英雄当有用武之地，怎能满足于一时的口味之甘，耳目之色，应该为以后的长远计划作打算。作者此处以梁园做比虽是极尽声色之地，可好男儿志在四方，得有志当存高远之意，怎能寄居于此温柔乡，写出了鲁智深和史进二人不为眼前利益所诱惑，为以后有奋其智能猛威之地而不惜舍此利益。从侧面写出了水浒英雄的远大志向，不只贪图个人享受的崇高精神境界。

那汉飕的把那口刀掣将出来，明晃晃的夺人眼目。

【注释】《水浒传》第七回。掣（chè）：抽取。

【鉴赏】此句写陆谦和富安定计陷害林冲，让一大汉在路边卖刀，引诱林冲，大汉拉出刀。此句写出了刀的锋利与光亮无比。高俅之刀确为宝刀，好刀给人的第一印象就是它的光亮，句中用"明晃晃"描写宝刀出鞘后光芒四射的感觉，作者总觉用这几字仍不过瘾，刀的光是用眼才能发现，因此诉诸了视觉上的反应，更能给读者留下深的印象。"夺人眼目"写得分外有神，用了这个"夺"字，可以让人深深地感到刀不光锋利，似乎还带上了些许灵性，侵夺人的心理，让懂刀的林冲只此一眼便深深地喜欢上这刀。从卖刀汉的角度来看，起初他只是雪藏刀锋，只屡屡抱怨无人识其宝刀，引起林冲注意，给林冲心理欣赏宝刀这种想法留下了许多未定点，任林冲自由想象此刀之好。当林冲主动回过头，他便猛然把刀抽将出来，刀的光芒显得分外触目耀眼。而那刀光随着宝刀的出鞘骤然迸射出来，运用那个极贴切而又传神的"夺"字，能给林冲想象空间中的未定点一个完满的结局，想象与通过视觉效果表现出的宝刀完满地结合起来，林冲喜欢上这把刀，从而上了陆谦和富安的当也就是顺理成章，自然而然的了。

这南衙开封府不是朝廷的，是高太尉家的。

【注释】《水浒传》第八回。

【鉴赏】高太尉设计使林冲误入白虎堂，被拿下押送开封府，并吩咐滕府尹以"手执利刃，故入节堂，杀害本官"之罪，将林冲处决，滕府尹知此案蹊跷，未敢定案，耿直的孙孔目对府尹说了一些当今高太尉以势压人之话，此句便录自上面孙孔目所说的话。北宋末年，官场腐败，衙门成了贪赃枉法的机关，孙孔目的话尖锐地指出了官场的黑暗腐朽，并进一步解释高太尉擅权的事实："谁不知高太尉当权，倚势豪强，更兼他府里无般不做，但有小人触犯，便发来开封府，要杀便杀，要剐便剐，却不是他家官府”。所以孙孔目愤怒地说道：“这南衙开封府不是朝廷的，是高太尉的。”孙孔目是衙门中人，他的这番评论更具有真实性，准确地揭露出以高太尉为首的一批高官要员，他们徇私枉法，借公堂以泄私愤，根本不拿朝廷当回事的黑暗现实。从另一个角度看，高太尉颐指气使，各级地方官员如同傀儡，各人为保自己头上的乌纱帽，只有俯首听命，引用中国传统名言曰：“官官相卫”。这更助长了高太尉等人的气焰，不仅自己控制官府，而且他的家属、亲戚、朋友，甚至奴仆也得到了官府的庇护。高衙内调戏林冲妻子得不到王法的惩制，反而诬蔑林冲，使林冲含冤受罚，以至于最后在野猪林要杀掉林冲，朝政如此之黑暗，众好汉被逼上梁山也是无奈，更可以让人们理解上层官僚的极度腐败，如金圣叹所云“乱自上作”，官逼民反成为在当时那个时代，广大人民反抗黑暗社会的一种有力手段，梁山英雄的反抗斗争也是一种正义之举。作者以不虚美，不隐恶的创作手法，敢于直指封建官场，我们不觉为施耐庵的这种正义精神所感动。

只见那个教师入来，歪戴着一顶头巾，挺着脯子，来到后堂。

【注释】《水浒传》第九回。

【鉴赏】林冲刺配沧州途中，到柴进庄上做客，柴进慕林冲之大名，摆宴款待林冲。酒宴中，柴进教师洪教头也来了，此句写洪教头入宴时的表情形态，洪教头是个极端傲慢的人，他的出场也要像速写一样用几笔勾勒出他的傲慢神态。施耐庵此处没有直接描写他的外貌，而直接采用动作描写，灵活生动地运用两个动词“歪”、“挺”就将洪教头那副傲慢相表现了出来，读后不觉使人忍俊不禁。歪戴着头巾，挺着个脯子，作者选取洪教头身上最具有傲慢气的部位，以点带面，将洪教头写得活灵活现，不用想那外貌、尊容，定是眼睛斜看，嘴巴歪上了天。语言艺术能够给人充分的联想和想象空间，当读到“歪戴着一顶头巾”时，令人感到，不仅是头巾，连这个人的身体也随着歪起来，而歪着的身子，挺着的大胸脯才是十足的傲慢相。这歪戴的头巾还使人联想到这个人的头也是歪向一边，眼睛是斜的，走路也是歪的，真是一个“歪”字，使洪教头的丑态毕现。作者运用传神的动词，将洪教头的神态表现得毫发无遗，施耐庵语言上的功夫可见之高！

杀人须见血，救人须救彻。

【注释】《水浒传》第九回。

【鉴赏】鲁智深大闹野猪林，救了林冲，此话录自林冲问他要投哪里去，鲁智深遂说了上面的话，并补充道：“洒家放你不下，直送兄弟到沧州。”“杀人须见血，救人须救彻”是一句谚语，意思为救人一定要救到底，不能半途而废，也就是我们常说的“好人要当到底”。这句话是鲁智深的座右铭，更是梁山好汉侠义活动的总结，他们个个疾恶如仇，路见不平，拔刀相助，自始至终地帮助着每一个处于危难之中的人。具体到鲁智深而言，他行侠仗义，在上山前做了许多救济他人之事。在渭州城，救金氏父女，考虑周全，既拳打镇关西，又不让官府对金氏父女加以迫害，使金氏父女彻底脱逃。桃花山二头领周通强娶刘太公之女为压寨夫人，鲁智深不仅用计将周通教训一顿，并让他退掉婚事，怕周通反悔，直到其折箭为誓才罢。这次林冲受难，鲁智深更是义不容辞，担当起保护朋友的重任，不光教训了高衙内，替林冲解了些许心头之恨，还在林冲发配途中，多次关键时候挺身而出，才使林冲转危为安，化险为夷。鲁智深考虑全面，怕路上再生意外，决意护送林冲到目的地为止。这所有的事情充分体现出鲁智深为朋友两肋插刀，视朋友苦难为己之痛苦，彻底帮朋友摆脱苦海的侠义性格。鲁智深的英雄事迹归根到底是他无私侠义精神的体现，推而广之，这种精神也是梁山队伍不断壮大，民望颇高的原因之一，像鲁智深这样的好汉是梁山铁的脊梁。

有钱可以通神。

【注释】《水浒传》第九回。

【鉴赏】林冲发配到沧州之后，只因上下打点送人情钱与管营、差拨，不仅免受了皮肉之苦，而且还受到了特殊的照顾，于是林冲说了“有钱可以通神”这句话，对世事的一种感慨。林冲的感慨深深地反映出在封建社会金钱万能，金钱至上的社会现实。钱使人性变得贪婪无耻，使社会变得腐败混乱。常言道：“有钱能使鬼推磨”，可见钱之神通广大。晋人鲁褒著有《钱神论》一文，历数钱之种种功能，“无德而尊，无势而热，排金门，入紫闼。危可使安，死可使活，贵可使财，生可使杀……此何故也，无他，唯钱可通神也。”林冲用自己的遭遇深刻感受到社会的黑暗，初到牢城营，未送人情钱被差拨骂个狗血喷头，“我看这贼配军满脸都是饿文，一世也不发迹”。送了钱后，差拨立刻换了副嘴脸：“据你的大名，这表人物，必不是等闲之人，久后必做大官。”差拨为何前倨而后恭，前冷而后热，一切都因为钱这万能之物。“有钱可以通神”在封建的旧时代成了一个真理，在钱的驱使下，世风日下，贪赃枉法之事颇多，在那个充满铜臭的世界里，林冲虽受到钱的庇护，但又差点被高俅贿赂的管营和差拨烧死在草料场。在那个以权谋钱，以钱谋权的社会，钱成了万物的主宰，一切都显得那么虚伪，无钱的广大人民受着精神和物质上的残酷压迫，这也是梁山好汉造反的一个主要原因。

远远地数间草屋，被雪压着，破壁缝里透出火光来。

【注释】《水浒传》第十回。

【鉴赏】林冲火烧草料场，杀了三个奸贼后，投东走了两个更次，突然发现远处有几间草屋，所录几句便是描写这几间小屋。作者只用寥寥几笔，便将在风雪映衬下的小屋描写得平静如画。在漫天大雪中，小屋被雪压着，屋顶在远方看来，显得特别突出，再加之积雪之中，屋顶上的雪加大了屋顶所占的比例，墙身压在雪下，显得更小，同时屋顶的雪与地上的雪在远景中连成一片，草屋更显渺小。对于一个远行者，在夜色中看见灯光，就像看见了希望一样。长途奔袭而来的林冲必然精疲力竭，而此处的几缕茅屋中的火光如同沙漠中干渴难熬的人发现一片绿洲与清泉，给人以不觉的惊喜之情。那火光是从壁缝中透出来的，远远的在雪花的映衬下，显得柔和而且温暖。刚刚经历过生死搏斗，疲惫赶路的林冲，自然会感到心情的愉快。山神庙前的大雪与眼前的大雪，草料场的冲天大火与草屋中的火光自然遥相呼应，此情此景怎不让林冲感慨万分，历经大雪之后的小屋显得如此安详与宁静，同样历经火与血考验之后的林冲心境又何尝不是这样呢？

杀人可恕，情理难容。

【注释】《水浒传》第十回。

【鉴赏】林冲在山神庙前将谋害他的陆虞侯、富安和差拨三人杀死，其中对陆虞侯尤为憎恨，杀陆虞侯前怒斥他，此两句便录自林冲怒骂陆虞侯的话中。林冲和陆虞侯本是莫逆之交，陆虞侯贪图富贵，背弃朋友之义，给高俅出计陷害林冲以达到讨好高俅的目的。陆虞侯背叛朋友，失去义气，违背了封建伦理道德，这种见利忘义之举让人最为痛恨，最不可原谅。宋代理学大师程颢、程颐极为看重义气节操，认为“饿死事极小，失节事极大。”在当时社会杀人尚有正义与不义之分，有些时候还可让人原谅，可失节弃义这一败坏伦理之事最为人所深恶痛绝。林冲为人正直，与朋友交往颇重义气，可陆虞侯这种忘恩负义之人实在让人难容，虽说杀死了他，但维护了林冲心中的义气之念，好让他那颗被虚情假义伤透的心稍稍得到精神上的安适。水浒英雄重义轻利，把义气看成他们的安身立命之本，对于义的看重使他们彼此间相互信任，相互舍命救助，体现出良好的道德境界和美好的人格风尚。

千团柳絮飘帘幕，万片鹅毛舞酒旗。

【注释】《水浒传》第十一回。

【鉴赏】林冲带着柴进的举荐书，冒雪投奔梁山，路遇一家酒店，书中有一段骈文写雪中的小酒店，此两句引自于这段骈文中。咏雪之诗词古今多矣，东晋女诗人谢道韫咏雪诗，把雪写成“柳絮因风起”极其形象，且又传神逼真，此诗中即引谢道韫咏雪之词，以“千团柳絮飘帘幕”写出了片片雪花纷纷而落的姿态。诗中下句以“鹅毛”喻雪之大。上下句用“飘”、“舞”二字将纷纷而下的瑞雪加以拟人化，一方面倍增其动感，另一方面给人以一种富有灵气的感觉，产生了奇特的艺术效果。那飘的，不仅是柳絮般的雪，也有那帘幕；那舞的，不仅是鹅毛般的雪片，也有那酒旗。帘幕、酒旗与雪花同飘共舞，给人以美的享受，它们就像是在皑皑雪中翩翩起舞的美女，给人以无尽的遐想。整个句子对仗工整，引用典故恰当得体，将雪中小酒店独特的景致显现了出来，让读者不禁感觉到如临其境，如在目前；白雪如柳絮般飘洒，雪中迎风招展的红旗，在雪花的映衬下显得格外耀眼，多么漂亮的一幅雪景画呀！

千里投名，万里投主。

【注释】《水浒传》第十一回。

【鉴赏】林冲上了梁山，白衣秀士王伦忌贤妒能，不想收留林冲，怕林冲以后夺了他的权，林冲这时慷慨陈词，陈说自己的一片心志，此两句便出自于林冲的这番话中。整句话的意思是不远千里前来投靠。此句中运用了“互文”的修辞手法，上下句的“千里”、“万里”可以互相对换，意即：不远千里万里，慕名而来，前来投靠。林冲的这些话，体现出他不远万里而来的忠诚之心，以及暗含着对王伦及众头领的敬慕之情。语短而情长，一片肺腑之言，陈说自己被敌人迫害找一避祸之所的良苦用心，只有尽力去报答知遇之恩的名主，怎可能有谋逆之心。林冲在这番陈词中，引经据典，并利用柴进与王伦的关系力劝王伦收留自己。文中体现出林冲正人君子的耿直、重知人善任的名主的性格特征。林冲在被逼上梁山，没有丝毫的退路下，坚定自己“落草为寇”的决心，这一片赤诚之心既是他对过去软弱性格的抛弃，也是追求以后新生活的宣言。

不怕天，不怕地，不怕官司。

【注释】《水浒传》第十五回。

【鉴赏】吴用到石碣村游说阮氏三雄同劫生辰纲，席间以梁山鱼大则引出梁山泊强人，阮小五等人非常羡慕他们“不怕天，不怕地，不怕官司”的生活，这句话便引自其中。出自于阮小五之口的这句话有两层含义，一方面说梁山上的好汉他们无所畏惧的革命精神，另一方面写出梁山对其他各个地方的影响，那些有上山动机的英雄，不仅赞赏他们的这种大无畏精神，更重要的是这些没上山的好汉们心中的是非善恶观念也是十分清楚，他们的觉悟已很高只不过是现在梁山头领没有魄力，不会壮大发展自己的队伍，不能将有反抗觉悟的人们组织起来，顺理成章晁盖、宋江这些有声望人的影响会成为日后梁山发展的核心力量。这句话中心是“不怕官司”,“天”和“地”只不过是官司的陪衬。“官司”此处就指“官府”,也就是地主阶级政治代表的官僚集团。官府欺压百姓,残酷程度令人发指。如阮小五所说:“如今那官司,一处处动掸便害百姓。但一声下乡村来,倒先把好百姓家养的猪羊鸡鹅,尽都吃了,又要盘缠打发他。”官府不为民办事,反而成了人民头上的一座大山。传统中国人那种“逆来顺受”、“随遇而安”的观念,使许多人敢怒不敢反抗。梁山好汉这种敢于同官府斗争的精神也在激励与感染着许多有反抗动机的人,“不怕官司”成为人民中有反抗觉悟的英雄们的政治理想之一,他们的行动也是吸引其他好汉上梁山的动机之一。

这腔热血,只要卖与识货的。

【注释】《水浒传》第十五回。

【鉴赏】此话引自吴用往石碣村游说阮氏三雄共劫生辰纲,当吴用透露出晁盖要与几位结识时,阮小五和阮小七说了一番话,此句便引自他们所说的话。英雄应有用武之地,应有识英雄之伯乐,否则英雄也如常人一般。英雄只有找到发挥自己功用之地,才能将自己的满腔热血洒向人间。“这腔热血”是远见和武艺和侠肝义胆共同铸就的生命。所谓“识货的”实际指能够发现英雄并能重用英雄的人。古来多少英雄只因无人了解、发现而悲伤失落。千里马常有,而伯乐不常有。所谓“卖与”,正如阮小七所说:“若是有识我们的,水里水里去,火里火里去。”这体现出了一种赴汤蹈火,两肋插刀为报知遇之恩的英雄观念。既然有了一批这样的“奇货”,也更需要有善识“奇货”的行家。晁盖、宋江专爱结交天下好汉,柴进因有誓书铁券,更是“专一招接天下往来的好汉,三五十个养在家中”。他们都是识“货”之人。阮氏三杰早就想上梁山入伙,只因王伦“心地窄狭,安不得人”,所以“一齐都心懒了”,可见阮氏三杰迟迟不上梁山,是因为首领王伦是“不识货的”。宋江能识别人才,笼络人才,使用人才,是识“货”人中高手,因此才深得人心,成为大家心中的“好大哥”,更成为梁山这块风水宝地的管理者。

人生一世,草生一秋。

【注释】《水浒传》第十五回。

【鉴赏】吴用到石碣村游说阮氏三雄共劫生辰纲,在谈论梁山好汉时,阮小七感叹道:“人生一世,草生一秋,我们只管打鱼营生,学得他们过一日也好!”我国古人对日月流逝,岁月更替往往和人的一生联系起来,就此感叹岁月的无情,人生的短暂,进而感叹功业未成。这种对时空和人生意识的关注,牢牢印记在人们的心中,尤其是那些心怀大志而遭遇坎坷之人,这种忧生叹嗟的意识更加强烈，阮小七不满“打鱼为生”，羡慕梁山好汉那样的生活，也就是“不怕天，不怕地，不怕官司”，“大碗喝酒，大口吃肉”的生活。阮氏兄弟的话虽然只是从个人角度出发，但代表了受统治阶级剥削和压迫下的广大下层人民的生活理想，这也是许多好汉上梁山的原因之一。“人生一世，草生一秋”，对于梁山好汉来说，则是要在短暂的人生岁月中实现自己的人生价值。这些好汉个个都武艺高强、抱负非凡，但面对当时的黑暗统治，他们的才能被埋没，抱负不得以施展，而梁山为他们大展雄才提供了一个机会，他们可以尽情施展自己。《左传》中记有“立德，立功，立言”三不朽，这其中立功，就是使自己的功德名存千古，梁山好汉在朝廷不为重用，必将会在梁山义军的旗号下，实现着“铲除邪恶，替天行道”的理想。“人生一世，草生一秋”，大丈夫当有所作为，林冲上山前写过“他年若得志，威镇泰山东”的诗句，宋江也在浔阳楼上写过“他时若遂凌云志，敢笑黄巢不丈夫”的诗，这些都是他们在时光易逝，功业未成时，对未来人生的乐观瞻望。

万里乾坤如甑，一轮火伞当天。

【注释】《水浒传》第十六回。甑（zèng）：古代蒸饭的一种炊事用具，大致相当于今天的蒸笼。

【鉴赏】此句录自杨志押送生辰纲去东京，一日近午，万里无云，天气酷热难忍，书中的一段骈文中。这段骈文写出了天气之热，其中这两句尤为突出。这两句比喻形象生动，以甑喻万里乾坤，极为形象地写出了天气之闷热，让人喘不过气来。后一句说太阳如火伞一样，此中炎热可想而知，这种比喻将当时天气又闷又热的环境状况形象具体地给我们展示出来，不禁让人联想到当时之情景，不觉头上渗出几点汗珠。作者有意用比喻写出这样热的环境，并烘托气氛，使当时人们的心情如这天气一样燥热烦闷，并为后文众好汉以卖酒为饵，引杨志众人上钩做了一种事先的铺垫，环境的炎热不堪，更有利于推动情节发展，并使文章更加生动，情节更加曲折。

众军人看那天时，四下里无半点云彩，其时那热不可当。

【注释】《水浒传》第十六回。

【鉴赏】杨志押解生辰纲，一天晌午，天气酷热，挑担军汉要去柳阴下歇凉，杨志恐有强人出来打劫，用藤杖打军汉。军汉望天，此句所写正是所望之景。金圣叹点评《水浒传》于此处批道：“写热却写不尽，写怨怅亦写不尽，陡然写出看那天时四字，遂已抵过云汉一篇，真是才子有才子之笔”。此句妙在“不尽”二字上。杨志自从出发以来一向谨小慎微，这时天气炎热，每天出行多在中午，因此军汉每想歇息，杨志便打骂不停，士兵颇生怨恨，一路上伴随着天气炎热的加深，士兵们对杨志的怨恨也在逐日加深。在此处作者转换笔法，“热”与“怨”描写都是言不尽而意不穷。在杨志的鞭打之下，士兵们虽无发牢骚，可心中之怨声一浪高过一浪，只是敢怒不敢言。他们已对杨志失去幻想，只盼着老天爷能给些云彩，给他们以阴凉，当抬头四望无半点云彩之后，想到的只有“热不可当”的结论，无奈又要背负起沉重的担子，读者不难想到军汉心中的怨与天气热的冲突也达到了极致，不在沉默中爆发，便在沉默中灭亡，他们这里虽无怨言，可这只是短暂的沉默，不久终于为此和杨志发生了一场论争。作者巧妙地在“不尽”二字上下功夫，给读者以广阔的想象空间。

隔墙须有耳，窗外岂无人。

【注释】《水浒传》第十六回。

【鉴赏】吴用和晁盖等人定计智取生辰纲，晁盖等人对此非常高兴，吴用却用此话来让大家保持清醒头脑，冷静从事。“隔墙须有耳，窗外岂无人”这句话意思即：世上没有不透风的墙，即便在密室中，也可能走漏了风声。智劫生辰纲这么大的事情考虑必须周全，不仅从计策上，而且还要从保密上做到万无一失，否则便会功亏一篑。梁山好汉不仅武艺过人，而且他们在智谋的运用上也丝毫不差，有吴用这样的军师，不仅把计划定得周密，而且也保证了计划的成功。事前先给大家敲警钟，保持消息的封闭性，才能成就智劫生辰纲之事，才能为以后共图大事打下基础。

力则力取，智则智取。

【注释】《水浒传》第十六回。

【鉴赏】石碣村众豪杰商议如何劫取生辰纲，晁盖问吴用“软取”还是“硬取”，吴用借此话来表明根据杨志等人的具体情况，有针对性地来实施计划。力则力取，智则智取反映了众好汉对劫生辰纲做的充分准备，不是凭自己武功硬打硬拼，而是用智慧去行事，效果虽一样，但付出的代价不同，用力则会敌我都有损失，况且对于杨志这样的武艺高强之人，硬拼会两败俱伤，若智取则会不废一兵一卒，不伤一毫一发便可成就此事，对比这两种方案，虽说不能不考虑硬抢，但关键还是放在“智取”上。梁山军事上许多胜利都是靠智谋取得的，三打祝家庄，大破连环马，攻打高唐州，这些战例，充分显现出梁山好汉不同于打家劫舍的普通山贼，而是组织严密，战略灵活运用的军事集团，他们对于军事上的每一次行动，都根据实际情况，采用不同的战术，反映出众好汉的高超智慧，梁山英雄们齐心协力取得了一个又一个的胜利。

赤日炎炎似火烧，野田禾稻半枯焦。农夫心里如汤煮，公子王孙把扇摇。

【注释】《水浒传》第十六回。

【鉴赏】杨志押着生辰纲到黄泥冈，与扮作贩枣商的晁盖七人相遇，杨志迫于众人的不满，遂休息于林中，白胜假扮卖酒人唱歌前来卖酒，以上几句诗便引自白胜所唱的歌中。这几句诗本是乐府诗歌，揭露出封建社会的不平等现象，广大人民生活艰苦至极，而贵族公子却无所事事，手拿扇儿来看农夫劳累之态，具有深刻的社会意义。这里作者灵活应用此诗，起到了一歌而多用的艺术效果。

此句开头写天之热，以太阳似火烧，比喻万物受到的煎熬。下句写野田禾稻在太阳的照射下多已枯萎而死，以此说明天气的炎热之极。第三句由写物转向写人，农夫不光受炎热之苦的折磨，还受田地荒芜之恼的摧残，心内之热胜似这太阳之热，最后一句写王孙们的表情，个个悠闲自得，何等惬意，这与那些在烈日炙烤下，低头劳作的农夫形成鲜明的对比，反映出劳动人民在黑暗社会中受到的沉重压迫，生活日趋艰难。这首诗以暑热为背景，写了农夫与王孙不同生活、心情和感受上的差异，反映了封建社会中不平等的现实状况，具有积极的批判意义。另外，这首诗出现在小说中更有推进情节的作用，白胜的歌对于在炎热之天，还受杨志鞭挞的军汉们无疑是一种很深的触动，唱到众军汉的心里去了。杨志的空身而行，一路上对于军汉们非打即骂，因此军汉们很自然地自比农夫，以杨志比公子王孙，心中的不平更为加深。金圣叹对此的批注很有见地："上二句盛写大热之苦，下二句盛写人之不相体悉，犹言农夫当午在田，背焦汗滴，彼公子王孙深居水殿，犹令侍人展扇摇风，盖深喻众军汉身负重担，反受杨志空身走着打骂也。"白胜之歌起到了这么多作用，使军士们不满情绪激增，他们一步步中了计谋，被众好汉引入圈套，可见作者构思之精巧。

急来抱佛脚，闲时不烧香。

【注释】《水浒传》第十七回。

【鉴赏】济州府缉捕使臣何涛被限期十日抓住劫取生辰纲强人，回到家中，闷闷不乐。其弟到家中小坐，何涛平时与其弟关系很冷淡，今日言谈中知道其弟知晓强人下落，于是热情起来，拿银两讨好何清，何清说了一番话，此句便录自其中。这句话是一句谚语，经常出现在明清时期的小说戏曲里。刘攽《中山诗话》："王丞相好嘲谑，尝曰：投老欲依僧。客对曰：急则抱佛脚。丞相曰：'投老欲依僧'是古诗。客曰：'急来抱佛脚'是俗谚。"《古今小说》第十卷："这伙三党之亲……今日大块银子送来，正是'闲时不烧香，急来抱佛脚'。"这句话主要是比喻人们平时不准备，紧急时却要找依靠，毕竟救命稻草救不了人，平时必须做充分准备。何涛平时对亲兄弟颇为冷淡，一心只想结交些富贵之人，捞取往上攀缘的资本，哪里顾得上兄弟的情面，大难临头，还得求自己的兄弟帮助，作者此处用这句话，既是对何涛此时心理的一种直观描述，也是对他的一个辛辣的讽刺。尽管兄弟为他出了主意，想了办法，但毕竟是权宜之计，挽救不了失败的命运。这让我们不禁想到水浒英雄，多是些劫富济贫，行侠仗义之人，平日里做了许多善事，到危急关头自有人来帮助，林冲脱险野猪林，宋江江州城被救，晁盖石碣村获救，他们都在平时为自己的出路做了充分准备，自然会在危急时有人相救。作者将以何涛为代表的残害百姓、欺压百姓的官吏们临危时的窘迫丑态表现出来，与梁山好汉危难之中安然脱险的事迹相对比，作者之批判赞扬之意昭然若揭。

火烧到身，各自去扫；蜂虿入怀，随即解衣。

【注释】《水浒传》第十七回。蜂虿(chài)：刺人的虫蝎。

【鉴赏】生辰纲被劫后，老都管和众军汉不听杨志劝告，终落得如此下场。众人商议对策，说了上面的话，嫁祸到杨志身上，为他们开脱自己的罪名。这句话发自于这些小人之口，充分暴露了在封建社会，中下层官吏自私自利的心理，只要能使自己安全，他们会不择手段地寻找一切办法来解救自己。在他们身上丝毫没有廉耻二字，这与梁山好汉重义轻利，舍己为人的英雄品质形成了鲜明对比。这句话反映出当时的一种社会风尚，似乎古人之言皆为真理，其实这只是在战国时杨朱学派“贵己”、“为我”等利己主义的论调，这不是社会的主调，梁山好汉以儒家的伦理道德——仁义礼智信为自己的人生观，价值观，所以他们的思想在当时是比较先进的。

瓮中捉鳖，手到拿来。

【注释】《水浒传》第十八回。

【鉴赏】何涛前往郓城县捉拿晁盖，衙门口遇上宋江，于茶馆内谈话，席间何涛告明来意，宋江心中大吃一惊，嘴却佯说了一番鄙视晁盖之话，这二句便引自其中。“瓮中捉鳖，手到拿来”用比喻的手法说明要捉拿的对象已在把握之中，随时可捉到。宋江说此话一方面表明自己的身份，让何涛放心他是站在官府的立场上；另一方面通过此话说明捉拿晁盖的容易，让何涛放松警惕，为他向晁盖报信营造一个安稳的外部环境，也使何涛对捉拿凶犯更加放心，不至于对宋江产生疑心。同样的话，放在不同地方有不同含义，此句在此，它的本义反而不是宋江真实看法，相反那些引申义却是宋江的初衷。

似锦山添花，如旱苗得雨。

【注释】《水浒传》第十九回。

【鉴赏】晁盖七人大闹石碣村后上了梁山，初日受到王伦的盛情款待。次日林冲来访，诉说王伦“心术不定，语言不准，失信于人，难以相聚”，此句便引自上面所说的一番话中。这句话盛赞晁盖七人的到来，放在此时此处别有一番用处。林冲上梁山后受到王伦刁难，好不容易才为王伦所容，最后虽有一身武艺却仅坐了第四把交椅，心中很不舒服。虽说朱贵，杜迁、宋万等人同情他，但毕竟不是干大事的人，没有勇气与魄力，于是只好忍气吞声。现在英雄们的到来，给了林冲扬眉吐气的机会，腰板挺直了许多，林冲此来一方面想安稳晁盖等人的心，让他们坚定来此的决心，另一方面想让众头领知道自己的真实内心，以求他们理解与支持，这句话表面上赞颂晁盖等人，实则是为自己以后火并王伦寻找有力的支持，毕竟现在的梁山已今非昔比。把晁盖等人的到来看成是锦上添花，旱苗得雨，林冲把自己终遇知己的喜悦心情表达出来。现在林冲有了依靠，可以为梁山的将来发展除去王伦，没有晁盖七人，林冲不敢杀王伦；没有林冲，晁盖等人在梁山也不便杀王伦。这番话可以充分向晁盖等人表明林冲的心迹，吴用也从林冲的双关语中听出了言外之意，并就此做出了晁盖“此一会倒有分做山寨之主”的预断。林冲此话可谓情真而意深。

这里唤做断头沟，没路了。

【注释】《水浒传》第十九回。

【鉴赏】何涛率五百官兵前往石碣村缉捕晁盖七人，在湖中，前后两次派船探路不回，于是自己亲自驾船前往，中途遇上一提锄头的人，遂向他问路，此人说了上面的话。此地是否唤做断头沟，读者不得而知。但此处作者运用了双关手法，将提锄头人向何涛转达了你们必死于此地，无路可走了的信息。这个提锄人就是阮小二，表面上告诉何涛此地情况，但他用此妙语，预告了缉捕官吏的末日，话语中揶揄与嘲讽了愚蠢无能的何涛等人。“断头沟”意即首身分离之沟，所谓“没路了”意即他们的生路走到了头。不仅两个公人被阮小二打下水去，其他公人死于非命。何涛也被活捉去，被众好汉割去双耳。双关手法的运用，使阮小二的话听起来很俏皮，同时也嘲弄了死到临头了还不知道的众公人。

强宾不压主。

【注释】《水浒传》第二十回。“宾”也作“兵”。

【鉴赏】林冲火并王伦后，对众好汉慷慨陈词力举晁盖为山寨之主。晁盖推辞，说了一番话，此句便引自其中。这句话的意思是客人不应该超越主人之上，亦即我们常说的不可“喧宾夺主”。林冲虽有万夫不当之勇，但毕竟在治理山寨、交结天下好汉上不如晁盖。林冲很有自知之明，不贪功，本着为梁山弟兄们着想的意思，主动让贤，可见林冲的深明大义。晁盖更是谦虚懂礼，更具侠义风范，虽说自己也有取王伦而代之的意思，可毕竟林冲是山寨的旧人，自己只不过是新来投靠的人，怎敢造次，引用古语诉说心志，可见晁盖的重义轻利的侠豪之气。此语发自晁盖内心，可见晁盖之真诚！林冲重情，晁盖重义，有这样的梁山好汉，梁山兴旺也是理所应当的了。

欢娱嫌夜短，寂寞恨更长。

【注释】《水浒传》第二十一回。更(gēng)：夜晚。

【鉴赏】宋江被阎婆强拉到家中，三人合桌吃饭，婆惜只因与张三通奸，只觉宋江碍眼，也不搭理宋江，反而冷言冷语讽刺，休息之后，婆惜倒头便睡不理睬宋江，宋江心里气闷，如何睡得着，文中出现这二句诗，以此来描述宋江的心情。时间是客观的，但对于感受时间的人来说却有主观的一面，会因为心情的忧喜而有长短之异。离人相聚，总觉时光如梭之快；而游子归来，则总觉时间之缓慢。这句话在古代小说中常出现，在男女恋情方面，前句写男女相会，欢乐之时总是那么短暂，后一句写佳人独守空房思念郎君，心中只恨那无尽长夜，此处主要指宋江被婆惜冷言相讥，且又独自睡去，使宋江很没意思。对于宋江来说，这婆惜本不是父母之命，也没什么值得看重的地方，尽管她与张三有种种风流韵事，可她毕竟不是宋江的正室，也无须放在心上，但此夜对于宋江和婆惜都是极不情愿的，两情不相悦，偏偏又被拧在一起，不仅没有欢娱，反而生出许多惆怅，这两句话的本义与宋江和阎婆惜的现状极不相合，且生出许多幽默之意。英雄在大事面前尚且心平如水，可在这种情况下却叹息不已，叫人哭笑不得。

双日不着单日着。

【注释】《水浒传》第二十一回。着：指受到惩罚。

【鉴赏】唐牛儿赌钱输后去找宋江，在阎婆家唐牛儿假托衙门口信想给宋江脱身，无奈被阎婆识破，并醉打唐牛儿，唐牛儿被打后，愤愤不平，碍于宋江情面只好离开，走时大骂阎婆。上面所写这句，便引自唐牛儿的骂语中。这句话表面上是一句骂人话，可也在一定程度上成为预言，预示着这老婆子很快就要受到惩罚。果不出所料，夜晚宋江与婆惜争执，为不使婆惜泄露宋江与晁盖之间的事情，宋江怒杀婆惜。阎婆虽然自己没有直接失害，可失去了女儿，失去了依靠，毕竟也是她间接受到的惩罚，此句话极具生活气息，口语化很强，显示出施耐庵写作中的语言风格，运用俗语、谚语更好地展示人物性格，推进情节发展。

鲁班手里调大斧。

【注释】《水浒传》第二十一回。鲁班：古代著名工匠。手里：面前。调：舞。

【鉴赏】宋江被阎婆拉入家中吃饭，不得脱身之际，唐牛儿赶来，谎说衙门有事需宋江商议，不料这阎婆识破此招，并说了一番话来解释自己的论断，这句话便出自于此。鲁班本是著名工匠，在他面前舞动大斧只能是不自量力，小巫见大巫。施耐庵在此运用谚语使文章写得有趣，诙谐，刻画出阎婆阴险狡诈的一面，唐牛儿的苦心积虑在这狡猾的老婆子面前也无济于事。作者用此语也把阎婆不知廉耻，倚老卖老的丑态刻画得淋漓尽致。

张家长，李家短，说白道绿。

【注释】《水浒传》第二十一回。

【鉴赏】宋江被阎婆拉到家中，在酒桌上三人各怀心事，宋江只想如何找借口离去，婆惜想着那张三，只有有些醉意的婆子在胡说八道一气，这句话便引自这里。此句用来形容那些爱管别人闲事，爱操别人心的多嘴之人。阎婆平日里总爱东家长、西家短地议论别人，酒桌上气氛比较沉闷，总想调节一下，加上酒的作用，便把平日里道听途说之言在席间乱扯，却不知这样使人更烦。唾沫星子可以淹死人，像阎婆这样传小道消息的人在书中有许多，像诱使潘金莲的王婆，他们的行为在客观上起着一种搅乱浑水的作用，使得许多人遇到他们的言语攻击，无怪乎在这段情节结尾处，作者以诗为证：只要孤老不出门，花言巧语弄精魂。几多聪慧遭他陷，死后应须拔舌根。他们最终可怜的下场，都是咎由自取，自作自受。

披麻救火，惹焰烧身。

【注释】《水浒传》第二十一回。麻：容易着火的东西。

【鉴赏】此句录自第二十一回结尾，宋江被阎婆在衙门前扭住，路边经过的唐牛儿，见此情景又想到昨夜无故被打的事情，便上去打了那婆子一顿，宋江得以脱逃，唐牛儿最后被众人同阎婆一块儿抓回。书尾引用古语评价唐牛儿之举："祸福无人，惟人自召；披麻救火，惹焰烧身"。这句话意思是祸患都是由自己招来的，无事生非。作者在这里巧妙加入这一情节，既是情理之中，又在情理之外，唐牛儿为报昨夜之仇，又见宋江被阎婆抓着不放，心中之火顿生。遂动手打了阎婆。另一方面在封建社会形成的人人自保的小市民意识，看到闲事不关自己，何必要去管，况且这等人命关天的大事，唐牛儿却去插手，无怪乎惹火烧身。施耐庵选取这一片段，使文章情节曲折，一波未平，一波又起，这种一波三折的情节结构，使文章更加引人入胜。

佳人有意村夫俏，红粉无心浪子村。

【注释】《水浒传》第二十一回。村：粗俗，丑陋。

【鉴赏】宋江被阎婆强拉到家中，卧房之中，灯下两人默不作声，宋江本指望婆惜像以前那样上前找他陪话，温存些许，哪知婆惜只想奸夫张三，全不兜揽宋江，作者此处加入上边的谚语对此作评。这句谚语的意思是男女相悦有偶然性，有情无情会直接影响对对方的看法，也就是我们常说的“情人眼里出西施”。在男女之情中“有意”和“无心”虽说有一定的关系，但也并非全部，两人之间的感情才是关键的。现在抛开传统伦理道德不说，宋江与婆惜之间并无多少真情可言，宋江只不过是供养他们母女二人的一位官人，从另一个角度看“宋公明是个勇烈大丈夫，为女色手段却不会”。这也是婆惜对他冷淡的原因。对比宋江，张三却不同，虽说贫寒，可对婆惜“百依百顺，轻怜重惜，卖俏迎奸，引乱这婆娘的心。”这虽说带有作者个人情感在内，但客观地看婆惜与张三之间却是有感情的。可见一旦“有意”，这“意”就会变成一种强大的力量，为了张三，婆惜能从宋江的“金银堆”里跳出来，这也毕竟是她的难能可贵之处。

阎罗王面前须没放回的鬼。

【注释】《水浒传》第二十一回。

【鉴赏】阎婆惜发现晁盖写给宋江的信，于是向宋江索要信中所说的一百两黄金，宋江矢口否认，婆惜说了一番揭露贪官污吏的言论，此句正引自他的那番话中。“公人见钱，如蝇子见血。做公人的，哪个猫儿不吃腥”，“阎罗王面前须没放回的鬼”这些话语，道出了当时贪官污吏遍天下，贪赃枉法满乾坤的黑暗现实，从中央到地方，各级官吏无官不贪，无吏不污。不仅那些奸臣高俅、蔡京贪得无厌，就连作为忠良之臣形象出现的宿太尉，也一次又一次地接受宋江等人的贿赂，从中可见婆惜所言不无道理，这一比喻是对各级官僚贪婪本性的生动描绘，阎罗王的这一形象还生动地概括出各级贪官污吏的残暴凶狠本质，真是一语中的。

人命大如天。

【注释】《水浒传》第二十二回。

【鉴赏】宋江杀死婆惜以后，知县与宋江私交甚厚，只想以宋太公执凭公文存照从轻发落，阎婆不依不饶，在县衙里啼哭，并诉说道：“人命大如天，若不肯与老身做主时，只得去州里告状。只是我女儿死得甚苦！”阎婆这句话说到知县心里去，只好派朱仝、雷横去捉宋江。在封建社会，宣扬一种伦理道德，这便是人命大如天，这也是儒家思想的体现，重视人，重视人的价值。《论语》中写道：“厩焚，子退朝，问曰：伤人乎？不问马”，可见儒家极其看重人的生命。宋代受程朱宋明理学的影响，更是把人的地位提得很高，甚至可与天命相比，在官场中这些人命官司尤为重要。虽说也有贪赃枉法之案例，但对于下层人民的这些案例,越级告状,对地方官吏很不利,阎婆以此为要挟,也足见其狡诈的一面。

不是这个汉,怎地打的这个猛虎。

【注释】《水浒传》第二十三回。

【鉴赏】武松在景阳冈打死老虎后,被众猎户抬到县衙请赏,知县看到老虎,又看到武松,于是发出了上面的感慨。在这句话里,既写了壮士,又写了猛虎,主要写武松,而猛虎只是一种衬托。作者在这里连用了两个“这个”,在句中起到了重要的作用。它告诉我们它所修饰的对象是两个不同于“别个”的个性化个体。简洁明了的一句话,将壮士和猛虎这两个非同寻常的个体写了出来。这句话出自知县之口,隐含着知县无限的赞叹与感慨,所以就特别易于感染读者,诱发其对两个“这个”做充分的想象和补充。武松这个高大威武的汉子形象借这只吊睛白额大虫在读者面前树立起来。

送君千里,终须一别。

【注释】《水浒传》第二十三回。

【鉴赏】武松离开柴进庄上回清河县看望哥哥。宋江和柴进相送,宋江尤为恋恋不舍,送出庄五七里路,武松劝宋江回去,遂说了上面那句话。自古英雄惺英雄,宋江和武松虽然相处时间短,但两人的感情很深厚。宋江喜爱武松侠义的精神,武松慕宋江仗义疏财的高尚之举。“黯然伤神者,唯别而已矣”,古人写了无数诗句,表达无尽的离愁别恨。“送君千里,终须一别”表达了武松对宋江一片深情的不尽感激,这里把梁山众好汉间那种亲如手足的无限深情表达了出来,发自腑肺,自然感人至深。

人无刚骨,安身不牢。

【注释】《水浒传》第二十四回。

【鉴赏】武松在阳谷县遇上哥哥武大,回到家中,见了嫂嫂潘金莲。潘金莲夸赞武松生得“雄壮”,武松道:“家兄从来本分,不似武二撒泼”。潘金莲感慨地说了一番话,此两句便引自这番话中。“人无刚骨,安身不牢”比喻人没有刚强的性格,就难于立身行事。这体现出潘金莲的一种人生观。有趣的是在《金瓶梅》中,西门庆也说了这样的话:“干娘说的是。正是人无刚骨,安身不牢。”两人之言如此巧合,怪不得会勾搭成奸。这句话确有一定道理,武大为人软弱,被人欺负,清河县里住不得,搬到阳谷县,潘金莲倒是颇有刚强之个性,不过最终也落得个可怜的下场。西门庆虽有刚骨,可是心术不正,贪恋财色,最终死于非命。可见有没有刚骨固然重要,若没有一颗正义之心,同样会安身不牢。武松一身正气,自有刚强坚毅的性格,路见不平,拔刀相助,自然最后的结局也是挺好,虽说出家为僧,可毕竟有了一个好归宿。潘金莲的话虽说在夸赞武松,但同时也是在夸赞自己,可实际效果却不同,读者心中自有一杆明秤,孰优孰劣,自会一清二楚。

你看我着些甜糖,抹在这厮鼻子上,只叫他舐不着。

【注释】《水浒传》第二十四回。

【鉴赏】王婆见西门庆几次三番来到武大门前,遂知他想勾引潘金莲,于是在心中打定此主意,达到她一箭双雕的目的。鼻子上抹甜糖,眼睛看得着,鼻子闻得着,偏偏嘴吃不着。越是看得着,闻得着就越想吃,越是吃不着,心里就越着急,垂涎三尺,这情景很滑稽。王婆是个久谙男女之道的高人,年轻时的耳闻目睹,亲身经历给了她许多宝贵的"财富"。她充分抓住西门庆贪恋女色且又要让人引荐才可行事的心理,大打攻势,却又含而不露。她明知西门庆的着急心理,却又偏偏不肯说破,把西门庆搁在一边,另一方面又多用双关语吊西门庆的胃口。把西门庆不达目的誓不甘休的欲火养起来,不断加以引诱,直到最大火力,使其欲火难以自灭。王婆的这招可谓阴险毒辣,既让西门庆无奈只好求助于她,又从西门庆那里得到了最大的报酬,其老奸巨猾之相毕露无遗。

柔软是立身之本,刚强是惹祸之胎。

【注释】《水浒传》第二十四回。

【鉴赏】西门庆和王婆串通,将潘金莲骗入王婆家中,假意与潘金莲邂逅相遇,谈到武大郎,西门庆假意相夸,不同意潘金莲其夫无用之人的论调,于是说了上面的话。西门庆是风月场上的老手,他抓住潘金莲对武大郎敏感的心理,不同常人般地夸奖武大,言外之意不难理解,潘金莲心里如坐针毡般难受,句句打在心上。"柔软是立身之本,刚强是惹祸之胎",是中国几千年来广大受压迫人民逆来顺受,忍辱负重的处世哲学,有其合理一面,让人们安于现状,不要惹是生非,但这种思想抹煞人们的斗争性。此语出自西门庆之口自有其险恶用意之处,但抛开此种情境,这种逆来顺受的处世哲学,在物欲横流,人情冷漠的城市生活中,自然显得单薄无力,西门庆此言可谓以褒寓讽,更使潘金莲怨恨武大,不觉之中投入了西门庆的怀抱。可恶的是武大柔弱之人最终也难逃奸夫淫妇的陷害,而刚强的西门庆与潘金莲不幸被言中,成了武松的刀下之鬼,可笑可叹!还是儒家思想说得好:"中和之美","物极必反",以此推之,柔弱之极,刚强到头,都不可取。

骏马却驮痴汉走,美妻常伴拙夫眠。

【注释】《水浒传》第二十四回。

【鉴赏】西门庆看上潘金莲，多次到王婆茶馆打听关于潘金莲的情况。当王婆告诉他是武大之妻时，西门庆道："好块羊肉，怎么落在狗口里！"王婆听后遂说了所引的这句谚语，并补充道："月下老偏生这般配合。"这个谚语本义是形容男女婚姻极不相配，用这对仗工稳的两句话道出了封建社会一种畸形的婚姻观。在这种婚姻观中，妇女是最大的受害者。抛却潘金莲的为人不说，单就她的婚姻来看很不美满，被张大户作为报复的牺牲品嫁与武大，传统的三从四德的封建伦理纲常，使她嫁鸡随鸡，嫁狗随狗，毫无婚姻自由的权利。与武大这没有感情的婚姻使她心灰意冷，痛苦忍受压抑着自己美好的人性。无奈的她不可能走反抗婚姻的道路，只好"美妻常伴拙夫眠"。西门庆的出现使她心中的人性开始萌发，我想她与西门庆的偷情更多是带有感情色彩，女子最易动情，孰不知"痴心女子负心汉"西门庆把她只当做一个玩弄的工具，从某种意义上，潘金莲是一个悲剧人物，幻想着找到意中人，白头偕老，却处处碰壁，与武大没有感情，想要对西门庆奉献自己的一片真心，却又被无情抛弃。杀害亲夫固当处死，可这背后的黑手——西门庆却是主凶，从客观角度分析，她的悲剧不仅是个人的悲剧，也是那个封建时代广大妇女的普遍悲剧，这所有的悲剧根源是那腐朽落后的封建制度！

拳头上立得人，胳膊上走得马。

【注释】《水浒传》第二十四回。意谓做人磊落硬气。

【鉴赏】武松受知县委托前往京城办事，临行前到武大家一坐，在酒桌上叮嘱武大平日谨慎小心，并对潘金莲说了一些叮咛之语，言语中多有怕嫂嫂有他心之意，潘金莲听后大怒，说了一番辩解之言，这句话便引自其中。这句话从潘金莲嘴里说出的确有一番意思，潘金莲自夸道："我是一个不戴头巾的男子汉，叮叮当当响的婆娘……"，这些话语若从其经历看，的确如此，她对于武大虽不满，可也一心过日子，准备就此一辈子，若说她以前行为的确光明磊落，可前提是她没有碰上西门庆这样有钱有势会要弄风情的人。以前的潘金莲对于张大户敢于说"不"，这说明她有一股刚强之气，但本质上如何，不是片言只语可以讲明的，"知人知面难知心"，在西门庆的引诱下，她心中的不安分因素开始作怪，终于为了偷情，谋害亲夫。与其对武松所说形成鲜明对比，这句话此处寓贬于褒，从自己嘴里说出这样的话，潘金莲的厚颜无耻的性格暴露出来。作者的批判态度自然也在其中。

远亲不如近邻。

【注释】《水浒传》第二十四回。

【鉴赏】王婆定计让潘金莲到家中做寿衣，常留潘金莲在家中吃饭，多以酒食款待。回到家中武大得知后,引用此话,劝潘金莲不要失了人情,也应自己出钱请王婆吃饭。这句话的意思是邻居之间可以互相照顾,危难之时可以互相救助。“远亲不如近邻”反映出中国传统伦理道德中的一种美德,体现出人与人之间的和谐关系,有助于维持和睦的邻里关系。可是邻居也有好坏之分,昔日“孟母三择邻”就是怕坏邻居对孟子的不好影响。武大忠厚老实,看不清王婆的真面目,这样的近邻怎如远亲,反而要还礼相谢。武大的这种老实性格,使他容易受到王婆的蒙蔽,最后落得个可悲的结局。

一客不烦二主。

【注释】《水浒传》第二十四回。

【鉴赏】王婆与西门庆定计诱使潘金莲到王婆家中做衣服。一日西门庆假装无意到王婆家,与潘金莲相见。王婆早已准备好,花言巧语一番,假意感谢潘金莲,让西门庆备办些酒食酬谢潘金莲,这句话便是王婆的巧言之辞。“一客不烦二主”本义是不再另外麻烦别人。此处王婆借用此俗语,将西门庆与潘金莲相见的尴尬局面搪塞过去,使他们二人感到既意外又很合理地呆在一起。王婆的“一客不烦二主”实际乃是“一客撮合二主”,受了西门庆的银钱,自然会尽力为西门庆办事,促成这桩“美事”。王婆的话既让西门庆得以留下,施展自己的“本事”,又让潘金莲在常理的允许下,对西门庆得以进一步的了解,最后两人勾搭成奸,更是王婆巧言定计之功,这句话的作用也非同寻常,可见王婆的阴险之面,足见其“马泊六”的本事之高。

家无主,屋倒竖。

【注释】《水浒传》第二十四回。

【鉴赏】在王婆家,西门庆和王婆、潘金莲三人吃酒。王婆与西门庆狼狈为奸,假惺惺地聊开家常,说到西门庆前妻,西门庆大发“感慨”,赞叹其妻,上边所引这句便录自这番感叹之中。“家无主,屋倒竖”本是形容家庭无人管理而一塌糊涂的情景。西门庆此言一方面向潘金莲暗示他的正妻已亡,有准备续娶之意;另一方面借此来说明其前妻的贤慧,虽然出身微末却也很让西门庆喜欢,让潘金莲知道西门庆是个重感情之人,是不看门第高低,只重人品的正人君子,增加潘金莲对他的好感。他与王婆所说之话,本意是对潘金莲,“说者无心,听者有意”,更何况在那样的环境中,几句话后,听得潘金莲春心欲动,在酒力的催化下,更是“春光毕现”。西门庆与王婆对话,设计巧妙,句句说在潘金莲的心上,无怪乎她要自投罗网,中了西门庆的圈套,上了他们的贼船。

好事不出门，恶事传千里。

【注释】《水浒传》第二十四回。

【鉴赏】西门庆和潘金莲勾搭上以后，如胶似漆，尽管行动诡秘，可毕竟没有不透风的墙，不久以后街坊邻里之间传得风风雨雨，惟独武大一个人当了“乌龟”还不知道，所选这句谚语即出自于此。作者并附诗道：半晌风流有何益，一般滋味不须夸。他时祸起萧墙内，悔杀今朝恋野花。这句谚语偏重于后一句，比喻丑事张扬得快。从心理学角度看，好事虽然有积极意义但留给人们的印象不深，除非做好事极多极广，像许多梁山好汉如宋江、晁盖他们的事迹方可传播久远，一般市民家中的好事只会博取邻里的一点儿口碑。可那些恶事，却一个与一个不同，“伤风败俗”的事情更是给人以极深印象，也会成为人民大众的饭后谈资、取笑的方式和引以为诫的事例。潘金莲和西门庆偷情，违反了封建伦理道德，为其他人所唾骂，客观上“恶事传千里”扩大了事情的传播范围，在小说中也会对情节的发展起推进作用，武大被郓哥告知此事，前去捉奸，才有了后面的一系列惊心动魄的故事情节。

花木瓜，空好看。

【注释】《水浒传》第二十四回。意谓没有实际价值。

【鉴赏】潘金莲喜欢上武松并借一次下雪天，多饮了几杯，主动向武松示爱，被武松断然拒绝。武松训斥了潘金莲一顿，并且要搬出武大家，此时潘金莲却反咬一口，说些不三不四的诬蔑之话，这句话正出自于此。“花木瓜，空好看”本义是只有好看外表，没有实际用处。出自于潘金莲之口的这句话，把她泼辣不讲理的性格塑造出来。武松不受她的引诱，她便恼羞成怒，恶人先告状，数落了武松的许多不是。另一方面，作者采用了双关的手法，将潘金莲受到压抑的爱不能找到一定渠道发泄的那种不满情绪表现出来，这句话在这种场合，对于武松来说更清楚，才会体会出她的言外之意。武松在潘金莲看来只是个打虎的英雄，而对于男女之事，只像一个“花木瓜”一样没有丝毫感情，可见潘金莲这个比喻多么阴险而又辛辣。作者借潘金莲之口，一方面将其淫荡而又言语尖刻的一面淋漓尽致地刻画了出来；另一方面却又正话反说，将武松身上体现出的那种重伦理，不为女色所动的英雄气概表现出来，一语而多义，让读者感觉到作者语言运用上的高超技巧。

入门休问荣枯事，观看容颜便得知。

【注释】《水浒传》第二十四回。荣枯事：好事或坏事。

【鉴赏】王婆看到西门庆屡次在武大家徘徊，并且特别爱到自己的茶馆吃茶，心中便猜知一二，两个人就这样明言暗语地交锋，西门庆知道王婆已猜透他的心事，便问其原因，这句俗语便引自王婆的回答中。王婆一生在男女之事上经验颇深，正如同她自己所说的那样："老身为头是做媒，又会做牙婆，也会抱腰，也会收小的，也会说风情，也会马泊六。"西门庆的一举一动，她都尽收眼底，为了勾起西门庆的兴趣，她有意不点破，而是用暗语一步一步地试探西门庆，她的话中多有双关之义，如"大官人，吃个梅(媒)汤?"，"大官人，吃个和合汤"，西门庆也从中得知王婆的厉害，于是便把希望放于王婆身上，两人一拍即合，共同定计勾引潘金莲。作者通过王婆之口，将其善于察颜观色，爱管闲事的性格刻画出来，让我们对王婆那种阴险狡猾的丑恶内心本质了解得一清二楚。

但得一片橘皮吃，莫便忘了洞庭湖。

【注释】《水浒传》第二十四回。洞庭湖：盛产柑橘之地，有一种"洞庭红"的柑橘很有名。整个句意是不忘根本。

【鉴赏】西门庆听完王婆所说的计策，心中很是满意，王婆再三强调她那十两银子的好处费，西门庆用此话以表其不忘根本之决心。这两句诗对得极为恰当，颇有文采。同时也把西门庆善于用甜言蜜语讨好人的本领显露了出来。西门庆是个酒色之徒，为达目的不择手段，甚至不惜降低自己的"高贵身份"。若是在平日里趾高气扬的西门大官人怎会低三下四地向一个茶馆的老婆子说出这等话，一切都在于他的贪，他的色。从中我们更可以看出其虚伪的本质。在征服了潘金莲，满足了自己的欲望之后，他又开始寻找新的目标，又怎会记起王婆和潘金莲这等人物。这句话从他嘴里说出更具有无尽的讽刺意味，若允许笔者再加上两句，两相对比，更有助于读者了解西门庆此人，对曰："吃后方觉此一般，天涯何处无香橘。"

有泪有声谓之哭；有泪无声谓之泣；无泪有声谓之号。

【注释】《水浒传》第二十五回。

【鉴赏】武大被潘金莲毒死后，潘金莲半夜里"号号地假哭起养家人来"。此处作者指出世上妇人有三种哭法，潘金莲属于后一种。此处作者列出三种哭法让读者自晓，哪种是真哭，哪种是假哭。从三种哭法来看，第一种哭是声泪俱下，心中悲伤的情感得以宣泄；第二种哭，虽心中悲伤，却又不愿或怕别人知道，故抑制哭声，任眼泪尽情地流淌。这两种都是发自内心的真哭。第三种哭颇有些假意，心中本无悲伤，却又不得不哭，于是就干号起来，以显其悲哀。这种哭很大程度上带有刻意给别人看，让人们心中知道他的悲痛的色彩。潘金莲害死亲夫，本没有一些悲伤，可为掩人耳目，掩盖其罪行，便在哭上做文章，选择好时机，从半夜里哭，夜深人静，更能体现其"真伤心"。夜里哭，邻舍闻其声，与眼泪多少没有关系。"号号地哭"即有断有续，有一种抑扬顿挫的感觉。哭的时间很长，足见其“哀痛”之深。越是如此，越让人感到武大死得不明白，虽想掩众人耳目，却变成欲盖弥彰，因为人人心中都很明白武大的遭遇，此干号更给人们增加了对她无尽的厌恶罢了。

初嫁从亲，再嫁由身。

【注释】《水浒传》第二十六回。

【鉴赏】潘金莲和西门庆两人勾搭成奸，踢伤武大后，他们惧怕武松回来找他们报仇，于是问王婆有何主意。王婆教他们害死武大，让武松没有理由阻碍潘金莲再嫁，这里用了此句话来说明这种改嫁之事的合理性。封建传统的观念认为婚姻是父母之命，媒妁之言，自己没有发言权，一切由父母决定，所以“初嫁从亲”。若丈夫死去，寡妇再嫁的时候，则一切由自己决定。俗语云“天要下雨，寡妇要嫁，谁人管得?”王婆不愧是个老谋深算之人，想出此等阴险狠毒之计，害人于死之后，反而还能遂人(潘金莲)心愿，使西门庆和潘金莲既无杀人之忧，又能成其美事。殊不知，天理昭昭，人算怎如天算，他们的阴谋怎能得逞，这只不过是他们玩的小聪明而已，最终他们的可耻下场便是这阴谋诡计的最好嘲弄。

冤各有头，债各有主。

【注释】《水浒传》第二十六回。

【鉴赏】武松为弄清武大死的真相，请团头何九到酒馆一叙，席间武松抽出钢刀，插在桌子上，对何九诉说了他为兄报仇的一片心志，这句俗语便选自其中。这句话表明了武松是个恩怨分明，不乱杀无辜之人。一方面对何九叔有震慑作用，让他讲述武大尸骨的真实情况，另一方面体现出武松刚直，善恶分明的性格特征。梁山好汉个个爱憎分明，虽说许多人身上都有命案，可他们都是光明磊落之人，所做之事都是合理反抗的表现，在北宋末年那个极度腐败的社会中，官府贪赃枉法，许多案件得不到公正解决，在此基础上，一些英雄好汉自行解决自己的恩怨问题，也显得顺理成章。

乐极生悲，否极泰来。

【注释】《水浒传》第二十六回。否(pǐ)：凶。泰：吉。

【鉴赏】武大被火化之后，西门庆和潘金莲二人更加大胆，肆无忌惮地淫乐，终朝取乐，任意歌饮。作者在此处引用《易经》中的“乐极生悲，否极泰来”之句，对他们的下场做了预示。下文转入武松办完公事，回到阳谷县，西门庆和潘金莲二人的末日便到了。所录语句体现了我国古代朴素辩证法思想，即事物发展到一定程度，就要向它的对立面转变。其中泰表示吉，否表示凶，这句话以简洁生动的词语表达了深刻的哲学观念。施耐庵在这里,运用了传统的哲学观念,以一种"物极必反"的眼光,对西门庆、潘金莲二人的罪恶进行了批判,体现出作者的世界观,另一方面运用这句话,可以承上启下,很自然地引出下文,起到了过渡句的作用,为下文武松为兄报仇誓杀奸人的故事拉开了序幕,使文章显得自然顺畅,耐人寻味。

经目之事,犹恐未真;背后之言,岂能全信。

【注释】《水浒传》第二十六回。经目:亲眼看到。

【鉴赏】武松请何九和郓哥两人为其兄被西门庆和潘金莲所害之事作证,在大堂上,知县因收受西门庆的贿赂,有意庇护西门庆。武松催知县拿人,知县迟迟不动手,反而找出一大堆理由辩解,所引此句便是他的狡辩之辞。若从这句话本义理解,的确"眼见未必为实,耳听未必为真",这是一种辩证法观点,可对于铁证如山,不容推翻的案情,县官大老爷仍要以此为由,足见其虚伪贪婪的本质,西门庆的银子,成了最好的见证人,从中我们可以清醒地看到北宋末年从上到下的腐败之风。武松是个都头,冤情都得不到解决,更何况一般的老百姓呢!经历此事的武松对官场有了更为清醒的认识,也为他后来自己解决其兄被害的问题埋下了伏笔,官不为民,民只好通过自己的力量去解决。整句话出现在这种铁证如山的场合,其合理因素荡然无存,剩下的只是对知县大老爷辛辣的讽刺。

头上黄烘烘的插着一头钗环。

【注释】《水浒传》第二十七回。

【鉴赏】武松被刺配孟州,在十字坡酒店遇到张青、孙二娘二人,这句写孙二娘的头饰。孙二娘的装束,给人一种特别艳丽的感觉,衣着非红即绿,脂粉越厚越好,首饰多多益善。此处写钗环,不是一支两支而是"一头",可见她头上的头饰之多。作者用"黄烘烘"修饰那钗环,别有一番新意。这说明,那首饰的材料都是黄金,体现出孙二娘以富贵为美的审美观;这些头饰一个挨一个的插遍满头,虽然谈不上美感,却给人以非常热烈欢快的感觉,这样的打扮固然称不上美,但体现出"母夜叉"的审美观,同时更体现出孙二娘泼辣野性的性格特点,因而也是"母夜叉"最合适的打扮了。

灯蛾扑火,惹焰烧身。

【注释】《水浒传》第二十七回。意谓自投罗网,自讨苦吃。

【鉴赏】武松在孙二娘开的十字坡酒店,以浮言轻语挑逗孙二娘,孙二娘心中窃喜,以为武松死到临头,还不自知。这句话正是对当时孙二娘心理的描述。

武松早就识破孙二娘的诡计，只不过用一些话来激怒孙二娘，让她显示出本来面目。这也体现出武松的侠客特征。不过也为以后情节发展铺平了道路，武松不“惹火”，怎能让孙二娘下手，怎能有英雄好汉的相聚。梁山好汉的相识，大多都是“不打不成交”，武松也正是在这种“自讨苦吃”的情境下，得以结交孙二娘与张青，这“灯蛾扑火”看似无意，却有意，真是“英雄若不扑火时，怎知烈火识英雄”。

要打便打毒些，不要人情棒儿，打我不快活。

【注释】《水浒传》第二十八回。

【鉴赏】武松刺配孟州安平寨，因未送人情钱，惹怒了差拨，乃至要打杀威棒时，武松说了上面的话。武松此语一出，众人大笑，总认为武松有点儿痴。天下发配的囚徒，哪个愿意挨这一百杀威棒。林冲这位八十万禁军教头，况且还“好汉不吃眼前亏”，用银钱打点了管营、差拨免受皮肉之苦，更何况一般的囚徒。武松却不怕这杀威棒，倒不是他不怕疼，而是他性格中坚韧的那一面，在邪恶面前永不低头的精神在激励着他做出这样的决定。他宁肯不要人情棒，也决不给人情钱，宁肯皮肉受苦，也决不向人低头。武松的话听起来有些让人忍俊不禁，但这正是他在那个社会发出的正义的吼声，对于丑恶现象的强有力的鞭挞。武松这种不屈的英雄气概在梁山众好汉中也是少见的，这也是作者不惜用十回笔墨为武松英勇事迹大书特书的原因之一。

我不留这一顿寄库棒，寄下倒是钩肠债，几时得了。

【注释】《水浒传》第二十八回。

【鉴赏】武松刺配孟州安平寨，按惯例，要打一百杀威棒。由于小管营施恩讲情，决定以武松生病免打武松，哪知武松断然否认有病，并说了上面的话。武松的话不觉让人捧腹大笑，天下有这等怪事，天下竟有这等不识抬举之人。武松的言语又是那么诙谐，在那种让人不寒而栗的情境里，武松竟然毫无惧色，足见其英雄之豪情。世上没有无缘无故的爱，更没有无缘无故的恨，武松不愿意因为免打这一百杀威棒，落下了数不尽的人情，尤其是那些贪财如命，对人手段凶狠的管营之类的官吏。这也是武松对管营不信任的表现之一。诙谐的言语，让人不可思议的“好事”，使情节的喜剧性就此产生出来，营造了一个轻松活泼的氛围。另外武松坚决不领情，也是对迫害囚徒的管营、差拨等人的蔑视，宁死不屈的英雄气概再一次的体现出来，使武松高大的人物形象在读者面前生动地体现出来。

在人矮檐下，怎敢不低头。

【注释】《水浒传》第二十八回。

【鉴赏】武松刺配孟州后，被押往安平寨。初到那里，众囚徒劝武松送人情钱给众牢头、差拨和管营，以免受那一百杀威棒的皮肉之苦。武松不听，众囚徒引用古人之言劝道："不怕官，只怕管。在人矮檐下，怎敢不低头"。在封建社会"现官不如现管"，在牢营里更是这样，只要给上边打点一下，便可躲过这一难。"好汉不吃眼前亏"，水浒英雄好汉有许多在进入监狱中，上下送人情钱，受到庇护。"在人矮檐下，怎敢不低头"这句俗语体现出在封建社会统治阶级的残酷压榨和剥削下，广大人民忍辱负重，多采取忍字为佳的消极对待方式。武松是一个顶天立地的英雄好汉，在他身上有着不屈服于邪恶压迫的刚强性格，有着宁可吃苦受累也不愿改变自己的高尚人格。武松是封建社会中敢于反抗压迫，敢于同腐朽的统治阶级作斗争的英雄人物代表，他身上体现出的那种强烈的斗争精神，不屈的英雄气概，成为推动历史前进的力量之一。

那一个却待要走，两只脚一似钉住了的，再要叫时，口里又似哑了的，端的是惊得呆了。

【注释】《水浒传》第三十一回。

【鉴赏】武松大闹飞云浦后，又乘夜色潜回张都监家，先在后院杀了马槽，然后又闯入厨房，见有两个使女在内，杀了一个，另一个惊呆了。作者此处用了两个比喻句，将那一个惊呆了的使女形象刻画出来，从她的外部形态着眼，将其受到惊吓时的表情刻画得淋漓尽致，想跑，两只脚一似钉住了，动弹不得；想喊，口里又似哑了的，说不出话。通过写其受惊吓时的两个基本动作，把受惊吓人的心理灵活地表现出来，恰似被点了穴一样，虽有生命，却已动弹不得。作者运用形象生动的比喻，把受惊吓者极度恐慌的神态表现出来，语言简练，却又传神写形，极具艺术表现力。

杀人者，打虎武松也。

【注释】《水浒传》第三十一回。

【鉴赏】武松血溅鸳鸯楼杀死张都监、张团练和蒋门神后，蘸血在墙壁上写了八个字。杀人留名，自古少有，《水浒传》中亦惟武松一人。这八个字充分体现了武松大无畏的英雄气概，更是个天下无敌的豪杰，这八个字从另一个角度体现出武松作人一贯的光明磊落，敢作敢当的豪侠作风。武松做事，喜欢轰轰烈烈，惊天动地。一般说来，杀人者总是想逃避责任，而在武松看来，杀人不被人知，不仅是胆小怯懦的表现，更主要的是埋没自己的英雄事迹。武松从不轻易杀人，他所杀的都是那些罪大恶极之人，有时候，武松的所为会大快人心，更使自己在江湖上身名远扬。

在这句话中要注意的是，他在“武松”前加上了“打虎”二字，更显光彩夺目。自景阳冈打虎以来，这打虎便成了武松一生中最得意之事，成了武松异于他人的一种标志，武松后来的其他业绩，也都借打虎而光彩倍增。如果从语法的角度看，在古汉语中“……者，……也。”是判断句的一种形式，这种句型，对于主语主要是一种强调作用。所以这句话对于杀人的凶主，武松则更是一种强调，这种强调作用上边已经说了许多，这里不再赘述。另外，“者”和“也”两字，都是上声字，声音曲而长，读起来很有力，因此金圣叹对于此句大为赞叹，他说“看他（施耐庵）者字也字用得好，只八个字，亦有打虎之力。”

惊的脸如成精的东瓜，青一回，黄一回。

【注释】《水浒传》第三十四回。东瓜：冬瓜。

【鉴赏】刘高与黄信监押宋江与花荣去青州府，路遇青风寨山好汉来劫囚车，吓得刘高面无人色，此句正出自于此，表明刘高惊慌失色之态。人在受到巨大惊吓时，会变得面无人色，其色有青有黄，青即所谓“面色苍白”，黄即所谓“面如土色”。作者运用了一个比喻，将刘高的脸色比为一个成精的冬瓜，这冬瓜如变色龙一样，可以变色，时而青，时而黄，极具滑稽色彩，用来形容惊吓之极的刘高的脸，有很强的讽刺效果，却让人忍俊不禁。作者巧妙运用比喻，抓住青冬瓜、黄冬瓜与人脸色的相近之处，用成精冬瓜将刘高脸色的变化巧妙的表现出来，把刘高惊吓得那种魂不附体的神态形象地表现出来，加强了这比喻的诙谐效果。

上天无路，入地无门。

【注释】《水浒传》第三十四回。意谓处境危难，没有解脱的门路。

【鉴赏】秦明攻打青风山被捉，宋江等人定计先冒充秦明攻打青州府，杀害无数百姓，败坏秦明的声誉。秦明虽被放回，可到青州府却被阻挡于门外，妻儿老小已被慕知府杀掉，走投无路之时，心中十分苦恼，遂说了上边这句俗语。宋江之计果然厉害，让秦明在前后为难之际，归顺了宋江，“上天无路，入地无门”反映出秦明此时既恨又恼的心理状态，宋江抓住他脾气暴躁的特点，运用计谋让其不得已归顺，并为他做媒以安其心。秦明的归顺带有很不情愿的情绪，不是走上梁山，而是在“上天无路，入地无门”时被逼上梁山，虽以后为梁山做出了一定贡献，但他的骨子里依旧有着归顺朝廷、为朝廷孝忠的观念，这也是由他的出身所决定的。

有缘千里来相会，无缘对面不相逢。

【注释】《水浒传》第三十五回。

【鉴赏】宋江和燕顺前往梁山探听情况，他们在路上的一个小酒店中，认识了石勇，宋江很高兴，于是便说了上面的那两句话。在中国传统哲学中，多讲究缘分，这个缘分本义是佛家术语，意为命中注定的机遇，多带有宿命论的色彩。施耐庵用这种因缘观，来解释梁山好汉相会既偶然又必然，其偶然即指相见的机会很少，其必然指他们前世注定相见，水浒英雄的相聚被冠以迷信色彩，说他们是天罡与地煞的相会团圆。实际上，行侠仗义，他们这种共同的性格特征，才是他们相聚的缘分，没有存在于他们身上的这种共同的价值观、人生观，他们是不会走到一起的。对于那种迷信的说法，我们应该有清醒的认识，毕竟作家是封建时代的文人，他的思想不可避免地带有那个时代的痕迹。

福无双至，祸不单行。

【注释】《水浒传》第三十七回。

【鉴赏】宋江同两个公人逃出穆太公家，仓皇来到浔阳江边，上了张横的贼船，待张横要杀宋江时，宋江后悔万分，感叹道："福无双至，祸不单行"。这句俗语，意思偏重于第二句，意思是倒霉的事情常接二连三的来临。宋江押解江州，这一路的确多难，在揭阳岭险些成了李立的刀下鬼，在揭阳镇，被穆春，穆弘兄弟追赶，到了浔阳江本以为脱离苦海，没成想一波未平，一波又起，张横要他们吃"板刀面"。若从辩证论来看，老子有言曰："福兮，祸之所伏，祸兮，福之所倚"，福和祸本是一对不可分割的矛盾，岂不闻古人言：塞翁失马，焉知祸福。宋江每次遇险，却都又化险为夷，这不光是靠运气，更多的是他的仗义疏财，扶危济困的"及时雨"的声誉，让他从灾祸中解脱出来、化悲为喜，结交了那么多好汉，也更提高了他在众好汉心中的地位，所以"福祸未卜，不可断言"。对于宋江的经历来说，他一生经历无数劫难，但每一次劫难之后，虽使他暂受痛苦，可从长远来看，却是他宝贵的人生财富。

世情看冷暖，人面逐高低。

【注释】《水浒传》第三十七回。人面一句：人的脸色随地位升降而变化。

【鉴赏】宋江来到江州牢城营，用银钱上下打点，既免受杀威棒皮肉之苦，又得到了到抄事房做事的美差。宋江惟独没有给节级戴宗送常例钱，一日宋江与差拨饮酒时，差拨劝他给戴宗些好处，这里作者加入此句加以评论。在封建社会中后期，随着城市经济的繁荣，那种以利益多少来衡量人地位多高的价值观开始占了统治地位，人们为了利而趋炎附势，世态炎凉，宋江深知此道，在牢城营中，大小人物得到不同好处，为了能见到戴宗，和他有面对面交流的机会，他故意不通"人面逐高低"的世情,惹戴宗生气,从而达到与他见面的目的。作者此处一方面用此句评论社会现实,另一方面巧妙构思,让读者对宋江反常理之举加以注意,吸引他们更感兴趣地在下文中寻找答案。

清波碧浪中间,一个显浑身黑肉,一个露遍体霜肤。

【注释】《水浒传》第三十八回。

【鉴赏】李逵因抢鱼与鱼牙子张顺发生冲突,先是李逵在岸上痛打了张顺,接着张顺又把李逵骗到水中,灌了一肚子水,这所引之句描写他们二人在水中搏斗之景。李逵皮肤黑,人称"黑旋风",张顺皮肤白,人称"浪里白条",作者巧妙设计这一场面,让二人在水中交战,把这黑色与白色放在一起,彼此映衬,让人颇感有趣。这一场面在形式美方面具有独特的审美价值。黑与白形成强烈的色彩反差,但由于"清波碧浪"的柔和色调作背景,使得这一反差又不显得过于突兀。这幅场景颇具魅力之处还在于,这是一场人与人的搏斗,因而能给人一种雄浑的壮美。但他们搏斗的环境——清波碧浪,却是柔和地呈曲线运动着,体现了一种柔美;因此,在这个场景中,壮美是偎依在柔美的怀抱中,作者将二者完美地结合。

他时若遂凌云志,敢笑黄巢不丈夫。

【注释】《水浒传》第三十九回。

【鉴赏】宋江发配江州期间,一日在浔阳楼上独饮,醉后写了一词一诗,上边所引便是诗中的后两句。

在古代,知识分子通过科举考试,以博取功名,光宗耀祖,以遂凌云之志,但在那些腐败的朝代中,真正的人才被压制,出现了许多怀才不遇之人。如我们较为熟悉的李白、杜甫等人,他们曾经渴望能够受到重用,以实现其经时济世之志,但在昏庸的统治者的抛弃下,他们只好以诗歌来为自己宣传。宋江亦如此,在浔阳楼所作一诗一词,因是其醉后抒怀又是独饮时所作,最能见其真心。宋江自谓"自幼曾攻经史,长成亦有权谋。恰如猛虎卧荒丘,潜伏爪牙忍受",抱负确实很大,但实际上以正常途径出人头地是没有多少希望的,一来当时是权臣当道,贤士屈沉的时代,二来论文宋江从未登过科甲,论武又无多大武艺。与此相比他用仁义之心,收罗天下好汉,啸聚山林,替天行道,以待招安,倒是一条成功的捷径,宋江也为此做了充分的准备。可见上山的根本目的仍是为了自己的功名,而要成就功名就要受招安,要争取受招安就要标榜"忠义"。因此标榜"忠义"对宋江来说,实是成就功名的最好手段和保证。对于宋江来说,要出人头地,上梁山是惟一的道路,所以他才会写下这样的诗,然而他与黄巢不同,黄巢敢于推翻唐朝统治,虽失败亦流芳千古,宋江一意忠于朝廷,不仅葬送了整个起义军，连自己的性命也搭上了，这反映了他身上固有的阶级局限性，不可能同黄巢一样敢于推翻北宋的统治，只以一种愚忠被朝廷利用，成为高俅等奸人以盗制盗的牺牲品。归根到底，都是由他这种追求个人功名利禄的自私性导致了这场轰轰烈烈的农民起义以失败告终。

早知今日，悔不当初。

【注释】《水浒传》第四十一回。

【鉴赏】宋江智取无为军烧了黄文炳的家，黄文炳得知从江州赶回，路上被张顺捉住，押到宋江面前。黄文炳只求早死，晁盖大声斥责黄文炳，说了上面的话。“早知今日，悔不当初”是一句俗语，意思是人们对现在的状况追悔不已。黄文炳阴险地想要通过告宋江谋反，从而得以升迁，殊不料“吉人自有天相”，宋江虽历经苦难，最终却被众好汉劫法场救出，共上梁山。“善有善报，恶有恶报”，黄文炳的下场咎由自取，死有余辜，但细细想来，作者巧借黄文炳之事，使得宋江被逼上梁山，足见其构思之功力，言语中尽现对黄文炳进行了严厉的批评与辛辣的讽刺。

只见就树边卷起一阵狂风，吹得败叶树木如雨一般打将下来。

【注释】《水浒传》第四十三回。

【鉴赏】李逵回家接老母，路上老母不幸被虎吃掉，李逵在沂岭连杀三虎，正在追赶身受重伤的母虎之际，狂风又起，一虎又出，这句话便是描写周围的环境。所引之句运用比喻手法，通过形象化的语言，将老虎出来时所引起的风写得又急又猛。自古道：“云生从龙，风生从虎。”要想写出老虎的凶猛，直接写则不如足力写出被老虎带来的狂风。李逵遇到的风是“从树边卷起”的，可见这虽不是大范围的风，然而是“狂风”，可见风之大。另外作者通过对树木的描写：“吹得败叶树木如雨一般打将下来”将风的猛烈形象化地表现出来。这一侧面描写写出了风的运动形式，是从树边地上卷起的，向上运动，最后将“败叶树木”打下来。这样虚写风，实则写虎，以风之猛来衬托虎之猛，这样写不仅大大渲染了虎的威力，而且也给读者留下了想象的空间，从而更好地体味老虎的气势，更好地反衬李逵的豪迈气概与勇猛过人。

布帘起处，摇摇摆摆地走出那个妇人来。

【注释】《水浒传》第四十四回。

【鉴赏】蓟州节级杨雄偶遇流落此地的石秀，二人挺投缘，杨雄遂邀石秀作客家中，唤其妻潘巧云与之相见。此句正是描写潘巧云挑帘而出的动作形态。作者准确地采取了石秀的视角，先见帘动，再见姿态，然后是“走”的动作，这样整个人的动作形态便完全写了出来。作者用“那个”两字修饰“妇人”，意谓对于石秀，那妇人已不是什么新信息，能引起石秀注意力的只是什么样的妇人。作者用“摇摇摆摆”形容潘巧云走路姿态，这种动作给人以一种轻浮风骚的感觉，通过动作描写将潘巧云的性格刻画了出来，让读者同石秀一样，在潜意识中对潘巧云这个人已经有了大致的认识。

这般时节认不得真。

【注释】《水浒传》第四十四回。

【鉴赏】戴宗往蓟州寻找公孙胜，在城中结识了卖柴的石秀。戴宗劝石秀“不若挺身江湖上去，做个下半世快乐也好”，并说了上面的话。戴宗的话中包含两层意思，从“这般时节”和“认不得真”两方面去理解。“这般时节”是朝廷不明，奸臣闭塞的时节，“这一时节”无情地批判了封建官僚集团的腐败统治，鲜明地体现了“官逼民反，乱自上作”的思想。“认不得真”意思即不必恪守为封建官僚集团服务的各项法律条令；既然朝廷昏庸不明，人民就不该服从它，就可以跟他对着干。但“认不得真”的归宿点却只是“只等朝廷招安了，早晚都做个官人”，最终结局还是要对封建集团“认真”，这句话一方面体现出梁山好汉同朝廷决裂，并进行顽强不屈的斗争精神，另一方面也体现出他们的局限性，“认真”的时候不是自己掌握政权，而是被皇帝招安之后，这一点是他们思想的局限之处，也是梁山起义失败的主要原因。

路见不平，拔刀相助。

【注释】《水浒传》第四十四回。

【鉴赏】蓟州节级杨雄路遇一伙泼皮相扰，被几个泼皮架住，动不得身，这时石秀出现，打散了众泼皮，救了杨雄。站在一旁观看的戴宗、杨林夸奖石秀的英雄行为，并说了上边所引那句谚语。石秀平生性直，路见不平，便要去舍命相护，这也是人们唤他“拼命三郎”的缘故。石秀这种无所畏惧，见义勇为的精神在梁山其他英雄身上也有体现，武松得知施恩被蒋门神抢去快活林，无故被打，心中不平，替施恩报仇。这些梁山好汉虽说个个勇猛，但并不是朝廷所讲的强人那样，他们有着高尚的精神境界。“路见不平，拔刀相助”体现了中下层人民在危难之中相濡以沫，相互救助的人道主义精神，这种精神也是梁山好汉得以被世人称赞的原因之一。

因为只好闲管，替人出力，以此叫做拼命三郎。

【注释】《水浒传》第四十五回。

【鉴赏】石秀住在杨雄家中，一日杨妻潘巧云请海阇黎做道场。谈话间二人眉目传情,相互勾引,被石秀撞见。石秀自我介绍时,说了上面的话。潘巧云和海阇黎之间关系不正常,石秀已有耳闻,只是这次让石秀更加印证了他的想法。那和尚"两只眼涎瞪瞪的只顾看那妇人身上。这妇人也嘻嘻地笑看着这和尚,"石秀看到此景怎能无动于衷,可毕竟这只是表面现象,没有抓到把柄,石秀不好明言。这里石秀采用隐语暗示的方式告诉那两个贱人石秀的为人"只好闲管,替人出力",告诫潘、海两人不要做有损于杨雄脸面的事,否则石秀是不会袖手旁观的,一定要舍命为杨雄出力。这里作者用简练的语言,将石秀勇敢、机智的性格刻画了出来。真可谓句句有力,字字含情。

莫信直中直,须防仁不仁。

【注释】《水浒传》第四十五回。直中直:正直无比。仁不仁:貌似仁义,实则不仁。

【鉴赏】海阇黎到杨雄家做佛事,潘巧云与这海和尚眉目传情,这一切都被在一旁的石秀所看到。这两句话便是石秀就此所发的感慨。这两句俗语主要是告诉人们不要被外边的假象所迷惑,应该看到人的本质。潘巧云与海和尚勾搭,表面上给人一种他们是施主和佛门之人的关系,在这层面纱的掩盖下,他们却做一些见不得人的事。石秀不光有勇,而且很有智慧,根据平日里潘巧云谨小慎微,不与下人随便说话的表现,与在海和尚面前浪声浪语的情形,两相对比,足见其不是个良人。石秀清醒认识潘巧云的本来面目,替杨雄除掉了这对奸夫淫妇。作者在此处用对仗工整的谚语,来说明石秀胆大心细的特点,塑造重义气,路见不平,拔刀相助的拼命三郎石秀的英雄形象。

醉是醒时言。

【注释】《水浒传》第四十五回。意谓酒后吐真言。

【鉴赏】杨雄从石秀处得知潘巧云与海阇黎的奸情,心中很恼火。知府让其舞棒助兴后,赏给几杯酒。杨雄酒醉后回到家中,说了一些怨恨潘巧云的话,此处作者以古语来说了这种原因。酒是麻醉剂,它能使人神经系统处于混乱状态,对于人的情感来说,酒能让人忘却暂时痛苦,也能让人将平时清醒状态下埋藏心底的话,不自觉地说出。杨雄在酒醉后,将其对潘巧云的埋怨之情部分地泄露了出来,让潘巧云有所准备,并将计就计诬蔑石秀,疏远了杨雄与石秀的情谊。酒后吐真言,固然让人感觉真诚,可说话不分对象,说者无心,听者有意,有时会产生相反效果,使人或事处于非常被动的局面中。作者此处一方面写杨雄嗜酒的特点,另一方面通过杨雄酒醉吐真言,使整个故事曲折动人,在此基础上突出石秀忠诚,不计前嫌,为朋友尽心尽力的美好品质。

不是两个性命相扑时,王矮虎却要做光起来。

【注释】《水浒传》第四十八回。做光:调情。

【鉴赏】宋江二打祝家庄,扈三娘前来为祝家庄助战,王矮虎因贪恋扈三娘的美色,急于求成,反而被扈三娘抓去,所引之句正是写王矮虎与扈三娘交战的情况。王矮虎是个好色之徒,看到扈三娘便主动应战,本想一个回合便捉过来,没想到一丈青如此厉害。王矮虎捉一丈青的心术不正,所以在阵前也就想做一些不规矩动作以调戏扈三娘。作者此处没有具体写王矮虎在战场上的表现,只是由一种场面外的假设入手,让读者自己想象,“不是两个性命相扑时,王矮虎却要做光起来”。到底王矮虎在场上做没做光,给读者一个疑问,答案自己去想。不管王矮虎在阵前有没有做光,但他势必会在不自觉中流露出这种意识。这句话给人以种种假设,但与后面情节结合来看,王矮虎在阵前肯定会或多或少有些“小动作”,这一假设把王矮虎的微妙心理曲折地表现出来,武艺不如扈三娘,若不注意交战,定会有性命之忧,可好色之性,怎能不产生一些邪念呢,虽不敢大胆做光,但也会在表情与动作间有一些显露。这一场面也反映出扈三娘的细心与敏感,她看出王矮虎的动机,利用其弱点将其制服。虽然这一假设并没有直接涉及当时场景的描写,却是这一场景描写中不可或缺的内容。

怒时肝胆尽横斜。

【注释】《水浒传》第四十九回。

【鉴赏】在介绍解珍出场时,有一首《临江仙》,“单道着解珍的好处”,上所引便是其中的一句。我国传统中医认为,在七情中,肝主怒,肝与胆又互为表里。因此常用“动肝火”、“肝火旺”、“放肝气”这样的词语表现人怒气时的情景状态。胆主勇气,说人勇敢,常说“胆子大”,说“肝胆过人”这都是勇气非常的意思。从上面可以看出肝与胆的关系是极为密切的。解珍是一位好汉,好汉之怒总会生发出勇敢,所以壮士好汉生气发怒时的程度也会超出常人。作者在这里充分利用肝胆的作用,将它们间的密切联系用夸张形象的比喻描写出来,创造出“怒时肝胆尽横斜”的英雄形象。使人们感到,壮士盛怒之际,连肝与胆都难以控制,似乎要在腹腔里横冲直撞起来。这里虽是极度夸张,但正是通过这一夸张,作者将壮士临敌时不屈的心理状态形象地表现出来。

玲珑心地衣冠整,俊俏肝肠语话清。

【注释】《水浒传》第四十九回。

【鉴赏】解珍、解宝被毛太公陷害,关入死囚牢,这死囚牢中小牢子正是乐和,此处有四句诗单赞乐和,上边两句便引自其中。作者只这两句便将乐和的神态气质生动地展现在我们面前,这“玲珑心地”,“俊俏肝肠”是由“衣冠整”,

“语话清”联想而来的，既然衣冠那么整洁，那人的心也一定是玲珑剔透的，因为这合乎人们的审美观，既然人的口齿如此清楚，那么他的内心也定会是俊俏无比，此处作者以肝肠代表人的内心。这是由表及里。同样我们仍可以反推此句，因为有了“玲珑心地”才“衣冠整”，因为有了“俊俏肝肠”才“语话清”的。这样写，既使功能、素质之类的抽象东西得到形象化的表现，同时也使内与外，功能与形象、素质与表现得到了完美的结合。

头醋不酽彻底薄。

【注释】《水浒传》第五十一回。酽(yán)：浓厚。彻底：一直到底。意谓事情开头不利，往后就一直不顺当了。

【鉴赏】雷横到勾栏里看戏，名妓白秀英唱完之后问众人收钱，第一个便是雷横，那日雷横身上并无一分半文，告诉白秀英改日再给，孰知白秀英不依不饶，说了些风言风语，上面这句便引自这里。白秀英依仗与县太爷有些私情，言语便尖酸刻薄，所说这句俗语，虽说比喻生动，使用在特殊语境意却非同一般。雷横是位正人君子，岂能撒谎，白秀英的这句话，好似对他的一个讽刺，心中岂能平静，这也就为他后来怒打白玉乔埋下了伏笔，这句话同时也将白秀英仗势气盛，蛮不讲理的性格刻画出来。“病从口入，祸从口出”，正是这些讥讽似的言语，给她带来了杀身之祸，也使雷横身陷囹圄，最后逼上梁山。

李逵猛恶无人敌，不见阎罗不肯饶。

【注释】《水浒传》第五十二回。

【鉴赏】柴进叔柴皇城刚死，殷天锡便带领一伙人来强占柴皇城的花园。柴进与他理论，反被他手下的闲汉毒打。李逵忍无可忍，一顿拳打脚踢，将殷天锡打死。作者于此处插入四句诗赞扬李逵，上边所引便是其中后两句。李逵是个独具个性的梁山英雄。他蔑视皇权，性格耿直，胸中永远燃烧着对不公平社会的仇恨怒火，随时都付之于行动，不能忍受任何压迫和欺侮，不怕困难，具有勇往直前的大无畏精神。在这里，李逵为了帮助、解救柴进，面对二三十个闲汉，毫无畏惧，“那二三十人却待抢他，被李逵手起，早打倒五六个，一哄都走了”。他不管殷天锡有知府撑腰，就“拿殷天锡提起来，拳头脚尖一发上”，直打到殷天锡“呜呼哀哉，伏惟尚飨”，方才罢休。对待恶人，李逵绝不肯留情，绝不肯慈悲。此两句深刻反映出李逵的性格特征，赞扬了李逵这种所向无敌的英雄气概，见义勇为的侠肝义胆，疾恶如仇的斗争精神。

条例，条例！若还依得，天下不乱了！我只是前打后商量。

【注释】《水浒传》第五十二回。

【鉴赏】高廉的妻兄殷天锡要强占柴进叔柴皇城的花园，柴皇城气倒在床上，奄奄一息。柴进要拿家中丹书钱券，依照条例与殷天锡打官司，李逵听后说了上面的话。李逵是个最具革命性的人，他的出身、经历使他对封建官场看得一清二楚，因此对于皇权、皇上也不存什么幻想，尽管为人粗鲁，但他很有头脑，对社会有自己的认识，事情后来的发展证明了李逵的论断，纵有丹书铁券，可柴进最后仍被高廉打得皮开肉绽，鲜血迸流。柴进吃亏就吃在了他过分相信条例，过分相信皇上为他主持正义，殊不知天下大乱之际，哪还有王法，哪还有条例可言。在这一点上李逵具有敏锐的观察力和清醒的头脑。条例依不得，正是天下大乱的标志，连柴进这样出身的人尚且得不到保护，更何况一般的老百姓呢？对于这种乱世，最好的办法就是反抗，正如李逵所说“前打后商量”，只有用武力反抗，才能为自己赢得一席之地。李逵的这句话含义深刻，充满着无穷的斗争精神，这也正是对他的最好写照。

只听耳朵边风雨之声，两边房屋树木一似连排价倒了的，脚底下如云催雾趱。

【注释】《水浒传》第五十三回。趱(zǎn)：催促，多与催放在一起。

【鉴赏】李逵与戴宗奉命去寻公孙胜，戴宗给李逵脚上也拴上甲马，作起神行法来，于是李逵行走如飞，文中这句便是形容这种感觉。对于神行法的神秘之处，作者以形象的比喻描写出来，读后使人产生出一种身临其境的感觉。首先从听觉上写，“只听耳朵边风雨之声”，其次是视觉，“两边房屋树木一似连排价倒了的”；最后的是腿部肌肉感觉，“脚底下如云催雾趱”。作者通过视、听、触三觉，将这让人神秘的神行术表现出来，更给人一种真实的感觉，很形象、生动。

我下去不怕，你们莫要割断了绳索。

【注释】《水浒传》第五十四回。

【鉴赏】梁山义军攻入高唐州，去大牢解救柴进，柴进三日前被推放到一口枯井中，生死未卜，众好汉赶到井眼前，李逵下去察看一下，李逵正待下井之时，忽然说了上面的话。人物的心理通过语言与行动表现出来，李逵这里一改往日豪爽、耿直之态，言语中多有些奸滑之意，这与他的性格形成强烈反差，给人一种忍俊不禁的感觉。李逵这次奸滑有其中原因，他自己解释道：“我去蓟州着了两道儿，今番休撞第三遍！”在去蓟州道上，被戴宗神行法戏弄，饿着肚子走了一天；其后又被罗真人用法术从天上抛到蓟州府厅，被府尹当做妖人关在牢中。“吃一堑，长一智”，李逵这次自然要防着点儿。这给人一种奸滑的感觉，却将心中的疑虑统统说了出来，这种“奸滑”已不同于真正意义上的奸滑，可以把李逵这种耿介爽直的性格特点更好地表现出来。正因为如此,李逵的“奸滑”成了绝妙的笑料,给文章增加了喜剧色彩。

胜败乃兵家常事。

【注释】《水浒传》第五十五回。

【鉴赏】呼延灼受高俅差遣,率兵攻打梁山泊。呼延灼两军阵前用连环马大败梁山军队,宋江逃回梁山,心中忧闷不堪,军师吴用宽慰宋江说了这句话。从辩证角度来看,胜败都是很正常的,战场上没有常胜的将军,有时候,败不一定是坏事,胜也未必能坚持到最后,正是“塞翁失马,焉知非福”。宋江以前的每次战斗也都不是马到成功。三打祝家庄,最后才取得了胜利。吴用这句话一方面安慰心中不快的宋江,另一方面向宋江指出胜败只是暂时的,胜可以转变成败,败可以取得最终胜利,在《水浒传》这部记述农民起义的小说中,这样的战例很多,只有想到好办法,找到失败的原因,就一定会取得胜利。果不其然,在汤隆的妙计下,梁山好汉赚金枪手徐宁上山,大破连环马,取得了大胜呼延灼的显赫战果,再一次证明了那句名言“胜败乃兵家常事”。

蛇无头而不行,鸟无翅而不飞。

【注释】《水浒传》第六十回。不:不能。

【鉴赏】晁盖率梁山军队攻打曾头市,不料在黑夜劫寨中上了两个假僧人的当,被曾头市兵马包围,混战中晁盖被史文恭用毒箭射中面门,无奈被送回山寨中。这时攻打曾头市的众头领心中烦闷,人心惶惶,作者用这句谚语写出了当时军队中的这种状况。战争中主将一方面起指挥全军作战作用,另一方面有稳定军心的作用。梁山泊出征曾头市,吃败战不说,还使寨主晁盖受伤,损失很严重,一时影响军心,群龙无首,最勇猛的军队也难以取胜。作者此处以对仗工稳的谚语,以形象生动的比喻,将梁山众好汉失去晁盖指挥后的混乱状态写出来,果然在后来曾头市军队的突袭中,又吃了败仗,众人心中更是苦恼不堪。从另一个角度来说,国不可一日无君,晁盖受伤病逝,意味着梁山泊头领将会推举一位新寨主,主持山寨大事,宋江无疑是最好人选。作者在此处用这句话暗示着宋江不久会代晁盖而成为新的领头人,起了一种铺垫的作用。

我思量平生学的一身本事,不曾逢着买主。

【注释】《水浒传》第六十一回。

【鉴赏】卢俊义打出四面旗子,要捉山上强人,并说了上面的话,还说:“今日幸然逢此机会,不就这里发卖,更待何时!”宋代苏轼曾在一首词中写道:“用舍由时,行藏在我,袖手何妨闲处看。”说明自己这一腔报国之心,国家用时,便倾尽全力，不用时，便独善其身。

像苏轼这样的志士仁人很多，他们将自己的一身本事当作货物来看待，得遇明主，便卖与识货的明主，若无人相识，便待价而沽。卢俊义武艺超群，反而无用武之地。才能不得发挥，实现不了自己的人生价值，只好“藏其宝物”，只想以待时机。此次受吴用卦文影响，出行避灾，表面上要做卖买，实际上所要卖的，正是自己“一身本事”。主动将这“一身本事”献于朝廷，足见其与苏轼的人生态度还有不同之处。他之所以想要捉拿梁山强人，无非是想扬名自己，以吸引朝廷注意，加以利用自己。前来围剿梁山的武官，他们大多也抱有这种目的。宋江以忠义之心将他们收服，实现了他们“将本事卖与识货人”的愿望，他们一方面可以在梁山中发挥作用，让世人尤其是朝廷对他们另眼相看，另一方面他们入伙动机还深受宋江招安之心的影响，无论怎样，受招安后，以一刀一枪博个封妻荫子，青史留名，总比默默无闻，怀才不遇强许多倍。这种思想基础也是宋江推行投降路线得到大多数人拥护的重要原因。

人怕落荡，铁怕落炉。

【注释】《水浒传》第六十一回。荡：水荡。意谓落在他人之手，由不得自己。

【鉴赏】卢俊义被吴用定计骗到梁山，卢俊义想捉拿梁山强人，被众英雄轮番相斗，以耗其体力。战过武松后，刘唐赶到，对卢俊义说了这番话。卢俊义是声名显赫之人。梁山英雄一方面想让卢俊义帮助攻打鲁头市，另一方面想借卢俊义之名宣扬梁山之威。吴用之计可谓神机妙算，用众好汉连斗卢俊义以挫其锐气，并活捉卢俊义，这样的英雄也有其弱点，所以作者用此两句谚语，写卢俊义勇猛但也无奈，只好不吃眼前亏，上山与众好汉相见，但其内心此时仍不愿意落草。吴用巧妙让其奴李固看到梁山对卢俊义优待，并告诉他，卢俊义将要做第二把交椅。这为以后李固诬告卢俊义谋反提供了根据。从此句，我们可以形象地看出吴用此计的高妙之处。

砖儿何厚，瓦儿何薄。

【注释】《水浒传》第六十二回。意谓待人厚薄不均。

【鉴赏】卢俊义被众好汉请上梁山后，连日的酒筵款待，劝说卢俊义入伙，卢俊义执意不可，宋江等人只好请卢俊义多住几日，又是连日的酒席，待要出发上路时，众头领却不愿意，说了这番话，意要卢俊义一视同仁，吃他们的酒席。卢俊义无奈，只好再住几日。其实这种苦苦相留的举动，也是宋江、吴用一手策划，他们让李固回去造谣生事，给卢俊义断了后路，让他只好上梁山。所引这句话显示出当时宋元语言文字的丰富，借形象的比喻，表达一种含蓄的不满，诱卢俊义在梁山多呆一日,这样逼他上梁山的可能性又多了一分。从这里也可以看出宋江、吴用定计的周全。

三骑马向征尘影里,转灯般厮杀。

【注释】《水浒传》第六十四回。

【鉴赏】关胜进剿梁山泊,与宋江两军对阵。林冲出战关胜,接着秦明飞马出来夹攻,三骑马杀成一团。所引这句形象生动地表现出战场上厮杀的激烈程度。用"转灯"形容三骑马厮杀,"转灯"即走马灯,这里取其团团转的特征与三人厮杀相类似,由于三人在交战中,自觉地形成三角之势,所以在不断调整位置中,永保三角之势的平衡。因此在这种情况下,自然便会如转灯般转来转去,使人目不暇接。再加上这"转灯般厮杀"是在"征尘影里"进行的,这样就使三骑马显得蒙蒙胧胧,忽隐忽现,更令观者眼花缭乱,应接不暇,不觉对着这壮观宏大的场面,发出不断的赞叹,更佩服他们这种誓死力争的精神。

一个似北方一朵乌云,一个如南方一团烈火,飞出阵前。

【注释】《水浒传》第六十七回。

【鉴赏】单廷珪与魏定国率军征剿梁山泊,关胜赶到半路截住厮杀,单、魏二将骤马齐出,所引这句描绘出他们二人出阵时的气势。单廷珪号称圣水将军,魏定国号称神火将军。按阴阳五行学说,水于颜色中主黑色,于方位中主北方,火于颜色中主红色,于方位中主南方。因此文中说单廷珪"似北方一朵乌云",魏定国"如南方一团烈火"有其文化上的原因。这样写来,使上下两句对仗工整,给人一种对称美。这种美也从他们二人装束打扮中体现出来,从头盔到战袍、战马,单廷珪无一不黑,魏定国样样皆赤。作者以一种素描式的方法,将二将的主要特征勾画出来,把他们在气势如虹的战场上,英姿勃发之态刻画出来,在骤马飞奔的战场,他们的战袍随风飘舞,更使人产生一种幻觉。

国以信而治天下,将以勇而镇外邦。

【注释】《水浒传》第六十八回。以:凭。

【鉴赏】梁山军再次攻打曾头市,史文恭派兵劫寨,中了吴用之计,死伤无数,曾长官和史文恭见前路渺茫,向梁山泊写降书,要求请和,宋江写信回复,所引两句出自于这封回信中,另有二句"人无礼而何为,财非义而不取"。这几句诗,体现出宋江以忠正信义为原则,以替天行道为己任的治理梁山泊的策略。作为书信,此四句写得不卑不亢,深明大义。从外交辞令上来看,写得语言朴实却饱含深意,把梁山泊的英雄气概写了出来。另外,从诗中所宣扬的忠义思想,能看出宋江的人生观,价值观,他深受封建儒家思想影响,对统治者不敢僭越,只想死心塌地尽自己的一片忠心，岂不知在宋朝末期那个昏庸、腐败的年代，这种忠义之心只能是一种“愚忠”的思想。在那个黑白颠倒、“礼崩乐坏”的年代，对腐朽的统治者讲仁义道德又有何用。这种看似充满爱国正义的情感，其实反映出宋江在思想上落后的一面，而这种思想的直接表现便是愿意让朝廷早日招安，以尽臣子忠心报国之务。这几句诗虽只是交战双方书信中的语句，但有其深层含义，从中我们可以更为清楚地认识到宋江身上的那种浓厚的封建礼教思想，也可以发现梁山泊起义的历史局限性。

楼台上下火照火，车马往来人看人。

【注释】《水浒传》第七十二回。

【鉴赏】元宵节，宋江带柴进等头领前往东京看灯，书中于此处插入上面这二句诗，描写了东京城元宵夜的热闹景象。随着商业的迅速发展，北宋时期出现了几个比较繁华的大城市，东京便是其一，这二句便极尽东京繁华之态。从诗句来看，这二句对仗非常工整，且又互相映衬。前一句“火照火”乃无意之照，后一句“人看人”为有意相看。二者相对照，概括地写出了元宵夜之景象。“楼台上下”写灯火的繁多，由地面直插高空，“车马往来”，说游人之多，车水马龙，川流不息。人本来是看灯的，但今天人人都打扮漂亮，所以人也成了看的对象。作者选取元宵灯节中两个代表性意象，灯与人，一静、一动，两相对照，仅用此十四个字，便将东京元宵盛况展现在读者面前，足见作者语言把握运用上的高超技巧。

从顶门上不见了三魂，脚底下疏失了七魄。

【注释】《水浒传》第七十四回。

【鉴赏】燕青在泰岳与任原比试相扑，将任原摔下献台，台下一片大乱，李逵便打将起来。知州听到此事，吓得魂飞魄散。作者用此句将知州的狼狈样刻画出来。魂和魄是人们一种迷信化的东西，人人都说，可谁也没见过，作者巧妙运用化虚为实的手法，写出了魂与魄这二种想象中的事物，让它们活动起来，如句中所写“顶上不见了三魂，脚底下疏失了七魄”，从最上面的顶门，直到最下面的脚底，这样使魂魄成为具体的运动的东西。从而以形象化的笔法，把惊魂不定的知州的丑态活灵活现地写出来。

你的皇帝姓宋，我的哥哥也姓宋，你做得皇帝，偏我哥哥做不得皇帝。

【注释】《水浒传》第七十五回。

【鉴赏】陈太尉到梁山泊招安，诏书刚读罢，被李逵抢过，撕得粉碎。李逵骂道：“你那皇帝正不知我这里众好汉，来招安老爷们，倒要做大！”同时又说了上面所引的这段话。人物的性格是通过语言和行动刻画出来的,这句话将李逵的性格展现出来,把一个看似莽撞实则具有最强革命性的李逵刻画出来。李逵并不知宋朝的"宋"不是皇帝的姓,只误将国号与姓混为一起,认为凡是姓宋的都可做皇帝,看似蛮不讲理,但深刻地表明了李逵蔑视皇权的革命思想。李逵的出身使他少了一份受封建传统思想"毒化"的机会,多了一份对社会、对统治阶级清醒认识的强烈革命意识。他在皇帝面前加上了"你的"二字,表现了他对宋徽宗不承认的态度,他的皇帝观是只要英明,关心人民,有能力领导国家即可,这样,仗义疏财,扶危济困,深得民心的宋江便是他所认为的典范皇帝。这里李逵虽说是姓宋的可以做皇帝,实际上反映的是在皇权面前人人平等的思想。不过李逵的思想虽很革命,但毕竟没有意识到皇帝的存在本身是不合理的,这反映出李逵的历史局限性,这当然不是李逵本人的责任,他不可避免地带有旧的制度的印记。但这句话,将李逵性格中爱憎分明,蔑视皇权,忠心于山寨的特点表现出来。

纵使宋朝负我,我忠心不负宋朝,久后纵无功赏,也得青史上留名。

【注释】《水浒传》第八十五回。

【鉴赏】宋江屡败辽兵,辽国派使臣招安宋江等,吴用劝宋江"从其大辽",宋江遂说了上面的话。从上面我们为宋江的这种爱国之情而深深地赞叹,同时又感到他的"迂",这种对皇帝无怨无悔的爱与忠,这种视"青史留名"强于"荣华富贵"百倍的思想,也是梁山起义失败的主要原因。宋江要想"青史上留名",必须要忠于朝廷,所以他把"忠心不负宋 "看得比自己的生命还宝贵。宋江的话其实也代表了被逼上梁山的许多英雄好汉的思想。花荣临死时就对吴用说:"今已姓扬名显,天下皆闻。朝廷既已生疑,必然来寻风流罪过。……如今随仁兄同死于黄泉,也留得个清名于世,尸必归坟矣。"封建官僚中的一些人,也很了解起义军的这种思想,如张叔夜曾说:"这一般人,非在礼物轻重,要图忠义报国,扬名后代。"正是起义军中的这些人把扬名与忠义紧紧地联系在一起,所以才会迫不及待地接受招安,虽说忍辱负重,屡屡受到迫害,却九死尤未悔,导致轰轰烈烈的起义以众好汉的悲惨结局而告终。

但见上下天光一色,金碧交加,香风细细,瑞霭飘飘,有如二三月间天气。

【注释】《水浒传》第八十八回。

【鉴赏】宋江征伐辽国,无计破辽军混天象阵,正在帐房中纳闷,忽见二青衣女童奉九天玄女之命前来相请。宋江随之出帐,上边这句即描写外面一片春光之景。既是描写仙境,自然给人一种不同凡境的景象,在祥光瑞照中,瑞霭缥缈,给人一个和谐、安宁的感觉,毕竟是仙境,这种境界人所罕见且不易体会。

最后一句打破这种隔膜，使人想到桃红柳绿、莺歌燕舞的明媚春光，这春光无论对谁都有一种特殊的魅力，更何况正处于烦闷之中的宋江，心情必定会为之一振。读者读到这里，立刻会用他们关于春天的美好体验将这可望而不可即的仙境具体化起来。“有如二三月间天气”，语短却含深情，清丽之句自然胜过无数美丽而又虚幻的词藻。

诈文伪武，左右多狼心狗行之徒；好赂贪财，前后悉鼠目獐头之辈。

【注释】《水浒传》第八十九回。

【鉴赏】宋江大破辽军一直打到辽国燕京城下，辽国郎主竖起降旗，遣丞相褚坚往东京奉表纳臣，请罪纳降。上引两句即出自所上表章。尽管表中所言只是辽国朝廷，实际上作者借此将北宋王朝没落腐朽官僚集团的现状表现出来，比起辽国来有过之而无不及，这次辽使能够顺利得到宋朝天子的宽赦，在很大程度上靠的就是贿赂宋朝的臣僚。对此书中有详细的记述：“此时蔡京、童贯、高俅、杨戬并省院大小官僚，都是好利之徒。却说大辽丞相褚坚并众人，先寻门路，见了太师蔡京等四十大臣。次后省院各官处，都有贿赂。各各先以门路馈这礼物诸官已了。”这些记述将宋朝官僚贪财之丑态，腐败之面目表现出来，因此这两句客观上是辽使的自贬，但在实际上是对北宋王朝辛辣的讽刺。

一声低了一声高，嘹亮声音透碧霄。空有许多雄气力，无人提处谩徒劳。

【注释】《水浒传》第九十回。谩：空。

【鉴赏】宋江等征辽方罢，回到京师不久，又被派去征方腊。出师前，宋江与卢俊义在东京城中，见一个汉子卖一种叫做“胡敲”的东西，宋江见之有感，做诗两首，上边所引即其中第一首。宋江所见这个东西，是“两条巧棒中穿小索，以手牵动，那物便响”。宋江见物生情，遂生感慨，明是咏物，实则咏怀，抒发自己心中的感想。以物喻人，正如宋江说的：“这胡敲正比着我和你，空有冲天的本事，无人提携，何能拆响。”宋江此处所指提携之人，指的就是宿太尉。对此宋江解释道：“我等非宿太尉一力保奏，如何能勾天子重用，声名冠世，为人不可忘本！”宋江等梁山好汉被招安后，本想为国出力，扬名显世，可屡遭奸人算计，就是在出征辽国，为北宋扫除了一个潜在的隐患之后，也没有被皇帝重用，只给了宋江一个皇城使的小官，英雄好汉，空有一身力气，却无人“识货”，反倒让人提挈，可悲，可叹。宿太尉虽说对宋江等人有照顾之恩，但他毕竟力小势微，这个靠山是靠不住的。宋江将自己封妻荫子、青史留名的希望寄托在招安上，又将招安的希望寄托在宿太尉的提携上，这样一步步地将自己的命运交到别人手中，失去梁山泊那自在自由的境地，寄人篱下毕竟是很难受的，宋江借此诗感叹自己坎坷经历，庆幸得到宿太尉的提携，但从另一个角度来看，这首诗正好反映了宋江等人受招安后的可悲处境,“空有许多雄气力,无人提处谩徒劳”,也是梁山好汉招安后,像“胡敲”一样默默无闻以待“识货”者的“提携”。

徒弟一去数年,杀人放火不易。

【注释】《水浒传》第九十回。

【鉴赏】宋江等征辽事毕,鲁智深引宋江等同往五台山参礼智真长老。智真长老见到鲁智深时,说了上面的话。智深长老的话充满着异常幽默的趣味。智深是他的徒弟,然而又是个“杀人放火”的徒弟。可智真长老深知“鲁智深是个了身达命之人,只是俗缘未尽,要还杀生之债,因此教他来尘世中走这一遭。”智真长老说这样的话,既是对鲁智深多年来“杀富济贫”行为的慰劳,也是对这种佛家所认为“不义”行为的嘲讽。一语而多义,颇让人感到佛家之语的智慧与通达。智真长老也知道鲁智深的所作所为,“忠心不害良”,心中也有一种赞叹之情。佛法不变,修身百途,对于鲁智深在血与火的战场中,方可修得正果,智真长老的话语饱含了太多的深意,让人回味无穷,不觉称妙。

总教掬尽三江水,难洗今朝一面羞。

【注释】《水浒传》第九十五回。掬:捧取。三江:泛指众多水道。

【鉴赏】北军乔道清用妖术打败宋军多次,有一日交战,乔道清起初用妖术把宋军冲散,正欲追赶之际,宋军中有神人公孙胜将其法术破了,化险为夷。宋军骂道:“乔道清妖贼,如今有高强的来了。”乔道清听后羞愧万分,垂头丧气,文中用这二句俗语来描写此时乔道清的心理。乔道清自以为法术颇高,胜了几仗,便沾沾自喜,殊不知“强中自有强中手”,公孙胜的法术更胜他一筹,自然让他羞愧不已。《水浒传》中多夹杂些迷信的情节,这一段便如此,虽说反映出作者的一些局限性,可从另一个角度来看,宋江征田虎,上合天意,下顺民心,自然会取胜。加入这一段故事,可以使情节生动曲折,另一方面用乔道清这一人物衬托出公孙胜的法力无边。写乔道清的这二句俗语,把他那种当众出丑的羞辱心理刻画出来,从另一个侧面也赞扬了公孙胜。

单丝不成线。

【注释】《水浒传》第一百八回。意谓力量单薄不能成事。

【鉴赏】宋江攻打荆南城,萧让、金大坚、裴宣在去宛州路上被梁永派人抓住,他们被解到荆南城中,宋江大怒,命军士奋勇攻城,荆南城指日可破,城内人心惶惶。城中忠义之士萧嘉穗志气高远,度量宽宏,平日里早想推翻作恶多端的梁永,只是“单丝不成线”。这次宋兵围城,萧嘉穗在城中煽动百姓,反抗梁永，并杀死贼兵，打开城门迎接宋军。文章以此来说明萧嘉穗的忠义之心，从国家大局出发，拥护宋军，反对王庆。单丝岂可成线，只有在宋军对敌人进行的气势逼迫中，才显示出萧嘉穗的英雄本色，这里作者用俗语将有高度责任感，以城中百姓安危为己之安危的萧嘉穗的形象刻画出来，既写出了他的英雄行为，也写出了他的英雄行为发生的动机及发展过程。

得之易，失之易；得之难，失之难。

【注释】《水浒传》第一百十六回。

【鉴赏】柴进与燕青打入方腊宫中，方腊见柴进气质风度，言谈举止，大方有雅量，颇为喜欢。一日论起方腊之龙气帝业，柴进大加赞扬，评说方腊的帝王之气。方腊感叹自己土地被宋江夺去许多，柴进引用此话，并奉承方腊不久会踏入中原，一统天下。这句话虽是柴进劝慰方腊之言，可实际上也反映出一定的哲理，得到容易，便不觉珍贵，失去时自然容易；得到艰难，更觉来之不易，百般呵护，自然失去也困难。宋江为梁山之主轻而易举，不久招安后也失去这种地位，方腊得江南州县易，失去也必定很快，这句话中蕴含朴素哲理，言简意赅，耐人寻味。

善恶到头终有报，只争来早与来迟。

【注释】《水浒传》第一百十九回。

【鉴赏】宋江剿平方腊后回到京师，一行人等都得到了皇帝的封赏。宋江、卢俊义官位显耀，好不光荣。方腊在东京市曹上被凌迟处死，剐了三日示众。书中于此处加入一段诗评论，所引两句便选自这首诗中。作者站在封建正统思想的立场上，对宋江大加赞扬，对方腊贬斥不已，以一种因果报应的思想，看待宋江得以加官晋爵，方腊被凌迟处死。

其实，宋江和方腊他们都是农民起义军，只不过一方受到招安，另一方与朝廷继续对抗，皇帝以盗制盗，让他们互相残杀，削弱力量，表面上看宋江胜利显名，方腊事败而灭，实际上他们都是封建王朝中的牺牲品，腐败的宋王朝没有因宋江的招安而有一毫改变，相反正是因为宋江等人的愚忠，才使得北宋王朝得以苟延残喘。轰轰烈烈的梁山起义，以众弟兄们的悲惨命运，宋江的衣锦还乡告终，不知是福是祸，宋江心里又做何想法，虽然他们都获得了显名于身后的荣誉，可这荣誉与他们的初衷又有多少一致之处呢？思而想之，不知这善恶报应说的是宋江，还是方腊。方腊起义被镇压而失败，那么同是农民起义的宋江，在兄弟鲜血染成的官袍的掩映下，更是可悲可怜，或许这也是一种报应。

《西游记》名句

山高自有客行路，

水深自有渡船人。

——《西游记》第七十四回

骑着驴骡思骏马，官居宰相望王侯。

【注释】《西游记》第一回。

【鉴赏】这一章回中孙悟空希慕长生不老之术，远游南赡部洲地界，参访仙道而无缘得遇，见“世人都是为名为利之徒，更无一个为身命者。”由此作者感慨：“争名夺利几时休？早起迟眠不自由！骑着驴骡思骏马，官居宰相望王侯。只愁衣食耽劳碌，何怕阎君就取勾？继子荫孙图富贵，更无一个肯回头！”

吴承恩自幼喜欢野言稗史，曾在《离鼎志》中说：“虽然吾书名为志怪，盖不专明鬼，时纪人间变异，亦微有鉴戒寓焉。”这同样说明《西游记》类神魔小说写的虽是神仙鬼怪，其实着意表现的还是“人间”。所以说该诗句寄寓了作家对明代中期行伍日雕，科役日增，机械日繁，奸诈之风日竟的社会现象和世人“曲而跽，俯而趋，笑语相媚，妒党异同，蝇营鼠窥，射利如蜮”的普遍社会心理的揭露和批判。

在艺术上该句语言简洁洗练，正合作家“近世之风，余不忍详言之也”的慨叹，寥寥数语而深意暗含。同时作者运用比喻、讽刺手法形象生动地展示了贪得无厌、狂迷心态的世俗人物。

花果山福地，水帘洞洞天。

【注释】《西游记》第一回。

【鉴赏】这两句诗是花果山水帘洞正当中石碣上所镌对联。作者笔下的花果山丹崖怪石，其中多有灵禽异兽，孙悟空受天真地秀诞生于此，此后率领一班猴孙居于水帘洞中。在这样的所在他们“日日欢会……不伏麒麟辖，不伏凤凰管，又不伏人间王位所拘来，自由自在”，“朝游花果山，暮宿水帘洞，合契同情，……不胜欢乐。”所谓的“福地”、“洞天”正是对这里环境与他们生活的高度概括。诗句体现了作家对黑暗丑恶的社会现象的不满和对自由的向往，寄托了他“佞人远，古道还”的政治愿望和社会见解，幻想封建统治制度的改良。这样的福地洞天也正为塑造典型环境中的典型人物：追求自由，勇于斗争，敢于反抗的孙悟空作了充分准备。诗句纯用名词联缀，而起到了意在言外的效果，造成了广阔想象空间，语言精练准确、对仗精工。

千株老柏，带雨半空青冉冉；万节修篁，含烟一壑色苍苍。

【注释】《西游记》第一回。

【鉴赏】孙悟空在樵夫指点下入灵台方寸山斜月三星洞拜见须菩提祖师，“挺身观看”但见洞前“烟霞散彩，日月摇光”，有“千株老柏，万节修篁”。此处所录诗句正是对老柏修篁的具象描绘。

诗句从整体看采用了对偶的手法，增强了诗句的韵律、节奏感。诗中虽不见人而处处显现，以孙悟空视觉的转换从低到高，由近到远来写，使画面层次分明。诗歌语言极为简练，能于寥寥数笔之间勾勒出神仙所居之地的独特之处，并创造了一种含蓄朦胧，迷离恍惚的意境美，大有王摩诘“诗中有画”之神韵。全句“千株”、“一壑”极言柏竹种植数量之多，“半空”、“修”言其高大挺拔，“青冉冉”、“色苍苍”则是描绘柏竹青翠葱茏的色泽。作者在这样的精炼描绘下又采用了比喻的手法进一步具象勾勒。数千株参天老柏青翠浓郁、枝繁叶茂犹如远处飘来的蒙蒙细雨，这样写不仅创造了意境美，而且化静为动，给画面增添了动态美。下句万节翠竹色调沉郁，给人一种如烟似雾的感觉，用一“含”字就体现了视觉上烟的虚无缥缈，变幻迷离。多样的艺术手法构造了一个清幽宜人的神仙居处。

世上无难事，只怕有心人。

【注释】《西游记》第二回。

【鉴赏】此语为须菩提祖师传授孙悟空腾云之法时的教诲。在民间这两句话广泛流传，因为它于浅显之中寓含深意，富有哲理意味，体现了“人定胜天”的思想。它告诉人们只要善于创造并利用各种条件去化解面临的困难及存在的矛盾，就会化难为易，取得成功。彭端淑《为学》中曾说：“天下事有难易乎？为之，则难者亦易矣；不为，则易者亦难矣。”这句话为这句诗作了最好的注解。

超出三界外，不在五行中。

【注释】《西游记》第三回。三界：佛教用语，指欲界、色界、无色界。五行：指水、木、金、火、土五种物质。

【鉴赏】此语出自第三回，孙悟空宴饮醉卧铁板桥边被勾魂鬼强行带入“幽冥界”，说他“阳寿该终”，孙悟空听说，道：“我老孙超出三界外，不在五行中，已不伏他管辖，怎么朦胧，又敢来勾我？”

佛教认为有情众生包括具有食欲、淫欲的众生，已离食、淫二欲的众生和无形色众生。他们分别居于三种渐次推进的境界中，即欲界、色界、无色界。中国古代朴素唯物论又认为天地万物都是由水、木、金、火、土变化构成的。所以孙悟空既然说已经超升出这三界自然也就不受五行所辖了。在孙悟空身上体现了吴承恩对绝对自由的向往，他想要打破佛家生死定数“天道轮回”的说教，达到“修仙得道，与天齐寿”的境界。这种反抗精神促使他作出大胆的叛逆行为如闹龙宫以及此后的闯地府等等。所录诗句正是极富个性化的人物语言，淋漓尽致地体现了他超越自卑，力求自在的个人欲望。

美不美，乡中水；亲不亲，故乡人。

【注释】《西游记》第五回。

【鉴赏】这句俗语是孙悟空乱蟠桃偷仙丹之后逃入下界与众妖宴饮时所引的民间语汇，极富表现力并且通俗易懂。作者采用了神话幻想的艺术形式表现广阔的社会现实，作品中孙悟空以及他周遭的众怪的言行正是现实中芸芸众生的反映。千百年来，农耕一直是中国人赖以生存和繁衍子嗣的主要途径，人们形成了浓重的小农经济意识，祖祖辈辈的命运都附系于这块土地上各依乡井，生生不息。所以说孙悟空在独享佳肴美酒时会想到"那玉液琼浆，你们都不曾尝着"。这句朴实无华的诗句正是作者以及中华儿女浓重乡土情结的体现，在艺术上也体现了吴承恩语言运用的灵活自如，使人物语言极富口语化而且晓畅明了。

强着为尊该让我，英雄只此敢争先。

【注释】《西游记》第七回。

【鉴赏】这句话是孙悟空逃出八卦炉，于灵霄门外面对如来质询时所说的话："灵霄宝殿非他久，历代人王有分传。强者为尊该让我，英雄只此敢争先。"

吴承恩塑造的孙悟空这一形象是一个大胆的、富于斗争精神的人物。从某些方面看，简直有点无法无天。他不理睬天宫神圣不可侵犯的说教，敢于抡起金箍棒，打上灵霄宝殿，说道："他（玉帝）虽年劫修长，也不应久占在此。"自认为"悟太玄，炼就长生多少法，学来变化广无边"。提出"强者为尊该让我，英雄只此敢争先"的口号。在他身上集中体现了人的本体意识的觉醒，对生命价值实现问题的思索，同样也表现了对统治阶级"轻贤"、"不会用人"等等方面的责难与反叛，这又是作者对明代社会现实以及传统的不满与反叛的曲折反映。

皇帝轮流做，明年到我家。

【注释】《西游记》第七回。

【鉴赏】这句话在民间广泛流传着，一向被视为蔑视皇权，敢于反抗斗争的豪言壮语。确实，数千年的封建统治秩序不外乎一朝一代一家一姓的家天下，这样大一统的皇权社会灌输和要求人民的就是三纲五常、逆来顺受的封建正统思想，谁敢篡夺皇权，谁就会被视为大逆不道的乱臣贼子。正如胡适先生在《中国章回小说考证》中曾说孙悟空的这些话"简直是革命的檄文了！美猴王的天宫革命，虽然失败，究竟这是一个'虽败犹荣'的英雄！"但是，不可否认孙悟空对皇权的蔑视与反抗也带有严重的时代和阶级局限性，这也是小农意识的体现。他反对玉帝的轻贤无能，但并不否定皇权，他的理想也就是由自己这样的"强者"或"英雄"去取而代之。在孙悟空身上可以看到吴承恩的影子，在他思想里对统治阶级的批判，目的只不过是希望使之“改邪归正”罢了。

禅心朗照千江月，真性清涵万里天。

【注释】《西游记》第八回。禅心、真性：都指佛性，即佛教的最高本体。

【鉴赏】第八回如来传经，指解源流，敷衍大法，宣扬正果，但见那天龙围绕，花雨缤纷，作者赞道：“禅心朗照千江月，真性清涵万里天。”赞扬了佛性的广大无边。大乘佛教以成佛为目的，认为佛性本有，佛性内在地、先天地存在于每个人的本性之中，只要明心见性，即可成佛。而一旦达到成佛的境界，那时心性便广大光明，无所不包，无所不容。

诗句对仗精工而又极富艺术表现力，用了两个比喻即禅心如朗照千江之月，真性如清涵万里之天。作者用月的皎洁与晴空的辽远来比喻佛性的广大无边，化深奥为浅显，形象生动同时极富感染力，创造了一种画笔不可到之意境，合于佛家教义，给人一种清幽旷远、安适恬静的美感，唤起人们对成佛悟道的渴望与追求。

人心生一念，天地尽皆知。善恶若无报，乾坤必有私。

【注释】《西游记》第八回。

【鉴赏】这是第八回中慨叹孙悟空困于五行山下五百余年而作。大意为天地有情，人的善心恶念，天地都知道。为善的与为恶者若没有获得相应回报，天地必定有私。结合章回中孙悟空闹天宫所遭压伏即是指天地是禀公无私的，为善者必获善报，造恶者必有恶报。诗句体现了吴承恩思想中佛法无边，因果报应和宿命论等宗教迷信思想，并用孙悟空的遭遇这一具体事件的描写把这种迷信说教具体化了。在书中天地乾坤自然成为统治阶级意志的化身，而因果报应当然也是为统治阶级利益服务的。随着这一哲理意味的演变，劳动人民也常用以表达良好的善恶观念和愿望，在特定的历史条件下它更易为人民群众所接受，反映一定的民意、民心。

依着官法打杀，依着佛法饿杀。

【注释】《西游记》第八回。

【鉴赏】所引诗句出自第八回观音菩萨奉旨上长安，路遇八戒，劝他弃恶从善，谋取前程。猪八戒发牢骚：“前程！前程！若依你，教我嗑风！常言道：‘依着官法打杀，依着佛法饿杀。’去也！去也！还不如提个行人，肥腻腻吃他家娘！管甚么二罪，三罪，千罪，万罪！”

作为一部具有社会意义的神魔小说，它反映了作者所处时代吏贪官横，民不聊生的社会现实。前一句作者概括了这种官官相护，徇情枉法，贪赃行贿的黑暗腐败现象。衙门朝南开，有理无钱莫进来，所谓的"官法"维护的只是有钱人即统治阶级的利益，而老百姓只能是被"打杀"。封建统治者鼓吹宗教，实质上就是教人逆来顺受，不去反抗。所以"依着佛法"结局只有"饿杀"。两句谚语极为简练准确，一针见血地指出了所谓官法和佛法的虚伪和二者互为倚重，共同压榨的本质，同时也反映了作者对当时封建秩序、法律和宗教的不满情绪。

平沙无雁落，远岸有猿啼。

【注释】《西游记》第八回。

【鉴赏】这两句诗极为精当地刻画出了流沙河的荒凉冷寂，人迹罕至。"平沙"一词概括出了流沙河"经过有八百里遥，上下有千万里远"的平坦无垠。"无雁落"使人联想到河岸的寂寞荒凉，试想连飞鸟都不栖息"那里得客商来往，何曾有渔叟依栖?"所以这三个字明为写雁，实暗写此处寂寥无人。第二句更用猿声从远处若有若无传来以猿声来衬托河岸的寂静清空，拓展了静的深度和广度。这样作者以不多的物象勾勒出了流沙河洋洋浩浩，漠漠茫茫，空荡荡、死沉沉，空寂冷落的气氛，为刻画沙僧的神出鬼没创造了一个典型环境，可谓环境描写之佳句。

蓑衣当被卧秋江，鼾鼾睡，无忧虑，不恋人间荣与贵。

【注释】《西游记》第九回。

【鉴赏】这是长安城泾河岸边两位贤人渔翁张稍与樵夫李定吟诗抒志所作《天仙子》一首中的名句。这番话以凝炼形象的方式体现了渔翁寄情山水，永葆高洁的人生理想和志向。"蓑衣当被"是抒写自甘淡泊的情怀，"卧秋江"表达了寄情山水的乐趣，真的是"一觉安眠风浪俏，无荣无辱无烦恼"，作者用寥寥数语就刻画出了这种无忧无虑，自在无为，逍遥自得的理想生活，这样的表达往往比人生理想的直接抒写更具艺术魅力，更能吸引那些以"自甘淡泊，随缘而过"遨游于水秀山青之中为理想的士人。

昨朝面上桃花色，今日头边雪片浮。

【注释】《西游记》第十一回。

【鉴赏】这两句诗大意是说光阴荏苒，稍纵即逝，昨日还是人面桃花，转眼便为白发苍苍。录自章回回前诗句："百岁光阴似水流，一生事业等浮沤。昨朝面上桃花色，今日头边雪片浮。白蚁阵残方是幻，子规声切想回头。古来阴骘能延寿，善不求怜天自周。"

从全诗来看，虽然极富于宗教色彩的说教，但其中所富含的内涵确有警策人心的力量，只有积善行德才能把握似水流年，才能延年益寿。这在今天仍具有一定的教育意义。从艺术价值来看,这两句诗对仗相当工整,更为重要的是运用了比喻、夸张、对比的手法突现了人生历程昨是今非的巨大变化。“昨朝”、“今日”时间变幻如此迅速,生命如此短暂,昨天还像斑斓桃花,今朝已银丝如雪。作者就是采用这样的手法达到了其警醒人心的目的,给人以巨大震撼。

宁恋本乡一捻土,莫爱他乡万两金。

【注释】《西游记》第十二回。

【鉴赏】此语出自第十二回唐僧去西天取经,唐太宗代为送行时所说的话,“太宗低头,将御指拾一撮尘土,弹入酒中……道:‘日久年深,山遥路远,御弟可进此酒:宁恋本乡一捻土,莫爱他乡万两金。’”

这句话已经成为人们耳熟能详的俗语,充分体现了中华民族传统的道德伦理观念,一种强烈的集体观念,民族意识。个体的生命价值都融入到了整个民族的山山水水,一草一木之中。上下句用“宁”、“莫”语短意切,充分肯定了这样的价值取向,而这种精神也激励了中华儿女的民族自豪感。“一捻”和“万两”形成了一种强烈的对比,虽然“一捻”从经济利益角度考察微不足道,但正是这种对比突现了这种不可重利轻义,贪恋他乡富贵的责任感。这在今天那些漂泊他乡儿女无法割舍的故土之恋中不仍有深刻体现吗?两句俗语凝结了极为普遍的爱国情感和民族情感,并将永远积淀于每个怀土思乡的人心中。

日落烟迷草树,帝都钟鼓初鸣。

【注释】《西游记》第十二回。帝都:长安。

【鉴赏】德国文艺理论家莱辛在《拉奥孔》一书中曾指出绘画“要选择最富于孕育性的那一时刻”。艺术有它一定的共通性,可以说在诗歌中也是追求让想象自由活动的那一刻。所录诗句描绘了唐都长安日暮时分的景象,正充分体现了这一艺术性。作者选取日、烟、草树、钟鼓等不多的物象给我们创造了一种“红轮西坠”暮色苍茫,“前后御前寂静”含蓄缥缈的意境。诗句用词极为简练准确,抓住了事物的独特之处,涵盖了丰富的内涵。“日落”点明时间已至黄昏,“烟”采用比喻手法写出暮色的昏暗朦胧,只用一“迷”字便表现出了烟的苍茫无垠笼罩四野。唐时实行宵禁制度,黄昏时分钟鼓四动,街市断绝行人。第二句虽然只交代了“钟鼓初鸣”,但其中却暗含了街市行人步履匆匆,“叮叮三响断人行,前后御前寂静,上刹辉煌灯火,孤村冷落无声”等多种场景,正如莱辛所言,使得人们从不多物象描绘的这一顷刻想象到一幅日暮美景。

心生，种种魔生；心灭，种种魔灭。

【注释】《西游记》第十三回。魔：扰乱身心，破坏好事，障碍善法者等。

【鉴赏】此语录自书中三藏与法门寺众僧灯下议论佛门定旨，上西天取经的艰险。众口不一惟有“三藏箝口不言，但以手指自心，点头几度。众僧莫解其意，合掌请问道：‘法师点头指心者，何也？’三藏答曰：‘心生，种种魔生；心灭，种种魔灭。’”

三藏化用了《古尊宿语录》卷三的偈语：“心生，则种种法生；心灭，则种种法灭。”这充分强调了人的主观意志的重要性。佛家奉行主观唯心主义的世界观，也就是说众僧眼中的水远山高，峻岭陡崖，毒魔恶怪等并不可怕，只要人们不去想它们，它们也就不存在。这样就否定了客观世界的真实性，颠倒了主观与客观的关系，宣扬一切事物和现象都是人们主观意志决定的，是人们主观意识的产物。奉行这种世界观的唐僧当面对种种妖魔鬼怪时往往束手无策，战战兢兢心不宁，几乎唬死，魂飞魄散，正是通过事实的对比实现了对这种世界观的彻底否定。

竹敲残月落，鸡唱晓云生。

【注释】《西游记》第十三回。

【鉴赏】此语描绘了唐玄奘将离长安，天将破晓时的生动图景。历来许多诗人往往因“一篇之善，一句之工”而博得诗名。如贾岛以“鸟宿池边树，僧敲月下门”而得名，盖因为一“敲”字使诗意境迭出，所引诗句与此有异曲同工之妙。作者以残夜将尽的典型物象落月为起点描绘了残月西坠，落入丛竹梢头的那种寂静暗淡，而一“敲”字又使画面生动起来，注入了一片勃勃生机。下句紧承月落沉寂，选取“鸡啼”、“云生”两种物象，以自描手法简笔勾勒出晨星寥落，残月当空，鸡鸣欲曙，彤云渐显的无限风光。在艺术价值上词语精炼形象，以“敲”、“落”、“唱”、“生”四个动词牵合诗句，使画面动静结合，明暗交替，且融拟人、想象、比喻、通感于一炉，实写景之佳作。

内外灵光到处同，一佛国在一沙中。

【注释】《西游记》第十四回。

【鉴赏】此语为回前诗中阐释华严宗“法界缘起”的句子。该诗句文约义丰，言简意赅地指出了“法界缘起”即对现实世界万物关系的看法。“灵光”，指“自心”，“内外……到处同”是说世界万物在本质上都是“自心”的显现，没有差别，既然如此，“一佛国”就可以包含在“一沙”之中了。以华严宗看来，“总该万有即是一心”，“心融万有”、“离心之外，更无一法，纵见内外，但是自心所现，别无内外。”就是说世界上一切事物和现象都是众生自心显现出来的幻想。自心幻化出认识的对象再由主观意识去认识它,幻化出万事万物。既然万事万物都是自心的显现,所以事物和事物之间在本质上也就没有差别,“一事”即是“一心”,万事亦是一心。该诗句用形象生动的比喻寓深奥于浅显之中,可谓佛家经典之生动再现。

见貌辨色,聆音察理。

【注释】《西游记》第十四回。

【鉴赏】唐僧于五行山下收悟空为徒,使他心猿归正,脱离灾厄。悟空自夸本领“颇有降龙伏虎的手段,翻江搅海的神通;见貌辨色,聆音察理,……见到那疑难处,看展本事幺!”

这句话充分体现了孙悟空性格中自信、自负、自傲的一面,极富个性化。这为以后描写他降魔伏妖,澄清玉宇的高超本领埋了伏笔。读完全书掩卷细品这两句诗,孙悟空的机智、灵巧,善于观察等等又可见一斑,可谓语约而义丰,内涵深刻。同时,诗句也富于哲理意味,它告诉人们接人待物应当通过行为表情去辨别其内心世界,聆听言谈话语去考察事理,而不能作简单的判断,以貌取人,为花言巧语所蒙骗。

扫地恐伤蝼蚁命,爱惜飞蛾纱罩灯。

【注释】《西游记》第十四回。

【鉴赏】这两句诗采用了比喻手法,形象生动,寓艰深于浅显中,充分体现了唐僧“慈悲好善”的道德观念,阐明了佛教“不杀生”的戒律。是唐僧训诫孙悟空弃恶从善时所引用的诗句。作者在书中虽然有许多佛家教条的宣扬,但也通过唐僧师徒三人取经路上的种种遭遇客观揭露了这种“念念不忘善心”观念的可悲、可笑、可怜、可叹,收到了很好的讽刺效果。唐僧耳软心活,一味行善却总在事实面前证实他的悲悯同情之心并没有带来好的结果,他所说的美妙言辞也就成了佛教一味慈悲不杀生教条的莫大讽刺。

千仞浪飞喷碎玉,一泓水响吼清风。

【注释】《西游记》第十五回。

【鉴赏】蛇盘山悬崖峭壁陡峭崎岖层峦叠嶂,作者运用了这两句诗来形容鹰愁涧的奇险,有很好的艺术效果。上句作者用“千仞”来夸张描写浪的跌幅之大,正因为浪高所以用“飞喷”二字形象生动地写出激流流速之快,冲击力之大,让人联想到“飞流直下三千尺”的激流喷洒出碎玉般的点点浪花,虽只以暗喻手法点出“碎玉”二字,而已寓声音于物象之中,浪飞击石的声音不言而喻,由此和下句“吼”互为呼应,像清风一样呼啸而来,使整个画面形态、声音备具,给人一种完满自足感，该诗句正是以比喻、对仗的巧妙运用突出渲染了这种山高水急的险恶气势，动人心魄。

广智广谋成甚用？损人利己一场空。

【注释】《西游记》第十六回。

【鉴赏】这一回中观音院和尚广智、广谋多有智谋为老院主出谋划策，企图烧死唐僧师徒，夺取锦斓袈裟。不料被悟空识破计策，反烧得众僧“赤赤精精，啼啼哭哭”，而老院主也气断染红沙，为此作者写诗叹道：“广智广谋成甚用？损人利己一场空。”

这一诗句中作者巧妙运用了双关手法，借用两和尚法名指出广智、广谋等僧众损人利己，弄巧成拙，自取其祸的可悲下场。这是古代章回小说习用的方式，以谐音双关来命名人物以表达某种寓意，广智广谋非有智有谋。所以诗句同时从伦理道德角度告诉人们一个做人原则：“人没伤虎心，虎没伤人意”，为人心术一定要正，损人利己，结果只能是搬起石头砸了自己的脚，竹篮打水一场空。

珍奇玩好之物，不可使见贪婪奸诈之人。

【注释】《西游记》第十六回。大意为：那些珍贵的东西不要让贪婪奸诈的人看到。

【鉴赏】观音院和尚卖弄自己袈裟，孙悟空一时义气，欲与之展示锦斓袈裟。唐僧悄悄道：“徒弟，莫要与人斗富。……古人云，珍奇玩好之物，不可使见贪婪奸诈之人。倘若一经入目，必动其心；既动其心，必生其计。”

所录谚语可以说是古人生活经验的积累，语虽通俗易懂而含义深刻。它告诫人们切不可有卖弄斗富之心。有时事虽然小，然而殒身灭命往往皆起于此。同时为人务必谨慎，人前但说三分话，这样才能以防不测，防患于未然。该句也对爱慕虚荣，炫耀表现，互相攀比的人类普遍社会心理提出了批评，通过章回中众和尚与悟空两方的各自遭遇证实了它的正确性，用事实来说话，让人警醒。所以说该俗谚主要在于告诫人们在人际关系中保持一颗平常心，而绝不是让人们面对周围环境采取怀疑否定态度。

人没伤虎心，虎没伤人意。

【注释】《西游记》第十六回。

【鉴赏】孙悟空火烧观音院后，面对唐僧的责难，一针见血地指出一味软弱、妥协、处处不忘善心的不可行，说：“古人云：人没伤虎心，虎没伤人意。他不弄火，我怎肯弄风？”这句话通俗易懂，采用了打比方的方式，用人与虎的关系来喻指人与人之间的关系。虎虽然凶猛,但人如果不去伤害它,它也不会无缘无故去伤害人。反之亦然:人有伤虎心,虎有伤人意。它告诉人们的一个浅显道理就是:在处理人际关系上一定要采取两种手段,一种即切莫无故伤人,以免遭至祸害,要以"投我以木瓜,报之以琼琚"的心态对待人。一种即面对恶人的有意打击采取以牙还牙、以眼还眼的方式待他。这句俗语正是这一原则的简单概括,寓哲理于比喻之中,形象生动而又耐人寻味。

鸟啼人不见,花落树犹香。

【注释】《西游记》第十七回。

【鉴赏】所录诗句写孙悟空恰值春光时节到黑风山上所见环境的幽雅,景色的优美。满山花落树香,斑斓灿烂,青翠葱茏,环境极为幽静宜人。上句以"鸟啼"的动景来衬托"人不见"的清幽,空寂无人而鸟鸣啾啾让人倍觉山的寂寞。此句与王维"夜静春山空,鸟鸣山更幽"的意境颇为相似,给人空灵静穆之感,联系下文孙悟空在树丛间听到三妖的谈论更让人想起"空山不见人,但闻人语响"的佳句。下句表面上写花落树香,实际上还是在刻画春山的清寂。花落无痕,自自然然飘香满山这正说明没有人为的践踏扰乱,王维《辛夷坞》诗"涧户寂无人,纷纷开且落"就是明证。作者正是绝妙地运用了以动衬静的手法给我们创造了这幅清灵秀美的图画。

万壑争流,千崖竞秀。

【注释】《西游记》第十六回。壑(hè):坑谷;深沟。

【鉴赏】所录诗句同样描绘了孙悟空初到黑风山时所见景色的壮阔。莱辛在《拉奥孔》中认为,只有绘画擅长描写物体美。诗歌如果用语言描写物体美,则无法获得完整和谐的形象。因此诗人就美的效果来写美。那就是化美为媚,就是在动态中体现美。吴承恩的这两句诗正体现了这一艺术效果,以不多的物象简约地创造了一个动的世界,在动态中呈现美。从整体来看,"万"、"千"并非确指,而是一个概数,以夸张的手法形容溪谷和险峰数量之多。而"争"、"竞"语虽简略而又极为形象生动地刻画出了激流奔涌,汹涌奔腾,飞流直下撞出无数碎玉挟清风而来的景致亦或澄明透澈,舒徐曲折,汩汩流去的水流美景。而放眼望去,绵延起伏的山峦,姿态万千,争奇斗艳而彼此争胜,可谓语约而意丰。并且两句诗在艺术上对仗工稳,章法极严,诚写景之佳句。

却不是和尚误了做,老婆误了娶,两下里都耽搁了。

【注释】《西游记》第十九回。

【鉴赏】所录诗句出自十九回猪八戒在云栈洞被孙悟空降伏后决意随唐僧

上西天取经，说："我今已无挂碍了，你(孙悟空)却引我去罢。"可是一到高老庄又惦念高小姐，对高老唱个喏道："丈人啊，你还好生看待我浑家：只怕我们取不成经时，好来还俗，照旧与你做女婿过活。"孙悟空指责他胡说，他竟解释道："哥呵，不是胡说，只恐一时间有些儿差池，却不是和尚误了做，老婆误了娶，两下里都耽搁了？"

吴承恩善于运用讽刺手法，禀性"复善谐剧"，讽刺揶揄则取当时世态加以铺张描写。在猪八戒这一形象身上代表了明代中叶小市民的种种社会心态，多方面加以表现使他成为一个充满喜剧性的艺术形象而又有浓厚的讽刺批判的意味。如在所录语句中做和尚与娶老婆本不能兼顾而猪八戒既愿"真心实意"去做和尚又念念不忘还俗做女婿。前后矛盾的种种表白暴露出他性格中的好色，胆小自私、动摇的缺点。这样的语言是极富个性化的，只有这样畸形灵魂的人才独有的心理状态。作者虽未置一贬词，却在不动声色的如实描写中含蓄地揭露了人物可笑的本质，收到了婉而多讽的艺术效果，使人解颐。

我们丑自丑，却都有用。

【注释】《西游记》第二十回。大意为：我们丑虽然丑，却都有用，即不能以貌取人。

【鉴赏】唐僧师徒三人求宿黄风岭旁一农人家，不料老者被他们"一个丑似一个"的嘴脸吓得战战兢兢，八戒上前道："老官儿，你若以相貌取人，干净差了。我们丑自丑，却都有用。"列夫·托尔斯泰曾说："人不是美丽才可爱，而是可爱才美丽。"这说明一个人的美丑并不在其外貌长相如何，行为和心灵的美才是最重要的。当我们熟悉了这些人物形象，在深为佩服他们伏虎擒龙，踢天弄井诸般本领的同时美感就产生了。这足以改变人们对他们"妖怪"、"雷公"的丑陋外形的看法。雨果的美丑对照原则正是最好的证明，美就在丑的旁边，用孙悟空自己的话说就是："我老孙丑自丑，却有些本事，替你擒得妖，捉得鬼魅……何必谆谆以相貌为言！"在艺术上该句为刻画个性化的人物形象，体现猪八戒性格中的自强、自傲、自信是不可或缺的。同时它使人物的语言通俗化、口语化，极富于生活趣味。

铜盆逢铁帚，玉磬对金钟。

【注释】《西游记》第二十二回。磬(qìng)：古代打击乐器。寺庙中拜佛时敲打的钵形响器。

【鉴赏】卷帘将与天蓬帅大战流沙河中，整斗两个时辰不分胜败，作者引用俗谚赞道："铜盆逢铁帚，玉磬对金钟。"铜与铁都是质地坚硬的物事，二者不分上下。所以一旦铜与铁相逢很难分出孰优孰劣。玉磬敲击时声音清脆悦耳，而金钟的声音则宏厚而庄严。从音色来看二者虽然有很大区别,但就声音的清聆悦耳美妙动听而言却是一致的,难以分别出高下优劣。所以作者借用来形容猪八戒与沙僧两个武艺高强,彼此不分轩轾。作者采用了互文见义的手法,以生动形象的比喻达到了良好的表达效果,通俗易懂,体现了吴承恩对民间语言熟练地掌握与运用。

白的李,红的桃,翠的柳,灼灼三春争艳。

【注释】《西游记》第二十四回。灼灼:常用于书面语,形容明亮的样子。

【鉴赏】唐僧师徒行到了万寿山但见高山峻岭,气势峥嵘,到处春光融融。因此,作者写诗称叹,所录诗句正是原诗中的写景名句。前三句作者采用排比的修辞方式选取三种不同色彩的典型物象李、桃、柳,用简约的语言概括出春光中万寿山姹紫嫣红开遍,万物争艳的美景。虽是简笔勾勒而显现出春回大地万物更新的新气象。最后一句"灼灼"用于书面语,形容明亮的样子,总括出了万物生长在视觉上给人的舒畅、心旷神怡的感觉,使人仿佛身临其境。作者用一"争"字顿时使前三句所提及或未提及的悄然生长的花草树木具有了一种动态的美感,使整个画面顿时鲜活起来,富于无限生机,突出了它们阳春季节中争奇斗艳的热烈气氛。所以说该诗句虽然看似是几种物象的简单罗列,但因为作者"锻炼字眼如画龙点睛",所以产生了于平淡中见神奇的效果,正合袁枚"善取皆成佳句"的诗论。

朔风触绽梅花白,春来点破海棠红。

【注释】《西游记》第二十四回。朔:北。绽(zhàn):裂开。其大意为:当凛冽北风吹来的时候,点点梅花就迎风绽放,晶莹洁白;春天来临海棠花迎春开放,红润可爱。

【鉴赏】所录诗句是孙悟空偷入万寿山五庄观花园所见景致,但见"朔风触绽梅花白,春来点破海棠红",诚所谓人间第一仙景,西方魁首花丛。上句写凛凛寒冬万物凋零,惟有梅花迎风绽放,独占花魁,洁白如莹。所以后世多以梅喻指高洁志行。下句写春天海棠开放,色泽红艳而春意盎然。作者描绘的这两样景致是冬季和春季典型物象,这样写来以点概面,给人以鲜明而突出的印象。同时,作者采用了拟人化手法赋予"朔风"、"春"以无限生机和活力,充分人格化,把本来极猛极强的北风写得充满柔情,轻触梅枝,催花绽放,而春则轻点海棠,唤起点点红蕊。整个画面给人的感觉就是生机无限而充满动感。

出家人行善，如春园之草，不见其长，日有所增……

【注释】《西游记》第二十七回。

【鉴赏】就如何对待妖精的问题唐僧与孙悟空矛盾重重。唐僧认为孙悟空是个“无心向善之辈，有意作恶之人”，教训他：“猴头！还有甚说话！出家人行善，如春园之草，不见其长，日有所增；行恶之人，如磨刀之石，不见其损，日有所亏……。”这句话体现了作者语言运用上的充分个性化，只有一心向佛，念念不忘善心，信奉不可杀生教条的唐僧才能说出。虽然就整个语境来说唐僧软弱、怯懦、胆小怕事而且所讲这些话也是对孙悟空的误责，但是它本身富于哲理意味。作者通过形象生动的比喻表达了自己的善恶观念，寓深奥于浅显之中。任何事物的发展都有一个由量变到质变的过程，量变是一种逐渐的、不显著的变化，是事物在数量上的增加或减少，虽然它还不足以引起事物根本性质的变化，但积累到一定程度就不可避免地引起质变。这说明一个人的道德修养水平要注意从小事做起。如果持一种小事无所谓的态度，以为偶一为之，无关大体，日积月累必然会由量变到质变，造成不可挽回的后果。诚如《韩非子·寓老》篇所言：“千里之堤，以蝼蚁之穴溃。”所以只要凡事从点滴做起，时时处处严格要求自己，那么铁杵也会磨成针。

龙游浅水遭虾戏，虎落平原被犬欺。

【注释】《西游记》第二十八回。

【鉴赏】唐僧气恼之下将孙悟空赶回花果山，然后与八戒和沙僧径往西去。松林内八戒去化斋却一头拱在草里睡去，打发沙僧去找又久等不见。唐僧心下烦闷徐步幽林，不料被波月洞众妖抬去，作者叹道：正是：“龙游浅水遭虾戏，虎落平原被犬欺。”所录语句在民间广泛流传着，成为人们耳熟能详的谚语，作者借用它形象化的表达方式体现自己对人生的一种看法。龙、虎一旦离开它赖以生存的自然环境就会处于劣势，不能充分发挥自己的本领反而遭其它动物的戏弄、欺压。可以说是尺有所短，寸有所长，如果超越了自身本性和离开所处客观环境就不能充分发挥自身优势，纵有千般本领而无由施展。所以只有利用自身有利条件找准合适的人生坐标，才能达到如鱼得水，无往而不适的境界。这一道理可以说是放之四海而皆准，类推到世界上万事万物不都如此吗？在艺术上该谚语语虽平易而含义深刻，寓深刻哲理于浅显中，形象生动而通俗易懂。

钻冰取火寻斋至，压雪求油化饭来。

【注释】《西游记》第二十八回。

【鉴赏】此语录自二十八回唐僧打发走孙悟空后派猪八戒去寻斋饭，问他：

“哪里去?”八戒道:“莫管,我这一去,钻冰取火寻斋至,压雪求油化饭来。”“钻冰取火”与“压雪求油”都是一般情况下难以做到的事情,猪八戒意在用此来表达自己不畏艰难,一往无前的决心和勇气。上下两句采用了对仗手法,相当工整,句式相同,意思相近而又富于变化。与章回中猪八戒的具体行为联系起来这句话正体现了他身上那种自高自大,好夸海口,好吃懒做的痼疾。如书中写他刚说出这样的豪言壮语就开小差,寻思道:“我若就回去,对老和尚说没处化斋,他也不信我走了这许多路。须是再多幌两个时辰,才好去回话。……也罢,也罢,且往这草科里睡睡。”作者正是采取了自我暴露的写法以他前后矛盾的种种表现塑造了这一喜剧性形象。这往往比直接的尖锐的揭露讽刺更能达到讽刺的表达效果。

秤砣虽小压千斤。

【注释】《西游记》第三十一回。

【鉴赏】三十一回中猪八戒义激美猴王来黑松林波月洞捉拿黄袍怪。公主劝悟空道:“和尚啊,你莫要寻死。昨者你两个师弟,那样好汉,也不曾打得过我黄袍郎。你这般一个筋多骨少的瘦鬼,一似个螃蟹模样,骨头都长在外面,有甚本事,你敢说拿妖魔之话?”行者笑道:“你原来没眼色,认不得人。俗语云:‘尿泡虽大无斤两,秤砣虽小压千斤。’他们相貌,空大无用:走路抗风,穿衣费布,种火心空,顶风腰软,吃食无功。咱老孙小自小,筋节(结实)。”从上下文语境来看,孙悟空采用谚语这种通俗易懂的方式来表达自己对一个人本领大小的看法。即不能以一个人的长相外形来判断其是否有用,或者说自身本领是否高强。

只可善图,不可恶取。

【注释】《西游记》第三十三回。善:好好地;妥善地。恶:凶恶地,凶猛地。全句大意为:只可以妥善地来图谋而不能凶狠地来夺取。

【鉴赏】这一章回中写唐僧师徒四人来到平顶山,八戒巡山被莲花洞金角大王与银角大王擒拿。众妖欲摆开阵势对付孙悟空,二魔道:“我看见那唐僧,只可善图,不可恶取。若要倚势拿他,闻也不得一闻。只可以善去感他,赚得他心与我心相合,却就善中取计,可以图之。”然后摇身一变,做个跌伤的道者拿住唐僧、沙僧,而孙悟空也被泰山压顶之法压得三尸神咋,七窍喷红。就小说的语境来看,这句话体现了恶势力的虚伪奸诈,利用对方的悲悯同情之心来打击、制服对方,达到自己不可告人的目的。从文中来看,“善”并非善良、慈悲,所谓的“善图”与“恶取”的目的是相同的,区别只在于采取的手段不同,是强硬、蛮横还是非武力手段。正如俗语所说:明枪易躲,暗箭难防,“善图”往往是更为直接的、有效的方法。广而言之，我们可以重新来理解它，面对社会人生纷繁复杂的诸种现象，我们一定要冷静、沉稳地来思考处理方法，而不是意气用事、一意孤行。

树大招风风撼树，人为名高名丧人。

【注释】《西游记》第三十三回。招：惹。撼(hàn)：摇；摇动。丧：丧失。人：此指人的品质、性格或名誉。全句大意为：树大容易招风，最后反为风所摇动；人的一生追求名高节显，最后却因一味求名而丧失人格、丧失名誉。

【鉴赏】这是大圣被魔法压在山根之下，遇苦思三藏，逢灾念圣僧，有感而发的："师父啊！想当时你到两界山，揭了压帖，老孙脱了大难，秉教沙门；感菩萨赐与法旨，我和你同住同修、同缘同相，同见同知，怎想到此处，遭逢魔障，又被他遣山压了。可怜！可怜！你死该当，只难为沙僧、八戒与那小龙化马一场！这正是：树大招风风撼树，人为名高名丧人！"叹罢，那珠泪如雨。所引孙悟空的话体现了他对社会人生的见解，一种伦理道德观念，这是有他切身体会的。因他曾因大闹天宫而被镇压于两界山，这次又因名震四方而被妖魔用计压伏。面对种种遭遇和打击，他发出了这样的哀吟，以树和风的关系喻指人和名的关系，形象生动而又颇具警策人心的力量，说明名高丧人，劝人不要追名逐利，惟利是图。但是我们也应该看到在面对史无前例、具有开拓性的事业的时候要有无所畏惧、不怕风险的精神。所以对所引诗句我们要有正确认识。

老虎进了城，家家都闭门。虽然不咬人，日前坏了名。

【注释】《西游记》第三十六回。

【鉴赏】唐僧师徒四人因天色将晚，来到宝林寺欲求借一宿。僧官冷言冷语道："你这游方的和尚，便是有些油嘴滑舌的说话！……古人云：'老虎进了城，家家都闭门。虽然不咬人，日前坏了名。'"这都是因为向年有几众行脚僧被延之上坐后不思量起身，又干出许多不公的事来。所引诗句大意为生存于自然界中的猛虎，一旦进入到陌生的人类社会，想与人接触，家家户户都闭门不纳，拒绝交往。原因就在于它已经习惯于吃人，人们已经有了"虎吃人"的思维定式，所以即使它现在不吃人也没人会相信它。作者以虎喻人，以生动形象、通俗易懂的方式阐述了这样的哲理：为人处事一定要讲究原则，尽心尽力而为，合乎人们的道德行为规范，符合普遍的伦理观念，从一开始就给人留下良好印象。万事开头难，既然打下了扎实的基础，其后自不必言。这句俗语的运用既体现了吴承恩寓哲理于浅显之中的惯用手法，也表现了他运用民间俗语的娴熟，使行文流畅自然而又更为通俗化。

把这青天为屋瓦，日月作窗棂；四山五岳为梁柱，天地犹如一敞厅！

【注释】《西游记》第三十六回。棂(líng)：旧式房屋的窗格。

【鉴赏】唐僧师徒四人水宿风餐，披霜冒露，唐僧产生急躁情绪，问道："徒弟呀，两天怎么这等难行？我记得离了长安城，在路上春尽夏来，秋残冬至，有四五个年头，怎么还不能得到？"孙悟空呵呵笑道："早哩！早哩！还不曾出大门哩！"又说："我们还在堂屋里转哩！"沙僧笑说："师兄，哪里就有这般大堂屋，却也没处买这大过梁啊。"行者道："兄弟，若依我老孙看时，把这青天为屋瓦，日月作窗棂；四山五岳为梁柱，天地犹如一敞厅！"这充分体现了人物语言的个性化、口语化。作者采用比喻手法以通俗易懂生动活泼的方式塑造了孙悟空这个大胆、自信、乐观、勇敢而富于斗争精神的人物。取经途中，他面对各种妖魔，也是无所畏惧，总是敢打敢拼或上天入地查问来历设法清除。困难再多再大都吓不倒、难不住他。他把披荆斩棘、困难重重的取经路比作一敞厅，全不把千里迢迢放入眼中，这样的乐观主义英雄气概足以让我们深思：在面对困难、艰难险阻的时候，该何去何从？

霜凋红叶林林瘦，雨熟黄粱处处盈。

【注释】《西游记》第四十回。

【鉴赏】所录诗句是描绘唐僧师徒四人离开宝象国后上了"羊肠大路"，正值秋尽冬初时节所见景致。作者选取了金秋时节两种物象。枫叶在秋风霜霖中凋零，望去枯枝满眼。但作者赋予了枝枝叶叶以情思，拿一简洁的"瘦"字用拟人化的手法写出了满目的寂寞、荒凉和萧索，使人顿生一种悲秋之感，生命轮回，人生无常，大有"羡宇宙之无穷，哀吾生之须臾"的哲理意味。下一句选取黄粱的成熟、充盈的形象，它经过一季的努力生长，香飘大地，颗粒饱满，而作者用"处处盈"便充分显露出它的特性，给人一种生机无限、丰收在望的感觉。这与上句所体现的哲理截然不同，从整体上看使人感到事物都是彼此消长的，构成了宇宙人生的绵延久长。如果说上半句给人以短暂的感伤，但它并不是绝望与颓废，而是缘于下半句所体现的对宇宙万物蓬勃生机的热爱与追求。在艺术上作者匠心独运采用工整的对仗以及拟人化手法，在平凡的事物及环境景物的描绘中构筑诗情哲理，形象生动而又寓意深刻，耐人寻味。刘熙载在《艺概》中曾说："春之精神写不出，以草树写之。故诗无气象，则精神无所寓矣。"我们也可以说写秋之精神以一草一树写之，达到以实写虚，以小见大，旁敲侧击、烘云托月的效果，也即情为虚，景为实，寓情于景，情景交融。

沟壑水飞千丈玉，涧泉波涨万条银。

【注释】《西游记》第四十一回。大意为：深沟险壑中积蓄的水流飞溅像千丈乱琼碎玉；山间水沟中的山泉涨起象万条银带。

【鉴赏】此语出自四十一回孙悟空请龙王诸兄弟师众水族兴风作雨熄灭圣婴大王的三昧真火。作者写诗赞道："真个是潇潇洒洒、密密沉沉。潇潇洒洒，如天边坠落星辰；密密沉沉，似海口倒悬浪滚。起初时如拳大小，次后来瓮泼盆倾。满地浇流鸭顶绿，高山洗出佛山青。沟壑水飞千丈玉，涧泉波涨万条银。……。"从整体来看，作者采用了博喻多层次多侧面地反复描写雨势，将滂沱大雨的动态气势描绘得极其逼真、细腻，使人大有身临其境之感。所录诗句正是其中经典名句，在比喻的基础上采用夸张的手法来描写，沟壑中的水流本也只能是汩汩而流，但在龙王调动下竟能腾空而起，一下使诗句气势变为宏阔。下句同样刻画出涧水的涨幅之大，极写出水面在密雨中像千万条银带来回晃动，极富于美感。上下两句诗对仗工整，章法极严，而且句中"千丈"、"万条"都不是实写，而是以实衬虚，概括出山沟水涧中波流浩大的场面。"玉"和"银"虽然只是静态事物但用于句中却使人感到既有一种动态美，写出水势的喷涌，又暗写波流的一种色泽美，使人联想到玉、银的光润可爱。所以诗句虽用词简略而状难状之景如在目前，曲尽其妙。

洋洋光浸日，浩浩影浮天。

【注释】《西游记》第四十七回。洋洋：形容众多或盛大。浩浩：形容水势很大的样子。大意为：通天河水洋洋洒洒、无边无际浸透月色，浩浩荡荡能飘浮天空的影子。

【鉴赏】此语为唐僧师徒来到通天河所见的环境之美。全诗为："洋洋光浸月，浩浩影浮天。灵派吞华岳，长流贯百川。千层汹浪滚，万迭峻波颠。岸口无渔火，沙头有鹭眠。茫然浑似海，一望更无边。"极写出了通天河"经过八百里，亘古少人行"的宽阔无边，颇有雄浑博大的气势，令人心驰神往。河水急流奔涌，浩瀚无垠，此时一轮明月悄然涌生，在河水映衬下，光耀千里之遥。月光荡涤了通天河的博大而光怪陆离，入眼只是梦幻一般的银灰色，浑然水光接天，交融合一，清明澄彻，这样就自然写出了下半句"浩浩影浮天"。上下两句在整体上采用了对仗手法，工稳妥帖，并且运用迭词，平仄交错，前后呼应有一种回环反复，水绕山环之美，富于音乐节奏感，强烈而又优美，诗情画意水乳交融。

暗室亏心，神目如电。

【注释】《西游记》第五十回。

【鉴赏】此语录自五十回唐僧师徒冒雪冲寒来到金岘山误入独角兕大王点化的楼阁。猪八戒上楼见桌上有三件纳锦背心儿遂拿出来，唐僧训诫他："出家人不要这等爱小（贪便宜，打小算盘）。"八戒道："四顾无人，虽鸡犬亦不知之，但只我们知道，谁人告（告发）我？有何见证？就如拾到的一般，那里有甚公取窃取也！"所以三藏道："虽是人不知之，天何盖焉！玄帝垂训云：'暗室亏心，神目如电。'……""暗室"现代汉语解释为没有遮光设备的房屋，在此句中与"亏心"结合，其大意为在不为人注意的情况下做有负于自己良心的事，违背了一定的社会行为准则，道德伦理观念。神目如电，指冥冥之中自有德行高超的精灵或造物主在注意你。东山魁夷说"每个人心中都有一泓泉水。"可以说在其中你可以观照自身思想及行为的美丑善恶，可以按照大家所公认的价值观去分辨认识，做出客观的评判。所以对我们来说，神目就是自己内心的一种约束力，而非外界超凡、神圣的事物。《礼记·中庸》讲"君子慎其独也"其意相近，这在今天仍具有一定的教育意义。

怪石乱堆如坐虎，苍松斜挂似飞龙。

【注释】《西游记》第五十回。

【鉴赏】唐僧师徒四人来到一座高山，促马登崖，抬头观看，但见山势嵯峨矗，峦削巍巍。……怪石乱堆如坐虎，苍松斜挂似飞龙。好一幅雄阔壮美的图景。上下两句采用比喻手法把山石层峦叠嶂比作八面威风的猛虎，山崖边苍松比作腾空一跃的蛟龙。这样描写从而使静态的山石图变得富于活力，生机勃勃，寓动于静之中，化静为动，形象生动而又贴切自然。其次，该诗句体现了作者语言选炼的准确性。上半句作者用"怪"来形容山石的光怪陆离，陡峭嶙峋，而这样的山石又是"乱"的，即任意堆放，视觉印象中犹如虎视眈眈的半卧猛虎，虽不着一字写虎多，但由"乱堆"可以想到"坐虎"的漫山遍野。下半句用"斜挂"二字，勾画出了青松从山崖间斜刺里穿出的那种凌空出世的动感。作者尤为可贵的是借用中国画绘画中的虚实相生，浓淡相宜的技法，上句如虎坐实山峰，下句如飞龙虚写空谷，体现出虚实相生、动静结合的美感，山势的巍峨险峻，巅峰峻岭如在目前。

艾叶满山无客采，蒲花盈涧自争芳。

【注释】《西游记》第五十六回。

【鉴赏】孙悟空等打死蝎子精，把唐僧救出琵琶洞，离开西梁国毒敌山一路无词，早又是朱明（仲夏）时节，放眼望去，但见："熏风时送野兰香，濯雨才晴新竹凉。艾叶满山无客采,蒲花盈涧自争芳。”漫山遍野香气袭人,清新秀丽。所录诗句选取了山野间最为普通,生命力极为旺盛的植物:艾叶和蒲花。虽然正值端阳之节,但是香艾却无人问津,荒芜于山野,下句中虽没明写“无客采”蒲花,但作者用“自争芳”表达了这层意思,同时更进一步显示出蒲花的傲气和傲骨,这就带有了一种拟人化的手法,作者借花草来表达自己对于社会人生的一种理解和追求,要像蒲花一样自足、常乐、逍遥自在,追求一种心灵的宁静,而不是蝇营狗苟,不顾廉耻,到处钻营。所以,诗句虽写物,而暗含寓意,情由景生,情景交融,借物言情而不露痕迹,堪称佳作。

得胜的猫儿欢似虎。

【注释】《西游记》第六十一回。全句大意为:取得胜利成果的猫高兴得忘乎所以,自以为像虎一样。

【鉴赏】此语出自六十一回孙悟空设计骗走芭蕉扇,却被牛魔王扮做猪八戒反骗回去,作者引古人言:“得胜的猫儿欢似虎”也,只倚着强能,更不察来人的意思。这句俗语运用比喻手法,形象生动地描绘了得胜者忘乎所以,不辨真假、不知高低的那种被胜利冲昏头脑的神态,形态逼真,惟妙惟肖。作为一种普遍的社会心理,人们面对胜利往往容易沾沾自喜,自高自大,忘记自己在人生航程中的真正坐标,不能恰当定位,所以就容易导致像孙悟空一样遭骗而失败的下场。俗语说连老虎都有打盹的时候,更何况于差之千里的猫呢?这就告诫人们在生活中一定要兢兢业业,把握人生航向,这样才有可能使自己立于不败之地。

吃了磨刀水的,秀气在内。

【注释】《西游记》第六十七回。秀气:特指状貌或才能优美出众。

【鉴赏】唐僧师徒四人来到七绝山前驼罗庄,孙悟空自告奋勇去捉拿妖怪,众老悚然说:“不济!不济!那妖精神通广大……你这个长老,瘦瘦小小,还不够他填牙齿缝哩!”行者笑道:“老官儿,你估不出人来。我小自小,结实,都是‘吃了磨刀水的,秀气在内哩!”这句话在民间广为流传,深为人们所喜爱,作者正是利用了谐音双关的手法,“秀”与“锈”谐音,刻画了孙悟空的机智、风趣、幽默诙谐,体现了创作中民间语汇、民间文学的深刻影响,使书中人物的语言充分个性化,而且极富于口语化,通俗自然,生动形象。这句话内含的深刻哲理也就是:看一个人不能光看其外表长相如何。人不是因为美丽才可爱,而是因为可爱才美丽,只有透过现象看到本质,认同并理解了一个人或事物内在美时,才会获得全面认识,才可以做出结论。这说明行为和内在的东西足以改变一个人的自然面貌给别人的印象。当我们看到孙悟空施展的手段时谁还会对他产生怀疑呢？所以所录语句于浅显平易、幽默诙谐之中，给我们道出了秀实于中的含义，同时对于刻画人物自信、乐观的性格特征也是必不可少的。

一日为师，终身为父。

【注释】《西游记》第七十二回。

【鉴赏】三藏一行四人别了朱紫国，整顿鞍马西进，一路踏青玩景，忽见一座庵林，唐僧意欲自去化些斋吃，孙悟空笑道："你看师父说的是那里话。你要吃斋，我自去化。俗语云：'一日为师，终身为父。'岂有为弟子者高坐，教师父去化斋之理？"其意为即使做一天自己的老师，就终身要像父亲一样侍奉。这在八十一回中也有印证，孙悟空说："我等与你做徒弟，就是儿子一般。养儿不用阿金溺银，只是见景生情便好。"这句俗语充分体现了中华民族的传统美德。荀子在《礼论》中曾说："礼有三本：天地者，生之本也；先祖者，类之本也；君师者，治之本也。"把"师"提高到了"治之本"的地位，这充分说明古人对"师"的尊崇。这在"有事弟子服其劳"、"天地君亲师"、封建帝王遵循的"当其为师，则弗臣也。"中都有体现。所录俗语采用比喻手法把师生关系比作父子关系，虽然其中不乏封建礼教三纲五常的说教，但是我们也应该看到它主要表达的还是保持尊敬师长，饮水思源的美德，在今天仍具有教育意义，充分体现了民间语言的旺盛生命力、深刻的感召力。

山高自有客行路，水深自有渡船人。

【注释】《西游记》第七十四回。

【鉴赏】唐三藏师徒经过盘丝洞一劫，打开欲网，跳出情牢，继续西行。走了一阵子，到了夏末秋初季节，正是"急雨收残暑，梧桐一叶惊。萤飞莎径晚，蛩语月华明"的天气。师徒几人正行间，忽见一座高山，峰插碧空，摩星碍日。唐僧心中害怕，忙叫悟空说："你看前面这座山，十分高耸，只是不知道能否有路通行？"孙行者笑着说："师父说哪里的话。自古便有言'山高自有客行路，水深自有渡船人'。哪有不通达的道理？可以放心地往前走。"悟空说这话的意思是尽管道路艰险，但自然会有通路。

这句话后来常被用在学习上，比喻只要不断地攀登，路再艰难，也会有通达大道。此言对仗工整，通俗易懂。"山高"与"水深"相对，"客行路"与"渡船人"相对，是偶对中之杰作。

有风方起浪，无潮水自平。

【注释】《西游记》第七十五回。

【鉴赏】此回悟空与八戒欲战青毛狮子怪、黄牙老豫、大鹏雕三个妖怪。他们二人腾云驾雾来到洞口,厉声叫战。洞内老魔头见无人应战,只好自己披挂出阵,准备与悟空大战三个回合。他盘算:“三个回合打过了,唐僧就可成为我们的口中食;打不过,那时关了洞门,放他们过去。”行者和八戒于是就见到洞门开处出来一“铁额铜头戴宝盔,盔缨飘舞甚光辉”的妖怪,只听他雷震般大喝:“敲门者是谁?”悟空转身说:“是你孙老爷齐天大圣也!”老魔头大笑说:“你是孙行者?大胆泼猴,我不惹你,你为什么在此叫战?”大圣说:“‘有风方起浪,无潮水自平’。你不惹我,我找你干什么?只因你狐群狗党,结伙算计吃我师父,我才这么做!”此处,悟空以此言喻事情的发生总有一定的原因,表明他与八戒并非挑衅滋事之徒。

泰极否还生。

【注释】《西游记》第七十六回。泰,否:是《易经》中表示吉凶的两种物象。

【鉴赏】此语录自七十六回孙悟空于八百里狮驼岭降伏了狮驼洞三魔,胁迫他们搭轿送唐僧过山。不料三魔用计骗他们去三魔城池,而唐僧师徒还不知情,不知欢喜之间愁又至。作者引《易经》云:“泰极否还生。”时运相逢真太岁,又值丧门吊客星。所录语句体现了我国古代朴素辩证法思想,即事物发展到一定程度,就要向它的相反方面过渡。其中泰表示吉,它的卦象是地在上而天在下,而古人又认为天属阳,地属阴。所以地在上意味着阴气将下降,天在下意味着阳气将上升,从而天地之间就会产生交感,事物就会不断发生变化、提高,具有发展前途。另一方面否(pǐ)的卦象是地在下天在上,这种情况下天地之间不会产生上下交感易位的变化,事物就会处于停滞状态,没有发展前途可言,所以相比之下就是凶卦。它们一凶一吉互为转化,既对立又统一,统一于矛盾发展的整个过程中。该语句以简洁生动的词语表达了深刻的哲学思想,对后代哲学发展影响深远。但是,由于不断的附会,这一辩证法思想逐渐向神秘化发展,脱离了事物发展的具体情况讲变化。在书中作者引用这一哲理就是要表达吉凶之间的互相转化这一思想。

勿以善小而不为,勿以恶小而为之。

【注释】《西游记》第八十回。

【鉴赏】唐僧教诲孙悟空行善积德要从一点一滴做起,“勿以善小而不为,勿以恶小而为之。”这就给我们揭示一个很普通的生活哲理:日常生活中,人们常常忽略细微的小事,无论好事还是坏事,总以为偶一为之,无关大体。但是结果证明这样的认识往往是错误的。任何事物的发展都有一个由量变到质变的过程。量变是一种逐渐的,不显著的变化,是事物在数量上的增加或减少。这种变化,虽然还不足以引起事物根本性质的变化,但量的变化积累起来,达到一定程度就不可避免地引起根本性质的变化。《易经》中说:“善不积不足以成名,恶不积不足以灭身。”可见,量的积累必然引起事物的重大变化,这是一种必然的趋势。所录语句正是以浅显的语言揭示这一深邃哲理。

打虎还得亲兄弟,上阵须教父子兵。

【注释】《西游记》第八十一回。

【鉴赏】孙悟空在镇海禅林寺被妖精使计缠住厮打,妖精乘机掳走唐僧。悟空回来见没了师父,操棍就要打死沙僧和八戒,自去救师父。沙僧笑道:“兄长说那里话!无我两个,真是‘单丝不线,孤掌难鸣。’兄啊,这行囊、马匹,谁与看顾?宁学官鲍分金,休仿孙庞斗智。自古道:‘打虎还得亲兄弟,上阵还看父子兵。’望兄长且饶打,待天明和你同心戮力,寻师去也。”摩尔根在《古代社会》一书中曾分析指出:血亲氏族成员具有“相互支援、保卫和代偿损害的义务”。这种古代的习俗在人类各部落中流行得非常广,其渊源即出自氏族制度。封建的中国虽然经过历代演变但是这种既来自个体本性又来自人类远祖的血缘观念尤为根深蒂固。它意味着面对困难挑战的人的深层心理积淀即植根于原始集体无意识的人性内容会被唤醒,这种氏族血亲义务心理不仅在血缘关系中显现,也能移植到非血亲群体中使双方获得一种视对方如手足,形同一体的情感体验。所以沙僧此时运用这一俗语,其潜在意义也就是要唤醒这一暗存意识,使他们三人为取经事业而结成的非血亲群体更为团结,强化双方的道义情面,以亲切感人来感化悟空。所以,该俗语的恰当运用既生动形象、通俗易懂又表达了深刻的道德伦理观念。

八仙同过海,独自显神通。

【注释】《西游记》第八十一回。八仙:传说中的铁拐李、汉钟离、吕洞宾、张果老、曹国舅、韩湘子、何仙姑、蓝采和八个神仙。独自:各自。

【鉴赏】唐僧师徒行至镇海禅林寺,与众僧相见,安顿斋饭。因三藏偶感风寒,身体不适,遂多呆了两日。恰逢寺中众僧受一妖精困扰,总有小和尚在夜间失踪。悟空欲给他们除怪,他们却担心悟空招惹了那妖怪,给他们带来灭门之祸:“一则堕落我众生轮回;二则抹灭了这禅林古迹;三则如来会上,全没半点儿光辉”。悟空怒从心头起,恶向胆边生,高声叫着,向他们叙说自己当年大闹天宫的行止,并说:“甚么大精小怪……一赶赶上去,跑的跑,颤的颤,躲的躲,慌的慌;一捉捉将来,锉的锉,烧的烧,磨的磨,舂的舂。正是八仙同过海,独自显神通!”此处用本句做总结,概括神仙与妖怪各显各的本领,但却无法奈何悟空。这虽是悟空的自夸之语,却表明了他非凡的本领和无畏的精神。

天无阴阳，日月不明；地无阴阳，草木不生；人无阴阳，不分男女。

【注释】《西游记》第八十二回。阳：代表积极、进取、刚强、阳性等特性和具有这些特性的事物。阴：代表消极、退守、柔弱、阴性等特性和具有这些特性的事物。

【鉴赏】唐僧被捉后与孙悟空定计约妖精游览花园，专问为何树上桃子青红不一，妖精笑道："天无阴阳，日月不明；地无阴阳，草木不生；人无阴阳，不分男女。这桃树上果子，向阳处，有日色相烘者先熟，故红；背阴处无日者还生，故青：此阴阳之道理也。"阴和阳是古代劳动人民从纷繁复杂的自然现象和社会现象中抽象出来的两个基本哲学范畴。古人认为世界就是在这两种相互对抗的势力运动推动下孳生、发展的。所录语句正是以排比手法，借助天地万物有代表性的三种即天、地、人的基本变化来阐述这一哲理，即整个世界都是由若干不同层次的阴阳对立的事物构成的，没有阴阳的对立，便不可能有天地万物，即大自然和人类社会。而其中阴阳又是矛盾统一的，矛盾双方的存在必须以对方的存在为前提，离开一方，另一方便不能成立，二者相互依存，相互促进而又有明显区别。这样诗句就寓深刻于浅显之中，生动形象而通俗易懂。

留得五湖明月在，何愁没处下金钩。

【注释】《西游记》第八十二回。大意为：只要能保住性命，哪里还愁达不到自己的目的。

【鉴赏】孙悟空设计钻入陷空山无底洞老鼠精的肚子里，在里边轮拳踢脚，直打得女妖匍匐求饶，"把唐僧背在身上，拽开步，往外就走（送还唐僧）。小妖跟随道："老夫人，往那里去？"妖精道："'留得五湖明月在，何愁没处下金钩！'把这厮送出去，等我别寻一个头儿罢！"书中引用俗语采用了比喻的手法，形象而又生动地以"五湖明月"喻指人的生命，用"金钩"暗喻所要达到的目的。天意为既然性命得以保全，自然不怕达不到目的。结合书中语境，我们可知女妖本已胜券在握，但因一时大意而着了悟空的算计，为了活命而忍痛割爱送走了唐僧，这以后她又生一计再掳唐僧。此语与上下文相结合，以通俗易懂的方式阐述了这样一个哲理：面临困难难以前进的时候，为了实现长远的目标，即使你已取得了一定成果，也应该冷静思考以退一步进十步的辩证法观点为出发点，放弃眼前利益。也就是说做人一定要灵活，而不能墨守成规，死钻牛角尖或固步自封。须知善于处理进退、远近等关系才能一如"留得青山在，不怕没柴烧"所言，不愁没处下金钩。

佛在灵山莫远求，灵山只在汝心头。

【注释】《西游记》第八十五回。

【鉴赏】唐僧师徒四人辞别钦法国王，一路西去，忽逢一高山阻路，唐僧顿觉神思不安，孙悟空讲解乌巢禅师的《多心经》，其中有四句颂子：佛在灵山莫远求，灵山只在汝心头。人人有个灵山塔，好向灵山塔下修。用孙悟空的话来理解，就是“心净孤明独照，心存万境皆清。差错些儿成惰懈，千年万载不成功。但要一片志诚，雷音只在眼下。似你（唐僧）这般恐惧惊惶，神思不安，大道远矣，雷音亦远矣。”若依此四句，千经万典也只是修心，这体现了禅宗的理论。乌巢禅师的四句颂子中，以心外灵山比喻那些戒律、苦行、念佛、观想等禁欲修行理论，而以心头灵山比喻清净本心，否定了传统的修行方式，不像其他宗派讲究禁欲、苦行或念佛求证。在它看来，人的本心就是清静的，只要悟到这清静本心便是解脱，那些戒律、苦行、念佛、观想等反而会使本心有了滞累，倒不如顺其自然去追求一个万境皆清的清静本心，任性逍遥，随缘旷放，追求不假外求全在修心的禅境，这样就使深奥的佛理通俗化、群众化因而易于普遍推广流传。

训教不严师之惰，学问无成子之罪。

【注释】《西游记》第八十八回。

【鉴赏】唐僧师徒四人来到天竺国玉华县，孙悟空师兄弟三人收玉华王府三个小王子为徒。孙悟空训诫他们说：“古人云：训教不严师之惰，学问无成子之罪。”体现了在学习过程中师与生各自的责任。随时的指导、训诫、管教，如果要求不严格，这是老师的惰性使然；学生学问没有做好，这是学生自己的过错。这与俗语所说的“严师出高徒”大意相近。“师者，所以传道受业解惑也。”在教学过程中老师就是用来传授道理，讲授学业，解惑的，这充分说明了教师的重要性，他知识的渊博程度，教学水平的高低直接影响到了学生知识的获取量，教学效果的好否。韩愈《进学解》曾云：“业，精于勤，荒于嬉；行，成于思，毁于随。”“无冥冥之志者，无昭昭之明；无惛惛之事者，无赫赫之功。”这又强调教与学矛盾关系中的另一方学生积极性与主动性的重要，只有加入学生自己的感知理解，学问才有可能真正掌握。所录语句正是对教与学辩证关系简洁精炼而又通俗易懂的概括。

红入桃花嫩，青归柳色新。

【注释】《西游记》第九十一回。

【鉴赏】唐僧师徒四众离了玉华城，来到天竺国外郡金平府投宿于慈云寺，时值元宵佳节，众人同步后园玩耍，但见时维正月，岁届新春……红入桃花嫩，青归柳色新。好一派新春气象，真个是园林幽雅，景物妍森。四时花木争奇，一派峰峦迭翠。所录诗句写出了桃红柳绿生机勃勃的美景,使人感到扑面而来一股欣欣向荣的新春气息。在艺术上作者赋予红、青色泽以某种生命力,采用拟人化的表达方式来写它们给万物带来的新气象:桃花红了,柳枝绿了,一切都是那么娇嫩而新鲜。其次,作者遣词极为准确、形象、洗练。如两个动词"入"、"归"既写出了桃花渐渐变红,柳叶转绿的动态美,化静为动,同时又体现了春回大地的亲切感,仿佛失而复得,充分人格化了。再次,诗句也体现了作者对仗的工稳,如颜色"青"对"红",动词"入"对"归",名词对,形容词对,章法严谨。所列的各种手法的运用使诗句构成了极有色泽、富于动感的美景图。

公修公得,婆修婆得,不修不得。

【注释】《西游记》第九十六回。

【鉴赏】唐僧师众朝餐暮宿来到铜台府地灵县。信佛修缘的寇员外和老妪留他们斋僧半月,其子寇栋兄弟也想留他们半月,因说道:"学生年幼,不知因果,常闻得有云:'公修公得,婆修婆得,不修不得。'我家父、家母,各欲献芹者,正是各求得些正果,何必苦辞? 就是愚兄弟,也省得有些束修钱儿,也只望供养老父半月,方才送行。"所录语句体现了佛教思想在民间的渗透性和深厚影响力,寇员外一家的言行客观地揭示了佛法无边,因果报应和宿命论等宗教迷信思想对人民的毒害。列宁曾把宗教称作"世界上最讨厌的东西之一,"因为它往往在特定的社会环境下和封建社会与统治阶级联系起来,消弭了人民的斗志,使他们安于贫穷痛苦,听天由命,认为行善积德,必得果报。同时这样的因果报应说教又强调各人的功果必须由个人修得,别人不能替代。所录语句正是这一思想的集中体现,虽然公公与婆婆之间是夫妻关系,但是也不能互相代替,那么对于一般人来说就更不行了,不修善、修行就没有功德。此语虽然体现的是佛家因果报应思想,但大而言之,可以说在人生旅程中要想有所发展和提高就只能靠自己,因为内因才是事物变化发展的根据。

好处安生,苦处用钱。

【注释】《西游记》第九十七回。

【鉴赏】铜台府地灵县寇员外被贼众杀死,寇家诬告唐僧师徒为强盗,厅上禁子们乱打,三藏苦痛难禁,只叫:"悟空! 怎的好! 怎的好!"行者道:"他打是要钱哩。常言道:'好处安身,苦处用钱。'如今与他些钱,便罢了。"吴承恩的父亲是个不善经营的小商人,又常遭官府吏胥的敲诈,对社会现状颇为不满,抚几愤惋,意气郁郁。这对吴承恩有很大影响,所以作者借作品以影射明代中期的黑暗腐败,"自古衙门朝南开,有理无钱莫进来"。在官府神圣威严的地方隐藏的是腐败与凶恶。封建权力一旦和货币势力相联系,其结果就只能是巧取豪夺，贪赃枉法。所录语句从这一方面对明代监狱和司法制的黑暗腐败加以诠释，如果要好处安身，只有花大钱贿赂狱吏才能行得方便。

经不可轻传，亦不可空取。

【注释】《西游记》第九十八回。

【鉴赏】此语出自九十八回唐僧师徒历经艰难，餐风露宿来到灵山。阿傩、伽叶二尊者因向唐僧索取不到“人事”（礼物），便欺骗唐僧师徒，给了一包无字之经。当告到如来那儿时，如来却笑着说他已知此事，不过“经不可轻传，亦不可空取。”还特意讲了一个贱卖经文的故事。鲁迅曾指出吴承恩“讽刺揶揄则取当时世态，加以铺张描写。”“故虽述变幻恍惚之事，亦每杂解颐之言（指使人发笑的话），使神魔皆有人情，精魅亦通世故。”确实，吴承恩正是通过对幻想世界的生动有趣的叙述和辛辣的讽刺来隐射当时的丑恶社会现实。作品中所描写的天上人间没有一块干净的“乐土”，到处是官官相护、徇私舞弊、徇情枉法、贪婪而多欲。同时，作者通过这句话以及文中具体事例的描写也揭示了明代中叶资本主义萌芽时期商品经济对人们传统道德风尚的冲击，拜金主义风靡一时，封建关系下许多神圣事物都开始为金钱关系所销铄。

低头观落日，引手摘飞星。

【注释】《西游记》第九十八回。

【鉴赏】唐僧师徒四人离了寇员外家往西方佛地而去，夜宿晓行，经有六七日，忽见一带高楼，几层杰阁，真个是：冲天百尺耸汉凌空。低头观落日，引手摘飞星。豁边窗轩吞宇宙，嵯峨栋宇接云屏。……此乃是灵宫宝殿，琳馆珠庭。所录诗句对仗工稳，以“低头”对“引手”，“观”对“摘”，“落日”对“飞星”，章法极严。作者诗中借助人的视觉转换，以及动作行为来侧面描写楼的高大轩昂，极为形象而又富于情态，虽未明言其高而其高自现。前人作诗多主张味外之味，象外之象，在诗中作者以浪漫主义的豪放诗笔描绘了宏阔博大的气势，同时又给读者留下了丰富的想象空间，激发读者进行艺术再创作，故而使诗句更富于韵味。

真人不露相，露相不真人。

【注释】《西游记》第九十九回。

【鉴赏】唐僧师徒四人取经回到陈家庄，那庄上人家一个传十，十个传百，……若老若幼，都来接看，献果献斋，无限人家。时已深夜，将及三更，三藏悄悄道：“悟空，这里人家，识得我们道成事完了。自古道：‘真人不露相，露相不真人。’恐为久淹，失了大事。”于是连夜离去，径为长安。所录语句采用回文的手法造成了一种回环往复，水绕山环之美，虽只有寥寥五个字反复使用却包含了丰富的内涵，含义深刻。它之所以能在民间广泛流传，保持旺盛生命力，就是因为这种形式能寓深刻于浅显之中，生动形象而又通俗易懂。其大意为：真正的大智慧者，从不炫耀自己；喜欢炫耀自己的人也绝不会是真正的大智慧者。唐僧在这里引用这一俗语其意也就在于提醒徒弟们不可随意炫耀，以免惹来不必要的麻烦。这一原则放之四海而皆准，在今天仍具有教育意义。它告诫人们无论做学问还是日常工作、生活都要保持一种谦虚、谨慎的态度，要虚怀若谷，须知在人的一生追求中各种门类都有深度可探索。“活到老，学到老”、“老骥伏枥，志在千里；烈士暮年，壮心不已”，都说明了“人生也有涯，而知也无涯。”因此一个真正学问渊博的素有修养的人是绝不会自诩博大的，那些坎井之蛙，往往囿于见闻而沾沾自喜，暴露了自己的浅陋无知。

《金瓶梅》名句

古来饱暖生闲事，

祸到头来总不知。

——《金瓶梅》第三回

世上惟有人心最歹。

【注释】《金瓶梅》第一回。

【鉴赏】第一回中作者叙写清河县武大郎的身世遭遇，讲“人见他这般软弱朴实，多欺负他”。武大郎无可奈何，只能“并不生气，常时回避便了”。因此作者慨叹：“世上惟有人心最歹，软的又欺，恶的又怕”。表达了对善良而又懦弱的武大郎的悲悯同情之心和对那些欺软怕硬的市井闲人丑恶心态的揭示和斥责。中国古代奉行的封建礼教训导人要有“温良恭俭让”的美德，更借《孟子》“人之初，性本善”为《三字经》开篇，强调了中庸和忠恕，己所不欲，勿施于人的道德伦理观念。明清小说大多是体现这一教化功能的，叙写伦理，宣讲三纲五常。而作者却发愤蹈厉说出这一愤世嫉俗之语，把人心归为世间万物之中最为歹毒的，而且不分男女老幼、尊卑贵贱，一语以概之。这和其他白话小说多以“好人”和“坏人”作对比，惩戒恶人之非，劝谕好人行善为结局又自不同。《金瓶梅》专以写市井间淫夫荡妇为主，以集官僚、恶霸、富商为一体的西门庆的家庭为中心，上联朝廷、官府，下结大户豪绅、地痞、恶棍，可以说“著此一书，即骂尽诸色”(《中国小说史略》)。所以说在第一回中就发出这样的慨叹，可以看作总揽全书的文眼。作者借此表达了对“人心叵测，世态炎凉”的世俗风尚以及政治腐败的愤懑针砭，暗示僵死的封建社会温情脉脉的一套伦理纲常早已失去骗人的油彩，暴露了没落时期病态社会人们的自私、冷酷、虚伪、利己的畸形变化。

佳人才子相凑着的少，买金偏撞不着卖金的。

【注释】《金瓶梅》第一回。

【鉴赏】《金瓶梅》塑造了潘金莲这个畸形社会世态下畸形精神追求的可恨、可叹、可悲的妇女形象，她对己只有屈辱和荒淫，对人只有冷酷和无情，是一个集旧式妇女恶习之大成的淫妇。导致她灵魂扭曲的原因可以说就是她独特的生活道路：出身于潘裁缝家，自幼聪颖，九岁被卖与王招宣，继而卖给张大户。虽受主家婆百般苦打，但她安于肉体的被奴役，精神被摧残的地位，目标只是希望锦衣裹身，美食果腹。既然有如此变态追求，她当然不会满足于嫁给“一味老实”的武大，自叹“他乌鸦怎配鸾凤对，奴真金子埋在土里”。作者写道：“但凡世上妇女，若自己有些颜色，所禀伶俐，配个好男子，便罢了；若是武大这般，虽好杀也未免有些憎嫌。自古佳人才子相凑着的少，买金偏撞不着卖金的。”这是作者对这桩不幸婚姻的叹息，同时也以简括手法揭示了潘金莲的心态，她的本能受到了扭曲压抑，为以后二人婚姻的悲剧结局埋下了伏笔。所录语句为表现她对自己人性的被践踏的强烈不满和内在苦闷作了很好的注脚，体现了作者对潘氏渴望改变命运，渴望性爱满足的理解和同情，为这一人物性格以及她的人生追求提供了内在根据，暗含对当时不合理婚姻制度的不满。

柔软立身之本，刚强惹祸之胎。

【注释】《金瓶梅》第一回。

【鉴赏】第一回介绍武大郎时作者刻画他生得矮小，性格懦弱，每遇市井小人的欺负凌辱总是忍羞含气，只知回避了事，甚至面对与东家张大户私通的妻子也是不敢做声。作者以"柔软立身之本，刚强惹祸之胎"这句话作为武大郎做人行事的合理解释。所录语句是中国封建社会逆来顺受，忍辱负重的被统治阶级奉行的处世哲学、人生准则，体现了儒家温顺恭良，恪守三纲五常的深远影响。随着资本主义萌芽因素的增长，城市经济在元明时期达到了空前繁荣，市民阶层也随之崛起。他们在社会结构中占有很大比重，正是这些行商坐贾、引车卖浆者流推动了城市生活的运转。武大郎就是其中的一个典型人物，他虽然靠手工劳动衣食不愁，但是思想渊源上封建礼教的教化带来的孱弱的反抗意识造成了他性格的悲剧。作者在刻画他自身麻木软弱的性格缺陷时就宣告了"柔软立身之本，刚强惹祸之胎"处世哲学的失败，发出了"太柔则废"的慨叹。

古来饱暖生闲事，祸到头来总不知。

【注释】《金瓶梅》第三回。

【鉴赏】第三回"定挨光王婆受贿，设圈套浪子私挑"写西门庆与王婆设计勾搭潘金莲。作者回前诗"色不迷人人自迷"，暗示了明代封建礼教和秩序由于金钱的侵蚀已经紊乱，带有浓厚的市侩气味，助长了新兴商人西门庆的贪欲和鄙俗。他孜孜以求的就是财富和女人，对于财色的贪求是没有止境的，为西门庆的所作所为和毁灭结局作了概括。其中最后一句"古来饱暖生闲事，祸到头来总不知"说明西门庆这样的"市井棍徒"之所以能志得意满，贪求财色，就在于他能"饱暖"。而"饱暖"二字又揭示了西门庆强大的经济后盾，而这又离不开官府的支持与帮助，所以上半句表明了西门庆是集商人、官僚、恶棍于一体的，是一个披着衙门虎皮，站在商店柜台前的恶棍。同时也说明在当时世风日下的社会环境之下，一个人没有生存危机，就会想到做一些"闲事"，满足空虚的精神需求，寻找寄托。下半句为西门庆纵欲过度死于非命，潘金莲淫荡被杀的悲剧结局埋下了伏笔。所录诗句对章回中主要人物的性格、人生追求以及必然命运做了简要的概括，在浅显的文字中包含了丰富的内涵，可谓语约而义丰。同时诗句和《金瓶梅》开篇的《四贪词》专讲酒色财气的危害意旨相近，再次亮明全书主旨，反映了作者对明代后期社会的淫靡萎顿世风的忧虑，寓劝诫于其中。

求只求张良，拜只拜韩信。

【注释】《金瓶梅》第七回。张良、韩信为汉高祖刘邦的开国功臣，张良善计谋而韩信善用兵。大意为出谋划策只求张良，带兵打仗只拜韩信。意为处理一件事时一定要抓住问题的关键之处。

【鉴赏】卖翠花儿的薛嫂子"一地里寻西门庆来说一件亲事"，说的就是刚死了丈夫的孟玉楼，金银珠玉样样皆有，又是长挑身材，一表人物。但她夫家亲戚众多，要把亲事做得冠冕堂皇，合理合法，必须有族里亲戚的首肯。所以薛嫂子提到了杨姑娘："一家子只是姑娘大。……咱只倒在身上求她。求只求张良，拜只拜韩信。这婆子爱的是钱财，……只指望要几两银子。"所录语句刻画了薛嫂儿的厉害，她老谋深算，成竹在胸，虽然是说媒，其行事却大有"运筹帷幄，决胜千里"的威风。她不但熟谙男女之情，而且更洞见社会的真伪，善于利用各种社会关系，利用各色人等的弱点，自如地达成自己的计划。她洞悉这桩婚事的关键在孟玉楼先夫的姑娘身上，所以"一把抓住她"和她讲过，"一拳打倒她"，这老虔婆黑眼睛见了二三十两白晃晃的官银，满脸堆下笑来。作者用一句话揭示出了市井人物对社会人生的理解和认识，可谓"世事洞明皆学问，人情练达即文章"，从而也展示了更为广阔深刻的社会生活，一个充满阴谋、狡诈、欺骗的黑暗世界。广而言之，所录语句用形象化手法，借用西汉历史名人阐述了一个深刻的道理，即处理问题一定要抓住关键，这样问题就会迎刃而解。

凤凰无宝处不落。

【注释】《金瓶梅》第七回。

【鉴赏】就孟玉楼改嫁一事众亲戚反应不一。杨姑娘作为"正头香主"已被西门庆几十两银"一拳打倒"收买了。而张四舅没捞着什么，所以处心积虑上演了孟玉楼起身时拦夺嫁妆箱笼的闹剧。杨姑娘声称公道，似乎不偏不倚，光明磊落，结果被张四舅一语喝破："你好失心儿！凤凰无宝处不落。"于是二人嚷做一团。所录语句采用比喻手法形象生动而又通俗易懂，其含义为：你（杨姑娘）得了别人的好处，所以来给人做说客。通过张四舅对杨姑娘的讥讽抢白，我们可以看出明代后期金钱观念已经超过或压服了正常的人情伦理道理观念，人与人之间的温情亲情已变成勾心斗角，装假说谎。总之大家都是钱迷心窍，结果出乖露丑、狼狈不堪。作者正是假借这场几乎全武行的闹剧，借助他们之间尖刻的嘲笑和讽刺暴露了商品经济对封建正统的冲击，封建社会走向腐朽没落，正常的世态人心发生了畸形变化，一个个都自私、冷酷、虚伪、利己。所录语句也从一个侧面说明金钱的左右力量，它可以使杨姑娘"屁滚尿流"，使张四舅百般刁难，使薛嫂儿鞍前马后跑腿。总之，所录语句语虽浅显而含义丰富，颇发人深思。

世上有德行的高僧，坐怀不乱的少。

【注释】《金瓶梅》第八回。

【鉴赏】潘金莲请了六个僧人，在家做水陆道场超度武大。这些和尚一见潘金莲的容貌打扮，个个都心猿意马，七颠八倒，迷了佛性禅心。由此作者生发议论："看官听说，世上有德行的高僧，坐怀不乱的少。"在他眼中僧、和尚、鬼乐官和色中饿鬼都一样。僧侣在晚明社会是一个特殊的社会阶层，一种特殊的社会势力。明代佛教的发展已经处于没落时期，儒家理学的兴起，吸收了不少佛教思想作为统治思想，佛教的禁欲主义以儒家"存天理，灭人欲"的面貌出现，削弱了佛教在统治阶级思想、政治领域的地位。反人性的理学使新兴市民阶层深恶痛绝，而佛门弟子的德行又堕落蜕化变质，所以世人把佛门弟子的恶行加以批判，揭露禁欲主义的虚伪。所录语句通过刻画一班僧人为女色所迷的丑态目的也就在此。一个"少"字就说明这种现象的普遍性。同时，所录语句也揭示了这一阶层的寄生性质，他们不愁饱暖，因而生出许多"闲事"，反映了晚期僧道作为一个特殊的社会阶层因没落统治阶层血肉相连的关系及其与新生市民阶级、劳动人民的阶级矛盾。

从头看到脚，风流往下跑。

【注释】《金瓶梅》第九回。

【鉴赏】西门庆偷娶潘金莲，第二天潘金莲到吴月娘房中来拜见大小，作者写道："吴月娘从头看到脚，风流往下跑；从脚看到头，风流往上流。"张竹坡评这一段，认为写金莲的姿色借月娘眼中描出，文字生色之妙，全在两边掩映（借金莲眼中描出众人风度）。古代章回小说着意于运用多种人物肖像描写手法来刻画栩栩如生的人物形象，这在潘金莲身上得到了体现。如第一回中正面描写她自幼聪颖美丽，第二回中借西门庆"酥了半边"侧面描写，这一回中又借吴月娘之眼采用精炼简括的白描手法粗笔勾勒轮廓，不加烘托和陪衬，语虽不多而意态已出，颇为形象传神。上半句作者借"从……到……"的搭配使用，使静态的画面产生动感，造成一种视觉转换的效果，一情一态尽收眼底；下半句赋予"风流"这一摸不着、看不见的抽象事物以实物情态，接续上句从上往下写"风流"顺视线而"跑"下，使上下两句契合无垠，浑融完整，寓动于静之中，而且使语句生动活泼，形象传神，使人物"风流"特征活灵活现。

船载的金银，填不满烟花寨。

【注释】《金瓶梅》第十二回。

【鉴赏】西门庆宠爱李桂姐，一连半个月不回家。潘金莲让玳安捎去帖儿寄托相思，却仍唤不回西门庆，潘金莲生气说道："十个九个院中淫妇，和你有甚情实？常言说的好：船载的金银，填不满烟花寨。"她的话一方面指斥了娼妓的虚情假意，包含了对西门庆变心的失望和怨恨，另一方面也是对于娼家夺走西门庆宠爱的畏惧和叹息。这是一种烦杂、低沉而又令人痛苦的心绪。宠爱已成往昔，丈夫归期渺茫，此身何依？此情何寄？这在封建时代是多少良家妇女共同的悲剧。作者假借潘金莲之口对娼妓这一封建社会畸形制度下的畸形产物进行了批判，也从一个侧面反映了封建社会世态人情腐朽堕落的一面。以西门庆为代表的富商、官僚等身上没有高尚的人生追求，在特定的时代氛围里必然以贪欲和鄙俗为目的，以占有为目的，从异性那里获得快感和满足，丧失了人性中的纯真与善良。

风流茶说合，酒是色媒人。

【注释】《金瓶梅》第十四回。

【鉴赏】宴饮中李瓶儿与西门庆眉目传情，言语轻薄，在众人面前全无半点忌讳，作者感叹道："风流茶说合，酒是色媒人。"在《金瓶梅》中李瓶儿是个非常重要的角色，她原为梁中书的小妾，后嫁与花子虚为正室，渴望过一种安定的衣锦饴甘的生活，向往爱情的甜美。但是花子虚却是个不成器的料，他坐吃遗产，不管家事，成天在外眠花宿柳，醉生梦死，只留李瓶儿守着冷落空房。当她听说一墙之隔的西门庆善于钻营，生财有道；又勾结官府，炙手可热，及眼见他人物都丽，语言甜净、行事乖觉、风流浮浪时，唤醒了她内心中本能欲望和需求，怎不动心？所录语句指出酒能使人乱了情性，不能自持，不知廉耻的坏处，以及在男女偷情中的作用。这正与《金瓶梅》篇首的阐明小说主旨的"四贪词"相呼应。词中"酒"一节里说："酒损精神破丧家，语言无状闹喧哗。疏亲慢友多由你，背义忘恩尽是他。"历数酒的诸多坏处，全面深刻而又让人警醒。作者善于运用简括的语言来涵盖丰富内容，从中影射了明代中后期社会风气的淫靡，道德的堕落，表达了作者一定的认识能力。

自古男治外而女治内。

【注释】《金瓶梅》第十四回。

【鉴赏】花子虚实际上是一个封建社会走向衰落时期颓废世风下的寄生虫。这一回写他没有什么正经营生，坐吃遗产，家事也不顾，成日宿娼狎妓，挥金如土，结交了西门庆等一班酒肉朋友。这样的生活终于使渴望幸福、爱情、家庭美满的李瓶儿生厌，遂与西门庆勾搭成奸，图尽财产，而花子虚也为之一命呜呼。作者就此大发感慨，阐述了"自古男治外而女治内"的生活哲理。他认为在一个幸福美满的家庭和不至于生变的婚姻关系中，男女都应担当重要角色，各尽应负的责任和义务。男子在外奔波事业,女子在内主持家政。女子如生外心,再有本事的男子汉也难测其暗地之事。女子生外心,男人的名声往往也受到玷污。这都是因为男子对家庭生活问题处理不当所致。作者通过这些具体阐述,要表达的就是提倡一种和谐婚姻关系,夫妇二人能有共同的生活追求,即"夫唱妇随,容德相感,缘分相投,男慕乎女,女慕乎男,庶可以保其无咎。"所录语句精炼概括作者的这一婚姻观。"自古"二字又说明以作者视角来看十六世纪以来中国社会所发生的深刻变动,家庭制度,婚姻观念是不尽如人意的,他托古之名来表达对民主、科学的新型男女关系的向往,代表了前资本主义萌芽发展时期人们在商品经济冲击下思想上所发生的变化。它不同于以往的儒家礼教指导下的男子奔波,养家糊口,女子操持家庭用度这样的理想模式,而是追求一种建立在以爱情为基础之上的婚姻,这不可以不说是当时进步思想的代表。

船多不碍港,车多不碍路。

【注释】《金瓶梅》第十六回。

【鉴赏】李瓶儿自花子虚死后,一心指望早日嫁进西门家。虽然花子虚尸骨未寒,但在这一章回中就三次约会西门庆求娶,又是献酒,又是磕头,又是流泪,和盘托出对爱的痴情,对幸福追求的强烈。虽西门庆说先盖房子再迎娶,但还是央求先去与潘金莲住一楼。西门庆征求潘金莲的意见,她顺情说好话地说:"……得他来与老娘做伴儿。自古船多不碍港,车多不碍路。"其意也就是表明自己不在乎李瓶儿占用自己房子,什么事都是按部就班地进行,她来与不来情况都一样。作者运用俗语形象化地表明了潘金莲性格中的狡诈、会耍手段,工于心计、绵里藏针。她的内心是渴望过一种正常的夫妻生活,能够使西门庆专宠她。但她又清楚地知道西门庆身上的贪欲,所以面对西门庆的要求,为了不至于激恼西门庆而失宠,她自然就得表示同意,甚至表现出莫大欢喜,为西门庆出谋划策。而她的目的却只是能在这个妻妾成群的封建大家庭中"不碍港"、"不碍路"继续笼络住西门庆,这是何等卑下而可悲。作者在此用一句俗语就刻画出了她内心的处心积虑,和以后描写她对李瓶儿的尖酸刻薄,对待其他姬妾的争风吃醋的态度形成鲜明对比,使读者更好地来整体把握人物形象。

落日已沉西岭外,却被扶桑唤出来。

【注释】《金瓶梅》第十八回。扶桑:古代传说中东方日所出处的神树。其意在文中大致同于"遇难成祥"、"化险为夷",比喻事情已趋于失败或结束却又有大的转机。

【鉴赏】这一章回写北虏犯边,兵部尚书王黼不发人马,贻误战机,兵科给事中宇文虚中等奏本参劾蔡京、王黼、杨戬三人"奸臣误国",朝廷大怒,下旨拿王、杨二人并其亲属党羽。西门庆闻听消息急蹑迹潜踪并派来保上东京活动，终于在银钱并关系网支配下除去罪名。作者写到：这回西门庆性命有如落日已沉西岭外，却被扶桑唤出来。作者用形象化比喻手法刻画西门庆手段的“高明”，经过一番行贿、斡旋就能死里逃生。它同时也给我们揭示了明代后期吏治腐败，官场黑暗的严重性。朝廷权臣之间互相包庇、狼狈为奸。贪赃枉法，贿赂成风，上自右相，下至门官一个个见钱眼开。在这群人身上封建道德所崇尚的“礼”，也已经沦落到铜臭熏天的可悲地步了。“扶桑唤出来”其意也就是“钱权交易换出来”罢了。但毕竟他已如落日沉沉，虽苦苦挣扎也终究是强弩之末，这又给后边章回西门庆贪欲丧命埋了伏笔，使小说前后照应，浑融完整。总之，该诗句寓讽刺、揭露于形象比喻之中，既生动又颇耐人玩味。

吃着碗里，看着锅里。

【注释】《金瓶梅》第十九回。

【鉴赏】清河县大户西门庆与花子虚的浑家李瓶儿有染，花子虚死后，李瓶儿等西门庆不及，嫁给了太医蒋竹山，并用陪嫁资助其开了个生药铺。西门庆得知，遣无赖鲁华、张胜砸了药铺，打了蒋竹山，并诬其借债不还，诉之于官府。李瓶儿对嫁蒋竹山之举后悔不迭，又与西门庆通好，转嫁了西门庆。“吃着碗里，看着锅里”是西门庆形容李瓶儿的邪淫性格的话，后来常用于比喻人的贪心不足。

破着一命剐，便把皇帝打。

【注释】《金瓶梅》第二十五回。

【鉴赏】来旺是西门庆的心腹仆人。他办事可靠，对主子忠心耿耿，多次为西门庆做脚奔走权门。这一章回中写他从杭州回来听说妻子与西门庆通奸，在公开场合他是敢怒而不敢言。一日喝醉了酒骂道：“……由他，只休要撞到我手里，我教他白刀子进去，红刀子出来。……到跟前再说话。破着一命剐，便把皇帝打。”郁积在心头的愤恨借酒发泄出来，骂得痛快淋漓。这说明在来旺的意识深处，自己并不低西门庆一等，都是一般人。而且他又有恩于西门庆，没有他在东京千辛万苦的活动，就没有主子的荣华富贵，所以多少又有些狂妄，类似于《红楼梦》中的焦大。但他不像焦大那样忠诚或奴性十足到忘我的境界，面对与自己切身利益相关的事他就想到自身，想到为人丈夫的尊严，所以才会有这样激昂慷慨、掷地有声的言辞，如果不是酒后失言，听了真会以为他会拿了扎尖刀捅了主家，然后奔上梁山。但是来旺的醉骂毕竟只是醉骂，他的仇恨意识是真实的，却又是稀薄的，被压抑得很深的，酒精驱散了平素统治他头脑的思想，这仇恨意识便聚合起来。说到底来旺只是个奴才，他只敢在酒醉时发发牢骚，所录语句正是他在物质欲望苦压下的抗争，但却是微弱的，终究是浑浑噩噩，令人失望。

害死人，还看出殡的。

【注释】《金瓶梅》第二十六回。

【鉴赏】清河县卖棺材的宋仁的女儿宋惠莲嫁给西门庆仆役来旺，西门庆见她一副姣好容貌又乖巧，便勾搭成奸，并欲设计发配来旺。惠莲气愤之下意欲自杀，被救起后哭道："爹，你好人儿！你瞒着我干的好勾当儿！……你原来就是个弄人的刽子手，把人活埋惯了。害死人，还看出殡的！……。"《金瓶梅》人物语言是生动传神而又泼辣酣畅，极富于个性化的。宋惠莲虽然作风淫荡放纵，爱慕虚荣，但她出身贫穷，在她身上还有穷人的一颗仁爱之心，还有一点没有泯灭的做人的尊严。当西门庆要置来旺于死地时，她灵魂深处的感情和道德的力量突然迸发出来，敢于指斥凶残的主家，敢于以死来抗议不平的现实，体现了她身上残存的一些骨气和精神。她对来旺，自然谈不上爱情，但她有一种穷人共同生活建立起来的情义，谁要无端欺压她的丈夫，她决不善罢甘休。现在她无人可求，也无以求，因为来旺的冤屈，是因为她与西门庆的通奸引发的。于是她感到被玩弄被欺骗的痛苦，对生活产生了绝望情绪。在她对西门庆的指责中，表现了作为人的起码尊严，也揭露了西门庆这个暴发户商人的官僚、恶霸气，他贪婪、凶残而又自私、冷酷无情。

富贵必因奸巧得，功名全仗邓通成。

【注释】《金瓶梅》第三十回。大意为暴发户想要求取功名富贵，必然得靠损阴缺德，投机取巧，官运亨通全靠贿赂使钱。

【鉴赏】西门庆发财后累次给蔡太师送礼，蔡京遂把皇帝赏赐给他的空白封官表给了西门庆一张，让他做了山东提刑所理刑副千户，连他的伙计仆役也因"解献生辰礼物，多有辛苦"而被赏赐了官职。作者因此有感而发："富贵必因奸巧得，功名全仗邓通成。"在我国小说发展史上《金瓶梅》是第一部以现实生活和家庭生活为题材的长篇小说。作品假托宋代故事反映的却是明代中后期的社会现实。所录诗句反映的正是十六世纪后期急剧发展的商品经济对于封建社会的冲击。由于当时畸形发展的商品经济自身的不足和缺陷等原因使新兴商人阶层只能充当封建阶级的附庸，以金钱作为交换条件以维持和保障自己在一定限度内的生存和发展。当他们只想到操纵金钱以攀升、享乐的时候，最终也就陷入了自我迷失、异化和毁灭的深渊。同时，诗句也在另一个侧面揭露了吏治的腐败，"凡文武迁擢，不论可否，但衡金之多寡而畀之。""权门之利害如响，富室之贿赂通神；钝口夺于佞词，人命轻于酷吏。"上至朝廷，下至地方各级官吏，贿赂成风，鬻爵公行，贪赃枉法，真是封建社会走向没落的生动写照。

时来谁不来？时不来谁来？

【注释】《金瓶梅》第三十回。大意为时运来时谁不来攀附？如果背时走向衰败，谁还来趋奉？

【鉴赏】三十回写西门庆生子加官，众人都来趋奉，“送礼庆贺，人来人去，一日不断头。”这种情况之下，作者写诗叹道：“常言‘时来谁不来？时不来谁来？’正是：时来顽铁有光辉，运退真金无艳色”。所录语句虽然只由简单的五个字交错使用却造成了不同的表达效果，颇具有哲理性，阐发了作者对社会人生的看法。娶妻生子，延续后代，是封建社会普遍通行的人生目标，这在当时人们的道德观念中与当官发财的观念一样具有重要的地位，所以人们竞先赶来庆贺。而加官又表明作为富商的西门庆与官僚势力的进一步结合。这样的两件事是这个家族走向鼎盛时期的标志，由于他的权势富贵，那些官吏亲朋、帮闲小人、妻妾奴仆，个个如蝇嗜腥，趋附如流。前半句正是对这一现象的概括，以疑问形式加以肯定，富于强调意味。按照中国传统哲学的观念，盛极必衰，泰极否还生，由此西门家族的命运将是下降、衰落与消亡。以后章回中写到西门庆一死，这些帮闲人物全换了嘴脸，就是平日深恩全换为视如陌路，自私刻薄而又丑态必现。所以说下半句给下文描写西门家族的不幸悲剧结局埋下了伏笔，前呼后应，天衣无缝。

各人当场者乱，隔壁心宽。

【注释】《金瓶梅》第三十一回。

【鉴赏】西门一家大宴宾客给小官哥儿做满月，玉箫给书童送去一银执壶酒并果子。不料书童不在，银执壶被琴童拿走，迎春怕惹出乱子，劝他归还，他反而说：“我又没偷他的壶。各人当场者乱，隔壁心宽，管我腿事！”说毕，扬长去了。所录语句极富于口语色彩，通俗易懂，但从中我们能发掘出人物内心的卑污，落井下石，幸灾乐祸。西门庆，原本是一口五色俱全的大染缸，前前后后进入这个家庭的男男女女差不多都携有了自己污浊的色彩。在这样的宅院中从来就笼罩着一层邪恶，无论在主子或奴仆的阶层中，都充满了阴谋与厮斗，一个个跟乌眼鸡一般，恨不得你吃了我，我吃了你。琴童这种行事以及说话可谓推倒了油瓶不扶，说明在他心里根本没有什么同情怜悯之心，有的只是幸灾乐祸。藏壶一事虽然没有什么大不了，但说不定也会断送了一个人的一生，带来严重后果。所以，琴童的言行并不是简单的恶作剧，由此我们可以看到在那个鬼魅魍魉的时代里人心世风何等险恶，损人利己，成了家常便饭。

满怀心腹事，尽在不言中。

【注释】《金瓶梅》第三十二回。

【鉴赏】西门庆为官哥做满月大宴宾客，上下人等，谁不趋附庆贺，这大大刺伤了潘金莲，她感到自己是被“蹰到泥里”的人了，于是为了改变这种处境，她决意除掉这一“尿泡种子”！演出了仪门首“一径把孩子举得高高的”丑剧，吓得孩子受惊，吃药方好。作者写李瓶儿对西门庆不提潘金莲抱孩子一事，叹道：“满怀心腹事，尽在不言中。”这句话简洁而又极为准确地刻画出李瓶儿性格中的怯懦和软弱，满腹心事而又听天由命，另一方面通过她的这种表现也活画出潘金莲的霸道、歹毒。潘金莲这个人物的性格，作者在写她谋杀官哥的初次尝试前已作了层层铺垫，把潘金莲由好淫而生妒嫉，因妒而生杀机的思想过程写得清清楚楚，她一心邀宠对李瓶儿母子真是明枪暗箭地整治，这个“金瓶梅”的世界，是一个吃人的世界，温良柔弱只能是被人“吃掉”。而不幸李瓶儿就是这样对现实没有积极主动的进取，一味安于现状，一让再让，她内心的自卑感和负罪感使她失去了行动的勇气和力量，从而使她在与潘金莲的较量中逐渐处于劣势，直至忧郁而终。所录语句既是刻画李瓶儿的性格特征的，同时又显示了西门家族内部姬妾之间的争风吃醋、明争暗斗，启发读者去思考她们之间微妙的关系，以及性格的差异导致的不同结局。

火到猪头烂，钱到公事办。

【注释】《金瓶梅》第四十七回。

【鉴赏】苗青谋财弑主，自知罪不容诛。于是转弯抹角用五十两银子托王六儿向西门庆说情。西门庆狡诈贪婪，表面上一口回绝，实际上却是待价而沽。逼得苗青心领神会“愿把两千货银都使了”以保性命。此时西门庆一口应承，纵容苗青逍遥法外。作者引用俗语叹道：“常言道：‘火到猪头烂，钱到公事办。’”这苗青动用两千货银就免去死罪，公事得以办妥，能左右西门庆如簧巧舌的无非就是一个“钱”字。钱权交易的丑剧，充斥于官僚专制体制的各个层面，各个角落，为了钱，做官的颠倒黑白、草菅人命。明代吏治腐败、贪赃枉法，法随言出，话因钱生的人治的泛滥程度在这句话中上下两句采用类比手法对此作了精辟的概括和揭露。使行文既通俗易懂、生动形象而又发人深思。这和“有钱能使鬼推磨”、“好处安身，苦处用钱”同样道理，作者借用俗语既揭露了他们在金钱的庇护下所干的罪恶勾当，同时也表现了金钱在当时社会中左右一切的作用和颠倒黑白的威力，反映了晚明社会意识形态所发生的深刻变化。

花枝叶下犹藏刺，人生怎保不怀毒。

【注释】《金瓶梅》第四十七回。

【鉴赏】苗员外家奴苗青因与员外爱妾刁氏花园私语被痛打一顿，从此怀恨在心。恰值苗员外要到开封府看望表哥黄通判，于是携同苗青带重金、礼物，雇船从扬州出发，谁知雇的竟是贼船。苗青怀抱被责之仇，见财起意，暗想："不如我如此如此，这般这般，与两个艄子做一路，拿得将家主害了性命，推在水里，尽分其财物。我这一回去，再把病妇(苗员外之妻)毒死，这份家私连刁氏都是我情受的。"这段内心独白刻画了苗青图财害命，背恩忘义的险恶用心。作者对此感叹道："花枝叶下犹藏刺，人生怎保不怀毒。"以类比手法形象生动地阐发了人心险恶，"防人之心不可无"的处世哲学。苗员外被奴仆贪财所害固然可悲，但作者在此意在表现对这些奸邪小人的谴责，其中已经不单只对苗青谋财害主一案，更包括了整个社会窳败了的世道人心。明代后期封建社会已经走向腐败堕落，封建礼教的温情脉脉，三纲五常在资本主义萌芽因素的增长，商品经济的冲击下变得苍白无力，人们在价值取向和道德观念上发生了变化，人的灵魂能用冰冷的白银来收买，人与人之间的情义全随着权势的有无而消长，一切都显得冷酷无情，每一个人都被淹没在利己主义的冰水里。作者在诗句中暗示了这种丑恶世风对他思想的冲击，体现了他对这一现象的看法，铲除罪恶渊薮恐怕是作者要表现的真正意义。

此礼我若不受你的，你也不放心。

【注释】《金瓶梅》第四十七回。

【鉴赏】苗青因为伙同船上贼人谋害了苗员外，家仆告到官府，船家被抓后供出他是主谋人，当判死罪，因此动用两千货银来贿赂西门庆，以求免去死罪。西门庆一改苗青第一次用五十两银子托王六儿说情时的鄙夷不屑，说道："既是人说，我饶了你一死。此礼我若不受你的，你也不放心。……你不可久住，便即星夜回去。"作者成功地运用了讥刺反讽的手法写出了这些贪官污吏收受贿赂时的表白，在这种漫不经心的客套话中充分显示了人物的心理活动和性格特征。读着这颇具生活气息的口头禅，我们仿佛能看到一个高坐太师椅上悠游自在、心得意满，做着钱权交易而心安理得的官老爷形象，感到言犹在耳，如闻其声，如见其人，体现了作者运用语言的生动性，形象性，极富于生活气息。对于刻画典型环境中的典型人物：物欲横流世界中的集官僚、富商、恶霸于一体的西门庆，他的贪婪敛财，恃官作恶，巧取豪夺，徇私受贿，贪赃枉法，为所欲为，肆无忌惮是不可或缺的。同时这句话又揭示了当时社会风气日下，法制松弛，封建权力与货币权力相互勾结以破坏司法，揭示了明代监狱和司法制度的黑暗腐败，这使世人们正常的心态扭曲，每遇官司只恨行贿无门，受贿的堂而皇之，唯恐却之不恭，收了礼还落个人情。总之，这句简简单单的口头禅既是作者对人物丑态的讥讽，也是对明代后期社会环境的揭露和批判，可谓语约而意丰。

人情公道最难为。

【注释】《金瓶梅》第四十九回。大意为人情和公道是最难协调处理周到的。

【鉴赏】西门庆、夏提刑收受贿赂，私放苗青逃出性命，被人告发。曾御史不满于他们无法无天，一面重审，捉拿苗青，一面奏本参劾西门庆。但是钱能通神，他们打点礼物差人上了东京"央及老爷那里去"，果然蔡京、翟谦为其设法开脱，"交你老爹只顾放心！照情一些事儿没有。"结果下任巡按宋盘一到，一顿饭就使苗青一案最后了结。作者感叹曾御史主持公道而孤掌难鸣，众多官僚结党营私，循情枉法的黑暗世风，引诗一首云："公道人情两是非，人情公道最难为。若依公道人情失，顺了人情公道亏。"作者借此表达了人情与公道是人治社会不可解决的矛盾，公道要由君主的昏与明，官吏的浊与清来决定。而封建君主的昏与明，以及官吏的浊与清，则是由他们各自良心、修养、认识水平来决定，而这些在颓废的明代后期早已丧失。当时社会现实就是人情战胜公道，公道屈服于人情。所录语句语虽简约而道出了几千年封建宗法社会的重要特征：官本位、人治、关系网盘根错节……

苍蝇不钻没缝的鸡蛋。

【注释】《金瓶梅》第五十二回。

【鉴赏】王招宣府的王三官儿，每日被帮闲孙寡嘴、祝麻子等人带着吃喝嫖赌，他是东京六黄太尉侄女儿女婿。六黄太尉得知王三官儿的情况，便让朱太尉把孙寡嘴、祝麻子等人捉了起来，押解到了东京。"苍蝇不钻没缝的鸡蛋"，是西门庆的帮闲应伯爵和西门庆谈论此事时说的，来说明孙寡嘴、祝麻子等人的罪有应得。这句谚语在民间应用很广，比喻自身有缺点，行为不妥当，就会招引来灾祸。

孔方兄，恨没口水咽你下去。

【注释】《金瓶梅》第五十六回。

【鉴赏】常时节是西门庆热结十兄弟之一，但是他穷困潦倒，别无谋生技能，专一为西门庆帮闲食客。冬日将近而全家衣食无着，常遭妻子辱骂，于是百般求西门庆借得十二两碎银。章回中写他笑着回家，老婆不知底里责骂一通，他轻轻把袖里银子摸将出来，放在桌儿上，道："孔方兄，孔方兄！我瞧你光闪闪响当当无价之宝，满身通麻了，恨没口水咽你下去。你早些来时，不受这淫妇几场合气了。"平时怯懦的他面对老婆劈头盖脸的臭骂，胸中久已淤集的怒气爆发出来，但他并不以牙还牙，而是不失几分幽默地进行嘲弄，通过与"孔方兄”的对话来发泄胸中不满，笑脸变成了酸脸，上演了一出小小闹剧。所录语句以形象化的表达方式说明明代中后期维护夫妻关系的封建礼法已渐趋崩溃，金钱在市井小民的社会生活中发挥着越来越重要的作用。同时语句也成功地刻画了常时节这样一个既无兼济天下的志向和学问，又无半点儿手艺可以谋生，穷得叮当响还要吃喝玩乐，对金钱极为迷恋、崇拜的破落户子弟，从侧面反映了明代后期没落阶级的颓废和可悲，作者对他们大概也是“哀其不幸，怒其不争”的吧。

盗了西王母的女儿，也不减我泼天富贵。

【注释】《金瓶梅》第五十七回。

【鉴赏】吴月娘考虑西门庆如此放肆淫乐会有损于家庭的兴旺，乘西门庆加子升官后突发善心要赞助修复永福寺的时机规劝他今后多为子孙积阴功，少干一些缺德事。西门庆却振振有辞地回答：“咱闻那佛祖西天，也止不过要黄金铺地，阴司十殿，也要些楮镪营求。咱只消尽这家私广为善事，就使强奸了嫦娥，和奸了织女，拐了许飞琼，盗了西王母的女儿，也不减我泼天富贵。”作者在塑造人物形象时充分注意人物语言的个性化，所录语句正刻画出了新兴暴发户商人满嘴的铜臭味和在旧制度面前狂妄自大、贪婪无耻，毫无道德伦理之感的心理状态。维护封建宗法制度的一夫多妻制给了他以特权，但他在人性贪欲的驱使下还要不择手段的渔色。这说明封建制度已趋于腐朽，在新兴资本主义因素冲击下不堪一击，旧的伦理道德秩序在金钱面前无能为力。以西门庆为代表的金钱万能主义对封建体系的渗透蚕食已达到惊人的地步。同时该语句也表明了作者对这个病态社会的绝望。西门庆的贪欲，显示了他人格价值的降低，低级趣味的滥泛。对于活画这个菽麦不知，一丁不识的市井棍徒，这句话是非常形象生动而又独具特色的。

瓜儿只拣软处捏。

【注释】《金瓶梅》第五十九回。意谓专挑软弱的人欺侮。

【鉴赏】西门庆的侍妾潘金莲所喜爱的“雪狮子”猫，吓坏了李瓶儿的儿子官哥儿，西门庆的正妻吴月娘便把潘金莲责备一番，潘金莲不但不认账，反而认为吴月娘、李瓶儿“瓜儿只拣软处捏”，是故意找碴欺负她。这句谚语原意指欺负人的人只会找老实善良的人下手，用在此处，则说明了潘金莲的蛮不讲理。

悄悄庭院院深，默默的情挂心。

【注释】《金瓶梅》第六十一回。

【鉴赏】重阳令节西门庆一家在花园大卷棚聚景堂内宴饮庆赏重阳佳节。

李瓶儿点了“紫陌红径”，内中有一句“悄悄庭院院深，默默的情挂心”。虽曲子是写情人之间的牵挂思念，但又未尝不是李瓶儿一生悲剧的写照。她属于那种渴望爱情、家庭幸福的女人，可是命运却让她落在贪恋行院，夜不归家的花子虚手里，独守冷落空房，“气了一身病痛”。青春的骚动和丈夫的冷落促使她隔墙密约，得到了暂时的精神安慰和满足。但进入西门家庭，内部的争风吃醋让她退缩、害怕了，使她失去了主动争取生活幸福的欲望，在儿子死后剩下的更是满室的凄风苦雨，西门庆花天酒地“抛闪莺莺独自嗟”。面对潘金莲的明刀暗箭，已是身心交瘁，闷气满怀，无可解释。所以所录语句按张竹坡评点认为：金瓶点题，每在曲名小令，是又一大章法。夫一梦一空，已全空矣。这不仅写出了李瓶儿虽极受宠而实悲惨暗淡的一生而且也暗示了西门家族寂寞萧衰，渐趋没落的趋势。可以说作者因景借曲，借曲写人，较好地描摹了李瓶儿当时的忧郁心态，借此句来唱此情此景，颇为适宜。

天不言自高，地不言自卑。

【注释】《金瓶梅》第六十二回。

【鉴赏】李瓶儿性格是温顺柔弱的，在妻妾的队伍里，总觉得低人一头，有一种曾经负罪的心理。她任凭潘金莲的奚落、羞辱、谩骂而默默无言在床上淌眼泪。直到六十二回已经危在旦夕，如意儿向王姑子诉说潘金莲的卑劣，她还要责怪如意儿：“你这老婆，平白只顾说他怎的！我已是死去的人了，随他罢了。天不言自高，地不言自卑。”作者用一句俗语就刻画出了李瓶儿性格中的忍让、怯懦和软弱的一面，揭示了她逃避矛盾，向“恶势力”投降的盲目的精神胜利法的可悲。章培恒说：“在《金瓶梅词话》之前，我国小说中从来没有出现过像李瓶儿这样的典型形象。”因为她的性格是矛盾复杂的。未嫁入西门家时，她对花子虚、蒋竹山凶悍、恣肆甚至有几分恶毒和残忍，之后却表现的温顺、宽厚、软弱可欺，只能自我安慰。究其原因是她潜意识中那种深深的罪恶感和忏悔意识的体现。她的性格中原本就包含了热情、和顺、善良、柔弱的因素，渴望性爱的满足，追求个性的自由、寻找如意郎君。为了实现这一目标，她必须以恶示人，一旦得到满足，性格中良善的一面就得以表现。而现实的不堪又使她失去了支配自己生活的热情，随遇而安，听天由命，甚至吞声饮泣成了她基本的行为方式。通过对李瓶儿思想性格的分析，我们就不难理解为什么临终时她会说这样的话，充分显现了她在精神上蔑视潘金莲，而在行动上又是怯懦而软弱的。

居之齐则齐声，居之楚则楚声。

【注释】《金瓶梅》第六十四回。

【鉴赏】西门庆为李瓶儿办丧事，宴请薛内相等人。西门庆问薛内相听什么戏，于是引起了薛内相与温秀才关于戏曲流行情况及不同地域，不同文化和素养的观众的好恶褒贬的争论。薛内相道："那蛮声哈刺，谁晓得他唱的是甚么！那酸子每在寒窗之下（指戏中的人物：求取功名的书生）……便稀罕他这样人。"温秀才笑道："老公公说话太不近情了。居之齐则齐声，居之楚则楚声。"表达了对这些身心畸变、性格怪僻的太监的嘲讽。他们在人性完整的世俗生活中显得有些头脑僵化，不容易接受环境的改造，跟上时代的变迁，虽被皇室从南苑驱散民间而不知"居楚楚声，居齐齐声"，言行多不合众人。所以从温秀才的话语中我们可以看到虽是戏谑，而实质上却是对这些为害市井农村，极富破坏性的社会垃圾的嘲讽。而从中也可以看出海盐腔南方商业型文化气质和独具的地方曲调色彩在当时引起的不同反响。在戏曲欣赏的趣味方面通过温秀才之口表明了南腔的广泛流行和为人所推崇。从内容上看戏曲中多演出酸秀才们科举道路上的悲欢离合，反映了人们的一种人生追求，而这又是那些神经敏感、自卑软弱的太监们所贬低的，所以温秀才又借机反戈一击，申明看法，有些兔死狐悲，物伤其类之感。

假以慈悲为主，一味利欲是贪。

【注释】《金瓶梅》第六十八回。

【鉴赏】第六十八回中薛姑子与王姑子为了争夺佛事而勾心斗角，互相攻击暗算。作者感叹道："似这等缁流之辈，最不该招惹他。脸虽是尼姑脸，心同淫妇心。只是她六根未净，本性欠明；戒行全无，廉耻已丧；假以慈悲为主，一味利欲是贪。"对她们极尽挖苦嘲讽之能事。僧侣尼姑在晚明社会成为一个特殊的社会阶层，儒家礼学的发展削弱了佛教在统治阶级思想、政治领域的地位。同时随着社会风气的影响，佛门成分复杂，佛家弟子的德行堕落蜕化不堪，这引起了当时新兴市民阶层以及有觉醒意识、民主思想的人的深恶痛绝。作者借笔以抒忧愤从而揭露了社会世风日下。这个阶层不仅淫欲，而且受社会金钱腐蚀之风影响，把慈悲、念佛这一本分变为追逐利欲，贪图钱财的招牌，口是心非，面善心恨，寡廉鲜耻。作者意在借此批判佛教教义的虚伪，进而揭示整个社会的腐朽本质。

画龙画虎难画骨，知人知面不知心。

【注释】《金瓶梅》第七十六回。

【鉴赏】温秀才酸文假醋，平时的种种丑行被画童揭露出来，把西门庆"唬了一跳，并且又知道了西门庆要提升千户提刑的事正是温必古透露给夏提刑的，于是大怒之下打发平安："对过对他说：家老爹要房子堆货，教温师父转寻房儿便了。”并叹道：“画虎画龙难画骨，知人知面不知心。我把他当个人看，谁知人皮包狗去了。”作者借西门庆之口谴责了那些背信弃义、忘恩负义的小人。这些人平日虽然恩情非同一般，优礼有加，而一到关键时刻就见利忘义、背叛加害。在封建社会虽然儒家礼学竭力主张仁义礼智信，但这样的现象还是屡见不鲜。作者借用俗语形象化类比手法表达自己的一种社会生活经验或者说人生哲理，也从侧面告诫人们对待人或事都要采取分析、鉴别手段，可以说“防人之心不可无”正是通用的行为准则。当然，我们也应当看到在谴责小人不义的同时，它强调的是君臣、主仆之间的一种伦理秩序，下对上必须绝对服从，不得有丝毫背叛，这是从道德伦理关系上强调“知人知面知心”的。当人们在金钱的价值面前承担各自的责任和义务时，就不存在人格贵贱，人身依附等复杂关系，所以也就不用费尽心思去为这一问题而困惑了。

人善得人欺，马善得人骑。

【注释】《金瓶梅》第七十六回。

【鉴赏】潘金莲与吴月娘之间经常闹别扭。正当她寻来衣胞符药，专等西门庆进房的时候，吴月娘却挡阻了西门庆进潘金莲的房间，这根导火线终于使潘吴之间矛盾激化。潘金莲公开的显示出了要除掉吴月娘这最后一块绊脚石，但如意算盘落空了，西门庆极力偏向吴月娘，最后以潘忍辱赔罪结束。于是，潘金莲向西门庆抱怨：“人善得人欺，马善得人骑。”这体现了潘金莲的处世哲学，在激烈的夺宠之争中一定要保持强硬、厉害，把别人踩在脚底。作者借用俗语以形象化比喻手法展现了潘金莲灵魂中不安于现状，为了巩固地位，不择手段，刁钻、刻薄的一面。在她眼中“善”已经和“弱小”联系起来。由于她出身的卑微，经历的坎坷，教育或者说提醒她一定要不择手段向上爬，在西门家，也就是达到专宠的目的。为此，她无时无刻不在以恶追逐强大，侵害排斥弱者。究其原因也就是畸形的社会制度，扭曲的人生经历造成了她畸形的人生追求，变态的伦理道德观念。然而终究她未能达到自己目的，只因为吴月娘原有正妻的名分、地位，更重要的是有了“胎气”，成了西门庆传宗接代的工具，这些有利条件就足以打倒她，使她处于“被欺”地位。所以，所录语句不仅指出了潘金莲混乱和蜕变的社会善恶道德标准，更揭示了造成她可悲可叹性格的封建社会的罪恶。

甜言美语三冬暖，恶语伤人六月寒。

【注释】《金瓶梅》第七十六回。

【鉴赏】潘金莲与吴月娘争宠，二人恶语相向，大吵大闹。最后吴月娘以正妻的身份地位和腹中胎儿要挟西门庆，迫使潘金莲忍辱道歉。其间，孟玉楼两面不得罪，劝说潘金莲。针对吴月娘讥刺潘只是个小妾，只说“甜言美语三冬暖，恶语伤人六月寒。”使潘感到她们是同类，处于同样卑微的地位，使她脸上下得来。所录语句借具体事例，采用通感、比喻手法形象生动地给我们阐述了一个处世哲学：协调和协同人际关系时要忍让、和气、尊重他人……吴月娘一语而刺伤了两个人的心，砍一枝，损百株，以致孟玉楼暗生不满，西门庆一死即再嫁。潘金莲惯以恶语伤人，最终导致被赶出家门。这些人物的行为证明了所录语句的正确性，一个人在语言或行动上是否尊重他人所产生的心理表现和效果是不同的，也证实了受人尊重是人类最基本的社会需求之一。但是我们还应看到“金瓶梅”的世界是充满争权夺利和私欲的世界，人的心灵已经扭曲、异化。这样，“甜言美语”与“恶语伤人”都受了这一社会价值观的影响，都是为勾心斗角、互相倾轧服务的，是一种生存竞争的方式和手段。

人生世上风波险，一日风波十二时。

【注释】《金瓶梅》第七十六回。

【鉴赏】《金瓶梅》这部小说是以描写家庭日常生活为主要内容的。清河县大户西门庆一家上上下下、琐事不断，尤其西门庆妻妾众多，难免会发生拈酸吃醋、争相邀宠的事情。“人生世上风波险，一日风波十二时”意为人生活在世上就会经历各种各样险恶的风波，甚至在一日之内就有不断的风波。这句谚语用在此处正说明西门一家不平静的家庭生活和紧张的妻妾关系。

人人有面，树树有皮。

【注释】《金瓶梅》第七十六回。此句意谓人要面子如同树须有皮一样。

【鉴赏】西门庆的正妻吴月娘与妾潘金莲早就有积怨，潘金莲的丫头春梅又因无礼得罪了吴月娘，潘金莲故意袒护春梅，与吴月娘发生了争执。西门庆的另一侍妾孟玉楼便劝解两人，让潘金莲向吴月娘陪了礼。“人人有面，树树有皮”以树有皮喻人要面子，是孟玉楼奉劝潘金莲的话，意为只要潘金莲去向吴月娘道了歉，吴月娘就会当着众人的面，不计前嫌，使潘金莲保有面子。这句谚语在民间也称为“人有脸，树有皮”，流传很广。

牡丹花儿虽好，还要绿叶儿扶持。

【注释】《金瓶梅》第七十六回。

【鉴赏】西门庆的正妻吴月娘和妾潘金莲发生争执，孟玉楼去劝解二人，使二人表面上的矛盾化解。潘金莲向吴月娘谢了罪。“牡丹花儿虽好，还要绿叶儿扶持”，用在这里，指吴月娘与潘金莲应该互相谦让，和睦相处，就像绿叶儿扶持牡丹花朵一样，使家庭生活融洽。这句谚语指一个人取得成功与荣誉，是离不开别人的支持的，也可以用来比喻两个人在事业上、生活上相辅相成的关系。

拔了萝卜地皮宽。

【注释】《金瓶梅》第七十六回。

【鉴赏】这一回中潘金莲与吴月娘之间发生了一场激烈的冲突，二人互相詈骂，吴月娘道："我死了，凭她立起来，也不乱，也不嚷，才拔了萝卜地皮宽哩！"这骂街的泼妇口吻使人物的声气口吻跃然于纸上，诚如郑振铎所言："这不只活泼泼的如今日所听所闻到的么？"另一方面或在深层意义上这句话也给我们指出了一夫多妻制家庭妻妾争宠互相排挤的可悲现实。作者用"拔了萝卜地皮宽"的描写概括出了西门家族内部上演的争风吃醋的闹剧和妻妾们共同的心理状态，那就是想方设法巩固自己受宠地位，因而杀人不见血以使阻碍减小已是司空见惯的。受宠者与失宠者之间的矛盾斗争导演了妇女内部争斗的无数血泪和悲剧，使他们最后都成为受害者、牺牲品。而这都是由不合理的病态的社会造成的，它使人性中纯真、善良趋于泯灭，有的只是不择手段地争夺、稳固和发展自己的地位。吴月娘洞悉了潘金莲的动机和欲望，因为她自己也毫无例外地奉行这一原则，所以她一有时机就会揭露潘金莲的别有用心，同时在攻击中具有了防范心理。作者通过这样一个形象化比喻既准确展示了人物的性格特征，同时也从根本上揭示了封建婚姻家庭制度的罪恶对人性的摧残和扭曲。

房倒压不杀人，舌头倒压杀人。

【注释】《金瓶梅》第七十八回。

【鉴赏】潘金莲觉察贲四媳妇与西门庆通奸，于是暗地里四下散布流言，并且责骂玳安给他们"拉皮条"，玳安竭力掩饰，说："房倒压不杀人，舌头倒压杀人"劝潘金莲不要听信别人的流言。所录语句之所以有长久生命力，在民间广泛流传，就是因为它给我们揭示了一种普遍的社会现象和人们对它的理解。在生活中，人们不同程度地存在着喜欢刺探别人隐私，专门搬弄是非，诽谤中伤他人的心理，因为存在着这样的社会心理基础，所以人人想当卫道士，这又是几千年吃人礼教与受礼教毒害的社会心理积淀相互作用的结果。利用流言杀人在中国社会往往借助于传统的道德观念对人们的束缚而发生作用。一方面，个人的个性和人格尚不具备处世自主、自由的社会条件，受到社会传统意识和旧道德的压制；另一方面，人们也缺乏坚定的反抗意识。流言之所以能恣肆杀人正是由礼教旧道德潜存势力的影响。所以作者借书中人物来试图批判这一现象，如郓哥的吃官司，平安的挟嫌被揍以及捉奸的光棍汉差点被打死等。这也在客观上揭示了资本主义萌芽时期新型社会意识的产生，即维护个人隐私，不干涉他人生活。

金逢火炼方知色，人与财交便见心。

【注释】《金瓶梅》第七十九回。

【鉴赏】《金瓶梅》写了众多的丫环仆役、伙计主管，西门庆在世时服服帖帖，西门庆一死便树倒猢狲散。七十九回写伙计李三见财起意，算计西门庆家。吴大舅受了应伯爵贿赂也不来追究，反而撺掇吴月娘成全李三，让应伯爵有了另投新主张二官"寻食儿吃"的机会。作者有感而发："金逢火炼方知色，人与财交便见心。"品评了这些帮闲人等在金钱诱惑下背信弃义的品行，揭露了他们只认财势，不讲信义、不知廉耻的丑恶嘴脸。封建社会倡导"君子不言利、重义轻利"的道德法则，而"金瓶梅"的世界中人与人之间的情谊、信义被"利"代替，举手投足，待人接物，只围绕一个"利"字。在这样封建专制趋于腐朽衰亡，资本主义萌芽因素增长的特殊时期，吏治黑暗，是非颠倒、世风颓败，于是社会的各阶层都失去了用正当手段谋生的保障，只有惟利是图，全无道德礼义廉耻可言。为了一己私利不择手段，但凡有利可图，便设法钻营。作者一语道破了这一私欲对整个社会的毒害，揭示了资本主义因素在当时社会各领域的滋长和影响。作者此处的神来之笔，捕捉到了时代变化的脉搏和明代资本主义萌芽的律动，以形象化的类比揭示了人物关系、性格发展和社会生活逻辑的本质特征，既生动形象、通俗易懂又含义深刻、耐人寻味。

但凡世上帮闲子弟，极是势利小人。

【注释】《金瓶梅》第八十回。

【鉴赏】西门庆一死应伯爵等帮闲恶棍就暗怀心事，各自打算，作者以"但凡世上帮闲子弟，极是势利小人"揭露了他们的丑恶嘴脸。封建社会大凡有财有势之人大都豢养一帮陪着吃喝玩乐、消遣时光的人，所以叫他们做"帮闲之人"。围在西门庆身边的帮闲，多是家道中落的破落户子弟，游手好闲，擅长溜须拍马，插科打诨，不惜自轻自贱以博主子一笑，所以称之为"势利小人"。他们被腐败衰颓的社会的强大惰性拖着，根本没有振作起来的信念和志气，也不想站起来做人。他们是滋生在市侩社会的躯体上的一群寄生虫，生就一副奴颜卑骨，活得低贱，活得猥琐。西门庆在世时是他们的衣食父母，西门庆一命呜呼，皮之不存，毛将焉附！？作者以极普通的语言刻画出了这些市井棍徒的本质特征、心理状态，骂尽了古往今来的一切帮闲小丑。

人面咫尺，心隔千里。

【注释】《金瓶梅》第八十一回。

【鉴赏】韩道国拐走千两银子远走东京，来保从陈经济口中获悉这一消息后口中不言，心内暗道："这天杀，原来连我也瞒了！嗔道路上卖了这一千两银子，干净要起毛心。正是人面咫尺，心隔千里。"这句俗语流传已久，多用于对背信弃义之徒的谴责，多是说平日打头碰面，优礼有加，自己以为了解，关键时刻就见利忘义，背弃不顾，实则两个人心思互不了解。原来来保见西门庆一死，也安心要和韩道国做一路，同韩一样大捞一把，所以作者写他"心内暗想"，以及暗责韩道国实际上就委婉道出了来保的险恶用心，而这句"人面咫尺，心隔千里"也就成了他的自供状。作者用来保的话骂了韩道国，反过来也就衬托出了来保包藏祸心已久，比韩道国心机更深、更坏的性格特征。真可谓"一箭双雕"之笔，刻画了两个人物的心理和性格特征，起到了画龙点睛的作用。从中，我们可以看到这个腐朽社会封建伦理道德的道义力量已经荡然无存，有的只是虚伪、欺骗、尔虞我诈，不像梁山兄弟仗义疏财义气为重，更不像桃园结义生死与共患难同当。

势败奴欺主，时衰鬼弄人。

【注释】《金瓶梅》第八十一回。

【鉴赏】八十一回结尾处作者对来保谋财欺主的行径慨叹道："势败奴欺主，时衰鬼弄人。"这句话说明以来保为代表的奴才阶层惟利是图，自私自利，势败欺主，势兴趋附，这就是"金瓶梅"世界揭示的处世做人的准则。忠臣义仆已不复存在，封建纲常伦理秩序已颠倒，统治秩序已趋于崩溃，其中蕴含着作者对社会腐朽衰败没落的悲叹情绪。在市侩社会中，金钱和权势对世俗之人具有巨大的诱惑力，人们对它顶礼膜拜，低首伏小。像来保这样的奴役，主家有钱有势时，就摇尾乞怜，一副奴颜媚骨；主家倒运时，就以下凌上，伸出尖爪利齿——这就是来保一类刁奴的二重性格。他性格表现的倾向性，完全取决于金钱与权势的消长，什么"恩"、"礼信"，这些道德规范对他没有丝毫约束力，韩道国拐财时偶尔还想到"天理"，而他连这一点点顾忌都没有。因此，与其说来保是西门庆的奴才，不如说他是金钱与权势的奴才更合适。正因如此，他才会做出"欺主"之事。作者在此运用俗语生动形象的表达方式，以鬼联系奴才暗喻那些趋炎附势的背恩刁奴，阐释了封建大厦已为金钱利欲侵蚀而岌岌可危的现实情况，表达了自己的喜怒爱憎。

豪家未必常富贵，贫人未必常寂寞。

【注释】《金瓶梅》第九十回。

【鉴赏】九十回回前诗曰:“花开花落开又落,锦衣布衣更换着;豪家未必常富贵,贫人未必常寂寞,扶人未必上青天,推人未必填沟壑:劝君凡事莫怨天,天意与人无厚薄。”作者通过诗句劝诫世人,“有福”、“有势”之时,不要穷奢极欲;不思发展而导致贫困之时,不要仗势欺人,以免树敌过多而导致积冤成变。诗句以人世无常阐释社会、人生规律,以悲叹西门家族由盛而衰的命运暗喻晚明社会必然败亡的趋势,警示统治者及芸芸众生人世无常莫忘自律、天意与人无厚薄。西门庆家族的崩溃瓦解都是由于西门一家纵情享乐造成的,所以引申出一个哲理:社会和人生只要进取、进步就会发展繁荣,只要停滞不前甚至自我戕害,腐化堕落,就会自取灭亡,为新生而进步的发展趋势所取代。作者在此提出这样的观点并不是让人们消极颓废,相信因果轮回,而是警示和告诫世人引以为鉴,以免于重蹈失败颓废的覆辙。

世间海水知深浅,惟有人心难忖量。

【注释】《金瓶梅》第九十一回。

【鉴赏】树倒猢狲散,西门一家自西门庆死后妻妾仆妇暗自打算,各奔前程。九十一回中平时沉稳厚重,不显山不露水的孟玉楼也不愿再守寡度日,马上要嫁出去。吴月娘叹道:“世间海水知深浅,惟有人心难忖量。”以深不可测的海水可度量反衬人心的难以揣摸,叹息自己不了解这个人的内心。从中我们可以看到明代末期社会已走向没落衰亡,社会道德伦理关系,社会风尚已不再像统治阶级一味标榜的那样至信至诚,至仁至义。封建礼教三纲五常在人们心目中已不再是坚不可摧的铁律。在金钱势力的冲击下,人们的社会意识发生改变,在金钱价值面前承担各自的责任和义务,不存在人格贵贱,人身依附,人人只为自己打算。作者看到了满嘴仁义道德的封建社会已处处表现着虚伪、阴谋、狡诈,于是便借书中人物发出“惟有人心难忖量”的无奈慨叹。

事遇机关须退步,人逢得意早回头。

【注释】《金瓶梅》第九十二回。机关:机谋奸诈。退步:向后退缩而勿冒险。

【鉴赏】这句谚语意为人在处理事物时遇到机谋奸诈的情况时应向后退避,不要冒险;人在特别得意的时候不要一味沉醉其中,而应考虑及早回头。它用在《金瓶梅》一书中则说明了自西门庆死后,他的妻妾各奔东西,死的死,嫁的嫁,西门家不再有往日的盛况。“事遇机关须退步,人逢得意早回头”强调了不要太过、不要冒险的思想,是经常被人引用的劝诫语。

冰厚三尺，不是一日之寒。

【注释】《金瓶梅》第九十二回。

【鉴赏】自西门庆死后，西门家的势力一落千丈。西门庆的女婿陈经济本是一无赖小人，跟着以骗人为生的杨光彦吃喝嫖赌，娶了娼妓冯金宝，把西门大姐冷落在了一旁。陈经济的妻妾终因不和争执起来，陈经济袒护冯金宝，打骂西门大姐，西门大姐受辱不过，最后自缢身亡。“冰厚三尺，不是一日之寒”比喻陈家的妻妾紧张关系不是短时间造成的。这句谚语由来已久，泛指某种结局的出现，不是短时间内形成的，而是经过较长时间的酝酿积累造成的。

有势莫倚尽，势尽冤相逢。

【注释】《金瓶梅》第九十五回。倚：倚仗。

【鉴赏】这句谚语意为倚仗着他人的势力是不可以的，一旦他人的势力没了，就会遭遇冤孽，同时也指自己有势力的人一旦失去势力就会有灾祸。书中用来指西门庆死后，西门家的势力一落千丈，再没有往日的风光，而他的妻妾，死的死，嫁的嫁，卖的卖，各奔东西，生计艰难，处境凄凉。虽然这句谚语有一定的因果宿命色彩，但是对于那些倚仗权势的人，还是有警示意义的。

《红楼梦》名句

贫者日为衣食所累，
富者又怀不足之心。

——《红楼梦》第一回

贫者日为衣食所累，富者又怀不足之心。

【注释】《红楼梦》第一回。

【鉴赏】曹雪芹在第一回中假托空空道人与石头的对话表达了自己对社会人生的一种看法。其中石头曾说："今之人，贫者日为衣食所累，富者又怀不足之心，纵然一时稍闲，又有贪淫恋色，好货寻愁之事，哪里去有工夫看那理治之书？"处于封建社会"运终数尽"时刻，经历过富贵繁华而又沦落为贫穷的曹雪芹对于人生的体验是异常辛酸的，满腹牢骚借石头而说出。语中采用了对比手法指出当时尖锐的阶级矛盾，贫穷的人衣食无着，而那些富贵者钟鸣鼎食之家却欲壑难填，语虽简洁而不同阶级的生活场景已跃然纸上，给读者留下了丰富的想象余地。正如《中国三大家小说论赞》云："曹氏心伤之，有所不敢言，不屑言，而又不忍不一言者。则姑诡谲游戏以言之。"其中暗含"伤时骂世之旨"。另外，所录语句也写出了人的被满足的需要层次，最低等的物质欲满足后，又向更高层次的需求发展，这支配了人的意识功能。所谓"饱暖思淫欲"、"人之道损不足以奉有余"实际上就是指人在心理需求的支配下于饱暖之后会陷入追求奢侈的更大物欲，甚至不择手段。所以说曹氏此语也可看做马斯洛理论在封建社会末运衰颓时的一种变式。

痴心父母古来多，孝顺儿孙谁见了。

【注释】《红楼梦》第一回。

【鉴赏】甄士隐暮年贫病交加，一日走到大街散心，忽听一跛足道人口内念着几句言词，其中有"痴心父母古来多，孝顺儿孙谁见了"一句，这体现了一个普遍性的伦理问题。我国从古代起教育子女讲"二十四孝"，学《孝经》。西方也讲"要儿女承担永久尊重他们父母的义务"。塞万提斯借唐·吉诃德之口说："孩子是父母身体里掏出的心肝，不论好坏，父母总当命根子一样宝贝。"这都说明"一个人爱子胜于爱父"。可以说子女对父母的爱是人类社会的一种伦理感情和义务，而父母爱子女则有本能加伦理的双重深度。对这一伦理关系的讨论历来众说纷纭，与书中语境结合，我们可以说它体现了作家对封建末世人们道德伦理感情的反映，世风日下，人们对因袭的重担，履行宗法封建家庭和社会义务的迷惘。在整体结构上它也透露了小说情节发展的轮廓和主要人物的命运结局：号称训子有方的名门望族，随着家族的衰败，儿孙流散甚至落到男盗女娼的境地，对儿孙的痴心追求必将以落空而告终。这句歌词是全书主题歌中关键句，作者以朴素的辩证法解剖了封建社会的人际伦理关系，可谓语约而意丰的佳句，含义深刻而又耐人寻味。

因嫌纱帽小，致使锁枷扛。

【注释】《红楼梦》第一回。此句意谓因嫌官职卑小而钻营向上，最后落得触犯国法。

【鉴赏】甄士隐经历了家破人亡的惨剧，寄居岳父家又不断遭到冷遇，竟渐渐露出下世的光景。一日，于街前散心被跛足道人以《好了歌》点化，口占《好了歌注》。其中有句云"因嫌纱帽小，致使锁枷扛。"刻画出了封建社会官场的黑暗腐败。封建官僚入仕不是为了经邦济世、保国安民，而是为了博得封妻荫子，追逐富贵功名，搜刮民膏民脂，金满箱，银满箱。他们对财富、权势的追求是无止境的。曹雪芹以简洁语句表达了自己的愤慨，以及对封建社会走向衰颓的感伤情绪。虽然体制中的这些"蛀虫"结局是"锁枷扛"，但是整个封建制度就是建筑在压榨、剥削劳动人民的基础之上的，这就决定了封建社会的官僚体制走不出这样"因嫌纱帽小"而不断钻营、盘剥的怪圈，封建王朝也必然会衰败消颓，而求长治久安的封建法度也就成了一句空话。

乱哄哄你方唱罢我登场，反认他乡是故乡。

【注释】《红楼梦》第一回。

【鉴赏】甄士隐于街前散心，因他本有宿慧，一听《好了歌》便早已彻悟，作《好了歌注》。其中有句云："昨怜破袄寒，今嫌紫蟒长：乱哄哄你方唱罢我登场，反认他乡是故乡。"作者借甄士隐之口道出了自己对社会人生的态度：人生正如一出戏，每个人既是主角，又是配角，上演了一出出悲欢离合的悲喜剧，到头来一切都灰飞烟灭。明人谢肇淛曾说："人世仕宦，正如戏场上耳，倏而贫贱，倏而富贵，俄而为主，俄而为臣，荣辱万状，悲愁千状，曲终散场，终为乌有。"曹雪芹化用此意来表达自己反传统的个性，以及历经离乱对世事仕宦的冷静观察：望族虽声势显赫而终不免衰败没落；寒酸猥琐者一旦新登科场便风云际会，却也摆脱不了执迷不悟，追名逐利，丧失自我的可悲下场，曹雪芹深受佛、道出世思想影响，句中"他乡"、"故乡"即为佛家此岸、彼岸，下句意为人们丧失自我而把官场仕宦之途当做了超凡脱俗的彼岸世界。作者可谓一语中的，道出了封建社会追名逐利之徒的可悲之处。

虽今日之茅椽蓬牖，瓦灶绳床，其晨夕风露，阶柳庭花，亦未有防我之襟怀笔墨者。

【注释】《红楼梦》第一回。牖(yǒu)：窗户。

【鉴赏】曹雪芹在开卷之始，自述襟怀，所录语句正是他后半生生活的真实写照。住的是茅屋草舍，用的是瓦灶绳床，赏的是晨夕风露，阶柳庭花，这与他"已往所赖天恩祖德，锦衣纨袴之时，饫甘餍肥之日"确实是有天壤之别。但是他虽经历了几十年的世路周旋,半生潦倒,而一腔痴情依然固我。这萧疏简淡的生活环境并未“防”他奋笔疾书。所以,所录语句以今之环境简陋来衬托作者世事旷放,繁华梦醒的冷静心态,昭示了他无愧无悔的胸襟,以及“编述一集,以告天下人”的抱负。他的这种乐观旷达,随缘自足的人生态度在今天仍具有吸引力,因为它展示了纯粹真诚的心境,展现了作者以阅尽沧桑的双眸对世事人生的透示,无论是钟鸣鼎食、诗礼簪缨、怡红快绿、舞榭歌台还是茅椽蓬牖、晨夕风露都不重要,只要坦然欣然,无负此生。

那红尘中有却有些乐事,但不能永远依恃。

【注释】《红楼梦》第一回。红尘:热闹繁华之处;佛、道等也称人世为红尘。

【鉴赏】所录语句出自第一回中茫茫大士与渺渺真人的一段妙语。曹雪芹假托书中人物表达了自己对世事人生的一种看法,而这又反映了家族遭遇对他的深刻影响。他从小生长在“诗礼簪缨之族,花柳繁华地,温柔富贵乡”,过着“锦衣纨袴、饫甘餍肥”的寄生生活,“银子花得像淌海水似的”,然而乐极生悲,盛宴必散的悲哀袭击了这个显赫一时的家庭,真是江河日下,戏阑人散。无情的现实说明了封建家族,乃至于封建制度已破败到无法可“补”了,这令作者黯然销魂,产生了一种幻灭情绪,人世间赏心乐事虽有却不能长久保留。所以此语包含着作者对人类社会的不完善性,或者说对人类社会的某种荒谬性的深刻领悟。社会人生总存在一定的局限,而且有的人的行为与他追求的目的又适相反,只有潇洒、旷达、洒脱才能摆脱偏执而保持固我情怀。这恐怕正是曹雪芹所要借机表达的深层含义,飞鸟各投林,喜灭悲生,落了一片白茫茫大地真干净。

美中不足,好事多魔。

【注释】《红楼梦》第一回。好事多魔:也写作“好事多磨”,大意为追求一个美好的目标,其间难免经历种种坎坷。

【鉴赏】《红楼梦》开篇中茫茫大士与渺渺真人戏说人间红尘,其中有句云“美中不足,好事多魔”,阐释了一个普遍的人生哲理,即人类社会不断向前发展,人总是不断追求完善、完满,但是以哲学发展观来看,人又总存在于不完满和片面中,而且在追求进步和发展的过程中又会遇到各种客观的困难和主观自身条件的限制。但是也应该看到“好事”是“多魔”磨难中产生的,这又提醒了人们克服困难与不足,迎头赶上。曹雪芹以富于辩证的两组词语表达了这一哲理,“美”、“好事”和“不足”、“多魔”总是如影相随,让人产生诸多无奈,作者在书中借贾宝玉的爱情遭遇、人生经历展现了这一矛盾,追求纯洁爱情和高尚志趣的往往被视为叛逆,孤军作战,最终只能遁入空门了此一生。这种面对“不足”、“多魔”的消极颓废情绪是我们应该警惕而杜绝的。

乐极悲生,人非物换,究竟是到头一梦,万境归空。

【注释】《红楼梦》第一回。乐极悲生:又作"乐极生悲"。《淮南子·道应训》:"夫物盛衰,乐极则悲。"指欢乐过度因而招致悲伤之事。反映了古代人对于对立事物之间相互转化关系的认识。

【鉴赏】第一回中茫茫大士与渺渺真人谈论人间世事,说:"乐极悲生,人非物换,究竟是到头一梦,万境归空。"这体现了道、佛思想中人生如梦,四大皆空的观点,正是曹雪芹假托书中人物来表达自己的悲观绝望消颓情绪。追求事物的极兴盛,人事的极欢乐而转眼就是满腹悲哀,其中存在一种不可捉摸的无定境界,这和他个人生活经历大有关系,从锦衣玉食变为瓦灶绳床甚至衣食无着不能不使他满腹心事,一把辛酸泪,因而产生了悲观主义人生观,发出到头一梦的慨叹。从行文来看,这种思想左右了他的创作构思,也对贾氏家族的命运以及主要人物的结局作了暗示,使全书笼罩着一种悲剧气氛,产生了震撼人心的美感效果。从另一方面来理解,大而言之,如果对社会人生的纷纷扰扰能采取一种间接、冷静、旁观的态度来审视,抛掷功名富贵之心,不争蜗角虚名,蝇头小利,胸襟自会豁达旷放。

无材可去补苍天,枉入红尘若许年。

【注释】《红楼梦》第一回。红尘:佛道中指人世;也指热闹繁华的地方。

【鉴赏】女娲氏炼石补天之时单剩一块未用,弃至于青梗峰下。此石灵性已通,见众石俱得补天,独自己无才不堪入选,遂悲号惭愧,自怨自叹:"无才可去补苍天,枉入红尘若许年。"脂砚斋批道:"'无才补天,幻形入世'便是作者一生惭愧。"意为此语是曹雪芹自我反思、自我评价的心理反照。曹雪芹在这里运用了含蓄隐蔽的手法来表达自己坚持一身清白的志向。上半句"无才可去补"实际上是看透红尘中是非淆乱、上下相倾、相诈无已的丑恶而不愿去"补","无才"是推托之语,采用婉转有致的写法达到了逃避文祸的目的。下半句写他在红尘中历尽离合悲欢炎凉世态是白来人世上的人生,与上半句结合表明自己虽潦倒半生,一事无成,然而庆幸自己没有以世俗狡诈之材来"补天",保有了一份纯真。可谓言简意深,语短情长。

因空见色,由色生情,传情入色,自色悟空。

【注释】《红楼梦》第一回。空:佛教用语,指万物之虚幻不实。色:指万物本体(空)的瞬息生灭的假象。情:指对这些假有之物(色)所产生的各种感情,如爱恋、怨恨、贪欲等。

【鉴赏】《红楼梦》开篇利用佛教观点表达作者的一种人生慨叹。佛教认为人接触到了万物本体产生的种种假象之后会陷入执迷，会产生由假象引发的种种欲望情绪。这之后人又有一彻悟过程，由欲念回到假象，由假象回到本体，消灭了欲，看破了红尘，大彻大悟，回到了佛教天国的道路。它本意上反映了否认客观世界存在的虚无主义的宗教观点，但是通过考察，我们可知曹雪芹是“云空未必空”，因为他并没有舍弃茅椽蓬牖、瓦灶绳床的生活，而是笔耕不辍，立志悦世之目，破人愁闷。所以，他在书中阐释佛家思想可以大而言之是意味深长的人生无常的叹息，集中体现在书中对“美”的描绘上。作者借宝玉、黛玉集天地之灵秀来写美，而美即是色，而不是空。然而，这些美又是脆弱、短暂而可悲的。以审美的眼光看待人，看待人生的易逝就愈发为美动情，万分痛苦。如果说曹雪芹具有色空观念，这便是其核心内容，色即美总是脆弱而易逝的，给人一种凋零、残落、消亡的可悲感，不禁要发出无可名状、无可平复而意味深长的叹息。

可见世上万般，好便是了，了便是好。若不了，便不好；若要好，须是了。

【注释】《红楼梦》第一回。了（liǎo）：了结，文中指了结欲望。好：文中指得到解脱的自由心境。

【鉴赏】第一回中写甄士隐街前散心，遇到跛足道人念着几句言词，听不真切遂问何意，道人笑道：“可知世上万般，好便是了，了便是好。若不了，便不好；若要好，须是了。”表达了曹雪芹对世事人生一种总结式的哲学思考，以及消极颓废悲观绝望的心态。鲁迅曾说：“有谁从小康人家而坠入困顿的么。我以为在这途路中，大概可以看见世人的真面目。”从以往的“锦衣纨袴”、“饫甘餍肥”到“今日之茅椽蓬牖、瓦灶绳床”的生活，家世的兴衰盛败，身世的穷通陟降给他的世界观带来了很大影响，对盛世的款款之忠与乐观主义全部被粉碎了。于是便有了“好了”心，以名利场外的冷眼旁观看，抛却了功利牵扰的态度看官宦权势追逐的荒谬虚幻，看出其无目的无意义性，指出社会的痼疾。然而虽然宦海浮沉无定，人生变化无常，但人们仍在汲汲追求功名富贵，子孙兴旺……没有了，也没有好。

到头来都是为他人作嫁衣裳。

【注释】《红楼梦》第一回。

【鉴赏】甄士隐一听《好了歌》，心中早已彻悟，于是解注《好了歌》。所录语句为注中最后一句。《好了歌》及注是全书的主题歌，作者以朴素的辩证法解剖了封建社会中的人际关系，分析了形形色色的社会现象，再现了封建末世统治阶级内部的剧烈争夺以及贵族之家兴衰变幻、荣辱交替的历史画面，这一句总收全部注解歌词，指出如果误把功名富贵、儿孙妻妾当作人生根本而不择手段以钻营必然是徒劳而枉费心力。他以“甚荒唐”表达了自己对这些人、这些事的不解与鄙夷。功名利禄、迤逦上进并非其人生追求，于世人眼未免迂阔怪诡，但他依然故我。所以《好了歌注》实际上是作者满腹牢骚的外化，最后一句以总结性语句表明了自己冷眼旁观快意于封建秩序的混乱和世人蝇营狗苟而无所得的结局。这颇似马致远散曲“争名利何年是彻。看密匝匝蚁排兵，乱纷纷蜂酝蜜，闹穰穰蝇争血。”的对功名富贵的鄙薄以及“道东篱醉了”超然物外的思想。从诗意来看，这一句可看出秦韬玉《贫女》诗“苦恨年年压金线，为他人作嫁衣裳。”对作者的影响，而在意义上更为深刻，耐人寻味，这些封建世俗之人空自劳碌而不知，竟不如因贫穷而不得不为他人作嫁衣裳的贫女了，讽刺之味跃然纸上。

满纸荒唐言，一把辛酸泪。

【注释】《红楼梦》第一回。

【鉴赏】曹雪芹自题《红楼梦》一绝：“满纸荒唐言，一把辛酸泪。都云作者痴，谁解其中味。”从整体看，所录诗句体现了作者的创作心态，即不为人所理解，不为社会接受和承认，满腔的赤诚只能化作一掬辛酸泪以出之，借“披阅十载，增删五次”的《红楼梦》以遣怀。上半句中“荒唐”本指思想离奇，说话毫无根据，做事不近情理。而“荒唐言”语自《庄子·天下篇》：“以谬悠之说，荒唐之言，无端崖之辞，时恣纵而不傥，不以觭见之也。以天下为沈浊，不可与庄语。”曹雪芹借用来表达自己的创作意图。从自身来看，他经历了家世巨变，饱尝世态炎凉，因而对封建末世的虚伪衰败有更为清醒的认识，世人日渐堕落，知音难觅，故以荒唐之言以对之。从现实角度看，当时文字狱大兴，为避文祸，必借虚构怪异之故事以开篇，是为荒唐言。就书中人物看，作者所激赏赞扬的人物所言无不是惊世骇俗的，被“国贼禄蠹”斥为荒唐之言。此语虽简约而含义深刻，目为荒唐而实非荒唐，乃作者反语。而对句“辛酸泪”却是作者心态的真实写照。上下两句以精切对仗，一虚一实，一正一反阐释了作者众人皆醉我独醒的孤独感和苦闷惆怅之心情。

假作真时真亦假，无为有处有还无。

【注释】《红楼梦》第一回。

【鉴赏】甄士隐于炎夏永昼伏几小憩，梦中与僧道同至太虚幻境，见一大石牌坊书一副对联：“假作真时真亦假，无为有处有还无。”这体现了曹雪芹对艺术的辩证看法。“假亦真，真亦假；无亦有，有亦无。”矛盾双方就是这样既对立又统一，有着相互依存、相互转化的关系。就《红楼梦》创作而言，作者笔下的大观园就是太虚幻境在人间的投影，现实生活中本无大观园。小说中贾家的衰败史只是一块石头枉入红尘的一番传奇经历见闻，不是真事，但取材于当日盛极而衰的曹氏大家族。小说中的人物，在现实生活中可能有其原型，但小说既为文学作品，便包含了人物与情节的虚构与加工，比现实生活更集中，更深刻，更带普遍性。所以《红楼梦》形象生动，体现了艺术真实，虽假亦真，虽无还有，使文艺与现实形成了一种扑朔迷离的境界。而且所录语句也反映了作者为避文祸，以“假”饰“真”的苦衷，暗示了作者真实的创作意图；反映封建家族从末世表面的荣华富贵到衰败没落的历史，预示封建制度的腐朽渐至死亡。

至若才子佳人等书，则又千部共出一套。

【注释】《红楼梦》第一回。

【鉴赏】第一回中曹雪芹借灵性已通的石头之口表达了自己对当时才子佳人类小说的看法。千部共出一套说明清代通俗小说的创作虽然已极为盛行，但创作局面是千部一腔，人物千人一面，大有公式化、概念化的弊病。曹雪芹深恶痛绝地斥之为“通共熟套之旧稿”，要试图做到“善翻古人之意”，不能“随人脚踪走去”。他认为形象描绘绝不能是某种概念的化身，主人公不脱郎才女貌，“满纸潘安、子建、西子、文君”，而要使人物各具生命各具价值。在情节描写方面不可“假拟男女二人姓名，又必旁出一小人其间拨乱，亦如剧中之小丑然”，要使“世上换新眼目”。而其情节中人物的语言也是丰富多彩，极具个性化、口语化的。所录语句在批判通俗小说的弊病的同时，也表达了作者破除藩篱，脱套去陈的决心。正如鲁迅在评价《红楼梦》时特别指出的“自有《红楼梦》出来以后，传统的思想和写法都打破了。”

玉在匵中求善价，钗于奁内待时飞。

【注释】《红楼梦》第一回。匵（dú）：即“椟”，木匣。善价：高价。钗（chāi）：妇女的首饰。奁（lián）：盛化妆用具的盒子。飞：比喻飞黄腾达。

【鉴赏】正值中秋，贾雨村不免对月有怀，“思及平生抱负，苦未逢时”，故高吟一联：“玉在匵中求善价，钗于奁中待时飞。”从字面来看，此联运用两个典故。上联典出《论语·子罕》：“子贡曰：‘有美玉于斯，韫匵而藏诸？求善贾而沽诸？’子曰：‘沽之哉！沽之哉！我待沽者也。’”贾雨村用其句意，自比装在匣中的美玉，要等待好价钱而出售。下联出自郭宪《洞冥记》。传说汉武帝时有神女留下玉钗，昭帝时有人打开匣子，只见钗化为玉燕，升天而去。贾雨村以典自比玉钗，等待时机一欲飞升上天。此联充分暴露了贾雨村自命不凡，醉心功名，梦想飞黄腾达的内心世界。另一方面作者在此联下句中嵌入了贾雨村的名字贾时飞。甲戌本在此句旁边批道：“表过黛玉则紧接上宝钗。”又批双行“前用二玉合传，今用二宝合传，自是书中正眼。”研究者多认为上联应指宝玉，下句应指宝钗,预示宝玉与宝钗的婚姻悲剧。

陋室空堂,当年笏满床;衰草枯杨,曾为歌舞场。

【注释】《红楼梦》第一回。笏(hù):大臣上朝时拿的狭长板子,用玉、象牙或竹制成,上面可以记事。笏满床:形容家中做官的人多。两句大意为世事变幻无常,世变而事异。

【鉴赏】甄士隐垂暮之年贫病交加,一日在街前散心遇空空道人吟唱《好了歌》,因他本有宿慧,心中彻悟,为《好了歌》作注。所录语句为注中第一句,也是全注的总起句,概括写出了贵族豪门的荣辱兴衰史:今日陋室空堂,曾是昔日权贵摆着满床笏板的巨宅华堂;而今日衰草枯杨的庭院,曾是昔年的歌台舞榭。甲戌本在《好了歌注》上下左右有大量脂评,可知它对小说故事和人物结局有预示作用,此句就总起预示了贾氏家族的没落。作者就是以今昔对比表明了自己对封建末世的看法,用“原始察终,见盛观衰”的观点和方法看待清王朝和中国整个封建社会在“盛世”的外表下隐含的是“末世”、“乱世”、“浊世”,因而“天运之变于斯”,社会陷入重重矛盾和荒谬之中,到处只有“陋室空堂”、“衰草枯杨”。

金满箱,银满箱,展眼乞丐人皆谤。

【注释】《红楼梦》第一回。

【鉴赏】甄士隐是作者着意虚构的一个人物形象,其意就是“把真事隐去”,他可能是作者自身的影子,同时也是提系全书主题的一个线索。作者在第一回中写他经历了骨肉分离的痛苦,又家遭水灾,下半世坎坷,一听空空道人《好了歌》便大彻大悟并为之解注,其中第三段即所录语句概括写出了追逐金钱者的悲剧下场:金银积聚满箱,转眼便化为乌有,沦落为街头乞丐任人讥刺诽谤。在这里作者所要表明的就是世事人生浮幻,否极泰来,乐极生悲,人的命运无着的悲观心态。根据甲戌本脂批可以看出这句话在全书艺术构思上暗示了贾氏家族衰败后儿孙流散,甄贾宝玉以及凤姐等人将沦落为街头乞丐。语虽极为简练,只写金、银,又以一“满”字便概括出了贵族之家的安逸富贵,扩大读者想象空间:其中的贵介幺子们应当是锦衣纨袴,饫甘餍肥的了。体现了作者叙述语言的锤炼精当,一语以概括兴盛繁荣图景。而下半句只以“人皆谤”便写出了贵族衰败的悲哀公子哥“一技无成,半生潦倒”徒给人们留下了街谈巷议的谈资。这其中也寓含了作者多少辛酸,真是“愧则有余,悔又无益”,“石火光阴悲喜不了;风露草霜,富贵嗜欲,贪婪不了。”

女儿是水做的骨肉。

【注释】《红楼梦》第二回。

【鉴赏】第二回冷子兴演说荣国府，冷笑道："……（宝玉）说起孩子话来也奇怪，他说：'女儿是水作的骨肉，男人是泥作的骨肉。"冷子兴是冷笑即带着贬义讲的，认为他"将来色鬼无疑了。"然而贾宝玉这些"孩子话"，不但富于激情，发人深思，而且恰好鲜明地表现了他性格中最突出、最光彩的特点，也是对千百年来"男尊女卑"这个封建传统观念的无情嘲弄，对一向被忽视的女子人格的热情赞美，脂砚斋旁批道："真千古奇文奇情"。而这正是曹雪芹所着意要赞美的，他要"使闺阁昭传"，使天下后世知道"闺阁中历历有人"，"万不可使其泯灭也"。冯雪峰说："从封建压迫下觉醒的女性，往往要通过女性的觉醒，去体验着他们之'人'的社会的觉醒。"书中不仅写出了行止见识不凡的女性而且又让优秀的男性对她们大加赞颂"凡山川日月之精秀只钟于女儿"，而自惭形秽认为"男子不过是些渣滓浊沫而已"，真乃"石破天惊之语"。

说着别人家的闲话，正好下酒。

【注释】《红楼梦》第二回。

【鉴赏】冷子兴与贾雨村为旧日相识，彼此说话投机。当他与雨村在扬州郭外村肆中偶遇便议论贾府及甄府情况，直谈到城门将闭时分。冷子兴说："说着别人家的闲话，正好下酒，即多吃几杯何妨。"作者在第二回中写二人对话其用意"不过借为引绳"，起到"冷中生热，无中生有"的作用，使"阅者心中已有一荣府隐隐在心"。另一方面所录语句也精当地表现出冷子兴与贾雨村的低下人品，反映了封建社会一般小市民的庸俗鄙琐心理。上半句正说明他们胸无大志，无节操可言，穷极无聊之时，以道听途说打探别人隐私为乐事。而这又是作为"下酒菜"出现的，显示出他们毫无激情，不会去真正关心他人的生死存亡，恨不能落井下石的阴暗卑鄙心理。曹雪芹塑造了这样两个人，实际上就是暗示封建社会已走了下坡路，人们的道德伦理情感已经沦丧，这可以说是经历了繁华富贵而又沦落为贫穷，饱经世态炎凉人世风雨的曹雪芹的真实感受了，所以在书中既借其以牵合全文，在思想意义上又表达了对这些商人市侩、庸俗官僚的鄙薄，暴露其丑态，讥刺嘲讽寓于其中。

身后有余忘缩手，眼前无路想回头。

【注释】《红楼梦》第二回。其大意为：所聚敛的财物在自己死后仍足以养家使儿孙安享富足，但仍然不肯缩手不取；一意孤行，直到眼前无路可走方始想到回头，然而为时已晚。

【鉴赏】贾雨村经甄士隐资助中了进士，升了知府。但他到任后大肆压榨百姓,“沽清正之名,而暗结虎狼之属,致使地方多事,民命不堪”,遂被革职,赋闲而游。一日,偶至郭外智通寺,见门旁破旧对联“身后有余忘缩手,眼前无路想回头”。对联对封建时代贪得无厌、死不悔改者进行了形象描绘,寓讽刺于其中,使贾雨村之流一见便觉击中心病,触目惊心,觉得“文虽浅近,其意则深”。作者正是借此表达对贾雨村贪酷不已的行为和悲惨结局的嘲讽,也暗指书中贾氏家族虽显赫一时,鲜花着锦、荣华富贵但鱼肉小民,终至破败的命运。作者只用浅近的两个动词词组“忘缩手”、“想回头”便刻画出了贪鄙者的贪婪聚敛的嘴脸和回头无望、追悔莫及的无奈情态,语约而意丰,富于形象性、生动性。

安富尊荣者尽多,运筹谋画者无一。

【注释】《红楼梦》第二回。

【鉴赏】作者在第二回中借冷子兴之口演说荣府兴衰。所录语句正是其中描写贾府呈现衰败情状的典型语句,“如今生齿日繁,事务日盛,主仆上下,安富尊荣者尽多,运筹谋画者无一。”以至日渐萧疏,一日不如一日。作者巧妙地运用了“众多”与“无一”,两相对照,在对比中突出刻画了封建末世贵族大家安逸享乐的生活,他们只知游山玩水,斗鸡走马,整日以呼朋唤友安富尊荣为能事,全然不理经济世事,不知排场费用须将就俭省。在这样的“孝子贤孙”支配之下曾经“赫赫扬扬,已将百载”的贾府走向衰败没落是必然的,曾经“烈火烹油,鲜花着锦”的生活因为他们不会运筹谋画“也不过是瞬息的繁华,一时的欢乐”。所录语句虽是借冷言评价荣国府的衰败,但大而言之,我们从整部书来看,作者也揭示了其余贵胄之家的相同命运,而这些“安富尊荣”者也就是真的“国贼禄蠹”,暗含了作者的讽刺与批判。在这些人的“筹划”下不止封建家庭将“不比以前”,整个封建社会也会由病老走向死亡,所谓的守成绍基,经邦济世都成了一句空话,这恐怕正是作者真意了!

成则王侯败则贼。

【注释】《红楼梦》第二回。王侯:王公侯爵。贼:强盗。

【鉴赏】第二回贾雨村与冷子兴谈论天地生人有大仁、大恶者,而偶值灵秀之气的在上则不能成仁人君子,在下亦不能为大凶大恶。正不容邪,邪复妒正,天地中既遇必搏击揭发。所以冷子兴以“成则王侯败则贼”作总结。这是旧时以成败论人的说法,语出自《梦笔生花·杭州俗语》作“成则为王败则为寇”。作为俗语它有简练而又含义丰富的特点,反映了封建社会的一个普遍现象。专制社会没有大是大非的标准,政权的更迭只以成或败来评价,胜者就是王侯,失败的就是盗贼,也可以说成功了就是合法的,不成功的就是非法的,所以《庄子

·胠箧》篇说:“彼窃钩者诛,窃国者为诸侯,诸侯之门仁义存焉。”大盗与诸侯并没有本质区别,都是国贼禄蠹,只不过一成功一失败罢了。这句话以“成”对“败”,并且指出各自结局,表达了自己对禀质特异之人的钟情,他们不管身处哪个阶层都是聪俊灵秀的,断不能甘遭庸人驱制驾驭。这又何尝不是作者自况?

偶因一着错,便为人上人。

【注释】《红楼梦》第二回。

【鉴赏】第一回中曾交代甄士隐家丫环娇杏偶然回头望了两次贾雨村,贾雨村于是认她为红颜知己,于第二回中被进士及第官升知府的贾雨村接去充为二房,后又扶为正室。作者评道:“偶因一着错,便为人上人。”其中:“一着错”即指第一回中娇杏于书房外两次回头看贾雨村。封建礼教认为男女授受不亲,婚姻讲究父母之命,媒妁之约,像娇杏与贾雨村这样私相钟情的事情是违背正道的,所以称为“一着错”。而上句又用一“偶”字,用陈其泰旁批解释就是“奈今之善于回顾而不能为人上人者,又甚多也”。指出了偶然做错事而得到好结果的实在是少。但就曹雪芹创作思想来看也表明了他对两情相悦自由幸福爱情生活的向往,而这样的结合在封建礼教思想束缚之下的社会又是少而又少,所以不幸“又甚多也”,而“一着错”便具有了全新意义,是作者正话反说了。

百足之虫,死而不僵。

【注释】《红楼梦》第二回。百足:多足昆虫马陆的俗称,后泛指多足的昆虫,如蜈蚣之类。僵:仆倒。

【鉴赏】此语录自第二回,冷子兴在回答贾雨村说宁、荣两府“那里像个衰败之家”时用以为喻。其大意是说:贾府这样的大贵族官僚家庭,虽然已经走向衰败萧索,但是在一定时期里它还能够维持某种兴旺繁荣的假象。作者运用比喻信手拈来,既形象生动又贴切自然。“百足”说明贾府势力大,关系网错综复杂,四大家族之间互相支持,所以能声势显赫,弄权舞弊。“死”表明贾家烈火烹油,鲜花着锦般的生活已走了下坡路,走向衰败没落。而“不僵”又与上半句之“百足”相呼应,指出宁、荣二府仍在垂死挣扎、苟延残喘。八个字简洁而又传神地道出了贾府的现状,充分体现了曹雪芹运用语言得心应手,准确精炼而又含义颇深刻。

如今外面的架子虽未甚倒,内囊却也尽上来了。

【注释】《红楼梦》第二回。

【鉴赏】作者在第二回中安排冷子兴来介绍宁、荣二府。贾雨村认为“贾府那里像个衰败之家”，冷子兴冷笑道：“……如今外面的架子虽未甚倒，内囊却也尽上来了。”脂砚斋在“甚倒”两个字的旁边批道：“‘甚’字好，盖已半倒矣！”（甲戌本）这两句话准确地概括出了贾府当时处境的基本特点，即外盛与内衰，假象与本质的矛盾；同时又深刻地揭示了贾府以后发展的必然趋势，即由“未甚倒”——半倒到全倒，无论内外都将彻底衰败的结局；也隐约地流露出议论者对贾府日益衰落的惋惜情绪。其内涵是相当丰富的，即使用此语概括整个封建末世社会腐败衰颓的本质特点也堪称精到之言。在艺术特点上，该语句形象生动运用比喻来刻画外强中干的贾府现状，同时用语极为准确，一个“尽”字，写尽了贾氏家族的色厉内荏风雨飘摇之感，显示了灭亡是它的唯一趋势。

天地生人，除大仁大恶两种，余者皆无大异。

【注释】《红楼梦》第二回。

【鉴赏】在第二回中，贾雨村听了冷子兴对贾府的叙述介绍后，为了驳斥冷子兴说贾宝玉是“色鬼”的观点，发表了长篇议论。他按照道德品质来划分人们的等级，“天地生人，除大仁大恶两种，余者皆无大异。若大仁者，则应运而生，大恶者，则应劫而生。运生世治，劫生世危。”他认为正是这些大仁大恶之人主宰着历史的命运，“大仁者，修治天下；大恶者，扰乱天下。”这透露出曹雪芹的英雄主义历史观，以唯物主义观点来看自然是难脱历史的局限和窠臼的，连清代陈其泰旁批都说“‘运生世治，劫生世危’迂腐可删”。就全书的艺术构思来看，贾雨村谈论大仁大恶的目的是要引出“正邪两赋而来”的人，作为评价宝玉的依据。而这正是曹雪芹要假借贾雨村表达的创作观点，即书中主要人物都是“正邪两赋而来一路之人”，从而人物思想性格具有复杂性和多面性。就艺术创作而言，这句话也体现了曹雪芹塑造人物形象的个性化和准确性，体现了贾雨村这一人物的博学多知。

态生两靥之愁，娇袭一身之病。

【注释】《红楼梦》第三回。靥（yè）：酒窝儿。袭：侵袭，传来。

【鉴赏】宝黛初次相见，作者从宝玉眼中描绘黛玉的外貌风度。宝玉眼中的黛玉丰神绝世，“细看形容，与众各别”，给其印象最为深刻的就是她那含愁带露的眉目和飘逸脱俗的风度。所录语句即突出她的风度，意谓其面涡含愁，体弱多病，因而更生娇态，给人一种病态美。作者在这里通过词语的巧妙运用达到了描绘其情态的目的，使娇怯妩媚的林黛玉跃然纸上。上半句着重从神态方面描写，两靥之愁使态生；而下半句又从形态方面描写，一身之病显出娇姿弱质，达到以形传神，形神兼备的艺术效果。在词语运用上，“态”与“娇”同义反复，都是写黛玉弱柳扶风，不胜娇怯的情态。同时以错综手法使上下两句对仗工稳,扩大了词语的表现力。在艺术构思方面,这一句体现了作者匠心独运之处,娇怯的林黛玉与第一回中“西方灵河岸上三生石畔绛珠草”相呼应,暗示黛玉正是那个愿“下世为人一偿甘露之惠”的绛珠仙子,使行文连贯又引人遐思。

粉面含春威不露,丹唇未启笑先闻。

【注释】《红楼梦》第三回。

【鉴赏】这是第三回中作者描写王熙凤外貌的妙语,包含了丰富的内容,使人物形象鲜明、真实而富于立体美。上半句既刻画出凤姐的美貌,又展现了她的性格特点:含威不露,这给以后章节凤姐的行为做派作了很好的注脚。可以说,在《红楼梦》中笑声最多的是她,但是明里背里克扣盘剥,杀人最多的还是她。虽是貌美如花,却是脸酸心硬,脸上笑着脚底下就使绊子的复杂个性的人物。在她身上“春”与“威”总是既矛盾又统一的。下半句更进一步说明或者说塑造了她的这种嘴甜心苦的性格,以“未启”和“先闻”的对比突出她给人如沐春风的感觉,使人物神采毕露,栩栩如生。

无故寻愁觅恨,有时似傻如狂。

【注释】《红楼梦》第三回。

【鉴赏】贾宝玉出场之后,作者以《西江月》词对其思想性格及一生命运作了总评。所录语句正是其中妙语,概括出了贾宝玉精神的痴狂状态。这两句以封建正统标准的卫道者的目光和口吻观察和评论贾宝玉,全是反面文章,以明贬暗褒的手法肯定了贾宝玉对封建主义的叛逆。他的这种疯疯癫癫,似傻如狂实质上正反映了封建正统思想束缚下知识分子冲决传统观念而又理想不得实现的迷惘痛苦状态,在贾宝玉身上体现了作者精神探索历程的艰难。“无故”是写其心灵的赤诚与纯真;“寻”、“觅”正是对纯真爱情和友谊的体悟与珍惜,对青春年华的眷恋不舍。而这些在正统思想追求经济致仕的人来看是“似傻如狂”的,这就透露出先进知识分子所遭的压抑和前进的艰难。可谓语约而意丰,生动形象。

纵然生得好皮囊,腹中原来草莽。

【注释】《红楼梦》第三回。皮囊:即革囊,指用皮革制成的袋子。释、道二教指人的形体,包含徒有其表的意思。草莽:杂草丛。

【鉴赏】曹雪芹在第三回中借“后人”的《西江月》词评论贾宝玉。因为他极恶每日“子曰诗云”的读书生活,长到十六七岁连幼童必读的《四书》都背不熟,又最恶八股时文,这在封建卫道者看来,确实是“愚顽怕读文章”、“腹中原来草莽”。在这里作者假借了封建统治者的口吻来观察并评论贾宝玉,采用了明贬暗褒的手法，达到了赞扬贾宝玉聪明灵秀，不同凡俗的目的，另一方面也避免了世俗之人的口实，免去了讥世骇俗的嫌疑。作者在塑造人物形象上大胆采用"正言若反"的手法，体现了运用反语的机警和高明，比喻的生动形象、贴切自然，以佛家"皮囊"形容贾宝玉外形的风流飘逸，"草莽"喻指不学无术，但与反语结合就使文句意境不同，赞美之情见于纸上。

女子无才便有德。

【注释】《红楼梦》第四回。

【鉴赏】曹雪芹在第四回中引出贾珠之妻李纨。介绍其身世时说她家"族中男女无不诵诗读书，至李守中（其父）承继以来，便说'女子无才便有德'，不令其十分读书。"此语原作"女子无才便是德"，体现了男权社会对女性的歧视和压制，曹雪芹在书中通过塑造李纨这一安分守己，恪守妇道，"竹篱茅舍自甘心"的节妇形象，表露了沉痛的哀怜之情以及对封建礼教摧残压抑人性的罪恶的揭露和控诉。这句话在封建社会广为盛行，它如一把杀人不见血的刀子掠夺了许多女性的自由和对生命价值的渴望，使她们在礼教的压抑下被愚化、奴化，丧失了自我，只知"守拙安分之为愈"，从而在精神上沦为了非人。虽然曹雪芹由于时代的局限还不能充分认识这一问题，但他通过《红楼梦》中对女性的礼赞与同情表达了对这一观点的深恶痛绝，仍具有进步意义。

一损皆损，一荣皆荣。

【注释】《红楼梦》第四回。损：衰败。荣：兴盛。意谓贾、史、王、薛四大家族休戚相关，一家衰落便都衰落，一家荣盛便都荣盛。

【鉴赏】门子在向贾雨村介绍了"护官符"之后指出："这四家皆连络有亲，一损皆损，一荣皆荣，扶持遮饰，俱有照应的。"贾、王、史、薛四大家族，是旧时豪门巨室的缩影，在封建社会中具有深刻的典型意义。他们以互相婚配作为纽带联结在一起，休戚相关，祸福与共。所录语句不仅点明了四大家族的密切关系，而且也揭示了宗法封建统治的一个重要特点，即封建统治阶层的人们总是分别结为大大小小的集团，互相敌视，互相倾轧，形成极其尖锐的矛盾。而在集团内部有的由某一政治目的而联结，有的则以亲朋关系来联系，其中后者又往往是前者的核心内容。作者以极为简练而通俗的语句揭示了封建统治集团内部的关系和实质，概括了关系网的盘根错节，互相牵制，显示出"一人得道，鸡犬升天"的社会现实，可谓语约而意丰，简练而传神。

贫贱之交不可忘。

【注释】《红楼梦》第四回。

【鉴赏】贾雨村补授应天府后碰到薛蟠打死人命案，在门子示意下暂时搁置不提。后召门子入密室长谈，才知门子是旧时寄居葫芦庙沙弥，所以贾雨村说："贫贱之交不可忘，你我故人也。"这句话在民间广泛流传，其本意是说人在社会地位提高后，虽然经济条件好了，但是不能忘记过去患难与共的朋友。它体现了劳动人民朴素的阶级情感，但作者用在贾雨村的谈话中就赋予了它更为深刻的意义，为刻画贾雨村翻云覆雨、奸诈狠毒、狡猾多变的个性特征服务。俗语中"不可忘"是指正面意义不可忘记，不可舍弃，但在贾雨村身上这三个字指的是拉关系，套近乎，为自己的政治生涯铺路搭桥，另一方面也稳住门子，不透露自己过去贫贱的出身。所以事后就"寻了个不是，远远地充发了"门子，恨不得"忘"了他。作者通过人物的语言和行动的前后矛盾，揭露了这种人的卑鄙、虚伪、奸诈的心理，虽未明说讽刺而讥讽暗含其中，使人物丑陋嘴脸跃然纸上。

老爷真是贵人多忘事，把出身之地都忘了。

【注释】《红楼梦》第四回。

【鉴赏】贾雨村见门子示意他不可轻易断案，于是在密室召见门子。门子开场白就是："老爷真是贵人多忘事，把出身之地都忘了。"作者通过一句极为流行的俗语，表达了自己对人物心理世界的艺术把握。从门子示意使眼色就可以看出他绝非正直善良之人，所以入密室第一句就与此呼应，"贵人"包含了对贾雨村的逢迎奉承，但他又说到"出身之地"暗示贾雨村两人过去的关系以及雨村贫贱的出身。这样就达到了既拉拢关系又掣肘对方的目的，使对方不能不或者说不敢不重用自己，因为掌握了对方出身贫贱的秘密。在封建社会官僚场中，一个人的出身是很重要的，这是门阀世第的等级社会的痼疾，也是世态炎凉社会的心理通病。作者就是看清了这一点，所以以生动语言活画出了门子趋炎附势又工于心计，善于言辞的性格特征，使他成为独具特色的"这一个"。

大丈夫相时而动。

【注释】《红楼梦》第四回。相(xiàng)时而动：见机而行。

【鉴赏】贾雨村于密室召见门子，二人推心置腹大谈为官之道。贾雨村道："蒙皇上隆恩，起复委用，实是重生再造，正当殚心竭力图报之时，岂可因私而废法？是我实不忍为者。"门子听了，冷笑道："……如今世上是行不去的。岂不闻古人有云：'大丈夫相时而动。'"这句话在民间广为流传，本来指人要想有所作为，成就一番大事业就要抓住机遇施展才能，强调了行动时要审时度势，注意客观外在条件和环境。语出自《左传·隐公十一年》"相时而动，无累后人，可谓知礼矣"，反映了古人处世态度，但作者让它从门子口中说出，就使它有了特别深刻的艺术韵味，刻画了卑鄙小人投机取巧、利己主义的丑陋心态，这句话也就成了不顾是非，不讲道义，损人利己等诸行为的理论依据，从而达到了揭露嘲讽的目的，体现了作者高度的驾驭语言能力。

趋吉避凶者为君子。

【注释】《红楼梦》第四回。

【鉴赏】这是门子劝贾雨村徇私枉法乱判葫芦案时引用的古语。这句话体现了古人对社会实践的高度重视和深入研究，意谓人应该善于选择有利条件，避开不利条件，以利于达到自己的目的，免受损害。但是作者让虚伪奸诈、见利忘义的门子说出来，就使它赋予了新的意义。在门子眼中现实的世道是秉公执法行不通了，所以要趋吉避凶，那么就是要徇情枉法，出卖自己良心道德，吉就是使自己有利可图，凶是违背上司意旨，落得丢官赔命的下场。这说明清代官制已经腐败堕落到何等程度，它使人们的心理都已经异化，为求一己之私不惜徇情枉法。作者通过门子一句话就达到了揭露批判的目的，不仅使门子、贾雨村的卑鄙无耻、肮脏丑陋的内心世界，同时也使官场的污浊不堪都暴露无遗，暗喻讥刺嘲讽，语约而意丰。

既亲密，则不免一时有求全之毁，不虞之隙。

【注释】《红楼梦》第五回。求全之毁，不虞之隙：典出《孟子·离娄上》，原意为：有想不到的称誉，也有吹毛求疵，求全责备的诋毁。文中意谓宝、黛两人因要求对方完美而彼此责难，因而产生了意想不到的矛盾。虞：预料。

【鉴赏】上文中作者将书中要紧人物尽行点出，这一回就正传开场，写宝玉和黛玉常言语不合。作者说宝玉觉得黛玉“比别个姊妹熟惯些。既熟惯，则更觉亲密；既亲密，则不免一时有求全之毁，不虞之隙”。点破了宝黛之间种种不可理解的行为，陈其泰评此句认为在结构上“照后文无数情事，妙在简净。盖未有金玉之说，即言语不和，亦无关紧要，不足记也。”并解释道：“正因亲密而然，包后文无数情节。”可以说这句话就简练而含蓄地点明了两人的爱情心理。爱情发展的过程就是由陌生到亲密，既亲密则产生相互间的要求，求全责备，而这样的完美要求又是达不到的，所以就会产生预料不到的矛盾，而矛盾又是一时的，会使两人更为亲密。在行文结构上作者只此一句而已涵盖了无数信息，略过了他们之间许多的“毁”、“隙”，暗示了两个人的爱情，为后文描写两个人的诸多“不和”作了注解。在语言方面虽化用《孟子》“不虞之誉，求全之毁”而使人全然不觉，自然流畅，简洁而又生动形象，一语道破玄机。

厚地高天，堪叹古今情不尽；痴男怨女，可怜风月债难偿。

【注释】《红楼梦》第五回。风月：原指自然景色，后常代替男女情爱。偿：

酬报,偿还。全联大意为:厚地高天负载覆盖着痴男怨女,可叹从古及今,男女情爱绵绵无尽,可怜这情爱之债难以偿还。

【鉴赏】所录语句是贾宝玉梦游至太虚幻境宫门所见的一副对联。从中可以看出曹雪芹自身对爱情浓重的悲哀和宿命论色彩的结论,包含了对爱情的体验和感受,虽然是写《红楼梦》中金陵女子的各自爱情生活,但大而言之,也体现了对古往今来爱情体验的审美观。他认为爱情存在于天地之间,情孽之深广是人类无法逃避的,而且爱情双方虽苦苦挣扎但很难获得圆满结局。在曹雪芹眼中,爱情就是宿命的悲剧,爱情预示的就是眼泪、哭泣和薄命。通过太虚幻境的描写,他渲染了这种浓重的悲凉气氛,也暗示全书爱情主人公的悲剧结局,笼罩了一层浓重的宿命色彩。在艺术上,该联对仗精切,引用《诗经》而自然贴切,又以借债还债喻男女情事,说男女情爱不免招至痛苦,付出代价,从而使对联既含义深刻又生动形象。

好色,即淫,知情更淫。

【注释】《红楼梦》第五回。

【鉴赏】第五回中贾宝玉梦游太虚幻境,警幻仙子对他说:"……自古来多少轻薄浪子,皆以'好色不淫'为饰,又以'情而不淫'作案,此皆饰非掩丑之语也。好色,即淫,知情更淫。……吾所爱汝者,乃天下古今第一淫人也。"作者借仙子之口揭露贾府统治者的荒淫、腐朽和堕落,暴露了他们对肉欲的追逐并且鞭挞了他们对纯真爱情的扼杀,可以说鞭辟入里,字字千钧。在封建礼教卫道者眼中"好色",即人的生理层次的需求是正常的,而"知情"即两性关系中情感需要满足则被视为大逆不道要强烈禁止。作者正是以仙子口吻代"宁荣二公"立言,禁爱不禁欲。从而以反讽的形式写出了统治阶层维护礼教的虚伪和对男女关系看法的腐朽和谬误。在艺术上正话反说,嘲弄揶揄,表达了自己对爱情的礼赞和歌颂。

风流灵巧招人怨。

【注释】《红楼梦》第五回。

【鉴赏】贾宝玉梦游太虚幻境见"金陵十二钗又副册",打开一册一看,只见满纸乌云浊雾,几行字迹,其中有句云"风流灵巧招人怨"。这是作者对晴雯悲剧命运原因的简明概括。她生就聪明美丽,心地高洁而没有奴颜媚骨,正因如此而招人妒嫉夭亡而死。晴雯只因生得美丽聪慧,就被封建卫道士们谩骂陷害,其中除了人性中普遍共存的妒嫉心理之外,还昭示了中国古代传统道德的弊病。它要求人的就是安分守己,刚毅木讷近仁,厚重少文为君子,这成了人们恪守的行为规范,谁也不敢做"出头的椽子","巧言令色"就被认为"鲜仁矣",

这是何等可悲，在此作者既表达了对晴雯不幸遭遇的无限同情，又揭示出了当时封建礼教的腐朽不堪。在艺术构思方面，清陈其泰认为“开卷先是晴雯，其为黛玉影子甚明。竭力为晴雯鸣冤，即是说黛玉也。”

机关算尽太聪明，反算了卿卿性命。

【注释】《红楼梦》第五回。机关：心机，机谋。卿卿：语出《世说新语·惑溺》，旧时用作夫妇、情人、朋友之间的爱称，此处用以称呼王熙凤，有讽刺意味。后一“算”字，现常作“误”字。

【鉴赏】曹雪芹以王熙凤的悲剧作为全书重要线索之一，且以她为中心展开了一系列的人物和故事，将她的命运和贾、王家族的衰亡紧紧维系在一起，所以作《红楼梦曲·聪明累》咏叹其聪明自误的悲剧。所录语句为曲中首两句，写王熙凤聪明过头，费尽心机谋算策划反而算掉了自己的性命。上半句借用黄庭坚《牧童诗》“机关用尽不如君”语句，写她有“超群之才”，形象地概括出她善于使用权势，杀伐决断，贪婪凶残，积聚金钱，欲壑难填的贪欲。一个“太”字就极写出作者的褒贬好恶，一语中的，写出了她枉费了半世心机，终于不能挽回封建大家族“家亡人散”、“大厦”倾覆的颓运，落得个“一场欢喜忽悲辛”，最终身陷囹圄而短命死去的悲惨结局。“聪明”二字又化用了宋苏轼《洗儿》“人皆养子望聪明，我被聪明误一生”之意，与下半句自然连续为统一整体，运用典故而出语自然使人浑然不觉，体现了曹雪芹深厚的文学修养和高度的驾驭语言的能力。而这两句也就预示了以贾府为代表的封建宗法家族无论如何挣扎，终究是苟延残喘，难逃崩溃命运。

刚至房门，便有一股细细的甜香袭人而来。

【注释】《红楼梦》第五回。

【鉴赏】贾母率荣府诸人到宁府赏梅，宝玉倦怠欲睡，被秦可卿领入闺房之中，“刚至房门，便有一股细细的甜香袭人而来。宝玉觉得眼饧骨软，连说‘好香！’入房向壁上看时……联云：‘嫩寒锁梦因春冷，芳气袭人是酒香。’”脂砚斋对此评道：“艳极、淫极”，“历叙室中陈设，皆寓微意，不作闲文看也”，表现出作者借暗示烘托手法来点染环境，塑造人物形象的高明之处。清代陈其泰在评价所录语句时说这一句暗示“黛玉身上之香耶。宝钗冷香丸之香耶。”为后文情节铺陈展开作了铺垫，同时又说：“房中甜香何香耶？明崇祯帝初登极，入宫闻香心动。曰：皇考、皇兄都为此物所误，急令撤去。秦氏此香，岂为宝玉设耶？犹恐人不觉，复细写铺陈物件，使人醒目。镜花水月，将下文摄入此句中，妙能使人不觉也。”语句极为精辟地论述了这一句在行文结构上的重要性，以象征手法暗示了秦可卿与宝玉的关系，也形象地表现出秦可卿的内心世界和淫荡奢靡的生活作风,体现了曹雪芹独具匠心地以环境来衬托象征人物性格的高妙之处。

子系中山狼,得志便猖狂。

【注释】《红楼梦》第五回。子:你。系:是。中山狼:语出明代马中锡《中山狼传》,后喻指忘恩负义之徒,这里指孙绍祖。

【鉴赏】贾宝玉梦游太虚幻境,见薄命司"金陵十二钗正册"判词之六云:"子系中山狼,得志便猖狂。金闺花柳质,一载赴黄粱。"并画一恶狼,追扑一美女,欲啖之意。这首判词写的是贾迎春的悲惨遭遇。画面预示她将嫁给一个恶狼般的男子,并为其摧残至死。所录语句就是对该男子的形象概括。上半句中作者运用拆字法含蓄地点明了该男子的姓氏。"子"单用时为代词,你;"系"是系动词,是。两个字合起来就是"孙"字,即指贾迎春的丈夫孙绍祖。这种表达方式巧妙地利用了词的组合能力,达到了良好的表达效果,耐人寻味。而"中山狼"则是借典故来比喻人的性格凶狠残暴,狡诈多变,恩将仇报。在艺术构思上又显示了贾府被抄没时孙绍祖落井下石恩将仇报等情节。下半句写出了这种人小人得志的丑陋嘴脸。语句虽是象征贾迎春的遇人不淑,同时也揭示了封建社会没落时期,官场的黑暗腐败、尔虞我诈,勾心斗角,预示了在这样奸诈小人的驱使驾驭下,整个统治阶级必将趋于毁灭,如一枕黄粱。

才自清明志自高,生于末世运偏消。

【注释】《红楼梦》第五回。清明:聪明伶俐。末世:衰亡的时代。运偏消:运气不好,命偏薄。消:此处读平声,同浇,薄也,见《广韵》。

【鉴赏】贾宝玉于薄命司中观看所有女子过去未来的簿册,见"金陵十二钗正册之三"画两人放风筝,一片大海,一只大船,船中一女子掩面泣涕之状。其后四句云:"才自清明志自高,生于末世运偏消。清明涕泣江边望,千里东风一梦遥。"此首是贾探春判词,首两句写探春才能、志气与当时社会环境相矛盾。她精明强干,有政治风度,又颇想有所作为。有志有才,本可以为封建社会效力,但当时封建礼教要求女性的是"女子无才便是德",要守拙安分,恪守妇道,敦厚贤良,以三纲五常来奴化、愚化女性。作为富家女子,又是庶出,在男尊女卑的社会里探春的理想只能化为泡影。而且整个封建社会已处于行将崩溃的前夜,志大才高的探春只能是自叹命薄,随着她家族的衰败而沦落飘零。从语句的字里行间我们可以读出作者深切的悲悼痛惜之情,以及对封建礼教压抑摧残女性的愤懑不满情绪。以清陈其泰观点看曹雪芹也借两个"自"字点明了对探春的不满情绪,这皆出于探春"才清明,而又志高"的缘故吧。

欲洁何曾洁，云空未必空。

【注释】《红楼梦》第五回。空：佛教用语，指万物之虚幻不实。佛教认为天地万物皆是因缘所生，刹那生灭，没有质的规定性和独立实体，假而不实，故谓之空。洁：佛教宣扬整个世界皆不洁不净，惟有西天佛国菩萨居处才算净土。两句意谓想超脱凡世，求得洁净，未必行得通。

【鉴赏】曹雪芹借贾宝玉梦游太虚幻境所见"金陵十二钗正册"写出了红楼女子的各自命运。所录语句正是判词之五，写"气质美如兰，才华阜比仙"的大观园内栊翠庵道姑妙玉，展示了她性格和内心深处的矛盾。"洁"指妙玉品格之高洁，心性高傲孤僻，不好亲近，虽居于荣华富贵之地而鄙弃金玉珠宝，厌恶权贵之人。她孤芳自赏，有着惊人的清高、洁癖。她想追求洁净的"居所"，泯灭对人世浮华生活的向往，恪守色空观，但是孤寂的庵堂生活并不能压抑她内心深处对世俗的依恋，对人世欢乐的向往，她还是热爱生活，尊重个性，爱慕宝玉的，并没有真正做到佛教所要求的"洁"和"空"，这就使她的内心世界充满了宗教教义和人性之间的强烈冲突。曹雪芹借所录语句刻画出了这一矛盾，并且揭示出她是一个被封建豪门当做摆设，被宗教教义禁锢的牺牲品，笔端倾注了同情惋惜之情。正如靖本脂批写道："妙玉偏僻处，此所谓过洁世同嫌也。……岂不哀哉！"

世事洞明皆学问，人情练达皆文章。

【注释】《红楼梦》第五回。洞明：洞察明白。练达：干练通达。

【鉴赏】贾宝玉随贾母至宁府观赏梅花，一时倦怠，欲睡中觉，秦可卿遂引至宁府上房内间。"宝玉抬头看见一幅画贴在上面，……又有一副对联，写的是'世事洞明皆学问，人情练达皆文章。'及看了这两句话，断然不肯在这里了。"这两句是明清时期颇为流行的联语，上下两句互文见义，其大意为：透彻了解世事都是学问，人情老练通达就是文章。也就是说懂得人情世故比读书做文章求学问还重要，体现了明清时期社会的世俗风气。但贾宝玉一向是懒与诸士大夫谈论仕途经济，讨厌峨冠博带吊贺往还等世俗应酬，"潦倒不通世务"的，所以一看这副充满禄蠹气的对联就"断断不肯在这里了"。曹雪芹借此从反面衬托出了贾宝玉厌恶仕途经济，只甘心为诸女儿充役的性格特点，另一方面也通过对联刻画出以贾府为代表的一般封建阶层富贵而庸俗的特点，表达了自己饱经沧桑之后对这些蝇营狗苟之人的鄙薄和厌恶。

势败休云贵，家亡莫论亲。

【注释】《红楼梦》第五回。休：不要。云：说。

【鉴赏】贾宝玉梦游太虚幻境，于薄命司一睹"金陵十二金钗"图谶，知她们过往将来。所录语句正是正册判词之九中的首两句。该判词是描写王熙凤之女巧姐的命运的,预示在贾府遭抄势败之后,家破人亡,子孙流离失所,巧姐无家可归,亲戚反脸相向不予照顾,真是皮之不存,毛将焉附? 曹雪芹虽然是刻画巧姐的悲剧命运,但其中包含着自己由钟鸣鼎食之家锦衣纨袴、饫甘餍肥的生活沦落为瓦灶绳床,阶柳庭花,以至衣食无着无人问津生活的人生异常辛酸的体验,于世路周旋,半生潦倒中洞察了世态炎凉,人情冷暖,寓愤懑心伤于其中,“哀哉! 伤哉! 此后文字不忍卒读”。另有人分析认为此句以直言法预言巧姐的结局及过程,与后两句“偶因济刘氏,巧得遇恩人”联系是写巧姐本为侯门公府的千金小姐,一旦家道衰败,其身价也不再高贵,择亲也不能讲究门当户对,“论亲”作择亲条件理解。

忽喇喇似大厦倾,昏惨惨似灯将尽。

【注释】《红楼梦》第五回。忽喇喇:象声词。倾:倾倒。昏惨惨:一片黑暗的惨景。这两句写王熙凤大难乍临时的心态,也写出富贵之家,一朝败散。

【鉴赏】曹雪芹借贾宝玉梦游太虚幻境,写出了金陵十二金钗的命运,并以《红楼梦曲》北曲声调凄婉悲壮,显豁清新的形式表达了自己对她们悲剧命运的深切同情。所录语句是《聪明累》曲中的妙语,描绘了凤姐临死前的感觉和心理变化。从整体上看,上下两句采用对偶句式,使句式整齐匀称,排列工整,同时讲究押韵、平仄协调,声韵和谐,富于音乐美。两句分别采用了明喻的修辞手法,绘声绘色地表现出家族忽遭巨变,大难乍临时王熙凤的感觉和惊恐万状、万般皆休的心理状态,配合以拟声词的交错使用,使人如见其人,如闻其声,大有感同身受之感。“大厦倾”、“灯将尽”也生动地预示了以贾府为代表的封建宗法家族彻底崩溃的情景,既生动形象、通俗易懂又含义深刻、耐人寻味,体现了曹雪芹高度的驾驭语言能力。

人生莫受老来贫,也须要阴骘积儿孙。

【注释】《红楼梦》第五回。阴骘(zhì):即阴功,暗中做好事。积儿孙:为子孙积德。

【鉴赏】李纨在《红楼梦》中是个标准的三从四德的封建淑女,她青春守寡,如槁木死灰一般,将自己全部心力与希望寄托在惟一的儿子贾兰身上,是安分守己,被礼教吞噬的典型的悲剧女性,所以作者借贾宝玉听《红楼梦曲 · 晚韶华》来预示她的命运。曲中写她历经磨难之后贾兰终于飞黄腾达,但不久贾兰死去,她又由晚年富贵落入悲惨境地之中。所录语句正是李纨的感叹,“虽说是,人生莫受老来贫,也须要阴骘积儿孙。”老来不受贫可以说是人们普遍的社会心理,支持李纨活下去的也就是这种母以子贵,安享晚年的信念或理想,但现在虽说老而富贵了，但因贾府未为子孙积德，以至贾兰早夭，这老年富贵而又孤苦伶仃的生活还有什么可以欣悦自慰的呢？所以曹雪芹代她立言，发出了深切的质疑，其中有哀怨，感伤，同情，这也是作者遭逢变乱凄苦心境的体会吧。

威赫赫爵禄高登，昏惨惨黄泉路近。

【注释】《红楼梦》第五回。赫赫：威势极盛的样子。爵禄：指爵位与俸禄。黄泉路：语出自《左传》，后指阴间路，即指“死亡”。

【鉴赏】曹雪芹借贾宝玉梦游太虚幻境听《红楼梦》曲，演绎了金陵十二钗各自命运。〔晚韶华〕描写李纨的悲剧，她受封建思想毒害很深，青春丧偶，全部的心力与希望都集中在儿子身上，所以此曲虽写她的命运，但是结合贾兰命运来写的。所录语句就是其中描写贾兰一生最有代表性的。曹雪芹熟练地运用了北曲的特定形式，以重叠形容词极写出贾兰的功名富贵，造成了一种亢进兴奋以至于紧张的节奏感与气氛，然后下半句用同一句式以“昏惨惨黄泉路近”造成意思的转折，写贾兰的突然死亡，使读者情绪一下由波峰跌至波谷，两句的差异如此之大，使人措手不及，而李纨情绪的跌宕起伏，打击之突然与沉重也跃然纸上。曹雪芹通过词语的选择，句式的安排，曲律的运用，简洁扼要地概括预示了贾兰命运的大起大落，而李纨的沉浮也就蕴含其中，可谓佳制。

落了片白茫茫大地真干净。

【注释】《红楼梦》第五回。

【鉴赏】曹雪芹在第五回中写贾宝玉梦游太虚幻境，听歌女遍演《红楼梦曲》。他自创此曲以富于寓意的曲词表达了对金陵十二钗命运的深切同情，〔收尾·飞鸟各投林〕就以凄婉悲壮的声调，飞鸟投林，惟余白茫茫大地象征了贾府最后家破人亡，子孙流散的悲惨场景。所录语句可以说是对组曲内容乃至整部小说的概括。从中也体现了曹雪芹的悲观主义人生哲学，使全书笼罩着“乐极悲生，人非物换，究竟是到头一梦，万境归空”的深深感叹。明人谢肇淛说：“人世仕宦，正如戏场上耳，倏而贫贱，倏而富贵，俄而为主，俄而为臣，荣辱万状，悲愁千状，曲终散场，终为乌有。”曹雪芹以“落了片白茫茫大地真干净”表达的也就是这样的人生感悟。

守多大碗儿吃多大的饭。

【注释】《红楼梦》第六回。

【鉴赏】第六回中曹雪芹引入了又一角色：刘姥姥。她的出场是以劝告女婿王狗儿不要因生计窘迫，在家中摔摔打打，拿老婆出气的形式出现的。书中说那刘姥姥见此心中不悦，乃劝道：“姑爷，你别嗔着我多嘴。咱们村庄人，那一个不是老老诚诚的，守多大碗儿吃多大的饭。”比喻有多大的家产就过多大开支的生活，言浅而意深，且富于生活气息，既体现了刘姥姥平民出身，又符合刘姥姥饱经风霜，深谙人情世故的精明个性。甲戌本脂砚斋于此语旁批道：“能两亩薄田度日方说的出来”。表现出曹雪芹深入观察社会各阶层人物，熟悉现实生活的本色。此语以其通俗浅近的形式多为人所用，引申出对待社会人生的处事态度，但往往成了不思进取、安于现状、宁节流而不开源等思维方式的代名词。因此，对这句话应有正确认识。

谋事在人，成事在天。

【注释】《红楼梦》第六回。

【鉴赏】第六回中王狗儿因生计窘迫在家闲寻气恼。刘姥姥劝他找王夫人，他认为“只怕他们未必理我们呢！”刘姥姥道：“这倒不然。谋事在人，成事在天。咱们谋到了，看菩萨的保佑，有些机会，也未可知。”其意是说事情的成功既要靠主观的努力，又要有客观的机遇。刘姥姥以此语说明去贾家求助未必不成，而这也是支撑她去贾府求助的一种精神力量。所录语句富含哲理，上半句说明一件事想求成功必须有人的主观努力，而“成事在天”又指出谋划的事情必须是符合客观发展规律的。孔明叹道：“谋事在人，成事在天。不可强也。”(《三国演义》)正说明人的主观努力不能逆天，即违背客观规律而行。只有使人事与天命——社会发展规律相结合，事情才会谋成。古人云“为于可为之时则成，为于不可为之时则凶”道理与此相同。

与人方便，自己方便。

【注释】《红楼梦》第六回。方便：佛家用语，指因人施教，导人入佛的权宜方法。《大藏法教》说：“方谓方法，便谓便宜，犹善巧也。”后引申为随机应变或与人便利，此处指与人便利。

【鉴赏】周瑞家的因昔年买地多亏狗儿之力，也要显弄自己体面，于是答应为刘姥姥引荐。刘姥姥道：“阿弥陀佛！全仗嫂子方便了。”周瑞家的忙道：“说那里话，俗语说的：‘与人方便，自己方便。’”周瑞家的引用这一俗语表达了自己的谦逊，其实以她的身份是不会要刘姥姥施与方便的。在另一方面当求人时这句话也广泛应用，此时就表示自己会知恩图报的。这正如“我为人人，人人为我”，已经成为一种普遍的维系人际关系的伦理准则。它的意义就是说明面对社会各方面的生存压力，每个人扮演角色不同，只有互济互助才能增强自身乃至于整个社会的生存能力，提高整体素质，这是一种集体意识的体现，凝聚力量来面对来自自然乃至社会的压力，谋求一种和谐、稳定的社会生存状态。

大有大的艰难去处。

【注释】《红楼梦》第六回。

【鉴赏】刘姥姥在周瑞家的引荐下求王熙凤照顾，凤姐笑道："……（贾府）外头看着虽是烈烈轰轰的，殊不知大有大的艰难去处，说与人也未必信罢。"刘姥姥听见告艰难，只当是没有，心里突突的，但后来凤姐不仅给了二十两银子，还给了一吊钱作车费。可见作者在这一回安排这句话大有深意，其指虽小，可以喻大。从行文结构看，既照应了第二回冷子兴演说荣国府"内囊却也尽上来了"，又合于预言"落了片白茫茫大地真干净"，由贾府中当家人加以肯定，更深沉有力，是其衰亡主旋律的又一次弹拨。从内容上分析也简明概括出贾府人际关系的复杂，尔虞我诈，明枪暗箭，同时经济上奢靡浪费，危机重重。在人物形象的塑造上，该语言也体现了凤姐善于周旋，应对不同人物，同时也是她对大家庭内部矛盾重重的感慨。总之，曹雪芹通过这一简洁而又通俗的语言表达了丰富含义，体现了高度的驾驭语言的能力。

俗话说，朝廷还有三门子穷亲戚呢。

【注释】《红楼梦》第六回。朝廷：指皇帝。

【鉴赏】刘姥姥对王熙凤诉及"家道艰难，走不起，来了这里，没的给姑奶奶打嘴，就是管家爷们看着也不像。"凤姐儿笑道："这话没的叫人恶心。……俗语说，'朝廷还有三门子穷亲戚'呢，何况你我。"王熙凤引用俗语对"芥豆之微"的刘姥姥说的话表现出了她的精明干练，善于周旋于复杂的人际关系中，应对各色人等。因刘姥姥女婿祖上和王家连过宗，她在不知王夫人意思时不卑不亢的态度，谨细入微拿捏得恰到好处，恰合了冷子兴的评语"模样又极标致，言谈又极爽利，心机又极深细，竟是一个男人万万不及的"。

瘦死的骆驼比马大。

【注释】《红楼梦》第六回。

【鉴赏】王熙凤一方面备述当家的艰难之处，一方面又很有人情味地给了刘姥姥二十两银子。刘姥姥喜得浑身发痒起来，说道："嗳，我也是知道艰难的。但俗语说的：'瘦死的骆驼比马大。'"所录语句本是比喻富贵之家即使濒临破产也比贫穷的人家富裕得多。刘姥姥一时高兴得忘乎所以，不适当地用了这句俗语作比方。但惟其粗鄙不当，才是刘姥姥这一村庄人的语言，刻画了她的纯朴、善良，不善逢迎的个性本色。同时这句话也体现了曹雪芹对民间俗语的巧妙运用。他改造了《二刻拍案惊奇》中的"瘦骆驼尚有千斤重"，运用骆驼与马作对比，强调其反差之大，产生了强烈的表达效果，体现了曹雪芹语言锤炼手法之高明，以一语而达到多重表达效果。

咱们红刀子进去白刀子出来。

【注释】《红楼梦》第七回。

【鉴赏】焦大醉后，又被派了夜晚送人的苦差事，心中气恼，于是大揭贾府主子们淫乱之短，骂个不休。贾蓉欲让人把焦大捆起来，不料焦大自恃救过太爷有功，不服贾蓉约束，说出“咱们红刀子进去白刀子出来”的拼命话。甲戌本于此句处有脂砚斋批语，云：“是醉人口中文法”。指出曹雪芹此处借语句的颠倒表现了这个对贾府有过汗马功劳、性格耿直的老仆醉后神情和大胆狂言，符合当时情境，写出了焦大醉态百出，语无伦次的形象。作为贾府功臣而不得重用，焦大颇有些怀才不遇之感，所以喝酒、骂人就成了其以抒愤懑的惯用手段，而所录语句只是口里说说，感到痛快而已。他所慨叹的主要是“一代不如一代”，大有恨铁不成钢之意。所以，这句话并不是如王熙凤所说“没王法”，而是对主子忠心耿耿的反面写照，正如鲁迅先生说焦大是贾府的屈原，他的肚里有一本《离骚经》。

咱们胳膊折了往袖子里藏。

【注释】《红楼梦》第七回。

【鉴赏】焦大酒醉后正骂在兴头上，见贾蓉敢使人捆他，便连贾府主子都骂起来，被众小厮揪翻捆倒，拖往马圈里去。他越发骂得起劲：“我什么不知道？咱们‘胳膊折了往袖子里藏’！”清陈其泰曾评价“焦大义仆，深忿其主行为，借端发作，将酒盖面，非真醉也。凤姐秦氏隐事，从不实写一句，而作者有焦大之言在胸中，自然遇事如画矣。文心幻巧，意味深长。”指出焦大醉骂不仅在行文上牵合全书而且也塑造了一个义仆形象，所录语句正体现了他的“义”字。他对旧主子的忠心与怀念，使他对贾府饱含感情，从而就产生了对新主子纵淫享乐的不满与愤恨，大有恨铁不成钢之意。他忽视了实际存在的等级差别，常居功自傲，这是造成他悲剧的重要原因。正因如此，他一味替主子遮掩，口称“咱们”，这正是他的可悲之处。说到底他也只是个忠顺的奴才而已。该俗语以比喻的修辞手法喻指事情不要向外张扬，把好事、坏事都遮掩起来。曹雪芹借用于焦大口中，使人物语言既生动形象又富于个性化、口语化。

有什么大不了的。

【注释】《红楼梦》第七回。

【鉴赏】冷子兴因多吃了酒，和人争斗，被造谣中伤为来历不明，告到衙门里，要解递还乡。所以他妻子(周瑞之女)赶忙找周瑞家的商议，周瑞家的道：“我就知道的。这有什么大不了的！且家去等，……这没有什么忙的。”所录语句体现了周瑞之妻的安详自若，全不在意，与她女儿的焦急如焚形成鲜明对比，这就使读者产生好奇，为什么她不急？下文作者就点出关键所在，“周瑞家的仗着主子势力，把这些事也不放在心上，晚间只求求凤姐便完了。”原来写奴仆的泰然是为了写她身后的主子，可见，王熙凤使权弄奸，包揽诉讼达到了何等地步，正如清人王希廉的评语“凤姐平日之弄权，于斯可见”点出了个中妙处。在更深层含义上该语句也揭示出封建社会没落时期官场的黑暗、腐败，徇情枉法的严重性，说明人治给司法制度带来的后果不堪设想。

这个颦丫头的一张嘴，叫人恼不是，喜欢又不是。

【注释】《红楼梦》第八回。颦（pín）：皱眉。

【鉴赏】宝玉来至梨香院中探望宝钗，随后黛玉也来了，嫉妒宝玉独自来看宝钗，于是一路讥讽，暗刺宝玉对宝钗的关心。一连串的话机锋锐利而又全系旁敲侧击。寓意明显而又让人捉不住半点儿话柄，可谓机敏、贴切而又尖刻犀利，所以宝钗借饭桌上气氛说道：“真真这个颦丫头的一张嘴，叫人恼不是，喜欢又不是。”作者这样一句话就透露出薛宝钗用心深细、韬晦锋藏，圆滑世故的特征，同时和林黛玉“比刀子还尖”的嘴，真诚直率，表里如一，任情任性的性格形成鲜明对比，活画出“罕言寡语，人谓藏愚；安分随时，自云守拙”的宝钗形象。明明心中气恼黛玉讽刺挖苦她对宝玉的关心是多此一举，却一笑，一拧黛玉腮帮，说“恼不是”，把不满暗藏心中，而又借“喜欢又不是”以开玩笑的形式说出了内心话，真实的感情以赞许黛玉天性聪慧、语言机智的方法说出，成功地刻画出薛宝钗表里不一，口是心非，暗藏机锋的个性特征，正如陈其泰评其“可谓心照语”。

一龙生九种，种种各别。

【注释】《红楼梦》第九回。

【鉴赏】这一回写贾宝玉入家塾读书。作者描写这“学中虽都是本族人丁与亲戚的子弟，俗语说得好：‘一龙生九种，种种各别。’未免人多了，就有龙蛇混杂，下流人物在内。”所录语句正是从民间俗语“龙生九子不成龙，各有所好。”演化而来的，作者借用它生动形象而又通俗易懂的语言形式来比喻贾府家族势力之庞大，像龙一样威风强大，而正因如此其子弟们就像龙生九子一样“不成龙”，有好乐，好杀，好险，好鸣，好坐，好负重，好讼，好文，好吞等大为迥异的爱好，也就是喻指义学中的子弟们良莠不齐，好坏都有，龙蛇混杂。清陈其泰眉批认为“作者之意，不过欲顺手带出家塾，并补叙贾族诸人，以见贾氏无一佳子弟耳。”从而揭示出封建没落时期贾府为代表的封建大家族已经走向腐败衰颓，非人力可保常，而其子弟们终日锦衣玉食，不知稼穑之艰难“于国于家无望。”

治得病治不得命。

【注释】《红楼梦》第十一回。其大意为：可以解决的问题才能解决，命中注定的事是无法回避的。

【鉴赏】秦可卿病染沉疴，凤姐劝解她道：“你好生养着罢……合该你这病要好……再也是不怕的了。”秦氏笑道：“任凭是神仙也罢，治得病治不得命。婶子，我知道我这病不过是挨日子。”曹雪芹引用《通俗常言疏证·医病》引《蜃中楼》的古语既是刻画秦可卿绝望衰颓的情绪，同时也是借书中人体现自己悲观的宿命论观点，其中可看出儒家“畏天命”、道家“委天知命”说教对她的影响，使全书笼罩着一层“无可奈何花落去”的悲观绝望情绪。在艺术构思上，这句话既体现了秦氏内心的矛盾冲突即封建礼教三纲五常与乱伦造成的心理压力，连结上下文焦大醉骂与死后葬礼之奢侈，也暗示了贾家大家族衰败的命运，与第五回中“造衅开端实在宁”，可卿乱伦相关联。她为宁府堕落的代表，她无药可医，不可救治，不就昭示了贾府的必然灭亡吗？可以说，所录语句体现了曹雪芹对民间语汇的熟练驾驭能力，一语既出而四座俱“惊”，又令人心领神会，细心品味。

天有不测风云，人有旦夕祸福。

【注释】《红楼梦》第十一回。其大意为：人的命运祸福在短时间里就像天气一样变幻无常，难以预料。语出自《喻世明言·卷四》。

【鉴赏】适逢贾敬生辰，宁府大摆寿宴，席中说起秦可卿的病情，凤姐说道：“真是‘天有不测风云，人有旦夕祸福’。这个年纪，倘或就因这个病上怎么样了(指死亡)，人还活着有甚么趣儿！”曹雪芹利用了民间俗语生动形象通俗易懂的语言艺术来塑造人物形象，使人物语言口语化，个性化，即不同于其他小姐们文绉绉的语言，是粗通文墨，富于生活经验的凤姐的话。该语句采用比喻的手法以自然界天气的风云变幻喻指人灾难与幸福的难以把握，变化之快，包含了浓重的宿命论色彩和消极情绪，反映了人在命运面前软弱无能，无力主宰自己命运的卑弱心理。从中也反映了曹雪芹世界观的局限性，是那个特定时代历经沧桑，饱受人世离乱之苦，穷困潦倒之人的深刻人生体验吧！

癞蛤蟆想天鹅肉吃。

【注释】《红楼梦》第十一回。

【鉴赏】贾瑞于宁府花园见了王熙凤后日思夜想，屡次求见王熙凤。平儿说道：“癞蛤蟆想天鹅肉吃，没人伦的混账东西，起这个念头，叫他不得好死！”

曹雪芹运用这一广为流传的俗语比喻贾瑞不自量力，异想天开，借平儿之口富于嘲讽，讥刺他想调戏王熙凤是痴人说梦。清代陈其泰评本认为“凤姐果无瑕，贾瑞如何敢冒昧调戏耶。有瑕而来，心中有恃无恐。”揭示出“天鹅”的本质，那么这一句也就表达了作者嘲弄凤姐之意了。正如陈评平儿的话“亦妙不可言。盖上句（癞蛤蟆想吃天鹅肉）是真实语，下句（没人伦的混账东西）是门面语。惟有上句，故有下句。不然，单说下句可也。何问癞蛤蟆邪？”指出“天鹅”实质上只是嫌贾瑞贫寒无势，并不管其人伦教化。这样就丰富了俗语的表达含义，揭示了贾府上上下下腐化堕落，见利忘义，荒淫无度的现实，寓讽刺于其中。

树倒猢狲散。

【注释】《红楼梦》第十三回。全句比喻有权势的人一垮台，依附者随即四散。秦可卿以此语暗喻贾府势必衰败。

【鉴赏】王秦同契，生死之际，梦魂感通，秦可卿对凤姐说：“如今我们家赫赫扬扬，已将百载，一日倘或乐极悲生，若应了‘树倒猢狲散’的俗语，岂不虚称了一世的诗书旧族了！”曹雪芹借秦可卿之口说出此语，预示了贾府最终的败落，暗合第五回《红楼梦曲 · 飞鸟各投林》，“落了片白茫茫大地真干净”。同时，这句俗语也揭示封建宗法社会的普遍现象，以比喻手法喻指有权势者一倒，依附众人即四散分离。其中“树”喻指权贵之人或家族；“猢狲”既喻权贵之门家族成员，也指依附的清客门人，前者被迫离散，后者则是“以势利交者”的代表，“利尽而交疏”。曹雪芹经历了家族巨变后对世态炎凉感触颇深，遂借其祖父曹寅生前常说的话来预言贾府命运，令评者“哀哉伤哉，宁不痛杀！”

月满则亏，水满则溢。

【注释】《红楼梦》第十三回。语出自《周易 · 丰》：“日中则昃（zè），月盈则食。”后世从中衍化出此句，意谓事物发展到一定限度，就会向相反的方向转化。亏：缺。溢：泛出来。

【鉴赏】秦可卿向来与王熙凤交厚，临死之时托梦给王熙凤说：“婶婶，你是个脂粉队里的英雄，连那些束带顶冠的男子也不能过你，你如何连两句俗语也不晓得？常言‘月满则亏，水满则溢’。”这一俗语比喻事物发展到一定限度，就会向相反的方向转化，体现了古代朴素的辩证法思想。曹雪芹在艺术构思上假借宁府“第一得意孙媳”，操持府中事务的好手托梦于荣府实际当权者管家人，显示出在他们的潜意识中已经意识到在贾府繁荣隆盛、诗礼缨簪的背后已经预伏着衰败没落，在它最“满”的时候，也就是它“亏”、“溢”显现的时刻。秦可卿以此自然之理看出“物胜则衰”的趋势，要王熙凤能“于荣时筹画下将来衰时的世业”以“常保永全”。后世多评她“有卓识远见也”。而这也和凤姐常思“退步抽身”相呼应,使全书结构浑融完整。

否极泰来,荣辱自古周而复始。

【注释】《红楼梦》第十三回。否(pǐ)、泰:均为《周易》中的两个卦名。天地交,则亨通,谓之泰;天地不交,就失利,谓之否。

【鉴赏】所录语句出自十三回中秦可卿托梦王熙凤。她冷笑道:“婶子好痴也。否极泰来,荣辱自古周而复始,岂人力能可保常的。”它真实而贴切地表现了秦可卿的心理状态,也是作者对于现实人生思考的体现。这种思考就是事情坏到了极点就会向它的相反方向发展,荣辱周而复始运行,非人力所能控制。这一思考虽然陷入了历史循环论,看不到事物的发展、变化、提高,但它的可贵之处就是作者通过自己家族的经历,对封建贵族阶级的永世长存提出了深刻的怀疑,表现了一个清醒的现实主义作家卓越的胆识,对那些深信“兆年不易”之类神话的封建世人们来说,无疑是一帖清醒剂。在艺术表现上,曹雪芹采用了避讳的歇后说法,隐去了“否极泰来”的后半句“泰来犹否极”,这样符合人物身份,同时造成含蓄深长的意味,耐人寻味。

登高必跌重。

【注释】《红楼梦》第十三回。

【鉴赏】曹雪芹广泛地利用了民间俗语既生动形象、通俗易懂又含义深刻的特点,灵活运用来表达自己对人生的体验和感悟。十三回中他借秦可卿托梦王熙凤说的“登高必跌重”比喻事物发展到极盛之时必走向衰败颓废,暗示了贾府如今过着“烈火烹油,鲜花着锦”的生活必然会跌得一落千丈,粉身碎骨。因为一个人或一个家族在封建宗法制社会恃恩过重,一定就会积怨过深,最终招至获罪抄家,“树倒猢狲散”的悲剧结局。这也就给我们揭示了一个普遍的社会心理,一方面是富贵者恃宠娇纵,以至做出许多激惹民愤,贪赃枉法,荒淫无度之事;另一方面是处于其下之人不免有嫉妒之心,一遇时机遂落井下石。这就导致虽红极一时,而不免折戟沉沙。作者运用俗语比喻的巧妙之处,形象地预示了贾氏家族的衰败毁灭,为后文文势的展开埋了伏笔,使全书笼罩着一层淡淡的哀愁,对表达作家思想起了很好的作用。

盛筵必散。

【注释】《红楼梦》第十三回。筵:酒席。

【鉴赏】甲戌本“凡例”诗曰:“浮生着甚苦奔忙,盛席华筵终散场。”秦可卿弥留之际托梦给王熙凤时也说:“万不忘了‘盛筵必散’的俗语”。这句俗语常用来比喻好景不常。秦可卿在王熙凤梦中以此句来暗喻贾府虽因元春封妃而将呈现出“瞬息的繁华”，然而终究会走向衰亡。曹雪芹充分利用了俗语中强烈的对比效果来表达自己的一种人生感喟。盛筵必定是高朋满座，胜友如云，觥筹交错，倾心欢谈，然而“三杯亦散，五杯亦散，十杯亦散，至于百杯亦散。”席散后“残藉狼红”，“笙歌散尽”的寂寞萧索怎不令人惆怅，然而天下无有不散之筵席。作者于其中包含了自己家道中落，人去楼空，繁华梦醒的凄凉惨淡心境，不仅使全书笼罩着悲剧气氛，也在结构上暗示了贾府之必然衰亡，可谓语约而意丰。

三春去后诸芳尽，各自须寻各自门。

【注释】《红楼梦》第十三回。芳：引申为花，文中喻指人。

【鉴赏】秦氏与王熙凤素日相好，在弥留之际托梦给她，劝她为贾府不可避免的衰败预作打算。临别又赠了两句话，“三春去后诸芳尽，各自须寻各自门。”作者用这两句话预示了贾府破败而群芳飘零的结局。这一预示曹雪芹已经在《好了歌注》、《红楼梦尾曲·飞鸟各投林》等曲子中数次出现，使全书贯穿着衰败灭亡的悲剧主旋律。此外借秦氏托梦再作预示，并且以“三春去后”暗示了贾府败亡的确切时间，体现了作者以画家的渲染之法多次预示，反复加深读者印象的手法。“三春去后诸芳尽”，其字面意思为：春光逝去后，百花都将凋零，实际上是以此喻指元春、迎春和探春三个人去后（元春、迎春二人死去，探春远嫁），众女儿也都到了死亡或者离散的时候了。下半句“各自须寻各自门”紧承上半句比喻以及暗示手法，指她们都将离开自己所依附的贵族之家，必须各自寻找自己的归宿。曹雪芹借可卿之口再次预言了十二钗的命运，以隐晦曲折手法，优美含蓄的语句吸引读者阅读兴趣，颇具深意。

能者多劳。

【注释】《红楼梦》第十五回。语出自《庄子·列御寇》：“巧者劳而智者忧，无能者无所求，饱食而遨游。”本意为弃绝巧智，主张清静无为，否定“能者”，认为他们是自寻烦恼。此外意为有才能的人就多劳累些，带有敬佩、赞许之意。

【鉴赏】馒头庵老尼静虚包揽诉讼，请凤姐帮忙，本来协理宁国府已经很忙了，但王熙凤经静虚以话相激，遂答应下来。静虚又顺势奉承：“这点子事，在别人的跟前就忙的不知怎样，若是在奶奶的跟前，再添上些也不够奶奶一发挥的。只是俗语说的‘能者多劳’。”作者以一俗语的运用刻画出老尼的惯于察颜观色，世故狡猾，善于把握凤姐心态，掌握说话尺度。同时也间接反映了凤姐争强好胜，爱揽事，喜听奉承的性格特征，真可谓一石双鸟，拈重若轻之笔。正如清陈其泰《桐花凤阁评〈红楼梦〉》本所言：“凤姐夕拥二俊，日进三竿，快活极矣。然多欲所以致病，多财所以致祸，皆于此引起。”曹雪芹在借书中人赞许她的同时，也暗含了对她贪财弄权的否定，暗示了“巧者劳而智者忧”，最后必是因此“多能”而招致无穷烦恼。作者抓住这一俗语多义性，达到了良好的表达效果。

远水救不得近渴。

【注释】《红楼梦》第十五回。

【鉴赏】水月庵女尼智能自幼在贾府走动，无人不识，因常与宝玉秦钟顽笑，便看上了秦钟人物风流，二人情投意合。秦钟遂趁无人向智能求欢，智能急得跺脚道：“这算什么！……除非等我出了这牢坑（水月庵），离了这些人，才依你。”秦钟道：“这也容易，只是远水救不得近渴。”作者以广为流传的俗语表现了秦钟急于求欢的难耐之情，使人物情状生动形象地展现出来，体现了曹雪芹对民间俗语的熟练驾驭能力。该俗语本出自《庄子·外物篇》“涸辙之鲋”，后引申为可依赖的事物或现实条件距离遥远，解救不了目前面临的危急之事，也就是缓不济急。而感情色彩也由原来批判吝啬小人一毛不拔的虚伪情态，语含愤激、讥讽转而更鲜明多样。所以书中曹雪芹根据创作需要，只取其字面比喻意义，其中并无责备智能之意。

阎王叫你三更死，谁敢留人到五更。

【注释】《红楼梦》第十六回。

【鉴赏】秦钟轻尘若草，只剩一口悠悠余气，因记挂家中事务，不肯跟那许多鬼判离去。百般哀求，无奈鬼判不肯徇私，反叱责秦钟道：“亏你还是读书的人，岂不知俗语说的：‘阎王叫你三更死，谁敢留人到五更。’我们阴间上下都是铁面无私的，不比你们阳间瞻情顾意，有许多的关碍处。”所录语句本是旧时迷信说法，人的生死均由阎王决定，意谓人的生死身不由己，带有宿命论色彩，但曹雪芹运用到文中赋予了它对封建社会官场吏治黑暗腐败批判的作用。以阎王铁面无私，对比衬托出阳间官僚贵族们官官相护、徇私舞弊，贪赃枉法的丑恶嘴脸，表达了对以人治代替法治的吏治的辛辣嘲讽与愤懑不平，这是他历经变故，饱经风霜后对黑暗社会的控诉。从中我们不仅可看出他进步的思想倾向，而且也深深佩服他点铁成金，触处生春，正言若反的高超艺术技巧。正如前人评道“所引俗语，一经运用，罔不入妙，胸中自有锤炼。”

没吃过猪肉，也看见过猪跑。

【注释】《红楼梦》第十六回。

【鉴赏】第十六回贾元春才选凤藻宫，特许省亲，于是贾珍派贾蔷下姑苏请聘教习，采买女孩子，置办乐器行头等。贾琏怕他办不好，凤姐笑道："你也太操心了，……谁都是在行的？'没吃过猪肉，也看见过猪跑'。"凤姐以此语替贾蔷辩护，借用了俗语比喻义，即对于某些事情虽然没有实践过，但也见识过。这既体现了人物的能言善辩，善于见机行事，又给我们揭示了深刻的哲理，即对事物的认识都有一个由表及里，由粗到细的过程，先认识其表象，再深入了解其本质。如果对该事物表象有了一个粗浅的认识，再进一步地深入了解，实践就会容易许多，易于达到预定效果。就文中看，凤姐所要达到的只不过是给贾蔷一个美差罢了，而她又明知贾蔷并不是个"见过猪跑"就会办事的人，只能"是个坐纛旗儿"，这说明这句话在她口中就是诡辩了，毕竟"见过猪跑"只是个有利条件，想要"吃上猪肉"还需其他条件。

吃着碗里，看着锅里。

【注释】《红楼梦》第十六回。其比喻义为：得寸进尺，贪得无厌。

【鉴赏】贾琏说起香菱"那薛大傻子真玷辱了他"，凤姐道："嗳！往苏杭走了一趟回来，也该见些世面了，还是这么眼馋肚饱的。……那薛老大也是'吃着碗里，看着锅里'。"话中带刺，不仅讥讽薛蟠对女子垂涎三尺的丑恶嘴脸，也是暗刺贾琏贪得无厌的心态，可谓话中有话。曹雪芹借用俗语生动形象、通俗易懂的方式，塑造了王熙凤这一面甜心苦，机敏干练的脂粉队里的英雄，她惯用心计，巧舌如簧的特征跃然纸上。同时作者又借凤姐之嘴对这个封建家族内部道貌岸然，满嘴仁义道德实则男盗女娼的现象进行了辛辣嘲讽。大而言之，揭示出了"生前只恨聚无多"、"身后有余忘缩手"、"只嫌纱帽小"等等社会丑态和弊病，正是因为他们无止境的贪求最终导致个人乃至整个封建体制的衰亡解体。

不过是拿着皇帝家的银子往皇帝身上使罢了！

【注释】《红楼梦》第十六回。

【鉴赏】赵嬷嬷谈起甄家接驾"银子成了土泥，凭是世上所有的，没有不是堆山塞海的，'罪过可惜'四个字竟顾不得了"。王熙凤纳罕他们家怎么这么富贵，赵嬷嬷道："告诉奶奶一句话，也不过是拿着皇帝家的银子往皇帝身上使罢了！谁像有那些钱买这个虚热闹去？"曹雪芹独具匠心让一个嬷嬷来道破玄机，虽不着一字写揭露讽刺而其意已纤毫毕现。这句话一方面揭示了帝王家的奢华糜费，而"皇帝家的银子"又是靠盘剥、压榨老百姓血汗钱积聚的，这又暗示了滥用民力给百姓造成的负担。另一方面这句话"往皇帝身上使"暴露出"银子花得淌海水似的"、"堆山塞海"的封建官僚们大肆挥霍，中饱私囊的可恶，而老百姓遭受层层盘剥的现象也就历历在目。语虽浅近直白而暗含讽刺、揭露、挖苦、同情……

我们看着是“外人”,你却看着“内人”一样呢。

【注释】《红楼梦》第十六回。

【鉴赏】凤姐谈到让贾琏照顾两奶哥哥,说“没的白便宜了外人。——我这话也说错了,我们看着是‘外人’,你却看着‘内人’一样呢。”说得满屋里人都笑了。曹雪芹在这里以“外”和“内”相对,借用“内人”的多义性,以“内人”暗示贾琏贪淫好色,经常和仆妇鬼混,寓讽刺于玩笑中,塑造了王熙凤这个“十个会说话的男人也说他不过”,“呖呖莺歌溜得圆”的泼辣女性形象。从中既可见出她对赵嬷嬷的关心,看作“内人”,又批评了贾琏“胳膊肘儿朝外拐”,把别人老婆当内人(老婆)的做法,可谓一箭双雕。这就和第二回中冷子兴口中的王熙凤相吻合:“言谈又爽利,心机又极深细”,使人物形象从不同角度,以不同方法刻画的融合无间而又生动形象,呼之欲出。同时也借她机敏的谈锋揭露了贾府主子贾琏之流的贪涎的淫欲以及为满足这种淫欲的所作所为,使人感到如在目前。

“坐山看虎斗”,“借刀杀人”,“引风吹火”,“站干岸儿”,“推倒油瓶儿不扶”,都是全挂子的本事。

【注释】《红楼梦》第十六回。

【鉴赏】贾琏从江南回来后问别后家中诸事,王熙凤遂说出这些话,形容家族内所有的管家奶奶们。“坐山观虎斗”比喻对于别人争斗采取旁观态度,以便等待时机从中取利。“借刀杀人”又喻利用别人去伤害人。而“引风吹火”与“推倒油瓶不扶”又分别喻指故意煽动,挑动是非以及有意制造祸端而装作没事人一般,另外“站干岸儿”指把别人推到浑水里,自己却一身清,在旁看笑话。作者一方面通过凤姐之口展示了贾府诸人你争我斗,各为己利,尔虞我诈,勾心斗角的现实情况,暗示了这个大家族的趋于腐朽衰颓;另一方面又通过采用浅近通俗的俗语来塑造凤姐“不认得字,不大通”的形象,表现了她“假充男儿教养”,受下层人物影响大的特点,从而使她成为独具特色、豪放泼辣,伶牙俐齿的“这一个”。这也使我们不得不佩服曹雪芹对中国社会各阶层语言的娴熟把握,正如王蒙所说:他笔下人物“几乎是个个能说,人人会道,几乎把各种话说尽了,说绝了!”另一方面,所录语句也为下文王熙凤谋害尤二姐的所作所为设伏,前后照应,揭示出其“来说是非者,便是是非人”的可恶本质。

什么臭男人拿过的!我不要它!

【注释】《红楼梦》第十六回。

【鉴赏】林黛玉从南归来，宝玉遂将北静王送他的一串鹡鸰香念珠转送黛玉。不料黛玉说："什么臭男人拿过的！我不要它！"遂掷而不取，宝玉只得收回。曹雪芹只用简短一句话就刻画出黛玉孤高傲世，目下无尘，洁身自爱的高贵品质。语虽极为简净而其含义颇为深刻，一方面体现了黛玉的敏感和自尊，作为贵族之家的未婚小姐，接受陌生男子的饰佩之物，虽是宝玉转赠，却也是极不妥当的。这样写就很好地处理了艺术真实与生活真实的关系，使人物形象更贴近生活。另一方面或更为重要的是黛玉借这句话表达了对爱情的真诚执着专一，在她心中除了宝玉是知心伴侣，情趣相投之人外，其他一概视为"臭男人"，不管其权位高下。而这样的执着专一也正是支撑她坚信"木石前盟"抗争到底的精神力量。可见曹雪芹一语而兼含了黛玉敏感的个性及对爱情的热烈追求反叛家庭的深刻含义，语约而意丰，使黛玉的形象呼之欲出，用陈其泰简评只能以"高洁绝伦"概之。

偌大景致，若干亭榭，无字标题，也觉寥寥无趣，任有花柳山水，也断不能生色。

【注释】《红楼梦》第十七回。

【鉴赏】所录语句是大观园竣工后贾珍说的，而众清客也笑答："老世翁所见极是。"曹雪芹假借贾府诸人议论反映了中国古代文化心理中的一种审美心理及审美习惯，即风景名胜必须有匾额楹联点缀，才能使其"有趣"、"生色"。这种心理的形成包含了人类对自然美的欣赏的规律，随着人类征服自然，改造自然，自然就被人化而变成了"人化的自然"，它不再是客观存在，毫无生命气息的客体，而是加进了人的主观愿望，融入了人类自己的主体审美感受的山水自然。这与中国文化个性特点互相融合，即给自然景观以一定的欣赏美文，就更加突出了主体的情感。楹联自五代孟昶发明以来便成为审美感受物化的主要形式，它不但能点明风景名胜妙处所在，而且还能引古用典扩大其审美内涵，体现题咏之人的诗情意趣。所录语句便是这一观点的体现，而"试才题对额"也正显示出作家高超的艺术才能，令人叹服。

非此一山，一进来园中所有之景悉入目中，则有何趣？

【注释】《红楼梦》第十七回。

【鉴赏】贾政与诸清客观赏大观园之美景，入眼望去，但见一带翠嶂挡在前面，白石峻嶒，或如鬼怪，或如猛兽，纵横拱立，上面苔藓成斑，藤萝掩映，其中微露羊肠小径。贾政道："非此一山，一进来园中之景悉入目中，则有何趣？"这句话显示了我国古代园林艺术的一大特点，即在建筑时注意空间的安排，组织空间、调度空间和布置空间以体现出空间的美感。大观园门口的假山就采用了

"分景"的手法,造成了景致的扑朔迷离,吸引游客到视野所不能到的地方探寻,而其中就包含了游客的审美想象,审美再创造,造成了不同的意趣情调。文学创作同样道理,"文似看山不喜平",只有揣摩具体情节,创造曲折多变的境界才为上着,正如宝钗论画"看纸的地步远近,该多该少,分主分宾,该添的要添,该减的要减,该藏的要藏,该露的要露……"

"天然"者,天之自然之有,非人力之所成也。

【注释】《红楼梦》第十七回。

【鉴赏】众人皆认为纸窗木榻,富贵气象一洗皆尽的稻香村好,使人有"归农"之意,独贾宝玉"牛心",认为不如"'有凤来仪'多矣"并提出"自然"的观点。园林艺术体现了一定阶级的美学观点和审美趣味,稻香村的设计,反映了统治阶级名为归隐实则热心功名的虚伪性。宝玉对此的不满,正是不满封建思想虚伪性的一种表现,提出"天然",反对人力穿凿扭捏,反对非其山而强为山,非其地而强为地,主张艺术作品"有自然之理,得自然之气"。贾宝玉对"自然"的看法,体现了曹雪芹反对封建文艺的虚伪性,要求文学艺术真实地自然地表现生活,要求作品虽系人力,但不见刀凿斧痕,绝无雕绘夺情,工巧伤气之弊。

李太白《凤凰台》之作,全套《黄鹤楼》,只要套得妙。

【注释】《红楼梦》第十七回。

【鉴赏】贾政与众清客游至蘅芜院,命宝玉题一对联,宝玉道:"吟成豆蔻诗犹艳,睡足荼蘼梦也香。"贾政笑道:"这是套的'书成蕉叶文犹绿',不足为奇。"众客道:"李太白'凤凰台'之作,全套'黄鹤楼',只要套得妙。"众客都称赞宝玉作诗好,如同李白套用崔颢的诗一样,是一种独出心裁的创作。这就体现了众清客趋炎附势,逢迎拍马的奴颜媚骨,文章对他们进行了辛辣嘲讽,在作者眼中他们只是一群仰人衣食,附庸风雅,随声附和,丧失自我的可耻小人。同时作者也借此表达了文学创作中继承与革新的关系问题,只有借鉴前人的成果,并能跳出窠臼,翻新出奇,才可以推动文学的不断创新与发展。"套得妙"正表现了批判继承的扬弃观点。只用一"妙"字而含义迭出,既是表现作者对扬弃的理解,又展现了众清客的逢迎之态,使人物呼之欲出,形象生动。

以俗传俗,以讹传讹。

【注释】《红楼梦》第十七回。讹(é):错误。其大意为:一件事经人口传,越传越俗;把不正确的事错误地传出去,越传越错。

【鉴赏】贾政与众人来到怡红院,但见一颗西府海棠名为"女儿棠",其势若伞,葩吐丹砂,传说为"女儿国"传入,贾政认为"亦荒唐不经之说",宝玉道:"大约骚人咏士，以此花之色红晕若施脂，轻弱似扶病，大近乎闺阁风度，所以以‘女儿’命名。想因被世间俗恶听了，他便以野史纂入为证，以俗传俗，以讹传讹，都认真了。”曹雪芹借贾宝玉之口表达了对世俗庸人穿凿附会之流，虽称“以史为证，引经据典”实则无端崖之辞，混淆视听现象的讽刺与揭露。他借助俗语浅近的语言既反映了这一普遍社会现象，同时又表达了自己在文学创作上的见解。这与他在第一回中借石头之口所说暗相吻合，“至若离合悲欢，兴衰际遇，则又追踪蹑迹，不敢稍加穿凿，”虽“真事隐去”“假以村言”，但又说都是“半世亲睹亲闻”基础上敷衍出来的，“本自历历有人”，这样就不至于以讹传讹，失去“事体情理”，违背生活真实与艺术真实的辩证关系。自宋元以来文学就有了“每事有据”（有史书根据）与“出入经史”（于史可增删旁加）两种派别，雪芹固属后者，认为除四书外多属杜撰，不仅“出入经史”，而且摭拾融合了话本、传奇、戏曲、稗史与轶闻，只要能“取其事体情理”，不囿于眼前局部，就能放眼于更为广阔的生活面，这又是对“以讹传讹”的引申理解了，虽“事之所无”，只要“理之必有”就不算“讹”了。

只见园中香烟缭绕，花彩缤纷，处处灯光相映，时时细乐声喧。

【注释】《红楼梦》第十八回。

【鉴赏】贾元春归省庆元宵，荣府达到了烈火烹油，鲜花着锦的繁荣巅峰，大观园内笙歌燕舞，种种富贵气象难以尽述。曹雪芹认为“按此时之景，即作一赋一赞，也不能形容得尽其妙；即不作赋赞，其豪华富丽，观者诸公亦可想而知矣。”所录语句正是在这一思想指导下对良辰美景的简笔勾勒，只用点染之法就达到了正面描写冗长琐细而不能达的境界，避重就轻调动读者审美再创造，填补了笔意所不能之处。在词语的选用锤炼上，曹雪芹只以“时时”、“处处”概括大观园的繁荣热闹，使人如见人头攒动，觥筹交错，而人物安富尊荣之态已毕现。前人论诗多认为欲写富贵气象只可以深深院落重重楼台，华灯灿烂笙歌缭绕写之，而金玉珠玑字样实大忌，寒乞之相，令人不可耐。曹雪芹深知此理，又和自己“所赖天恩祖德”，“花柳繁华地，温柔富贵乡”的过往结合，以“香烟”、“灯光”、“细乐”极写出了大富大贵的气派，读来令人叹服其用语之精妙。

一畦春韭绿，十里稻花香。

【注释】《红楼梦》第十八回。畦（qí）：田间划分的长行。

【鉴赏】贾宝玉独作四律，大费神思，黛玉于是替他作“杏帘在望”一首，不仅宝玉感觉比自己所作高过十倍，元春也目为四首律诗之冠，其中颈联为“一畦春韭绿，十里稻花香”突出描绘了“杏帘招客饮，在望有山庄”恬淡怡人的田野美景，格调自然纯熟，纤巧而不露堆砌生硬之感，勾画出了想象中丰收在望的景象。这两句在结构上紧承颔联勾画的鹅儿戏水，燕子筑梁，由生动活泼的动景而为清新旷远寓动于静之中的田野图景，突出了黛玉选取景物的精细之处。而丰收的田野她又选用了绿韭、香稻，上句写了“绿”，下句就避免重复，而写“香”，但绿色勾起了读者对色彩的想象，所以下句中就暗含了稻子金浪般排渲而来，隐晦曲折而耐人寻味。而“一畦”、“十里”又概写出丰收田野的广阔，这和尾联“盛世无饥馁”自然衔接起来，共同描绘出一个理想中的太平田庄，但在封建末世这只不过是理想罢了。

进砌防阶水，穿帘碍鼎香。莫摇清碎影，好梦昼初长。

【注释】《红楼梦》第十八回。

【鉴赏】贾宝玉作“有凤来仪”一首，抓住了潇湘馆清凉翠绿的竹林来写。首先以颔联白描手法点出了使人凉意顿生的色泽美，然后颈联转而写竹林与院中泉水和室内鼎香的联系，借以表现潇湘馆建筑布局的浑然一体，融合无间。全联采用了倒装的特殊句式，实即“妨阶水迸砌，碍鼎香穿帘”，意谓竹林茂密，挡住了绕阶泉水，使水迸溅上台阶，又妨碍了室内鼎中香雾穿帘而散。这样写既强调了竹子多而造成的后果，又使诗句韵律和谐，对仗工稳。尾联以竹林与室中人的关系作结，虽不直接写人，而院中主人清幽高洁，傲世独居的特点已跃然纸上，体现了以环境描写衬托，替代人物描写的好处，这种以间接、侧面描写塑造人物个性的方法远比写实描写更具艺术蕴味，能创造情味悠长的意境。

丈八的灯台——照见人家，照不见自家。

【注释】《红楼梦》第十九回。比喻只看见人家，看不见自己。

【鉴赏】贾宝玉出门看戏，他房中那些丫环们都任性恣意地玩笑，也有赶围棋的，也有掷骰抹牌的，磕了一地瓜子皮。奶母李嬷嬷进来见了，叹道：“那宝玉是个丈八的灯台——照见人家，照不见自家的。”比喻宝玉只知嫌人家脏，自己屋里由着丫头们糟蹋，脏得不像样子也不管一管，越不成体统了。作者通过这一俗语的运用使人物语言充分个性化，符合人物身份，这只有半主半奴什么事都想管，对上媚颜媚骨，对下颐指气使的人才会说出。曹雪芹在此不仅刻画李嬷嬷的倚势欺人，倚老卖老，而且还借用这句话的比喻义讽刺李嬷嬷的没有自知之明。她贪求多欲，虽被丫环们爱理不理，骂作老货而不自知，仍要指手画脚，她不就是那“丈八的灯台”？作者深化了歇后语的含义，结合语境产生了良好的表达效果。同时，这句话也启示我们对于自身的缺点，虽然由于局限性而难以认识，但要学会从别人眼中观照自己，须知“当局者迷，旁观者清”。

我一个人是奴才的命罢了，难道连我的亲戚都是奴才命不成？

【注释】《红楼梦》第十九回。

【鉴赏】贾宝玉与袭人说起她的两姨表妹，说“我因为见她实在好得很，怎么也得他在咱们家就好了。”袭人冷笑道：“我一个人是奴才命罢了，难道连我的亲戚都是奴才命不成？”在贾府众人眼中袭人是“出了名至善至贤之人”，恭姨妈说她是“说话见人和气里头带着刚硬要强”，准确地概括了袭人的性格特点，所录语句也正点明她是一个驯服忠顺的女奴，但她的内心也有极强烈的向上爬的欲望。这就造成了她内心的矛盾冲突，即既忘不了自己奴隶的身份，牢记主子与奴才的巨大差别，又不满于现状的无可奈何的心态。桐花凤阁评此句认为“善用逆笔，妙”，认为曹雪芹以逆笔取势，引人入胜，文心之妙，不可思议。通过一声冷笑，一句话就揭示出：一个人没有自愿做奴隶的，人的本性是追求自由。但是从小受封建礼教熏陶，有着较为优越地位舒适生活的大丫头，又怎么能虚幻地奢望“自由”？因为在封建社会等级森严，盘剥压榨之下，平民的自由更多的是辛酸劳作，受尽折磨，自由对他们来说又有何意义？这种复杂心态存在于贾府许多“奴隶”身上，曹雪芹没有说教，但揭示得更为真实丰富。

亲不间疏，先不僭后。

【注释】《红楼梦》第二十回。间：离间。僭(jiàn)：超越本分。意谓关系亲密的人不被关系疏远的人所离间，先来的人不被后到的人超越。

【鉴赏】林黛玉嫌贾宝玉到薛宝钗处玩而与他哭闹赌气，宝玉打叠起千百样的款语温言来劝慰她，因悄悄说道：“你这么个明白人，难道连‘亲不间疏，先不僭后’也不知道？”宝玉以此语表示决不因宝钗的缘故而与她生分。脂砚斋庚辰本对这两句话批道：“八字足可消气。”宝玉是从亲属关系上表白对黛、钗的亲疏的，从中可看出疏中见亲，冷中出热的特点，而这正是这一对“至诚相感作痴人”感情关系的重要特点。八个字虽含调侃但是又饱含真情，因为从宝玉和黛玉的关系发展看，亲属关系和感情关系是一致的，虽然单单局限于亲族关系来看，“亲不见疏”有失片面，但与后一句相联系，泛指人物感情关系而言就很恰当了。黛玉对宝玉生气的“疏”，正是为了“求近”。而这八个字正是两人经过上一回“意绵绵静日玉生香”的初恋后，在感情上更浓更切心态的反映。

新婚不如远别。

【注释】《红楼梦》第二十一回。意谓夫妻长久离别后的重逢比新婚更加亲密。

【鉴赏】贾琏与王熙凤因女儿患痘疹而隔房，多日在外居住，巧姐病愈后“仍复搬进卧室，见了凤姐，正是俗语云‘新婚不如远别’，更有无限恩爱。”这句俗语广为流传，它以通俗易懂的方式阐述了人类婚姻关系的诸方面因素。从情感方面来说，古代夫妻双方往往是通过“父母之命，媒妁之言”而结合的，这样新婚时就如同陌生人，更谈不上感情的交流融合。经过长时间的磨合，夫妻双方才培养起相濡以沫的情感，远别重逢后那种积聚的思念、盼望、焦虑、惦念得以释放，自然别有温情缱绻。同理，从夫妻双方性生活的和谐考虑也是由陌生到熟悉的过程。总之，诸种因素的相互融合，创造了亲切、和谐、温暖的性爱天地。而“新婚不如远别”以其富于哲理的思辩色彩而亘古流传。

赤条条，来去无牵挂。

【注释】《红楼梦》第二十二回。赤条条：指人降世与去世都不带一物。书中意谓宝玉要求挣脱身外之物，世俗羁绊，赢得内心自由。

【鉴赏】宝钗生日宴上说到《寄生草》词境高妙，其中有句云，“赤条条来去无牵挂”，甚合宝玉心意。其后又遇黛玉与湘云怄气，自己两面不讨好，更添悲愁，大哭道：“他们有‘大家彼此’，我是‘赤条条来去无牵挂’。”认为只有割断一切感情联系才能够了无挂碍，达到彻悟。从中体现出了宝玉在生活道路上曾受庄周哲学和禅宗哲学的影响，他的这些思想与《寄生草》曲产生共鸣，当他陷入无可奈何之境时就表现出来，忽“喜的拍膝画圈，称赞不已”或“细想这句趣味，不禁大哭起来”。所录语句意义双关，不仅谈了禅理，而且概括出贾宝玉内心深处的情感波动，他因博爱而心劳，更因黛玉的“求全之毁，不虞之隙”而伤神，因而想要“赤条条去”，到佛家禅宗之中去寻求解脱，但其时他仍生活于温柔富贵之乡，并不能真正看破世情，所以“了无挂碍”只是他一时悲观的想法。纵观全书，这句话的出场对展现宝玉思想性格的发展，为他以后终于参禅悟道的结局做了铺垫，预设了伏笔。

几竿竹子隐着一道曲栏，比别处更觉幽静。

【注释】《红楼梦》第二十三回。

【鉴赏】贾元春省亲后谕令宝玉和众姐妹搬进大观园居住，黛玉喜欢潇湘馆清幽淡雅，和宝玉商量说：“我心里想着潇湘馆好，爱那几竿竹子隐着一道曲栏，比别处更觉幽静。”曹雪芹善于运用环境描写侧面烘托主人公的个性特征和内心世界的感情变幻。“那几竿竹子”使我们想到清翠欲滴的修竹，而这又象征了林黛玉孤高傲世，目下无尘的高贵气质。而“隐着一道曲栏”又刻画出竹的茂密，使人感到景致若有若无，若隐若现，而心头凉意顿生，但见竹影参差，阴阴翠润，这样描写就达到了以景写人、借景传情的目的，使自然景观随人物情绪意趣而变幻，融合无间，环境与心境达到完美契合，景物与人物相映生辉，有烘云托月之妙。而后一句“比别处幽静”借主人公直白，使此情此景更为浑融完整。

我笑如来佛比人还忙。

【注释】《红楼梦》第二十五回。

【鉴赏】贾宝玉因受马道婆施法术暗害而危在旦夕，后得癞头和尚救治才省了人事，“别人未开口，林黛玉先就念了一声‘阿弥陀佛’。”宝钗笑道：“我笑如来佛比人还忙；又要讲经说法……又管林姑娘的姻缘了。”桐花凤阁评《红楼梦》于所录语句旁批道：“点睛处，须要着眼。刻薄语，不伦不类，而黛玉闻之，喜而不怒，正与上凤姐语相照。……正恐夫子自道耳，不然，婚姻二字，干卿何事？”其中既可看出宝钗的诙谐风趣，又刻画了她沉稳而工于心计，一心关心宝、黛两人关系，于不显山不露水处讥讽挖苦，直刻薄语也。“此时除贾母外，皆心平宝钗矣，……宝钗自知已占胜者，亦复随口笑谑以簸弄之，”足可看出宝钗笑脸之下的冷酷、冷淡、冷漠。

狗咬吕洞宾，不识好人心。

【注释】《红楼梦》第二十五回。

【鉴赏】贾环在王夫人处抄写《金刚咒》，众丫头素日厌恶他，都不答理。彩霞劝他安分些，他反而不识好歹说：“我也知道了，你别哄我。如今你和宝玉好，把我不答理，我也看出来了。”彩霞骂道：“没良心的！狗咬吕洞宾，不识好人心。”曹雪芹借助于歇后语的比喻义，形容出彩霞复杂而微妙的心理，既有对贾环的满腔热情又有被误解的委屈难耐。从中我们可以看出这句歇后语所表达的感情色彩是复杂的，骂对方为“狗”，并不是咬牙切齿、恨之入骨，而是充满了谐趣，友好中包含怨艾对方错把好心当驴肝肺，不知好歹。“不识好人心”一语道破骂的原因，即自己一厢情愿的体贴、关心与好感对方不理解。庚辰本畸笏于此批道：“此等世俗之言，亦因人而用，妥极当极。”体现了曹雪芹在民间俗语运用上的得心应手。

苍苔露冷，花径风寒。

【注释】《红楼梦》第二十六回。

【鉴赏】黛玉见宝玉被贾政叫走，一日未回，心中记挂，晚饭后遂来怡红院探望。恰好丫头们拌嘴生气不给开门，黛玉心中动了气，左思右想，也不顾苍苔露冷，花径风寒，独立墙角边花阴之下，悲戚呜咽。曹雪芹长于以环境描写来侧面烘托人物形象。所录语句中“冷”、“寒”二字不仅描绘出自然环境的露冷风寒，创造了清幽寂寥的典型环境，而且暗示了林黛玉寄人篱下、孤独无依，饱尝人情冷暖的敏感、凄苦。使环境氛围与人物心态融合为一，移情入景，以景衬情,取得了良好表达效果,以至于她的悲悒呜咽都使附近柳枝花朵上的宿鸟栖鸦俱忒楞楞飞起远避,不忍再听。而作者创造的孤冷环境与上文怡红院内宝钗与宝玉的说笑之声,丫头的赌气不开门两相对照,更使人感到人世间的风刀霜剑让人不寒而栗。

千里搭长棚——没有个不散的筵席。

【注释】《红楼梦》第二十六回。其大意为人相聚之后总要离散。

【鉴赏】千里,形容长棚的广大。长棚指旧时豪门富室遇有婚丧等事往往搭起长棚设筵请客。没有个不散的筵席,宋代倪思《钼经堂杂志》云"凡筵宴三杯亦散,五杯亦散,极千百杯亦散。谚云'未有不散之筵',余于是有深感。"这句谚语比喻有聚必有散,事情再好,也有终结的一天。书中小红虽是因为高攀无望,心灰意冷时的气话,却隐喻了怡红院诸丫环最终都要分开,不必为争赏钱多少而生气。大而言之,整个贾氏家族乃至封建王朝都会由烈火烹油、鲜花着锦的极兴盛转为衰亡,筵席终究要散的,这就使这一普遍哲理蕴含了更为深刻的意义,体现了曹雪芹善于通过一句话,一个情节来透视人生,展现社会,使全书散发着理趣的光芒。而在结构上,这句话又与秦可卿托梦所说"盛筵必散"以及宝玉游历太虚幻境《红楼梦曲》前后呼应,不时拨响全书悲剧的主旋律,再次为封建宗法制奏起了挽歌。

花魂默默无情绪,鸟梦痴痴何处惊。

【注释】《红楼梦》第二十六回。

【鉴赏】林黛玉月夜探访宝玉,被拒于怡红院外,因感伤身世而独立墙角边花阴之下,悲戚呜咽,惊起了附近柳枝花朵上的宿鸟栖鸦。曹雪芹叹道:"真是:花魂默默无情绪,鸟梦痴痴何处惊。"既描绘出黛玉哭泣时花鸟均为其所感的具体情景,同时在结构上又与下回《葬花吟》相呼应,为下文葬花、吟诗的先导,作者在此特意加以渲染表达了自己的赞美和同情。从艺术创作看,对句采用了拟人化的手法,赋予花鸟以生命、以人的情绪变化。因为被黛玉的绝代姿容、稀世俊美以及凄惨孤寂的情绪所感动,所以花也无精打采,用"默默"刻画出花魂黯然神伤的情态,而鸟被从梦中惊醒,"痴痴"写出其不知所措之态。连花、鸟都不忍听悲声,暗示了主人公内心的悲戚感伤之深,可以说这就是林黛玉在泣花阴时的感受,物尚如此,人何以堪? 为情节的自然过渡作好了准备。

一年三百六十日,风刀霜剑严相逼。

【注释】《红楼梦》第二十七回。此句形容生活中充满了无情的迫害。

【鉴赏】林黛玉只因昨夜晴雯不开门一事,错疑在宝玉身上。至次日可巧遇见饯花之期，一腔伤春愁思不由得感花伤己，随口吟成《葬花吟》，所录语句为其中两句。诗人在第一段以铺叙和抒情手法交替运用，自述葬花缘由，以花自喻，自伤身世之凄凉，遭遇之辛酸。所录语句紧承此意采用象征手法暗示了封建礼教对诗人心灵的禁锢，以及封建大家族内部关系错综复杂，勾心斗角，作为寄人篱下的孤女身心遭受的“迫害”、排挤，这无异于对现实生活的愤懑不平，抑郁之气的发泄。上半句是以数字的罗列，概写出了日日、年年遭受的摧残，下半句运用比喻，语意双关，既是承上句写每天花所受风、霜的“逼迫”，使人感到无限同情、凄绝，同时又是暗指自己生活环境的冷漠，人际关系的难以预料，所以下半句又是诗人自身遭遇的深切体会。从中我们可以看出林黛玉孤高傲世，不趋炎附势，不逢迎奉承，目下无尘的高贵品质，而这也正是她遭“严相逼”的主要原因。作者只此一句便道出人世的无奈、辛酸，人情冷暖纤毫毕现。

质本洁来还洁去，强于污淖陷渠沟。

【注释】《红楼梦》第二十七回。质：指身体心志。污淖(nào)：泥沼。

【鉴赏】《葬花吟》是刻画林黛玉思想性格的长篇抒情诗，它是黛玉自伤身世遭遇的哀歌，也是她坚持理想、宁折不屈的封建贵族阶级叛逆者的自白。所录语句充分代表了这一思想。她知道“天尽头，何处有香丘?”没有容身之地，所以发出了“质本洁来还洁去，强于污淖陷渠沟”的决绝呼声，宁愿坚持自己高洁的品格为追求理想而死，也强于随波逐流身陷渠沟泥淖而生。这样诗人思想感情的喷涌达到了高峰，而其绝不与世俗同流合污，不向环境屈服的高洁品格得到了充分展现。《桐花凤阁评〈红楼梦〉》认为“落花诗哀艳，似晚唐人手笔。凄凄切切，不忍卒读。”而所录语句使人尤为恸倒，因它展现了一个在封建礼教束缚下苦苦挣扎、孤立无援而又不屈不挠的新女性。作者巧妙运用双关手法，明写花，暗写人，表现了对林黛玉这一形象的讴歌与赞美，在结构上也为女主人公的必然命运预设伏笔，使人物性格逐步完善起来。

一个蚊子哼哼哼，两个苍蝇嗡嗡嗡。

【注释】《红楼梦》第二十八回。

【鉴赏】豪华公子，酒池肉林，酣歌恒舞，真常事也。薛蟠这个纨袴子弟就是这样不学无能，虽读过几年书，只认得几个字，整日赌钱宿娼，斗鸡走马，不务正业。第二十八回作者写酒宴上薛蟠行酒令，自称“新鲜曲儿，叫做哼哼韵”。生动形象地刻画出薛蟠的庸俗不堪，胸无点墨。张新之在《红楼梦读法》中认为曹雪芹对人物语言的选炼运用“其优劣都是各随本人按头制帽”。说明曹雪芹抓住了人物的各自身份，生活经历，思想感情和文学修养，使人物前后性格的展开描写浑融完整，使人物都成为独具特色的“这一个”。所录语句虽名为酒令诗文，但其粗鄙庸俗也只有不务正业的薛蟠才能想出，让读者对这一人物感到可气、可叹、可笑、可悲、可怜，而曹雪芹在塑造这一封建贵族膏梁弟子的堕落时也就暗示了封建社会的无药可救。就艺术创作而言，曹雪芹笔下人物诗文的充分性格化对塑造人物形象的重要作用也启发了通俗小说家的创作。

不是冤家不聚头。

【注释】《红楼梦》第二十九回。其大意为矛盾着的双方有时却偏偏碰在一起。

【鉴赏】二十九回宝玉和黛玉怄气，贾母急得抱怨说："我这老冤家是那世里的孽障，偏生遇着这么两个不省事的小冤家，没有一天不叫我操心。真是俗语说的，'不是冤家不聚头'。二人听了，好似参禅一般，都低头细嚼此话的滋味。"作者借助了俗语生动形象的特点表现了宝、黛二人既互相体贴关心，又不时产生"求全之毁"、"不虞之隙"、求亲反疏的复杂心理。同时也阐发了人类爱情两面性的复杂内涵。从"冤家"看，双方的关系是尖锐对立，矛盾冲突的，但它具有多义性，在亲密爱人之间就具有了亲昵喜爱的含义。确实，在爱情的进程中，双方不仅有热烈的吸引，充满了甜蜜的欢歌笑语，也有心灵之间的互相试探，揣测，龃龉，正如宝黛二人"原本是一个心，但都多生了枝叶，反弄成两个心了"，所以对对方既有爱又有"恨"（恨不知心），那么"冤家"含义就丰富了，也正因为这俗语表义的含蓄深刻，所以能使宝、黛二人犹如参禅以至潸然泪下，这说明了曹雪芹能细腻把握人物心理情绪的变化，熟练而准确地运用俗语表现出来，既生动形象又通俗易懂。

眼不见心不烦。

【注释】《红楼梦》第二十九回。

【鉴赏】宝玉与黛玉怄气，贾母本欲借看戏调解，偏他们又都赌气不来，急得贾母道："几时我闭了这眼，断了这口气，凭着这两个冤家闹上天去，我眼不见心不烦，也就罢了。"所录语句正体现了一种处世原则，乃至于一种人生境界。《庄子》中曾说"心如槁木，形如死灰"固然消极，但也包含了乐天知命，不以荣辱为念的豁达心态，试想人的一生中喜怒哀乐，悲欢离合，其中说不尽道不明几许欢乐几许愁，"不如意事常八九，能与言人无二三"，只有学会乐观、旷放才能活得轻松，活得潇洒。虽不能如古人言"古今兴亡多少事，尽付渔樵笑谈中"做得彻底，如消极遁世，全身远害，但在些许小事上还是应该放得开些。所以说，我们对这句话要有正确的认识，尤其在今天竞争激烈的社会，面对挑战只能是迎头挺进，而不是眼一闭躲开它，而对个人私利，家庭矛盾，化解的方法未尝不可"眼不见心不烦"。

金簪子掉在井里头，有你的只是有你的。

【注释】《红楼梦》第三十回。

【鉴赏】目今盛暑之时宝玉来到王夫人房中，但见王夫人在里间凉榻上睡着，金钏儿在旁捶腿。宝玉问她“明日和太太讨你，咱们在一处罢”。金钏儿遂说了这句俗语。金簪子本是指妇女插髻的首饰。此语喻指该属于你的你总会得到。金钏儿正是以此语隐喻自己愿意与宝玉在一起，劝宝玉不必过于着忙。曹雪芹不仅利用了这俗语的常用义，而且与全书整体构思结合，使之成为一句谶语，即将来会应验的话。金钏儿说这句话时本是一句戏言，不料此后竟被王夫人盛怒之下逐出而不能复用，于是羞愤之下投井而亡。回顾她被逐的原因，正是因为这句戏言，也正是这句戏言导致她无处存身想到投井的结局。曹雪芹赋予了民间俗语以多方面的含义和功能，从而使全书结构首尾贯通而又耐人寻味。

佳人命薄。

【注释】《红楼梦》第三十五回。

【鉴赏】黛玉想到自己的不幸，又联想到《西厢记》中崔莺莺的悲剧，不由慨叹：“古人云‘佳人命薄’，然我又非佳人，何命薄胜于双文（指莺莺）哉！”这反映了林黛玉对现实的不满情绪，父母双亡，寄人篱下，封建大家族内部的势利之争，勾心斗角，不能不使她感到绝望，到处是“风刀霜剑严相逼”，更令她痛苦的是封建礼教的束缚压制，想爱又没有爱的权利，这些不能不让她自怜自叹。同时曹雪芹也借黛玉之口表达了自己对这一命题的赞同。他笔下塑造了几十个年轻女性，不仅是美丽而聪明，而且是有思想有感情有意志的，“行止见识”不凡的，有独立人格女性，作者为她们唱了一首颂歌。然而这些女性在“薄命司”册子上已经注定了悲剧的结局，封建贵族之家虽给了她们暂时存在的氛围，但封建势力顽固的现实存在力量，始终统治、支配并决定着她们的命运，轻而易举地毁灭了她们。所以“佳人命薄”在封建社会是普遍的，而《红楼梦》便是她们悲剧的写照。

文死谏，武死战。

【注释】《红楼梦》第三十六回。

【鉴赏】贾宝玉与袭人谈到人的生死时说：“人谁不死，只要死得好。那些个须眉浊物，只知道文死谏，武死战，这二死是大丈夫死名死节。……皆非正死。”所录语句大意为文臣以死谏君，武将拼死而战。我国古代有所谓的“尸谏”，即臣下以死谏君，这是封建时代忠直之臣的最高道德规范。《韩诗外传》

卷七:“生以身谏,死以尸谏,可谓直。”而“武死战”则是对武将的规范和要求。《汉书·李广传》附李陵传:“上欲陵死战。”都说明了这一问题,而在仁人们心目中更认为“这二死是大丈夫死名死节”。贾宝玉在书中对这一观念的鄙夷不屑,对它的抨击体现了对于他三纲之首的君纲的否定,说明了他内心中“人的意识的觉醒”。他对一切“峨冠博带”的“须眉男子”的深恶痛绝,对聪慧灵秀的女子的颂扬,就是这一思想的体现。正如鲁迅先生所说:“那时觉醒起来的知识青年的心情,是大抵热烈的,”所以宝玉猛烈抨击,但现实无边的黑暗又使他失望,迷惘。

眼前道路无经纬,皮里春秋空黑黄。

【注释】《红楼梦》第三十八回。经纬:纵横。皮里:肚里。皮里春秋:表面上不说好坏,内心深藏褒贬。黑黄:蟹壳和蟹黄,泛指蟹壳内乌七八糟的东西。两句意谓螃蟹看不清道路,只是一味横行;肚里又是肮脏污浊。比喻满腹脏臭横行霸道的人。

【鉴赏】贾府在藕香榭摆下螃蟹宴,众人各作一诗咏螃蟹,所引两句为薛宝钗《螃蟹咏》中颔联。作者由首联咏蟹入手转为对封建社会心肠狠毒,横行不法的贪官污吏的讽刺。上句写螃蟹横行,不管道路是纵是横。“经纬”原指织机上的纱线,纵者为经,横者为纬,此处借指纵横。下半句写螃蟹肚子里塞满了黑的膏膜和黄的脂膏。“皮里春秋”典出《晋书·杜预传》,褚裒为人不露声色,不轻易褒贬人,然心里好恶分明,人称其“有皮里春秋”。而史书《春秋》文字简练精当又字字深含褒贬。后“皮里春秋”多用于贬义,形容人诡计多端。此外宝钗借咏蟹揭露了不法官吏恣意横行,心狠手辣,并用一“空”字暗示了其阴谋终究会有败露之日。这两句写蟹固然形神毕肖,但其妙处更在于其中的揭露讽刺,正如下文书中众人所说:“这是食螃蟹的绝唱!这些小题目,原要寓大意才算是大才——只是讽刺世人太毒了些。”这确实是曹雪芹面对世事沧桑,吏治腐败的忧愤之辞了!

水晶心肝玻璃人。

【注释】《红楼梦》第四十五回。比喻清白无比的人,或玲珑剔透,绝顶聪明的人。

【鉴赏】为巩固诗社,探春请凤姐入社,凤姐笑道:“你们的月钱不够花了,想出这个法子来拗了我去,好和我要钱。可是这个主意?”她这一说,众人都笑了。李纨批评她说:“真真你是个水晶心肝玻璃人。”这是一个别出心裁,极其新颖的比喻,比方凤姐玲珑剔透,绝顶聪明。正合冷子兴评语“心机又极深细,竟是个男人万不及一的,”也如周瑞家的所说,“少说些有一万个心眼子”。这些话与李纨的比喻同样语义复杂,既有褒义,也有贬义。由于绝大多数情况下,王熙凤都把自己的聪明才智用于阴谋权术,用于不择手段的重利盘剥,自然就引起了周围人们的反感,所以对于她的评价,贬大于褒,李纨甚至还批评她"说了两车的无赖泥脚市俗专会打细算盘分斤拨两的话出来"。一个比喻的创造熔铸了作者对人物的评价,形象生动而又含义深刻。

当着矮人,别说矮话。

【注释】《红楼梦》第四十六回。其大意为:在有某种缺陷的人面前,别去揭其短处。

【鉴赏】鸳鸯当着平儿、袭人的面,对来劝她做贾赦小老婆的嫂子指着痛骂:"怪道成日家羡慕人家女儿作了小老婆,一家子都仗着他横行霸道的,一家子都成了小老婆了!"她的嫂子脸上下不来,就用此语挑唆平儿、袭人:"姑奶奶骂我,我不敢还言;这二位姑娘并没惹着你,小老婆长小老婆短,人家脸上怎么过得去?"表现出鸳鸯嫂子的无赖品性。所录语句运用在文中是为了刻画鸳鸯嫂子虚伪、矫情、挑拨离间、惹是生非的个性,但大而言之,它也给我们指出了一种做人原则,在处理人际关系时不要当着有缺陷的人说这方面的话题,以免揭人短处,使人难堪。《说难篇》曾说:"贵人有过端,而明言礼义以挑其恶,如此者身危。"并说"有与同污者,则必以大饰其无伤也;有与同败者,则必其明饰其无失也。"这就走到了事物的极端,我们说不说"矮"是为了尊重他人,创造一种和谐融洽的气氛,而并不是"饰其失",歌功颂德,虚伪浮夸,所以说,对这句话我们应正确认识。

词句究竟还是末事,第一立意要紧。若意趣真了,连词句不用修饰,自是好的。

【注释】《红楼梦》第四十八回。

【鉴赏】香菱搬入大观园居住,立意学诗,拜黛玉为师。香菱听了黛玉论诗,说:"如今听你一说,原来这些词调规矩竟是末事,只要词句新奇为上。"黛玉遂说了上面一句话。这句话体现了曹雪芹的创作观点,也是中国古代文学创作的一派理论。其中"意"是指作家头脑中具体形象的艺术意向。"立意"就是艺术创作中具体的主题的设想。是否善于挖掘客观事物中所蕴含的深意,以便借此表现自己立意的要求是一个作家艺术才能高低的主要表现。正如清代王夫之所论"无论诗歌与长行文字,俱以意为主"正合于曹雪芹"第一立意要紧"的观点,立意不好,只注重词句的雕琢和堆砌,必不能称为好诗。同时所表现的意趣要真,在创作中要表露真情,反对矫情,矫揉造作,正如袁宏道及汤显祖主张"情真而语直","情至之语自能感人,是谓真诗,可传也"。曹雪芹的文艺思想与袁、汤以及他们的启发者李贽的反传统精神一脉贯通，并且在诗文创作中身体力行，使人耳目一新。

是真名士自风流。

【注释】《红楼梦》第四十九回。名士：指以诗文著称、恃才放达，不拘礼法的人。全句意谓：凡是真名士，自然是有才学而不拘小节的。

【鉴赏】史湘云和宝玉要了一块生鹿肉，要去园中雪地里搞篝火烧烤。黛玉说这是使“芦雪庵遭劫”，要“为芦雪庵一大哭”，湘云即以此语反驳：“你们都是假清高，最可厌的。我这会子腥膻大吃大嚼，回来却是锦心绣口。”曹雪芹以一句话而刻画出湘云直率豪爽、乐观旷放的性格特点。魏晋时最讲究品评人物风度，有才学之人满腹才气，一腔真情，恃才放达，不拘礼节，不落俗套，这往往为后世追求精神世界之充实，富有豪放不羁个性的人所推崇。史湘云豁达开朗，有巾帼丈夫气概，自然就追慕名士的风流潇洒气度风范。作者在塑造人物形象时注意人物语言的个性化以及与思想性格的和谐统一，所录语句就是活脱脱的独树一帜的史湘云的语言，而非娴静少言或机敏而娇怯的钗、黛可以说出。

精华欲掩料应难，影自娟娟魄自寒。

【注释】《红楼梦》第四十九回。

【鉴赏】香菱立志学诗，作“咏月”一首，所录语句为其中首联。她将自己切身的沉痛遭遇与月亮呼吸相通的真情实感写入诗中，咏月而又咏己，托情寓意，动人情思。起句很有气势，字面上是说云雾遮不住月亮的光芒，实际上描绘出月亮破云而出光照世间的景象。“精华”难掩正象征了她美好才华终难埋没，必将在大观园诗社中大放光彩，这就含蓄地表达了香菱学诗必能成功的自信。下句咏月亮形质之美：其形娟好，其质清寒。香菱以此句作为自我的写照：娟美婀娜的美丽外表下隐藏的是一颗孤寂凄凉的心。这是她多年遭遇的曲折反映，五岁被拐，几经变卖，最后沦为薛蟠之妾，内心对亲情、友情、爱情的渴望只是梦幻，凄凉的身世与精神的寂寞比之大观园中的女儿们更为深沉、扣人心弦。她以两句诗既咏月又抒情，二者完美融合，表情达意自然清新，可看出“诗呆子”、“诗魔”的诗作进步之大。

擒贼必先擒王。

【注释】《红楼梦》第五十五回。

【鉴赏】对于探春出头料理家务，兴利除弊，凤姐表示赞同，并以此语告诫平儿：“如今俗语‘擒贼必先擒王’，他如今要作法开端，一定是先拿我开端。倘或他要驳我的事，你可别分辩，”曹雪芹通过这句话表明了凤姐精明干练、眼明心细同时又通情达理的性格特点。此语原出自杜甫《前出塞》,“射人先射马,擒贼先擒王”,是写军事活动中的战略战术,后世多用以喻指做事要抓住关键,语虽简洁而包含了深刻的哲学思想。世界万事万物之间以及事物内部都存在着矛盾,在矛盾中起主导作用决定事物发展方向的往往是主要矛盾和矛盾的主要方面,而次要矛盾或矛盾的次要方面只起促进或延缓作用。这正如贼众只是贼首为恶的工具,而起决定作用的只有贼首,所以除恶时务先铲除首恶,也就是抓住主要矛盾或矛盾的主要方面。这已经成为公认的解决各种事务的一种原则。

墙倒众人推。

【注释】《红楼梦》第五十五回。

【鉴赏】平儿指责管事的媳妇不该小看探春,众人把责任都推在赵姨娘身上,平儿就以此语批评他们:“罢了,好奶奶们。‘墙倒众人推’,那赵姨娘原有些倒三不着两,有了事都就赖他。”平儿以此语比喻赵姨娘一旦失势或遭难,大家便趁机作践或打击她,表现了她富于同情心,善良忠厚的心地。同时曹雪芹也借助平儿之口,反映了贾府这个封建贵族之家人与人之间的勾心斗角,尔虞我诈。这样就通过贾府这一封建社会的缩影反映了封建社会世态炎凉的一面,人们只有锦上添花,不肯雪中送炭,正如老子所说“人之道损不足以奉有余”,这大概也是作者历经家庭变故,世事沧桑,遍尝人情冷暖而借书中人发感慨吧,在六十九回作者又借平儿之口表达了对尤二姐凄惨而死的同情,“墙倒众人推”饱含作者多少辛酸与激愤呀!

幸于始者怠于终,善其辞者嗜其利。

【注释】《红楼梦》第五十六回。此句大意为开头庆幸事情顺利的人,最终会懈怠松劲;嘴上说得漂亮的人,实际爱占便宜。

【鉴赏】探春理家想要兴利除弊,把大观园花草树木分归各婆子打理。众人七嘴八舌都想包揽,探春问宝钗如何,宝钗笑答道:“幸于始者怠于终,善其辞者嗜其利。”曹雪芹通过这两句话刻画出薛宝钗的沉稳平和,心思缜密,事不关己不开口,说话又委婉含蓄、迂回曲折,真是个“罕言寡语,人谓藏愚;安分随时,自云守拙”的封建淑女,但每一说话必透露出其精明干练,要奸藏滑。王夫人让她协理家庭事务,但她坚持非自家之事不开口,当探春问到她时,也是趁众人不在含蓄点出自己看法,所以桐花凤阁评本认为探春“思之失笑”知“宝钗之才,却自不可及”。同时这句话也阐发了一个处事为人的道理,对待那些“善其辞者”、“幸于始者”一定要冷静分析其表现,使事情万无一失,同时自己要避免做“善辞”、“幸于始”之人。

一动不如一静。

【注释】《红楼梦》第五十七回。其大意为:万事还是以静守为上策,不必采取什么行动。书中有就此万事省心的意思。

【鉴赏】紫鹃情辞试莽玉,知道"宝玉的心倒实",对黛玉说道:"一动不如一静。我们这里就算好人家,别的都容易,最难得的是从小儿一处长大,脾气情性都彼此知道的了。"意思是劝黛玉与宝玉早定婚事,不要轻易找别的人家。曹雪芹以一俗语的运用就刻画出了紫鹃聪慧过人,满腔热诚,与黛玉名为主仆,实则情同手足的情谊。在她身上对黛玉的感情毫无藏私和作假,不带一点矫情和奴气,所以她能口吐肺腑之言规劝黛玉。陈其泰评此语时说,"如此知心婢女,能有几人?""紫鹃之心,亦良苦矣",又说"读此文,不禁心酸泪落焉,……黛玉兰心蕙质,稳重腼腆,岂能稍露真情,……自知境地不同,事必无成,良可悲也。"以黛玉孤独无依的处境,她也只能采取"静"的策略,而这"静"并不能给她带来好的结局,这又与俗语中"静"的效果不同。曹雪芹以一句俗语写出了紫鹃的真诚,黛玉处境的悲惨,可谓至文。

天下老鸹一般黑。

【注释】《红楼梦》第五十七回。全句比喻世上坏人都一样坏。老鸹(guā):乌鸦的俗称。

【鉴赏】湘云、黛玉见了当票不知道为何物,薛姨妈忙将缘故告诉他们,两人听了笑道:"原来为此,人也太会想钱了,姨妈家的当铺也有这个不成?"众人笑道:"这又呆了。'天下老鸹一般黑',岂有两样的?"众人即以此语比喻凡是当铺都要重利盘剥。曹雪芹以此语不但直接揭露薛家盘剥搜刮的行径,同时更进一步道出了封建统治阶级剥夺成性,贪得无厌,搜刮民脂民膏的剥削阶级本性。这句俗语之所以有旺盛生命力广为流传,就是因为它生动形象的表达方式。从内容上看它把天下所有的老鸹都囊括进去,并且指明了它们的共性:黑。在艺术表现上运用了比喻的方式喻指剥削阶级,借助了老鸹丑陋外形,黑色的压抑感,表达出对这一阶层的厌恶之情,因为他们都"一般黑",贪婪成性。曹雪芹恰当地运用这一俗语,达到了良好的表达效果,使人读之拍手称快。

万两黄金容易得,知心一个也难求。

【注释】《红楼梦》第五十七回。形容知心之人的可贵和难得。

【鉴赏】此处写紫鹃试探宝玉后,认为"宝玉的心倒实,听见咱们去就那样起来",就以这句俗语劝林黛玉早"拿主意要紧",从中表现了她对宝黛爱情的支持和关切。唐代女诗人鱼玄机《寄李亿员外》诗中有"易求无价宝,难得有心郎”一联,同所录语句一样都表现了古代妇女在封建礼教束缚之下,对于择偶问题的苦闷和彷徨情绪。他们渴望自由的恋爱生活,幸福的婚姻,但是作为贵族小姐,他们连想象的余地都没有,统治阶级灌输的是三纲五常,认为女子无才便有德,在婚姻制度上要坚守父母之命,媒妁之言,这对于渴望美,想象、向往青春幸福的女性来说,不能不说是痛苦而压抑的,对未来迷惘而充满恐惧,所以会发出这样的呼喊。其中以“万两”与“一个”造成了极强烈的对比,来说明知心之人的难寻,从而女性的悲哀毕显无遗。曹雪芹以这一俗语既表达了对女性的同情,同时又表达了自己以爱情为基础的婚姻观。

一个巴掌拍不响。

【注释】《红楼梦》第五十八回。

【鉴赏】芳官和她的干娘吵起来,袭人以此语各打五十大板:“一个巴掌拍不响,老的也太不公些,小的也太可恶些。”这句俗语通俗易懂地阐明了一个哲学问题,即事物之间都存在着矛盾,就矛盾双方的对立关系而言,它们的互相争斗、彼此消长推动了事物的变化和发展,它们之间必产生联系,而且为事物的发展都发生了变化,所以这一命题是正确的。在实际运用中人们多采用了它的浅层含义,即矛盾是由两个方面构成的,双方都应负责任。这样往往就包含了折中主义,不辨是非,各打五十大板。曹雪芹在写调停吵架风波的一件小事中让袭人说出这一俗语,就是为了塑造袭人温顺敦厚,至贤至善的性格,与下文晴雯的泼辣性格形成鲜明对比。曹雪芹不愧为语言大师,他善于运用不同语言为塑造人物形象服务,既自然贴切而又生动形象。

得饶人处且饶人。

【注释】《红楼梦》第五十九回。语见宋代姚宽《西溪丛语》:“蔡州有一道人,善棋,凡对局,辄饶人一先。有诗云:‘自出洞来无敌手,得饶人处且饶人。’”意为能宽容让人的地方姑且宽容让人。

【鉴赏】春燕妈在怡红院赶着打春燕,平儿本来要将春燕妈撵出去交给林大娘在角门外打四十板子,后来因她央求众人,宝玉就把她留下了,平儿因而用了这句俗语对此表示赞赏,认为“得省的将就省些事也罢了”。曹雪芹运用这一俗语刻画了平儿温柔和顺,宽厚待人,有雅量,使人物形象更为丰满,性格刻画更为完整,从不同角度展现了人物风范。正如陈其泰评道:“平儿到处放宽一着,平儿也所以为平也”。同时这句俗语也体现了中国传统文化心理,儒家认为“礼禁于未然之先,法断于已然之后”,礼可以预防争斗的发生,既提倡礼,就要实行自我克制,“克己”才能“复礼”。就是要讲究和气礼让,孔子说:“礼之用,和为贵,先王之道斯为美”也即此意。这种克制自己,礼让他人的思想和风度，数千年来为人所赞许，这句俗语就体现了这种精神。

不经一事，不长一智。

【注释】《红楼梦》第六十回。

【鉴赏】春燕妈因不信怡红院的“规矩”，几乎被撵出去，春燕因向他娘道：“我素日劝你老人家再不信，何苦闹出没趣来才罢。”他娘笑道：“小蹄子，你走罢，俗语说：‘不经一事，不长一智。’我如今知道了。”这句俗语在民间广泛流传着，宋代悟明《联灯会要·道颜禅师》中说：“老赵州十八以上便解破家散宅，徒为戏论，虽然如是，不因一事，不长一智。”意思为：不经历过那件事情，就不能增长关于那个事情的知识。这可以说是劳动人民长期社会实践经验的积累，带有一定的普遍性，所以曹雪芹借用到春燕娘身上合情合理，使文意顺势了结。这体现了曹雪芹对民间语汇的熟练运用，既使文章通俗易懂又颇耐人寻味。

四面芍药花飞了一身，满头脸衣襟上皆是红香散乱……

【注释】《红楼梦》第六十二回。

【鉴赏】宝玉过生日，恰巧宝琴、平儿、岫烟也是这天生日，因此大家凑了分子，在芍药栏中红香圃三间小敞厅内，摆下宴席祝寿。这就引出憨湘云醉卧芍药茵，“业经香梦沈酣，四面芍药花飞了一身，满头脸衣襟上皆是红香散乱……”好一幅诗意的少女春睡图。这里是安详宁静的花的世界，落英缤纷，富于美的境界。曹雪芹借这美的图画刻画了美的性格。醉眠花丛，香梦沉酣只能是热情爽朗、不拘礼节的史湘云，不是也不可能是林黛玉或薛宝钗。黛玉只会葬花埋香，伤感而多愁，而宝钗又是举止娴雅、品格端方的。只有史湘云才会这样洒脱不羁，浪漫而又豪放。她醉了，但不是颓然醉倒，而是想纳凉避静，结果在芍药花飞中悠然入梦，清朗旷达。作者极写春天的勃勃生机，就是衬托史湘云青春之美，这幅画面体现了人与自然的和谐，是美的礼赞，为湘云光彩照人的性格又添一笔。

嘴甜心苦，两面三刀；上头一脸笑，脚下使绊子；明是一盆火，暗是一把刀。

【注释】《红楼梦》第六十五回。

【鉴赏】尤二姐说要找凤姐去，兴儿连忙摇手叫她“一辈子别见他才好”，并以此语形容王熙凤“心里歹毒，口里尖快”，实在坏透了。这几句俗语大意为：嘴上说得好听，心里却打着歪主意，表里不一，暗中使坏。这正是王熙凤的生动写照，她专横跋扈，为所欲为，私心藏奸，装腔作势，花言巧语、口蜜腹剑，泼辣强悍，而兴儿一语概之，既生动形象又通俗易懂。每句俗语都运用了比喻和对偶的修辞手法，外在表现“嘴甜”、“脸笑”、“火”与内在本质“心苦”、“使绊子”、

“一把刀”的强烈反差揭露其虚伪阴险毒辣，通过多种感觉器官的实在感受作比，使人更易于了解。正如鲁迅先生所说：“警句或炼话，讥刺和滑稽，十之九是出于下等人之口的。”从中正可见曹雪芹对语言的锤炼之工，既符合人物身份又“令人终日不倦，是以其书绝妙尽致”。

多一事不如省一事。

【注释】《红楼梦》第七十四句。

【鉴赏】王熙凤素日争强好胜不但得罪了太太，也赚了一身病，因而看破世事，有人告柳二媳妇与她妹子通同开局也不去管了，对平儿说：“我想，你素日肯劝我‘多一事不如省一事’，就可闲一时心，……随他们闹去罢。”这句话显示了凤姐城府颇深，胸有丘壑。她凭其察颜观色、见风使舵、随机应变、八面玲珑的手段周旋于贾府复杂的人际关系中，或争斗，或恭维，或反对，或娇宠，或规劝，虽这样仍引起上下人等的众多不满，所以她说出这句话，既表现了她玲珑剔透，也显示了她作为过来人的无限感慨，当家揽事而心力交瘁。这句俗语之所以能广为流传，是因为它切合了中国人意识上的率由旧章，人惟求旧，行动上的清静无为，不争不怒。在上者萧规曹随，垂拱而治；在下者日出而作，日入而息。“闻事不说，问事不知，闲事莫管，无事早归”，就是其具体表现。

如今都是可着头做帽子了，要一点富余也不能的。

【注释】《红楼梦》第七十五回。其意为：需用多少，就用多少，刚巧正好。

【鉴赏】贾母的红稻米粥已经吃完了，后吃饭的尤氏只好吃白粳米饭，贾母因此责怪下人，鸳鸯便以此语进行解释。帽子的尺寸大小应该合适才好，不能大（富余），否则就容易掉下来，它的比喻义为做事要恰到好处，但曹雪芹借用到贾府女仆口中就使它含义颇为深刻，曾经烈火烹油，鲜花着锦的贾府如今竟连临时多添一个人吃饭都不能事先备办齐了，预示了贾府经济正在走下坡路，“渐渐露出下世的光景来”。在结构上与前面章回中冷子兴演说，秦可卿预言，王熙凤悲谶等等形成呼应，暗合了全书悲剧的主旋律。同时作者也侧面描写出当时农村“旱涝不定”，生计艰难的农民渐趋破产的境况。这些隐含意义都借熟悉针凿女红之事的鸳鸯用做帽子的事为谜面揭示出来，既符合人物身份，又生动形象，充分体现了曹雪芹对生活的观察入微，对人物语言的精心揣摩。

一个个不像乌眼鸡。

【注释】《红楼梦》第七十五回。其大意为：一个个都怒目而视。乌眼鸡：瞪着眼睛斗架的鸡，这里形容人在勾心斗角时怒目相视的神态。

【鉴赏】抄检大观园之后，探春冷笑道：“咱们倒是一家子亲骨肉呢，一个个不像乌眼鸡，恨不得你吃了我，我吃了你！”曹雪芹借用一句俗语由探春之口道出了贾府“一家子亲骨肉”之间的复杂关系，深刻地揭露了这个贵族之家的内部矛盾已经到了一触即发的时刻。作者笔下的探春是聪明、果断、要强、胸有丘壑、志大才高的封建淑女，前边章回有她理家的气派，所以作者选择她说出这句话，让这朵带刺的玫瑰再次弹起了贾府衰败颓丧的哀音，可谓鞭辟入里。所以这句俗语的选用既形象生动，含义深刻又符合人物身份及性格特点，使人物形象更为丰满，富有生气。

卖油的娘子水梳头。

【注释】《红楼梦》第七十七回。

【鉴赏】王夫人急用上等人参二两，翻寻了半日也没找到合适的，宝钗出主意去参行参兑了二两才解了燃眉之急。王夫人因此长叹道：“‘卖油的娘子水梳头’，自来家里有好的，不知给了人多少，这会子轮到自己用，反倒各处求人去了。”这句俗语大意为卖油的娘子舍不得用一星半点的油来为本人梳头，只得用水来代替，常用来比喻旧社会劳动人民辛劳一生而无法享受自己的劳动成果，被盘剥殆尽。曹雪芹在此指王夫人家中好人参都已给了人，到自己要用反而没有了。这就从一个侧面揭示出贾府的衰败趋势。以一生动形象而又通俗易懂的俗语来概括事件，既简洁精炼又暗寓深意，连“油”（人参）都搜寻不出来了，那么其他更昂贵的东西呢？作者就是以这样的平常语、平常事暗示了贾府经济的渐为拮据，势力的渐趋衰败，为以后破败家亡做了铺垫，使人不觉突兀，而又使文意前后贯通。

只许州官放火，不许百姓点灯。

【注释】《红楼梦》第七十七回。

【鉴赏】州官是古时一州的长官。该句本自宋陆游的《老学庵笔记》卷五：“田登作郡，自讳其名，触者必怒，吏卒多被榜笞。于是举州皆谓灯为火。上元放灯，许人入州治游观。吏人遂书榜揭于市曰：‘本州依例放火三日。’”后因有“只许州官放火，不许百姓点灯”的俗语，比喻有势力的人可以任意为非作歹，老百姓的正当言行却要受到种种限制。书中写晴雯被撵出大观园后，宝玉恐怕她病重活不长久，说“知道还能见她一面两面不能了”。袭人便以此语比喻只许你这样说，却不许我们这样说：“我们偶然说一句略妨碍些的话，就说是不利之谈，你如今好好的咒他，是该的了！”袭人以这一俗语来劝解宝玉不可以胡乱猜想，已经使这一俗语的比喻义更为宽泛。前人论及此语多指出它一方面表现了袭人的娇嗔，对宝玉的关心，怕他心情不好，另一方面又是体现袭人对晴雯被撵一事有不可推脱的干系，所以“没得说，只得另生枝节，随口支吾”。曹雪芹恰当选取俗语一方面使人物形象栩栩如生，另一方面使书中情节前后贯通，转接自然，体现了高超的艺术匠心。

情人眼里出西施。

【注释】《红楼梦》第七十九回。其意为：对于自己所爱的人，会觉得无处不美。西施：春秋末年越国美女，后多用为美女的代称。

【鉴赏】宝玉与香菱谈起薛蟠婚事，宝玉问："只是这姑娘可好？你们大爷怎么就中意了？"香菱笑道："一则是天缘，二则是'情人眼里出西施'。"香菱运用这一俗语来回答薛蟠对夏金桂"中意"的原因，说明了一个人对自己倾心爱慕的人会觉得完美无缺，"西施"已经成了美的代名词，其中蕴含了无限的深情爱意。审美过程中产生美感的过程就包含了主体的主观感受，当客体唤起了审美主体意识中对美的向往与渴求时，美感就产生了。曹雪芹在第一回中说其写作"大旨不过谈情，亦只是实录其事"，表现了他创作中注重言情、写实的特点，所录语句正是反映男女爱情心理的俗句，他选择了香菱这一身处下层，更接近普通老百姓生活且有婚姻生活经验的人物说出这句话既符合人物身份，使得人物具有典型性，又借以表达了自己对爱情的理解，即心意相通，两情相悦。

嫁出去的女孩儿，泼出去的水。

【注释】《红楼梦》第八十一回。

【鉴赏】贾迎春误嫁中山狼，受尽折磨。宝玉求王夫人把她接回来，王夫人叹道："这也是没法儿的事。俗语说的'嫁出去的女孩儿泼出去的水'，叫我能怎么样呢。"其意也就是说女儿嫁出去就是别人家的人了，正如泼出去的水难以收回。作者选用一俗语深刻地揭示了几千年的封建宗法制社会就是封建道德礼教的悲剧，封建婚姻制度的悲剧，是那个社会里青年女性的普遍悲剧。这些女孩子在三纲五常伦理道德的教化之下，失去了自己选择幸福的权利，失去了社会生活中的应有的地位而沦为玩物。作者以王夫人这个封建大家族当家人说出此语其中虽然有她的同情怜悯之心，但更多的是无奈，揭示出她身受其害而不自知的心态，更增添了作品的悲剧意义，这就从反面表达了作者要冲决几千年对女性黑沉沉的囚禁和虐杀，同情他们，赞美他们，可谓忧深虑远。

成人不自在，自在不成人。

【注释】《红楼梦》第八十二回。成人：成为有德有才的人。自在：自由闲散。

【鉴赏】贾宝玉入私塾读书，代儒劝诫他："做一个人，怎么不望长进？你这会儿正是'后生可畏'的时候，'有闻'、'不足畏'全在你自己做去了。……自古道:‘成人不自在,自在不成人。’”其句意也就是说人要有所成就,必须刻苦努力,贪图安逸享乐的人是没有出息的。正如朱熹小简“此语虽浅,然切至之论,千万勉之!”说明了这一谚语深刻的思想性。它以矛盾对立的事物相映照和衬托,在五个字的不同组合中采用颠倒句形式既具有和谐的音韵,使人闻声而生快,听音而觉美,又发人深省,如戚蓼生言“人有百折不回之真心,方能成旷世希有之事业。”体现了谚语概括性和哲理性。在文中高鹗以此来警谕顽心,一方面切合贾代儒学究身份,另一方面又加深了内容思想性,使《红楼梦》语言富于动人的魅力。

不是东风压了西风,就是西风压了东风。

【注释】《红楼梦》第八十二回。此句意谓二者之此起彼伏,没有调和的余地。

【鉴赏】袭人想到自己终身只怕宝玉娶个厉害的自己受害,又寻思素日情形料定必娶黛玉,于是到黛玉处闲谈香菱、尤二姐事以探口气,黛玉便以此语比喻“但凡家庭之事”不是一方压倒了另一方,就是另一方压倒了这一方。清人诸联评价曹雪芹“所引俗语,一经运用,罔不入妙,胸中自有炉锤”。高鹗在后四十回中继承了这一传统,以丰厚的社会生活经验,创造性地运用了新的民间俗语,“以家常之说话,抒各种情性”。所录语句以比喻手法,选取人们习见熟知的东风、西风的互相争竞,既使人联想到“风”互相压制时的气势绝非和风煦暖,春意盎然,又刻画出这一语境带给人的无限寒意。从而使人们由熟知情境联想到家庭内部使人寒彻心扉的争宠图,刻画出封建婚姻制度的不合理性及带来的女性的悲哀,由黛玉口中道出,更体现了她玲珑剔透,善猜袭人心思,正如陈其泰评道“此针锋相对之言”,从而使人物形象更丰满。

人怕出名猪怕壮。

【注释】《红楼梦》第八十三回。

【鉴赏】周瑞家的与王熙凤说起外头人们流传着歌谣赞贾府的奢侈豪华生活,凤姐道:“这些话倒不是可笑,倒是可怕的。咱们一日难似一日,外面还是这么讲究。俗语说的,‘人怕出名猪怕壮’……”表现出了作为贾府当家人的凤姐敏锐的观察力,考虑问题的全面,害怕出名要招致麻烦。此语多用来比喻人出名会招来祸害,就像猪长肥了会招致屠宰一样。高鹗一方面用它来塑造丰满的人物形象,切合人物身份,另一方面也借它形象生动的形式寄予深刻的思想意义,在结构上再次弹起了全书贾府衰败颓灭的悲剧主旋律,“怕出名”与“猪壮”会被宰联系,暗示了贾府会走向破落,这与曹雪芹前八十回紧密勾连,使全书浑融完整,同时又以不同人物不同语言表达,因而不显重复。在更深刻意义上这句话也揭示出当时人们的社会心态,一方面是害怕出名,另一方面是人们会产生妒忌心理,对比自己处境好的人横加迫害,落井下石。

虎头上捉虱子。

【注释】《红楼梦》第八十三回。意谓太冒风险。

【鉴赏】夏金桂整日作践香菱,香菱只好忍气吞声住到宝钗那边,金桂却反而借此语比喻香菱是“惹不得的”厉害人。老虎凶猛,在老虎头上捉虱子就要触动它,有危险,所以人们多喻指惹厉害人。高鹗创造性地选用这一俗语刻画了夏金桂“外具花柳之姿,内秉风雷之性”蛮横无理的性格特点。她逼得香菱无处容身,制伏得全家人服服帖帖,如今反而恶人先告状,申冤诉苦的,颇有小市民家庭的习气,这句话既符合人物商家出身的身份,又进一步完善了该人物形象,使之更丰满生动。同时,在表达上这句话以反面文章塑造香菱,她的处境如此艰难,恰如其名,无处安身,所遇之人皆为狼虎之人,虽怯弱而仍难免于被“吞噬”残害的命运。“老虎”实则暗指夏金桂之流,在她的叫嚣凌辱之中包含了作者对香菱悲剧命运的无限哀怜与同情,把金桂丑陋心态以及卑鄙行径淋漓尽致地表现出来。

和尚无儿,孝子多着呢。

【注释】《红楼梦》第八十五回。

【鉴赏】这句俗语旧时多用来指和尚虽然没儿没女,但受到许多人的敬重,也比喻没有子女的人照样有人尊奉、照应。书中写贾芸曾认宝玉作父亲,袭人因此讥笑宝玉:“他也不害臊,你也不害臊。……你正经连个——(暗指没有娶亲)”。宝玉笑道:“俗语说:‘和尚无儿,孝子多着呢。’”以这句俗语来为自己辩解,意为没有结婚的人照样会有儿子。高鹗在此承继了曹雪芹广泛运用民间俗语的特点,借用俗语生动形象的语言形式表达了更为深刻而广泛的思想意义。所录俗语表面上是刻画宝玉插科打诨,表现他活泼的天性,但就整部书的布局构思来说,它又是一条谶语,暗示了主人公将来的命运,即贾府遭抄没后宝玉万念俱灰,看破红尘遁入空门。所以这一句和其他回目中开玩笑时所说的“化烟、化灰”、“做和尚去”,以及常临风哀叹鄙弃世俗功名都不是赘语,起到了展现主人公思想性格,为主人公必然的命运预设伏笔的作用。

三日不弹,手生荆棘。

【注释】《红楼梦》第八十六回。弹:弹琴。荆棘:多刺丛生的灌木,比喻粗糙不平,不顺手,书中即指指法混乱。全句意谓几天不弹琴,手就不听使唤了。

【鉴赏】林黛玉在与宝玉谈论抚琴时说:“我在扬州也听得讲究过,也曾学过，只是不弄了，就没有了。这果真是‘三日不弹，手生荆棘’。”高鹗借用民间俗语生动形象的语言，以比喻手法阐述了一个治学的原则，即学习贵在持之以恒。只有坚持不懈地努力，才会有丰硕成果，如果三天打鱼，两天晒网，则会落得个一瓶子不满半瓶子晃当的下场，甚至学无所成。正如高尔基所说："俗谚和俚语，是把劳动人民所有生活的与社会历史上的经验，都典型地予以具体化了。"它以简洁的语句，恰当的修辞，表现了更深刻的思想。

失意人逢失意事，新啼痕间旧啼痕。

【注释】《红楼梦》第八十七回。间(jiàn)：夹杂。

【鉴赏】林黛玉与诸姐妹闲谈勾起了寄人篱下的无限感慨，一时又看到旧时与宝玉争吵时剪破的香囊以及折了的穗子和宝玉赠的旧帕，不觉簌簌泪下。作者写此诗叹黛玉身世的孤苦，要处处留心，事事在意，正是失意之人，却又触物伤情，感怀旧事，真是"子之遭兮不自由，子之遇兮多烦忧。"高鹗以两句简洁诗句概括出了黛玉心境凄苦，迎风洒泪，耿耿不寐，罗衫怯怯的动人情态。上半句直接叙事，点明主人公及其心绪"失意"，大有开门见山，一目了然之妙，下半句蕴含了深广内容，既交代了以往旧事，曾为失意而泣涕沾襟，如今旧帕泪痕犹在。这与黛玉目前心境遇合，倍增伤感情绪，因而"新啼痕"夹杂于"旧啼痕"间。以一"新"，一"旧"两相对照，用"夹"勾连，便刻画出黛玉幽怨哀伤，多愁善感，"滴不尽相思血泪"的忧郁形象。同时在文意的发展上正如陈其泰简评"薛婚已成，正是失意时也"。暗示了情节的发展，真为一起一落，山断云连之妙。

亲极反疏。

【注释】《红楼梦》第八十九回。

【鉴赏】黛玉有无限心事想对宝玉说明，但想到年纪已大，不便似小时可以柔情挑逗，所以万千言语，只是说不出来。宝玉欲实言安慰，又恐黛玉生嗔，反添病症。高鹗写道"两个人见了面，只得用浮言劝慰，真真是亲极反疏了。"高鹗用"亲极反疏"四个字便写出了宝、黛二人丰富复杂，隐蔽微妙的感情世界，正如戚寥生所说，此句刻画了二人"心情魔态几千般"。不同人物关系所表现出来的疏中见亲，冷中见热的情调和意感是不同的，作者认真探索了人情心理的真实隐秘，写出了爱情心理的最隐蔽最微妙处，显得真切而含蓄。亲是写他们"少小不妨同室榻，梦魂多个帐儿纱"到"至诚相感作痴人"感情的厚实。正因了这份厚实、亲密，全身心地为对方考虑，"只愿他(她)过得比我好"、"快乐着你的快乐"的千百年来共同的爱情心理，反而使双方感情的交流融合出现了阻隔，"使那求近之心，反弄成疏远之意"了。但这"疏"又是外冷内热，情真意深，带有望穿秋水的怨恨特质，捉摸不定，情趣盎然。

心病终须心药治，解铃还是系铃人。

【注释】《红楼梦》第九十回。“心病还须心药治”意思为思想上的毛病还得从思想上去解决。“解铃还是系铃人”本系佛教禅宗故事，全句为：虎项金铃谁去解？解铃还得系铃人。意思为：谁惹出来的问题，还得由谁去解决。

【鉴赏】黛玉听雪雁说外面在议宝玉的婚事，于是万念俱灰，立意自戕，渐渐不支。一日，侍书来探黛玉，又与雪雁说起宝玉婚事未成，老太太要亲上作亲，又要园中住着的，遂心神顿觉清爽许多，不似先前寻死之意了。作者叹道：“正是：心病终须心药治，解铃还是系铃人。”以此形容林黛玉的心病只有由造成她此病的雪雁来解决。俗语的好处正如鲁迅所说：“万言土语里，很有些意味深长的话，我们那里叫‘炼’，用起来是很有意思的，恰如文言的用典，听者也觉得趣味津津。”所录语句正体现了这一特点，既生动形象，通俗易懂，又揭示出问题的实质，即只有“对症下药”恰到好处，抓住问题的关键处才能达到事半功倍的效果。

是姻缘棒打不回。

【注释】《红楼梦》第九十回。

【鉴赏】黛玉病渐减退，雪雁向紫鹃说道：“亏他好了，只是病的奇怪，好的也奇怪。”紫鹃道：“病的倒不怪，就只好的奇怪。想来宝玉和姑娘必是姻缘，人家说的‘好事多磨’，又说道‘是姻缘棒打不回’。这样看起来，人心天意，他们两个竟是天配的了。”作者选用这一俗语，其意为命中注定的姻缘是无法拆散的。紫鹃说出此语表明她对黛玉情同手足的深情，熟知黛玉心思，关心她的命运，表现了她善良而又多情的性格。但从章回中可知宝玉婚事已非宝钗莫属，众人只是一味瞒着他们，正如桐花凤阁评此语为“犹在梦中，冤哉！”反衬出了封建时代婚姻不自主，“中表相得之真心”的不被原谅，这注定宝、黛木石前盟会被“棒打”分离，而“求之不得，寤寐思服；求我庶士，迨其谓之”的爱情只是昙花一现，令人悲哀。

蛟龙失水似枯鱼。

【注释】《红楼梦》第九十回。

【鉴赏】薛蝌想起邢岫烟寄居贾府终是寄人篱下，且又贫寒，又想到自己父母双亡，只得依赖薛姨妈过活，因而写诗以泄胸中闷气“蛟龙失水似枯鱼，两地情怀感索居。同在泥涂多受苦，不知何日向清虚。”诗句表达了薛蝌对岫烟的牵挂思念以及自己郁郁不得志的愤懑情绪。所录诗句借用《庄子·外物篇》

"涸辙之鲋"的典故,形象地表现了作者满怀抱负,急需人提携帮助的心情,然而这样的"伯乐"太少,因而只能如束手待毙之枯鱼,大有生不逢时,命运多舛的感慨。从艺术表现力来看这一句表意过于直露,缺乏艺术想象性,措词平庸,这和文中交待薛蝌"没有工夫,只得混写"相吻合,体现了作者在运用诗句塑造人物形象上恰到好处,而这句话也因其浅露直白的表达得以在民间广泛流传。

寅年用了卯年的。

【注释】《红楼梦》第一百零六回。意谓预先借支,入不敷出。寅、卯:地支的第三、第四位。

【鉴赏】贾政亲看近来支用簿子,但见所入不敷所出,用度比祖上加了十倍,急得直跺脚:"我打量虽是琏儿管事,在家自有把持,岂知好几年头里已就寅年用了卯年的,……为什么不败呢! 我如今要就省俭起来,已是迟了。"高鹗以这句俗语写出贾府经济已经走了下坡路,而这并非一时之间的事,而是日积月累造成的。作者通过这句话说明贾府从前声势显赫,烈火烹油,鲜花着锦的生活都是空张门面,所谓的花柳繁华地,温柔富贵乡背后隐藏的是日渐方空,"虽然外面的架子没倒","内囊却也尽上来了"。这与前面章回中冷子兴演说荣国府以及刘姥姥所说的"瘦死的骆驼比马大"等等谶语相互呼应,使文意贯通,情节的发展不至突兀。该句形象生动,以寅、卯的相互交替及一个"用"字就概括出贾府捉襟见肘的困境,与前文的繁华生活形成强烈对比,突出了小说悲剧主题。

喜笑悲哀都是假,贪求思慕总因痴。

【注释】《红楼梦》第百十六回。

【鉴赏】宝玉魂魄出窍,恍恍惚惚来到一巍峨殿宇,抬头看那匾额上写道:"引觉情痴"。两边写的对联是:"喜笑悲哀都是假,贪求思慕总因痴。"在高鹗笔下,宝玉游历太虚幻境薄命司改成了"引觉情痴",意为引导痴心者觉悟。这样曹雪芹笔下所真诚同情的,为封建制度和礼法残害所致"薄命"的不幸少女就变成了续作者所谓的罪有应得的"情痴",对联中下句点明了作者意旨,种种心思缠绵不尽都是为了一个"痴"字,作者想要把他们从中"觉引"出来成为谨遵封建礼法,符合教条约束的"淑女",而上联一"假"字浸透了作者的鄙薄态度,否定了他们为追求生活意义而付出的"喜笑悲哀"。这一观点与曹雪芹对女性深切同情,哀惋"花容月貌为谁妍"背道而驰,大大削弱了原作浪漫主义描写中的思想性。

一子出家，七祖升天。

【注释】《红楼梦》第百十七回。

【鉴赏】宝玉见了癞头和尚参悟禅机，宝钗劝他道："你醒醒儿罢，别尽着迷在里头。现在老爷太太就疼你一个人，老爷还吩咐叫你干功名长进呢。"宝玉道："我说的不是功名么！你们不知道，'一子出家，七祖升天'呢。"所录语句大意为一个人出家做了和尚，不仅自己可以得成正果，成佛成祖成神仙，就是其祖先也可以因此而升入天堂。七祖即指七世的祖先。《黄庭经》有云："勿令七祖受冥患"。这样的境界是封建时代正人君子们梦寐以求的完美结局，高鹗在此让那个前八十回中鄙弃功名富贵，视致仕荣身耀祖之人为国贼禄蠹的贾宝玉一反常态，变成了封建大家族的孝子贤孙。这体现了作者地主阶级立场，正如其所言这样写就"不悖于名教"了，因而也使贾宝玉叛逆形象大为削弱。

奇而不奇，俗而不俗，真而不真，假而不假。

【注释】《红楼梦》第百二十回。

【鉴赏】《红楼梦》续作者在结尾归结全书，与曹雪芹所写第一回呼应，写空空道人"只恐年深日久，字迹模糊，反有舛错，不如我再抄录一番，寻个世上清闲无事的人，托他传遍，知道奇而不奇，俗而不俗，真而不真，假而不假。"这和曹雪芹创作思想一脉相承，体现了全书现实主义和浪漫主义相结合，融合悲剧性和喜剧性的文艺观。"奇"说明书中前后穿插梦幻识通灵，详说太虚境，指迷十二钗等浪漫主义夸张想象的情节，而且作者钟情于"集山川日月之精秀"的女子；"不奇"又说明书虽有幻想，但其反映的又是封建社会大家族内部的喜怒哀乐。所谓"真"，是作者"亲闻亲睹"、"追踪蹑迹"、"实录其事"并非"假"事，但同时又是作者将"真事隐去"，"假语村言"的创作，"无朝代年纪可考"，"不过取其事体情理罢了！"所以整部书的创作就体现了生活真实与艺术真实切合交融的辩证关系，是以虚事传神，以生活中的"实事"为素材，通过虚构、想象等形象思维手段，创造出了具有普遍意义的典型。其中"俗"说明了全书反映的仍是封建贵族之家的"故事"，但又是"不俗"的，因为它不是流于一般的才子佳人小说，它既反映了以贾府为代表的封建家族的没落衰亡的政治悲剧，也表现了大观园中诸多女子的悲剧命运，最为典型的就是宝、黛的爱情悲剧。如此双线多头的网状结构，编织了"红楼一梦"。

《东周列国志》名句

善盈而后福，

恶盈而后祸。

——《东周列国》第二回

善盈而后福，恶盈而后祸。

【注释】《东周列国志》第二回。盈：满。

【鉴赏】西周末年，周幽王即位后暴戾无常、耽于声色，不理朝政，并任用虢公、祭公与尹球并列三公。此三人皆谗谄面谀之人，贪位慕禄之辈，而当时的忠臣郑伯友、太史伯阳父、大夫赵叔带等人，却不被周幽王信任。一年，周的发迹之地岐山发生地震，幽王不听不问，太史伯阳父便对赵叔带叹道："此山一崩，西周能无恙乎？"并预言不出十年，国家就会发生变动。赵叔带问为什么会这样，伯阳父说："善盈而后福，恶盈而后祸。十者，数之盈也。"意为做善事积累到了一定的程度，其后就会招致福瑞；同样，做坏事为恶积累到了一定的程度，其后就会招致祸事。伯阳父借此来说明周幽王狎昵群小，残酷暴虐，一定会给国家带来灾祸。这句谚语后人常用来作劝人为善戒恶的警语。

斩草留根，逢春再发。

【注释】《东周列国志》第五回。

【鉴赏】东周初年，郑庄公之母武姜与庄公之弟共叔段密谋发动兵变，后段为庄公所败，在共城自刎身亡，武姜被遣至颍地。共叔段之子公孙滑去请求卫师援助，行至半途，得闻段被杀，遂逃奔卫，诉说郑庄公杀弟囚母之事。卫桓公认为郑伯无道，便兴师伐郑。郑庄公闻公孙滑起兵前来侵伐，问计于群臣。公子吕道："'斩草留根，逢春再发。'公孙滑逃死为幸，反兴卫师"，并劝说庄公致书于卫侯，说明其故。后卫桓公果然收回卫师。"斩草留根，逢春再发"比喻与敌作战，一定要不留后患，不给敌人以喘息的机会，否则敌人一旦得到时机，便会使势力得到增长。

欲人勿恶，必先自美；欲人勿疑，必先自信。

【注释】《东周列国志》第十三回。恶（wù）：厌恶。

【鉴赏】东周时期，齐襄公求婚于周，使鲁侯桓公主婚，以王姬下嫁。而鲁夫人文姜是齐襄公妹，由于兄妹两人乱伦，襄公使人伺机杀害了鲁桓公。鲁世子同即位后为鲁庄公，在迎回桓公的灵柩后，便集群臣商议为齐主婚一事，大臣施伯以"三耻"谏君，并说"欲人勿恶，必先自美；欲人无疑，必先自信"，意思是如果想要他人不厌恶，必须先使自己完美；如果想要他人没有怀疑，必须首先使自己有信心。施伯借此来提醒鲁庄公先使自己国家消除耻辱，才能行诸侯之事。这句谚语要求人自律，对后世有一定的借鉴作用。

天下之事，理胜力为常，力胜理为变。

【注释】《东周列国志》第十四回。理：公理。力：强权。常：正常。变：变异,不正常。

【鉴赏】东周列国时期,齐襄公出车五百乘,合宋、鲁、陈、蔡四国之君,一同伐卫,共纳惠公。卫侯闻五国兵至,与大夫公子泄、公子职商议抗兵之计,并遣大夫宁跪告急于周。周庄王召集群臣,讨议援卫之策。周公忌父,西虢公伯认为周室自从伐郑损威以后,号令不行,而五国名顺兵强,不可对敌。大臣子突则认为,齐等五国只是兵强,而未以王命为令故名不顺,"'天下之事,理胜力为常,力胜理为变'。王命所在,理所萃也。'一时之强弱在力,千古之胜负在理'。"即天下的事,通常是有理胜于有力的,如果有力胜于有理,则是反常的。王命所指示的,就是公理的所在。如果较一时的强弱,要凭借强权,如果较千古的胜负,就要凭借公理。后子突与五国之兵交战,因兵微将寡,失利而自刎。这句谚语与"一时之强弱在力,千古之胜负在理"都说明了治国用兵,光凭借强权武力是不够的,更在于要有理可行。

一时之强弱在力,千古之胜负在理。

【注释】《东周列国志》第十四回。

【鉴赏】(见上条"天下之事,理胜力为常,力胜理为变")

成大事者,不恤小耻;立大功者,不拘小谅。

【注释】《东周列国志》第十六回。恤:惜。拘:拘泥。谅:原谅。

【鉴赏】春秋时期,齐国自襄公、公孙无知死后,国乱无君,公子小白先于公子纠回到齐国,立为国君,为齐桓公。鲁庄公惧齐之威,遂杀逃居于生窦的公子纠,并囚其臣召忽、管仲至鲁。召忽不屈以身殉主。管仲因与齐桓公之臣鲍叔牙有旧,被带回齐国。初管仲曾箭射公子小白,故怕小白报复,而鲍叔牙深知管仲谋略过人,欲向齐桓公举荐。管仲自愧不能奉公子纠于君位,又不能效召忽死难,臣节已亏,何能反过来事仇人?鲍叔牙说:"'成大事者,不恤小耻;立大功者,不拘小谅',子有治天下之才,未遇其时",如果辅佐齐桓公,就会功盖天下,怎么能是守匹夫之节所比得了的呢?这句谚语指成就大事的人,不要顾惜小的耻辱;立大功的人,就不要拘泥于小错误,在困难的条件下,对自己要宽容。

兵贵于精,不贵于多;强于心,不强于力。

【注释】《东周列国志》第十六回。心:思想,精神。

【鉴赏】齐桓公即位后,奖赏有功之臣,高国世卿,皆加采邑。欲拜大臣鲍叔牙为上卿,任以国政,鲍叔牙自认是小心谨慎、循礼守法之臣,而非治国之才,遂举荐曾事公子纠的管仲。齐桓公赦管仲射钩之罪,而且依鲍叔牙之言,亲迎管仲,同载入朝,衣冠袍笏,比于上大夫。两人连着说了三日三夜,字字投机,全不知倦。当谈及甲兵之事时，桓公问道：财用已经足够，但是军旅不多，兵势不振，怎么办？管仲答道，“兵贵于精，不贵于多；强于心，不强于力，”若要强兵，莫不如隐其名而修其实。即用兵贵在于精锐，而不在于数量多；用兵应在思想上给以加强，而不在武力上给以加强。这句谚语明确地指出了用兵之道，为后世提供了借鉴。

居则同乐，死则同哀，守则同固，战则同强。

【注释】《东周列国志》第十六回。

【鉴赏】齐桓公向管仲求教治国之道，桓公问及“何以足兵？”管仲主张五家为一轨，十轨为里，四里为连，十连为乡，五乡立一师，万人为一军，十五乡出三万人，以为三军，四时之隙，从事田猎。同一军旅的人，祭祀同福，死丧同恤，“居则同乐，死则同哀，守则同固，战则同强”，那么有这三万人，就足以横行天下了。这句谚语阐明了管仲的强兵之道：使同一队伍的士兵平等团结，安居时共同欢乐，有死丧之事时共同哀悼，坚守时共同御敌，战斗时就会增强军力了。

大厦之成，非一木之材也；大海之润，非一流之归也。

【注释】《东周列国志》第十六回。

【鉴赏】齐桓公依鲍叔牙的举荐，与管仲谈论治国强兵之道，两人言语投机，桓公大悦。于是又斋戒三日，告于太庙，欲拜管仲为相。管仲辞而不受。桓公不解，管仲说：“臣闻大厦之成，非一木之材也；大海之润，非一流之归也。”意为大厦的建成，并不是靠一棵树的木材；大海的浩瀚，并不是靠一条水道流向大海而造成的。管仲借此说明齐桓公的霸业，并不是只靠管仲一人之力就能成就得了的，必须依靠众多的良才。于是，管仲又向桓公举荐了隰朋、宁越、王子成父、宾须无、东郭牙五人来辅佐桓公。

战以气为主，气勇则胜，气衰则败。

【注释】《东周列国志》第十七回。

【鉴赏】齐桓公拜管仲为相，鲁庄公图谋伐齐以报在乾地被齐战败之仇。齐拜鲍叔牙为将，率师直犯长勺。鲁庄公任曹刿为将，列阵以待。齐下令击鼓进兵，先攻陷者重赏。曹刿则命鲁师不可妄动。这样，齐师击鼓三次，见鲁师不动，便有轻敌之心，军队松懈了。鲁师这才击鼓进军，兵士士气大增，势如疾雷不及掩耳，杀得齐师大败而归。曹刿经过仔细察看，确认齐师军心已乱后，乃驱车而进，追三十余里方还。后鲁庄公问曹刿何以一鼓而胜三鼓，曹刿说，“战以气为主，气勇则胜，气衰则败”，鼓声，就是用来鼓舞士气的。击第一次鼓时，士气最盛，第二次鼓则士气衰弱，到第三次击鼓时士气就消竭了，不击鼓正在于养三军之士气，对方三次击鼓，士气已竭，我方一次击鼓士气正盛，所以就会胜利。“战以气为主，气勇则胜，气衰则败”，说明了战斗中养士气的重要性，显示了曹刿的卓识远见。

不言而信，不怒而威。

【注释】《东周列国志》第十八回。

【鉴赏】春秋时期，齐相管仲遇宁戚于山下。宁戚短褐单衣，破笠赤脚，放牛于山下，叩牛角而歌。管仲识其为治世之才，作荐书让其谒齐桓公。后齐桓公闻宁戚叩牛角而歌：“……生不逢尧与舜禅，短褐单衣才至骭。从昏饭牛至夜半，长夜漫漫何时旦？”便召其至车前问其何以讥时政，宁戚回答尧舜之世百姓耕田而食，凿井而饮，正百官而诸侯服，去四凶而天下安，“不言而信，不怒而威”，而令齐国用兵不息，民劳财敝，假天子以令诸侯，怎么能自称为“舜日尧天”呢？“不言而信，不怒而威”即指不用说出来却自有威信，表面上不发怒却自有威严。

见势不趋，见威不惕。

【注释】《东周列国志》第十八回。趋：趋奉。惕：惧怕。

【鉴赏】齐桓公经过一山，宁戚牧牛于山下，叩角而歌。桓公闻而异之，因歌中有“不逢尧舜”，“长夜不旦”之意，遂召宁戚问何以讥刺时政。宁戚上言尧舜之德，数陈桓公纪纲不振、教化不行，用兵不息，民劳财敝，杀兄得国，假天子以令诸侯之过。桓公怒其出言不逊，令斩之，宁戚颜色不变，了无惧意，自比被暴君桀、纣所杀的忠臣龙逄、比干。齐大夫隰朋见其“见势不趋，见威不惕”，便劝桓公宽恕宁戚，桓公便放了他。“见势不趋，见威不惕”，意为见到了权势不去趋奉，见到威严而不惧怕，说明了做人要光明磊落，不卑不亢的道理。

贤君择人为佐，贤臣亦择主而辅。

【注释】《东周列国志》第十八回。佐：佐治。辅：辅助。

【鉴赏】齐相管仲出行时，遇宁戚在山下放牛。宁戚短褐单衣，叩牛角而歌。管仲见其人不凡，使人款以酒食，宁戚使人传“浩浩乎白水”一语给管仲，管仲之妾婧识其欲仕之意，管仲试其所学，果应对如流，便作荐书令宁戚持之见桓公。后齐桓公听到宁戚的歌声，召其来到车前，宁戚上颂尧舜之德，而数陈桓公之过，桓公大怒，欲斩他，大夫隰朋劝桓公宽恕他，以其见势不趋，见威不惕。待桓公赦了他后，宁戚才出管仲之荐书。桓公问宁戚为何不早出示，宁戚说：“我听说‘贤君择人为佐，贤臣亦择主而辅’，如果君主您厌恶正直喜好谄谀，对我大怒，我宁可死，也一定不会出相国管仲之书的。”桓公大悦，后拜宁戚为大夫，委以国政。这句谚语说明了在春秋列国的动乱时期，贤君择人，贤臣择主的君臣关系。

以威胜，不如以德胜。

【注释】《东周列国志》第十八回。

【鉴赏】周釐王元年，齐桓公以王命布告诸侯，准备召开诸侯大会，立定宋君。后集五国诸侯，会于北杏之地，立盟定伯，推桓公为盟会之主。宋公以齐桓公妄自尊大，越次主会，遂背会逃归。桓公大怒，与诸侯商议，请命于周王，兴兵伐宋。时齐桓公新拜宁戚为大夫，委以国政，宁戚向桓公进谏“以威胜，不如以德胜”，即与其以威武之力取胜，不如以德服人，并劝桓公不必进兵，自己愿去宋公处讲和。宁戚口才过人，诱之以利，晓之以理，遂使宋公谢罪请盟。这句谚语说明了“德”的重要性，作为圣明的君主，“威”固然重要，但未必会达到目的，只有“德”才能确保胜利。

依人者危，臣人者辱。

【注释】《东周列国志》第十九回。臣人：趋附人。

【鉴赏】春秋时期，郑国的地理位置介于齐、楚两个势力较大的国家之间。由于国势弱小，郑国或依附于齐，或依附于楚。到郑伯突复国的时候，请盟于齐。楚闻知后兴兵伐郑。郑又畏楚，谢罪而不敢朝齐。时楚文王与巴人作战失利，移兵伐黄，受箭疮而亡。郑厉公闻之，以为无忧了，大臣叔詹进曰：“臣闻‘依人者危，臣人者辱。’公立国于齐楚之间，不辱即危，非长计也。”依附于他人的人处境是危险的，趋奉于他人的人处境是受侮辱的。因而叔詹主张郑应当朝贡于周，以修先世卿士之业。郑厉公便遣大夫师叔入周请朝。“依人者危，臣人者辱”以依附于人，受制于人的境地说明了国家自立自强的必要，对于后世具有积极的借鉴意义。

上山难兮下山易。

【注释】《东周列国志》第二十一回。

【鉴赏】山戎令支侵扰燕国，燕庄公抵敌不住，向齐求援，桓公率师救燕。令支大败，首领密卢、速买逃至孤竹界内。桓公遣将率队征讨孤竹。其途山路险峻难行，齐军引火烧山，凿山开道。因戎马便于驱驰，惟车可以制之，乃驾驶车辆进入山道。由于山高且险，车行费力，齐相管仲创制上山下山之歌，使军士歌之。《上山歌》曰：“……风伯为驭兮俞儿操竿，如飞鸟兮生羽翰，跋彼山巅兮不为难。”《下山歌》曰：“上山难兮下山易，轮如环兮蹄如坠。……”士兵唱起歌来，你唱我和，车轮转如飞，行军速度大大加快。《上山歌》与《下山歌》说明了音乐有悦神之功用，正如桓公所言“人力可以歌取也”。

凡人，劳其形者疲其神，悦其神者忘其形。

【注释】《东周列国志》第二十一回。劳其形：形体劳累。悦其神：精神愉快。

【鉴赏】齐桓公率军援助受令支侵扰的燕国，大败令支密卢，密卢带兵逃至孤竹界内求助。齐师遂征讨孤竹，无奈山路险峻，可以制驭戎马的车辆难于行走，齐相管仲乃创制《上山歌》、《下山歌》，士兵唱起歌来，顿忘疲劳，车辆也行走得快了，桓公问起歌声使人乐而忘倦的原因，管仲答道：“凡人，劳其形者疲其神，悦其神者忘其形。”意为大凡人在形体劳累的时候，他的精神也会疲惫，而使他的精神愉快的时候，他就会忘记自己的形体的劳累了。这段话说明了音乐有悦神的功用，进而通过这句话，我们可以知道人的心理情绪的好坏，可以影响生理，起到积极或消极的作用。

蛟龙离水，匹夫可制。

【注释】《东周列国志》第二十二回。匹夫：普通人。制：制服。

【鉴赏】鲁庄公病笃，托其同母弟季友奉公子般即位。而庄公庶兄庆父久已觊觎王位，与庄公夫人姜氏，弟叔牙相约异日篡位，因季友防范，而未有机会。后子般外出吊丧，庆父密召和子般有隙的圉人荦，对他说：“你难道不记得鞭背之恨了吗?”先子般曾因荦无礼而鞭之三百。庆父让荦乘子般外出之时刺杀他，“蛟龙离水，匹夫可制”，蛟龙一旦离开了水，就失去了用武之地，一个人就可以制伏。以此来比喻子般外出正像蛟龙离了水，失去了季友等大臣的保护，那么圉人荦就有机会报鞭背之仇了。

任独者暗，任众者明。

【注释】《东周列国志》第二十二回。任：信任，任用。独：个人。

【鉴赏】齐桓公在管仲的辅佐下成为春秋一霸，自救燕定鲁以后威名愈振，诸侯悦服。桓公益加信任管仲，自己则专事饮猎为乐。一日，猎于大泽，适见一物，形状怪异令人恐惧，回宫后，就生病了。宠臣竖貂早嫉管仲之能，就想借桓公向管仲问怪物的时候让管仲出丑。结果，管仲果真不能说出怪物的形状名称。于是管仲悬书于门以赏求能说出怪物之名的人。后齐皇子求见，向桓公说出那怪物是“委蛇”，见之者必霸天下。桓公一听病就好了。竖貂见齐桓公不但奖赏齐皇子，且奖赏管仲，便认为管仲不能说出怪物的名称反而受赏是不应该的。桓公说，“任独者暗，任众者明”，只任用一个人的君主是昏昧的，而任用众多贤人的君主是惠明的，没有管仲，就不能听到齐皇子所说的话了。这句话显示了桓公的用人之道，即不惟一臣以政听，多方采纳，才能使政治惠明。

可以隐夺，难以正格。

【注释】《东周列国志》第二十四回。隐夺：暗中改变他人意志。正格：公然谏正。

【鉴赏】齐桓公大合诸侯于葵邱，拥戴周王世子，自此功盖天下。会盟后，齐桓公便得意起来，认为自己九合诸侯，一匡天下，可以学夏商周三代封泰山、禅梁父了。他向宰孔说起封禅之事，宰孔认为不可，便私下找到齐相管仲，让管仲劝谏桓公不要做违背诸侯之礼的事情。管仲说，桓公好胜，“可以隐夺，难以正格”，只能暗中改变他的意志，而不能公然谏止。于是，管仲夜访桓公，劝说其打消了封禅的念头。“可以隐夺，难以正格”说明了对于固执好胜的人，公然强加某一意念是没有结果的，只能采用委婉的方法，慢慢使他改变意志才行得通。

非威何畏，非德何怀；不畏不怀，何以成霸。

【注释】《东周列国志》第二十六回。非：没有。畏：百姓敬畏君主。怀：百姓归向君主。霸：霸业。

【鉴赏】春秋时，秦穆公闻得百里奚是贤才，乃用五张羊皮把其由楚赎回，想拜他为上卿。百里奚认为自己治国之才不及蹇叔，遂向秦穆公举荐蹇叔。穆公派公子絷请来蹇叔，亲自降阶相迎，并向他请教怎样才能称霸。蹇叔说，秦国在西方，与戎狄相邻，地势险要，兵力强盛，进足以交战，退足以自守。之所以不列于中华，在于威德还不够。“非威何畏，非德何怀；不畏不怀，何以成霸？”意为没有威严，怎么能使百姓敬畏君主，没有德行，怎么能使百姓归向君主；不能使百姓敬畏又不能使百姓归附，怎么能称霸呢？这句谚语讲明了成就霸业的条件，在于威与德，如果两者不施，则国家不举。

德而不威，其国外削；威而不德，其民内溃。

【注释】《东周列国志》第二十六回。外削：受外来侵犯掠夺。内溃：内部衰败。

【鉴赏】秦穆公想要任命百里奚为上卿，百里奚向穆公举荐了旧知蹇叔。秦穆公向蹇叔请教成就霸业之事，蹇叔乃让穆公施以威与德，说明秦不能在中华称雄，就在于威德不够。穆公又问：威与德，哪一个应放在首要位置呢？蹇叔回答说，应以德为本，以威来作为补济。“德而不威，其国外削；威而不德，其民内溃。”意为只施以德政而不立威，国家就会遭受外来的侵犯掠夺；只立威而不施以德政，国家的人民内部就要衰败。这句话说明的是德与威的关系，对于国家政权，两者都是不可缺少的。

贪则多失，忿则多难，急则多蹶。

【注释】《东周列国志》第二十六回。蹶：挫折。

【鉴赏】秦穆公向蹇叔请教成就霸业之事。蹇叔劝谏穆公要施德政而立威，并以德为本，威济之；对待人民要先教化而后刑罚，使民尊敬其上。称霸天下的人要有三戒：不可贪，不可忿，不可急。因为“贪则多失，忿则多难，急则多蹶”。只要这三点君王能戒止，那么，就快能成就霸业了。这句谚语的意思是贪婪就会失去得更多，怨恨就会有更多的困难，急躁就会遭受更多的挫折。

仁者不乘危以邀利，智者不侥幸以成功。

【注释】《东周列国志》第三十回。乘危：乘人之危。邀：求取。

【鉴赏】晋惠公夷吾在未即位前，曾在秦国避难，许诺如果秦助其归国当上国君，划五城与秦。但夷吾在秦帮助下即位后，却闭口不提许五城一事。晋其时连岁麦禾不熟，民间大荒，仓廪空虚。惠公就向毗邻的秦国乞籴。秦穆公召集群臣，或说救灾恤邻，应该助晋，或说晋不许五城，已负秦，应乘其饥而伐之。大臣繇余曰：“‘仁者不乘危以邀利，智者不侥幸以成功’，与之为当。”即仁者不乘人之危来求取利益，智者不依靠偶然的机会来得到成功。后秦穆公命运粟数万斛于渭水，以救晋之饥。他的这种不以君迁祸于民的德行，得到了晋人的感悦。

幸人之灾，不仁；背人之施，不义。

【注释】《东周列国志》第三十回。背：忘却。施：恩施。

【鉴赏】晋惠公在位时，民间遭受灾荒，麦禾连岁不熟，民不聊生。惠公乃派人去秦国乞籴。秦穆公不计前嫌，运粟数万斛于晋，以救晋之饥。但第二年冬，秦国年荒，晋反大熟，穆公便派人去晋国乞籴。晋惠公准备发河西之粟，大臣郤芮、吕饴甥等劝惠公不与秦粟，应该乘机伐秦。大臣庆郑认为不妥，“幸人之灾，不仁；背人之施，不义”。对他人的灾难幸灾乐祸，是不仁的，忘却他人对自己的恩惠，是不义的，不仁不义，怎么能守住国家呢？但晋惠公最终没有贷粟给秦，从而招致了秦晋龙门山之战。这句谚语不但在持国为政上具有警诫意义，而且对于为人处事，人际交往也是有启发作用的。

剑老无芒，人老无刚。

【注释】《东周列国志》第三十二回。芒：锋芒。刚：刚强之性。

【鉴赏】齐桓公晚年不顾管仲临终的劝谏，又复任用竖貂、雍巫、升方三个小人。三人见桓公老耄无能,贤臣鲍叔牙已死,益发肆无忌惮。桓公六子中除公子雍外,各树党羽,互相猜忌,都想继承王位。而桓公虽然是个英明的君主,如今却志足意满,耽于酒色;又任用小人,蒙蔽耳目,不听忠言听谀言,以至志气昏惰,不务政事。"剑老无芒,人老无刚"正是以剑时间久了就会失去锋芒,比喻人老了就会失去刚强之性,来说明齐桓公晚年的昏庸。当然,这句谚语是有其片面性的。

宁可信其有,不可信其无。

【注释】《东周列国志》第三十二回。

【鉴赏】齐桓公晚年,任用奸佞小人,蒙蔽耳目,不问政事。而其子皆各树党羽,伺机取得王位。桓公欲立世子昭,但小人竖貂等人准备拥公子无亏为王。桓公薨时,只有侍妾晏蛾儿在场,也以身殉主。竖貂等人见桓公已死,决定逐杀世子昭,奉无亏即位。在准备暴动的晚上,世子昭梦见晏蛾儿来警告他,让他速逃。昭便把这事告诉了上卿高虎。高虎认为桓公已去世了,世子昭的处境凶多吉少,"宁可信其有,不可信其无",劝昭暂时逃出了齐境,遂避免了昭的灾祸。这一典故是带有迷信色彩的,先秦时期卜筮之风盛行,因而有其产生的背景。这句谚语至今仍广泛流传,指的是对一件不确信的事情,宁可相信有这一回事,也不能相信它是虚无的。

要为天下奇男子,须历人间万里程。

【注释】《东周列国志》第三十四回。

【鉴赏】晋公子重耳,避晋之乱,自周襄王八年到齐国,已居住七年了。追随重耳的赵衰、狐偃等人劝重耳另适他国,以图霸业,重耳却溺爱其妻齐姜,偷安惰志,不肯离开。赵衰、狐偃便设计准备把重耳骗出城去。这事让齐姜得知了,齐姜是贤德之人,在劝重耳不听的情况下,齐姜与赵衰等人相谋,以酒灌醉重耳,把重耳带出了齐国,待重耳醒来时,才知道已离开齐国不可返回了。重耳在众人的劝说下,乃励精图治,重整轮辕,后在秦国的帮助下,回到晋国,最终成就了霸业。"要为天下奇男子,须历人间万里程"讲的是如果想成为一代伟人,必须经历各种苦难,走完漫长的征途,而不能贪恋一时的欢愉,消磨远大的志向。

无衣惜衣,无食惜食。

【注释】《东周列国志》第三十六回。

【鉴赏】晋公子重耳为避晋之乱,在诸侯各国游历,途中经历了许多坎坷。到卫国时,卫文公不纳,重耳一行忍饥而行至五鹿,向田夫乞讨,田夫以土块授重耳，重耳以天赐土地而降拜受之。在饥困的处境下，“无衣惜衣，无食惜食”，介之推割下自己腿股上的肉来给重耳吃，赵衰留下仅有的壶餐给重耳，自己和其他人只喝壶浆。这样到达齐国，在齐国留居七年后，又去了曹国，却受到了曹君的侮辱，多亏曹大夫僖负羁馈以食物，才不至于受饥。重耳又相继去了宋国、郑国、楚国、秦国，最后在秦国的帮助下，回到晋国，即位而为晋文公。“无衣惜衣，无食惜食”描述了晋公子重耳出亡中的落魄情形，也间接写出了他创业的艰难与贫贱不移的志向。

上赏赏德，其次赏才，又其次赏功。

【注释】《东周列国志》第三十七回。上赏：最高的赏赐。

【鉴赏】晋公子重耳出亡十七年，在秦的帮助下回到晋国即位。乃大会群臣，把群臣分为三等来论功行赏：以从亡为首功，送款的人为第二等，迎降的人为第三等。三等之中，又区别其贡献的大小，分以不同的赏赐。一直从蒲城就跟随重耳，服侍重耳寝食出行的小臣壶叔却没被重耳列为首功，他以为不公平，便去问重耳自己是否有罪于君。重耳向他解释说，给我以仁义开导，使我肺腑开通的人，受最高的上赏；给我出谋划策，使我不辱于诸侯的人，受次一些的奖赏；冒着弓箭、石块，用身体来保护我的，再受次赏。“上赏赏德，其次赏才，又其次赏功”，至于只有奔走之劳、匹夫之力的人，又在其后了。这番话使得壶叔愧服而退。由这句谚语，我们可以看出晋文公重耳赏罚分明，明辨事理，是位颇具睿智、慧明贤达的君主。

大凡做好事的心，一日小一日；做歹事的胆，一日大一日。

【注释】《东周列国志》第三十七回。小：小心谨慎。大：胆大妄为。

【鉴赏】周襄王借翟之兵伐郑，并与翟君之女叔隗通姻。叔隗虽然外表很美，但生性风流，遂与襄王的庶母弟太叔带有了私情。太叔带在襄王未即位前曾准备篡位，事发后又召戎师以伐周，虽然后来兄弟修好，但仍一直觊觎王位。叔隗与太叔带私通后，渐渐不避耳目，并利用贿赂、权势收买了内侍，因而除了襄王，整个宫廷都知晓了。过了许久，才有人向襄王告知此事。有人评道：“大凡做好事的心，一日小一日；做歹事的胆，一日大一日”说明做好事的人，会越发小心谨慎；做坏事的人却越发胆大妄为。这句谚语在本文专就太叔带与叔隗的私情而言，在实际生活中，未必如其所言。

木无本必枯，水无源必竭。

【注释】《东周列国志》第三十八回。本：根。竭：干涸。

【鉴赏】周襄王为避庶母弟太叔带之乱，来到了郑国居住在汜地。郑、鲁、宋诸国闻之,皆遣使向襄王问安。惟有卫文公不闻不问。鲁大夫臧孙辰知道后,叹息说:“卫侯快要死了啊! 诸侯要拥护君王(周王),就像树木要有根,流水要有源头一样。‘木无本必枯,水无源必竭’,不死又能怎样?”果然,第二年春天,卫文公就去世了。这句谚语比喻诸侯对于周王的依赖就像树木有根,水有源头,失去了对周王的拥护就像没根的树木要枯萎,没有了源头的水会枯竭。显然,这种说法是有着封建忠君思想的,当然不足信,但只就这句谚语的字面意义,还是有道理的。也是可以用来比喻一件事物对另一事物的重要性。

信,国之宝也,民之所凭也。

【注释】《东周列国志》第三十八回。信:信义,有信誉。凭:依靠。

【鉴赏】晋文公出兵平定了周的太叔带之乱,周襄王赐给文公原之田。文公与赵衰到原后,守城的原伯贯骗原人说晋兵残暴乱杀,原人便悍死守卫,晋兵不能进城。赵衰设计,让晋军只带三天的粮食,若三天攻不下原,就解围而去,以此来取信原人。第三天晚上,原人得知受原伯贯的骗,派人去告诉文公第二天晚上献城。但文公为了取信原人,第二天早上便撤回了晋军。军吏劝说文公再多留一日,待原人献出城再回师,晋文公说,“信,国之宝也,民之所凭也”,信义是治国之宝,是人民所凭借的依靠,再多留一日,就失去了信义,得到了原地却失去了信义,人民凭什么依靠我呢? 后原人以其不失信,自动向晋军投降。这句谚语说明了取信于民在治国作战中的重要性,也显示了晋文公重耳的雄才大略。

民未知礼,虽聚而易散。

【注释】《东周列国志》第三十九回。

【鉴赏】楚成王拜成得臣为大将,亲统大军,纠合诸侯,兴师伐宋,围攻了宋国的缗邑,宋成公派人向晋求援。晋文公准备伐曹卫,那么楚就会移兵来救。但文公以兵少为虑,赵衰进谏说晋为大国,宜设三军。但是光有三军,还不可以,“民未知礼,虽聚而易散”,人民还不知道礼法,虽然相聚在一起,但是很容易就溃散,所以还要向人民演示礼法,“使民知尊卑长幼之序”,然后才可用兵。这句谚语说明了以礼治国的重要。

为将者,有勇不如有智,有智不如有学。

【注释】《东周列国志》第三十九回。

【鉴赏】晋文公重耳为救被楚围攻的齐宋二国,而去伐依于楚的曹卫,但晋文公以兵少为虑,赵衰让文公设三军,并使民知礼。文公问谁可为三军的元帅,赵衰回答可以用郤縠,以其好学不倦,熟知先王之法。“为将者,有勇不如有智，有智不如有学”，指的是能统率大军的将领，重要的不仅在于有勇武之力，还要有智慧，懂谋略，更要有学问，守先王之法，学德义之道。

胜敌者，一时之功也；全信者，万世之利也。

【注释】《东周列国志》第四十二回。全：保全。信：信誉。

【鉴赏】晋文公重耳曾出逃在诸侯各国十九年，这期间，他曾受到楚国的礼遇。楚成王问重耳回晋即位后怎么来报答楚的知遇之礼，重耳许以如果楚晋在平原上交兵，晋将避楚三舍，即九十里。后楚晋城濮之战，两军果相遇，晋臣先轸劝文公“必战楚，毋失敌！”而狐偃则劝谏应遵守与楚国退避三舍的诺言。文公与子玉交战时果然向后退了九十里，实践了许诺。城濮之战，晋国得胜，文公论功行赏，以狐偃为首功，先轸次之。诸将为先轸不平，文公乃说“胜敌者，一时之功也；全信者，万世之利也”，战胜敌人不过是一时的功劳，而保全信义，则是万世的利益。因为狐偃以信义为重，所以应为首功。由此，足见晋文公的惠明和卓越见识。

赏罚不明，百事不成；赏罚若明，四方可行。

【注释】《东周列国志》第四十二回。

【鉴赏】晋文公重耳亲自率军与楚国大臣成得臣交战于城濮，晋遵守诺言退避三舍，最终取得了战役的胜利。晋回师的时候，行至南河，主管船只的舟之侨因疏忽误了济河之事。文公回朝后，论功行赏，以劝谏其遵守信义、回避楚师三舍的狐偃为首功，设奇计破楚的先轸次之。又使赵衰议舟之侨之罪，命斩首示众。这样，文公这次出军，共斩了颠颉、祁瞒、舟之侨三位违反军令的宿将，其违令必诛，全不轻宥，使得三军畏服，诸将听命。所以说“赏罚不明，百事不成；赏罚若明，四方可行”，奖赏惩罚分明的话，就可以称霸四方，这一点正是晋文公为君持政的最大优点，也是其之所以能称霸诸侯的原因。

君子虽在他乡，不忘父母之国。

【注释】《东周列国志》第四十三回。

【鉴赏】东周襄王十二年，晋文公因郑曾无礼于他，又背晋事楚，便准备纠合诸侯向郑问罪。文公临发时，让公子兰随行。公子兰是郑国君的庶母弟，以前郑乱时逃到晋国，被任用为大夫，他对文公十分忠谨，所以文公十分喜欢他。这次伐郑，文公就想以公子兰作为向导。公子兰推辞了，以为“君子虽在他乡，不忘父母之国”，郑国终究是他的故乡，怎么能忘怀呢？如果文公执意要讨伐郑国，他就不便参与。文公赞许他不忘祖国，把公子兰留下，战败郑后，送公子兰回郑做了国君。这句谚语反映了公子兰不忘故乡、不忘祖国的品德，具有爱国主义色彩，在今天，仍是有着教育意义的。

军有归心，必无斗志。

【注释】《东周列国志》第四十四回。

【鉴赏】晋文公重耳在外出逃时，郑曾无礼于他，后因郑又背晋事楚，重耳便准备合诸侯之师而伐郑。于是，晋约会秦兴兵，晋驻兵在函陵，秦驻兵在氾南。郑文公得佚之狐之荐，命烛之武去说秦。烛之武夜以绳索缒城见到秦穆公，陈说秦出兵的利害，使穆公班师而去。晋文公闻得秦兵撤师，大怒。狐偃在旁，请命追击秦师。"军有归心，必无斗志"，士兵们有回归故乡的心，就一定没有斗争的志气。秦军要回师，晋军与之交战就会一举而胜。后晋文公认为秦对他有恩就没有追击秦师。这句谚语说明了士兵的情绪对战斗的胜负有很大影响，此典故也从侧面反映了晋文公不肯乘人之危、有恩必报的磊落胸怀。

困鸟依人，终当飞去。

【注释】《东周列国志》第四十四回。此句意谓依附他人，不是长久之计。

【鉴赏】晋、秦合军围郑，郑大夫烛之武夜缒城，说秦穆公，使秦师退师，又向晋国请和，请回在晋的公子兰。戍守郑的杞子、逢孙等秦将谋划在郑作内应，以待秦师袭郑。秦大夫蹇叔、百里奚进谏说，秦伐郑是千里劳师，必为人所知，所以必将劳而无功。穆公却不听，认为自己三置晋君，再平晋乱，威名已著于天下，而晋文公重耳已卒，所以郑国如"困鸟依人，终当飞去"，正好乘这一时机灭郑。遂不听蹇叔、百里奚之言，兴兵伐郑。后果伐郑不成，秦师被晋败于崤。"困鸟依人，终当飞去"用在此处，形容郑国所处的政治地位就像困鸟一样依附于晋，一但晋失势，郑国就会孤立无依。

来者不惧，惧者不来。

【注释】《东周列国志》第四十六回。

【鉴赏】晋文公重耳死后，许蔡二国又与楚国结盟背叛了晋国。晋襄公乃拜阳处父为大将去讨伐二国。楚成王闻之，命斗勃、成大心援救。两军在泜水隔岸下寨。两军相持数月，皆进退不得。晋军粮食将尽，阳处父想退军，但恐为楚所乘，又怕因避楚而为人所笑。设计使人传语秦军，"来者不惧，惧者不来"，来了就不怕什么，害怕什么的话就不会来。要么晋军，要么楚军，向后退一舍之地，待对方渡河后，两军决一胜负。斗勃乃传令后退一舍，待晋军渡河。晋军阳处父借机班师还晋，与楚不战而回。"来者不惧，惧者不来"是民间流传很广的一句谚语，至今仍经常出现在人民群众的日常用语中。

性贪贿赂，可以利动。

【注释】《东周列国志》第四十九回。贿赂：财物。以：用。动：诱惑。

【鉴赏】鲁国文公时期，任用仲孙氏、叔孙氏、季孙氏三家为政。国君文公立嫡夫人之子恶为世子，而其妾敬嬴恃文公之宠，怨恨其子倭不得为嗣，就以重赂交结仲氏仲遂，并把倭相托与他，让他有机会立倭为君。仲遂感其相托之意，暗中思量叔孙氏的叔孙彭生是世子恶的太傅，一定不肯同谋，而其弟叔孙得臣，则"性贪贿赂，可以利动"，生性贪图财物贿赂，可以用财利来打动他。就时时把敬嬴所赐的东西分赠给他，使叔孙得臣的心倾向于倭。终于，两人结齐为援，杀死恶与彭生，立倭为鲁国国君。这句谚语说明了叔孙得臣的贪婪品性，也指出了仲遂为达到阴险的目的而行使的卑劣手段。

不忠不信，何以立于天地之间。

【注释】《东周列国志》第五十回。

【鉴赏】晋灵公荒淫暴虐，厚敛于民，广兴土木，好为游戏，宠任以阿谀取悦为能事的屠岸贾。晋相国赵盾几次进谏，灵公依然故我。屠岸贾乃命钼麑去刺杀赵盾。钼麑五更时来到赵府，见赵盾朝衣朝冠，垂绅正笏，端然而坐，正准备上朝。钼麑大惊，退出门外，感叹赵盾不忘恭敬，是人民的主宰，杀了他的话，就会背上不忠的罪名，而受了君主的命令而不去执行，就是不信，"不忠不信，何以立于天地之间"？于是，钼麑宁可违背上命，不忍杀忠臣，终于触槐而死。这里的忠、信是带有封建色彩的，历来备受封建道德家的推崇。

闻义能徙，视死如归。

【注释】《东周列国志》第五十回。徙：迁移，此指追求。

【鉴赏】晋灵公在位时，相国赵盾屡次劝谏，晋灵公仍然残酷暴虐，以从台上弹人为乐，因小过而杀膳夫。赵盾等人的进谏引起了灵公宠臣屠岸贾的不满，屠岸贾与灵公合谋派刺客钼麑去刺杀赵盾。钼麑行刺时见赵盾正襟危坐，朝服朝冠，准备上朝，认为赵盾不忘恭敬，杀了他会背上不忠的罪名，可是屠岸贾和灵公的命令又得去执行，否则为不信，于是触槐而死。后来的史臣以为钼麑以一死保全了忠和信，就称赞其说："壮哉钼麑，刺客之魁！闻义能徙，视死如归。"这句谚语意为，听到符合义的事能去追求，看待死亡如同回家一样。这里的义和忠、信都是封建社会的道德标准，应加以甄别。

忙者不会，会者不忙。

【注释】《东周列国志》第五十一回。忙：忙乱无所措。会：会做事。

【鉴赏】楚庄王时，楚令尹斗越椒乘庄王统兵出征时，决意作乱。庄王闻之，引兵与斗越椒作战。斗越椒擅长弓箭，庄王一方有位叫养繇基的小校，精于射艺，军中称为神箭养叔，自请与斗越椒较射。两人约定立于桥堵之南北两端，各射三箭，死生听命。斗越椒先射，养繇基用弓梢拨开一箭，躲过一箭，又用口正好衔住了第三箭的箭镞。轮到养繇基射箭，他用一箭就射死了斗越椒。“忙者不会，会者不忙”是形容养繇基面对斗越椒三箭的镇静态度的，而且强调了他对射艺的精通及灵活的应变能力。

慢人者，人亦慢之。

【注释】《东周列国志》第五十二回。慢：轻慢。

【鉴赏】郑灵公夷元年，士卿公子宋与归生入朝，公子宋的食指忽然自己弹动了，他认为每次自己的食指动，都有异味可尝，这回可能也是如此。两人上朝，恰见有人送来大鼋，郑灵公正准备分给众人。两人相视而笑，并告诉了灵公这件事。灵公认为能否尝异味在于他，后分食时，故意漏下公子宋的一份。公子宋大怒，用指探到鼎内，取了一块鼋肉吃了，说食指这下应验了，君臣不欢而散。归生劝公子宋去谢罪，公子宋说“慢人者，人亦慢之”，是国君先怠慢的我，我也就怠慢于他。后遂起谋反之心，杀死了郑灵公。

这一故事即“染指”典故的由来。由“慢人者，人亦慢之”这句谚语，我们也可以看出公子宋眼中的君臣已不再是君尊臣卑的关系了。

剪枝去叶，本根俱露，枯槁可立而待。

【注释】《东周列国志》第五十二回。立：立刻，很快。

【鉴赏】公子宋与归生因“染指”之故，对郑灵公有了怨恨之意，终于找机会把灵公杀害，两人共议欲奉公子去疾为君。去疾坚决推辞，认为自己既无德可称，又非长子，于是立公子坚，为郑襄公。襄公忌其诸弟党盛，恐日后有谋反之心，遂与去疾商议，想逐其诸弟。去疾不同意，说，有了兄弟为族，就像树的枝叶茂盛，树根就会发达，若剪枝去叶，树根都露了出来，使树木不久就会枯槁了。如果国君您能容下这些兄弟，是我的所愿，如不能容，我就和他们在一起，岂能单独留下呢？

“剪枝去叶，本根俱露，枯槁可立而待”是公子去疾用来形容其兄弟关系对宗族国家的影响的，兄弟和睦就会昌宗耀祖，而反之，就会如树木露出树根而枯槁一样使国家处于危险之中。

物无所主，人必争之。

【注释】《东周列国志》第五十三回。无所主：没有人占有。

【鉴赏】陈侯灵公在位时，荒淫无道，任用佞臣孔宁、仪行父，与臣妻夏姬行苟且之事。夏姬之子夏征舒不堪其辱，遂杀了陈灵公，立世子子午为君。楚庄王以征舒弑君之罪，兴兵伐陈。灭陈后，楚君臣商议怎样处置夏姬，庄王、公子侧，屈巫等人皆贪夏姬之美而想据为己有，最后庄王把夏姬赐给了大臣尹襄老。“物无所主，人必争之”，这句谚语的原意为如果事物没有主人，人们就一定会去争夺。在这一故事里，由于男尊女卑的观念，把夏姬比喻成众人必争之物则是不妥的。

贪吏不可为者，污且卑；廉吏可为者，高且洁。

【注释】《东周列国志》第五十四回。

【鉴赏】楚国令尹孙叔敖为人廉洁无私，颇为贤达。他临去世前叮嘱儿子孙安不可做官，不可受封大邑。他死后孙安谨遵父命退耕于野，自负柴薪，日子过得很艰苦。优人优孟听说，便穿上与孙叔敖生前一样的衣冠，摹拟孙叔敖的言辞情态，好像孙叔敖再生一样。楚庄王见到优孟，恍惚以为贤臣孙叔敖又回来了，思切之下，便要封优孟官爵。优孟假意去与妻子商议，回来说妻子劝他不要做官，因为做官就要做廉洁的官吏，可像孙叔敖这样的廉吏，死后儿孙却穷苦无依，缺衣少食。楚庄王一听，觉得对不起孙叔敖，便封了小邑寝邱给孙安。

“贪吏不可为者，污且卑；廉吏可为者，高且洁”是优孟讲述孙叔敖儿孙的困境时所言，意为贪婪的官吏之所以不能做，因为这是肮脏而卑劣的；廉洁的官吏之所以能做，因为这是高尚崇洁的。这句谚语在今天仍有警示意义。

《镜花缘》名句

宁可湿衣，

不可乱步。

——《镜花缘》第二十回

宁可湿衣,不可乱步。

【注释】《镜花缘》第二十回。意谓在雨中走路,仍规行矩步,不肯快走。用以讥刺死守教条,不能机变之徒。

【鉴赏】秀才唐敖因科举不成和妻弟林之洋结伴出海,以抒散郁闷。一路上经历了许多国家,见识了许多奇风异俗、奇人异事、奇花异兽。一日,他们来到跂踵国,见其国人身长八尺,身宽八尺,赤发蓬头,两只大脚,有一尺厚,二尺长,行动时以脚趾行走,脚跟并不着地,一步三摇,斯斯文文,竟有"宁可湿衣,不可乱步"的光景。这句谚语用在此处,是形容跂踵国人拘泥小心的步态的,也暗示了他们呆板、不能机变的性格。

福近易知,祸远难见。

【注释】《镜花缘》第六十一回。

【鉴赏】被谪下人间的众花仙子们因武则天开女科,进京赴试,途中暂歇燕紫琼家。燕紫琼以茶来款待众才女。因说起其父所撰《茶诫》,燕认为饮茶除明目止渴之外,一无好处,接着历数饮茶之弊:虽然茶可以让人感到一时之佳,但会伤精败血,初食不觉它的害处,久后才知道它的不利之处,即"福近易知,祸远难见",等到人们发觉,可是业已成癖,受害已深了。虽然燕紫琼关于茶的利弊的说法有待推敲,但某一方面也显示了作者李汝珍渊博的学问。"福近易知,祸远难见"这句谚语常用来强调人们既要珍惜易于知道的幸福,更要有长远的眼光,预见难以知晓的灾祸。

但行好事,莫问前程。

【注释】《镜花缘》第七十一回。

【鉴赏】唐秀才唐敖与妻弟林之洋出海经商,经历许多国家后,入了小蓬莱山。其女唐小山沿旧路寻访,至小蓬莱,见山上一"泣红亭"有对联云:"红颜莫道人间少,薄命谁言座上无"。亭中白玉碑上刻有百位才女名姓,她们俱是遭贬的众花仙子。唐小山回来改名唐闺臣,与众才女共赴女科,其名次皆与碑中名次相合。唐闺臣乃向诸才女说明此异事,师兰言分析说从对联及亭子的名称"泣红"来看,则预示了众女的薄命,不过"但行好事,莫问前程",只凭"理"去做,对得起天地君亲,就可无愧了。这句谚语指只要做的是好事,就不要管前途会发生什么事,从而表现了说话人光明磊落的豪迈个性。

人见利而不见害,鱼见食而不见钩。

【注释】《镜花缘》第九十二回。

【鉴赏】本义为人只看到事物有利的一面而看不到有害的一面;鱼只看到

被钓鱼人放在水中的食饵,而看不到食饵中的鱼钩,说明人往往被表面现象所迷惑,而忘记了去认清事物的本质。这句谚语出现在《镜花缘》书中众才女相会喝酒掣签的部分,卞香云掣的签是“螳螂”,师兰言便借此来讥讽世人的惟利是图、利令智昏。

《古今小说》名句

剖开顽石方知玉，

淘尽泥沙始见金。

——《古今小说》

做买卖不着，只一时；讨老婆不着，是一世。

【注释】《古今小说·蒋兴哥重会珍珠衫》。不着：不如意。

【鉴赏】湖广襄阳府枣阳县商人蒋世泽闻得本县王公的女儿很出众，从小便送过财礼，为儿子蒋兴哥与王公的女儿三巧定亲。兴哥十八岁时，二人完婚。著者看到兴哥三巧郎才女貌，想起一些人或为了攀附官宦人家，或贪图嫁资丰厚，不分青红皂白就定了亲事，结果婚后公婆不喜，夫妻不和。于是他感叹道："做买卖不如意，只是一时的事；讨老婆不如意，是一辈子的事"。本句表明婚姻是人生中一件重大的事情，必须慎重考虑后再做决定。

苦日难熬，欢时易过。

【注释】《古今小说·蒋兴哥重会珍珠衫》。

【鉴赏】蒋兴哥与三巧完婚后，每日行坐不离，朝暮取乐。他推说父孝在身，不参与外面商业往来。但自古便有言"苦日难熬，欢时易过"。这样寒暑往来，兴哥的孝期早已服完，该去打理生意了。本句意为艰苦的日子很难熬过，欢乐的时光却易逝去。著者以此暗示兴哥夫妇每日为乐，不觉时间已倏忽而过。

世上万般哀苦事，无非死别与生离。

【注释】《古今小说·蒋兴哥重会珍珠衫》。

【鉴赏】蒋兴哥想到父亲往昔在广东的生意已耽搁了三年有余，且那边还有许多客账，不曾取得，便与三巧商量，准备去一趟。但这要走许多路程，他们二人夫妻恩爱，怎忍心分离。日子一天天捱过去，兴哥暗中准备好了一切，临行前三日才告诉三巧。三巧知道留他不住，只问："丈夫此去几时可回？"兴哥答应一年便回，于是三巧指着楼前的一棵椿树说："明年此树发芽，便盼着官人回也。"说罢，泪如雨下。兴哥为三巧安排好了日后的生活，说："娘子耐心度日。"接着便掩泪而别。著者为二人的别离感动，深深地感慨说："世上众多哀苦的事情，不过就是生离和死别两件。"

未曾灭项兴刘，先见筑坛拜将。

【注释】《古今小说·蒋兴哥重会珍珠衫》。项：指楚项羽。刘：指汉刘邦。筑坛拜将：汉高祖筑坛拜韩信为将。指还未立功，便先封官受爵。

【鉴赏】徽州客商陈大郎一日偶见三巧，被她的美貌所吸引，心中念念不忘。他想起大市街东巷的薛婆，能言善语，且每日穿街走巷卖珠子，与各家相熟，便欲托她牵线搭桥。一天陈大郎包了一百两银子，两大锭金子，送给薛婆，恳请她思量个妙计，促成自己与三巧之事。薛婆收下钱财，告诉大郎三巧乃蒋兴哥之妻，兴哥出外做客一年多了，三巧足不下楼，若要成就此事，必须从容图之。她答应大郎亲自去蒋家，为其办事。大郎得此承诺，高兴地离去。著者此处评论说“未曾灭项兴刘，先见筑坛拜将。”本句意为还未建立功勋，已先得到封赏。比喻薛婆还没给大郎办成此事，已先行收下他的酬金。

晴干不肯走，直待雨淋头。

【注释】《古今小说·蒋兴哥重会珍珠衫》。晴干：晴天路干。

【鉴赏】薛婆与陈大郎在三巧家对门的店铺里高声讨价还价，引起了三巧的注意。她推窗偷看，只见薛婆所卖的珠子，珠光闪烁，宝色辉煌，十分可爱，便差丫鬟晴云把薛婆唤上来，细看她的货色。薛婆上楼后，呆了片刻，说有要紧事便走了。三巧心爱她的东西，等着她回来酬价，但一连五日，都没有消息。到第六日午后，忽然下了一场大雨，雨声未绝，薛婆提着个破伞，衣衫半湿地进来，口中说：“晴干不肯走，直待雨淋头。”本句是薛婆自言之语，说她自己晴天路干时不肯出门，直等到雨淋湿了才走。

夫妻本是同林鸟，大限来时各自飞。

【注释】《古今小说·蒋兴哥重会珍珠衫》。

【鉴赏】兴哥回家后得知陈大郎与三巧之事，很恼火。他将三巧遣回娘家，还给岳父岳母带了一封休书。三巧知道兴哥询问有关珍珠衫之事，顿时羞愧难当，原来她已把兴哥家传的珍珠衫赠给了陈大郎。她知兴哥念及往日恩情，全她的廉耻，又见兴哥休书中附有汗巾和簪子，想是镜破钗分之义，心下难过，回想夫妻四年恩爱，一旦决绝，是自己负了丈夫的恩情，于是欲悬梁自尽，恰被母亲发现，婉言劝住。过了些日子她才打消了轻生的念头。著者念及二人当日的恩情，又睹他们各自分散，感慨世间夫妻，说：“夫妻本是同林鸟，大限来时各自飞。”本句表明夫妻的恩情会在危急时刻断绝。

事不三思，终有后悔。

【注释】《古今小说·陈御史巧勘金钗钿》。三思：再三考虑。

【鉴赏】江西赣州府石城县鲁廉宪与同县顾佥事累世通家。两家约为婚姻。但鲁廉宪病故后，鲁家家道日渐中落，顾佥事便不想把女儿许配给鲁公子。顾佥事的女儿阿秀得知后不肯改志他嫁，顾妻无奈，便准备送给鲁公子些钱财，资助他行聘。不想此事为鲁公子之表兄梁尚宾知晓，梁是个不守本分的人，他瞒着表弟冒名顶替，不但得到顾妻之资，还迫使阿秀从他。而顾妻因私赠公子钱财，恐人得知，亦不敢声张。著者看到顾妻与阿秀被骗，遗憾不已，惋惜道：“事不三思，终有后悔。”本句意为做事不再三考虑，终究会有后悔的时候。

只因一着错，满盘都是空。

【注释】《古今小说·陈御史巧勘金钗钿》。一着：一步棋子。

【鉴赏】鲁公子等了两日，借得梁尚宾的衣服前往顾家拜访顾妻和阿秀。却不知梁尚宾已冒名做下缺德之事。顾妻见又有鲁公子来，且生得人才清秀，语言文雅，不似前一个粗鲁无礼，心里便明白了一半。她转身进房与女儿说明缘故，但虽知受骗，亦无可奈何，只得将错就错，这正是"只因一着错，满盘都是空。"本句喻顾妻前面考虑不周做错事情，以致后面获得无法收拾的局面。

贪痴无底蛇吞象，祸福难明螳捕蝉。

【注释】《古今小说·陈御史巧勘金钗钿》。贪痴：贪心狂妄。蛇吞象：比喻欲以细小而图强大。螳捕蝉：螳螂捕蝉，黄雀在后。

【鉴赏】陈御史接手鲁公子的案子后，仔细审查，觉得其中有隐情。他暗地里扮做商人与梁尚宾接触，以做布匹生意为由，诱骗梁拿出顾妻所赠的钱财与首饰。梁尚宾本是贪财之人，见有便宜可占，高兴得不得了，把所存金银首饰尽数拿给陈御史。这就是："贪痴无底蛇吞象，祸福难明螳捕蝉。"本句比喻贪心狂妄欲以细小而图强大，祸福难明却不知螳螂捕蝉，黄雀在后。

好将前事错，传与后人知。

【注释】《古今小说·新桥市韩五卖春情》。

【鉴赏】《新桥市韩五卖春情》说一个青年子弟，因不警戒色欲，去恋着一个妇人，差点坏了堂堂六尺之躯，丢掉浩大的家业，成为新桥市上一段风流史话。著者在进入正题之前，举了历史上几个著名的例子，如周幽王与褒姒，隋炀帝与萧妃，唐明皇与杨贵妃等。他指出写这些事的目的是"好将前事错，传与后人知"。即要把前代人做的错事，告诉后世人，以便从中吸取经验教训。

爽口物多终作疾。

【注释】《古今小说·新桥市韩五卖春情》。爽口：合口味。

【鉴赏】本篇讲宋朝临安府一小官人吴山，贪恋暗娼金奴的美色，时常背着父母和妻子与金奴幽会。一次，他因炙火在家，不能出去，约摸一个多月身体稍好，便找借口溜到金奴处。二人一番颠鸾倒凤，吴山的魂灵都被金奴引得散乱了。著者此处担心吴山的身体，说"爽口物多终作疾，快心事过必为殃。"本句意为合口味的东西吃多了终究会得病，表明凡事都应有度，不能纵情所为。

口含黄柏味，有苦自家知。

【注释】《古今小说·闲云庵阮三偿冤债》。黄柏：中药，味极苦。

【鉴赏】陈太常的女儿玉兰花容月貌，且琴棋书画样样精通，她被对衙阮三公子的箫声吸引，托俾女将自己的宝石戒指赠给阮三郎。阮三公子以此为证，见到玉兰小姐，自此把那戒指紧紧戴在左手指上，日夜思想玉兰的容貌。但闺阁深深，难通音信，二人无由再见，只能追忆不已。相思日久，阮三公子身体日见羸弱，不思饮食，恹恹成病。阮氏父母心急如焚，再三严问，公子也不肯说。这正是"口含黄柏味，有苦自家吃"。本句表明阮三公子对玉兰小姐的思念之情只能独自品尝，不好与父母说明。

学富五车，书通二酉。

【注释】《古今小说·闲云庵阮三偿冤情》。五车：形容书籍之多。二酉：大酉、小酉二山，在今湖南沅陵县西北。相传曾有秦人在此读书，并将书留于山中。后就用来形容书籍之多。

【鉴赏】阮三公子与玉兰小姐在朋友张远的搓和下得以相见，但见后阮三郎即阳气散尽，不复再生。玉兰小姐后来生一子，取名陈宗阮，生得清奇，且资性聪明，十六岁便学富五年，书通二酉。"五车"与"二酉"均形容书籍之多。本句对仗严谨，音韵和谐。

水不激不跃，人不激不奋。

【注释】《古今小说·穷马周遭际卖𫗴媪》。激：激发。跃：高扬。

【鉴赏】大唐贞观年间，博州人马周因明经有学，被博州刺史聘为本州助教。到任之日，众秀才携酒庆贺，不觉吃得大醉。次日，刺史亲到学宫请教，马周还未酒醒，刺史大怒而去。马周醒后，特往州衙谢罪，被刺史责备了一通。但马周只是口中答应，每遇门生执经问难，仍留住喝酒，所得俸禄，尽数送给酒家。一日他又吃醉酒，两个门生左右扶着，一路歌咏而回。恰遇刺史前导，喝他回避，马周不肯退步，瞋着双眼骂起人来，结果被刺史当街骂了一顿。马周当时酒醉不知，他醒后，门生劝他到刺史处告罪。马周感叹道："我只为孤贫无援，欲图个进身之阶，所以屈志于人。今因酒过，屡被刺史责辱，何面目又去鞠躬取怜？古人不为五斗米折腰，这个助教官儿，也不是我终身养老之事。"此处著者提示说："水不激不跃，人不激不奋。"本句意为水不激发不会高扬，人不激励不会奋发，表明马周因受刺史责辱不过，而自寻其他出路。

酒肉弟兄千个有，落难之中无一人。

【注释】《古今小说·吴保安弃家赎友》。

【鉴赏】《吴保安弃家赎友》开篇引一首词《结交行》云："古人结交惟结心，今人结交惟结面。结心可以同死生，结面那堪共贫贱？九衢鞍马日纷纭，追攀送谒无晨昏。座中慷慨出妻子,酒边拜舞犹弟兄。一关微利已交恶,况复大难肯相亲?君不见当年羊左称死友,至今史传高其人。”若有感叹末世人心险恶,结交犹难。平时酒杯往来,亲如兄弟,一遇一点小事,稍有些利害关系,便你我各不相顾。所以著者说酒肉兄弟千个有,落难之中无一人。本句表明酒肉朋友是最不可靠的。

有善必劝者,固国家之典;有恩必酧者,亦匹夫之义。

【注释】《古今小说·吴保安弃家赎友》。劝:鼓励。典:法则。酧:同酬,报答。义:道理。

【鉴赏】大唐开元年间,宰相郭震之侄郭仲翔被掳至乌蛮界上,其友吴保安花了十年凑足千匹绢将他赎回。仲翔回来后在蔚州做官,而保安则在嘉州彭山县居住。仲翔托人访知保安住处,前往探视,不料保安夫妇均已亡故,他收留了保安的儿子,并为保安夫妻料理后事。几年之中,他思念保安不已,遂上疏,其中即引本句。本句意为有善的行为一定要鼓励,这本来是国家的法则;受到恩惠一定要报答,这是普通人都懂的道理。

面相不如心相。

【注释】《古今小说·裴晋公义还原配》。相:审视。指只有祭人之心才能知人真伪。

【鉴赏】《裴晋公义还原配》入题先讨论面相的问题,举邓通和周亚夫之例证明相面具有一定的准确性,但接下来著者笔锋一转指出面相不如心相。即审视人的外表不如揣摩人的心理。有些人虽有富贵相,却做下亏心事,反没有好结果,另一些虽人犯恶相,却心地善良,肯积阴功,恰转祸为福。

千金难买亡人笔。

【注释】《古今小说·滕大尹鬼断家私》。亡人:去世的人。笔:亲笔遗书。

【鉴赏】明朝永乐年间,北直隶顺天府香河县倪太守有家资万贯,肥田美宅不可胜数。他有一子陈善继,已婚娶。倪太守八十岁时又娶一房小妾,生一子叫陈善述。他素知长子不厚,恐自己下世后,善述母子受欺,便预先立下遗嘱,将大部分田产分给善继,希望他能善待善述母子。倪太守去世后,待善述长到十四岁,善继便拿出父亲的亲笔遗嘱,将善述母子赶到东庄的平瘠之地。而众亲族晓得善继平日为人暴戾,又见他有父亲亲笔遗嘱,虽觉得对善述母子不公,也只能奉承说“千金难买亡人笔”。本句表明去世人的亲笔遗书是最重要的证据。

得粥莫嫌薄。

【注释】《古今小说·滕大尹鬼断家私》。

【鉴赏】亲族中,有人可怜善述母子,好言劝慰他们二人说:"'男子不吃分时饭,女子不著嫁时衣。'有多少白手成家的人,如今你有屋住,有田种,不算没根基了,只需要自己去挣持。得粥莫嫌薄,各人自有个命在。"本句表明亲族们奉劝善述母子要知足常乐,随遇而安。

家私不论尊卑。

【注释】《古今小说·滕大尹鬼断家私》。家私:家产。尊卑:辈分高下。意谓分配家财,不能因辈分高下有所厚薄。

【鉴赏】善述觉得父亲的遗嘱有问题,便问母亲:"我弟兄两个,都是爹爹亲生,为何分配上如此偏向?其中必有缘故。……自古道:'家私不论尊卑。'"本句指出分配家产,不能以辈分高低而有所厚薄,暗示善述的怀疑有一定道理。

鹬蚌相持,渔人得利。

【注释】《古今小说·滕大尹鬼断家私》。鹬(yù):鸟名。鹬蚌相持:见《战国策·燕策二》,是一则寓言:蚌张开了壳在晒太阳,鹬去啄它,被蚌壳钳住了嘴,两下争持,不肯相让,渔人走来把它们都捉住了。比喻双方争持不下,让第三者得了利。

【鉴赏】善继善述兄弟,因家产分配不公对簿公堂,知县滕大尹依照其父倪太守留下的一幅画像,猜出哑谜,给他们分配遗产。本有十坛银子,一坛金子和房屋田产供分,却因知县贪财起意,一坛金子被私吞。著者此处评论道"鹬蚌相持,渔人得利"。表明善继善述兄弟二人不睦,结果家产被滕大尹平白无故得去一部分。

白玉隐于顽石里,黄金埋入污泥中。

【注释】《古今小说·赵伯昇茶肆遇仁宗》。

【鉴赏】大宋仁宗朝,有个秀才,叫赵旭。他自幼习学文章,诗书礼仪无所不通。那年东京开选,赵旭前去应举,文章本获第一,却因一字写错不肯向仁宗认错而名落孙山。一年之后,仁宗扮作白衣秀士到茶肆暗访赵旭,见他题在白壁上的词,语句清佳,字画精美,不禁感叹,遂差人把赵旭找来,亲笔题书将赵旭推荐给西川成都府的王制置,赵旭为表谢意,作诗一首:"白玉陷于顽石里,黄金埋入污泥中。今朝遇贵相提掇,如立天梯上九重。"本句表达了赵旭从怀才不遇到被提携重用之感。对仗工整,设喻恰当。

着意种花花不活，无心栽柳柳成阴。

【注释】《古今小说·赵伯昇茶肆遇仁宗》。着意：有意。

【鉴赏】赵旭带着白衣秀士的推荐信和白衣秀士派来的虞侯日夜兼程赶回成都府。走到百里之外，听到军民喧闹，说是迎接新制置。他很纳闷，虞侯却不理他，拽着他往前走。赵旭心想我特地来寻王制置，又离任去了，我真如此命薄！而此时虞侯已将他带到了接官亭，并打开包袱，宣读文书，说："这秀才便是新制置。"赵旭恍然大悟，叩首谢恩。原来他在茶肆遇到的白衣秀士是仁宗皇帝，推荐信是任他为西川五十四州都制置的圣旨。著者此处感叹道："着意种花花不活，无心栽柳柳成阴。"本句比喻有心去做的事不得成功，无意做的却成功了。亦作"有意种花花不发，无心插柳柳成阴"。

平地一声雷。

【注释】《古今小说·赵伯昇茶肆遇仁宗》。比喻声誉突然升高。

【鉴赏】赵旭上任之后，归家拜见父母，将此事前后详叙给他们。父母听完后，拱手加额，"感日月之光，愿孩儿忠心补报皇恩"。赵旭作一首诗云："功名着意本抡魁，一字争差不得归。自恨禹门风浪急，谁知平地一声雷？"本句赵旭用平地一声雷比喻自己的声誉突然提高。

着意寻不见，有时还自来。

【注释】《古今小说·众名姬春风吊柳七》。着意：有意。

【鉴赏】宋神宗朝大词人柳永，丰姿洒脱，人才出众，琴棋书画无所不通，他尤擅长填词，当时独领词家一派。柳永恃才傲物，所以缙绅之门，绝不去走，文字之交，也没有人。他终日花街柳巷，东京的名妓，无不敬慕他，以得见为荣。而他自己独与陈师师、赵香香、徐冬冬三人来往密切。后来朝中有人保奏柳永任余杭县宰。他赴任途中经过江州，遇名妓谢玉英，二人设下山盟海誓，约定任满后相见。但柳永卸任后到江州，玉英已负约。柳永怏怏不乐回到东京依然与旧友往来。一日在陈师师家中闻得有美人特来拜访，一见之下正是江州谢玉英。著者此处感叹："着意寻不见，有时还自来。"本句意为有意寻时找不到，有时却自己送上门来。

剖开顽石方知玉，淘尽泥沙始见金。

【注释】《古今小说·张道陵七试赵昇》。

【鉴赏】本篇谈论道教的问题，讲述道教第一代始祖正一天师张道陵七试其弟子赵昇的故事。入题前，著者引一首诗云："剖开顽石方知玉，淘尽泥沙始见金。不是世人仙气少，仙人不似世人心。"本句暗示赵昇历经七次磨难，终于得道成仙。

仇人厮见，分外眼睁。

【注释】《古今小说·史弘肇龙虎君臣会》。

【鉴赏】这句话的意思是仇人相见，会感到格外愤怒。亦作“仇人相见，分外眼红”。

大难不死，必有后禄。

【注释】《古今小说·临安里钱婆留发迹》。

【鉴赏】晚唐钱王出生之时，其父遥见一条大蜥蜴在自家屋上蜿蜒而下，头垂及地，约长丈余，两目熠熠有光。钱父大惊，正欲呼喊，又见自家前后火光亘灭，便叫邻里救火，待众人收拾水桶来救火，根本就没有失火。钱父因自己错喊救火，惹恼了邻里，十分惭愧，又见大蜥蜴，想到所产孩儿，便觉不祥，想要溺死这孩子。而东邻王婆与钱母素来相好，助她接生，便不容钱父下手。于是钱王在王婆手中留下来。著者评论道：“大难不死，必有后禄。”本句意谓遇到大难没有死，后来必定有好运。

三姑六婆，嫌少争多。

【注释】《古今小说·木绵庵郑虎臣报冤》。三姑：尼姑、道姑、卦姑。六婆：牙婆、媒婆、师婆、虔婆、药婆、稳婆。三姑六婆，专门从事招摇撞骗。

【鉴赏】南宋宁宗皇帝嘉定年间，浙江台州官人贾涉在回临安途中娶一小妾胡氏，结果归家后遭妻子唐氏辱骂。唐氏为人妒悍，而贾涉又惧内，所以只能忍气吞声。因胡氏怀有身孕，唐氏便担心她将来依恃孩子夺去自己的地位，于是百般刁难，责打她。贾涉为此心中烦恼，便将胡氏托给县宰陈履常。后来陈县宰任满升迁，贾涉无奈，只得将孩子交付哥哥贾濡，而托陈公将胡氏领去嫁人。行到维扬，陈公吩咐水手在地方上找个媒婆，给胡氏寻个主儿，只要对方老实忠厚，一分彩礼也不要。很快，媒婆便领来个细工石匠。这里作者先设下疑问道：“你说偌大个维扬，难道寻不出个好对头？偏只有这石匠？”接着回答说：“常言道：‘三姑六婆，嫌少争多。’那媒婆最是爱钱的，多许了他几贯谢礼，就玉成其事了。”本句体现媒婆为钱财而招摇撞骗。

是非只为多开口，烦恼皆因强出头。

【注释】《古今小说·木绵庵郑虎臣报冤》。

【鉴赏】南宋度宗朝，贾似道被封为魏国公，掌管内外朝政。当时蒙古强盛，改国号为元，元兵包围襄阳、攀城三年多，满朝文武皆知，只瞒着皇帝一人而已。贾似道心知国势将危,更加淫乐无度。他在葛岭建起楼台亭榭,凡民间美色,不拘娼尼,都取来充实其中。又造多宝阁,凡珍奇宝玩,百方购求,充积如山。他每日登阁一遍,任意取玩,以此为常。有人和他谈边境的事情,他就加以责罚。有一天,度宗突然问贾似道元兵久围襄阳之事,他搪塞过去后,便令穿宫太监秘密追查泄秘的女嫔,并用其他事诬陷她,最后赐死宫中。著者此处评论道:"是非只为多开口,烦恼皆因强出头。堪笑当时众台谏,不如女嫔肯分忧。"本句意为惹是生非只是因为多说话,招惹烦恼,都是因要出头露面。

口是祸之门,舌是斩身刀。

【注释】《古今小说·沈小官一鸟害七命》。

【鉴赏】大宋徽宗朝,宣和三年,海宁郡机户沈昱之子沈秀出外遛画眉,不幸遇难头被人割去,画眉亦不见踪影。沈昱夫妇欲给儿子得全尸,便贴出告示悬赏得沈秀头者钱一千贯。恰南高峰下,有一个极贫困的老头黄老狗,双目失明,靠两个儿子抬轿度日。父子三人衣不遮体,食不果腹。老狗得到消息后,把儿子唤来说:"我今左右老了,又无用处,又看不见,又不赚钱。……你两个今夜将我的头割了,埋在西湖水边。过了数日,待辨不出颜色,便拿去领赏。"著者认为老狗疏忽了,说了这么几句话,而两个儿子又是愚蠢之人,不明白法度,结果便"口是祸之门,舌是斩身刀。闭口深藏舌,安身处处牢。"本句暗示黄老狗的几句话不仅给自己也给儿子带来了杀身之祸。

非理之财莫取,非理之事莫为。

【注释】《古今小说·沈小官一鸟害七命》。非理:不符合道理。

【鉴赏】沈昱是东京机户,儿子死后几个月,他赴京交付缎匹,偶然路过御用监禽鸟房门前,竟然发现了儿子的画眉鸟,而这一发现不要紧,又屈害了一条性命。著者此处评论曰:"非理之财莫取,非理之事莫为。明有刑法相系,暗有鬼神相随。"原来京民李吉从害死沈秀的箍桶匠手中买下此鸟,将它进贡给御用监禽鸟房,而此鸟又恰被沈昱见到。因无法寻到卖鸟的箍桶匠,李吉被屈打成招获死罪。本句暗示后文箍桶匠的命运,告诫人们不符合道理的钱财不要拿,不符合道理的事情不要做。

劝君莫作亏心事,古往今来放过谁。

【注释】《古今小说·沈小官一鸟害七命》。放过谁:谁能逃过惩罚。

【鉴赏】沈昱从御用监禽鸟房取了画眉鸟,连夜奔回家中,将所发生的一切从头到尾告知妻子。妻子严氏见到画眉鸟睹物思人,大哭了一场。第二天,沈昱便提着画眉到本府,将东京发生之事告诉知府大人。著者此处提醒世人:

“劝君莫作亏心事，古往今来放过谁。”表明若作了亏心事，古往今来没有谁能逃得过惩罚。

积善逢善，积恶逢恶。

【注释】《古今小说·沈小官一鸟害七命》。逢善：得到别人的善报。逢恶：受到别人的恶报。

【鉴赏】《沈小官一鸟害七命》结尾处叙述整个案情大白，各人都受到了应有的惩罚，就连箍桶匠的妻子张婆也因在刑场上见丈夫被剐，吓得魂不附体，结果被绊一跤，跌得过重，伤五脏而亡。著者从这个故事中得出结论：积善逢善，积恶逢恶。仔细思量，天地不错。本句意为积累善行，会得到别人的善报。积累恶行，会受到别人的恶报，反映了佛教因果报应的思想，但有一定合理成分。

痖子尝黄柏，苦味自家知。

【注释】《古今小说·金玉奴棒打薄情郎》。痖：同“哑”。黄柏：中药，味极苦。

【鉴赏】宋绍兴年间，临安府杭州城中有个乞丐头，叫金老大。他家世代以此为业，挣得了一份不小的家业。金老大五十多岁，丧妻无子，只有一个漂亮的女儿金玉奴。他倚着女儿有才貌，一心想要招赘个士人做女婿。后来邻翁牵线将太平桥下的穷书生莫稽说给金家。成婚满月时，金老大备下盛宴，教女婿请他的同学会友饮酒，一连办了六七日，不想这惹恼了族人金癞子。他叫了五六十个乞丐，齐奔到金老大家，径直入席，专拣好酒好菜大吃一通。金老大无可奈何，再三央告才劝走了金癞子，而众秀才早已吓得脚跟不稳，离席而去。玉奴在房中气得双泪交流，这一夜莫稽也在朋友家借宿。次日，金老大见了女婿自觉出丑满面含羞，莫稽心中也有三分不快，但大家都没有说明。此处著者点评道：“痖子尝黄柏，苦味自家知。”本句意为心中的苦处无法诉说。亦作“哑巴吃黄连，有苦说不出”。

明人不做暗事。

【注释】《古今小说·李秀卿义结黄贞女》。

【鉴赏】明朝弘治年间，南京应天府上元县有个黄公，以贩线香为业。他有两个女儿，长女道聪已嫁人，幼女善聪妻子亡故后没处安顿，便女扮男装带在身边。黄公在庐州做生意，不想害了病，两年之后去世了。善聪将父亲的棺木寄放在城外古寺之中，想自己一个年幼孤女往来江湖不便，就与间壁客房中贩香的客人李英结为异姓兄弟，合伙做生意。几年之后，善聪手头宽裕了，便同李英商量要把父亲的灵柩运回家中。他们二人雇了船只，不一日便到南京，找了空房停顿灵柩。然后善聪与李英告别，直奔姐姐道聪家。进门后，由于善聪是男装打扮，姐姐都认不出她了。于是善聪便把几年来发生的事和男装打扮的缘由一一告诉姐姐。当她提到与李英合伙做生意，共同一处多年，姐姐便说："男女相处许多年，一定配为夫妇了。自古明人不做暗事，何不带顶髻儿？还好看相。"本句意为光明磊落的人不做欺瞒人的事。

秀才口，骂遍四方；和尚口，吃遍四方；媒婆口，传遍四方。

【注释】《古今小说·李秀卿义结黄贞女》。

【鉴赏】李英得知善聪是女扮男装的女子后，便央媒婆到善聪的姐姐家求亲。但善聪坚持不允，说若嫁给他，会招人嘲笑，毁了自己七年来的贞节。此时，作者指出天下只有三般口嘴，极是厉害：秀才口，骂遍四方；和尚口，吃遍四方；媒婆口，传遍四方。原来做媒的有几样厉害本事："东家走，西家走，两脚奔波气常吼。牵三带四有商量，走进人家不怕狗。前街某，后街某，家家户户皆朋友。相逢先把笑颜开，惯报新闻不待叩。说也有话也有，指长话短舒开手。一家有事百家知，何曾留下隔宿口？要骗茶，要吃酒。脸皮三寸三分厚。若还羡他说作高，拌干涎沫七八斗。"本句极形象地刻画出了秀才、和尚、媒婆三种人的特征。

得意浓时休进步，须防世事多番复。

【注释】《古今小说·闹阴司司马貌断狱》。浓时：程度深。进步：得寸进尺。番复：反复无常。

【鉴赏】南宋和尚晦庵曾作一首《满江红》，劝人乐天知命。词曰："扰扰劳生，待足何时是足？据见定，随家丰俭，便堪龟缩。得意浓时休进步，须防世事多番复。枉教人白了少年头，空碌碌。谁不愿，黄金屋？谁不愿千钟粟？算五行，不是这般题目。枉使心机闲计较，儿孙自有儿孙福。又何须采药访蓬莱？但寡欲。"本句意为得意洋洋时，不要再得寸进尺，而须防世事反复无常。

世间屈事万千千，欲觅长梯问老天。

【注释】《古今小说·闹阴司司马貌断狱》。屈事：冤屈的事情。问老天：向天伸冤。

【鉴赏】《闹阴司司马貌断狱》讲述东汉灵帝时，蜀郡益州秀才司马重湘大闹阴司，判断冤狱的故事。入题前，作者先谈乐天知命的道理，劝说世人万事莫逃乎命，假如命中所有，自然不求而至；若命里没有，枉自劳神。接着他便指出："世间屈事万千千，欲觅长梯问老天。休怪老天公道少，生生世世宿因缘。"本句意为世间冤屈的事太多了，大家都想向天伸冤。

理胜者为强。

【注释】《古今小说·闹阴司司马貌断狱》。

【鉴赏】司马重湘写诗说“我若作阎罗,世事皆更正”。结果惹恼了阎罗王,让七八个小鬼把他抓到森罗殿前。司马重湘听说上面坐着的便是阎罗王,心中大喜,叫道:“阎君,阎君,我司马重湘久欲见你,吐露胸中不平之气,今日幸得相遇。你贵居王位,有左右判官,又有千万鬼卒,牛头、马面,帮扶者甚众,我司马重湘只是个穷秀才,孑然一生,生死出你之手,你休得把势力相压,须是平心论理,理胜者为强。”本句重湘指出论理,即理胜的人是强者,而不能以势欺人。

天道以爱人为心,以劝善惩恶为公。

【注释】《古今小说·闹阴司司马貌断狱》。心:本心。

【鉴赏】阎罗王与司马重湘争辩说:“寡人忝为阴司之主,凡事皆依天道而行,你有何德能便要代我之位?所更正者何事?”重湘此时开始诉说自己心中的不平之气:“阎君,你说奉天行道,天道以爱人为心,以劝善惩恶为公。”本句意为天道把爱护人民作为本心,而以劝勉善行惩戒恶行为公道。这表明重湘心中的天道是高尚、公正、值得信赖的。

色欲乃忘身之本。

【注释】《古今小说·任孝子烈性为神》。色欲:喜好女色的欲念。

【鉴赏】《任孝子烈性为神》入题先引一首词云:“参透‘风流’二字禅,好姻缘作恶姻缘。痴心做处人人爱,冷眼观时个个嫌。闲花野草且休拈,赢得身安心自然。山妻本是家常饭,不害相思不费钱。”著者指出这首词讲的是色欲乃忘身之本,为人不可苟且。本句意为好女色的欲念是不顾一切的本源,告诫世人不可因贪恋女色而忘记做人的原则。

捉奸见双,捉贼见脏。

【注释】《古今小说·任孝子烈性为神》。

【鉴赏】南宋光宗朝绍熙元年,临安府川广生药铺主管任珪娶城内梁公之女梁圣金为妻。任珪笃实本分,早出晚归忙于生意,家中只有双目失明的老父,圣金嫁给他后心中不乐,埋怨父母将她嫁到江干,离家路远。原来圣金未嫁之前,与对门周待诏之子周得有奸,二人暗约偷情,街坊邻里无人不晓。梁父梁母无奈只得把她嫁到江干,以防别人谈论是非。不想在圣金每日眉头不展之际,周得竟找上门来,于是二人又不断暗中往来,还诬陷任父对圣金动手脚。任珪是个大孝子,知此情况后,便将父亲托给姐姐,自己去找周梁二人算账。临行前,他将此事一一告诉药铺的张员外。张员外劝他说:“你且忍耐,此事须要三思而行。自古道:‘捉奸见双,捉贼见赃。’倘若不了事,枉受了苦楚。”本句意谓控告他人犯法必须有足够的证据。亦作“拿奸拿双”。

吏肃惟遵法,官清不爱钱。

【注释】《古今小说·沈小霞相会出师表》。吏肃:做官严正。

【鉴赏】明嘉靖戊戌年,浙江绍兴人沈𫔎中进士,除授知县之职。沈𫔎有文经武纬之才,济世安民之志。他自幼仰慕诸葛孔明的为人,将其《前出师表》、《后出师表》手抄数百遍,贴在居室中。每逢酒后,便高声背诵,念到“鞠躬尽瘁,死而后已”往往长叹数声,大哭而止。人们因此都叫他是狂生。沈𫔎共做了三任知县,他为官“吏肃惟遵法,官清不爱钱。豪强皆敛手,百姓尽安眠。”本句赞扬沈𫔎做官严正,遵守法令,不贪钱财。

《警世通言》名句

势不可使尽，
福不可享尽，
便宜不可占尽，
聪明不可用尽。

——《警世通言》

早潮才罢晚潮来。

【注释】《警世通言·苏知县罗衫再合》。

【鉴赏】唐代大诗人白居易，在杭州钱塘江观潮时，曾写下四句诗：“早潮才罢晚潮来，一月周流六十回。不独光阴朝复暮，杭州老去被潮催。”《苏知县罗衫再合》引用诗的首句入题，一方面暗示杭州美不可言的秋景令人流连忘返，另一方面引出本篇小说的主人公杭州府才子李宏。

钱塘潮自古便以其浩大的声势、撼人的力量、澎湃的浪涛吸引了无数游客。而白居易的诗句又给它增添了浓厚的文化意蕴。提及杭州，以钱塘潮入笔，并借用大诗人白居易的诗句入题，体现了作者深厚的文化功底和良好的文学素养。

酒是烧身焇焰，色为割肉钢刀。

【注释】《警世通言·苏知县罗衫再合》。焇焰：火苗。

【鉴赏】书生李宏虽胸藏锦绣，腹隐珠玑，但时运不济，连试三科均未中第。时值深秋，他心怀抑郁，命童子收拾书囊行李，买船渡钱塘江，去严州访友。船驶出江口，李宏推窗向外看，见秋江风景如画，江口有一座小亭，匾额曰：“秋江亭”。他让船家把船靠在亭边，独自上岸，见山水相接，江天一色，心中很高兴，于是叫童子拂净桌椅，焚起一炉香，取出瑶琴横在桌上，弹了一曲。曲罢，他抬眼发现墙壁上有许多留题，字迹不一。独有一处连直带草，很特别，起身一看，却是一首词，名《西江月》，是说酒色财气四样的坏处。其中提到本句，说酒是烧身的火苗，女色是割肉的钢刀。李宏认为这并非确论，“人生在世，酒色财气四者脱离不得。若无酒，失了祭享宴会之礼；若无色，绝了夫妻子孙人事；……”本句对酒色的评论确失公允，只有结合李宏的评论，才算完善。

劝君休饮无情水，醉后教人心意迷。

【注释】《警世通言·苏知县罗衫再合》。无情水：指酒。心意迷：失去理智。

【鉴赏】酒色财气四女因书生李宏作《西江月》为她们解冤，特拜谢他，并让他选择一名无过之女，作为褒奖，奉陪枕席。李宏不肯，说自己有志攀月中丹桂，无心恋野外闲花。四女听后劝他道：“妾等乃巫山洛水之俦，非路柳墙花之比。汉司马相如文章魁首，唐李卫公开国元勋，一纳文君，一收红拂，反作风流话柄，不闻取讥于后世。况佳期良会，错过难逢……”李宏被说得心猿意马，难以把持，便询问哪位是无过之女。黄衣酒女首先自诩，并作一首《西江月》道：“善助英雄壮胆，能添锦绣诗肠，神仙造下解愁方，雪月风花玩赏。好色能生疾病，贪杯总是清狂，八仙醉倒紫云乡，不羡公侯卿相。”此时红衣色女怒目圆睁，柳眉倒竖,认为黄衣酒女重己轻人。她做一首诗指出酒的坏处:“平帝丧身因酒毒,江边李白损其躯。劝君休饮无情水,醉后教人心意迷。”此言虽有片面性,但亦不乏合理之处,它教导人们勿饮酒过量,以免失去理智。

只愁不养,不愁不长。

【注释】《警世通言·苏知县罗衫再合》。

【鉴赏】明永乐年间,北直隶涿州人苏云一举登科,除授浙江金华府兰溪县大尹。凭限到日,他携夫人郑氏拜别老母与兄弟,登途赴任。一路乘船,驶到仪真县附近,因货物太重,船又年久失修,船开始漏水,无奈只得另外租船。恰好强盗徐能包用的山东王尚书府的大船无人租用,被苏云看中。他令下人把家眷及货物搬运上船,欲乘顺风驶到兰溪。不想上了黑船,被徐能之徒在黄天荡打劫,自己被捆绑好投入江中,夫人郑氏亦被徐能带走,欲娶为妻。后郑氏在仆人朱婆帮助下逃出魔窟,并在尼姑庵中产下一子。因庵中不能留小孩儿,郑氏只能忍痛让老尼姑将爱儿弃在路边柳树之下,希望有善心的人能将儿子抚育成人。

徐能知道郑氏逃跑后,便去寻找,打算把她抓回来,恰巧路过柳树,听到孩子的啼哭。他已年近四十,膝下并无子息,上前见这孩子相貌周正,便不再寻找郑氏,而欢喜地抱着孩子回家了。写到此处,著者引俗语“只愁不养,不愁不长”,略叙此儿的成长历程。本句一方面表明时光飞逝,孩子迅速成长;另一方面暗示父母养育儿女的艰辛。通俗小说中引用类似的俗语,增强了小说语言的趣味性,使其达到口语化的目的。

大海浮萍,也有相逢之日。

【注释】《警世通言·苏知县罗衫再合》。浮萍:水面浮飘不定的藻类。

【鉴赏】前面所提苏云之妻郑氏,逃脱徐能的魔掌后在慈湖泥庵,一住十九年,从不出门。一天,她对镜观看,发现自己面庞已旧,不觉潸然泪下。心想:“杀夫之仇未报,孩子又不知生死?就是那时有人收留,也不知落在谁手?住在何乡?我吃了这几年安逸茶饭,打扰庵中,心中过意不去。不如出外托钵,一来帮贴庵中,二来顺着仪真这一带,也好打听孩儿的下落。常言道‘大海浮萍,也有相逢之日’,或者天可怜,有近处人家拾得,母子也可相会。”本句意为大海中飘浮不定的水草,也有相遇的日子。用在此处,比喻郑氏对母子相会寄予很高的希望,但她又觉得这种机会实在太渺茫,真实地反映了郑氏矛盾复杂的心情。

相识满天下，知心能几人。

【注释】《警世通言·俞伯牙摔琴谢知音》。

【鉴赏】春秋战国时，晋国上大夫俞伯牙奉晋主之命，到楚国修聘。返归途中，遇雨在一崖下躲避，时值中秋，雨过天晴之后，月明如昼，风恬浪静，他焚香操琴，欲弹一曲，以遣情怀。不想，曲犹未终，指下琴弦断了一根。伯牙怀疑有人偷听，遣左右搜查。恰岸上樵夫钟子期说："小子并非奸盗之流，乃樵夫也。因打柴归晚，值骤雨狂风，雨具不能遮蔽，潜身岩畔。闻君雅操，少住听琴。"伯牙惊异荒山之野有听琴之人，遂邀子期上船，重整断弦，先奏高山之乐，继之以流水之音，子期从琴声中知道了伯牙的心事。伯牙为之感动，说："子期若不见弃，结为兄弟相称，不负知音契友。"子期说："大人乃上国名公，钟徽乃穷乡贱子，怎敢仰报，有辱俯就。"伯牙感慨万千，以本句答之，说"相识满天下，知心能几人？下官碌碌风尘，得与高贤结契，实乃生平之万幸。"恰道出了伯牙内心的孤独感，真是高山流水，知音难觅啊！一生之中，能有腹心相照、声气相求、恩德相结的朋友，实属幸事。

土居三十载，无有不亲人。

【注释】《警世通言·俞伯牙摔琴谢知音》。土居：世居。意谓在一个地方住久了，周围自然都是亲友了。

【鉴赏】前面提到俞伯牙与钟子期拜为兄弟，二人相约明年同期故地重逢。但伯牙并未如约见到子期，他抚琴欲惊动知音，却发现商弦中有哀怨之声。于是待天明，梳洗整衣，携琴去寻找子期。他沿樵径，走了数十里，来到一谷口前，发现有南北两路，不知该走哪条，只好坐在石头上少憩，待有识路之人询问。恰有一老翁路过，只见他髯垂玉线，发挽银丝，箬冠野服，伯牙忙上前问路。老翁介绍说："两集贤村中，有一二十家庄户，大抵都是隐遁避世之辈。老夫在这山里，多住了几年，正是'土居三十载，无有不亲人'。这些庄户，不是舍亲，就是敝友。"老人引本句，意在表明自己世居此处，周围自然都是相识的亲友，那么就可以帮助伯牙访友。伯牙闻得此语，心里很高兴，便和盘托出寻找钟子期之事。

势不可使尽，福不可享尽，便宜不可占尽，聪明不可用尽。

【注释】《警世通言·王安石三难苏学士》。势：权势。

【鉴赏】《王安石三难苏学士》开篇用四句诗"海鳖曾欺井内蛙，大鹏张翅绕天涯。强中更有强中手，莫向人前满自夸。"奉劝天下人虚己下人，勿自满自夸。接着又举"四不尽"俗语进一步强调权势不可过度使用，福禄不可过分享受，便宜不可过量占有，聪明更不可全部用尽。这表明著者认为做人要有分寸，凡事不可过，过犹不及。俗语中有许多话富于哲理，乃世人丰富的生活经验之总结，本句即是明显的例子。

强中更有强中手，莫向人前满自夸。

【注释】《警世通言·王安石三难苏学士》。

【鉴赏】古人道“谦受益，满招损。”骄傲自大是人前进途中最大的障碍。《警世通言》昭示世人强者之中有更强的人，千万别在世人面前自满自夸。本句虽是俗谚，但蕴含深刻哲理，迄今仍有极深的借鉴意义。

宁可蒙懂而聪明，不可聪明而蒙懂。

【注释】《警世通言·王安石三难苏学士》。蒙懂：糊涂不明。意谓用尽聪明而陷入蒙懂，不如由蒙懂转而变得聪明。

【鉴赏】前面提及“四不尽”俗语说“聪明不可用尽”。本句又指出人宁可由糊涂变得聪明，也不可聪明用尽反而陷入糊涂不明之态。这是著者阅经沧桑人世悟得的真谛，表明了他深刻的思想和卓越的见识。

见不尽者，天下之事；读不尽者，天下之书；参不尽者，天下之理。

【注释】《警世通言·王安石三难苏学士》。不尽：不完。参：参悟。

【鉴赏】《警世通言》中记录了大量警戒世人，精简练达的名言。本句指出看不尽的是天下的事；读不尽的是天下的书；参不尽的是天下的理。既然如此，那么聪明便不可被用尽。这准确地概括出了世间之通理，暗示下文所要表达的观点。

聪明了一世，蒙懂在一时。

【注释】《警世通言·王安石三难苏学士》。蒙懂：糊涂。

【鉴赏】本篇欲说东坡与王安石之事，先以“四不尽”俗语作引子、提及东坡，说他是古来第一聪明之人。下文不言苏东坡聪明之事，笔锋一转，指出他聪明了一世，懵懂在一时。这句话承上启下，既表明了苏东坡的聪明才智，又引出下文王安石三难苏东坡。而“聪明一世，糊涂一时”也成为谚语流传至今。

惜衣有衣，惜食有食。

【注释】《警世通言·王安石三难苏学士》。本句意为爱护衣服，就常有衣服穿；珍惜食物，就常有食物吃。

【鉴赏】《警世通言》提及“福不可享尽”时，引俗语“惜衣有衣，惜食有食”作为理论依据，指出只有爱护衣服，才常有衣服穿；珍惜粮食，才常有食物吃，并举晋太尉石崇为例，揭露他豪奢挥霍的生活方式，终导致身首异处的下场。

勤俭节约是中华民族固有的美德。《警世通言》亦不忘提醒世人过节俭的生活。

经一失，长一智。

【注释】《警世通言·王安石三难苏学士》。失：失误。智：见识。

【鉴赏】宋神宗时，苏轼官拜翰林学士，在宰相王安石门下。王安石很看重他的才华，东坡亦恃才自傲，颇多讥诮。后王安石恶其轻薄，将他左迁湖州刺史。三年任满，苏轼返京，拜谒王安石。他在待见之时，发现砚台下有一首未完成的《咏菊》诗，很好奇，想："昔年我在京为官时，此老下笔数千言，不由思索。三年后，情况就不同了。正是江淹才尽，两句诗不曾终韵。"念了一遍，觉得此诗很不对劲。"西风昨夜过园林，吹落黄花满地金。"他认为菊花应傲霜独放，而不会落英缤纷，于是补了后两句诗反驳王安石道："秋花不比春花落，说与诗人仔细吟。"王安石读罢，知其不晓得黄州菊花落瓣，但又心中踌躇，觉得苏轼虽遭挫折，轻薄之性未改。他密奏皇上，将苏轼迁为黄州团练，以使他到黄州看落菊。苏轼不明就里，只知改诗触怒王安石，遭此贬谪，心中颇有怨气。他在黄州登山玩水，饮酒赋诗，不觉将近一年。这日重阳节已过，突起大风，连刮数日，风息后，苏轼与友陈季常往后园观菊，待到菊棚下却见满地铺金，枝上无一朵菊花。苏轼蓦地想起王安石《咏菊》诗，于是恍然大悟，羞愧难当。他对陈季常说：我刚被贬谪时，只道荆公摘我短处，公报私仇。谁知倒是我错了。我们今后应切记，不可轻易说人笑人，正所谓"经一失长一智"啊！苏轼以自己的亲身体验证明人不可随便说笑别人，应从失败中汲取教训。

千虚不如一实。

【注释】《警世通言·王安石三难苏学士》。

【鉴赏】王安石曾两挫苏轼少年之锐气，又恐苏轼不服，遂对他说："左右二十四橱，书皆积满。但凭子瞻于左右橱内上中下三层取书一册，不拘前后，念上文一句，老夫答下句不来，就算老夫无学。"东坡心下惊异，便拣灰尘多处，任抽书一本，翻开中间，随口念一句："如意君安乐否？"荆公接口说："窃已啖之矣。"正是原句。王安石取过书，问苏轼："这句书怎么讲？"苏轼不曾详细看过此书，只猜想可能是唐人讥则天武后称薛敖曹为如意君，而这样下句又无法解释。因有前两次经历，他不敢在王安石面前胡乱应付，只心中想："不要惹这老头儿。千虚不如一实。"苏轼此言意即自己的答案并不确实，那么与其胡乱猜想，不如承认自己的无知。这句话从另一方面反映了做人应踏踏实实，不可妄自尊大。

恶而知其美，好而知其恶。

【注释】《警世通言·拗相公饮恨半山堂》。恶：前一“恶”音(wù)，讨厌；后一“恶”音(è)，坏处。好：(hào)喜爱。

【鉴赏】在谈及人品的真伪问题时，《拗相公饮恨半山堂》开篇即引一首唐诗曰：“周公恐惧流言曰，王莽谦恭下士时。假使当年身便死，一生真伪有谁知！”这里用周公与王莽两位历史人物的行为证明鉴别人品真伪，必须做到：讨厌他也要了解他的优点，喜欢他亦应看到其不足之处。否则周公的善行得不到张扬，王莽的恶行得不到揭露，世间众人良莠混杂，无法辨识。

不可以一时之誉，断其为君子；不可以一时之谤，断其为小人。

【注释】《警世通言·拗相公饮恨半山堂》。以：因为。断：断定。谤：诽谤。

【鉴赏】王莽是西汉平帝之舅，他为人奸诈，相国威权，有篡汉之意。但恐人心不服，便折节谦恭，尊礼贤士，假行公道，虚张功业，待天下人均称道其功德时，他知人心归己，乃自立为君，共十八年。而周公有圣德，辅武王伐纣，助成王立朝。当管蔡散布流言，毁之欲篡权时，他辞掉相位，避居东国。因而，《警世通言》著者总结：日久见人心，盖棺论始定。我们不能因为众人一时的赞扬，就断定一个人是君子；也不能因为众人一时的诽谤之言，就断定一个人为小人。本句告诫世人，看人应从全面的观点出发，一分为二地考察其品行，切不可片面认识，以偏概全。

毁誉从来不可听，是非终久自分明。

【注释】《警世通言·拗相公饮恨半山堂》。

【鉴赏】《警世通言》著者从王莽的事例中看出，日久方能见得人的真心，遂做了一首诗云：“毁誉从来不可听，是非终久自分明。一时轻信人言语，自有明人话不平。”这句话表明诋毁与赞誉均不可轻信，只有时间才能证明一切。世间的是是非非在时间的淘洗之下均会现出本来面目。

宰相腹中撑得船过。

【注释】《警世通言·拗相公饮恨半山堂》。

【鉴赏】宋神宗与宰相王安石相知，共同倡导新法。安石专听小人吕惠卿之言，斥逐忠良，拒绝直谏。结果惹得民怨沸腾，天变迭兴。但他性子执拗，不肯回头。一日，其爱子王雱病故，安石悲痛欲绝，请天下高僧超度亡灵，四十九日斋醮完毕后，他焚香送佛，忽然昏倒在拜毡上，直到五更方醒。醒后荆公向妻子诉说梦里儿子规劝他放弃新法。夫人也乘机劝安石急流勇退。于是王安石上表章，告病辞职。此时，天子风闻外边议论，也有厌倦之意，遂同意他的请求。

临行之时，荆公安顿亲吏江居不要声张，以免引起诸多不便。江居说：“相公隐藏了身份到民间去，假如途中小辈不识高低，诋毁相公，怎么办？”王安石说：“‘宰相腹中撑得船过。’从来人言不足恤：言吾善者，不足为喜；道吾恶者，不足为怒。只当耳边风过去便了，切莫揽事。”此处引这句俗谚有双关之意，一方面王安石本身即是宰相，他这么说可以认为是自称；另一方面本句又喻指王安石度量很大，不计较琐碎的得失。

言吾善者，不足为喜；道吾恶者，不足为怒。

【注释】《警世通言·拗相公饮恨半山堂》。

【鉴赏】本句出处，上条已提及。它表明了王安石豁达的人生态度及对毁誉的宽容与理解，也告诫后人应冷静地对待他人的毁誉之辞。

家丑不可外扬。

【注释】《警世通言·俞仲举题诗遇上皇》。

【鉴赏】汉武帝元狩二年，四川成都府秀士司马相如与邹阳枚皋为友，二人同到临邛县令王吉处游玩。盘桓几日，谈话间提及本处巨富卓王孙，遂一同去游览卓家的园林。卓王孙的女儿卓文君聪慧过人，姿态出众，琴棋书画无所不通。卓王孙久闻相如大名，又见他丰姿俊雅，很是敬重，于是留他在园中瑞仙亭居住。文君得知后，心有所动，又闻得相如清亮的琴声，遂移步瑞仙亭与之相见。二人月下畅谈，颇投心意。但相如乃一介穷书生，文君料想父亲一定不会答应，只好与相如月下从后园私奔。卓员外闻讯，骂道：“相如是文学之士，为此禽兽之行！小贱人，……不闻父命，私奔苟合，非吾女也！”他想把此事告官，但又觉家中丑事不可张扬出去，遂作罢。此言表达了卓王孙“哑巴吃黄连，有苦说不出”的感受。

如贫得宝，如暗得灯，如饥得食，如旱得云。

【注释】《警世通言·李谪仙醉草吓蛮书》。

【鉴赏】李白游长安应举，与贺知章相知，遂寄居贺宅，每日饮酒谈诗。逢会试之日，他一笔挥就首先交卷，不想却被考官杨国忠、高力士屈批卷子。贺知章知其中缘由，劝李白等待时机明年再试。忽一日，番使赍国书到，玄宗宣翰林学士拆开番书，发现不识一字。满朝文武传阅后，也无人晓得。天子龙颜大怒，喝骂朝臣：“此书识不得，将何回答、发落番使？却被番邦笑耻，欺侮南朝，必动干戈，来侵边界，如之奈何！敕限三日，若无人识此番书，一概停俸；六日无人，一概停职；九日无人，一概问罪。别选贤良，共扶社稷。”贺知章时任内翰，回家后，将此事述于李白。李白冷笑着说：“可惜我去年不曾及第为官，不得与天子分忧。”贺知章知李白识得番书,忙上奏天子,请求给李白赐官,迎他入朝。天子正愁眉不展,得才子李白恰解燃眉之急。他见到李白,如贫穷时得到宝贝,暗夜里获得明灯,饥饿时得到食物,干旱时获得云朵。这一连串排比式的比喻,竭力表现出李白此刻的重要性和天子所处的为难境况。

侮人还自侮,说人还自说。

【注释】《警世通言·李谪仙醉草吓蛮书》。侮:侮辱。说:说人坏话。

【鉴赏】李白长安应试,被杨国忠、高力士二人屈批卷子后,曾立誓:“久后吾若得志,定教杨国忠磨墨,高力士与我脱靴,方才满意。”后他因识得番书,受天子宠信。天子令李白以番语回复番书,李白便说入试春闱时,遭杨、高二人遣逐,神气不旺,只有让杨国忠与臣捧砚磨墨,高力士与臣脱靴结袜,臣意气始得自豪,举笔草诏,口代天言,方可不辱使命。杨、高二人知李白恃天子一时宠幸,报复前仇,但又不敢违抗圣旨。这正应了此处所引俗语:侮辱别人就是侮辱自己,说别人坏话就是说自己坏话。

石卵不敌,蛇龙不斗。

【注释】《警世通言·李谪仙醉草吓蛮书》。意谓双方强弱悬殊,不能对抗。

【鉴赏】玄宗令李白回复番书,李白手不停挥,须臾就写好了一份字画整齐的吓蛮书。书中说:“大唐开元皇帝,诏谕渤海可毒,自昔石卵不敌,蛇龙不斗。”这句话以石卵和蛇龙为喻,显示了二者巨大的差异,意在向番使表示双方强弱显而易见,番国是无法与大唐抗衡的。虽是国书,李白却大胆地用俗语表达对番国的藐视之意,既通俗易晓,又显示了大唐的声威。

彩云易散,皓月难圆。

【注释】《警世通言·钱舍人题诗燕子楼》。彩云:美丽的云彩。皓月:皎洁的月亮。

【鉴赏】唐宪宗朝礼部尚书张建封做官年久,奏请归田养老,宪宗敕他节制武宁军事。建封爱才好客,闻武宁有妓关盼盼,才色双绝,便专宠之,并在府第之侧,择佳地建“燕子楼”使其居住。他治政之暇,轻车潜往,与盼盼绮窗唱和,指花月为题,绣阁论情,对松筠为誓。二人歌笑管弦,情爱方浓。不幸“彩云易散,皓月难圆”。建封染病而亡,独留盼盼于燕子楼。本句借景抒情,表达了著者对建封与盼盼的同情。他们二人的欢乐时光如美丽的彩云般迅速散去,而一朝分别,如皎洁的月亮难再重圆。

访民瘼于井邑，察冤枉于囹圄。

【注释】《警世通言·钱舍人题诗燕子楼》。民瘼(mò)：百姓的痛苦。井邑：百姓的居所。囹圄(líng yǔ)：监狱。

【鉴赏】皇宋二叶之时，中书舍人钱希白，久居中书省，意欲一历外任，皇帝除他节制武宁军。希白领旨赴任。下车之日，他整顿严肃规章条例，在百姓住处暗访人民的痛苦，在监狱中核查冤假错案，并亲自耕种，劝农归田，宽仁惠爱，教育顽劣之人。本句对仗工整，音韵和谐，夹于四字句之间，增强了全句的节奏感。明清小说语言极为精巧，既吸收了散句的长处，又融合了骈句的韵律，是骈散结合的典范。

举目方知宇宙宽。

【注释】《警世通言·钱舍人题诗燕子楼》。

【鉴赏】上条提到的钱希白，听政月余，节届清明，百姓奉业守约，廉谨公平。他因此得暇日，独步东阶，闲游园圃。只见园里："幽亭雅榭，深藏花圃阴中；画舫兰桡，稳缆回塘岸下。莺贪春光时时语，蝶弄晴光扰扰飞"。希白喜不自胜，纵意游赏，忽发现有危楼飞槛，映远横空，景致壮观。他举目仰视，见画栋下的牌额上题有"燕子楼"三字，便知是当年张建封宠关盼盼之处，于是径直上楼，看见："画栋栖云，雕梁耸汉，视四野如窥目下，指万里如睹掌中。遮风翠幙高张，蔽日疏帘低下。移踪但觉烟霄近，举目方知宇宙宽。"此句描绘了希白登楼后极目远眺的感受，从侧面反映了燕子楼的高耸入云。

巧媳妇煮不得没米粥。

【注释】《警世通言·范鳅儿双钟重圆》。

【鉴赏】南宋建炎四年，金兵渡过黄河，攻陷两浙。闽地虽未遭兵火，但适逢荒年。建州一带，斗米千钱，民不聊生。而国家又值用兵之际，粮饷催逼很紧，官府只顾上供，顾不得民穷财尽。此处，著者引本句，指出百姓已无钱粮维持生活，更无法缴纳官府。为了躲避官府的鞭笞逼勒，他们只好纷纷逃入山间，相聚为盗。本句亦做"巧妇难为无米之炊"，是流传甚广的俗谚。

真人面前说不得假话。

【注释】《警世通言·一窟鬼癞道人除怪》。

【鉴赏】绍兴十年间，秀才吴洪在临安府求取功名，时运未至，一举不中。他没有盘缠，又羞归故里，于是在今时州桥开一个小小学堂度日，亏得街坊相助，一年多后，已稍有积蓄。邻舍王婆以做媒为生，欲将小娘子李乐娘说与吴洪，恰遇李乐娘的房东陈干娘路过，遂三人一同商量见面事宜。此处，王婆引俗语“真人面前说不得假话,旱地上打不得拍浮”要陈干娘保证见面时间和地点的确凿。本句常用来指在熟悉情况的人面前不必说骗人的话。

人心似铁,官法如炉。

【注释】《警世通言·一窟鬼癞道人除怪》。这句话意思是任你心如铁石坚顽,也逃不出洪炉似的法律。

【鉴赏】秀才吴洪,怀疑自己的妻子是鬼变的,为了证实他的猜想,他到妻子李乐娘从前的住所察看,发现主人陈干娘家有十字竿儿封着门,一盏官灯挂在门前。上面写着“人心似铁,官法如炉”。原来陈干娘已在一年前溺死,官府处理了她的家宅。本句是官府的威慑之语,表明了法律的铁面无情。封建时代,法律有时是依人行事,其效力并不能完全发挥,官府用这些精炼的话语发号施令,警戒人心。

随你官清似水,难逃吏滑如油。

【注释】《警世通言·金令史美婢酬秀童》。这句话意谓官员虽清白仍不免受属下的欺骗。

【鉴赏】苏州府昆山县人金满,少时读书不就,用银子捐了个令史,在本县户房为吏。这年五月,吏房要各吏抓阄经管财务收支。这是个肥缺,一吏轮管两季,任凭县主随便点。众吏见有利可图,都想要管,而县主屡次点人都不肯服,于是只好呈报上司批准,在六房中选择家道殷实老成无过的官吏当堂抓阄。虽然如此,但决定权仍在吏房,这叫官清私暗。金满思量着谋这个美差,所以找到门子王文英,托他与吏房令史刘云助自己抓阄,酬谢自不必说。抓阄之日,刘云按吏、户、礼、兵、刑、工的顺序,挨次写好名单,呈给知县相公,因吏部人不在数内,故金满便是名单上的第一人,而他上去抓阄时,门子王文英已做下暗号,于是金满便得此肥缺。写到这里,著者大加感叹,指出清官有时也难逃脱属下小吏的欺骗。这反映了封建时代官场的黑暗现实。

有理言自壮,负屈声必高。

【注释】《警世通言·金令史美婢酬秀童》。负屈:受冤枉。

【鉴赏】昆山县户房令史金满得到经管财务收支的肥缺后,恰逢知县备办公宴,他忙碌一夜,天明查点时,发现库中少了四锭元宝。各处搜寻,均不得见。于是只好变卖家产,补充亏空。他正纳闷间,家中小厮秀童喝得半醉从外面回来。金满想起夜间秀童曾进出几次,传递东西,便怀疑是秀童所为。他连夜唤阴捕拿贼,并将秀童带到城外僻静处拷问。秀童本是清白之人,遭此冤枉,便大声哭喊起来。著者为了叙明这种情况,引本句指出:有理的人声音必定很雄壮,受冤枉的人声音必定很高亢。

国正天心顺,官清民自安。

【注释】《警世通言·金令史美婢酬秀童》。国正:国政清明。天心:天下的人心。

【鉴赏】金满任库吏期间,银子失盗,但经查实并非家中小厮秀童所为。于是他任期满后,继续暗中查访。恰有老门子陆有思偶然看见邻居胡美和卢智高夜间在家中偷偷将一大锭银子的锭边敲下来,待天明问时,答话鬼祟不肯承认。金满带人抓捕胡卢二人,卢智高见状,只得承认盗库的事实。于是金满禀明知县相公,收回赃物,惩治盗贼。昆山县人无不拍手称快,这便是"国正天心顺,官清民自安"。本句意为国家政治清明,天下的人心归顺,官员奉公廉节,州县的百姓安定。

世上之物,少则有壮,壮则有老。

【注释】《警世通言·小夫人金钱赠年少》。

【鉴赏】四川成都府华阳县人王处厚,年近六旬,一日他对镜照面,发现须发中已有银丝,于是感慨万千,作了一首诗云:"谁言今古事难穷?大抵荣枯总是空,算得生前随分过,争如云外指溟鸿!暗添雪色眉根白,旋落花光脸上红。惆怅凄凉两回首,暮林萧索起悲风。"《警世通言》著者读罢此诗,也感叹道:世上的人,有少年就有壮年,有壮年就有老年,这是古来的常理,人人都免不了。本句通俗地概括出了人生的自然规律,明白易晓,简洁顺畅。

不可以一时之得意,而自夸其能;亦不可以一时之失意,而自坠其志。

【注释】《警世通言·钝秀才一朝交泰》。坠:丧失。

【鉴赏】《钝秀才一朝交泰》以一首《西江月》入题:"蒙正窑中怨气,买臣担上书生;丈夫失意惹人轻,总入荣华称庆。红日偶然阴翳,黄河尚有澄清。浮云眼底总难凭,牢把脚跟立定。"说明人穷困通达是有时限的,不能因为一时得意,就夸耀自己的才能;也不能因为一时失意,就失去宏伟的志向。

阿谀人人喜,直言个个嫌。

【注释】《警世通言·钝秀才一朝交泰》。阿谀(ē yú):趋奉。嫌:讨厌。

【鉴赏】明天顺年间,福建延平府将乐县给事马万群之子马德称忠厚老实,文章盖世,名誉过人。时值乡试之年,友黄胜、顾祥邀他到书铺中买书。见书铺隔壁有个算命店,牌上写着:"要知命好丑?只问张铁口!"德称说:"此人名为'铁口',必肯直言。"买完书,便走到间壁,请张先生给他算命。张先生直言不讳说德称二十二岁这年运势不好，官煞重重，不但破家，亦防伤命。若能过得三十一岁，便还有五十年荣华。但只怕一丈宽的水缺，双脚跳不过去。黄胜、顾祥听罢这不祥之言，欲打骂张先生。德称竭力劝阻，才算了事。著者此处评论道"阿谀人人喜，直言个个嫌。"意在提醒人们应正确对待逆耳忠言。

早成者未必有成，晚达者未必不达。不可以年少而自恃，不可以年老而自弃。

【注释】《警世通言·老门生三世报恩》。达：通达。自恃(shì)：自以为是。

【鉴赏】《老门生三世报恩》入题引一达者之言曰："买只牛儿学种田，结间茅屋向林泉，也知老去无多日，且向山中过几年。为利为官终幻客，能诗能酒总神仙；世间万物俱增价，老去文章不值钱。"著者对末句"老去文章不值钱"进行评价，指出：成就功名的早晚，全在乎命，有早成，也有晚成。早年成功名的人未必终身有成就，晚岁通达的人未必一生都不通达。所以不能因为年少而自以为是，也不能因为年老而自暴自弃。本句告诫世人不要受年龄制约正确对待成功。

只愁堂上无明镜，不怕民间有鬼奸。

【注释】《警世通言·老门生三世报恩》。堂上明镜：官员断案像明镜般透彻。鬼奸：各种奸巧鬼诈之人。

【鉴赏】明正统年间，广西桂林府兴安县秀才鲜于同，在兴安知县蒯遇时选拔下，六十一岁中二甲进士。他做了六年京官，正待升任知府。恰遇蒯公在浙江台州府仙居县的公子蒯敬共与豪户查家争坟地，遭查氏冤枉。鲜于同自请任台州知府，到任后，暗中查知查家走失一小厮，赖蒯敬共打死，要提蒯公子上堂。他表面佯装不知，对查家散布的谣言也不理不问，只密差捕快缉访查家小厮，两个多月后在杭州捕得。于是鲜于同知府当堂审明小厮之事与蒯家无关。他又亲自踏勘两家坟地疆界，平息纷争。最后薄罚查家，详申上司，两家都心服口服。著者写到此处，情不自禁道："只愁堂上无明镜，不怕民间有鬼奸。"可见在封建时代，官员断案若如明镜般洞察一切，那么民间各种奸巧鬼诈之人就会得到应有的惩罚。

树荆棘得刺，树桃李得荫。

【注释】《警世通言·老门生三世报恩》。树：种植。荆棘：有刺植物。

【鉴赏】鲜于同知府办好蒯公子的案子后，给蒯遇时封书，告知详情。蒯遇时闻讯，又想起鲜于同为京官时竭力为自己上下周旋之事，心中大喜，想"树荆棘得刺，树桃李得荫"。本句意为种植荆棘会遭刺伤，种植桃李会得荫蔽，表明蒯公对鲜于同有知遇之恩，而鲜于同也不忘知恩图报。民间亦有“种瓜得瓜，种豆得豆”与此句相表里。

柳树上着刀，桑树上出血。

【注释】《警世通言·计押番金鳗产祸》。比喻种因于此，而得果于彼。

【鉴赏】大宋徽宗朝有个官人叫计安，他与妻子开一个小酒店，店中雇用一个叫周三的外乡人。后来周三便入赘计家与计安的独生女庆奴成亲，但一年之后，计安无法忍受周三的懒惰，便告官休掉他。不久媒婆又给庆奴说了戚青做婿，只因戚青年纪大，不合庆奴心愿，二人终日吵闹不休。爹娘无法，再次休掉戚青。戚青无奈，每日喝醉酒，便来计安门前骂。有一日，他指着计安说：“看我不杀了你这狗男女不信。”这是伏笔，正应了“张公吃酒李公醉”，“柳树上着刀，桑树上出血”，两句俗谚。原来，周三杀了计安夫妇，戚青却因一句话白送了性命。本句暗示了后面发生的事情，为戚青之死做下铺垫。

大胆天下去得，小心寸步难得。

【注释】《警世通言·赵太祖千里送京娘》。

【鉴赏】宋太祖赵匡胤当初未“发迹变泰”时，曾在太原清油观救下被响马张广儿、周进劫夺的女子京娘。他欲送京娘重归故土，但在此观中做道人的叔父赵景清恐因此生事，劝他说：“贤侄，此事断然不可。那强人势大，官司禁捕他不得。你今日救了小娘子，典守者难辞其责。再来问我要人，教我如何对付？须当连累于我！”赵匡胤说：“大胆天下去得，小心寸步难行。俺赵某一生见义必为，万夫不惧。”本句表明了赵匡胤无所畏惧的精神和见义勇为的气魄。

养儿待老，积谷防饥。

【注释】《警世通言·宋小官团圆破毡笠》。

【鉴赏】明正德年间，苏州府昆山县有一户居民宋敦、卢氏靠祖上遗下的田产度日。夫妻二人均年过四十，却没曾生得一男半女。一天，宋敦对卢氏说：“自古道‘养儿待老，积谷防饥’。你我年过四旬，尚无子嗣。光阴似箭，眨眼头白。百年之事，靠着何人？”本句意谓养儿子是为了防止年老时无人照应，积蓄粮食是为了防备饥荒。宋敦引此俗语表明他对自己无儿养老的忧虑。此言亦作“养儿防老，积谷防饥。”

价一不择主。

【注释】《警世通言·宋小官团圆破毡笠》。

【鉴赏】上条所提之人宋敦与挚友刘有才同往苏州阊门之外的陈州娘娘庙

敬香求子嗣。二人焚香礼拜后,酬谢了庙祝,化纸出门,各自称谢道别。宋敦要往娄门乘船归家,忽听得墙下有人呻吟,上前一看,原来庙垣之侧搭了个矮矮的芦席棚,中间卧着个有病的老和尚,恹恹欲死。宋敦动了恻隐之心,旁边也有人劝他做个好事,为这个老和尚施舍一口薄棺。于是宋敦请人带他到附近陈三郎的棺材店,为老和尚买棺材。陈三郎听说宋敦的行为,只要了他棺材本钱一两六钱银子,但宋敦身上所带不够,他想向刘有才去借,又担心找不到他。况且宋敦觉得"价一不择主",万一有别的主顾添些价钱,把这副棺材买去了,他就失信于老和尚了。于是他拿出身边所有的银子,又脱下新做的洁白湖细道袍一起递给陈三郎。此处引言意指价钱是一概不挑买主的,谁出的钱多谁就是买主。

常将有日思无日,莫待无时思有时。

【注释】《警世通言·桂员外途穷忏悔》。

【鉴赏】元朝大顺年间,江南苏州府吴趋坊人施鉴,五十余岁得子施济。施鉴一生谨厚志诚,治家勤俭,偏儿子施济乐善好施,周贫恤寡,以豪侠出名。他见儿子挥金不吝,担心日后家财散尽,便秘密将黄金、白银埋藏在地窖中,以等将来授与儿子。写到此处著者笔锋稍顿,说从来财主家往往如此,这就是:"常将有日思无日,莫待无时思有时。"本句意为经常在有钱时想想没钱时的难处,不要到没钱时才想到有钱时的好处。有时也作"宁当有日思无日,莫待无时思有时。"

人心不足蛇吞象。

【注释】《警世通言·桂员外途穷忏悔》。

【鉴赏】上条提到施济是乐善好施之人,他常周贫济寡。父亲去世后,施济四十得子,故要出三百金给庙中修盖殿宇还愿。他正欲同寺中主僧商量修殿之事,忽闻得剑池边有哭泣之声,上前询问,才知街坊桂富五因欠债被人索尽家产,落得妻离子散,走投无路,欲投池自尽。施济大惊,见他可怜,当下把三百两银子借他使用,后来还将自家桑枣园及周围田地借给他维持生活。恰一日,桂富五与妻子在桑枣园的一棵大银杏树下挖出一千五百两银子。于是夫妻二人偷偷在外乡置办产业,准备日后发达了,一并搬过去。这一切施家并不知情。施济的妻子严氏素来同桂富五的妻子孙大嫂亲如姐妹,两家还欲结成儿女亲家。但当正式提及此事时,孙大嫂却以儿女年幼推脱。原来孙大嫂觉得自家已今非昔比,而施家又为仁不富,所以想另攀高门。著者写到此处,满腔怒火,引本句指责孙大嫂贪得无厌。当初贫困之日,求且于人,如今发迹了,反而嫌贫爱富。

别人求我三春雨,我去求人六月霜。

【注释】《警世通言·桂员外途穷忏悔》。三春雨:三春时节,经常下雨,比喻容易。六月霜:六月飞霜,十分罕见,比喻十分困难。

【鉴赏】施济死后,桂富五乘机全家搬至会稽居住,而严氏带子施还却因经营不善,只能艰难度日。幸好在施济同窗好友支德的帮助下还能勉强维持生活,后偶然有人提起桂富五造化发财,良田美宅,何止万贯。想起父亲与桂公当年之事,施还便与母亲严氏商量去会稽求助。但当施还寻到桂员外府时,不料桂富五只字不提当年之事,还说:"足下来意,我已悉知,不必多言,恐他人闻之,为吾之羞也。"施还无奈,只得告辞。本句一语点破现实,指出别人求自己容易,自己求别人难。"三春雨"与"六月霜"两个比喻,深刻精警,恰切醒人。

行得春风,指望夏雨。

【注释】《警世通言·桂员外途穷忏悔》。喻行好心,希望有好报。

【鉴赏】却说施还回去告知母亲后,还想桂员外必定有难处,对他母子二人也会有个交代。那桂员外却在孙大嫂的挑唆下准备不再理会施还了。于是施还再去时,守门的推三阻四不肯给他传达,再多催促,却佯佯地走开了。施还又羞又怒,高声大骂:"我施某也不是无因至此的,'行得春风,指望夏雨!'当初我们做财主时节,也有人求我来,却不曾这般怠慢人!"此句比喻行好心希望得到好报,表明施还此番来求桂员外是因为前施好心,欲求回报。

蝮蛇口中草,蝎子尾后针,两般犹未毒,最毒负心人。

【注释】《警世通言·桂员外途穷忏悔》。蝮蛇、蝎子:毒虫。两般:两样。负心:忘恩负义。

【鉴赏】施还一心想为母亲讨回从前借给桂员外的三百两银子。次日清晨,他又守在桂宅门外。须臾,桂员外从庭前乘马而出,用鞭指着他说:"你远来相投,我又不曾担阁你半月十日,如何使性气恶言辱骂?本欲从厚,今不能矣。"接着让仆从给施还两锭银子说:"这二锭银子也念你先人之面,似你少年狂妄,休想分文赍发。如今有了盘缠,可速回去。"施还再想开口,桂员外已扬鞭飞去了。著者在此点评桂员外指出蝮蛇和蝎子的毒都不算毒,忘恩负义才是世间剧毒。

有志妇人,胜如男人。

【注释】《警世通言·赵春儿重旺曹家庄》。

【鉴赏】《赵春儿重旺曹家庄》入题引四句诗道"东邻昨夜报吴姬,一曲琵琶荡客思;不是妇人便可近,从来世上少男儿。"这是赞美妇人的篇章,雅致精巧。

《警世通言》著者是雅俗共赏之人，下面他又引本句胜赞出类拔萃的女子。封建时代妇女的社会地位极低，生杀予夺的权力掌握在男子手中，而历代又都有出色的女子，她们的所为胜过一般男子。

败子回头便作家。

【注释】《警世通言·赵春儿重旺曹家庄》。作家：做成好人家。

【鉴赏】扬州府城外曹家庄的曹太公，有一子唤作曹可成，人才出众，百事伶俐，却专门穿花街，串柳巷，吃风月酒，用脂粉钱。他与本地名妓赵春儿情投意合，山盟海誓，欲娶其回家，却奈太公在堂，不敢就做。忽一日，太公病笃，唤可成到床头叮嘱道："我儿，你今三十余岁，也不为年少了。'败子回头便作家！'你如今莫去花柳游荡，收心守分。"太公此言劝可成浪子回头，重振家业，与妻子共同做成好人家。

逢人且说三分话，未可全抛一片心。

【注释】《警世通言·杜十娘怒沉百宝箱》。

【鉴赏】明万历年间，京城名妓杜十娘与当朝李布政之子李甲相遇。二人才子佳人，风流年少，朝欢暮乐，终日相守。一年有余，李甲钱财贻尽，老鸨见状冷眼相待，但十娘一往情深，欲随李甲从良。后李甲在朋友的资助下用三百两银子为十娘赎身，并带着她离开京城。途中乘舟，李甲遇他舟公子孙富，此人生性风流，惯向青楼买笑，红粉追欢。他听到十娘的歌声，又偷窥十娘的靓容，当下魂荡心摇，难以自禁，遂与李甲攀谈，共叙闲话。言谈间孙富劝李甲抛弃十娘，携金归家。李甲本心惧怕父亲，自己又是个没有主意的人，孙富一席话说得他将信将疑，犹豫不决。著者此处替李甲担心，恐他落入孙富设下的陷阱，所以说"逢人且说三分话，未可全抛一片心"。这也提醒我们遇到生人说话要有分寸，应保持高度警惕性。

不贪花酒不贪财，一世无灾无害。

【注释】《警世通言·王娇鸾百年长恨》。花：指女色。

【鉴赏】《王娇鸾百年长恨》开篇便以一首词提醒世人"天上乌飞兔走，人间古往今来；昔年歌管变荒台，转眼是非兴败！须识闹中取静，莫应乖过成呆。不贪花酒不贪财，一世无灾无害。"古人认为世间诸般不幸，均由酒色财气引起，若想一世无灾害，须得远离酒色，且不贪财。

春到人间万物鲜。

【注释】《警世通言·王娇鸾百年长恨》。

【鉴赏】明朝天顺年间，王娇鸾与周廷章以诗唱和，定下终身大事。不想周廷章因父疾回吴江后，另娶魏氏美女为妻，不复与娇鸾联系。娇鸾思之心切，作诗十首托人寄给周廷章。其中有一首云："春到人间万物鲜，香闺无奈别魂牵；东风浪荡君尤荡，皓月团圆妾未圆。情洽有心劳白发，天高无计托青鸾。衷肠万事凭谁诉？寄与才郎仔细看。"本句写春到人间后万物复苏，生机勃勃的景象，以反衬娇鸾形单影只，无以为寄的心情。

受人之托，忠人之事。

【注释】《警世通言·王娇鸾百年长恨》。

【鉴赏】周廷章与王娇鸾诗词唱和，往来密切，娇鸾的侍女明霞便穿梭于后园之间为二人传递消息。一日，廷章久候明霞不见，忽撞到卫卒孙九。他赏给孙九青蚨二百买酒吃，并托孙九将题诗寄给衙府中的明霞。孙九受了别人的委托，尽量把事办好，第二天一大早，就觑了个空儿，将此诗寄予明霞。这正应了著者所言"受人之托，忠人之事"。本句亦含有不能轻易违背诺言之意。

呷得三斗醋，做得孤孀妇。

【注释】《警世通言·况太守断死孩儿》。醋：比喻酸苦之水。意思是寡妇须吃得苦中之苦。

【鉴赏】明定德年间，南直隶扬州府仪真县有一人，叫丘元吉。他家道殷实，娶妻邵氏，姿色出众，且有志节。夫妻恩爱相重，未有子嗣，元吉却先染病亡故。当时邵氏只有二十三岁，她立志守寡，终身永无他适。但毕竟孤孀不是好守的。因而著者引本句极言守寡者之难。

志比精金，心如坚石。

【注释】《警世通言·况太守断死孩儿》。精金、坚石：都比喻坚定不移。

【鉴赏】《况太守断死孩儿》讲的是诱引寡妇失节的事情。因而著者在入题前铺排了风月场中的各种情事。其中有一种便是男不慕色，女不怀春，志比精金，心如坚石，没来由被旁人拨弄，设圈设套，一时失了把柄，堕其术中，事后悔之无及。本句以精金、坚石为喻，强调此类男女意志坚强，不易动摇。

赌近盗，淫近杀。

【注释】《警世通言·况太守断死孩儿》。意指赌输了钱易起盗窃之心；有淫心易起杀害之意。

【鉴赏】上所谈之邵氏，本一心替夫守志，不想受到小厮得贵的引诱，春心摇荡，失了分寸。二人暗中来往，邵氏还产下一私孩。得贵受懒汉支助之骗，将死孩子交给他，结果邵氏又遭支助勒索。她愤怒之极，想到自己本为夫守节，一切全因得贵而起，害了她一生的名节。恰得贵此时推门而入，仇人相见，分外眼红，邵氏举刀便向得贵劈去，因恼怒之中，力气倍增，得贵登时血流如注，性命呜呼。邵氏也着了慌，忙寻绳引颈受套，自缢而亡。著者看这一对奸夫淫妇片刻便魂归东西，大有感慨，想到俗语，“赌近盗，淫近杀。”本句意为赌博输光了容易引起人的盗窃之心，淫乱败露了容易引起人的杀害之心。

斩草除根，萌芽不发。

【注释】《警世通言·万秀娘仇报山亭儿》。

【鉴赏】万秀娘死了夫婿，同哥哥一起回娘家，途中遭强盗抢劫，哥哥和家人亦被杀害。强盗头子苗忠见她有几分姿色，便把她留作压寨夫人。秀娘为了能逃出性命报仇，几次三番用甜言蜜语哄骗苗忠。一日，她正哄苗忠让她看苗忠两条腿上朱刺的文字，恰巧被二强盗焦吉听到。焦吉觉得苗忠的真实身份已经泄漏，他便要苗忠杀掉秀娘。这种做法便是“斩草除根，萌芽不发；斩草若不除根，春至萌芽再发。”本句比喻除恶务尽，才能杜绝后患。

士矜才则德薄，女炫色则情放。

【注释】《警世通言·蒋淑真刎颈鸳鸯会》。士：指男子。矜(jīn)：自夸。炫：炫耀。放：放荡。

【鉴赏】《蒋淑真刎颈鸳鸯会》讲述蒋淑真喜欢炫耀姿色，放荡不堪，结果害死邻家阿巧和前夫李二郎，而自己亦因与朱秉中偷情被继夫张二官杀死。著者从这个故事总结出“士矜才则德薄，女炫色则情放”。本句意即男子自夸才能，那么德行必浅薄；女子炫耀姿色，那么情爱必放荡。

有过则改之，未萌则戒之。

【注释】《警世通言·蒋淑真刎颈鸳鸯会》。萌：露头。

【鉴赏】本篇结尾处，著者鞭挞了蒋淑真放荡的行为，并表达了自己美好的愿望：“惟愿率土之民，夫妇和柔，琴瑟谐协，有过则改之，未萌则戒之，敦崇风教，未为晚也。”本句意为有过错就要马上改正，没有出现苗头就要预先警戒。《警世通言》著者通过这篇故事，提醒世人要以此为诫，端正自己的行为，过安居乐业的生活。

《醒世恒言》名句

眼孔浅时无大量，
心田偏处有奸谋。

——《醒世恒言》

天下无有不散的筵席。

【注释】《醒世恒言·徐老仆义愤成家》。

【鉴赏】本句比喻欢聚的人总有离散的一天。自古以来，人生苦短，聚少散多，人们在欢聚的时刻，便意识到了别离的危机，所以常借酒宴表达聚时的欢乐与离时的痛苦，“筵席”亦成了欢聚的代名词。

履霜坚冰，其渐久矣。

【注释】《醒世恒言·隋炀帝逸游召谴》。履霜坚冰：因踩霜而知快要结冰。其渐久矣：一切事都是渐渐形成的。

【鉴赏】《易经·坤卦》曰：“履霜坚冰至。”本句化用之，意为地上踩着霜，就是天气快要更寒冷，要结冰的象征；比喻一切事都是逐渐而来，事先有它一定的征兆的。《隋炀帝逸游召谴》讲述隋炀帝杨广骄奢淫逸，穷兵黩武最终招致灭亡的事情。本句出自隋帝国即将崩溃之时矮民王义的谏言，他指出天下大乱的局势，这是日积月累，逐渐形成的。

有其人则有其神。

【注释】《醒世恒言·独孤生归途闹梦》。

【鉴赏】唐德宗贞元年间，洛阳进士独孤遐叔上京赴殿试，因考卷谈及德宗曾经落难之事，故未被录取。他归家后，无颜面对娇妻白行简的女儿白娟娟，整日惘怅不已。而家中已无资粮，夫妻二人衣食无着。娟娟劝丈夫访求亲友，以寻资助。于是遐叔奔西川节度使韦皋处去求助。他途中路过巫山，在长江中遥望山上的神女庙，想起了楚襄王与巫山神女的故事，于是暗暗祷告：“神女既有精灵，能通梦寐。乞为我特托一梦与家中白氏妻子，说我客途无恙，免其思念。”此处，作者引俗语“有其人，则有其神”，为下文做铺垫，暗示独孤遐叔虔诚的祷告后来果然通过巫山神女在其妻白氏身上应验。

铁怕落炉，人怕落套。

【注释】《醒世恒言·独孤生归途闹梦》。套：圈套。

【鉴赏】白娟娟想丈夫一去三年，杳无音讯，不知是否途中有难，她放心不下，便独自收拾行李出洛阳去寻夫。走到巫山神女庙，天色已晚，便留宿庙中，夜晚梦见神女向她述说丈夫独孤遐叔所托之言。并告知她丈夫已东归，不日便可至家，让她回家安心等候。白娟娟晨起，料想梦中之事并非谎言，于是收拾行装赶赴家中。她一路上心情愉快，遍览路旁景致，不觉天色已晚，离阳门还有二十余里。她只好趁着月光，快步向家走去。不料忽遇前面一群洛阳轻薄少年，见她姿容出众，娇艳万分，便拥着她去龙华古寺赏桃花。白氏不肯，但这帮人拥的拥、推的推，无论她如何挣扎也没用。此处著者评论道："铁怕落炉，人怕落套。"意为铁落入炉火中，人落入圈套中，都是无法挽救的事，表明白氏此时处于无可奈何之境。

眼孔浅时无大量，心田偏处有奸谋。

【注释】《醒世恒言·两县令竞义婚孤女》。心田：内心。

【鉴赏】南唐江州德化县知县石璧在任期间，粮仓失火，损失官粮千余石，他无法赔偿，抑郁成病，数日而亡，遗下一女儿月香和她的养娘。本县百姓贾昌曾受过石璧之恩，他从牙婆手中买下月香和养娘，养在家中权做报恩。贾昌之妻却容不下月香和养娘，她把贾昌寄给月香的东西都收起来，还让她们二人做婢女。趁贾昌外出之时，贾婆甚至把月香和养娘赶入下人的房间。她妒忌月香，担心贾昌贪图美色，抛弃自己，于是她决定把月香和养娘偷偷卖掉。著者对贾婆这种做法实在气愤，所以指责她："眼孔浅时无大量，心田偏处有奸谋。"本句意为目光短浅的人没有大的度量，内心偏私一定有奸邪谋略。

人不可貌相，海水不可斗量。

【注释】《醒世恒言·卖油郎独占花魁》。

【鉴赏】卖油郎秦重被花魁娘子瑶琴的美貌打动，想去娼家会见瑶琴，但他小本生意，并无积蓄容得这般奢侈。他下定决心，每日积一点钱，以凑足见瑶琴的费用，时光流逝，转瞬已一年有余。一日下大雨，秦重没有去做生意，而将自己日积月累的一大包银子拿出来。这些碎银子零星凑集，连秦重自己也不知确切数目，他心中高兴，便打了个雨伞，到对门银铺中，借天平兑银子。那银匠见秦重是个卖油的，心中轻视他，但又见秦重打开银子包，有许多散碎银子，便另做一番想法"人不可貌相，海水不可斗量。"本句意为不能凭外貌判断一个人，就像不能用斗来测量海水一样，表明银匠见秦重有如此多的钱很惊讶。

得闭口时须闭口，得放手时须放手。

【注释】《醒世恒言·小水湾天狐贻书》。

【鉴赏】《小水湾天狐贻书》说唐玄宗朝长安人王臣与野狐的事情。著者在正故事前，先讲了一小段黄雀衔环的故事做引子，劝世人"得闭口时须闭口，得放手时须放手。若能放手与闭口，百岁安宁有八九。"本句意为可以宽恕别人的地方就尽量宽恕别人。

眼见方为是，传言未必真。

【注释】《醒世恒言·钱秀才错占凤凰俦》。

【鉴赏】西洞庭山有一富庶人家，主人高赞有一儿一女。女儿秋芳资性聪明，美艳非常，十二岁书史皆通，写作俱妙。高赞见女儿模样出奇，人又聪明，不肯将她许配给寻常之辈，一定要拣个读书君子，才貌双全的配她，聘礼的薄厚倒不计较。于是媒人四处宣扬说高家女子美貌聪明，情愿赔钱出嫁，只要择个风流佳婿。而那些富家子弟，略有才貌者便蜂拥而至，央媒人说合。高赞每次见了都不满意，后来她便传话让年轻子弟亲自登门造访，合意者一言两决。著者此处评论道："眼见方为是，传言未必真。试金今有石，惊破假银人。"本句表明高赞只相信亲自见面，不相信媒人传言。

《儒林外史》名句

钱到公事办，

火到猪头烂。

——《儒林外史》第十三回

将相神仙，也要凡人做。

【注释】《儒林外史》第一回。意谓特殊人物，也是从一般人成长起来的。

【鉴赏】这是《儒林外史》开篇楔子《蝶恋花》中的一句，全词云：“人生南北多歧路，将相神仙，也要凡人做。百代兴亡朝复暮，江风吹倒前朝树。功名富贵无凭据，费尽心情，总把流光误。浊酒三杯沉醉去，水流花谢知何处。”

此诗以楔子中的这首《蝶恋花》统领全书，亦是作者吴敬梓对于世相人情、功名富贵的精辟见解。

貌似不可一世、高不可攀的将相神仙复又如何？也只不过是凡夫俗子罢了。纵观世间桑沧、兴衰成败，历史长河中的功名富贵、煊赫名流都只不过是缥缈一粟，最终只能付诸东水。

通过此词亦可见吴敬梓那浓烈的叛逆性，鄙弃琐屑世俗，蔑视外在功名。现实中的他毁家迁居，辞避征辟不就是最好的诠释吗？

百代兴亡朝复暮，江风吹倒前朝树。

【注释】《儒林外史》第一回楔子中的《蝶恋花》。

【鉴赏】纵使将相神仙，纵使拥有功名富贵，终将随着世代的更替，时光的消逝，而被江风暮雨所吹散，化为乌有。此句具有一种虚无缥缈、空幻的哲理意韵。从中亦可品味出吴敬梓洞悉人世沧桑、世相百态的清醒的历史观。

自古及今，那一个是看得破的。

【注释】《儒林外史》第一回。

【鉴赏】闲斋老人在《儒林外史序》中指出：“其书以功名富贵为一篇之骨。”即指本书的线索。开篇宗义，作者对功名富贵发出无奈的慨叹。原句为：“世人一见了功名，便舍着性命去求他。及至到手以后，味同嚼蜡，自古及今，那一个看得破的。”

在这儒林群丑图和社会众生相中，“有心艳功名而媚下者；有倚仗功名富贵而骄人傲人者；有假托无意功名富贵自以为高，被人看破耻笑者”。围绕着功名富贵，士人们丑态百出，以毕生精力孜孜以求，但结果只能如楔子中隐括的那样，“功名富贵无凭据，费尽心情，总把流光误”。尽管如此，自古及今，又有几人能看破功名的真谛呢？功名对他们永远都那么有吸引力，使他们演出多少蝇营狗苟、骨肉相残的丑剧。此句包含了作者对于这种摧残人的智慧，腐化人的灵魂，使人堕落、麻木、愚昧的功名的否定和批判。正如闲斋老人所叙：“终乃以辞却功名富贵，品地最上一层，为中流砥柱”。

票子传着倒要去，帖子请着倒不去。

【注释】《儒林外史》第一回。票子，官府派遣差役办事的凭据。帖子，指名帖，古代官宦和士大夫间往来时用以通名报姓。

【鉴赏】此语出自翟买办之口。时知县知道上司危素对王冕的画爱不释手，很想一见，便差翟买办去请，谁知王冕却出人意料地拒绝了，翟买办变了脸道："难道老爷一县之主，叫不动一个百姓么？"王冕道："假如我为了事，老爷命票子传我，我怎敢不去？如今将帖来请，原是不逼迫我的意思，我不愿去，老爷也可以相谅。"翟买办道："票子传着倒要去，帖子请着倒不去，这不是不识抬举了？"

面对常降临祸事的票子，王冕毫不逃避，而对于当时许多人梦寐以求的进身机会，却避而远之。王冕的独行特立，是许多人所不理解的。难怪翟买办大骂王冕"不识抬举"。但这恰恰表现了王冕的光明磊落和淡泊功名的高尚品格。

吴敬梓在楔子中以王冕为中心，构筑理想人格的典范，"嵚崎磊落"的楷模。用王冕的拒召，用他的躲避名利去对照那些对功名趋之若鹜的名利场中的儒林群丑，给予他们以毁灭式的揭露，表达了作家的政治理想、道德理想、人格理想。

灭门的知县。

【注释】《儒林外史》第一回。

【鉴赏】危素对王冕所画二十四幅花卉册页特别青睐。时知县揣摩上意，为了讨好上司，马上差翟买办具帖去约王冕。面对如此"盛情"，王冕却以"吾乃一介农夫，不敢求见，这尊帖也不敢领"而加以拒绝，翟买办变了脸道："如何走到这里，茶也不见你一杯，却是推三阻四，不肯去见，是何道理？……难道老爷一县之主，叫不动一个百姓么？"在旁的秦老汉劝道："王相公，也罢，老爷拿帖子请你，自然是好意，你同亲家去走一回罢。自古道：'灭门的知县'，你和他拗些甚么？"

"灭门的知县"，即指知县可以任意使他所管辖下的百姓家破人亡。既知此中厉害，又"拗些甚么"，言外之意，"拗"的结果只能得个家破人亡的下场。语中充满了无奈。知县是直接统治人民的地方官，在封建社会又被恭维地称呼为"县父母"、"父母官"，而"灭门"二字，就一针见血地戳穿了这层虚伪的面纱，深刻地揭露了封建统治的黑暗。

人逢喜事精神爽。

【注释】《儒林外史》第三回。逢，遇到。爽，明朗，清亮。

【鉴赏】周进是一个用全部生命来博取功名的人,直到六十多岁还是个老童生,受到孙辈秀才梅玖和新"发过"的举人老爷王惠的凌辱。他与姊丈金有余来到贡院,当见到因为自己不是秀才而无权沾边的号板时,长久郁结心头的辛酸、苦楚、屈辱一时迸发,竟一头撞到号板上,后来几个商人出钱替他捐了一个监生的资格。正值宗师来省选录遗才,周进被录了个贡监首卷。当周进看到自己哭的地方时,不觉喜出望外而感到"'人逢喜事精神爽',那七篇文章,做得花团锦簇一般"。

作者用"人逢喜事精神爽"来形容周进在捐得监生后的那种喜悦的精神状态,而这喜事也正是周进毕生所追求的。背负着沉重的十字架而度过大半生的周进在仍为童生时,哪里有"喜事",更不会"精神爽",有的只是自轻自贱,逆来顺受,迂腐懦弱。作者对前期的周进充满了同情,所以作者以"人逢喜事精神爽"使前后期的周进对照鲜明,判若两人,含蓄地流露了作者对其醉心科场、以举业为归宿的鄙夷。

当今天子重文章,足下何须讲汉唐。

【注释】《儒林外史》第三回。

【鉴赏】周进到京会试,中了进士,升了御史,钦点广东学道。在第三场主持南海番禺高县的县考时,有一个童生交卷跪下道:"童生诗词歌赋都会,求老爷出题面试。"学道变了脸道:"'当今天子重文章,足下何须讲汉唐'。……只请用心做文章,那些杂览,学他做甚么!……看你这样务名不务实,那正务自然荒废。"随后令左右将其赶出。

明清统治者为了加强意识形态领域的反动专政,把南宋反动理学家朱熹等人注释的儒学经典定为正统学术。此外,一律蔑称为"杂学"或"杂览"。当然,诗词歌赋也不例外地被斥为"杂览"。

周进此语中的"文章"即指八股文。"汉唐"也就泛指诗词歌赋,即被贬为"杂览"、"杂学"。在周进看来,与举业无关,又"何须讲"呢?

由于科举考试试题规定要取自"四书",议论也要以"四书"章句注为准,不能自由发挥,全篇只许阐发孔孟程朱的议论,不准"有碍于圣贤论",不许改变既定的文风,也就不可能有丝毫个人独立见解。所以那时的儒生完全失去独立思考能力,善于而且只会写"无一字无来历"的八股文,成为一些头脑僵化,迂腐木讷,不学无术的蠢材。

吴敬梓以其严峻犀利的笔锋,对清王朝这种阴鸷卑劣的文化专制进行了有力的鞭笞。

使心用心，反害了自身。

【注释】《儒林外史》第四回。

【鉴赏】“使心用心”即使用坏心对付人家。张静斋盘算僧官家的田，却又不肯出价钱，被和尚几次回绝，便以“和尚妇人大青天白日调情”为由，唆使佃户将和尚与何美之之妻捆到衙门，谁知正值范举人因母亲做佛事，和尚被人拴了，忍耐不得，随即拿了帖子向知县说了。此时范进有了功名地位，其话自然亦有分量，知县放了和尚及何美之之妻。结果张家不仅没有得逞，反而险些将自己栽进衙门，所以僧官道：“使心用心，反害了自身，落得县里老爷要打他庄户。一般也慌了，腆着脸，拿帖子去说，惹的县主不喜欢。”

张静斋当过知县，卸任后又为一方乡绅的权势中人，广有地产、房产，是个殷实的地主，但其贪婪的面目在“和尚”一案中完全暴露。为了自己的私利竟不择手段，诬陷和尚与女人调情。若没有范进的帖子，恐怕其真会得逞。但张静斋毕竟是官场老手，尽管碰到对手，但透过此事，他心中明白，若不与范举人“合力撑起南海半壁天”，他很难不碰壁，所以，对待范进是那样的慷慨，赠银子，送房子，助丧葬，供路费。这恰恰与“使心用心”的贪婪吝啬形成鲜明对比，其虚伪的本质亦暴露无遗。

礼有经，亦有权。

【注释】《儒林外史》第四回。经，常法、常规。权，变通。意为礼教必须遵守，但也可以灵活变通。

【鉴赏】范母的七七之期刚过，范进刚出门谢过孝，张静斋这个熟谙官场老道的乡绅便找上门来，并为范进算了一笔精细账，殡仪、桌席、仪事以及杂用、饮食、破土、谢风水等需三百多两银子。此外，墓志用谁的名，这都是范进难以解决的问题。老谋深算、经验十足的张静斋趁机约范进同行去高要房师汤知县处打秋风。范进碍于礼法，有些犹豫，“极先生厚爱，只不知大礼上可行得”？亦可见其已被“秋风一二”所吸引，有些跃跃欲试。张静斋道：“礼有经，亦有权，想没有甚么行不得处。”张从自己的官场经验出发来变通礼法，这是多么虚伪、多么老练的变通。

按当时礼制，士大夫在父母死后须在家丁忧三年，要穿孝服，不远出，不应考，不作官，不食荤酒，可在张静斋“礼有经，亦有权”的变通下，范进脱下孝服，换上吉服去打秋风。可见，所谓的礼教都是为统治阶级服务，亦可守，亦可变。守制与变通无论多么堂而皇之，都只不过是封建官吏为我所用的权术和把戏而已。“礼有经，亦有权”是儒生为其言行不一的虚伪面目粉饰的托辞，亦暴露了其伪君子的丑恶本质。

晚娘的拳头，云里的日头。

【注释】《儒林外史》第五回。晚娘，后母。意谓躲避不了的事情，形容晚娘的拳头就如云里的日光一样躲避不了。这句俗语是说后母的狠毒。

【鉴赏】王氏病情加重，其正妻的位置即将出现空缺。作为侍妾的赵氏虽急欲补这一空缺，但面临宗法制度和妻党的阻碍，同时赵氏又怕严监生另娶替代王氏。所以，赵氏就在严监生定正妻之前，以柔制胜，让濒死的王氏开口让位。赵氏在病入膏肓的王氏床前哭泣道："我如今只求菩萨把我带去，保佑大娘好了罢。他爷四十多岁，只得这点骨血，再娶个大娘来，各养的各疼。自古道：'晚娘的拳头，云里的日头。'这孩子料想不能长大，我也是个死数，不如早些替了大娘去，还保得这孩子一命。"说得悲悲切切，既表露了自己的心病，又隐约道出希望扶正的心愿。王氏终于被感化，赵氏亦如愿以偿。就在众人祝贺赵氏由"半个主子"升为"正经主子"之际，独处一隅、孤苦寂寞的王氏在喧闹中一命呜呼。由此足可见，在嫡庶等级、妻妾名分统治下人们虚伪的面孔。

我们念书的人全在纲常上做功夫。

【注释】《儒林外史》第五回。纲常：即三纲五常，是儒家用以维护封建等级制度的道德教条。三纲，指君为臣纲，父为子纲，夫为妻纲。五常，指仁义礼智信。

【鉴赏】严监生的妾赵氏每日委人侍奉病重的王氏，终于令王氏首肯让其在她死后扶正做个填房，严监生请来王氏的兄弟，要立个凭据，他们先是"把脸本丧着，不则一声"。当严监生拿出二百五十两银子和一些金银首饰并许诺将来为岳父母修坟时，二位舅爷便义形于色，哭得眼红红的，表示要"趁舍妹眼见，你两口子同拜天地祖宗，立为正室"，并声称"我们念书的人全在纲常上做功夫，就是做文章，代孔子讲话，也不过这个理。"

王氏兄弟此话正如同搬起石头砸自己的脚，明明自己违背了孔教纲常，妻妾之别，嫡庶之妨的礼教，更衬托出王氏兄弟的虚伪贪婪。

伸着两个指头，总不肯断气。

【注释】《儒林外史》第五、六回。

【鉴赏】严监生积劳成疾，一直六天不能说话。晚间挤一屋人，桌上点盏灯，严监生把手从被子里拿出来，伸着两个指头，总不肯断气，众人迷惑不解，只有赵氏心里明白，原来那盏灯里点着两茎灯草，赵氏挑去一根他才断了气。

作者吴敬梓无疑是一位杰出的讽刺大师，严监生的两个指头是《儒林外史》中最为精彩的情节之一。谁都会把一个人临终之事与重要的人或事联想到一起，可作者冷峻的笔锋令人拍手叫绝。对于这个被作者灌注了一定同情和肯定的人物，却是个笨拙的，渺小的，可笑可悲可悯的小人物。

正身以俟时，守己而律物。

【注释】《儒林外史》第七回。正身：心正身修。俟时：等待时机。守己：安守本分。律物：正确看待事物。

【鉴赏】荀玫和梅玖回到坟上县，众人替荀玫摆酒贺学。后来二人拜佛时看到了“薛家集里人观音庵僧人同供奉的周进的长生牌”。在后边堂屋中间墙上又看到了周进写的对联：“正身以俟时，守己而律物。”

对联是周进在薛家集当塾师时所写。当时，周进虽已六十多岁，却仍是一个落拓的老童生，受到孙辈新秀才梅玖的羞辱，更被“发过”的举人老爷王惠所凌虐，可周进执着于八股仕途，幻想有朝一日也能爬上梅玖、王惠那样的位置。多次的科场失败使他养成自轻自贱、逆来顺受的麻木心理。此对联正是当时周进心理的一种表白，他只能用“俟时”、“律物”来慰藉自己，让自己甘于屈辱，安守本分。更具讽刺的是曾耍弄、凌辱周进的梅玖此时却对周学道的牌位长跪不起，还要将联对“揭下来裱一裱，收着才是”。恐怕当年谁也不屑于看这幅对联。通过“寒士伏背授书，穷年矻矻”与“奋臂青云，置身通显”的鲜明对比，不禁让人感受到世态的炎凉和人情的冷漠。

英雄出于少年。

【注释】《儒林外史》第七回。

【鉴赏】范进中进士之后，授职部属，考选御史，后钦点山东学道。周进托其照应学生荀玫，结果荀玫自己考取了。次年录科，荀玫又取了第一，“到省试高高中了”，会试又中了进士第三名，真可谓仕途如意，少年得志，真是英雄出于少年。

“英雄出于少年”，在当时定被许多人所首肯，但细细品味吴敬梓的这句话颇耐人寻味。英雄在此指仕途一帆风顺的荀玫，这时读者心目中的英雄已大打折扣，既不是道德完善、洁身自爱的高人隐士，亦不是路见不平、拔刀相助的侠士，更不是挥毫泼墨、口粲莲花的名士，而只是一心钻营八股、满腹四书五经的酸腐儒生。纵观儒林，八股士子的知识贫乏到了无以复加的地步。一句“英雄出于少年”暗含了吴敬梓对当时文坛的隐忧，讽刺了被名缰利索捆绑得似乞似囚，被科举功名弄得如痴如迷的儒士。难怪在第一回中作者不禁发出了“一代文人有厄”的感慨。

三年清知府，十万雪花银。

【注释】《儒林外史》第八回。意指即使清廉的官吏，做了几年知府，也会积下大量钱财,实指做官就有财。

【鉴赏】南昌府前任蘧太守身老告病,王惠补授,但对于账目公物、文书的交接和盘点的事,迟迟不肯就接。后来,蘧公子表示交出银项,王太守满心欢喜。此时在京待缺囊中羞涩的王太守一再打听"地方人情,可还有甚么出产?词讼里可也略有些甚么通融"?当蘧公子表示其父"历年所积俸金也不过二千金"时,王太守不无失望地说:"可见'三年清知府,十万雪花银'的话,而今也不甚确了。"

对于利欲膨胀的王太守来说,满脑子想的都是怎样搜刮民财,却悟不出蘧公子语中的讽刺意味,使得"全城的人无一个不知太爷的利害,睡梦里也是怕的"。作者虽把镜头对准王惠,但透过一个王太守来影射整个利欲横流的官僚阶层,为我们展示了一幅丑恶、黑暗的封建吏治图画。

盗虚声者多,有实学者少。

【注释】《儒林外史》第十回。

【鉴赏】娄家三公子在船上遇到鲁编修,鲁编修问到故乡的年景,又问近来可有几个有名望的人。三公子便说杨执中是一个品行极高的人,并拿出其诗作送于鲁编修看。鲁编修愁眉道:"老世兄,似你这等所为,怕是自古及今的贤公子,就是信陵君、春申君也不过如此。但这样的人,盗虚声者多,有实学者少。"

此语指那些只有表面声名而缺少真才实学的人。从这句颇具说服力的话中我们似乎看到了一个讲究实学,反对虚声的俊才。但从下文就可明白鲁编修如此评价杨执中的依据是:"他若果有学问,为甚么不中去?只做这两句诗,当得甚么?"原来鲁编修所指"实学"是能够在八股举业上有所作为。所以反对一切诗歌词赋等杂览,把科场的考试标准当成人生的价值标准,其"八股举业"思想标准无孔不入,连其女儿也成了渊博的"八股宿儒"。

从这个把全部生命倾注于有名无实的举业,无所作为的老学究口中说出这句话,令我们悟到,真正盗虚声而少实学者正是这些空洞麻木、思想僵化的酸腐儒生。

谈言微中,名士风流。

【注释】《儒林外史》第十回。谈言微中:指话语简括委婉,恰中事理。名士风流:指魏晋时崇尚的超然脱俗,纵心肆志,恣情任性等风度。

【鉴赏】牛布衣在娄氏兄弟家遇到蘧公子,谈及其父蘧景玉时,牛布衣道:"范学台幕中查一童生卷子,尊公说出何景明的一段话,真乃'谈言微中,名士风流'。"

实际上,当时蘧景玉只是说了一个笑话,是何景明讥讽考官的无知,可是范进连苏轼都不知道，令人啼笑皆非。牛布衣这个盗世欺名、攀高结贵、游手好闲的寄生虫，妄图招摇过市、充当名士，实则与范进是一丘之貉，也未听出蘧景玉的笑话，还妄言名士，附庸风雅，岂知吹捧他人，自己却落得个贻笑后人的下场。

天上神仙府，人间宰相家。

【注释】《儒林外史》第十回。

【鉴赏】星相术士陈和甫一日拜见娄氏兄弟。进到书房，举目一看，见院宇深沉，琴书潇洒，说到："真是'天上神仙府，人间宰相家'。"

"人间宰相家"可以看出娄家富贵华丽。作为相门公子，现任通政的胞弟，荣华富贵自不用说，"天上神仙府"则不免含有陈和甫的溢美之辞及谄媚之嫌。但亦可见娄家确是经过刻意装点过的，"院落深沉，琴书潇洒"，"花瓶罐儿，位置得宜，不觉怡然"。但这以高雅脱俗伪装的外表是娄氏兄弟空虚、猥琐的表现，他们也绝不是自己所标榜的湖州莺脰湖文士之首，而只是举业无成、牢骚满腹的假名士，模仿骚人墨客腔调，故出惊人之语，在身边笼络一批假贤士、假侠客，又由他们把自己点缀成礼贤下士的"豪举"。

此语煞有介事地由陈和甫说出，用来形容这些庸俗无聊的假名士，真可谓吴敬梓的讽刺妙笔。

一鞭一条痕，一掴一掌通。

【注释】《儒林外史》第十一回。

【鉴赏】鲁编修对女儿说："八股文章做的好，随你做甚么东西，要诗就诗，要赋就赋，都是一鞭一条痕，一掴一掌血。若是八股文章欠讲究，任你做出甚么来，都是野狐禅，邪魔外道。"

鲁编修作为一个空洞麻木、思想僵化的老学究、八股宿儒，自然把八股抬到至高无上的地位，认为八股文才是真正的文章，具有高于一切的意义，并且是掌握诗赋的捷径。出于自己科场胜利以及那抑制不住的得意，认为自己精通八股，就可以驾驭其他一切学问，实际上他除了满脑子的四书五经、八股举业外，一无是处，更不用说对诗赋的精通了，鲁编修把完全没有联系的八股文与诗赋联系起来，足以见其迂腐愚讷，却又要毒害自己的女儿，以此论调教育女儿，终于培养出一个丧失女性魅力的八股才女、"女马二"。

好男不吃分家饭，好女不穿嫁时衣。

【注释】此语出自《儒林外史》第十一回，意为不吃现成饭，不穿现成衣。

【鉴赏】蘧公孙招赘鲁府，门当户对，才貌相当，真是个"才子佳人，一双两好"，谁知鲁小姐这个八股才女希望自己的丈夫能够举业有成，可公孙于此事不甚在行，鲁小姐期望落空，面对其母的劝慰，鲁小姐道："'好男不吃分家饭，好女不穿嫁时衣'。依孩儿的意思，总是自挣的功名好，靠着祖、父，只算做不成器。"

此语本有一种自力更生、自强不息的意味，但鲁小姐希望以科场来成就功名富贵，希望走进她生活的是一位期待已久的"少年进士"。这位痴迷的八股信徒，即使有再美丽的容貌，也只像是一个挖去了灵魂的空壳，在那个妇女没有地位的社会，只能是怀才不遇，满腹牢骚。

自挣的功名好。

【注释】此语出自《儒林外史》第十一回。

【鉴赏】鲁小姐与蘧公孙结婚，满怀希望自己的丈夫是个科场有为之人，可公孙令其大失所望，结果这场看似美满的婚姻变得尴尴尬尬，别别扭扭。小姐美貌下掩盖的俗气，公孙"少年名士"掩盖下的"不成器"，都令彼此十分不满，小姐认为："总是自挣的功名好，靠着祖、父，只算做不成器。"

这"自挣的功名"就是通过八股举业来博得功名富贵。鲁小姐一直以举人、进士作为丈夫的标准，受其父鲁编修的影响，已把自己对人生的理解囿于对举业的理解，完完全全是以举业为纲。在这自强的面纱掩盖下，我们似乎看到了鲁小姐那花容月貌下被八股制度所扭曲的灵魂，而矢志不渝地抱着"自挣的功名好"这一信念，并无奈地把自己的全部希望，满腹"学问"寄托在下一代。

老不拘礼，病不拘礼。

【注释】此语出自《儒林外史》第十二回。老，老年人。病，有病的人。拘，拘束、讲究。意为老年人和有病的人都不必拘于礼节、礼法。

【鉴赏】杨执中向娄家公子推荐自己的朋友权勿用，娄公子派宦成去邀请权勿用。权勿用来湖州途中因撞了官轿被张铁臂所救，便带他同来娄府。娄公子赞叹张铁臂的高超武艺，鼓掌道："各位都斟上大杯来"，权勿用辞说："居丧不饮酒。"杨执中道："古人云：'老不拘礼，病不拘礼'。"这就为权勿用居丧饮酒找到很好的借口，这种对其所信奉的礼教的变通与张静斋的"礼有经，亦有权"如出一辙。

封建礼教规定居丧丁忧期间，不饮酒、不吃荤、不远出、不做官等，而权勿用对自己已用"肴馔"，还有自己的一套理论，"古人所谓五荤者，葱韭、芫荽之类，怎么不戒？酒是断不可饮的"。

此时，所谓的礼教在名士口中可以随意变通，而这正是为了掩盖其虚伪的一面，亦是对孔孟之徒居丧尽礼的揭露，吴敬梓以这种冷峻的讽刺，直透人物心态所蕴含的社会本质的丑恶，在其犀利的笔锋下，这些自命清高的名士、高人真可谓“情伪毕露”了。

开弓不放箭。

【注释】此语出自《儒林外史》的第十三回。意谓虚张声势,不把事情讲破做绝。

【鉴赏】蘧公孙的丫头双红被宦成拐走,公孙一怒之下将二人告到秀水县官府,差人想借枕箱一事敲诈公孙,寻了一个老练的差人商议,告诉他如此这般:“事还是竟弄破了好,还是‘开弓不放箭’,大家弄几个钱有益?”被老差人一口啐道:“这个事都讲破?破了还有个大风?如今只是闷着同他讲,不怕他不拿出钱来。”

“开弓不放箭”意谓虚张声势,不把事情讲破。差人只是想借此敲诈公孙一笔钱。这是小人物的卑鄙伎俩,所以又不能说破,只好私下与他讲,这无疑是此种情况下的最好选择,差役尚且如此,官府老爷又如何呢?至此,官府的腐败、吏治的黑暗、差人的贪酷、奸诈鄙陋无须赘言而穷形毕相。

如入宝山空手回。

【注释】此语出自《儒林外史》第十三回。

【鉴赏】蘧公孙把宦成和双红告到官府关在一个差人家中,差人得知双红拿着公孙收王道台的旧枕箱,想利用此事发财,在老差人的一番教训后,又羞又喜,慌跑回来,见宦成还不曾醒来,对他说:“你这呆孩子,只晓得吃酒吃饭,要同女子睡觉,放着这样一注大财不会发,岂不是‘如入宝山空手回’?”

差人此语即指宦成有机会发财却不早下手,这就如同从宝山空手而归一样愚蠢,此语一语点破宦成旧枕箱一事即是一个发财的绝好机会,千万别错过良机。差人那贪婪猥琐、见利忘义的丑态一览无余,更让人想到封建社会的整个官僚机构是何等的腐败黑暗,吴敬梓正是以这种以小见大的笔法来影射整个阴暗的统治阶级。

钱到公事办,火到猪头烂。

【注释】此语出自《儒林外史》第十三回。意为有了钱事情也就迎刃而解了,正如火到猪头烂那样简单。

【鉴赏】差人欲以旧枕箱一事敲诈公孙,便找到马二先生商议,马二先生慌了道:“这个如何了得?”差人道:“自古‘钱到公事办,火到猪头烂’,只要破些银子,把这枕箱买了回来,这事便罢了。”

这句出自差人口中的话集中暴露了封建社会吏治的黑暗,官府衙门贪污成风,世风日下,人心不古。吴敬梓驾驭语言能力如此高超,仅凭差人一句话就让我们透视到了整个封建社会的贪官蠹役的丑态。同时，吴敬梓对马二先生采取了客观的评价，既批判否定其迂腐的一面，又赞扬肯定了其人性中善良的一面，能为朋友慷慨倾囊。

打蛇打七寸。

【注释】《儒林外史》第十四回。意为击中要害，置之于死地。七寸，蛇的要害处。

【鉴赏】明明是差人要借枕箱发财，出价三二百两，却煞有介事地说是宦成手里就像拿了有利的票子，钱少了不肯拿出枕箱，并虚伪地说亏了自己，拿话吓他，宦成才肯免了官司"要几个冲心钱"，差人道："我只愿得无事，落得'河水不洗船'，但要'打蛇打七寸'才妙，你先生请上裁。"

此处差人假托宦成之口勒索，还假意地扮作和事佬在中间调停，要马二先生以钱作为手段早日平息此事。"打蛇打七寸"也就是拿出最有力的武器——金钱，才算击中要害。从一个小小的差人口中，我们确也能看到那个金钱至上的社会。事实证明，差人一语中的，最后是用马二先生的九十二两银子与婚书换得宦成的七十多两银子方才塞住了差人的胃口。

瞒天讨价，就地还钱。

【注释】《儒林外史》第十四回。此句意为要价可以要得很高，但拿钱时得从实际情况出发，能得多少钱就是多少钱。

【鉴赏】差人找到马二先生，说宦成要三二百两银子才肯交出枕箱，马二先生道："我这里将就垫二三十两银子与他，他也只当是拾到的，解了这冤家罢。"差人恼道："这个正合着古语，'瞒天讨价，就地还钱'。"

马二先生所出的三二十两与差人的三二百两相差甚远，差人抓住这个发财的好机会，岂会轻易放过，马二先生的三二十两岂能满足其贪欲，即使我们看到马二先生的善良迂讷，又可见差人的贪婪猥琐。

戴着斗笠亲嘴——差着一帽子。

【注释】这是一句歇后语，见《儒林外史》第十四回。斗笠竹制，用以遮阳蔽雨，戴着斗笠的人无法靠得很近，这里意谓差得很远，无从落实。

【鉴赏】差人不满意马二先生所出的二三十两，恼怒地道："我说二三百两银子，你就说二三十两，'戴着斗笠亲嘴——差着一帽子'。怪不得人说你们'诗云子曰'的人难讲话。"

这句歇后语与前面的"瞒天讨价，就地还钱"都是差人对马二先生极为不满之语。

老鼠尾巴上害疖子,出脓也不多。

【注释】《儒林外史》第十四回,意谓油水太少。老鼠很小,其尾更小,尾巴上害疖子,即使化脓了,也流不出多少脓水来。

【鉴赏】差人妄想借机发财,面对马二先生的二三十两银子,恼羞成怒地说了此语,嫌马二先生给他的油水太少,足以见其贪婪,更通过这一个小人物影射出当时吏治的腐败黑暗。

打开板壁说亮话。

【注释】《儒林外史》第十四回,即指说实话,毫不隐讳。

【鉴赏】马二先生在酒店同差人商议要替蘧公孙赎出旧枕箱,差人却开出三二百两银子的高价,这对马二先生来说的确太高,马二先生百般请求以二三十两赎出,差人道:"老实一句,'打开板壁说亮话',这事一些半些,几十两银子的话,横竖下不来,没有三百,也要二百两银子,才有商议。"

差人刚开始还装作宦成要价,自己想帮忙却心有余而力不足的样子,后来看到马二先生果真像不肯出血的架式,便一怒之下交待了底细,几十两银子是断然不行的。面对为朋友仗义疏财的马二先生的苦苦哀求,差人虽有些感动,但亦无法掩盖其贪婪的本性,此语亦可见一斑。

自古山水尚有相逢之日,岂可人不留个相与。

【注释】此语出自《儒林外史》第十四回。相与:交情。意为作人应讲些交情,留个余地。

【鉴赏】差人的敲诈勒索使得马二先生只得慷慨倾囊,拿出全部的九十二两银子。差人道:"先生,像你这样血心为朋友,难道我们当差的心不是肉做的?自古山水尚有相逢之日,岂可人不留个相与?只是这行瘟的奴才头高,不知可说的下去?"

吴敬梓对马二先生可谓费尽心血,既写出其庸俗迂腐,还写出他所蕴含的人性美,与蘧公孙虽是初交,却不惜罄囊为之销赃弥祸,面对这样的"有意气,有肝胆"的"正人君子",差人亦有些感动,所以只能让步,但仍虚伪地借宦成掩盖自己的贪欲。

有眼不识泰山。

【注释】此语出自《儒林外史》第十五回。比喻自己见识浅,认不出地位高、有名望的人。

【鉴赏】马二先生在城隍上茶室中遇到了做拆字营生的匡超人,马二先生见他乖觉,便与他交谈,当匡超人得知马二先生就是自己手中拿的《三科程墨持运》的编选者时,慌忙作揖,磕下头去,说道:“晚生真乃‘有眼不识泰山’!”

此时的匡超人还是个勤谨纯良的农家青年,在穷途中遇到马二先生,对于这个忠厚诚笃、愚昧朽拙的八股选家甚为崇拜,在其眼中,马二先生就是泰山,就是有名望的人,尤其对于他的“显亲扬名”、“书中自有黄金屋,书中自有千钟粟,书中自有颜如玉”的教导更是佩服得五体投地。通过匡超人对举业的热望,作者又展示了年轻一代所遭受的毒害之深。

士先器识而后辞章。

【注释】此语出自《儒林外史》第十六回。器识,器度和见识。辞章,辞赋文章。此语意为读书人首先要有儒家道德,然后才能谈得上辞赋文章。

【鉴赏】匡超人在家中靠做小生意度日,不幸村中起火,房子被烧,匡二托潘保正在庵旁租了间半房,仍旧白天做生意,晚上读书。知县路过,见深夜苦读,十分赏识,便欲“提拔他”。匡超人县考考了第一,府考了又院考,知县见了学道,就如此“才子”、“孝子”地向学道夸奖匡超人,学道说:“‘士先器识而后辞章’。”

此语就是对匡超人孝养父母、敬事兄嫂、勤学苦读的一种赞扬,亦使我们看到吴敬梓的孝悌观,尽管匡超人后来蜕变为贪图富贵、攀高结贵、道德沦丧的宵小无赖,但对其“孺慕之诚”确是予以极大的肯定和赞扬。

一斗米养个恩人,一石米养个仇人。

【注释】《儒林外史》第二十二回。意谓小恩则感知,大惠反成仇。

【鉴赏】卜老爹因受风寒,不久去世,后事由牛浦陪办。董英来访牛布衣,牛浦假作牛布衣,并让卜家二兄弟热情招待。牛浦送走董老爷,卜信因捧茶被董老爷耻笑而心生怨气,就和牛浦吵开了,并拉他去见官。在县衙门口遇见郭铁笔。卜成道:“郭先生,自古‘一斗米养个恩人,一石米养个仇人’,这是我们养他的不是了。”

此话即指牛浦在接受了卜家如此多的恩惠后,不但不感恩,却反目成仇。其实,牛浦由盗书堕落到盗名,由市井细民堕落到厚颜无耻的无赖,已完全丧失了良知和道义。知道这一点,其知恩不报,啟宠纳侮的卑劣行径也就顺理成章了。作者在写了匡超人之后,又颇费心血地塑造了牛浦这一形象,足以让我们看到在那个势力风习侵染下的社会所造就的“垮掉的一代”。

医家有割股之心。

【注释】《儒林外史》第二十四回。割股:封建社会所宣扬的一种愚孝行为,即割下自己腿上的肉来作药饵，以救治父母的疾病。比喻医生治病救人的心情极其迫切。

【鉴赏】向知县在受理牛奶奶告牛浦谋害其夫一案之日，共审三案。第二案就是“为毒杀兄命事”，胡赖告医生陈安用药使其兄精神失常以至溺水而死，医生辩解所下之药根本就不是吃了该跳河的。向知县道：“这果然也胡说极了，‘医家有割股之心’，况且你家有病，原该看守好的，为甚么放他出去跳河？与医生何干？”

此处知县仅凭一句“医家有割股之心”即下论断，未经任何查证就主观臆断而将二人都赶出去。难怪有下面的将牛奶奶解往绍兴的判决。

家贫不是贫，路贫贫杀人。

【注释】《儒林外史》第二十四回。这是一句俗语。路贫：在旅途中缺短盘费。意思是说人居家生活时，贫穷些并不太可怕，总还可以想出点对付困难的办法；而出门在外举目无亲时遇到穷困境遇才是真正的大难临头，足以让人饥寒交迫走投无路，乃至无法活下去。

【鉴赏】牛浦招赘在安乐黄家。芜湖旧邻石老鼠来借盘缠，牛浦不给，石老鼠揭了他的伤疤。两人揪到了县门口，遇到两个头役，认得牛浦。向头役说明原委之后，头役劝解：“想是真没有盘费了。自古道：‘家贫不是贫，路贫贫杀人。’”

牛浦，一个市井小民，被名利之欲熏心，而且熏得他颠倒迷狂，丑态百出。他的灵魂、人性都被那个老爷世界吞并了。最后，还是头役凑了几百与石老鼠。对他来说，“家贫”不行，“路贫贫杀人”可以。他只剩下厚颜无耻，已丧失了良知，自欺欺世。牛浦之所以这样，有其深刻的社会根源。

公门里好修行。

【注释】《儒林外史》第二十五回。这是一句民间谚语。公门，这里指官衙门。修行，古人对修身实践的说法，一般也指良好的德行。

【鉴赏】一日，鲍文卿父子在去唱戏的路上遇见向老爷。向老爷叫他义子到衙内有话说。在去衙内途中，遇安庆府里的两个书办。书办请求鲍文卿办事，给五百银子。鲍文卿据此推测此事无理，便说：“‘公门里好修行’，你们伏侍太老爷，凡事不可坏了太老爷的清名。”

从这里可以看出鲍文卿最大的呆气是不贪，这也是他的立身之本。碰着嘴唇的不吃，到手边的不拿，坚守着“须是骨头里挣出来的钱才做得肉”这样一个极朴素又高级也艰难的信念。那两个口口声声叫“鲍太爷”，极尽奉承之能事的书办恳求他在向鼎面前说个情，只要答应去说就“先兑五百两银子”却被鲍文卿一番“公门里好修行”的宏论说得毛骨悚然,一场没趣。

无欲则洁,不贪则诚,洁诚至,则其人正矣。所以在作者和向鼎眼里,鲍文卿便成了“傻子精神”的表率。用他们的话就是“君子之风”。

清官难断家务事。

【注释】《儒林外史》第二十九回。这是一句民间俗语。清官:指那些为官清廉、办事公正的官员。这句话是说即使是公正能干的清官,在如同乱麻一般的家庭纠纷面前也无可奈何。

【鉴赏】僧官宴请诸客,正在闲聊以待客人到来之时,龙三出现。其言谈举止荒诞至极。僧官不悦,劝说龙三又不听。龙三道:“老爷,你放心。自古道,‘清官难断家务事’。”僧官急得乱跳。

龙三的滑稽丑态,是真实无奇的世俗生活,是鄙行俗态纷然杂呈之一。它客观地、精确地“摹绘世故人情”。龙三奇装异服,以僧官的太太自居,用“清官难断家务事”肯定自己的“地位”。也只有像这样的人才能做到。这是一种滑稽丑的表现,它总是不自知的,但惟其如此才能无所顾忌地表现出来,是人物天性的自然流露。实际上,这是畸形世态的一种表现。

夫妻无隔宿之仇。

【注释】《儒林外史》第二十九回。这是一句民间俗语,又作“夫妻无隔夜之仇”。意在形容夫妻间关系密切,不论发生什么事情,过去之后都能很快和好如初,不会留下什么怨恨过隙。口语中一般用作调解夫妻矛盾的语言,也常用以指夫妻间特定的亲密关系。

【鉴赏】僧官设宴请客,客未到,于是就在房内闲坐。这时来了一个龙三,他男扮女装,滑稽出奇。僧官不悦,龙三道:“老爷,你又说错了。‘夫妻无隔宿之仇’,我怪你怎的?”

《儒林外史》以描写儒林为主,但市井细民和其他人物也粉墨登场,尽现百态,展示了明清社会广阔复杂的世相世情。像龙三这样的人物,丑态百出,并无深刻的性格内容,敲诈勒索,手法刁钻。“夫妻无隔宿之仇”这样的滑稽之词出自他口正与他身份相符。其实,这正是世风世相的一部分,它的存在,有其深刻的社会原因。

一门三鼎甲,四代六尚书。

【注释】《儒林外史》第三十回。三鼎甲:指科举制度,是状元、榜眼、探花的合称。尚书:官名,执掌政务,位高权重。

【鉴赏】杜慎卿和季苇萧相交,极其投合。二人正谈论杜慎卿纳妾之事宜。

图书店的郭铁笔刻了两方图书来拜见杜慎卿,说:“尊府是一门三鼎甲,四代六尚书,门生故吏,天下都数满了……”

杜慎卿非一般人士,出身名门。“一门三鼎甲,四代六尚书”,本应尽忠尽孝,但他没有人生目的,不效忠皇室,对钦定道路采取一种疏离态度。在自我满足的虚荣中过着空洞无聊的生活。他兼有闲得发腻的纨绔子弟与搔首弄姿的斗方诗人的恶俗和造作。用夸张的风雅来掩饰、代替平凡的庸俗。这种“消极”使他成了一个空洞的零。这与他的家势形成鲜明的对比。这正是一种不露痕迹的“自然讽刺”。

熟读王叔和,不如临症多。

【注释】《儒林外史》第三十一回。王叔和:魏晋间名医,做过太医令,编有《脉经》等书。这里指王叔和的医书,又泛指医学著作。临症:指给人诊病。这句话意思是说,与其熟读医书,不如多给人看病。本意是强调实践的重要。

【鉴赏】鲍廷玺想和杜慎卿借银两。经杜慎卿指引、策划,去找杜少卿。杜少卿听说“这人是先太爷抬举过的”,便热情招待。此时,韦四爷在坐,并请了为娄太爷诊病的张俊民作陪。韦四爷问张俊民:“你这道宜自然着实高明?”张俊明道:“‘熟读王叔和,不如临症多。’”

这句话表面是说,张俊民的医术来自于他丰富的临床经验,但是,实际上暗示了当时满腹经伦、满口仁义道德的读书人,与其读那些“四书”、“五经”,不如躬身实践,医病治人,挽救颓败的世道人心。这种思想,实际上代表着已经处于沉沦状态而又不甘心沉沦的知识分子的苦闷形象。他们不安于旧有的,又找不到合理的新路,来自时代的“生之感受”已使他们具有了某种叛逆冲动,一只脚已跨出了正统规范的门槛。

而今读书的朋友,只不过讲个举业。

【注释】《儒林外史》第三十三回。

【鉴赏】士人迟衡山是个纯正的儒者,讲究实学。他说:“而今读书的朋友,只不过讲个举业,若会做两句诗 ,就算雅极了,放着经史上礼、乐、兵、农的事,全然不问。”当时功名心切的士人们把毕生的精力都倾注于八股举业,四书五经、诸子百家、诗文词赋都被否定,而且被黜为杂学、杂览或“野狐禅”、“匠人之学”,整个文坛都充斥着迂腐、空洞、僵化的腐儒、俗儒。迟衡山是个绝无八股腐儒、风流名士浮嚣之气的儒者。他谨严、勤恳、诚明,讲究实学,是吴敬梓刻画的一个正面人物形象,一个“真儒”。

宜于古而不戾于今。

【注释】《儒林外史》第三十五回。宜:合宜。戾:违反。意思是合于古法而又不违反现实的实际。

【鉴赏】嘉靖三十五年十月初六日,庄征君在午门奉天殿朝拜天子,十一日二次接见。天子问:"这教养之子何者为先?"庄征君因头巾里有个蝎子,头顶心里疼痛,就说:"容臣细思,再为启奏。"天子应允,说道:"先生务须为朕加意,只要事事可行,宜于古而不戾于今罢了。"

这句话是当时社会"道统"与"政统"关系的核心所在。表面看来"道"与"势"达到了统一。朝廷有道,清明尊贤,开鸿博科征辟遗贤。正如皇帝所言"宜于古而不戾于今"。但实际上,"道"与"势"是对立的。因为太保公上奏皇帝,以庄征君"不由进士出身"而不能做"辅弼"。皇帝竟然恩准。其实,庄征君的一句话已透出了"政统"对"道统"的破坏,就是庄征君到了下处,除去头巾,见里面有一个蝎子。笑道:"臧仓小人,原来就是此物!看来我道不行了!"

君子以果行育德。

【注释】《儒林外史》第三十六回。果行:踏实的行为。育德:培养厚德。意思是说君子应该言必信,行必果,以培养自己的道德。

【鉴赏】麟绂镇有位虞秀才,在镇上教书。他儿子也以教书为业,到了中年尚无子嗣,于是夫妇俩到文昌君面前去求。梦见文昌君亲手递一纸条与他,上写着《易经》一句:"君子以果行育德。"当下就有了娠。生下这位虞博士后,太翁谢了文昌,就把这新生儿取名育德,字果实。

虞博士确如其名:育德,朴实敦厚,是"浑雅"的古儒、真儒,是儒家社会中的理想人物。但他那弘扬仁智、振兴礼乐的正宗儒学事业除了获得些自我安慰外,没有给社会带来任何变化。其实,这是一种不计成败的信仰,是中国知识分子源远流长的一个信念,也是中国伦理型文化在古典小说中最有力、最真诚的一次"果行",也因此虞博士未能成为"时代精神传声筒"的当代英雄,倒成了先秦儒风的一个微弱的回声。

千差万差,来人不差。

【注释】《儒林外史》第四十一回。差:错。来人:奉使而来的人。此句意谓与双方不相干的中间人,是没有差错的。

【鉴赏】沈琼枝被强骗做妾。她出逃被官府捉拿。于是,沈琼枝找杜少卿帮助,回来后官差在门口等候。官差想和沈琼枝要钱,于是说:"千差万差,来人不差,我们清早起,就在杜相公家伺候了半日,留你脸面,等你轿子回来,你就是女人,难道是茶也不吃的?"

“千差万差，来人不差”，是极其公允的话。从官差口中说出却蕴藏了极为深厚的意义。因为官差说这句话的意思是和沈琼枝要银两。在封建社会，这似乎已成为不成文的规矩。这里，“千差万差，来人不差”有双层意义。一层是这两个官差确实一直等着沈琼枝，没有差错；另一层是官差办事索取小费是天经地义、毋庸置疑的，这也丝毫没有差错。而后一层意思更能深刻地揭示出封建社会的压迫性、阶级性和腐朽性。

管山吃山，管水吃水。

【注释】《儒林外史》第四十一回。管：负责，经理。山、水：这里并非本义，而用作比喻意义。吃：索取。

【鉴赏】沈琼枝同两个差人出了县门，一路行程，到了黄泥滩。差人问沈琼枝要钱。沈琼枝不给。差人道：“叫我们管山吃山，管水吃水，都像你这一毛不拔，我们喝西北风！”

官差讹诈平民百姓，在封建社会是不成规矩的规矩，而沈琼枝却奇花独放，“管山吃山，管水吃水”的行规在她那里遭到蔑视、唾弃。仅仅一句俗语就能对当时社会窥见一斑。反映了封建社会的没落、腐朽。同时，也预示了人民的反抗意识，暗示了封建社会的命运。

黄的是金，白的是银，圆的是珍珠，放光的是宝。

【注释】《儒林外史》第四十二回。

【鉴赏】汤六老爷是高要知县汤奉的叔父，以此为由他极尽吃喝嫖赌之能事。一日他在妓院摆酒，为汤由、汤实两位公子饯行。汤六老爷撺掇两位妓女向其献媚：“只要你这姐们有福，若和大爷、二爷相原起来，他府里差什么？黄的是金，白的是银，圆的是珍珠，放光的是宝！”

汤六老爷描述的这个五光十色，令人目眩的金钱世界的确非常生动传神，且具有强烈的诱惑力。貌似不可一世的所谓“君子”也只不过如此罢了。纵观人间沧桑，世代更替，功名富贵最终只能付诸东流。

通过此语亦可见吴敬梓对富贵荣华的鄙夷、对琐屑世俗的蔑视，难怪现实中的他会毁家迁居，辞避征辟呢？通过此语亦可见吴敬梓那浓烈的叛逆性，鄙弃琐屑世俗，蔑视外在功名，现实中的他毁家迁居、辞避征辟就是最好的证明。

掐了一块土送在嘴里，闭着眼，闭着嘴，慢慢地嚼。

【注释】《儒林外史》第四十五回。

【鉴赏】余殷、余敷兄弟是两个风水先生。某家盛着几块土请兄弟二人鉴定一下所选的墓地。先是弟弟余殷夺过土来，把头歪在右边看了一会儿，把头又歪在左边看了一会儿,拿手指头掐了一块土送在嘴边,歪着嘴乱嚼。接着哥哥把土拿在灯下,也掐了一块送在嘴里,闭着嘴,闭着眼,慢慢地嚼,又拿在鼻前面,说道:"这土果然不好。"

这一段讽刺白描法可谓锋芒毕露,直透人物的丑恶、虚伪和卑劣。发笑之余更感到沉重和悲凉。为了尽职尽责,兄弟二人进行了一番高深莫测的表演。哥哥不满意弟弟"歪着嘴乱嚼",于是,更进一步,"闭着眼、闭着嘴,慢慢地嚼",而且,又放在鼻前闻,一翻折腾之后,方下结论。这一段神情毕肖的描写,正是世态百相的一个构成部分。

三十年河东,三十年河西。

【注释】《儒林外史》第四十六回。河东、河西:不同时代所指地域范围不尽相同。大致说来,黄河在今山西省境内由北向南,古人便把此段黄河以东地区称为"河东",以西地区称"河西"。这句话意思是说,人生无定,盛衰不常,世道变移,盛衰易位。

【鉴赏】这是余大和成老爹就虞华轩家的料丝灯所进行的谈话。余大说:"自古说'故家乔木',果然不差。就如尊府这灯,我县里没有第二副。"成老爹道:"大先生,'三十年河东,三十年河西。'就像三十年前,你二位府上何等气势,我是亲眼见的。而今彭府上、方府上,都一年盛似一年。"

从对话中不难看出,余大家族以前声名显赫,而如今也得为生活而奔波。与此同时,彭、方二府与之形成鲜明的对比,这表面是在说家势盛衰易位,实则暗示了世道的变移,讽喻了封建社会的腐朽、没落、江河日下。

同行不疏伴。

【注释】《儒林外史》第四十七回。同行:一起走。疏伴:疏远同伴。

【鉴赏】唐二棒椎想见太尊,便和虞华轩同行。见了太尊又没有什么意思。虞华轩道:"我又不曾引扯了你来,他如今在这里,你跟了去不是!"唐二棒椎道:"同行不疏伴,我还同你到衙里去吃酒。"

虞华轩出身没落世家,对趋炎附势的势利熏心之风有着特殊的敏感。嫉于薄俗,故为矫激之行,因而狷介傲俗。同时,这句俗语在当时社会环境下说出,让人有一种"无所依归"的悲凉感觉,犹如秋风里的黄叶,被吹得四散飘零。

心去意难留。

【注释】《儒林外史》第四十八回。心去:指去志已定,心里已不再留恋某种事情。意思是当一个人内心去志已定的时候,要挽留是很困难的。

【鉴赏】中毒又毒人,恶果更显。王玉辉真诚地相信殉夫"是青史上留名的事”,因而鼓励女儿自戕,说女儿是“心去意难留”。王玉辉并非欺名盗世的假学道。他是真心笃信礼教,以礼责人,以礼律己,忍苦殉夫,至虔至诚。结果成了中毒最深受害最烈的牺牲品!

这里,作者批评的焦点不是指向某一个人,而是指向驱使此人行动的制度和思想,指当代儒林文化——心理结构中积淀最深的腐朽因素。正是这种因素的恶性发作,戕害了这些人本来不坏的天性。同时怀着悲悯之心进行反思。“感而能谐”,在谐谑的背后,闪动着悲悯的眼泪。这种美,涂染着对于儒林所感到的痛苦和悲哀,是含泪的笑。

羊肉不曾吃,空惹一身膻。

【注释】《儒林外史》第五十二回。空:白白地。惹:招引,挑逗。膻:膻气,羊肉的气味。意思是羊肉虽然不曾吃到,却白白地招惹了一身羊膻气味。

【鉴赏】毛二胡想借银子,又怕利息高,于是说:“羊肉不曾吃,空惹一身膻。”

这句俗语形象地刻画出毛二胡当时的心态:欲言又止,故弄玄虚。看似顾虑重重,实则欲盖弥彰。把一个市井细民的言谈举止,心理活动客观、精确地摹绘出来。正是这种细腻逼真到了近乎琐屑的描写,才真实地反映了世态人情的一个侧面。

不怕该债的精穷,只怕讨债的英雄。

【注释】《儒林外史》第五十二回。这是一句俗语。该:欠。精穷:穷极,非同寻常的穷。英雄:此处指凶狠。意思是说,即使欠债的人穷得不得了,只要讨债的人有能耐,照样可以把债讨回。

【鉴赏】在文中,精穷指毛二胡子,英雄指风四老爹。因毛二胡子欠了陈正公的银子不还。风四老爹侠肝义胆,要为陈正公讨回银子。秦二侉子在外叫喊毛二胡子道:“不怕该债的精穷,只怕讨债的英雄。”

这一句话反映了风四老爹的侠义、豪爽性格和毛二胡子的无赖本质。二者形成鲜明的对比,刻画淋漓尽致。正如鲁迅所言:《儒林外史》写人能“现身纸上,声态并作”。只一句俗语,切中要害,世相尽现,从而揭示出复杂世态,暗示社会的矛盾。

眼见希奇物,胜作一世人。

【注释】《儒林外史》第五十三回。

【鉴赏】因公府内徐九公子的表兄陈老四向表弟徐九公子借了二百银子,做了几套衣服到来宾楼找聘娘。虔婆设宴款待,非常艳羡国公府的奢华。陈木南答应等带聘娘去时，让婆娘装成一个跟随的人也进去。于是虔婆合掌道："眼见希奇物，胜作一世人！"

一句"眼见稀奇物，胜作一世人"点出了虔婆市侩、贪婪的媚态，展现了当时社会世相的一个侧面。吴敬梓以其深邃的思想，构筑了《儒林外史》这部描摹世相的小说，以形形色色的社会世相构成它的艺术世界。

船载的金银，填不满烟花债。

【注释】《儒林外史》第五十四回。烟花：指妓女。意思是说，即使用船载金银，也不会满足妓女贪得无厌的心。

【鉴赏】聘娘因陈木南几日不来，生气发病。只有吃人参、黄连才行，于是陈木南叫长随去买，正遇房东董老太，便劝阻陈木南："船载的金银，填不满烟花债。"

这虽是指妓女聘娘，却展示了当时复杂的社会景象。它是特定社会的产物，而且亦是这种社会环境的体现者。"船载的金银，填不满烟花债"是病态、畸形社会的反映。

躲得和尚躲不得寺。

【注释】《儒林外史》第五十四回。这是一句俗语。亦说"跑得了和尚跑不了庙"。和尚：(也就是人)是活的，可以跑掉，但寺庙(指人的家)却是固定的，无法逃脱、跑掉。

【鉴赏】陈木南来看聘娘，聘娘不在，虔婆不理不睬，只得出来。正好碰见卖参人向他要买参的银子。陈木南道："你不要慌，'躲得和尚躲不得寺'，我自然有个料理。"

一句"躲得和尚躲不得寺"消除了卖参人的顾虑，而陈木南有了新的打算："长随走了，虔婆家又走不进他的门，银子又用的精光，还剩下一屁股两肋把的债，不如卷卷行李往福建去罢。"貌似绅士，实则小人，言行不一，欠银不还，溜之大吉。"和尚"不仅躲了，"寺庙"也躲了。这句俗语是对陈木南有力的讽刺，从而也反映了世态百相的一个侧面。

《聊斋志异》名句

一人飞升，
仙及鸡犬。

——《聊斋志异·促织》

天下之官虎而吏狼者，比比也。

【注释】《聊斋志异·梦狼》。官虎：官凶如虎。吏狼：吏残如狼。比比：到处皆是。

【鉴赏】直隶人白翁做梦游一城阙，在其子甲衙署，见四处皆狼，又白骨如山。忽有两金甲猛士怒目入内，儿子扑地化为虎，牙齿森然。一猛士欲出利剑断其首，另一猛士阻止他，并用巨锤敲落虎的牙齿。白翁大惊，突然醒来，才知是梦。他让二儿子捎信给甲，甲说："这梦与事实相符。没有什么奇怪的。……仕途的关窍，本就在上台不在百姓，上台喜欢便是好官，爱护百姓，怎么能让上台喜欢呢？"白翁听说了大哭。异史氏评论说："我暗自感叹天下像虎狼般凶残的官吏到处都是。而即使官不为虎，吏也将为狼，更何况还有比虎更凶猛的。"蒲松龄此言揭露了封建社会末期官吏贪赃枉法、欺压百姓的黑暗现实，表达了有识之士对国家前途命运的担忧。

一人飞升，仙及鸡犬。

【注释】《聊斋志异·促织》。

【鉴赏】明宣德年间，皇宫中流行斗蟋蟀，每年都向民间征集此物。但这种昆虫并不产在西方，只因华阴县令想谗媚上级官员，进献了一只，偏又斗赢了，所以宫中下令让华阴令经常进贡蟋蟀。而华阴令又责令里正完成此事。城中有一个叫成名的人，迂讷憨实，被狡猾的里胥报充为里正，想尽办法都不能摆脱。成名不敢向丁户征蟋蟀，只好自己用家产向城中的游侠购买，不几天，薄产贻尽。又到了交蟋蟀的日子，他无所赔偿，郁闷欲死。每日早出晚归，也只捕得几只弱劣不堪，无法上缴的蟋蟀。而宰相严厉追逼，还打了他近百杖，他两腿间脓血直流，连蟋蟀也不能捕捉了。这时村中来了一个驼背巫师，指点他捉到一只极品。全家备极爱护，不想却被儿子无意拍死。夫妻二人责备儿子，儿子投井自尽，化作蟋蟀，成为"常胜将军"。成名因此得善养蟋蟀之名，受到抚军恩宠，不几年，便得田亩百顷，楼阁万椽，牛羊不计其数。故事结尾处，异史氏以此句作评，指出：皇帝偶然喜欢一样东西，可能不一会儿就忘了；执行者却定为惯例，并借机盘剥百姓。成名因蟋蟀而贫穷，又因蟋蟀而富贵。抚军、令尹等也都因此物蒙恩。这真是：一人登天，仙气态及鸡犬啊。

《京本通俗小说》名句

话须通俗方传远，

语必关风始动人。

——《京本通俗小说·碾玉观音》

平生不作皱眉事，世上应无切齿人。

【注释】《京本通俗小说·碾玉观音》。皱眉事：坏事。切齿：痛恨的样子。

【鉴赏】崔宁与秀秀结为夫妻，从郡王府中逃出来，二人在潭州挂出招牌继续碾玉。一年多后，郡王府上的郭排军路过潭州见到他们，便回府告诉了郡王。郡王差人将二人抓回来。结果崔宁被发遣到建康府居住，秀秀被打了三十竹篦赶出王府，二人依旧开了个碾玉作铺维持生活。事有凑巧，开铺第三天，郭排军又来到铺中，他见到秀秀便欲逃走。著者此处评论道"平生不作皱眉事，世上应无切齿人。"本句意为平生不做坏事，世上就没有痛恨自己的人，暗示郭排军有负崔宁、秀秀二人，做了亏心事，所以遭到他们的怨恨。

麦穗两歧，农人难辨。

【注释】《京本通俗小说·碾玉观音》。麦穗两歧：一棵麦长出两束穗。指两物混淆，连内行也难以分清。

【鉴赏】郭排军再次见到秀秀后，很惊讶，便将此事告知郡王。郡王恼他胡说，因为秀秀已被打死，埋在后花园了。郭排军便立下军令状，一定要让郡王相信秀秀仍和崔宁在一起。于是郡王派他用两顶轿子去抓秀秀。著者在这里点评说："麦穗两歧，农人难辨。"意谓郭排军已被秀秀迷惑，很难分辨清楚她到底是人还是鬼。

春为花博士，酒是色媒人。

【注释】《京本通俗小说·碾玉观音》。意谓春天引诱百花开放，美酒诱起淫欲之念。

【鉴赏】绍兴年间，三镇节度使咸安郡王家有个趋事郡王多年的待招叫崔宁。春日的一天，他游春之后吃了数杯酒，回到府中，与养娘秀秀碰个正着。因郡王曾经将秀秀许配给他，众人也撺掇他们二人做夫妻。此时，秀秀便央崔宁带她走走。二人沿河走到石灰桥，秀秀说脚疼，崔宁只得把她带回家中。到家中，二人三杯两盏又吃了些酒。著者此处提醒道："春为花博士，酒是色媒人。"本句暗示崔宁与秀秀二人对饮共酌，诱起了淫欲之念。

话须通俗方传远，语必关风始动人。

【注释】《京本通俗小说·冯玉梅团圆》。关风：涉及社会风俗人情。

【鉴赏】这句谚语意为话说得通俗才能流传得远，而语言文字要涉及社会风俗人情才会感动人。《冯玉梅团圆》按照作者的标准正是形式上言语通俗、内容上夫义妇节，有关风化的一部宋人小说。它讲述了官宦之女冯玉梅与被迫为寇的书生范希周几番曲折，终于破镜重圆的故事，赞扬了他们坚贞不渝的爱情。但由于作者重点在于强调“风化”，便显得封建道学气太浓。话须通俗方传远，语必关风始动人”正是从形式上、内容上对当时被作者认可的小说提出了要求。这一认识对后来的小说、戏曲创作影响颇大，例如南戏《琵琶记》的作者高明就写过“不关风化体，纵好也枉然”一类的曲词来唱和这种认识。

宁为短命全贞鬼，不作偷生失节人。

【注释】《京本通俗小说·冯玉梅团圆》。全贞：保全贞操。失节：丧失坚贞的意志。

【鉴赏】官宦之女冯玉梅在随父上任的途中被贼人掠走，多亏被迫落草为寇的书生范希同搭救，两人结为夫妻，和睦美满。范希同所属的盗寇们被官兵们打败，两人被迫分离，相誓坚贞不渝，决不背叛对方，后冯玉梅被父亲所救，在家守寡三年，终于遇见了化名为贺承信逃过劫难的范希同，于是破镜重圆，夫妻相见。“宁为短命全贞鬼，不作偷生失节人”是作者赋予冯玉梅的封建教条思想，体现了浓厚的封建贞节意识，虽然它反映了冯玉梅对范希同的坚贞爱情，却抹杀不了它对千百年封建女性的毒害。

其他小说名句

日日行方便，
时时发道心。
但行平等事，
不用问前程。

——《清平山堂话本·五戒禅师私红莲记》

屋漏更遭连夜雨，行船又撞打头风。

【注释】《清平山堂话本·董永遇仙传》。意为不幸中再遭不幸。

【鉴赏】东汉中和年间，淮安大旱，井内生烟，树头生火，米粮价格高得惊人。润州府丹阳县青年董永，自幼丧母，与父亲相依为命。他是个孝顺之子，遭灾后，不停地做工务农，维持家计。这年十二月，天降大雪，父子二人饥寒交迫，无法维持生活。董永征得父亲的同意，冒着大雪到离村十里的地方，向一傅长者求助。他顶风带雪，得布施钱十贯，米一斗，与父亲又勉强过了半个多月。不想，父亲因饥寒苦楚，一病不起，董永无钱请人医治，本指望能捱好，过了五六日，父亲却亡故了。这真是一连串的不幸齐袭董永，他悲痛欲绝，哀哭不止。于是，著者以此语，概括董永的不幸遭遇，表达对他的同情。句中以"连夜雨"和"打头风"为喻，形象恰当地表示出了人所遭受的一连串灾祸。此句后来成为人们熟谂之口头谚语，在民间广泛流传。

日日行方便，时时发道心。但行平等事，不用问前程。

【注释】《清平山堂话本·五戒禅师私红莲记》。道心：慈爱之心。

【鉴赏】大宋英宗治平年间，浙江钱塘门外，有一名山古刹，叫做南山净慈孝兴禅寺。寺中得道高僧五戒禅师有一心腹道人叫清一。冬尽春初的一天，雪霁天晴，五戒禅师清早在方丈禅椅上打坐，耳边远远传来婴儿的啼哭声，他叫清一到山门外四处巡视，清一说："长老，下了两天雪，今天才晴，估计没有什么事情。"五戒禅师说："你快去看，看完回话便是。"清一只好叫门公开门，出去看时，他吓了一跳，只见门外松树根下的雪地上一块破席中有一个小孩儿，清一不知所措。著者在此处提示到："每日于别人行方便，时常发慈爱之心。只要能平等地待人，那么你的前程自不必问。"古代小说常以佛道思想劝人向善，其中虽有宿命论的成分，但其合理部分反映了普通百姓朴素的人间真情。

所闻之事，皆非其心所愿闻，而又不能不闻；所见之人，皆非其心之所愿见，而又不能不见。

【注释】《花月痕》第一回。

【鉴赏】这句谚语的意思是：所听到的事情，并非都是人心所愿意听到的，却又不能不去听；所见到的人，并非都是人心所愿意见到的，却又不能不去见。它引自《花月痕》开宗明义的第一部分，阐明了作者对"情"所抱的态度，既肯定情之所钟，又肯定了大多数人用情不能专一，偶尔有一两个用情专一的钟情人，却又因必须去听不愿听的事情、见不愿见的人而使"情"不能充分利用。作者借此感叹人生总是去做许多不得已的事情这种无奈。

吟风啸月，好景难常；玩水游山，劳人易倦。

【注释】《花月痕》第一回。

【鉴赏】《花月痕》作者认为世上大多数的人，用情皆不能专一。偶尔有一两个情种，却总因去做许多不得已的事情而枉有一怀深情。那么这些情发泄在何处呢？"吟风啸月，好景难常；玩水游山，劳人易倦"，寄情于风月，可惜美好的景色并不能经常拥有；而游山玩水，却又令人疲劳乏倦。于是又寄情于名花、时鸟等适情之物，而注情更多的，就是能见到一个多情之人了。这句谚语从侧面反映了作者对钟情的"情种"的理解，说明了风月山水，并不是抒发真性情的所在。

酒为色媒，色为酒媒。

【注释】《唐史演义》第十四回。色：女色。

【鉴赏】本句意为酒是女色的媒介，女色也是酒的媒介。从中我们可以看出女色与酒密不可分的关系，同时此句也反映了佳酿与美人在人类历史长河中的重要作用。这种评论比较客观，未含褒贬的态度。民间亦有"酒色祸之媒"的说法，明显地把酒与女色贬低为灾祸的媒介。

留得青山在，不怕没柴烧。

【注释】《初刻拍案惊奇》第二十二卷。

【鉴赏】本句是百姓耳熟能详的一句谚语，喻保住根本，就不怕没有希望和办法，常指在遭受了大的灾祸后，保存有生力量，以伺机而动。也作"留得青山在，依旧有柴烧"。《红楼梦》第八十二回说："姑娘身上不大好，依我说，还得自己开解着些。身子是根本，俗语说的：'留得青山在，依旧有柴烧。'"明清小说中多引用民间俗谚，以曲折地表达著者的深意。

莫道人行早，还有早行人。

【注释】《三侠五义》第三十回。

【鉴赏】展熊飞与丁二爷劫富济贫，将财主郑新的银子取了赠给周老儿。事后，二人同乘舟夺松江府。船上他们重叙旧话，提起周老儿一事。展爷问丁二爷将替老母置办东西的银子给了周老儿，又拿什么置办东西？丁二爷说："还可以借些出来。"展爷便说："借得出来更好；他若不借，必然将灯吹灭，便可借来了。"丁二爷听了很诧异，展爷接着说："莫道人行早，更有早行人。"原来前一天晚上，丁二爷到郑新家取银子，恰丫环端的蜡头儿熄灭，他顺利地揣上银子跑出来，而那时展爷就在窗外，正担心丁二爷出不来呢。本句暗示展爷本欲取郑新的银子，不想丁二爷比他到得更早。

天下人管天下事。

【注释】《三侠五义》第四十四回。

【鉴赏】王朝、马汉路遇一群人簇拥着一个哭哭啼啼的女子往花神庙后厅走去。二人心中纳闷,又见来一老婆大嚷:“你们这伙强盗,青天白日,就敢抢良家女子,是何道理?”众恶奴也不管三七二十一只把老婆往外拽。王、马知有情况,便跟下去打听底细。这时有一身材高大之人拦住去路说:“有话好说,这是什么意思?”王马二人见此人军官打扮,煞是威武壮健,不禁暗暗喝彩。恶奴却说:“朋友,这个事你别管。我劝你有事治事,无事请便。”大汉听了,冷笑道:“天下人管天下事,那有管不得的道理。”本句表现了此人仗义行侠,勇敢无畏的气魄。

宁给饥人一口,不送富人一斗。

【注释】《三侠五义》第一百回。

【鉴赏】锦笺与艾虎初见面,就提起当年艾虎赠他两锭银子之事。这主要是因为艾虎那时给的银两恰好救了锦笺的急,所以心怀感激,时刻念念不忘。著者此处引俗语“宁给饥人一口,不送富人一斗”,指出应在人最需要的时候,最困难的时候帮忙,以使他度过难关。

观人必于其微。

【注释】《官场现形记》。第五十六回。微:细小之处。

【鉴赏】海州州判和翻译托洋提督递条子,恳请制台大人保举他俩一个官职。制台收到信后,与藩司先商量。藩司先认为拿洋人的信来求差、说人情这种风气不能开,否则会导致黑白混淆,是非倒置,以后的吏治,就无法管理了。制台听了,却不以为然,说:“‘观人必于其微’,这两人会托外国人递条子,他的见解已经高人一着,兄弟就取他这个,将来一定是个外交好手。”本句意为观察人要看其细小之处,这里充分暴露了晚清官场的黑暗。

只此一次,下不为例。

【注释】《官海》第十八回。

【鉴赏】本句意为就这一次,下次不能以此为例。常用来表示犯错误,或做违规的事情,因为是第一次,便略微通融,不做计较,但提出警告,防止下次再犯。

条目拼音索引

A

ai

an

B

ba

bai

bei

ben

beng

bi

bie

bing

bu

C

cai

cang

chan

chang

chao

cheng

chi

chou

chu

chuan

chun

ci

cong

D

da

dai

dan

dang

dao

de

deng

di

dong

du

duo

E

e

er

F

fan

fang

fei

fen

feng

fo

fu

G

gai

gang

ge

gong

gou

gu

gua

guai

guan

guang

guo

H

hai

hao

he

hong

hou

hu

hua

huan

huang

hui

huo

J

ji

jia

jian

jiang

jiao

jin

jing

jiu

ju

jun

K

kai

ke

li

liang

lin

ling

liu

long

lou

mang

mei

meng

mian

mie

min

ming

mo

mou

mu

N

na

nan

nei

neng

ni

niao

ning

Q

qi

qia

qian

qiang

qiao

qin

qing

qiu

qu

quan

que

R

ren

ri

rong

rou

ru

ruo

S

san

sao

se

sha

shan

shang

she

shen

sheng

shi

shou

shu

shuang

shui

shun

shuo

si

song

su

sui

suo

T

ta

tai

tan

ti

tian

tiao

tie

tong

tou

tu

W

wan

wang

wei

wen

weng

wo

wu

X

xi

xia

xian

xiang

xiao

xin

xing

xiong

xiu

xu

xue

xun

Y

ya

yan

yang

yao

yi

yin

ying

yong

you

yu

yuan

yue

Z

zai

zan

zao

ze

zei

zha

zhan

zhang

zhao

zhe

zhen

zheng

zhi

zhong

zhu

zhuan

zhuang

zhuo

zi

zong

zuan

zui

zuo